KU-176-569

LA COLLINE DES CHAGRINS

Né en 1960 dans une petite ville minière du comté de Fife, Ian Rankin a étudié à l'université d'Édimbourg, subi l'influence de Stevenson, chanté dans un groupe de rock et fait du journalisme avant de créer l'inspecteur Rebus. Récompensé par un Gold Dagger en 1997, le Grand Prix du roman noir de Cognac en 2003 et un Edgar Award en 2004, il est traduit en vingt-six langues.

Paru dans Le Livre de Poche :

DOUBLE DÉTENTE

DU FOND DES TÉNÈBRES

L'ÉTRANGLEUR D'ÉDIMBOURG

LE FOND DE L'ENFER

NOM DE CODE : WITCH

PIÈGE POUR UN ÉLU

REBUS ET LE LOUP-GAROU DE LONDRES

IAN RANKIN

La Colline des chagrins

Une enquête de l'inspecteur Rebus

TRADUIT DE L'ANGLAIS (ÉCOSSE) PAR DANIEL LEMOINE

ÉDITIONS DU MASQUE

Titre original :

THE FALLS
Publié par Orion Books Ltd, Londres, 2001.

ISBN : 978-2-253-11634-9 – 1re publication LGF

Pas mon accent – je l'ai moins perdu qu'effacé dès que j'ai commencé à vivre en Angleterre – mais plutôt mon tempérament, la partie typiquement écossaise de ma personnalité, qui était grincheuse, agressive, avare, morbide et, malgré tous mes efforts, obstinément déiste. J'étais, et je serai toujours, un mauvais évadé du musée d'Histoire non naturelle…

Philip KERR,
The Unnatural History Museum.

1

– Vous croyez que je l'ai tuée, n'est-ce pas ?

Il était assis tout au bord du canapé, le menton contre la poitrine. Ses cheveux étaient gras et il portait une longue frange. Ses genoux montaient et descendaient comme des pistons, les talons de ses chaussures de sport crasseuses ne touchant jamais le sol.

– Vous avez pris quelque chose, David ? demanda Rebus.

Le jeune homme leva la tête. Ses yeux étaient injectés de sang, bordés de noir. Visage mince et anguleux ; repousse de barbe sur le menton. Il s'appelait David Costello. Ni Dave ni Davy : il l'avait bien précisé. Noms, étiquettes, classements : tout ça était très important. La façon dont les médias le qualifiaient variait. C'était « le petit ami », « le petit ami frappé par le destin », « le petit ami de l'étudiante disparue ». C'était « David Costello, vingt-deux ans » ou « David Costello, étudiant lui aussi, âgé d'un peu plus de vingt ans ». Il « partageait un appartement avec Mlle Balfour » ou « fréquentait l'appartement où planait le mystère de la disparition ».

Et l'appartement n'était pas un simple appartement. C'était « l'appartement du quartier à la mode de New Town », « l'appartement à 250 000 livres, propriété des parents de Mlle Balfour ». John et Jacqueline Balfour étaient « la famille désemparée », « le banquier et son épouse sous le choc ». Leur fille était « Philippa, vingt ans, étudiante en histoire de l'art à l'université d'Édimbourg ». Elle était « jolie », « enjouée », « insouciante », « pleine de vie ».

Et elle était désormais introuvable.

L'inspecteur John Rebus, qui se tenait juste devant la cheminée en marbre, changea de place, alla vers le côté droit. David Costello le suivit du regard.

– Le médecin m'a prescrit des cachets, dit-il, répondant enfin à la question.

– Les avez-vous pris ?

Le jeune homme secoua la tête, les yeux toujours fixés sur l'inspecteur.

– Vous avez bien raison, dit Rebus, qui glissa les mains dans ses poches. Ils assomment pendant quelques heures, mais ils ne changent rien.

Philippa – que ses amis et sa famille surnommaient « Flip » – avait disparu depuis deux jours. Deux jours ne constituaient pas une longue période, mais sa disparition ne correspondait pas à sa personnalité. Des amis avaient téléphoné chez elle vers dix-neuf heures afin de s'assurer que Flip les rejoindrait une heure plus tard dans un bar de South Side. Il s'agissait d'un de ces petits endroits à la mode qui étaient apparus autour de l'université, satisfaisaient aux besoins du boom économique et à la nécessité de vodkas aromatisées hors de prix dans un éclairage tamisé. Rebus le savait parce qu'il était passé deux ou trois fois devant sur le chemin de son lieu de travail. Il y avait un pub ordinaire pratiquement à côté, où les sodas accompagnant la vodka étaient à une livre cinquante. Mais on n'y trouvait pas de fauteuils à la mode et le personnel s'y connaissait en bagarres, mais pas en cocktails.

Elle avait probablement quitté l'appartement entre dix-neuf heures et dix-neuf heures quinze. Tina, Trist, Camille et Albie en étaient déjà à la deuxième tournée. Rebus avait consulté les dossiers afin de confirmer ces noms. Trist était le diminutif de Tristram et Albie s'appelait Albert. Trist était l'ami de Tina ; Albie l'ami de Camille. Flip était l'amie de David et aurait dû venir avec lui, mais David, avait-elle expliqué au téléphone, ne se joindrait pas à eux.

– Encore une engueulade, avait-elle dit, apparemment plutôt indifférente.

Elle avait branché l'alarme de l'appartement avant de sortir. C'était, pour Rebus, une première de plus… un logement d'étudiant avec une alarme. Et elle avait fermé le verrou ainsi que la serrure, afin que l'appartement ne risque rien. Un étage, puis la nuit chaude. Une rue en forte pente la séparait de Princes Street. De là, une deuxième côte la conduirait à Old Town, à South Side. Pas question qu'elle fasse le trajet à pied. Mais elle n'avait appelé les compagnies de taxi de la ville ni depuis son fixe ni depuis son mobile. Si elle en avait pris un, elle l'avait arrêté dans la rue.

Si elle avait eu le temps d'en trouver un.

– Ce n'est pas moi, vous savez, dit David Costello.

– Pas vous qui quoi, monsieur ?

– Pas moi qui l'ai tuée.

– Personne ne dit que c'est vous.

– Non ?

Il leva une nouvelle fois la tête, regarda Rebus droit dans les yeux.

– Non, dit Rebus, rassurant puisque c'était, après tout, son boulot.

– Le mandat de perquisition…, commença Costello.

– C'est la procédure normale dans ce type d'affaire, expliqua Rebus.

C'était vrai : en cas de disparition suspecte, on visite tous les endroits où la personne pourrait se trouver. On applique les règles : signature des documents, obtention d'autorisation. On fouille l'appartement du petit ami. Rebus aurait pu ajouter : *On le fait parce que c'est neuf fois sur dix quelqu'un que la victime connaît.* Pas un inconnu choisissant une proie dans la nuit. On se fait tuer par les gens qu'on aime : époux, amant, fils ou fille. Par son oncle, son meilleur ami, la personne à qui on fait confiance. On les a trompés ou on a été trompé par eux. On sait quelque chose, on a quelque chose. Ils sont jaloux, se sentent floués, ont besoin d'argent.

Si Flip Balfour était morte, son corps ne tarderait pas à apparaître ; si elle était en vie et ne voulait pas qu'on la retrouve, la tâche deviendrait plus difficile. Ses parents étaient passés à la télé, l'avaient suppliée de prendre contact avec eux. Dans le manoir familial, des policiers enregistraient les appels téléphoniques au cas où il y aurait une demande de rançon. Des hommes fouillaient l'appartement de David Costello, à Cannongate, dans l'espoir de trouver quelque chose. Et la police était ici, chez Flip Balfour. Elle faisait du « baby-sitting »... empêchait les médias de harceler David Costello. C'était ce qu'on avait dit au jeune homme et c'était partiellement vrai.

L'appartement de Flip avait été fouillé la veille. Costello avait les clés, même celle du système d'alarme. Costello avait reçu le coup de téléphone à vingt-deux heures : Trist demandant s'il avait des nouvelles de Flip, qui était partie pour le Shapiro et n'était pas arrivée.

– Elle n'est pas avec toi, hein ?

– Je suis la dernière personne qu'elle viendrait voir, avait gémi Costello.

– J'ai appris que vous aviez rompu. Qu'est-ce que c'était, cette fois ?

La voix de Trist était pâteuse, très légèrement amusée. Costello n'avait pas répondu. Il avait raccroché, appelé le mobile de Flip, obtenu sa messagerie, laissé un message où il lui demandait de l'appeler. La police avait écouté l'enregistrement, concentré son attention sur les nuances, tenté de déceler la duplicité dans les mots et les expressions. Trist avait rappelé Costello à minuit. Le groupe était allé chez Flip : personne. Ils avaient donné plusieurs coups de téléphone, mais ses amis ne savaient apparemment rien. Ils avaient attendu l'arrivée de Costello, qui avait ouvert l'appartement. Pas trace de Flip à l'intérieur.

Dans leur esprit, c'était déjà une Personne disparue, mais ils n'avaient téléphoné aux parents de Flip, qui vivaient dans le manoir familial de l'East Lothian, que le lendemain matin. Mme Balfour avait immédiatement appelé la police. Estimant que le standard l'avait envoyée promener, elle avait téléphoné à son mari, qui se trouvait à Londres. John Balfour était président d'une banque privée et si le directeur de la police de Lothian and Borders [1] n'était pas un de ses clients, quelqu'un l'était sûrement : une heure plus tard, des officiers étaient sur l'affaire… ordres d'en haut, à savoir du siège de la police, situé dans Fettes Avenue.

David Costello avait ouvert l'appartement aux deux membres du CID, la brigade criminelle. À l'intérieur, ils ne trouvèrent aucun désordre, rien qui puisse donner une indication sur la destination, le sort et l'état d'esprit de Philippa Balfour. C'était un appartement agréable : parquet au sol et murs récemment peints. (Le décorateur avait été également interrogé.) Le salon était vaste, comportait deux fenêtres du plancher au plafond. Il y avait deux chambres, l'une d'entre elles ayant été transformée en bureau. La cuisine aménagée était plus petite

1. Divisions administratives (West Lothian, Midlothian, East Lothian et Scottish Borders) situées au sud et à l'est d'Édimbourg. *(Toutes les notes sont du traducteur.)*

que la salle de bains lambrissée en pin. Il y avait, dans la chambre, beaucoup de choses appartenant à David Costello. On avait empilé ses vêtements sur une chaise, posé des livres et des CD dessus, un sac de linge sale couronnant le tout.

Quand on lui posa la question, Costello estima que c'était, logiquement, l'œuvre de Flip. Ses propos furent :

– On s'était disputés. C'était sûrement sa façon de se passer les nerfs.

Oui, il leur arrivait de se quereller mais, non, elle n'avait jamais rassemblé ses affaires, en tout cas il ne s'en souvenait pas.

John Balfour était rentré en Écosse en jet privé – prêt d'un client compatissant – et était arrivé à l'appartement de New Town presque avant la police.

Sa première question avait été :

– Alors ?

Costello en personne avait répondu :

– Je suis désolé.

Discutant de l'affaire entre eux, les membres du CID avaient estimé que ces mots étaient lourds de sens. Une dispute avec la petite amie tourne mal ; et, tout d'un coup, elle est morte ; on cache le corps mais, face au père, l'éducation prend le dessus et on laisse échapper un demi-aveu.

Je suis désolé.

De très nombreuses interprétations possibles de ces trois mots. Désolé qu'on se soit disputés ; désolé que vous vous soyez dérangé ; désolé que ce soit arrivé ; désolé de ne pas avoir pris soin d'elle ; désolé de ce que j'ai fait…

Et maintenant, les parents de David Costello étaient en ville, eux aussi. Ils avaient pris deux chambres dans un des meilleurs hôtels. Ils habitaient la banlieue résidentielle de Dublin. Le père, Thomas, avait « une fortune personnelle » et la mère, Theresa, était architecte d'intérieur.

Deux chambres : on s'était longuement demandé, à St Leonard's, pourquoi ils avaient besoin de deux chambres. Mais aussi, David étant leur seul enfant, pourquoi habitaient-ils une villa de huit pièces ?

On s'était également demandé quel rôle jouait St Leonard's dans une affaire survenue à New Town. Le poste de police le plus proche de l'appartement était celui de Gayfield Square, mais du personnel de Leith, St Leonard's et Torphichen avait été détaché.

Quelqu'un a dû faire jouer ses relations, s'accordait-on à dire. Laissez tout tomber, la gamine d'un ponte s'est fait la malle.

Intérieurement, Rebus était plutôt d'accord.

– Voulez-vous quelque chose ? demanda-t-il. Du thé ? Du café ? (Costello secoua la tête.) Ça vous ennuie si je… ?

Costello le dévisagea comme s'il ne comprenait pas. Puis il saisit.

– Allez-y, fit-il. La cuisine…

Il esquissa un geste.

– Je sais où elle se trouve, merci, dit Rebus.

Il tira la porte derrière lui et resta quelques instants immobile dans le couloir, heureux d'être sorti du salon étouffant. Ses tempes palpitaient et il avait l'impression que les nerfs, derrière ses yeux, étaient distendus. Il y avait du bruit dans le bureau. Rebus passa la tête dans l'encadrement de la porte.

– Je mets de l'eau à bouillir.

– Bonne idée.

La constable Siobhan Clarke ne quitta pas l'écran de l'ordinateur des yeux.

– Quelque chose ?

– Du thé, s'il te plaît.

– Je voulais dire…

– Rien encore. Des lettres à des amis, quelques dissertations. Il y a à peu près mille e-mails. Son mot de passe serait utile.

– D'après M. Costello, elle ne le lui a pas confié.

Siobhan s'éclaircit la gorge.

– Qu'est-ce que ça veut dire ? s'enquit Rebus.

– Ça veut dire que la gorge me chatouille, répondit-elle. Seulement du lait dans le mien, merci.

Rebus la laissa travailler, regagna la cuisine, emplit la bouilloire, chercha les tasses et les sachets de thé.

– Quand pourrai-je rentrer chez moi ?

Rebus se tourna vers Costello, qui se tenait dans le couloir.

– Il serait peut-être préférable que vous ne le fassiez pas, répondit-il. Les journalistes et les caméras… Ils ne vous lâcheront pas, téléphoneront jour et nuit.

– Je décrocherai le téléphone.

– Vous serez comme en prison. (Rebus vit le jeune homme hausser les épaules, dire quelque chose qu'il ne comprit pas.) Pardon ?

– Je ne peux pas rester ici, répéta Costello.

– Pourquoi ?

– Je ne sais pas… c'est…

Il haussa une nouvelle fois les épaules, passa une main dans ses cheveux, écarta ceux qui couvraient son front.

– Flip devrait être ici, reprit-il. C'est presque trop. Je me souviens sans cesse de la dernière fois qu'on s'est trouvés ensemble ici, qu'on se disputait.

– À quel propos ?

Costello eut un rire sans joie.

– Je ne m'en souviens même pas.

– C'était le jour de sa disparition ?

– Dans l'après-midi, oui. Je suis parti en claquant la porte.

– Vous vous disputez beaucoup ?

Rebus avait posé la question sur le ton de la conversation.

Costello resta immobile, le regard fixe, secoua lentement la tête. Rebus lui tourna le dos, sépara deux sachets de Darjeeling et les mit dans les tasses. Costello craquait-il ? Siobhan écoutait-elle derrière la porte du bureau ? Ils faisaient du baby-sitting, d'accord, appartenaient à une équipe dont les membres se relayaient toutes les huit heures, mais ils avaient également une autre raison de l'amener ici. Théoriquement, il devait donner des indications sur les noms qui apparaissaient dans la correspondance de Philippa Balfour. Mais Rebus avait voulu qu'il soit présent parce que c'était peut-être le lieu du crime. Et que David Costello avait peut-être quelque chose à cacher. À St Leonard's, c'était cinquante-cinquante ; à Torphichen, il était à deux contre un et, à Gayfield, carrément favori.

– D'après vos parents, vous pourriez vous installer à leur hôtel, dit-il. (Puis, se tournant carrément pour avoir Costello en face, il explicita :) Ils ont pris deux chambres, donc ils pourraient probablement vous en céder une.

Costello ne mordit pas. Il dévisagea l'inspecteur pendant quelques secondes supplémentaires, lui tourna le dos et passa la tête dans le bureau.

– Vous avez trouvé ce que vous cherchiez ? demanda-t-il.

– Ça risque de prendre du temps, David, répondit Siobhan. Le mieux est de nous laisser faire.

– Vous ne trouverez pas de solution là-dedans.

Il pensait à l'ordinateur. Comme elle ne répondait pas, il se redressa légèrement et inclina la tête.

– Vous êtes une spécialiste, c'est ça ?

– C'est simplement quelque chose qu'il faut faire.

Sa voix était contenue, comme si elle ne voulait pas qu'elle porte hors de la pièce.

Le jeune homme parut sur le point d'ajouter quelque chose, mais y renonça, regagna le salon à grandes enjambées. Rebus apporta le thé de Siobhan.

– Quelle classe, dit-elle, les yeux fixés sur le sachet qui flottait dans la tasse.

– Je ne savais pas si tu le voulais fort ou pas, expliqua Rebus. Qu'est-ce que tu en penses ?

Elle réfléchit pendant quelques instants.

– Il a l'air tout à fait sincère.

– Peut-être que tu ne peux pas résister à une belle gueule.

Elle leva les yeux au ciel, sortit le sachet de la tasse et le mit dans la poubelle.

– Peut-être, dit-elle. Et toi, qu'est-ce que tu penses ?

– Conférence de presse demain, lui rappela Rebus. Tu crois qu'on pourra persuader M. Costello de lancer un appel ?

Deux policiers de Gayfield Square assuraient la permanence de la soirée. Rebus rentra chez lui et remplit la baignoire. Il avait envie d'un long bain et fit couler du liquide vaisselle sous le robinet d'eau chaude, se souvenant que ses parents le faisaient lorsqu'il était enfant : il rentrait, couvert de boue, du terrain de football et c'était un bain brûlant avec du liquide vaisselle. Ce n'était pas parce que la famille n'avait pas les moyens d'acheter du bain moussant. « Ce n'est que du liquide vaisselle au prix d'un produit de luxe », disait sa mère.

La salle de bains de Philippa Balfour s'enorgueillissait de plus d'une douzaine de « baumes », « lotions de bain » et « huiles moussantes » différents. Rebus fit son inventaire : rasoir, mousse à raser, dentifrice et une seule brosse à dents, savon. Dans l'armoire à pharmacie : pansements adhésifs, paracétamol et une boîte de préservatifs. Il regarda à l'intérieur de la boîte… il en restait un. La date limite de vente datait de l'été précédent. Quand il ferma l'armoire, il croisa son regard dans le miroir. Visage gris, cheveux également parsemés de gris. Bajoues, même quand il avançait le menton. Il tenta de sourire, vit des dents qui avaient manqué leurs deux derniers rendez-vous. Son dentiste menaçait de le rayer de sa liste.

– Reprends-toi, mon pote, marmonna Rebus, qui tourna le dos au miroir avant de se déshabiller.

La réception en l'honneur du départ à la retraite du superintendant Watson – « le Paysan » – avait débuté à dix-huit heures. C'était en réalité la troisième ou la quatrième du genre, mais ce serait la dernière… et la seule soirée officielle. Le Club de la Police, situé dans Leith Walk, s'ornait de guirlandes, de ballons et d'une banderole énorme sur laquelle on lisait : D'UNE PROMOTION AU MÉRITE À UN REPOS BIEN MÉRITÉ. Quelqu'un avait répandu de la paille sur la piste de danse et complété le tableau de la cour de ferme à l'aide d'un cochon et d'un mouton gonflables. Le bar faisait des affaires florissantes à l'arrivée de Rebus. À l'entrée, il avait croisé trois pontes du siège, qui s'en allaient. Il avait jeté un coup d'œil sur sa montre : dix-huit heures quarante. Ils avaient accordé au superintendant qui partait à la retraite quarante minutes de leur précieux temps.

Il y avait eu une remise de cadeaux dans la journée, à St Leonard's. Rebus n'y avait pas assisté ; il faisait du baby-sitting. Mais il avait entendu parler du discours de Colin Carswell, le directeur adjoint. Plusieurs représentants des services où le Paysan avait été précédemment affecté – quelques-uns d'entre eux également à la retraite – vinrent dire quelques mots. Ils étaient restés afin d'assister à la soirée et avaient apparemment passé l'après-midi à boire : cravates disparues ou desserrées et de travers, visages luisants de chaleur alcoolique. Un homme chantait, sa voix faisant concurrence à la musique diffusée par les haut-parleurs fixés à la hauteur du plafond.

– Qu'est-ce qui vous ferait plaisir, John ? demanda le Paysan, qui avait quitté sa table et rejoint Rebus au bar.

– Peut-être un petit whisky, monsieur.

– Une demi-bouteille de pur malt quand vous aurez une minute, rugit le Paysan à l'intention du barman, qui tirait des pintes de bière.

Les paupières plissées, le Paysan s'efforça de concentrer son attention sur Rebus.

– Vous avez vu les connards du siège ?

– Je les ai croisés en arrivant.

– Putain de jus d'orange pour tous, puis une poignée de main rapide et retour à la maison.

Le Paysan s'efforçait de contrôler son élocution pâteuse et, en conséquence, compensait exagérément.

– Je n'avais jamais vraiment compris ce qu'on entend par « coincé », mais c'est ce qu'ils étaient : coincés, tous autant qu'ils sont !

Rebus sourit, demanda un Ardberg au barman.

– Et un double, attention, ordonna le Paysan.

– Vous avez bu un coup, monsieur ? demanda Rebus.

Le Paysan gonfla les joues.

– Quelques vieux potes sont venus fêter mon départ.

Il montra la table de la tête. Rebus se tourna vers elle. Il vit une bande d'ivrognes. Derrière eux se dressaient les tables du buffet : sandwiches, petits pains fourrés d'une saucisse, chips et cacahuètes. Il vit des visages connus du QG de Lothian and Borders. Macari, Allder, Shug Davidson, Roy Frazer. Bill Pryde bavardait avec Bobby Hogan. Grant Hood se tenait près de deux membres de la Crime Squad [1], Claverhouse et Ormiston, et tentait de cacher qu'il leur faisait la cour. George « Hi-Ho » Silvers constatait que son baratin ne séduirait pas Phyllida Hawes et Ellen Wylie. Jane Barbour, du siège, échangeait des nouvelles avec Siobhan Clarke, qui avait été un temps affectée à la brigade des mœurs, dirigée par Barbour.

– Si quelqu'un était au courant, dit Rebus, les voyous s'en donneraient à cœur joie. Qui garde la boutique ?

Le Paysan rit :

– Il y a quelques gars à St Leonard's, pas de problème.

– Beaucoup de monde. Je me demande s'il y en aura autant quand ce sera mon tour.

– Plus, je parie, dit le Paysan. Il se pencha et ajouta : D'abord, tous les pontes viendraient, rien que pour s'assurer qu'ils ne rêvent pas.

Rebus sourit à son tour. Il leva son verre à la santé de son patron. Ils savourèrent leur alcool, le Paysan fit claquer ses lèvres.

– Dans combien de temps, d'après vous ? demanda-t-il.

Rebus haussa les épaules.

– Je n'ai pas mes trente ans.

– Mais vous n'en avez sûrement plus pour longtemps, hein ?

– Je ne compte pas.

Mais il mentait : il y pensait pratiquement toutes les semaines. « Trente ans » signifiait trente ans de service. C'était à ce moment que la retraite atteignait son maximum. C'était la raison de vivre de nombreux poli-

---

1. Unité destinée à coordonner l'action des autres services de police, notamment dans les affaires de trafic de drogue et de tueurs en série.

ciers : la retraite à un peu plus de cinquante ans et une maison au bord de la mer.

– Voici une histoire que je ne raconte pas souvent, dit le Paysan. Pendant ma première semaine dans la police, j'étais affecté à l'accueil de nuit. Un jeune garçon – même pas treize ans – entre et gagne directement le comptoir. « J'ai cassé ma petite sœur », il dit. Je le revois, son aspect, les mots exacts… « j'ai cassé ma petite sœur ». Je ne comprenais pas ce qu'il disait. Il est finalement apparu qu'il avait poussé sa petite sœur dans l'escalier, et qu'il l'avait tuée.

Il s'interrompit, but une autre gorgée de whisky.

– Pendant ma première semaine dans la police. Vous savez ce que le sergent a dit : « Ça ne peut que s'arranger. »

Il se força à sourire, conclut :

– Je me suis toujours demandé s'il avait vraiment raison…

Soudain, il leva les bras et son sourire s'élargit.

– La voilà ! La voilà ! Au moment où je me disais qu'on m'avait posé un lapin.

Son accolade submergea pratiquement la superintendante Gill Templer. Il l'embrassa sur la joue.

– Ça ne serait pas vous, par hasard, l'attraction ? demanda-t-il, puis il se frappa ostensiblement le front du plat de la main. Propos sexistes… Vous allez me dénoncer ?

– Je passerai l'éponge pour cette fois, répondit Gill, en échange d'un verre.

– Ma tournée, dit Rebus. Qu'est-ce que tu veux ?

– Vodka et soda.

Bobby Hogan, d'une voix tonitruante, demanda au Paysan de donner son avis sur un différend.

– Le devoir m'appelle, dit le Paysan à titre d'excuse avant de s'éloigner d'une démarche instable.

– Sa participation à la fête ? supputa Gill.

Rebus haussa les épaules. La spécialité du Paysan consistait à énumérer tous les livres de la Bible. Son record était légèrement inférieur à une minute ; impossible qu'il soit battu ce soir.

– Vodka et soda, dit Rebus au barman ; il leva son verre, ajouta : Deux autres.

Voyant l'expression de Gill, il expliqua :

– Il y en a un pour le Paysan.

– Bien sûr.

Elle sourit, mais son sourire n'atteignit pas ses yeux.

– Tu as fixé la date de ta fiesta ? demanda Rebus.

– Laquelle ?

– La première superintendante en chef d'Écosse... Ça mérite bien une sortie en ville, hein ?

– J'ai bu un Babycham [1] quand je l'ai appris, dit-elle en regardant le barman verser du tonic dans son verre. Comment marche l'affaire Balfour ?

Rebus la dévisagea.

– C'est ma nouvelle superintendante en chef qui pose la question ?

– John...

Étrange comme ce mot, à lui seul, pouvait dire beaucoup. Il ne fut pas certain de saisir toutes les nuances, mais il en saisit assez.

John, ne va pas plus loin.

John, je sais qu'il y a eu quelque chose entre nous, mais c'est fini depuis très longtemps.

Gill Templer s'était vraiment cassé le cul pour arriver là où elle était, mais elle était aussi sous le microscope... des tas de gens souhaitaient qu'elle échoue, y compris parmi ceux qu'elle considérait comme ses amis.

Rebus se contenta de hocher la tête et paya les

---

1. Sorte de vin de poire pétillant.

consommations, versa un des whiskies dans le verre de l'autre.

– Je fais ça pour lui, dit-il en montrant de la tête le Paysan, qui en était déjà arrivé au Nouveau Testament.

– Toujours prêt à te sacrifier, dit Gill.

Des acclamations retentirent au terme de l'énumération du Paysan. Quelqu'un dit que c'était un nouveau record, mais Rebus savait que tel n'était pas le cas. Ce n'était qu'un geste, une autre version de la montre en or ou de la pendule. Le pur malt avait un goût d'algues et de tourbe, mais Rebus comprit que désormais, chaque fois qu'il boirait de l'Ardberg, il penserait au jeune garçon franchissant les portes d'un poste de police…

Siobhan Clarke traversait la salle.

– Félicitations, dit-elle.

Les deux femmes se serrèrent la main.

– Merci, Siobhan, dit Gill. Un jour, ce sera peut-être vous.

– Pourquoi pas ? admit Siobhan. Les plafonds en verre ne résistent pas à une bonne matraque.

Elle leva le poing au-dessus de la tête.

– Tu as envie de boire quelque chose, Siobhan ? demanda Rebus.

Les deux femmes se regardèrent.

– Ils ne sont pratiquement bons qu'à ça, dit Siobhan avec un clin d'œil.

Rebus les laissa rire et s'éloigna.

Le karaoké débuta à vingt et une heures. Rebus alla aux toilettes et sentit que la sueur refroidissait sur son dos. Il avait enlevé sa cravate et l'avait mise dans sa poche. Sa veste était sur le dossier d'une chaise, près du bar. L'assistance n'était plus exactement la même, certaines personnes étant parties, soit en prévision du service de nuit, soit parce que leur mobile ou leur pager leur avaient transmis de mauvaises nouvelles. D'autres étaient arrivées après être passées se changer chez elles. Une femme de la salle des transmissions de St Leonard's était en minijupe et c'était la première fois que Rebus voyait ses jambes. Un quatuor bruyant, venu d'une des affectations du Paysan dans le West Lothian, débarqua avec des photos de lui datant d'un quart de siècle. Ils y avaient ajouté des clichés truqués où sa tête était greffée sur des hommes nus à la poitrine massive, parfois dans des positions plus que compromettantes.

Rebus se lava les mains, se passa de l'eau sur le visage et la nuque. Et, bien entendu, il n'y avait qu'un sèche-mains électrique, aussi dut-il s'essuyer avec son mouchoir. Ce fut à ce moment que Bobby Hogan entra.

– Je vois que tu te dégonfles, toi aussi, dit Hogan en se dirigeant vers un urinoir.

– Tu m'as entendu chanter, Bobby ?

– On devrait faire un duo : *There's a Hole in My Bucket*.

– On est pratiquement les seuls à la connaître.

Hogan eut un rire étouffé.

– Tu te souviens de l'époque où c'était nous, les jeunes Turcs ?

– C'est fini depuis très longtemps, fit Rebus, presque pour lui-même.

Hogan crut qu'il avait mal entendu, mais Rebus se contenta de secouer la tête.

– Qui est le suivant sur la liste du pot de départ ? demanda Hogan, sur le point de sortir.

– Pas moi, déclara Rebus.

– Non ?

Rebus s'essuyait une nouvelle fois le cou.

– Je ne peux pas prendre ma retraite, Bobby. Ça me tuerait.

Hogan eut un ricanement ironique.

– C'est pareil pour moi. Mais le boulot me tue aussi.

Les deux hommes se dévisagèrent, puis Hogan adressa un clin d'œil à Rebus et ouvrit la porte. Ils regagnèrent le bruit et la chaleur, Hogan écartant les bras pour saluer un vieil ami. Un des potes du Paysan poussa un verre en direction de Rebus.

– Ardberg, c'est ça ?

Rebus acquiesça, suça le dos de sa main à l'endroit où un peu de whisky était tombé puis, imaginant le jeune garçon venu annoncer une nouvelle, leva son verre et le vida.

Il sortit les clés de sa poche et ouvrit le portail du groupe d'immeubles anciens. Les clés avaient l'éclat du neuf, ayant été faites le jour même. Son épaule frotta contre le mur sur le chemin de l'escalier et il tint fermement la rampe en montant. La deuxième et la troisième clé neuve ouvrirent la porte de l'appartement de Philippa Balfour.

Il était vide et on n'avait pas branché l'alarme. Il alluma. La moquette distendue du couloir parut vouloir s'enrouler autour de ses chevilles et il dut se dégager en se tenant au mur. Les pièces étaient telles qu'il les avait laissées, à ceci près que l'ordinateur ne se trouvait plus sur le bureau, puisqu'il avait été transporté au poste de police où, Siobhan en était convaincue, un employé du fournisseur d'accès de Balfour pourrait l'aider à franchir l'obstacle du mot de passe.

Dans la chambre, quelqu'un avait pris les affaires de David Costello, proprement empilées sur une chaise. Rebus supposa que le coupable était Costello lui-même. Il l'avait sûrement fait sans autorisation… rien ne pouvait quitter l'appartement sans l'accord des patrons. La police scientifique aurait commencé par examiner les vêtements, en aurait peut-être prélevé des échantillons.

Mais il était déjà question de se serrer la ceinture. Dans une affaire telle que celle-ci, les dépenses risquaient de s'envoler.

Dans la cuisine, Rebus se servit un grand verre d'eau puis alla s'installer dans le séjour, pratiquement à l'endroit où David Costello s'était assis. Un peu d'eau coula sur son menton. Les tableaux des murs – abstractions encadrées – lui jouaient des tours, bougeaient quand ses yeux bougeaient. Il se pencha pour poser le verre vide sur le plancher et se retrouva à quatre pattes. Un salaud avait drogué les consommations, pas d'autre explication. Il pivota sur lui-même et s'assit, garda les yeux fermés pendant quelques instants. Personnes disparues : parfois, on s'inquiétait pour rien ; soit elles réapparaissaient, soit elles ne voulaient pas qu'on les retrouve. Si nombreuses… des photos et des signalements arrivaient sans cesse au bureau, visages légèrement flous comme s'ils étaient en train de se transformer en fantômes. Il battit des paupières, ouvrit les yeux et les leva vers le plafond aux moulures imposantes. Les appartements étaient grands, à New Town, mais Rebus préférait le quartier où il habitait : davantage de commerces, pas aussi chic…

L'Ardberg, il était forcément drogué. Il n'en boirait probablement plus. Il serait accompagné de son fantôme. Il se demanda ce qu'était devenu le jeune garçon : s'agissait-il d'un accident ou d'un geste volontaire ? Le jeune garçon avait probablement des enfants maintenant, peut-être même des petits-enfants. Rêvait-il encore de la petite sœur qu'il avait tuée ? Se souvenait-il du jeune homme en uniforme qui, nerveux, se tenait derrière le comptoir de la réception ? Rebus passa la main sur le plancher. C'était du bois nu, poncé et vitrifié. On n'avait pas soulevé les lames, pas encore. Il chercha un espace entre deux d'entre elles et y glissa les ongles, mais ne put assurer sa prise. Sans s'en rendre compte, il renversa le verre, qui se mit à rouler, le bruit emplissant la pièce. Rebus le regarda jusqu'au moment où il s'arrêta sur le seuil, deux pieds ayant stoppé sa progression.

– Qu'est-ce qui se passe ?

Rebus se leva. L'homme qui se tenait devant lui avait environ quarante-cinq ans, les mains dans les poches d'un trois-quarts noir en laine. Il écarta légèrement les jambes, bloquant le passage.

– Qui êtes-vous ? demanda Rebus.

L'homme sortit une main de sa poche, la leva jusqu'à son oreille. Il avait un téléphone mobile.

– J'appelle la police, dit-il.

– Je suis policier.

Rebus fouilla dans sa poche et en sortit sa carte.

– Inspecteur Rebus.

L'homme examina la carte et la lui rendit.

– Je suis John Balfour, dit-il d'une voix légèrement moins dure.

Rebus acquiesça ; il avait deviné.

– Désolé d'avoir…

Rebus ne termina pas la phrase. Tandis qu'il rangeait sa carte, son genou gauche céda pendant une seconde.

– Vous avez bu, constata Balfour.

– Oui, désolé. Pot de départ à la retraite. Pas en service, si c'est ce que vous pensez.

– Dans ce cas, puis-je vous demander ce que vous faites chez ma fille ?

– Vous pouvez, reconnut Rebus en regardant autour de lui. Je voulais seulement… enfin, je suppose que je…

Mais il ne put trouver les mots.

– Voulez-vous partir, je vous prie ?

Rebus inclina légèrement la tête.

– Bien entendu.

Balfour s'écarta afin que Rebus puisse passer sans le

toucher. L'inspecteur s'immobilisa dans le couloir, se retourna partiellement, prêt à s'excuser une nouvelle fois, mais le père de Philippa Balfour avait gagné une des fenêtres du séjour et fixait la nuit, les mains crispées sur les volets.

Il descendit sans faire de bruit, presque dessoûlé maintenant, ferma le portail derrière lui, ne se retourna pas, ne regarda pas la fenêtre du premier étage. Les rues étaient désertes, trottoirs luisants à cause d'une averse, et la lumière des lampadaires s'y reflétait. Il n'y avait pas d'autre bruit que celui des pas de Rebus quand il s'engagea dans la côte : Queen Street, George Street, Princes Street, puis North Bridge. Les gens sortaient des pubs et rentraient chez eux, cherchaient des taxis et des amis égarés. Rebus prit à gauche à Tron Kirk, descendit Cannongate. Une voiture de patrouille était garée contre le trottoir, deux hommes à l'intérieur : le premier éveillé et l'autre endormi. Il s'agissait de constables de Gayfield qui avaient tiré la paille la plus courte ou suscité l'hostilité de leur patron : il n'y avait pas d'autre moyen d'expliquer la tâche ingrate de ce service de nuit. Du point de vue de celui qui était éveillé, Rebus n'était qu'un passant comme les autres. Il tenait un journal plié qu'il inclinait en direction de la faible lumière. Quand Rebus donna un coup de poing sur le toit de la voiture de patrouille, le journal s'envola et atterrit sur la tête du dormeur, qui se réveilla en sursaut et tenta d'écarter les feuilles qui lui couvraient le visage.

Quand la vitre du passager fut baissée, Rebus se pencha dans l'encadrement.

– Alerte d'une heure du matin, messieurs.

– J'ai failli me chier dessus, dit le passager, qui tentait de réunir les pages du journal.

Il s'appelait Connolly et, pendant ses premières années au CID, avait livré bataille à ceux qui voulaient le surnommer « Paddy » pour bien stigmatiser son origine irlandaise. Son collègue était Tommy Daniels qui semblait s'accommoder – comme il s'accommodait de tout – de son surnom : « Lointain ». De Tommy à Tom-Tom [1], à Tambour lointain, à Lointain, telle était la genèse du surnom, qui était aussi une bonne expression de la personnalité du jeune homme. Après avoir été brutalement réveillé il se contenta, quand il vit et reconnut Rebus, de lever les yeux au ciel.

– Vous auriez pu nous apporter du café, gémit Connolly.

– J'aurais pu, admit Rebus. Ou peut-être un dictionnaire.

Il jeta un coup d'œil sur les mots croisés du journal. Moins d'un quart de la grille était empli, mais elle était entourée de gribouillages et d'anagrammes non résolus.

– La nuit est calme ?

– À part les étrangers qui demandent leur chemin, répondit Connolly.

Rebus sourit et regarda les deux côtés de la rue. C'était le cœur touristique d'Édimbourg. Un hôtel près des feux tricolores, une boutique de lainages de l'autre côté de la chaussée. Un fabricant de kilts à moins de cinquante mètres. Cadeaux, sablés et carafes à whisky. La maison de John Knox [2], tassée contre ses voisines, presque invisible dans une ombre maussade. Il y avait eu une époque où Édimbourg se résumait à Old Town : colonne vertébrale étroite reliant le château à Holyrood, venelles pentues d'un côté et de l'autre, semblables à des côtes difformes. Puis, comme la ville devenait de plus en plus surpeuplée et insalubre, on avait construit New Town, dont l'élégance géorgienne était destinée à snober

---

1. Tam-tam.
2. Fondateur du protestantisme écossais (env. 1513-1572).

Old Town et ceux qui n'avaient pas les moyens de déménager. Philippa Balfour avait choisi la nouvelle ville tandis que David Costello s'était installé au cœur de la vieille, et Rebus trouvait cela très intéressant.

– Il est chez lui ? demanda-t-il.

– Est-ce qu'on serait ici s'il n'y était pas ?

Les yeux de Connolly étaient rivés sur son équipier, qui se servait de la soupe à la tomate contenue dans une Thermos. « Lointain », méfiant, flaira le liquide avant d'en boire une gorgée rapide.

– En fait, vous êtes peut-être exactement l'homme dont on a besoin.

Rebus le regarda.

– Ah bon ?

– Pour mettre un terme à un différend. Deacon Blue, *Wages Day*... le premier ou le deuxième album ?

Rebus sourit.

– La nuit a vraiment été calme. (Puis, au terme d'un instant de réflexion :) Le deuxième.

– Tu me dois dix livres, dit Connolly à « Lointain ».

– Ça vous ennuie si je vous pose une question ?

Rebus s'était accroupi, entendant ses genoux craquer.

– Allez-y, répondit Connolly.

– Qu'est-ce que vous faites quand vous avez besoin de faire pipi ?

Connolly sourit.

– S'il dort, je me sers de sa Thermos.

« Lointain » faillit cracher la soupe à la tomate qu'il avait dans la bouche. Rebus se redressa, entendit le sang battre dans ses oreilles : avis de tempête, gueule de bois de force 10.

– Vous y allez ? demanda Connolly.

Rebus se tourna à nouveau vers l'immeuble.

– J'y songeais.

– Il faudra qu'on le signale.

Rebus hocha la tête.

– Je sais.

– Vous venez du pot de départ à la retraite du Paysan ?

Rebus se tourna vers la voiture.

– Qu'est-ce que tu veux dire ?

– Vous avez bu un coup, hein ? C'est peut-être pas le moment d'aller chez quelqu'un... inspecteur.

– Tu as probablement raison... Paddy, fit Rebus, prenant le chemin de la porte.

– Vous vous souvenez de ce que vous m'avez demandé ?

Rebus avait accepté le café noir proposé par David Costello. Il sortit deux paracétamols de leur emballage en papier d'aluminium et les avala. C'était le milieu de la nuit, mais Costello ne dormait pas. T-shirt noir, jean noir, pieds nus. Il était allé acheter de l'alcool à un moment donné : le sac en papier gisait sur le plancher, la demi-bouteille de Bell's près de lui, débouchée mais pas amputée de plus de deux verres. Donc, il ne boit pas, déduisit Rebus. C'était ainsi qu'on gérait une crise quand on ne buvait pas... on buvait du whisky, mais il fallait aller en acheter et il n'y avait pas de raison de vider la bouteille. Deux verres faisaient l'affaire.

Le séjour était petit, l'appartement desservi par un escalier en colimaçon aux marches usées. Fenêtres minuscules. L'immeuble avait été conçu à une époque où la chaleur était un luxe. Plus les fenêtres étaient petites, moins la déperdition était grande.

Une marche et ce qui semblait être deux cloisons séparaient le séjour de la cuisine. Un large passage. Des indices montrant que Costello aimait faire la cuisine : marmites et casseroles suspendues à des crochets de boucher. Le salon était essentiellement occupé par des livres et des CD. Rebus avait jeté un coup d'œil attentif sur ces derniers : John Martyn, Nick Drake, Joni Mitchell. Rebattu mais cérébral. Les livres semblaient correspondre aux cours de littérature anglaise de Costello.

Celui-ci était assis sur un futon rouge ; Rebus avait préféré une des deux chaises en bois. Elles évoquaient ce qu'on trouvait à Causewayside, devant les boutiques pour lesquelles les « antiquités » incluaient les pupitres d'écolier des années 1960 et les classeurs métalliques gris récupérés lors du réaménagement de bureaux.

Costello passa une main dans ses cheveux, garda le silence.

– Vous m'avez demandé si je croyais que c'était vous, dit Rebus, répondant à la question qu'il venait de poser.

– Si c'était moi qui quoi ?

– Qui avais tué Flip. Je crois que vous vous êtes exprimé ainsi : « Vous croyez que je l'ai tuée, n'est-ce pas ? »

Costello acquiesça.

– C'est absolument évident, hein ? On s'était disputés. J'accepte l'idée que vous soyez obligé de me considérer comme suspect.

– David, pour le moment, vous êtes le seul suspect.

– Vous croyez vraiment qu'il lui est arrivé quelque chose ?

– Et vous ?

– Je ne fais que me torturer les méninges depuis le début.

Ils restèrent quelques instants silencieux.

– Qu'est-ce que vous êtes venu faire ici ? demanda soudain Costello.

– Comme je vous l'ai dit, c'est sur le chemin de chez moi. Vous aimez la vieille ville ?

– Oui.

– Un peu différente de la nouvelle. Vous n'aviez pas envie de vous installer plus près de Flip ?

– Où voulez-vous en venir ?

Rebus haussa les épaules.

– Les parties de la ville que vous préférez sont peut-être révélatrices du couple que vous formez.

Costello eut un rire bref.

– Vous, les Écossais, vous êtes souvent très réducteurs.

– Comment ça ?

– La vieille ville contre la nouvelle, les catholiques contre les protestants, la côte Est contre la côte Ouest… Les choses sont souvent un tout petit peu plus compliquées.

– Je voulais simplement dire que les extrêmes s'attirent.

Il y eut un nouveau silence. Rebus regarda la pièce.

– Ils n'ont pas laissé de désordre ?

– Qui ?

– Les hommes chargés de la perquisition.

– Ça aurait pu être pire.

Rebus but une gorgée de café, feignit de le savourer.

– Mais vous n'auriez pas laissé le corps ici, n'est-ce pas ? En fait, seuls les pervers agissent ainsi. (Costello le dévisagea.) Désolé, je suis… enfin, ce n'est que de la théorie. Je ne sous-entends rien. Mais la police scientifique ne cherchait pas un corps. Elle s'occupe de choses que nous ne pouvons voir ni l'un ni l'autre. Taches de sang minuscules, fibres, un seul cheveu. Les jurys adorent ces trucs. La conception traditionnelle de la police sera bientôt complètement dépassée.

Il posa la tasse d'un noir luisant, sortit son paquet de cigarettes de sa poche, demanda :

– Ça vous ennuie si… ?

Costello hésita.

– En fait, j'en prendrais bien une, si ça ne vous gêne pas.

– Volontiers.

Rebus en sortit une, l'alluma, puis lança le paquet et le briquet au jeune homme.

– Roulez-vous un joint si vous voulez, ajouta-t-il. Enfin, si c'est votre truc.

– Ça ne l'est pas.

– La vie d'étudiant doit être un peu différente, par les temps qui courent.

Costello souffla la fumée, fixa la cigarette comme si elle lui était totalement étrangère.

– Sûrement, fit-il.

Rebus sourit. Deux adultes qui fumaient et bavardaient, voilà tout. Le milieu de la nuit et tout ça. Un moment propice à la franchise, le monde extérieur endormi, personne n'écoutant aux portes. Il se leva, gagna la bibliothèque.

– Comment vous êtes-vous rencontrés, Flip et vous ? demanda-t-il, prenant un livre au hasard et le feuilletant.

– Au cours d'un dîner. On s'est plu immédiatement. Le lendemain matin, après le petit déjeuner, on est allés se promener dans le cimetière de Warriston. C'est à ce moment-là que j'ai compris que je l'aimais… enfin, que ça ne serait pas simplement une nuit.

– Vous aimez les films ? demanda brusquement Rebus.

Il venait de remarquer qu'une étagère était presque entièrement dédiée à des ouvrages sur le cinéma.

Costello se tourna vers lui.

– Je voudrais essayer d'écrire un scénario, un jour.

– Quel courage !

Rebus avait ouvert un autre livre. Il s'agissait apparemment d'un recueil de poèmes sur Alfred Hitchcock.

– Vous n'êtes pas allé à l'hôtel ? demanda-t-il après un silence.

– Non.

– Mais vous avez vu vos parents ?

– Oui.

Costello tira une nouvelle bouffée, comme s'il aspirait la vie. Il s'aperçut qu'il n'avait pas de cendrier et chercha des yeux un objet susceptible de le remplacer : des bougeoirs, un pour Rebus et un pour lui. Quand Rebus s'éloigna de la bibliothèque, son pied frôla quelque chose : un soldat de plomb qui ne faisait pas plus de deux centimètres et demi de haut. Il s'accroupit et le ramassa. Le mousquet était cassé, la tête tordue. Il n'était pas responsable de son état. Rebus le posa sur l'étagère avant de se rasseoir.

– Est-ce qu'ils ont rendu la deuxième chambre ? demanda-t-il.

– Ils font chambre à part, inspecteur, dit Costello qui leva la tête, ayant fini de frotter l'extrémité de sa cigarette sur le bord du cendrier de fortune. Ce n'est pas un crime, n'est-ce pas ?

– Je ne suis pas bien placé pour juger. Je ne sais même plus depuis combien de temps ma femme m'a quitté.

– Je parie que vous le savez.

Rebus sourit à nouveau.

– Coupable.

Costello appuya la tête contre le dossier du futon, étouffa un bâillement.

– Il faudrait que j'y aille, dit Rebus.

– Finissez au moins votre café.

Rebus l'avait fini, néanmoins il acquiesça, décidé à rester tant qu'on ne le pousserait pas dehors.

– Elle va peut-être réapparaître. Les gens font parfois

des choses inattendues, hein ? Se mettent dans la tête d'aller dans les montagnes.

– Flip n'est pas du genre à partir pour les montagnes.

– Mais l'idée d'aller quelque part aurait pu lui traverser l'esprit.

Costello secoua la tête.

– Elle savait que ses amis l'attendaient au bar. Elle n'aurait pas oublié ça.

– Non ? Disons qu'elle a simplement rencontré quelqu'un... Vous savez, une impulsion, comme sur cette réclame.

– Quelqu'un ?

– C'est possible, n'est-ce pas ?

Les yeux de Costello s'assombrirent.

– Je ne sais pas. C'est une des choses auxquelles j'ai réfléchi... l'idée qu'elle avait peut-être rencontré quelqu'un.

– Vous l'avez rejetée ?

– Oui.

– Pourquoi ?

– Parce qu'elle m'en aurait parlé. Flip est comme ça : qu'il s'agisse d'une robe de grande marque à mille livres ou d'un vol en Concorde offert par ses parents, elle ne peut rien garder pour elle.

– Elle aime qu'on s'intéresse à elle ?

– Est-ce qu'on n'est pas tous ainsi, de temps en temps ?

– Elle n'aurait pas monté un coup, n'est-ce pas, pour que tout le monde la recherche ?

– Disparaître intentionnellement ? demanda Costello, qui secoua la tête, étouffa un nouveau bâillement. Il faudrait peut-être que je dorme un peu.

– À quelle heure la conférence de presse a-t-elle lieu ?

– En début d'après-midi. Il y a apparemment un lien avec les principaux bulletins d'information.

Rebus hocha la tête.

– Ne soyez pas nerveux, soyez simplement vous-même.

Costello écrasa sa cigarette.

– Qui pourrais-je être d'autre ?

Il voulut rendre le paquet et le briquet à Rebus.

– Gardez-les. On ne sait jamais quand on peut en avoir besoin.

Rebus se leva. Le sang battait dans son crâne maintenant, malgré le paracétamol. *Flip est comme ça.* Costello avait parlé d'elle au présent… remarque banale ou calcul ? Costello se leva également, sourit, même si c'était sans entrain.

– Vous n'avez pas répondu à la question, n'est-ce pas ?

– Je reste ouvert à tout, monsieur Costello.

– Vraiment ? (Costello glissa les mains dans ses poches.) Vous assisterez à la conférence de presse ?

– Possible.

– Et vous guetterez les lapsus ? Un peu comme vos copains de la police scientifique ? (Costello plissa les paupières.) Je suis peut-être le seul suspect, mais je ne suis pas stupide.

– Dans ce cas vous apprécierez qu'on soit dans le même camp… sauf si vous savez quelque chose que j'ignore.

– Pourquoi êtes-vous venu ? Vous n'êtes pas en service, n'est-ce pas ?

Rebus approcha d'un pas.

– Vous savez ce qu'on croyait autrefois ? On croyait que l'image du meurtrier restait gravée sur les yeux de la victime… la dernière chose qu'elle avait vue. Certains meurtriers arrachaient les yeux après la mort.

– Mais aujourd'hui, inspecteur, on n'est plus aussi naïf. On ne peut pas espérer qu'il suffise de regarder quelqu'un dans les yeux pour le connaître, pour prendre sa mesure.

Costello se pencha, ses yeux se dilatant légèrement.

– Profitez-en bien parce que l'exposition est sur le point de fermer.

Rebus soutint le regard, le rendit. Costello battit des paupières, rompit le charme. Puis il tourna le dos et dit à Rebus de partir. Tandis que Rebus gagnait la porte, Costello l'appela. Il essuyait le paquet de cigarettes avec un mouchoir. Il fit subir le même traitement au briquet, puis lança les deux objets à Rebus. Ils tombèrent à ses pieds.

– Je crois que vous en avez davantage besoin que moi.

Rebus se baissa et les ramassa.

– Pourquoi le mouchoir ?

– On n'est jamais trop prudent, répondit Costello. Les preuves apparaissent parfois dans les endroits les plus étranges.

Rebus se redressa, décida de ne pas répondre. Sur le seuil, Costello lui souhaita bonne nuit. Rebus avait descendu la moitié de l'escalier quand il répondit. Il pensait à Costello essuyant le briquet et le paquet de cigarettes. Il était dans la police depuis de très nombreuses années, mais n'avait jamais vu un suspect agir ainsi. Cela signifiait que Costello s'attendait à ce qu'on fabrique des preuves contre lui.

Ou peut-être était-ce l'impression qu'il avait voulu donner. Mais cela avait montré à Rebus que le jeune homme pouvait être froid, calculateur. C'était l'indice d'une personnalité capable de prévoir…

2

C'était une de ces journées fraîches, crépusculaires, qui pouvait correspondre à n'importe laquelle d'au moins trois saisons écossaises : ciel semblable à un toit d'ardoises et vent que le père de Rebus aurait qualifié de « snell [1] ». Son père lui avait autrefois raconté – à de nombreuses reprises en fait – qu'il était allé à pied à l'épicerie de Lochgelly par un matin d'hiver glacial. L'épicier était debout près du radiateur électrique. Le père de Rebus avait montré la vitrine réfrigérée et demandé : « C'est votre bacon de l'Ayrshire ? » et l'épicier avait répondu : « Non, ce sont mes mains que j'ai mises à chauffer. » Il jurait que l'histoire était vraie et Rebus – sept ou huit ans – le croyait. Mais elle lui faisait désormais l'effet d'une blague éculée, de quelque chose qu'il avait entendu raconter et qu'il accommodait à sa façon.

– Je ne vous vois pas souvent souriant, dit sa *barista* en préparant son *latte* double.

C'étaient les mots qu'elle employait : *barista, latte*. La première fois qu'elle avait défini son emploi, elle avait prononcé « barrister [2] » et Rebus, dérouté, lui avait demandé si elle travaillait au noir. Elle était installée

1. Vieil anglais, de l'allemand *schnell*, qui signifie « rapide », mais aussi « violent ».

2. Avocat.

dans une guérite de police transformée, au coin de The Meadows, et Rebus s'y arrêtait presque tous les matins sur le chemin du bureau. Il commandait un « café avec beaucoup de lait » et elle le corrigeait toujours : *latte*. Puis il ajoutait : « double ». Il n'avait pas besoin de le dire – elle savait parfaitement ce qu'il prenait – mais il aimait prononcer le mot.

– Sourire n'est pas illégal, n'est-ce pas ? dit-il tandis qu'elle mettait de la mousse de lait dans le café.

– Vous savez sûrement ça mieux que moi.

– Et votre patron le sait sûrement mieux encore.

Rebus paya, mit la monnaie dans la boîte de margarine destinée aux pourboires et prit le chemin de St Leonard's. Il ne croyait pas qu'elle savait qu'il était flic : *Vous savez sûrement ça mieux que moi*... la phrase avait été prononcée sur le ton de la conversation, sans intention cachée, simplement pour poursuivre leur bavardage. Quant à lui, sa remarque à propos du patron faisait allusion au fait que le propriétaire de la chaîne d'échoppes avait été avocat. Mais elle n'avait pas semblé comprendre.

À St Leonard's, Rebus resta dans sa voiture, fuma une dernière cigarette avec son café. Deux camionnettes, garées près de la porte de derrière du poste de police, attendaient ceux qui devaient aller au tribunal. Rebus avait témoigné quelques jours auparavant. Il pensait de temps en temps à se renseigner sur le verdict. Quand la porte du poste s'ouvrit, il s'attendait à voir sortir des prévenus accompagnés de leurs gardiens, mais ce fut Siobhan Clarke. Elle vit sa voiture et sourit, secoua la tête face au caractère inévitable de la scène. Quand elle arriva à sa hauteur, Rebus baissa la vitre.

– Le condamné a pris un solide petit déjeuner, dit-elle.

– Moi aussi je te souhaite le bonjour.

– Le patron veut te voir.
– Il a envoyé le bon chien.

Siobhan garda le silence, se contenta de sourire vaguement tandis que Rebus descendait de voiture. Ils avaient traversé la moitié du parking quand il entendit ce qu'elle disait :

– Ce n'est plus « il ».

Il s'arrêta net.

– J'avais oublié, reconnut-il.

– Comment va la gueule de bois, à propos ? Est-ce que tu as réussi à oublier autre chose ?

Quand elle poussa la porte à son intention, l'image d'un garde-chasse ouvrant un piège lui traversa soudain l'esprit.

Les photos et la machine à café du Paysan avaient disparu et il y avait des cartes de meilleurs vœux de réussite sur le classeur mais, pour le reste, la pièce était identique, y compris les documents empilés dans la corbeille à courrier et le cactus solitaire sur la tablette de la fenêtre. Gill Templer ne semblait pas confortablement installée dans le fauteuil de Watson, déformé par l'occupant précédent de telle façon qu'il n'était pas adapté au nouveau, plus mince.

– Assieds-toi, John, dit-elle, puis, alors qu'il n'avait pas atteint la chaise : Et raconte-moi ce qui s'est passé hier soir.

Les coudes sur sa table de travail, elle joignit le bout des doigts. C'était une attitude que le Paysan adoptait souvent lorsqu'il tentait de cacher son irritation ou son impatience. Soit elle l'imitait, soit c'était la marque de sa supériorité hiérarchique toute nouvelle.

– Hier soir ?

– Chez Philippa Balfour. Son père t'y a trouvé. (Elle leva la tête.) Apparemment, tu avais bu.

– Est-ce qu'on ne l'avait pas tous fait ?

– Certains plus que d'autres. (Elle reporta son regard sur la feuille posée sur son bureau.) M. Balfour se demandait quelles étaient tes intentions. Franchement, je suis moi-même un peu curieuse.

– Je rentrais chez moi…

– De Leith Walk à Marchmont *via* New Town ? Il semblerait qu'on t'ait mal renseigné.

Rebus s'aperçut qu'il avait toujours son gobelet de café à la main. Il le posa par terre, prit tout son temps.

– C'est simplement une de mes habitudes, répondit-il finalement. Quand les choses se sont calmées, j'aime retourner sur les lieux.

– Pourquoi ?

– Au cas où quelque chose nous aurait échappé.

Elle parut réfléchir.

– Je ne suis pas certaine que ce soit seulement ça.

Il haussa les épaules, garda le silence. Ses yeux étaient à nouveau fixés sur la feuille de papier.

– Ensuite, tu as décidé de rendre visite à l'ami de Mlle Balfour. Était-ce bien raisonnable ?

– C'était vraiment sur le chemin de chez moi. Je me suis arrêté pour bavarder avec Connolly et Daniels. Il y avait de la lumière chez David Costello ; j'ai voulu m'assurer qu'il allait bien.

– Le flic compatissant, hein… C'est sûrement pour cette raison que M. Costello a estimé utile d'avertir son avocat de ta visite ?

– Je ne sais pas pourquoi il l'a fait.

Rebus, nerveux, changea de position sur sa chaise, tendit la main vers son café pour cacher son trouble.

– Son avocat parle de « harcèlement ». On sera peut-être obligés de renoncer à la surveillance.

Ses yeux restèrent rivés sur lui.

– Écoute, Gill, dit-il, toi et moi, on se connaît depuis

une éternité. La façon dont je travaille n'est pas un secret. Je suis convaincu que le superintendant Watson a cité les Écritures sur le sujet.

– C'était avant, John.

– Ce qui signifie ?

– Tu avais beaucoup bu, hier soir ?

– Plus qu'il aurait fallu, mais ce n'était pas ma faute.

Voyant Gill lever un sourcil, il poursuivit :

– Je suis absolument convaincu que quelqu'un a mis quelque chose dans mon verre.

– Il faut que tu voies un médecin.

– Bon sang…

– La boisson, ton régime alimentaire, ta santé en général… Je veux que tu passes un examen médical et que, quoi que dise le médecin, tu t'y conformes.

– Luzerne et jus de carotte ?

– Tu verras un médecin, John.

C'était une affirmation. Rebus se contenta de lever les yeux au ciel et de terminer son café, puis il leva le gobelet.

– Lait demi-écrémé.

Elle esquissa un sourire.

– C'est un début, je suppose.

– Écoute, Gill…

Il se leva, jeta le gobelet dans une poubelle par ailleurs impeccable.

– La boisson n'est pas un problème. Elle n'influence pas mon travail.

– Elle l'a fait hier soir.

Il secoua la tête, mais le visage de Gill se durcit. Finalement, elle prit une profonde inspiration.

– Juste avant de quitter le club… tu t'en souviens ?

– Sûr.

Il ne s'était pas assis, se tenait devant elle, les bras contre les flancs.

– Tu te souviens de ce que tu m'as dit ?

Son visage indiqua à Gill tout ce qu'elle avait besoin de savoir.

– Tu voulais que je t'accompagne chez toi, dit-elle.

– Je m'excuse.

Il tenta de se souvenir, mais en vain. Il ne se souvenait pas du tout d'avoir quitté le club...

– Au travail maintenant, John. Je demanderai au médecin de te donner un rendez-vous.

Il pivota sur lui-même et ouvrit la porte. Il était pratiquement dehors quand elle l'appela.

– J'ai menti, dit-elle, souriante. Tu ne m'as rien dit. Tu vas me souhaiter de réussir dans mes nouvelles fonctions ?

Rebus voulut sourire d'un air ironique, mais n'y parvint pas vraiment. Gill sourit jusqu'au moment où il eut claqué la porte. Quand il fut parti, son sourire disparut. Watson n'avait rien laissé dans l'ombre, pas de problème, mais ne lui avait rien dit qu'elle ne sût déjà : *Il est un peu trop porté sur la boisson, peut-être, mais c'est un bon flic, Gill. Il aime agir comme s'il pouvait se passer de nous, c'est tout...* C'était peut-être vrai, jusqu'à un certain point, mais il était peut-être également temps que Rebus comprenne qu'ils pouvaient se passer de lui.

Il était facile de repérer la bande du pot de départ à la retraite : les pharmaciens du coin n'avaient probablement plus d'aspirine, de vitamine C ni de remèdes courants contre la gueule de bois. La déshydratation était apparemment un facteur important. Rebus avait rarement vu autant de bouteilles d'Irn-Brú, de Lucozade et de Coca dans autant de mains pâles. Les représentants du camp de la sobriété – qui n'avaient pas assisté à la réception ou qui s'en étaient tenus aux boissons non alcoolisées – se moquaient, sifflaient, claquaient les tiroirs ou les portes des classeurs chaque fois que l'occasion se présentait. L'enquête sur la disparition de Philippa Balfour était principalement basée à Gayfield Square – qui se trouvait plus près de son appartement – mais de très nombreuses personnes y avaient été affectées, si bien que l'espace posait un problème et qu'une partie du CID de St Leonard's lui avait été attribuée. Siobhan s'y trouvait, penchée sur son écran. Un disque dur de rechange était posé par terre et Rebus constata qu'elle utilisait l'ordinateur de Philippa Balfour. Un combiné téléphonique coincé entre la joue et l'épaule, elle tapait tout en parlant. Rebus l'entendit dire :

– Ça ne marche pas non plus.

Il partageait son bureau avec trois collègues et ça ne passait pas inaperçu. Il poussa le reste d'un sachet de chips, qui tomba par terre, mit deux boîtes de Fanta vides dans la poubelle la plus proche. Quand le téléphone sonna, il décrocha, mais ce n'était que le journal du soir local qui tentait de griller la concurrence.

– Appelez l'attaché de presse, dit Rebus au journaliste.

– Soyez chic.

Rebus réfléchit. Les relations avec la presse étaient la spécialité de Gill Templer. Il adressa un bref regard à Siobhan Clarke.

– Qui est chargé des relations publiques ?

– Ellen Wylie, dit le journaliste.

Rebus remercia et raccrocha. Les relations avec la presse auraient été une promotion pour Siobhan, surtout dans une affaire dont on parlerait beaucoup. Ellen Wylie était une bonne enquêtrice affectée à Torphichen. On avait sûrement demandé l'avis de Gill Templer, parce que c'était sa spécialité, lors de la nomination, et peut-être avait-elle pris personnellement la décision. Elle avait choisi Ellen Wylie. Il se demanda si cela signifiait quelque chose.

Il se leva et examina les documents punaisés au mur, derrière lui. Tableaux de service poussiéreux, fax, listes de numéros de téléphone et d'adresses. Deux photos de la disparue. L'une avait été communiquée à la presse et elle était reproduite dans une douzaine d'articles de journaux, découpés et affichés. Bientôt, si on ne la retrouvait pas saine et sauve, l'espace vaudrait cher et on se débarrasserait de ces articles. Ils étaient répétitifs, inexacts et insistaient sur l'aspect spectaculaire. Rebus s'attarda sur une expression : *le petit ami frappé par le destin*. Il jeta un coup d'œil sur sa montre : la conférence de presse aurait lieu dans cinq heures.

Gill Templer ayant été promue, St Leonard's n'avait plus d'inspecteur en chef. L'inspecteur Bill Pryde voulait le poste et tentait d'imprimer sa marque sur l'affaire Balfour. Rebus, récemment arrivé à Gayfield Square, resta béat d'admiration. Pryde avait soigné sa tenue : le costume semblait neuf, la chemise était repassée, la cravate luxueuse. Les chaussures noires étaient impeccablement cirées et, si Rebus ne s'abusait pas, Pryde était également allé chez le coiffeur. Il n'y avait pas grand-chose à couper, mais Pryde avait fait l'effort. On lui avait confié les affectations, aussi assignait-il aux équipes la corvée quotidienne du porte-à-porte et des interrogatoires. On interrogeait les voisins – parfois pour la deuxième ou troisième fois – ainsi que les amis, les étudiants et le personnel de l'université. On vérifiait les listes des passagers des avions et des bateaux, on faxait la photographie officielle aux sociétés de chemin de fer, d'autocars, ainsi qu'aux forces de police du Lothian and Borders. Quelqu'un serait chargé de réunir les informations relatives aux cadavres récemment découverts en Écosse tandis qu'une autre équipe se renseignerait auprès des hôpitaux. Puis il y avait les compagnies de taxi et de location de voitures de la région... Tout cela nécessitait du temps et de l'énergie. C'était l'aspect public de l'enquête mais, en coulisse, on poserait d'autres questions à la famille et aux amis de la personne disparue. Rebus estimait que ces interrogatoires généraux ne donneraient rien, pas cette fois.

Finalement, Pryde finit de donner ses instructions au groupe de policiers qui l'entourait. Tandis qu'ils se dispersaient, il aperçut Rebus, lui adressa un énorme clin d'œil, se passa une main sur le front tandis qu'il le rejoignait.

– Il faut faire attention, dit Rebus. Le pouvoir corrompt et tout ça.

– Excuse-moi, dit Pryde en baissant la voix, mais ça m'excite vraiment.

– C'est parce que tu es capable de le faire, Bill. Le siège a mis vingt ans à s'en apercevoir, c'est tout.

Pryde acquiesça.

– Il paraît que tu as refusé le poste, il y a quelque temps.

Rebus leva les yeux au ciel.

– Des rumeurs, Bill. C'est comme l'album de Fleetwood Mac, il vaut mieux les passer sous silence.

La salle était une chorégraphie de mouvements, chacun se consacrant désormais à la tâche qui lui avait été confiée. Quelques-uns enfilaient leur veste, prenaient leurs clés et leur bloc. D'autres remontaient leurs manches, s'installaient confortablement devant leur téléphone ou leur ordinateur. Des chaises neuves avaient fait leur apparition, sortant de quelque recoin obscur du budget. Bleu clair et pivotantes : ceux qui étaient parvenus à s'emparer de l'une d'entre elles étaient sur la défensive, se déplaçaient sans les quitter, grâce aux roulettes, au lieu de marcher, de peur qu'on les en dépossède.

– On ne tiendra plus compagnie au petit ami, annonça Pryde. Ordre de la nouvelle patronne.

– Je suis au courant.

– Les pressions de la famille, ajouta Pryde.

– Le budget de l'opération ne s'en portera pas plus mal, commenta Rebus, qui se redressa. Alors, Bill, je fais quelque chose aujourd'hui ?

Pryde feuilleta les documents de sa planche à pince.

– Trente-sept appels téléphoniques de la population, annonça-t-il.

Rebus leva les mains.

– Ne me regarde pas. Les cinglés et les desperados sont sûrement réservés aux bleus.

Pryde sourit.

– Distribués, reconnut-il, montrant de la tête l'endroit où deux enquêteurs récemment promus semblaient consternés par la charge de travail.

Les appels téléphoniques spontanés constituaient la tâche la plus ingrate. Toute affaire médiatisée apportait son lot de faux aveux et de fausses pistes. Il y avait des gens qui voulaient absolument qu'on s'intéresse à eux, même si cela les amenait à être soupçonnés dans une enquête de police. Rebus en connaissait plusieurs.

– Craw Shand ? supputa-t-il.

Pryde tapota la feuille de papier.

– Déjà trois fois aujourd'hui, prêt à avouer le meurtre.

– Envoie quelqu'un le chercher, dit Rebus. C'est le seul moyen de s'en débarrasser.

Pryde porta sa main libre à son nœud de cravate, comme pour s'assurer qu'il était d'aplomb.

– Les voisins ? proposa-t-il.

Rebus acquiesça.

– Va pour les voisins, dit-il.

Rebus rassembla les notes des interrogatoires initiaux. D'autres hommes avaient été chargés du côté opposé de la rue, si bien que Rebus et trois autres – travaillant en équipes de deux – devaient s'occuper des appartements situés d'un côté et de l'autre de celui de Philippa Balfour. Trente-cinq en tout, dont trois vides, ce qui en laissait trente-deux. Seize adresses par équipe, une quinzaine de minutes chaque fois… quatre heures en tout.

L'équipière de Rebus, la constable Phyllida Hawes, avait fait le calcul tandis qu'ils gravissaient l'escalier du premier immeuble ancien. En réalité, Rebus n'était pas certain qu'on puisse parler d'immeuble ancien, pas à New Town, où abondaient l'architecture géorgienne, les galeries d'art et les antiquaires. Il demanda conseil à Hawes.

– Immeuble tout court ? suggéra-t-elle, suscitant un sourire.

Il y avait un ou deux appartements par palier, les portes s'ornant parfois d'une plaque en cuivre ou en céramique. D'autres s'abaissaient à recourir à une carte de visite ou à un morceau de papier fixés avec du papier collant.

– Je ne suis pas sûre que la Cockburn Association [1] approuverait, fit remarquer Hawes.

Trois ou quatre noms sur une carte de visite : des étudiants, supposa Rebus, issus de milieux moins favorisés que Philippa Balfour.

---

1. *Edinburgh Civic Trust*, fondé en 1875 par Lord Cockburn en vue « de protéger et d'accroître la beauté d'Édimbourg et de ses environs ».

Les paliers étaient clairs et entretenus : paillassons et plantes en pot. On avait suspendu des paniers au-dessus des rampes. Les murs avaient été récemment peints, les escaliers étaient propres. La première cage d'escalier ne présenta aucune difficulté : deux appartements vides, cartes glissées dans les boîtes aux lettres ; un quart d'heure dans les autres appartements – « seulement quelques vérifications… au cas où vous auriez quelque chose à ajouter »… Les occupants avaient secoué la tête, affirmé qu'ils étaient encore sous le choc. Une petite rue si tranquille.

Au rez-de-chaussée, il y avait un appartement donnant directement dans l'entrée. Beaucoup plus luxueux : hall à dallage de marbre noir et blanc, colonnes doriques de part et d'autre. L'occupant le louait à long terme, travaillait dans le « secteur financier ». Rebus vit une structure apparaître : designer, consultant en formation, organisateur d'événements médiatiques… et, maintenant, le secteur financier.

– Les gens n'ont donc plus de vrais emplois ? demanda-t-il à Hawes.

– Ce sont les vrais emplois, répondit-elle.

Ils étaient de retour sur le trottoir et Rebus en profitait pour fumer une cigarette. Il s'aperçut qu'elle la fixait.

– Vous en voulez une ?

Elle secoua la tête.

– Je tiens depuis trois ans.

– Tant mieux pour vous. (Rebus regarda successivement les deux côtés de la rue.) Si c'était le genre d'endroit où il y a des rideaux en dentelle, ils seraient en train de bouger.

– S'il y avait des rideaux en dentelle, on ne pourrait pas regarder à l'intérieur et voir ce qu'on ne peut pas s'offrir.

Rebus garda la fumée, la souffla par le nez.

– Vous savez, quand j'étais jeune, New Town avait un côté désinvolte. Caftans, bric-à-brac, fêtes et bons à rien.

– Il n'y a plus guère de place pour ça aujourd'hui, reconnut Hawes. Où habitez-vous ?

– À Marchmont, répondit-il. Et vous ?

– À Livingston. C'était tout ce que je pouvais me permettre à l'époque.

– J'ai acheté il y a neuf ans. Deux salaires…

Elle le dévisagea :

– Pas de raison de vous excuser.

– Les prix étaient moins fous, alors, c'est tout ce que je voulais dire.

Il s'efforça de ne pas paraître sur la défensive. C'était à cause de sa conversation avec Gill, de sa petite blague qui l'avait déstabilisé. Et de sa visite à Costello, qui avait mis un terme à la surveillance… Peut-être buvait-il vraiment trop et devrait-il voir quelqu'un… Il jeta le mégot de sa cigarette sur la chaussée. La surface était constituée de pierres rectangulaires et luisantes nommées « setts ». Quand il était arrivé en ville, il avait commis l'erreur de les appeler « pavés » ; un autochtone l'avait remis sur le droit chemin.

– Pendant la prochaine visite, dit-il, si on nous offre du thé, on l'accepte.

Hawes acquiesça. Elle avait un peu moins ou un peu plus de quarante ans, des cheveux châtains aux épaules. Son visage était couvert de taches de rousseur et charnu, comme si elle n'avait jamais vraiment perdu ses rondeurs d'enfant. Ensemble pantalon gris et chemisier vert émeraude fermé au niveau du cou par une broche celtique en argent. Rebus l'imaginait aisément pendant un *ceilidh* [1], tournoyant pendant le Déshabillage du saule,

1. Fêtes où on chante et on danse.

son visage exprimant la même concentration que pendant le travail.

Sous l'appartement du rez-de-chaussée, au pied d'un escalier extérieur courbe, se trouvait l'appartement sur jardin, ainsi nommé parce qu'il comportait la jouissance du jardin situé derrière l'immeuble. Devant, les dalles de pierre étaient couvertes de pots de fleurs. Il y avait deux fenêtres, et deux autres au niveau du sol… l'endroit possédant un sous-sol. Deux portes en bois occupaient le mur qui faisait face à l'entrée. Elles permettaient d'accéder à des caves situées sous le trottoir. Sans doute avaient-elles été visitées, mais Rebus tenta d'ouvrir les portes. Elles étaient fermées à clé. Hawes jeta un coup d'œil sur ses notes.

– Grant Hood et George Silvers nous ont précédés ici.

– Mais les portes étaient-elles ouvertes ?

– Je les ai déverrouillées, annonça une voix.

Ils se retournèrent, découvrirent une femme âgée debout sur le seuil de son appartement.

– Voulez-vous les clés ?

– Oui, madame, s'il vous plaît, répondit Phyllida Hawes.

Quand la femme fut rentrée dans son appartement, elle se tourna vers Rebus et fit un T avec les deux index. Rebus, en réponse, leva les pouces.

L'appartement de Mme Jardine était un musée de l'indienne, le refuge des porcelaines veuves et orphelines. Il avait sûrement fallu des semaines pour tricoter au crochet la jetée du dossier de son canapé. Elle s'excusa en raison des très nombreux pots métalliques et boîtes de conserve qui recouvraient pratiquement le plancher de sa serre – « Je ne peux apparemment pas prendre la décision de faire réparer le toit ». Rebus avait suggéré qu'ils y boivent le thé : chaque fois qu'il bougeait, dans l'appartement, il avait l'impression qu'il allait faire tomber un bibelot. Cependant, quand il se mit à pleuvoir, leur conversation fut ponctuée de *plic* et de *ploc* et les éclaboussures du pot placé près de Rebus menacèrent de le tremper comme s'il avait été dehors.

– Je ne connaissais pas cette jeune fille, dit Mme Jardine d'un air attristé. Si je sortais un peu plus, peut-être aurais-je fait sa connaissance.

Hawes regardait par la fenêtre.

– Votre jardin est bien entretenu, dit-elle.

C'était une litote : le jardin long et étroit, bandes de pelouse et parterres de part et d'autre d'un chemin sinueux, était impeccable.

– Mon jardinier, dit Mme Jardine.

Hawes étudia les notes de l'interrogatoire précédent puis secoua presque imperceptiblement la tête : Silvers et Hood n'avaient pas mentionné le jardinier.

– Pouvez-vous nous donner son nom, madame ? demanda Rebus sur un ton affable.

Néanmoins, la vieille femme le regarda d'un air inquiet. Rebus lui sourit et lui proposa un de ses petits pains au lait.

– C'est seulement parce que j'aurai peut-être besoin de ses services, mentit-il.

Ils visitèrent ensuite les caves. Un chauffe-eau antique dans la première, exclusivement du moisi dans la deuxième. Ils firent au revoir de la main à Mme Jardine, la remercièrent de son hospitalité.

– Il y en a qui s'en tirent bien, dit Grant Hood. (Il les attendait sur le trottoir, le col relevé à cause de la pluie.) On ne nous a encore rien offert, ajouta-t-il.

Il faisait équipe avec Daniels, « Lointain ». Rebus le salua d'un signe de tête.

– Qu'est-ce qui se passe, Tommy ? Tu travailles aussi de jour ?

Daniels haussa les épaules.
– J'ai échangé avec quelqu'un.
Il étouffa un bâillement. Hawes tapotait ses notes du bout d'un doigt.
– Tu n'as pas fait ton boulot, dit-elle à Hood.
– Hein ?
– Mme Jardine a un jardinier, expliqua Rebus.
– Si ça continue, on va interroger les éboueurs, dit Hood.
– On l'a fait, lui rappela Hawes. Et on a aussi fouillé les poubelles.
Ils réglaient apparemment une vieille querelle. Rebus envisagea de jouer les bons offices – il appartenait à St Leonard's, comme Hood, et il aurait dû prendre son parti – mais il se contenta d'allumer une nouvelle cigarette. Les joues de Hood avaient rougi. Il était simple constable, même grade que Hawes, mais elle avait davantage d'ancienneté que lui. On ne peut parfois rien faire contre l'expérience, ce qui n'empêcha pas Hood d'essayer.
– Ça n'apporte rien à Philippa Balfour, dit Daniels, mettant un terme à la discussion.
– Bien dit, mon gars, ajouta Rebus.
C'était vrai : dans les enquêtes de grande envergure, on perdait parfois de vue l'unique vérité essentielle. On devenait un rouage minuscule au sein d'une machine et, de ce fait, on présentait des exigences afin de se rassurer sur son importance. La propriété des chaises devenait un problème, parce que c'était une controverse facile, quelque chose qu'on pouvait facilement régler. Contrairement à l'affaire elle-même, l'affaire qui grandissait d'une façon presque exponentielle, où on avait l'impression d'être de plus en plus petit, jusqu'au moment où on ne voyait plus l'unique vérité essentielle – ce que le mentor de Rebus appelait « le DONNÉ » –, à savoir

qu'une personne ou des personnes avaient besoin d'aide. Il fallait élucider un crime, amener le coupable devant la justice : il était bon, de temps en temps, de s'en souvenir.

Ils se séparèrent aimablement, Hood notant ce qui concernait le jardinier et promettant d'aller le voir. Ensuite, il ne restait plus qu'à se remettre à monter les étages. Ils avaient passé pratiquement une heure chez Mme Jardine ; déjà, les calculs de Hawes perdaient leur validité, démontraient une évidence de plus : les enquêtes prennent du temps, comme si les jours se mettaient sur avance rapide et qu'on ne pouvait établir comment les heures avaient passé, qu'on était dans l'incapacité d'expliquer l'épuisement, qu'on n'éprouvait que la frustration d'une tâche inachevée.

Deux occupants absents puis, sur le palier du premier étage, la porte s'ouvrit sur un visage que Rebus reconnut mais ne put situer.

– C'est à propos de la disparition de Philippa Balfour, expliqua Hawes. Deux de mes collègues sont vraisemblablement passés vous voir. Nous voudrions approfondir un peu.

– Oui, bien sûr.

La porte noire laquée s'ouvrit un peu plus largement. L'homme regarda Rebus et sourit.

– Vous avez du mal à me situer, mais je me souviens de vous. (Son sourire s'élargit.) On se souvient toujours des « vierges », n'est-ce pas ?

Dans l'entrée, l'homme annonça qu'il s'appelait Donald Devlin et Rebus le remit. Lors de la première autopsie à laquelle il avait assisté, après son entrée au CID, Devlin était au scalpel. Il était à l'époque professeur d'anatomo-pathologie à l'université et médecin légiste. Sandy Gates était son adjoint. À présent, Gates était professeur d'anatomo-pathologie et le Dr Curt était son assistant. Il y avait, aux murs de l'entrée, des photos encadrées de Devlin recevant des prix et des récompenses.

– Votre nom ne me revient pas, dit Devlin, qui leur fit signe d'entrer dans un salon encombré.

– Inspecteur Rebus.

– Vous étiez sûrement simple détective à l'époque ? devina Devlin.

Rebus acquiesça.

– Vous déménagez, monsieur ? demanda Hawes, qui regarda les nombreux cartons et sacs-poubelle noirs.

Rebus jeta également un coup d'œil circulaire. Tours instables de documents, tiroirs sortis de leurs logements, menaçant de déverser les souvenirs qu'ils contenaient sur la moquette. Devlin eut un rire étouffé. C'était un homme de petite taille, corpulent, d'environ soixante-quinze ans. Son gilet gris avait perdu toute tenue ainsi que la majorité de ses boutons et des bretelles tenaient son pantalon gris anthracite. Son visage était bouffi et couperosé, ses petits yeux bleus des points derrière ses lunettes à monture métallique.

– C'est une façon de voir les choses, j'imagine, répondit-il en remettant un semblant d'ordre dans les quelques mèches de cheveux noirs qui se battaient en duel sur son crâne bombé. Disons que si la Faucheuse est le *nec plus ultra* des déménageurs, je joue le rôle de son assistant bénévole.

Rebus se souvint que Devlin s'exprimait toujours ainsi, ne se contentait jamais de six mots quand douze pouvaient faire l'affaire et qu'il mettait parfois des bâtons dans les roues du dictionnaire. Quand Devlin pratiquait une autopsie, prendre des notes était un cauchemar.

– Vous allez vous installer dans une maison de retraite ? supputa Hawes.

Le vieillard eut un nouveau rire étouffé.

– Pas tout à fait prêt à prendre la porte, hélas. Non, je me débarrasse simplement de ce qui n'a plus d'utilité, facilitant ainsi la tâche des membres de ma famille susceptibles de souhaiter ronger la carcasse de mes biens quand j'aurai tiré ma révérence.

– Éviter qu'ils jettent tout ?

Devlin se tourna vers Rebus.

– Résumé correct et concis de la situation, approuva-t-il.

Hawes avait pris un livre relié en cuir dans un carton.

– Vous vous débarrassez de tout ?

– En aucun cas, dit Devlin. Le volume que vous avez entre les mains, par exemple, est une édition ancienne des croquis anatomiques de Donaldson. J'ai l'intention de l'offrir au Collège des chirurgiens.

– Vous voyez toujours le Pr Gates ? demanda Rebus.

– Oui, Sandy et moi, nous levons le coude ensemble de temps en temps. Il ne va pas tarder à prendre sa retraite, je n'en doute pas, à laisser la place aux jeunes. Nous nous imaginons que cela rend l'existence cyclique mais, bien entendu, tel n'est absolument pas le cas, sauf si on est bouddhiste pratiquant.

Ce qu'il considérait comme une petite blague le fit sourire.

– Mais la pratique du bouddhisme ne signifie pas nécessairement qu'on reviendra, n'est-ce pas ? dit Rebus, accentuant ainsi le ravissement du vieillard.

Rebus fixa un article de journal encadré, accroché au mur à droite de la cheminée : une condamnation pour meurtre datant de 1957.

– Votre première affaire ? supposa-t-il.

– Effectivement. Une jeune mariée tabassée à mort par son mari. Ils étaient venus en voyage de noces à Édimbourg.

– Ça égaye une pièce, fit remarquer Hawes.

– Ma femme aussi le trouvait macabre, reconnut Devlin. Après sa mort, je l'ai ressorti.

– Bon, dit Hawes, qui remit le livre dans le carton et chercha en vain un endroit où s'asseoir. Plus nous en terminerons rapidement, plus vite vous pourrez reprendre votre tri.

– Une pragmatique, voilà qui fait plaisir.

Ils étaient tous les trois debout au milieu d'un vaste tapis persan élimé, redoutant de bouger de peur de déclencher une application pratique de la théorie des dominos, et Devlin semblait s'en satisfaire.

– Est-ce classé, monsieur ? demanda Rebus, ou bien pouvons-nous poser quelques cartons par terre ?

– Il serait préférable de transporter notre tête-à-tête dans la salle à manger.

Rebus acquiesça et le suivit, son regard s'attardant sur une invitation luxueuse posée sur la cheminée en marbre. Elle émanait du Collège royal des chirurgiens, concernait un dîner à Surgeon's Hall. « Habit, cravate blanche et décorations » était-il indiqué en bas. Les seules décorations que Rebus possédât se trouvaient dans une boîte, dans le placard de son entrée. Elles en sortaient à Noël, quand il prenait la peine de le fêter.

La salle à manger était dominée par une longue table en bois et six chaises non capitonnées. Il y avait un passe-plats donnant sur la cuisine et un vaisselier taché sur lequel des assiettes et de l'argenterie poussiéreuses étaient exposées. Les quelques tableaux encadrés dataient apparemment des débuts de la photographie : clichés posés, réalisés en studio, de la vie maritime vénitienne, peut-être des scènes tirées de Shakespeare. La haute fenêtre à guillotine donnait sur le jardin. Rebus constata que le jardinier de Mme Jardine avait modelé son terrain – à dessin ou accidentellement – en forme de point d'interrogation.

Il y avait, sur la table, un puzzle en cours de réalisation : le centre d'Édimbourg vu du ciel.

– L'aide de tous, dit Devlin en passant la main, d'un geste ample, au-dessus du puzzle, sera acceptée avec reconnaissance.

– Ça semble faire beaucoup de pièces, dit Rebus.

– Seulement deux mille.

Hawes, qui s'était enfin présentée, semblait avoir du mal à s'installer confortablement sur sa chaise. Elle demanda à Devlin depuis combien de temps il était à la retraite.

– Douze ans… non, quatorze. Quatorze ans…

Il secoua la tête, étonné par l'aptitude du temps à s'accélérer alors que les battements du cœur ralentissaient.

Hawes regarda ses notes.

– Dans le premier entretien, vous avez dit que vous étiez chez vous ce soir-là.

– C'est exact.

– Et vous n'avez pas vu Philippa Balfour ?

– Jusqu'ici, vos informations sont justes.

Rebus, à qui les chaises n'inspiraient pas confiance, s'appuya contre la tablette de la fenêtre et croisa les bras.

– Mais vous connaissiez Mlle Balfour ? demanda-t-il.

– On échangeait des plaisanteries, oui.

– C'est votre voisine depuis presque un an, dit Rebus.

– Il ne faut pas oublier que nous sommes à Édimbourg, inspecteur Rebus. J'habite cet appartement depuis presque trois décennies… je m'y suis installé après le décès de ma femme. Faire la connaissance de ses voisins prend du temps. Souvent, en réalité, ils déménagent avant que l'occasion s'en soit présentée. (Il haussa les épaules.) Au bout de quelque temps, on renonce à faire l'effort.

– C'est très triste, dit Hawes.

– Et où habitez-vous…

– S'il vous plaît, coupa Rebus, revenons à nos moutons.

Il s'était éloigné de la fenêtre et avait posé les mains sur la table. Il fixait les pièces en désordre du puzzle.

– Bien entendu, fit Devlin.

– Vous avez passé la soirée ici et vous n'avez rien entendu de singulier ?

Devlin leva la tête, appréciant peut-être le dernier mot de Rebus.

– Rien, dit-il au terme d'un bref silence.

– Et vous n'avez rien vu ?

– Dito.

Hawes ne semblait plus seulement inconfortablement installée ; ces réponses l'irritaient visiblement. Rebus s'assit en face d'elle, tenta de saisir son regard, mais elle était prête à poser une question.

– Vous est-il arrivé de vous brouiller avec Mlle Balfour, monsieur ?

– Pour quelle raison nous serions-nous brouillés ?

– Il n'y a plus de raison, bien entendu, affirma froidement Hawes.

Devlin la fixa pendant un instant puis se tourna vers Rebus.

– Je vois que la table vous intéresse, inspecteur.

Rebus s'aperçut qu'il passait les doigts sur le grain du bois.

– Elle date du XIXe siècle, poursuivit Devlin, et c'est un anatomiste qui l'a fabriquée.

Il regarda brièvement Hawes, puis se tourna à nouveau vers Rebus.

– Je me suis effectivement souvenu de quelque chose… c'est probablement sans importance.

– Oui, monsieur ?

– Un homme, dehors.

Rebus sentit que Hawes était sur le point de dire quelque chose, mais il ne lui en laissa pas le temps.

– Quand ?

– Deux jours avant sa disparition, et aussi la veille.

Devlin haussa les épaules, parfaitement conscient de l'effet produit par ses mots. Hawes avait rougi ; elle avait une envie folle de hurler quelque chose du genre : « Quand aviez-vous l'intention de nous le dire ? » Rebus veilla à contrôler sa voix.

– Dehors, sur le trottoir ?

– C'est exact.

– L'avez-vous vu clairement ?

Nouveau haussement d'épaules.

– Entre vingt et trente ans, cheveux noirs et courts… pas en brosse, simplement proprement coupés.

– Pas un voisin ?

– Tout est possible. Je me contente de vous dire ce que j'ai vu. Il semblait attendre quelqu'un ou quelque chose. Je me souviens qu'il regardait sa montre.

– Son petit ami, peut-être ?

– Oh, non. Je connais David.

– Vraiment ? demanda Rebus.

Il regardait toujours le puzzle.

– On bavarde. On s'est rencontrés à plusieurs reprises dans l'escalier. Un jeune homme très bien…

– Comment était-il habillé ? demanda Hawes.

– Qui ? David ?

– L'homme que vous avez vu.

Devlin parut presque jouir du regard hostile qui accompagna les propos de Hawes.

– Une veste et un pantalon, dit-il en jetant un coup d'œil sur son gilet. Je ne peux pas être plus précis, du fait que je n'ai jamais suivi la mode.

C'était vrai : quatorze ans auparavant il portait des gilets semblables sous sa blouse verte de chirurgien, ainsi que des nœuds papillons qui étaient toujours de travers. On ne peut pas oublier la première autopsie : ce qu'on voit, sent, entend, et qui deviendra familier. Crissement du métal sur l'os, bruissement du scalpel fendant la chair. Certains légistes avaient un sens de l'humour cruel et veillaient à corser le spectacle en présence de « vierges ». Mais pas Devlin : il était toujours concentré sur le cadavre, comme s'ils étaient seuls dans la pièce, cet acte ultime de découpage étant accompli avec un décorum à la limite du rituel.

– Croyez-vous, demanda Rebus, que si vous y réfléchissiez, si vous laissiez votre esprit revenir sur ces instants, vous pourriez élaborer un signalement plus précis ?

– J'en doute mais, bien entendu, si vous croyez que c'est important…

– Les premiers jours, monsieur. Comme vous le savez, on ne peut rien négliger.

– Bien entendu, bien entendu.

Rebus traitait Devlin de professionnel à professionnel… et ça marchait.

– Nous pourrions même tenter d'élaborer un portrait-robot, poursuivit Rebus. De cette façon, s'il s'avère que c'est un voisin ou quelqu'un qu'on connaît, nous pourrions l'éliminer immédiatement.

– Ça semble raisonnable, reconnut Devlin.

Rebus appela Gayfield sur son mobile et organisa un rendez-vous pour le lendemain matin. Ensuite, il demanda si Devlin aurait besoin d'une voiture.

– Je devrais pouvoir trouver le chemin. Je ne suis pas encore totalement décrépit, vous savez.

Mais il se leva lentement, les articulations apparemment raides, quand il les raccompagna.

– Merci encore, monsieur, dit Rebus, qui lui serra la main.

Devlin se contenta d'acquiescer, évita de croiser le regard de Hawes, qui n'avait pas l'intention de le remercier. Tandis qu'ils gagnaient le palier suivant, elle marmonna quelque chose que Rebus ne saisit pas.

– Pardon ?

– J'ai dit : foutus hommes.

Elle s'interrompit.

– Excepté celui qui m'accompagne. (Rebus garda le silence, prêt à la laisser se défouler.) Pouvez-vous imaginer pendant une seconde qu'il aurait dit quelque chose à deux femmes ?

– Je crois que cela aurait dépendu de la façon de le manœuvrer.

Hawes le foudroya du regard, cherchant une légèreté qui n'existait pas.

– Une partie de notre travail, continua Rebus, consiste à faire semblant d'apprécier tout le monde, à faire semblant de s'intéresser à tout ce que les gens ont à dire.

– Mais il…

– Il vous tapait sur les nerfs ? À moi aussi. Un peu pompeux, mais il est comme ça ; il ne faut pas le montrer. Vous avez raison : je ne suis pas sûr qu'il aurait parlé. Il aurait considéré que c'était sans importance. Mais il s'est confié, simplement pour vous remettre à votre place.

Rebus sourit et conclut :

– Bon travail. Je n'ai pas souvent l'occasion de jouer le rôle du « bon flic ».

– Ce n'est pas seulement qu'il me tapait sur les nerfs, admit Hawes.

– Qu'est-ce que c'était, alors ?

– Il me fichait les jetons.

Rebus se tourna vers elle.

– Ce n'est pas la même chose ?

Elle secoua la tête.

– La comédie du vieux pote, qu'il a jouée avec vous, m'a un peu irritée, parce que j'en étais exclue. Mais l'article de journal…

– Celui qui était au mur ?

Elle acquiesça.

– Ça m'a fichu les jetons.

– Il était légiste, expliqua Rebus. Ils ont la peau plus épaisse que nous.

Elle réfléchit, puis esquissa un sourire.

– Qu'est-ce qu'il y a ? demanda Rebus.

– Oh, rien, répondit-elle. Mais, en me levant, je me suis rendu compte qu'une pièce du puzzle se trouvait par terre, sous la table.

– Où elle est toujours, devina Rebus qui, maintenant, souriait aussi. Si vous remarquez ce genre de détail, on finira par faire de vous une détective…

Il appuya sur la sonnette suivante et ils se remirent au travail.

La conférence de presse se déroula au siège et fut retransmise en direct à Gayfield Square. Quelqu'un tentait de faire disparaître, avec un mouchoir, les traces de doigts et les taches de l'écran du moniteur tandis que d'autres baissaient les stores à cause du soleil qui s'était soudain mis à briller. Toutes les chaises étant occupées, les gens étaient deux ou trois par bureau. Quelques-uns déjeunaient malgré l'heure tardive : sandwiches et bananes. Il y avait des tasses de thé et de café, des boîtes de jus de fruits. On parlait sans élever la voix. L'opérateur de la caméra de la police, au siège, risquait de se faire engueuler.

– Comme mon gamin de huit ans avec la vidéo…

– J'ai vu *Blair Witch* [1] trop souvent…

Il était vrai que la caméra oscillait latéralement et de haut en bas, filmait les corps à la hauteur de la ceinture, les rangées de pieds, les dossiers des chaises.

– Le spectacle n'a pas commencé, dit une voix plus raisonnable.

C'était exact : les autres caméras, celles de la télé, étaient en cours d'installation et le public – des journalistes, téléphone mobile collé à l'oreille – prenait place. Difficile de distinguer ce qui se disait. Rebus se tenait au fond de la pièce. Un peu trop loin de la télé, mais il n'avait pas l'intention de se déplacer. Bill Pryde était près de lui, visiblement épuisé et s'efforçant tout aussi visiblement de le cacher. Sa planche à pince était devenue un objet réconfortant et il la serrait contre sa poitrine, l'éloignait de temps en temps pour jeter un coup d'œil dessus, comme si de nouvelles instructions risquaient d'apparaître par magie. Les stores étant baissés, des rais de lumière traversaient la pièce et dévoilaient les grains de poussière qui seraient normalement restés invisibles. Rebus se souvint des séances de cinéma de son enfance, de l'impatience qu'il ressentait quand le projecteur s'allumait et que le spectacle commençait.

Sur l'écran, le public s'installait. Rebus connaissait la salle – endroit sans âme que l'on utilisait à l'occasion de séminaires et d'événements tels que celui-ci. Une longue table se dressait à une de ses extrémités, devant un écran bricolé sur lequel se trouvait l'insigne de Lothian and Borders. La caméra de la police pivota quand une porte s'ouvrit et que des gens entrèrent en file indienne dans la pièce, faisant taire le brouhaha. Rebus entendit soudain le bourdonnement des moteurs des caméras. Vit la

---

1. *The Blair Witch Project* (1999), de Daniel Myrick et Eduardo Sanchez.

lumière intense des projecteurs. Ellen Wylie suivie de Gill Templer puis de David Costello et de John Balfour.

– Coupable ! cria quelqu'un qui se trouvait devant Rebus quand la caméra zooma sur le visage de Costello.

Le groupe s'assit derrière une rangée de micros. La caméra resta sur Costello, élargit légèrement le plan afin de montrer la partie supérieure de son corps, mais ce fut la voix de Wylie que le haut-parleur diffusa, après un raclement de gorge nerveux.

– Bonjour, mesdames et messieurs, et merci de vous être joints à nous. Permettez-moi, avant de commencer, d'exposer de quelle façon les choses vont se dérouler...

Siobhan se tenait à la gauche de Rebus. Elle était assise sur un bureau en compagnie de Grant Hood. Hood fixait le plancher. Peut-être se concentrait-il sur la voix de Wylie : Rebus se souvint qu'ils avaient travaillé ensemble, sur l'affaire Grieve, quelques mois auparavant. Siobhan regardait l'écran, mais son regard semblait sans cesse attiré ailleurs. Elle avait une bouteille d'eau et, du bout des doigts, déchirait l'étiquette.

Elle voulait ce boulot, pensa Rebus. Et maintenant, elle souffre. Il aurait aimé qu'elle se tourne vers lui, afin de pouvoir lui offrir quelque chose – un sourire, un haussement d'épaules ou, simplement, un hochement de tête complice. Mais elle regardait à nouveau l'écran. Wylie avait terminé son intervention et Gill Templer avait pris le relais. Elle résumait l'affaire et en précisait les derniers développements. Elle avait de l'assurance, une longue expérience des conférences de presse. Rebus entendit Wylie s'éclaircir une nouvelle fois la gorge. Cela parut agacer Gill. La caméra, cependant, ne s'intéressait pas aux deux représentantes du CID. Elle concentrait son attention sur David Costello et – dans une nettement moindre mesure – sur le père de Philippa Balfour. Les deux hommes étaient côte à côte et la caméra allait lentement de l'un à l'autre. Brefs plans sur Balfour, puis retour sur Costello. L'autofocus fonctionnait bien tant que l'opérateur ne zoomait pas en avant ou en arrière. Dans ce cas, l'image restait floue pendant quelques secondes.

– Coupable, répéta la voix.

– Tu veux parier ? cria quelqu'un d'autre.

– La paix, aboya Bill Pryde.

Le silence se fit dans la pièce. Rebus mima des applaudissements, mais Pryde fixait à nouveau sa planche à pince, puis regarda l'écran, où David Costello prenait la parole. Il n'était pas rasé et portait apparemment les mêmes vêtements que la nuit précédente. Il avait déplié une feuille de papier qu'il avait posée sur la table. Mais quand il parla, il ne jeta pas un seul coup d'œil sur ce qu'il avait écrit. Ses yeux allèrent d'une caméra à l'autre, comme s'il se demandait où il devait regarder. Sa voix était sèche et frêle.

– Nous ne savons pas ce qu'est devenue Flip et nous voulons désespérément savoir. Nous tous, sa famille, ses amis... (Il se tourna brièvement vers Balfour.) Tous ceux qui la connaissent et l'aiment ont besoin de savoir. Flip, si tu vois ceci, prends contact avec l'un d'entre nous, je t'en prie. Afin qu'on sache... qu'il ne t'est rien arrivé. Nous sommes malades d'inquiétude.

Ses yeux s'emplissaient de larmes et brillaient. Il s'interrompit pendant une seconde, baissa la tête puis se redressa. Il prit la feuille de papier, mais n'y vit rien qui n'eût pas été dit. Il tourna la tête, comme s'il cherchait à s'appuyer sur les autres. John Balfour posa une main sur l'épaule du jeune homme et la serra, puis il prit lui-même la parole, sa voix retentissant comme si les micros étaient défectueux.

– Si quelqu'un détient ma fille, je prie cette personne de prendre contact avec moi. Flip a le numéro de mon téléphone mobile personnel. On peut me joindre à toute heure, jour et nuit. Je voudrais m'entretenir avec cette personne, quelle qu'elle soit, quelle que soit la raison de son acte. Et si quelqu'un sait où se trouve Flip, un numéro apparaîtra sur l'écran à la fin de cette émission. J'ai simplement besoin d'être sûr que Flip est saine et sauve. Je demande aux téléspectateurs de prendre le temps de regarder attentivement le portrait de Flip.

Nouveau crépitement de caméras quand il leva la photo. Il pivota lentement, afin que toutes les caméras puissent enregistrer l'instant.

– Elle s'appelle Philippa Balfour et elle a tout juste vingt ans. C'est ma fille. Si vous l'avez vue, ou si vous croyez l'avoir vue, veuillez prendre contact. Merci.

Les journalistes étaient prêts à poser leurs questions, mais David Costello était debout et se dirigeait vers la sortie.

Ce fut une nouvelle fois la voix de Wylie :

– Pas raisonnable pour le moment… je voudrais vous remercier de votre soutien qui ne s'est jamais démenti…

Mais elle était la cible d'un tir nourri de questions. Pendant ce temps, la caméra était restée sur John Balfour. Il semblait tout à fait maître de lui-même, les mains croisées sur la table, tandis que les lumières projetaient son ombre sur le mur, derrière lui.

– Non, vraiment, je ne…

– Monsieur Costello ! criaient les journalistes. Nous voudrions simplement vous demander…

– Madame Wylie, aboya une autre voix, pouvez-vous indiquer les mobiles possibles de l'enlèvement ?

– Nous ne connaissons pas encore les mobiles.

Wylie semblait dépassée.

– Mais vous estimez qu'il s'agit d'un enlèvement.

– Je ne… Non, ce n'est pas ce que je voulais dire.

Puis la voix d'Ellen Wylie fut remplacée par celle de

Gill Templer. La voix de l'autorité. Les journalistes la connaissaient depuis longtemps, et elle les connaissait.

– Steve, dit-elle, vous savez très bien qu'on ne peut spéculer sur de tels détails. Si vous voulez fabriquer des mensonges en vue de vendre du papier, cela vous regarde, mais ce n'est guère respectueux vis-à-vis de la famille et des amis de Philippa Balfour.

Gill, qui commença par exiger le calme, se chargea ensuite de répondre aux questions. Rebus ne voyait pas Ellen Wylie, mais imagina qu'elle se tassait sur elle-même. Les jambes de Siobhan montaient et descendaient, comme sous l'effet d'une montée soudaine d'adrénaline. Balfour interrompit Gill et dit qu'il voulait répondre à deux des points soulevés. Il le fit avec calme et efficacité, puis la conférence de presse arriva à son terme.

– Un type qui a la tête sur les épaules, constata Pryde avant d'aller rassembler ses troupes.

Le moment de reprendre le véritable travail était venu. Grant Hood rejoignit Rebus.

– Rappelez-moi, dit-il, quel est le poste de police où on croit le moins à la culpabilité du petit ami ?

– Torphichen, répondit Rebus.

– C'est là que je vais mettre mon argent.

Il guetta la réaction de Rebus, n'en obtint aucune.

– Enfin, inspecteur, reprit-il, c'était écrit sur son visage !

Rebus se souvint de son entretien nocturne avec Costello… de l'histoire des yeux et de la façon dont Costello avait approché le visage du sien.

Hood secouait la tête quand il s'éloigna de Rebus. On avait relevé les stores, le bref intermède ensoleillé étant terminé et de gros nuages gris couvrant la ville. La cassette de l'intervention de Costello serait confiée aux psychologues. Ils chercheraient un miroitement quelconque, une brève illumination. Il n'était pas certain qu'ils trouveraient. Siobhan se tenait devant lui.

– Intéressant, n'est-ce pas ? dit-elle.

– Je ne crois pas que Wylie soit faite pour les relations publiques, répondit Rebus.

– Elle n'avait rien à faire là. Une affaire comme celle-là pour son baptême du feu… c'était carrément la jeter dans la fosse aux lions.

– Ça ne t'a pas fait plaisir ? demanda-t-il, sournois.

Elle le dévisagea.

– Je n'aime pas les sports violents.

Elle parut sur le point de s'éloigner, hésita.

– Qu'est-ce que tu en penses vraiment ?

– Je pense que tu avais raison, que c'était intéressant. Singulièrement intéressant.

Elle sourit.

– Tu t'en es aperçu, toi aussi.

Il acquiesça.

– Costello disait toujours « nous » tandis que le père employait « je ».

– Comme si la mère de Flip ne comptait pas.

Rebus réfléchissait.

– Ça signifie peut-être simplement que M. Balfour est très imbu de lui-même. Est-ce qu'il serait le premier banquier dans ce cas ? Comment marchent les histoires d'ordinateur ?

Elle sourit : « histoires d'ordinateur » résumait pratiquement l'étendue des connaissances de Rebus sur les disques durs et le reste.

– J'ai franchi l'obstacle de son mot de passe.

– Ce qui signifie ?

– Ce qui signifie que je vais pouvoir lire ses e-mails récents… dès que j'aurai regagné mon bureau.

– Impossible d'accéder aux anciens ?

– C'est fait. Bien entendu, il est impossible de dire si des documents ont été effacés… Enfin, je crois.

– Ils ne sont pas stockés sur… l'unité centrale ?

Elle rit.

– Tu penses aux films d'espionnage des années 1960, aux ordinateurs qui occupaient des pièces entières.

– Désolé.

– Ne t'en fais pas. Tu t'en tires bien, même si tu crois que ROM a quelque chose à voir avec la Ville éternelle.

Ils étaient sortis du bureau et se trouvaient dans le couloir.

– Je retourne à St Leonard's. Tu veux que je t'emmène ?

Elle secoua la tête.

– J'ai ma voiture.

– Très bien.

– Il semblerait qu'on va être branchés sur HOLMES.

C'était une technologie nouvelle que Rebus connaissait : le Home Office Large Major Enquiry System. C'était un programme qui collationnait les informations, en accélérait le rassemblement et le tri. Son entrée en scène signifiait que la disparition de Philippa Balfour était désormais l'affaire prioritaire.

– Ça ne serait pas drôle si elle réapparaissait au terme d'une soudaine fringale de shopping, fit Rebus, songeur.

– Ce serait un soulagement, dit Siobhan, grave. Mais je n'y crois pas. Et toi ?

– Non, souffla Rebus.

Puis il alla manger quelque chose sur le chemin du retour à la base.

Quand il fut à nouveau installé à son bureau, il reprit les dossiers, concentra son attention sur la famille. John Balfour était l'héritier de deux générations de banquiers. L'entreprise avait vu le jour dans Charlotte Square, à

Édimbourg, au début des années 1900. Au début des années 1940, l'arrière-grand-père de Philippa avait confié la direction de la banque au grand-père de la jeune fille, qui n'avait cédé la place que dans les années 1980, époque à laquelle John Balfour avait pris le relais. Presque aussitôt, le père de Philippa avait ouvert un bureau à Londres et y avait rassemblé l'essentiel des activités de l'entreprise. Philippa avait fréquenté une école privée de Chelsea. La famille était revenue dans le Nord à la fin des années 1980, après le décès du père de John, Philippa allant alors à l'école à Édimbourg. Ils habitaient un manoir, Les Genévriers, situé sur huit hectares de terre entre Gullane et Haddington. Rebus se demanda ce qu'en pensait Jacqueline, l'épouse de Balfour. Onze chambres, cinq réceptions… et son mari à Londres au moins quatre jours par semaine. Un vieil ami de John Balfour, Ranald Marr, dirigeait le bureau d'Édimbourg, qui se trouvait toujours au même endroit, dans Charlotte Square. Les deux hommes avaient fait connaissance à l'université, étaient partis ensemble passer leur MBA aux États-Unis. Rebus avait qualifié Balfour de banquier, mais il dirigeait en réalité une petite banque d'affaires privée adaptée aux besoins de ses clients, élite fortunée exigeant des conseils en investissements, la gestion de portefeuilles et le prestige du chéquier à couverture de cuir de Balfour.

Quand Balfour avait été interrogé, l'accent avait été mis sur la possibilité d'un enlèvement contre rançon. La ligne privée de la famille ainsi que celles des bureaux d'Édimbourg et de Londres avaient été placées sur écoute. Le courrier était intercepté, au cas où la demande de rançon serait envoyée par ce moyen : moins les empreintes à traiter étaient nombreuses, mieux c'était. Mais, pour le moment, ils n'avaient reçu que des mots envoyés par de mauvais plaisants. Une autre possibilité était une affaire ayant mal tourné, la vengeance étant le mobile. Mais Balfour affirmait catégoriquement qu'il n'avait pas d'ennemis. Néanmoins, il avait refusé tout accès aux archives concernant ses clients.

– Ces gens me font confiance. Sans cette confiance, la banque coule.

– Monsieur, respectueusement, le sort de votre fille pourrait dépendre…

– J'en suis parfaitement conscient !

Par la suite, l'entretien n'avait jamais perdu un aspect conflictuel.

Au bout du compte, on estimait que Balfour pesait au moins cent trente millions, la fortune personnelle de John Balfour se montant approximativement à cinq pour cent de l'ensemble. Six millions et demi de raisons d'enlever Philippa. Mais des professionnels se seraient-ils manifestés maintenant ? Rebus n'en était pas sûr.

Jacqueline Balfour était née Jacqueline Gil-Martin, fille d'un diplomate propriétaire terrien, le domaine familial représentant environ quatre cent cinquante hectares du Perthshire. Le père était décédé et la mère s'était installée dans une petite maison située sur le domaine. Les terres étaient gérées par la banque de Balfour et le manoir, Laverock Lodge, abritait désormais des séminaires et autres congrès. La télévision y avait apparemment tourné une dramatique, même si son titre ne disait rien à Rebus. Jacqueline n'avait pas pris la peine de faire des études universitaires et avait occupé divers emplois, essentiellement d'assistante personnelle d'un homme d'affaires quelconque. Elle gérait Laverock Lodge quand elle avait rencontré John Balfour, à l'occasion d'une visite à la banque de son père, à Édimbourg. Ils s'étaient mariés l'année suivante et Philippa était née deux ans plus tard.

Un seul enfant. John Balfour était fils unique, mais Jacqueline avait deux sœurs et un frère, qui ne vivaient pas en Écosse. Le frère avait suivi les traces de son père et était affecté à Washington par le Foreign Office. Rebus se rendit soudain compte que la dynastie Balfour était confrontée à un problème. Il n'imaginait pas Philippa entrant avec enthousiasme dans la banque de papa et se demanda pourquoi le couple n'avait pas tenté d'avoir un fils.

Mais tout cela, selon toute probabilité, était sans lien avec l'enquête. Néanmoins, c'était l'aspect du travail que Rebus aimait : établir un réseau de relations, scruter la vie des autres, chercher et s'interroger…

Il passa aux notes consacrées à David Costello. Né et élevé à Dublin, la famille s'installant au sud de la ville, à Dalkey, au début des années 1990. Le père, Thomas Costello, n'avait apparemment jamais travaillé, la rente constituée par son père, un promoteur immobilier, subvenant à ses besoins. Le grand-père de David était propriétaire de plusieurs sites prestigieux du centre de Dublin et vivait confortablement de leur exploitation. Il possédait en outre une demi-douzaine de chevaux de course et, par les temps qui couraient, ne s'occupait que d'eux.

La mère de David, Theresa, était également un phénomène. Elle était originaire de ce qu'on pourrait appeler l'échelon inférieur de la classe moyenne : mère infirmière, père instituteur. Theresa avait fréquenté les beaux-arts mais n'y était pas restée et avait trouvé un emploi, fait vivre la famille quand, sa mère étant atteinte d'un cancer, son père avait craqué. Elle avait été vendeuse dans un grand magasin, puis étalagiste, ensuite architecte d'intérieur – d'abord dans des boutiques, puis chez des personnes fortunées. C'est ainsi qu'elle avait rencontré Thomas Costello. Quand ils se marièrent, ses parents étaient morts. Theresa n'avait probablement pas besoin de travailler, mais elle le fit tout de même, développa son entreprise individuelle jusqu'au moment où sa société employa cinq personnes et réalisa un chiffre d'affaires de plusieurs millions. Elle avait des clients à l'étranger et leur nombre continuait de grandir. Elle avait cinquante et un ans et ne ralentissait pas le rythme tandis que son mari, qui avait un an de moins qu'elle, restait un homme du monde. Des articles de la presse irlandaise le montraient aux courses, dans les garden-parties et ainsi de suite. Sur les clichés, il n'apparaissait jamais en compagnie de Theresa. Deux chambres dans leur hôtel d'Édimbourg… Comme avait dit leur fils, ce n'était pas un délit.

David était entré tardivement à l'université, parce qu'il avait voyagé pendant un an. Il était à présent en troisième année de licence de langue et littérature anglaise. Rebus se souvint des livres de sa bibliothèque : Milton, Wordsworth, Hardy…

– Le paysage te plaît, John ?

Rebus ouvrit les yeux.

– Plongé dans mes pensées, George.

– Donc tu ne t'endormais pas ?

Rebus le foudroya du regard.

– Loin de là.

Tandis que « Hi-Ho » Silvers s'éloignait, Siobhan arriva et s'appuya contre le côté du bureau de Rebus.

– Est-ce que tu étais profondément plongé dans tes pensées ?

– Je me demandais si Rabbie Burns [1] pouvait avoir assassiné une de ses maîtresses.

Elle se contenta de le dévisager.

– Ou bien si quelqu'un qui lit de la poésie pourrait l'avoir fait.

– Je ne vois pas en quoi ça pourrait l'en empêcher.

---

1. Robert Burns (1759-1796). Poète écossais dont le goût pour le whisky et les femmes est légendaire.

Est-ce qu'un commandant de camp de la mort n'écoutait pas Mozart le soir ?

– Voilà une idée réconfortante.

– Je suis toujours prête à égayer un peu tes journées. Et maintenant si tu me rendais un service ?

– Comment pourrais-je refuser ?

Elle lui donna une feuille.

– Dis-moi ce que ça signifie, d'après toi.

Sujet : Bord de l'enfer
Date : 5/9
De : Quizmaster@PaganOmerta.com
À : Flipside1223@HXRmail.com
As-tu survécu au Bord de l'enfer ? Le temps passe.
L'Étranglement attend ton appel.
QuiM

Rebus la dévisagea.

– Tu vas me donner un indice ?

Elle reprit la feuille.

– C'est un e-mail que j'ai tiré. Philippa avait reçu une vingtaine de messages depuis sa disparition. Tous, hormis celui-ci, sont adressés à son autre nom.

– Son autre nom ?

– Les fournisseurs d'accès Internet permettent généralement à leurs clients d'utiliser plusieurs pseudonymes, jusqu'à cinq ou six.

– Pourquoi ?

– Pour qu'ils puissent être… des gens différents, je suppose. Flipside1223 est une sorte d'alias. Ses autres e-mails étaient tous adressés à Flip, point, Balfour.

– Qu'est-ce que ça signifie ?

Siobhan chassa l'air contenu dans ses poumons.

– C'est ce que je me demande. Ça veut peut-être dire qu'il y a un côté de sa personnalité qu'on ne connaît pas.

Il n'y a pas un seul message enregistré, reçu ou envoyé, au nom de Flipside1223. Donc, soit elle les efface au fur et à mesure, soit celui-ci lui est parvenu par erreur.

– Mais ce n'est sûrement pas une coïncidence, n'est-ce pas ? dit Rebus. Son surnom est Flip.

Siobhan hochait la tête.

– Bord de l'enfer, Étranglement, PaganOmerta…

– L'omerta est la loi du silence de la mafia, affirma Rebus.

– Et Quizmaster, dit Siobhan. Il ou elle signe QuiM. Il y a là quelque chose comme de l'humour juvénile.

Rebus regarda une nouvelle fois le message.

– Je n'y comprends rien, Siobhan. Qu'est-ce que tu as envie de faire ?

– Je voudrais retrouver la personne qui a envoyé ça, mais ça ne sera pas facile. Je ne vois qu'une solution : répondre.

– Apprendre à cette personne que Philippa a disparu ?

Siobhan baissa la voix :

– Je la voyais plutôt répondre.

Rebus réfléchit.

– Tu crois que ça marcherait ? Qu'est-ce que tu dirais ?

– Je n'ai pas encore décidé.

À la façon dont elle croisa les bras, Rebus comprit qu'elle le ferait de toute façon.

– Parles-en à la superintendante Templer quand elle reviendra, dit-il.

Siobhan acquiesça et s'éloigna, mais il la rappela.

– Tu as fait des études universitaires. Dis-moi, est-ce que tu as fréquenté des étudiants comparables à Philippa Balfour ?

– C'est un autre univers. Ni travaux pratiques ni

cours magistraux. Il y en avait que je ne voyais que dans la salle d'examen. Et tu sais quoi ?

– Quoi ?

– Ces crétins réussissaient toujours…

Ce soir-là, Gill Templer organisa un dîner au Palm Court de l'hôtel Balmoral, afin de fêter sa promotion. Un pianiste en smoking jouait dans le coin opposé. Il y avait une bouteille de champagne dans le seau à glace. On avait posé des coupelles d'amuse-gueules sur la table.

– N'oubliez pas de garder de la place pour le dîner, dit Gill à ses invitées.

Une table était réservée pour vingt heures trente au Hadrian. Il était un peu plus de sept heures et demie et la dernière convive franchit la porte.

Siobhan enleva son manteau et s'excusa. Un serveur prit son vêtement. Un autre versait déjà du champagne dans son verre.

– Santé, dit-elle en s'asseyant et en levant son verre. Et félicitations.

Gill Templer leva également son verre et s'autorisa un sourire.

– Je crois que je les mérite, répondit-elle, suscitant une approbation enthousiaste.

Siobhan connaissait deux des convives. Il s'agissait d'avocates fiscalistes avec qui elle avait travaillé dans le cadre de plusieurs procès. Harriet Brough approchait de la cinquantaine, cheveux noirs permanentés (peut-être même teints), corps caché sous des couches de tweed et de coton épais. Diana Metcalf avait un peu plus de quarante ans, de courts cheveux blond cendré et les yeux très enfoncés dans les orbites, caractéristique qu'elle ne cachait pas, mais accentuait grâce à de l'ombre à paupières foncée. Elle portait toujours des vêtements de couleurs vives, ce qui soulignait son aspect fragile, sous-alimenté.

– Et voici Siobhan Clarke, disait Gill à la troisième convive, qui est constable au sein de mon poste de police.

Elle dit « mon poste de police » comme si l'endroit lui appartenait, désormais, et Siobhan songea que ce n'était peut-être pas très éloigné de la vérité.

– Siobhan, je vous présente Jean Burchill. Jean travaille au musée.

– Oh ? Lequel ?

– Le Museum of Scotland, répondit Burchill. L'avez-vous visité ?

– J'ai déjeuné à The Tower, un jour, répondit Siobhan.

– Ce n'est pas tout à fait la même chose.

Burchill laissa traîner la voix.

– Non, je voulais dire… (Siobhan chercha une façon diplomatique de s'exprimer.) J'y ai déjeuné juste après l'ouverture. Le type avec qui j'étais… Enfin : expérience désagréable. Ça ne m'a pas donné envie d'y retourner.

– Compris, dit Harriet Brough comme si le sexe opposé pouvait expliquer tous les désagréments de la vie.

– Bon, dit Gill, c'est une soirée entre femmes, donc nous pouvons nous détendre.

– Sauf si on va ensuite dans une boîte de nuit, dit Diana Metcalf, les yeux brillants.

Gill se tourna vers Siobhan.

– Avez-vous envoyé cet e-mail ? demanda-t-elle.

Jean Burchill protesta :

– On ne parle pas boutique.

Les fiscalistes approuvèrent bruyamment, mais Siobhan acquiesça tout de même, afin que Gill sache que le message était parti. Rien ne prouvait cependant que quelqu'un s'y laisserait prendre. C'était pour cette raison qu'elle était arrivée un peu en retard. Elle avait consacré trop de temps à parcourir les e-mails de Philippa, ceux qu'elle avait envoyés à ses amis, dans l'espoir d'établir quel ton serait convaincant, quels mots employer et dans quel ordre. Elle avait rédigé une douzaine de versions avant de décider de rester simple. Mais quelques-uns des e-mails de Philippa étaient comme de longues lettres bavardes : et si ses messages précédents adressés à Quizmaster étaient identiques ? Comment réagirait-il, ou réagirait-elle, à cette réponse brève, qui ne correspondait pas à sa personnalité ? *Problème. Il faut que je vous parle. Flipside.* Puis un numéro de téléphone, celui du mobile de Siobhan.

– J'ai vu la conférence de presse à la télé ce soir, dit Diana Metcalf.

Jean Burchill gémit.

– Qu'est-ce que je viens de dire ?

Metcalf posa sur elle ses grands yeux sombres, méfiants.

– Ce n'est pas parler boutique, Jean. Les gens ne discutent que de ça.

Puis elle se tourna vers Gill et demanda :

– Je ne crois pas que ce soit le petit ami, et toi ?

Gill se contenta de hausser les épaules.

– Tu vois ? dit Burchill, Gill n'a pas envie d'en parler.

– C'est plus vraisemblablement le père, dit Harriet Brough. Mon frère est allé à l'école avec lui. Il a vraiment la tête sur les épaules.

Elle s'exprimait avec une assurance et une autorité qui dévoilaient ses origines. Siobhan se dit qu'elle avait probablement décidé d'être avocate à l'école maternelle.

– Où était la mère ? demanda ensuite Brough à Gill.

– C'était au-dessus de ses forces, répondit Gill. Mais on lui a demandé de venir.

– Elle n'aurait pas pu s'en tirer plus mal que les deux hommes, déclara Brough en prenant des noix de cajou dans la coupelle qui se trouvait près d'elle.

Gill parut soudain fatiguée. Siobhan décida de changer de sujet et demanda à Jean Burchill ce qu'elle faisait au musée.

– Je suis conservatrice en chef, répondit Burchill. Je suis principalement spécialisée dans les XVIIIe et XIXe siècles.

– Principalement spécialisée, intervint Harriet Brough, dans la mort.

Burchill sourit.

– C'est vrai, j'organise des expositions sur les croyances et…

– Ce qui est plus vrai, coupa Brough, c'est qu'elle rassemble de vieux cercueils et des photos de cadavres d'enfants de l'époque victorienne. J'ai mal au ventre chaque fois que je passe par hasard à l'étage où ça se trouve, quel qu'il soit.

– Le quatrième, dit Burchill sans s'émouvoir.

Siobhan la trouvait très jolie. De petite taille et mince, ses cheveux châtains et raides coupés comme l'étaient autrefois ceux des pages. Elle avait une fossette au menton, ses joues étaient bien dessinées et rosées, même dans l'éclairage tamisé du Palm Court. Elle n'était pas maquillée et n'avait pas besoin de l'être. Elle portait des teintes atténuées, pastel : veste et pantalon que les vendeuses de la boutique qualifiaient sûrement de « taupe », pull en cachemire gris sous la veste et châle rouille attaché sur l'épaule à l'aide d'une broche Rennie Mackintosh. Elle aussi, presque la cinquantaine. Siobhan prit soudain conscience du fait qu'elle était la plus jeune, avait probablement quinze ans de moins que les autres.

– On est allées à l'école ensemble, Jean et moi, expliqua Gill. Puis on s'est perdues de vue et on s'est retrouvées par hasard il y a quatre ou cinq ans.

Ce souvenir fit sourire Burchill.

– Je ne voudrais pas rencontrer les gens avec qui je suis allée à l'école, dit Harriet Brough, la bouche pleine d'amandes. Rien que des cons.

– Encore un peu de champagne, mesdames ? demanda le serveur en sortant la bouteille du seau à glace.

– C'est pas trop tôt, fit sèchement Brough.

Entre le dessert et le café, Siobhan alla aux toilettes. Sur le chemin du retour, dans le couloir, elle rencontra Gill.

– Les grands esprits, dit Gill, souriante.

– C'était excellent, Gill. Vous êtes sûre que je ne peux pas…

Gill posa une main sur son bras :

– Vous êtes mon invitée. Ce n'est pas tous les jours que j'ai l'occasion de fêter quelque chose.

Son sourire s'estompa et elle demanda :

– Vous croyez que votre e-mail va marcher ?

Siobhan se contenta de hausser les épaules et Gill hocha la tête, accepta cette analyse.

– Qu'est-ce que vous avez pensé de la conférence de presse ?

– La jungle habituelle.

– Parfois ça marche, fit Gill, songeuse.

Elle avait bu trois verres de vin, en plus du champagne, mais seules une légère inclinaison de la tête et une lourdeur des paupières trahissaient ce modeste excès de boisson.

– Puis-je vous dire quelque chose ? demanda Siobhan.

– Nous ne sommes pas en service, Siobhan. Dites ce que vous voulez.

– Vous n'auriez pas dû prendre Ellen Wylie.

Gill la dévisagea.

– J'aurais dû vous prendre, hein ?

– Ce n'est pas ce que je voulais dire. Mais confronter quelqu'un à ça dès sa nomination au poste d'attaché de presse…

– Vous auriez fait mieux ?

– Ce n'est pas ce que je dis.

– Alors qu'est-ce que vous dites ?

– Je dis que c'était la jungle et que vous l'y avez envoyée sans carte.

– Attention, Siobhan.

La voix de Gill avait perdu sa chaleur. Elle réfléchit pendant quelques instants, puis renifla. Quand elle reprit la parole, son regard resta rivé sur le couloir.

– Ellen Wylie me cassait les oreilles depuis des mois. Elle voulait le service de presse et, dès que ça s'est avéré possible, je le lui ai donné. Il fallait que je voie si elle était aussi bonne qu'elle croyait. (Elle se tourna alors vers Siobhan. Leurs visages étaient si proches l'un de l'autre que Siobhan sentit le vin.) Elle n'a pas été à la hauteur.

– Qu'est-ce que ça vous a fait ?

Gill leva un doigt.

– N'allez pas trop loin, Siobhan. J'ai déjà assez de problèmes.

Elle parut sur le point d'ajouter quelque chose, mais se contenta d'agiter le doigt et de se forcer à sourire.

– On parlera de ça plus tard, dit-elle en passant près de Siobhan et en poussant la porte des toilettes ; puis elle s'immobilisa : Ellen n'est plus chargée du service de presse. J'avais l'intention de vous proposer…

La porte se ferma derrière elle.

– Ne me favorisez pas, dit Siobhan – mais elle le dit à la porte fermée.

C'était comme si Gill était devenue dure du jour au lendemain, l'humiliation d'Ellen Wylie une simple démonstration de puissance. En fait… Siobhan avait envie du service de presse mais, en même temps, se dégoûtait parce que le spectacle auquel elle avait assisté lui avait plu. La déconfiture d'Ellen Wylie lui avait plu.

Quand Gill sortit des toilettes, Siobhan était assise sur une chaise, dans le couloir. Elle s'immobilisa devant elle, la regarda.

– Le spectre du festin, constata-t-elle avant de s'éloigner.

3

– Je m'attendais à une sorte de caricaturiste des rues, dit Donald Devlin.

Aux yeux de Rebus, il portait exactement les mêmes vêtements que lors de leur rencontre précédente. Le légiste à la retraite était installé à un bureau, près d'un ordinateur et du seul policier de Gayfield Square capable d'utiliser Facemaker. Ce programme était une banque de données d'yeux, d'oreilles, de nez et de lèvres, complétée par des effets spéciaux permettant d'affiner les détails. Rebus comprit comment les anciens collègues du Paysan étaient parvenus à greffer sa tête sur des torses de culturistes.

– Les choses ont un peu évolué, se contenta de répondre Rebus.

Il buvait du café provenant du bar voisin ; il ne valait pas celui de sa *barista*, mais il était meilleur que celui du distributeur automatique du poste de police. Il avait eu une nuit agitée et s'était réveillé à plusieurs reprises, trempé de sueur et tremblant, dans le fauteuil de son salon. Cauchemars et sueurs nocturnes. Quoi que le médecin lui dise, il était sûr que son cœur allait bien… il sentait qu'il pompait, faisait son travail.

Maintenant, c'était tout juste si le café lui évitait de bâiller. Le policier penché sur l'ordinateur avait terminé le premier jet et l'imprimait.

– Il y a *quelque chose*… quelque chose qui ne va pas

tout à fait, dit Devlin une fois de plus. (Rebus jeta un coup d'œil. C'était un visage anonyme et facile à oublier.) Il pourrait presque être féminin. Pourtant je suis sûr que c'était un homme.

– Qu'est-ce que vous dites de ça ? demanda le policier, qui cliqua sur la souris.

Sur l'écran, le visage se couvrit d'une barbe broussailleuse.

– Oh, c'est absurde, protesta Devlin.

– Le sens de l'humour du constable Tibbet, monsieur le professeur, expliqua Rebus.

– Je fais de mon mieux, vous savez.

– Nous en sommes conscients, monsieur. Tibbet, supprime la barbe.

Tibbet supprima la barbe.

– Vous êtes sûr que ça ne pouvait pas être David Costello ? demanda Rebus.

– Je connais David. Ce n'était pas lui.

– Vous le connaissez bien ?

Devlin battit des paupières.

– On a bavardé à plusieurs reprises. On s'est rencontrés dans l'escalier, un jour, et je l'ai interrogé sur les livres qu'il avait. *Le Paradis perdu*, de Milton. On a parlé.

– Fascinant.

– Ça l'était, croyez-moi. Ce jeune homme n'a pas un petit pois dans la tête.

Rebus réfléchissait.

– Vous croyez qu'il pourrait tuer, professeur ?

– Tuer ? David ? (Devlin rit.) À mon avis, il ne trouverait pas cela assez cérébral, inspecteur.

Il s'interrompit, puis demanda :

– Est-il toujours suspect ?

– Vous savez comment la police travaille, professeur. Le monde est coupable jusqu'à preuve du contraire.

– Je croyais que c'était l'inverse : innocent jusqu'à preuve du contraire.

– Il semblerait que vous nous confondiez avec les avocats, monsieur. Vous dites que vous ne connaissiez pas vraiment Philippa ?

– On se rencontrait également dans les escaliers. À la différence de David, elle n'avait apparemment jamais envie de s'arrêter.

– Un peu orgueilleuse, hein ?

– Je n'irai pas jusque-là. Toutefois elle a été élevée dans une atmosphère plutôt raréfiée, n'est-ce pas ? En réalité, ajouta-t-il, songeur, mes économies sont placées chez Balfour.

– Donc vous connaissez son père ?

Les yeux de Devlin pétillèrent.

– Grand Dieu, non. Je suis très loin de compter au nombre des clients les plus importants.

– Je voulais vous demander, dit Rebus, votre puzzle avance-t-il ?

– Lentement. Mais c'est le plaisir inhérent à cette activité, n'est-ce pas ?

– Je n'ai jamais beaucoup apprécié les puzzles.

– Il y en a pourtant qui vous fascinent. J'ai eu Sandy Gates hier soir au téléphone, et il m'a tout raconté sur vous.

– Les bénéfices des Telecom ont dû monter en flèche.

Ils échangèrent un sourire et se remirent au travail.

Une heure plus tard, Devlin décida que le portrait précédent était plus proche de la réalité. Heureusement Tibbet avait enregistré toutes les versions.

– Oui, dit Devlin, c'est loin d'être parfait, mais je suppose que c'est satisfaisant…

Il se leva.

– Pendant que vous êtes ici, professeur…

Rebus fouillait dans un tiroir. Il en sortit une chemise épaisse pleine de photos.

– Il faudrait que vous jetiez un coup d'œil sur quelques clichés.

– Des clichés ?

– Des photos des voisins de Mlle Balfour, de ses condisciples de l'université.

Devlin acquiesça, mais sans enthousiasme.

– La technique de l'élimination ?

– Si vous vous en sentez capable, professeur.

Devlin soupira.

– Peut-être du thé, pas fort, favoriserait-il la concentration ?...

– Je crois que nous pourrons trouver ça.

Rebus se tourna vers Tibbet, qui manœuvrait sa souris. Quand Rebus approcha, il vit un visage sur l'écran. Il ressemblait beaucoup à celui de Devlin, à l'exception des cornes.

– Tibbet va aller en chercher, dit Rebus.

Tibbet veilla à sauvegarder l'image avant de se lever...

Quand Rebus regagna St Leonard's, la nouvelle d'une perquisition à peine voilée venait d'arriver, celle, cette fois, du garage de Carlton Road qui abritait la MG de David Costello. L'unité de police scientifique de Howdenhall s'y était rendue et n'avait apparemment rien trouvé d'intéressant. On savait en effet que les empreintes digitales de Flip Balfour seraient présentes dans la voiture. Pas étonnant non plus que des objets lui appartenant – un tube de rouge à lèvres, des lunettes de soleil – se soient trouvés dans la boîte à gants. Le garage lui-même était propre.

– Pas de congélateur fermé par un cadenas ? supputa Rebus. Pas de trappe donnant sur la salle de torture ?

Daniels le Lointain secoua la tête. Il jouait les coursiers, assurait le transfert de documents entre Gayfield et St Leonard's.

– Un étudiant qui roule en MG, commenta-t-il en secouant la tête.

– Peu importe la voiture, dit Rebus, ce garage est sûrement plus cher que ton appartement.

– Bon sang, vous avez peut-être raison.

Le sourire qu'ils échangèrent fut amer. Tout le monde était affairé : les temps forts de la conférence de presse de la veille – sans l'intervention d'Ellen Wylie – avaient été diffusés au journal télévisé du soir. À présent, il fallait vérifier les informations relatives à l'étudiante disparue et cela nécessitait de nombreux coups de téléphone…

– Inspecteur Rebus ?

Rebus se tourna vers la voix.

– Dans mon bureau.

Et c'était son bureau. Il reflétait déjà sa personnalité. Soit le bouquet posé sur le classeur parfumait l'air, soit elle utilisait un aérosol. Le fauteuil du Paysan avait disparu, remplacé par un modèle plus pratique. Alors que Watson était souvent avachi, Gill se tenait droite, comme si elle était sur le point de se lever. Elle tendit une feuille de papier, et Rebus fut obligé de quitter le fauteuil du visiteur pour la prendre.

– Un endroit qui s'appelle Falls, dit-elle. Tu connais ?

Il secoua lentement la tête.

– Moi non plus, reconnut-elle.

Rebus lisait la note. C'était un message téléphonique. On avait trouvé une poupée à Falls.

– Une poupée ? fit-il.

Elle acquiesça.

– Il faut que tu ailles jeter un coup d'œil.

Rebus éclata de rire.

– Tu te moques de moi.

Mais quand il leva la tête, le visage de Gill était impassible.

– C'est la punition ?

– De quoi ?

– Je ne sais pas. Peut-être d'avoir été surpris en état d'ébriété par John Balfour.

– Je ne suis pas mesquine à ce point.

– Je commence à me le demander.

Elle le fixa.

– Continue. J'écoute.

– Ellen Wylie.

– Et alors ?

– Elle ne méritait pas ça.

– Tu es un de ses fans ?

– Elle ne méritait pas ça.

Elle plaça une main derrière une oreille.

– Il y a de l'écho, ici ?

Le silence se fit dans la pièce, tandis qu'ils s'affrontaient du regard. Quand le téléphone sonna, Gill parut avoir envie de ne pas décrocher. Elle finit par tendre la main, sans quitter Rebus des yeux.

– Oui ?

Elle écouta pendant quelques instants, dit :

– Oui, monsieur. J'y serai.

Elle baissa les yeux afin de raccrocher, poussa un profond soupir.

– Il faut que je m'en aille, annonça-t-elle. Réunion avec le directeur adjoint. Va à Falls, d'accord ?

– Tu veux m'éloigner, n'est-ce pas ?

– La poupée se trouvait dans un cercueil, John.

Elle parut soudain fatiguée.

– Une mauvaise blague de gamin, dit-il.

– Peut-être.

Il se pencha à nouveau sur la note.

– Il est indiqué que Falls se trouve dans l'East Lothian. Haddington ou un autre poste pourraient s'en occuper.

– Je veux que tu t'en occupes.

– Tu n'es pas sérieuse. C'est une blague, hein ? Comme quand tu as dit que je devrais voir un médecin ?

Elle secoua la tête.

– Falls n'est pas seulement dans l'East Lothian, John. C'est là que les Balfour habitent. (Elle lui laissa le temps d'assimiler.) Et tu auras ce rendez-vous d'un jour à l'autre.

Il sortit d'Édimbourg par l'A1. Il y avait peu de circulation, le soleil était bas et éclatant. De son point de vue, l'East Lothian, c'était des parcours de golf et des plages rocheuses, des terres agricoles plates et des villes-dortoirs férocement attachées à leur identité. La région avait sa part de secrets – terrains de caravaning où les délinquants de Glasgow venaient se cacher – mais c'était essentiellement un endroit calme, une destination d'excursion, un détour qu'on pouvait aisément s'autoriser sur la route de l'Angleterre. Les villes telles que Haddington, Gullane et North Berwick lui faisaient toujours l'effet d'enclaves feutrées, prospères, aux petits commerces soutenus par les communautés locales, qui regardaient de travers la culture des centres commerciaux de la capitale voisine. Pourtant Édimbourg exerçait son influence : les prix des maisons chassaient de nombreux habitants tandis que le développement de l'immobilier et du commerce érodait la ceinture verte. Le poste de police où travaillait Rebus se trouvait sur une des principales voies d'accès à la ville en venant du sud et de l'est et, depuis une dizaine d'années, il constatait l'augmentation de la circulation aux heures de pointe : convois lents, inexorables, de banlieusards.

Falls n'était pas facile à trouver. Se fiant à son instinct de préférence à son atlas routier, il manqua un embranchement et se retrouva à Drem. Puisqu'il y était, il s'y arrêta le temps d'acheter un sachet de chips et une boîte d'Irn-Bru, s'offrit un petit pique-nique dans la voiture, la vitre ouverte. Il croyait toujours que sa présence ici était simplement destinée à le remettre à sa place. Et, du point de vue de la nouvelle superintendante, sa place était dans un avant-poste éloigné appelé Falls. Après avoir terminé son en-cas, il se mit machinalement à siffloter un air dont il ne se souvenait qu'imparfaitement. Une chanson qui parlait de vivre près d'une cascade. Il lui sembla que c'était quelque chose que Siobhan avait enregistré à son intention, un élément de sa formation à la musique postérieure aux années 1970. Drem se composait exclusivement d'une rue principale et cette rue était calme. Une voiture ou un camion de temps en temps, mais personne sur les trottoirs. La commerçante avait tenté d'entraîner Rebus dans une conversation, mais il n'avait rien trouvé à ajouter à ses remarques sur le temps et n'avait pas la moindre intention de demander le chemin de Falls. Il n'avait pas envie de passer pour un touriste.

Il prit son atlas routier. Falls n'était qu'un point minuscule. Il se demanda d'où l'endroit tirait son nom. Sachant comment les choses se passaient, il aurait constaté sans étonnement qu'il avait une prononciation locale obscure : Fails ou Fallis, quelque chose comme ça. Il ne lui fallut que dix minutes, sur des routes tortueuses qui montaient et descendaient comme de petites montagnes russes, pour trouver. Il ne lui aurait pas fallu dix minutes, d'ailleurs, si les hauts de côte aveugles et un tracteur lent ne l'avaient contraint à rester en deuxième.

Falls n'était pas tout à fait tel qu'il l'avait imaginé. Au centre, il y avait une courte rue principale bordée d'habitations. De jolis pavillons indépendants dans leurs jardins bien entretenus et une rangée de maisons de village à l'aplomb du trottoir étroit. Devant l'une d'entre elles, une pancarte en bois indiquait POTERIE en lettres proprement peintes. Mais à l'extrémité du village – davantage un hameau, en réalité – se trouvait un ensemble qui évoquait des logements sociaux datant des années 1930 : maisons jumelées grises aux clôtures effondrées, tricycles au milieu de la chaussée. Une étroite bande herbue séparait cet ensemble de la route et deux gamins y jouaient au ballon sans grand enthousiasme. Quand Rebus passa, leurs yeux l'étudièrent comme s'il appartenait à une espèce rare.

Puis, aussi brusquement qu'il était entré dans le village, il se retrouva dans la campagne. Il s'arrêta sur l'accotement. Devant, au loin, il aperçut ce qui était sans doute une station-service. Il ne put établir si elle était encore ouverte. Le tracteur qu'il avait doublé arriva, puis ralentit avant d'entrer dans un champ partiellement labouré. Le chauffeur ne tint aucun compte de Rebus. Il s'arrêta et descendit de la cabine. Rebus entendit la radio qui braillait à l'intérieur.

Il ouvrit la portière de sa voiture, la claqua après être descendu. L'ouvrier agricole était toujours aussi indifférent à sa présence. Rebus posa les mains sur le mur de pierres qui arrivait à la hauteur de sa taille.

– Bonjour, dit-il.

– Bonjour.

L'homme tripotait la mécanique située à l'arrière du tracteur.

– Je suis policier. Savez-vous où je peux trouver Beverley Dodds ?

– Chez elle, probablement.

– Et où cela se trouve-t-il ?

– Vous avez vu l'enseigne qui indique la poterie ?

– Oui.
– C'est là.

Le ton de l'homme était neutre. Il n'avait toujours pas jeté un coup d'œil dans la direction de Rebus, était resté penché sur les socs de sa charrue. Il était trapu, avait les cheveux noirs et bouclés, une barbe noire encadrant un visage uniquement constitué de rides et de courbes. Pendant quelques instants, Rebus se souvint des bandes dessinées de son enfance, de visages étranges qui avaient un sens quel que soit l'angle sous lequel on les regardait.

– C'est à cause de cette foutue poupée, hein ?
– Oui.
– Foutrement ridicule de vous déranger pour ça.
– Vous ne croyez pas qu'il y ait un lien avec la disparition de Mlle Balfour ?
– Bien sûr que non. C'est les gamins de Meadowside, voilà tout.
– Vous avez probablement raison. Meadowside, c'est ce groupe de maisons, n'est-ce pas ?

Rebus montra le village d'un signe de la tête. Il ne voyait plus les jeunes garçons – ils étaient, comme Falls, cachés derrière un virage – mais il avait l'impression d'entendre les chocs sourds des pieds contre le ballon.

L'ouvrier agricole approuva de la tête.

– Comme j'ai dit, du temps perdu. Enfin, c'est vous qui le perdez, je suppose… et mes impôts qui le paient.
– Vous connaissez la famille ?
– Laquelle ?
– Les Balfour.

L'ouvrier agricole acquiesça.

– Ces terres leur appartiennent… enfin, une partie.

Rebus regarda autour de lui, constata qu'il n'y avait ni habitation ni maison en vue, hormis la station-service.

– Je croyais qu'ils ne possédaient que le manoir et le parc.

L'ouvrier agricole secoua la tête.

– Quoi qu'il en soit, où se trouve-t-il ?

Pour la première fois, l'homme regarda Rebus dans les yeux. Y ayant apparemment trouvé ce qu'il cherchait, il frotta ses mains sales sur son blue-jean délavé.

– Le chemin qui se trouve de l'autre côté de la ville, dit-il. Un grand portail à environ un kilomètre et demi de la route, vous pouvez pas le manquer. La cascade, elle aussi, est à peu près à mi-chemin [1].

– La cascade ?

– La chute d'eau. Faudra que vous la voyiez, pas vrai ?

Derrière l'ouvrier agricole, le paysage montait en pente douce. Difficile d'imaginer, dans les environs, un endroit assez élevé pour donner naissance à une cascade.

– Je n'ai pas l'intention de faire du tourisme avec l'argent de vos impôts, dit Rebus, souriant.

– Mais c'est pas du tourisme, hein ?

– Qu'est-ce que c'est ?

– Les putains de lieux du crime.

L'exaspération s'était insinuée dans la voix de l'homme, qui ajouta :

– On vous dit donc rien, à Édimbourg ?

Un chemin étroit gravissait la colline à la sortie du village. Tout le monde aurait certainement supposé, comme l'avait fait Rebus, qu'il aboutissait à une impasse ou dans un chemin privé. Mais il finissait par s'élargir un peu et, à cet endroit, Rebus gara la Saab sur l'accotement. Il y avait un échalier, comme l'avait indiqué l'autochtone. Rebus verrouilla sa voiture – l'instinct du citadin, difficile d'y résister –, franchit la clôture, s'engagea dans un pré où des vaches paissaient. Tout comme l'ouvrier agricole, elles se désintéressèrent tota-

---

1. *Falls* signifie « chutes, cascade ».

lement de lui. Il sentit leur odeur, entendit leurs reniflements et le bruit de leur mastication. Il veilla à éviter les bouses tout en gagnant un rideau d'arbres tout proche. Les arbres indiquaient l'endroit où coulait le cours d'eau. C'était là qu'il trouverait la cascade. C'était également là que, dans la matinée de la veille, Beverley Dodds avait découvert un cercueil minuscule contenant une poupée. Quand il découvrit la chute d'eau d'où Falls tirait son nom, il éclata de rire. La dénivellation faisait bien un mètre vingt.

– Pas vraiment les chutes du Niagara, hein ? fit Rebus en s'accroupissant au pied de la cascade.

Il ne pouvait savoir exactement où la poupée avait été trouvée, mais il examina tout de même les alentours. C'était un bel endroit, probablement célèbre parmi les gens du coin. Deux boîtes de bière et des emballages de chocolats y avaient été abandonnés. Il se redressa et regarda les environs. Joli et isolé : aucune habitation en vue. Il était probable que personne n'avait vu qui y avait déposé la poupée, à supposer qu'elle ne soit pas arrivée de l'amont. Même s'il n'y avait guère d'amont. On pouvait suivre le cours tortueux du ruisseau au flanc de la colline. Il n'y avait vraisemblablement, par là, que des terres envahies par les broussailles. Le ruisseau n'était pas indiqué sur sa carte et il n'y avait sûrement pas de maisons, là-haut, seulement des collines où l'on pouvait marcher pendant des jours sans rencontrer âme qui vive. Il se demanda où se trouvait le manoir des Balfour, puis secoua la tête. Quelle importance ? Il n'était pas venu ici à la chasse aux poupées, cercueil ou pas… mais à la chasse au dahu.

Il s'accroupit à nouveau, mit la main dans l'eau, paume vers le ciel. Elle était froide et limpide. Il en puisa un peu, la regarda couler entre ses doigts.

– À votre place je ne la boirais pas, dit une voix.

Il leva la tête, face au soleil, et vit une femme sortir du rideau d'arbres. Elle portait une longue robe en mousseline sur un corps maigre. Comme le soleil se trouvait derrière elle, sa silhouette était visible au travers du tissu. Tout en avançant, elle passa une main sur sa tête, écarta les longs cheveux blonds et bouclés qui tombaient devant ses yeux.

– Les agriculteurs, expliqua-t-elle. Tous les produits chimiques qu'ils utilisent passent de l'humus dans les cours d'eau. Les phosphates et Dieu sait quoi.

Cette idée parut la faire trembler.

– Je n'en bois jamais, dit Rebus, qui s'essuya la main sur sa manche tout en se redressant. Êtes-vous madame Dodds ?

– Tout le monde m'appelle Bev.

Elle tendit une main squelettique qui se trouvait à l'extrémité d'un bras effilé. Comme des os de poulet, songea Rebus, qui veilla à ne pas serrer fort.

– Inspecteur Rebus, dit-il. Comment avez-vous appris que j'étais ici ?

– J'ai vu votre voiture. Je regardais par la fenêtre. Quand vous avez pris le chemin, j'ai compris instinctivement.

Elle se dressa sur la pointe des pieds, satisfaite d'avoir eu raison. Elle évoquait, aux yeux de Rebus, une adolescente, mais son visage racontait une autre histoire : rides d'expression autour des yeux, peau tombante sur les pommettes. Elle avait vraisemblablement un peu plus de cinquante ans, même si elle jouissait de l'énergie d'une personne beaucoup plus jeune.

– Vous avez marché ?

– Oh, oui, répondit-elle en jetant un coup d'œil sur ses sandales. Je croyais que vous passeriez d'abord chez moi.

– Je voulais simplement jeter un coup d'œil dans les

environs. Où, exactement, avez-vous trouvé cette poupée ?

Elle montra la cascade.

– Juste en bas, sur la rive. Elle était parfaitement sèche.

– Pourquoi dites-vous cela ?

– Parce que je suis sûre que vous vous êtes demandé si le courant ne l'avait pas apportée.

Rebus ne laissa pas paraître qu'il y avait pensé, mais elle parut le sentir et se dressa une nouvelle fois sur la pointe des pieds.

– Et elle était parfaitement visible, continua-t-elle. Je ne crois pas qu'on puisse l'avoir laissée par accident. On s'en serait aperçu et on serait revenu la chercher.

– Avez-vous déjà envisagé une carrière dans la police, madame ?

– Allons, fit-elle, avant d'ajouter : S'il vous plaît, appelez-moi Bev.

Elle n'avait pas répondu à sa question, mais il vit qu'elle lui faisait plaisir.

– Je présume que vous ne l'avez pas apportée.

Elle secoua la tête, ce qui ébouriffa ses cheveux, et elle dut une nouvelle fois les remettre en place.

– Elle est chez moi.

Il acquiesça.

– Vous vivez ici depuis longtemps, Bev ?

Elle sourit.

– Je n'ai pas encore l'accent, n'est-ce pas ?

– Il vous reste beaucoup de chemin à parcourir, reconnut-il.

– Je suis née à Bristol et j'ai passé de trop nombreuses années à Londres. Le divorce m'a fait fuir et c'est ici que je me suis trouvée à bout de souffle.

– C'était il y a combien de temps ?

– Cinq ou six ans. Ils appellent toujours ma maison « Swanson Cottage ».

– La famille qui y vivait avant vous ?

Elle acquiesça.

– Falls est comme ça, inspecteur. Qu'est-ce qui vous fait sourire ?

– Je n'étais pas sûr que ça se prononcerait comme ça.

Elle parut comprendre.

– Bizarre, n'est-ce pas ? Enfin, il n'y a qu'une petite cascade, alors pourquoi « Falls » ? Apparemment, personne ne sait. C'était un village minier.

Il plissa le front.

– Des mines de charbon ? Ici ?

Elle tendit le bras vers le nord.

– Approximativement à un kilomètre et demi, dans cette direction. Elles n'ont pas produit grand-chose. C'était dans les années 1930.

– Et c'est à cette époque qu'on a construit Meadowside ?

Elle acquiesça.

– Mais les mines ne sont plus exploitées.

– Depuis quarante ans. Je crois que pratiquement tous les habitants de Meadowside sont au chômage. Cette bande de terrain envahie par les mauvaises herbes, ce n'est pas la prairie [1], vous savez. Quand on a construit les premières maisons, il y avait une vraie prairie, mais il a fallu en construire d'autres et on l'a fait dans la prairie.

Elle frissonna une nouvelle fois, puis changea de sujet :

– Vous croyez que vous pourrez faire la manœuvre, avec votre voiture ?

Il acquiesça.

---

1. *Meadow* signifie « prairie », *Meadowside* « le bord de la prairie ».

– Prenez votre temps, dit-elle en s'éloignant. Je vais rentrer préparer du thé. Retrouvons-nous au Bon Tour, inspecteur.

*

– Tour, expliqua-t-elle en versant de l'eau dans la théière, à cause du tour de potier. Au départ c'était une thérapie, poursuivit-elle. Après la rupture.

Elle resta quelques instants silencieuse, puis reprit :

– Mais je me suis aperçue que j'étais très bonne. Cela a étonné un grand nombre de mes vieux amis.

La façon dont elle prononça ces mots amena Rebus à penser que ces amis n'avaient pas de place dans sa nouvelle vie.

– Donc le tour symbolise peut-être aussi la roue de la vie, conclut-elle en prenant le plateau et en le précédant dans ce qu'elle appelait son « salon ».

C'était une petite pièce basse de plafond où se côtoyaient de nombreux motifs de couleurs vives. Il y avait plusieurs exemples de ce qui était sans doute le travail de Beverly Dodds : assiettes et vases en faïence bleue.

– Principalement des trucs de mes débuts, dit-elle en s'efforçant à l'indifférence. Je les conserve pour des raisons sentimentales.

De nombreux bracelets glissèrent sur son poignet quand elle remit une nouvelle fois ses cheveux en place.

– Ils sont très beaux, dit-il.

Elle servit le thé et lui donna une tasse et une soucoupe robuste du même bleu. Il jeta un coup d'œil circulaire dans la pièce, mais ne vit pas trace d'un cercueil ou d'une poupée.

– Ils sont dans mon atelier, dit-elle, comme si elle avait à nouveau lu ses pensées. Je peux aller les chercher, si vous voulez.

– S'il vous plaît.

Elle se leva et quitta la pièce. Rebus se sentait enfermé. Le thé n'était pas du thé, mais une tisane quelconque. Il envisagea de le verser dans un vase, mais se contenta de sortir son mobile dans l'intention de voir s'il avait des messages. L'écran vide indiquait que l'appareil ne recevait pas de signal. Les épais murs en pierre, peut-être ; ou bien Falls se trouvait dans une zone non couverte. Il savait que cela arrivait dans l'East Lothian. Il n'y avait qu'une petite bibliothèque, dans la pièce : art et artisanat, principalement, et quelques volumes sur « Wicca [1] ». Rebus en prit un, se mit à le feuilleter.

– Magie blanche, dit la voix derrière lui. La croyance dans le pouvoir de la Nature.

Rebus remit le livre à sa place et se tourna vers elle.

– Voilà, dit-elle.

Elle tenait le cercueil comme s'il jouait un rôle dans une procession solennelle. Rebus avança d'un pas et elle le lui tendit à bout de bras. Il le prit avec délicatesse, conformément à ce que, croyait-il, elle espérait et, en même temps, une idée lui traversa l'esprit à toute vitesse : *Elle est détraquée... c'est elle qui est à l'origine de tout ça !* Mais son attention fut attirée par le cercueil lui-même. Il était en bois sombre, peut-être du chêne vieilli, et assemblé à l'aide de clous noirs semblables à ceux qu'utilisent les tapissiers. On avait tracé et scié les panneaux de bois puis passé les champs au papier de verre, mais, pour le reste, ils étaient restés bruts. L'ensemble faisait environ vingt-cinq centimètres de long. Ce n'était pas l'œuvre d'un menuisier professionnel ; Rebus lui-même, qui n'aurait su distinguer un poinçon d'une varlope, s'en rendit compte. Puis elle

1. Wicca est une religion néopaïenne qui tente de faire renaître le culte des dieux celtiques.

retira le couvercle. Ses yeux dilatés et fixes, rivés sur les siens, guettaient sa réaction.

– Il était fermé avec des clous, dit-elle. Je l'ai ouvert.

À l'intérieur, la petite poupée en bois vêtue de morceaux de mousseline gisait les bras contre les flancs, le visage rond et sans expression. Elle avait été sculptée, mais grossièrement, le ciseau ayant laissé des rainures profondes sur le bois. Rebus tenta de la sortir de la boîte, mais ses doigts étaient trop maladroits, l'espace séparant la poupée du cercueil trop étroit. De sorte qu'il le retourna et que la figurine tomba dans sa main. Sa première pensée consista à comparer le tissu à ceux du salon, mais aucun d'entre eux ne correspondait.

– Le tissu est neuf et propre, souffla-t-elle.

Il acquiesça. Le cercueil n'était pas resté longtemps dehors. Il n'était pas taché et n'avait pas souffert de l'humidité.

– J'ai vu des choses bizarres, Bev…, dit Rebus.

Il laissa la phrase en suspens, avant d'ajouter :

– Rien d'autre sur les lieux ? Rien d'inhabituel ?

Elle secoua lentement la tête.

– Je vais là-bas toutes les semaines. Il n'y avait rien d'exceptionnel, dit-elle en touchant le cercueil, hormis ceci.

– Des empreintes de pas ?… commença Rebus.

Mais il s'interrompit. C'était trop exiger d'elle. Pourtant, elle était prête à répondre.

– Je n'en ai pas vu. J'ai regardé, parce que je savais qu'il ne pouvait pas être apparu comme ça, ajouta-t-elle en le fixant.

– Est-ce qu'il y a quelqu'un, au village, qui travaille le bois ? Un menuisier peut-être…

– Le menuisier le plus proche est à Haddington. Je ne vois pas qui… Enfin, quelle personne ayant toute sa tête ferait une chose comme celle-là ?

Rebus sourit.

– Mais je parie que vous y avez réfléchi.

Elle lui rendit son sourire.

– Je n'ai guère réfléchi à autre chose, inspecteur. Dans des circonstances ordinaires, je n'y aurais peut-être pas accordé d'importance, mais après ce qui est arrivé à la petite Balfour…

– Nous ne sommes pas sûrs qu'il lui soit arrivé quelque chose, se sentit obligé de dire Rebus.

– Mais il y a sûrement un lien ?

– Ça ne signifie pas qu'il ne s'agit pas d'une mauvaise blague, répondit-il sans la quitter des yeux. Je sais par expérience qu'il y a un excentrique dans chaque village.

– Voulez-vous dire que je…

Elle s'interrompit parce qu'une voiture venait de s'arrêter dehors, puis reprit en se levant :

– Ah, ça doit être le journaliste.

Rebus la suivit jusqu'à la fenêtre. Un jeune homme descendait d'une Ford Focus rouge. Sur le siège du passager, un photographe fixait un objectif sur son appareil. Le chauffeur s'étira et s'ébroua, comme s'il avait accompli un long trajet.

– Ils sont déjà venus, expliqua Bev. Quand la petite Balfour a disparu. Ils m'ont laissé une carte et quand j'ai trouvé ce cercueil…

Rebus la suivit, dans le couloir étroit, en direction de la porte.

– Ce n'était pas la décision la plus appropriée, madame Dodds.

Rebus s'efforçait de contenir sa colère.

La main sur la poignée de la porte, elle se tourna partiellement vers lui.

– Au moins, ils ne m'ont pas accusée d'être un mauvais plaisant, inspecteur.

Il eut envie de répondre que ça viendrait, mais le mal était déjà fait.

Le journaliste s'appelait Steve Holly et travaillait au bureau d'Édimbourg d'un tabloïd de Glasgow. Il était jeune, un peu plus de vingt ans, et c'était encourageant : peut-être accepterait-il d'écouter. S'il s'était agi d'un vieux pro, Rebus n'aurait même pas pris la peine d'essayer de le convaincre.

Holly était de petite taille, un peu enveloppé, et ses cheveux, maintenus par du gel en une sorte de ligne brisée, rappelèrent à Rebus le fil barbelé que les agriculteurs tendent parfois au sommet des clôtures. Il avait un bloc et un stylo dans une main, et il dut serrer celle de Rebus de l'autre.

– Je ne crois pas qu'on se soit rencontrés, dit-il sur un ton qui amena Rebus à soupçonner le journaliste de connaître son nom. Voici Tony, mon merveilleux assistant.

Le photographe eut un bref rire ironique. Il passait la bandoulière d'un fourre-tout sur son épaule.

– On se disait, Bev, poursuivit Holly, qu'on pourrait peut-être vous conduire à la cascade, vous photographier pendant que vous ramasseriez le cercueil.

– Oui, bien sûr.

– Ça nous éviterait les préparatifs d'un cliché à l'intérieur, ajouta Holly. C'est pas que ça ennuierait Tony. Mais il suffit qu'on le mette dans une pièce pour qu'il devienne créatif et artistique.

– Ah ?

Elle adressa un regard intéressé au photographe. Rebus réprima un sourire : Bev et le journaliste ne donnaient pas tout à fait le même sens à « créatif » et « artistique ». Mais Holly, lui aussi, comprit rapidement.

– Je pourrais le faire revenir plus tard, si vous voulez,

proposa-t-il, pour qu'il fasse un joli portrait de vous. Peut-être dans votre atelier ?

– Ce n'est pas vraiment un atelier, précisa Bev, qui passa un doigt sur son cou, savourant cette perspective. Seulement la chambre d'amis, avec mon tour et quelques dessins. J'ai accroché des draps blancs aux murs, pour que la lumière soit meilleure.

– À propos de lumière, intervint Holly, qui adressa un regard lourd de sens au ciel, il faudrait peut-être y aller, hein ?

– En ce moment, c'est parfait, expliqua le photographe à Bev. Ça ne va pas durer.

Bev leva également la tête, exprima son assentiment, d'artiste à artiste. Rebus fut obligé de reconnaître que Holly était bon.

– Vous voulez rester ici et garder la boutique ? demanda-t-il à Rebus. On n'en a que pour un quart d'heure.

– Il faut que je rentre à Édimbourg. Serait-il possible d'avoir votre numéro, monsieur Holly ?

– Je devrais avoir une carte, quelque part.

Le journaliste fouilla dans ses poches, en sortit un portefeuille où il trouva une carte de visite.

– Merci, dit Rebus, qui la prit. Et pourrais-je vous parler quelques instants ?…

Tandis qu'il entraînait Holly à quelque distance, il constata que Bev restait près du photographe, lui demandait si ses vêtements convenaient. Il lui sembla que la présence d'un autre artiste, dans le village, lui manquait. Rebus leur tourna le dos, afin de masquer plus efficacement ce qu'il avait à dire.

– Vous avez vu cette poupée ? demanda Holly.

Rebus acquiesça. Holly plissa le nez.

– Je suppose qu'on perd notre temps ?

Son ton était familier, propre à susciter la vérité.

– Très vraisemblablement, dit Rebus – qui n'y croyait pas et était convaincu que Holly n'y croirait pas davantage quand il aurait vu l'étrange sculpture. Enfin, c'est une journée à la campagne, ajouta-t-il en se forçant à adopter un ton léger.

– Je ne supporte pas la cambrousse, reconnut Holly. Pas assez de monoxyde de carbone à mon goût. Étonnant qu'on ait envoyé un inspecteur…

– Nous devons exploiter sérieusement toutes les pistes.

– Évidemment, je comprends. Mais j'aurais envoyé un simple détective, au maximum un sergent.

– Comme je l'ai dit…

Mais Holly pivotait sur lui-même, prêt à se remettre au travail. Rebus le prit par le bras et insista :

– Vous savez que, s'il s'avère que c'est un indice, nous voudrions certainement qu'on évite d'en parler ?

Holly acquiesça pour la forme et prit un accent américain :

– Demandez à vos gars de voir ça avec mes gars.

Il dégagea son bras, se tourna à nouveau vers Bev et le photographe.

– Vous allez rester habillée comme ça, Bev ? Je me disais que, par une belle journée comme celle-là, vous seriez peut-être plus à l'aise avec une jupe plus courte…

Rebus reprit le chemin, ne s'arrêta pas sur les lieux, cette fois, continua, se demandant ce qu'il trouverait d'autre. Huit cents mètres plus loin, une large allée privée couverte de gravillon rose aboutissait à un haut portail en fer forgé. Rebus s'arrêta et descendit de voiture. Un cadenas fermait le portail. Au-delà, le chemin privé décrivait une courbe et pénétrait dans une forêt dont les arbres cachaient le manoir. Il n'y avait pas de plaque, mais c'était sûrement Les Genévriers. De part et d'autre du portail, de hauts murs en pierre qui finissaient cependant par s'abaisser jusqu'à une hauteur plus accessible. Rebus laissa sa voiture, parcourut une centaine de mètres sur la route principale, escalada le mur et s'engagea entre les arbres.

Il lui sembla que, s'il tentait de trouver un raccourci, il risquait d'errer pendant des heures dans les bois, aussi gagna-t-il le chemin privé, espérant que la courbe n'en cachait pas une autre et une autre.

Ce fut pourtant ce qui se produisit. Il s'interrogea vaguement sur les livraisons : comment le facteur se débrouillait-il ? Mais cela n'inquiétait vraisemblablement pas un homme tel que John Balfour. Il marchait depuis cinq minutes quand le manoir apparut enfin. C'était un édifice gothique de deux étages, tout en longueur, avec des tourelles aux deux extrémités, dont les murs avaient pris, avec le temps, la couleur de l'ardoise. Rebus n'approcha pas, n'étant même pas sûr qu'il y eût quelqu'un à l'intérieur. Il supposait que des mesures de sécurité avaient été prises – il y avait peut-être un policier chargé de surveiller le téléphone – mais que tout cela serait discret. Le manoir donnait sur une pelouse bien entretenue et bordée de parterres. Il y avait apparemment, au-delà de l'extrémité opposée du bâtiment principal, un enclos destiné à des chevaux. Ni voitures ni garages : probablement derrière, cachés. Il lui fut impossible d'imaginer qu'on puisse être heureux dans un environnement aussi austère. Le manoir semblait presque plisser le front, proscrire la gaieté et la mauvaise éducation. Il se demanda si la mère de Philippa se faisait l'effet d'un objet exposé dans un musée. Puis il aperçut un visage derrière une fenêtre du premier étage qui aussitôt disparut. Une apparition peut-être, mais, une minute plus tard, la porte s'ouvrit à la volée, une femme descendit les marches en courant et s'engagea sur le gravillon de l'allée. Elle se dirigeait vers lui, ses cheveux en désordre cachant son visage. Quand elle trébucha et tomba, il se précipita à son secours, mais elle le vit approcher et se redressa rapidement, sans tenir compte de ses genoux éraflés et des gravillons qui y étaient restés collés. Elle avait laissé échapper un téléphone sans fil. Elle le ramassa.

– N'approchez pas ! cria-t-elle d'une voix stridente.

Quand elle écarta les cheveux qui couvraient son visage, il reconnut Jacqueline Balfour. Aussitôt après avoir prononcé ces mots, elle parut les regretter, leva deux mains apaisantes.

– Écoutez, je suis désolée. Dites… dites-nous simplement ce que vous voulez.

Puis il comprit que la femme en état de choc qui se tenait devant lui le prenait pour le ravisseur de sa fille.

– Madame Balfour, dit-il en levant également les mains, les paumes dirigées vers elle, je suis policier.

Elle avait finalement cessé de pleurer et ils étaient assis sur les marches du perron, comme si elle ne voulait pas laisser la maison reprendre possession d'elle. Elle répétait qu'elle était désolée et Rebus répétait que c'était plutôt à lui de s'excuser.

– Je n'ai pas réfléchi, dit-il. Enfin, je ne croyais pas qu'il y aurait quelqu'un.

En outre, elle n'était pas seule. Une agente vint sur le pas de la porte, mais Jacqueline Balfour lui ordonna sèchement de « ne pas rester là ». Rebus lui avait demandé si elle voulait qu'il parte, lui aussi, mais elle avait secoué la tête.

– Est-ce que vous veniez m'annoncer quelque chose ? demanda-t-elle en lui rendant son mouchoir humide.

Des larmes. Des larmes dont il était la cause. Il lui dit

de le garder et elle le plia proprement, puis le déplia et recommença l'opération. Elle n'avait apparemment toujours pas pris conscience des éraflures de ses genoux, qui enserraient sa jupe.

– Pas de nouvelles, dit-il d'une voix étouffée, puis, voyant qu'elle perdait tout espoir, il ajouta : Il y a peut-être une piste au village.

– Au village ?

– À Falls.

– Quelle piste ?

Il regretta soudain d'avoir commencé.

– Je ne peux pas en parler pour le moment.

Une position de repli habituelle qui ne fonctionnerait pas dans ce cas. Il suffirait qu'elle avertisse son mari pour qu'il décroche son téléphone, exige d'être informé. Et même s'il ne le faisait pas, ou s'il lui cachait son étrange découverte, la presse n'agirait pas avec le même tact…

– Philippa collectionnait-elle les poupées ? demanda Rebus.

– Les poupées ?

Elle jouait à nouveau avec le téléphone sans fil, le faisait tourner dans sa main.

– Quelqu'un en a trouvé une près de la cascade, c'est tout.

Elle secoua la tête.

– Pas de poupées, souffla-t-elle, comme s'il eût fallu qu'il y en ait dans la vie de Philippa, comme si leur absence entachait son image de mère.

– Ce n'est probablement rien, dit Rebus.

– Probablement, fit-elle, emplissant le silence.

– M. Balfour est-il ici ?

– Il rentrera plus tard. Il est à Édimbourg. (Elle fixa le téléphone.) Personne ne va appeler, n'est-ce pas ? On a demandé à toutes les relations professionnelles de John de laisser la ligne libre. Même chose pour la famille. Laissez la ligne libre au cas où ils appelleraient. Mais ils ne le feront pas, je sais qu'ils ne le feront pas.

– Vous ne croyez pas qu'on l'ait enlevée, madame ?

Elle secoua la tête.

– Qu'est-ce que vous croyez ?

Elle le fixa, les yeux veinés de rouge parce qu'elle avait pleuré, cernés à cause du manque de sommeil.

– Qu'elle est morte, répondit-elle dans un murmure. C'est ce que vous croyez, vous aussi, n'est-ce pas ? demanda-t-elle.

– Il est beaucoup trop tôt pour croire cela. J'ai vu des personnes disparues réapparaître des semaines ou des mois plus tard.

– Des semaines ou des mois ? Je ne supporte pas cette perspective. J'aimerais mieux savoir… dans un sens ou dans l'autre.

– Quand l'avez-vous vue pour la dernière fois ?

– Il y a une dizaine de jours. Nous sommes allées faire des courses à Édimbourg, dans les endroits habituels. Nous n'avions pas vraiment l'intention d'acheter quelque chose. Nous avons mangé rapidement.

– Venait-elle souvent ici ?

Jacqueline Balfour secoua la tête.

– Il l'a empoisonnée.

– Pardon ?

– David Costello. Il a empoisonné ses souvenirs, lui a fait croire qu'elle pouvait se rappeler certaines choses, des choses qui ne sont pas arrivées. La dernière fois que je l'ai vue… Flip posait sans cesse des questions sur son enfance. Elle disait qu'elle avait été malheureuse, qu'on ne s'intéressait pas à elle, qu'on n'avait pas voulu d'elle. Un ramassis de bêtises.

– Et David Costello lui a mis ces idées dans la tête ?

Elle se redressa, prit une profonde inspiration et soupira.

– C'est ce que je crois.

Rebus réfléchit.

– Pourquoi aurait-il fait ça ?

– Parce qu'il est qui il est.

Elle laissa l'affirmation en suspens. La sonnerie du téléphone fut une cacophonie soudaine. Elle chercha nerveusement sur quel bouton appuyer.

– Allô ? lança-t-elle, puis son visage se détendit légèrement. Allô, chéri, à quelle heure rentreras-tu ?…

Rebus attendit la fin de l'appel. Il pensait à la conférence de presse, où John Balfour avait dit « je », pas « nous », comme si sa femme n'éprouvait rien, n'existait pas…

– C'était John, dit-elle, et Rebus acquiesça.

– Il passe beaucoup de temps à Londres, n'est-ce pas ? Vous ne vous sentez pas seule, ici ?

Elle le dévisagea.

– J'ai des amis, vous savez.

– Je n'en doute pas. Vous allez sans doute beaucoup à Édimbourg ?

– Une ou deux fois par semaine, oui.

– Voyez-vous beaucoup l'associé de votre mari ?

Elle se tourna à nouveau vers lui.

– Ranald ? Sa femme et lui sont probablement nos meilleurs amis… Pourquoi cette question ?

Rebus se gratta ostensiblement la tête.

– Je ne sais pas. Simplement pour faire la conversation, je suppose.

– Eh bien, abstenez-vous !

– De faire la conversation ?

– Ça ne me plaît pas. J'ai l'impression que tout le monde essaie de me prendre au piège. C'est comme aux réceptions, où John me rappelle toujours d'être très prudente, parce qu'on ne sait jamais qui cherche à obtenir des informations sur la banque.

– Nous ne sommes pas en concurrence, madame.

Elle baissa légèrement la tête.

– Non, bien sûr. Excusez-moi. Mais je…

– Les excuses sont inutiles, dit Rebus, qui se leva. Vous êtes chez vous, vous fixez les règles, n'est-ce pas ?

– Si vous voyez les choses ainsi…

Elle parut retrouver un peu de joie de vivre. Cependant Rebus se dit que, lorsque le mari de Jacqueline Balfour était à la maison, c'était selon ses règles que les choses se passaient…

À l'intérieur, ses deux collègues étaient confortablement installés dans le séjour. L'agente indiqua qu'elle s'appelait Nicola Campbell. L'autre policier était un membre du CID basé à Fettes, le siège. Il s'appelait Eric Bain et on le surnommait en général « Futé ». Bain était installé à un bureau sur lequel se trouvaient un téléphone fixe, un bloc et un stylo, un magnétophone ainsi qu'un téléphone mobile connecté à un ordinateur portable. Ayant établi que le correspondant était M. Balfour, Bain avait baissé le casque audio, qui se trouvait autour de son cou. Il buvait du yaourt à la framboise directement au pot et salua Rebus d'un signe de tête.

– La bonne planque, dit Rebus avec un regard admiratif sur l'environnement.

– Si on n'a pas peur de mourir d'ennui, précisa Campbell.

– À quoi sert le portable ?

– Il connecte Futé à ses fêlés de potes.

Tourné vers elle, Bain secoua l'index.

– C'est un élément de la technologie de recherche et de localisation.

Penché sur les vestiges de son en-cas, il ne vit pas Campbell mimer « fêlé » à l'intention de Rebus.

– Ce serait formidable, dit Rebus, si ça donnait quelque chose.

Bain acquiesça.

– Beaucoup d'appels de soutien, au début, de la part des amis et de la famille. Très, très peu de cinglés. Probablement parce que le numéro n'est pas dans l'annuaire.

– Mais n'oubliez pas, dit Rebus, que la personne qu'on recherche est peut-être cinglée.

– Les dingues, ce n'est sûrement pas ce qui manque, dans le coin, fit Campbell, qui croisa les jambes.

Elle était assise sur un des trois canapés de la pièce, *Caledonia* et *Scottish Field* ouverts devant elle. Il y avait d'autres revues, sur une table, derrière le canapé. Rebus eut l'impression que c'étaient celles de la maison et qu'elle les avait toutes lues au moins une fois.

– Comment ça ? demanda-t-il.

– Vous êtes allé au village ? Des albinos qui jouent du banjo dans les arbres ?

Rebus sourit. Bain parut troublé.

– Je n'en ai pas vu, dit-il.

L'expression de Campbell fut explicite : *Parce que, dans je ne sais quel monde parallèle, vous êtes vous aussi dans les arbres, comme eux…*

– Expliquez-moi une chose, commença Rebus, s'adressant à Bain. Pendant la conférence de presse, M. Balfour a mentionné son téléphone mobile…

– Il n'aurait pas dû, dit Bain, qui secoua la tête. On lui a demandé de ne pas le faire.

– Localiser un appel sur un mobile est moins facile ?

– Ils sont plus souples que les lignes fixes, n'est-ce pas ?

– Mais on peut tout de même les localiser ?

– Jusqu'à un certain point. Il y a des tas de mobiles

pas clairs. On pourrait remonter jusqu'à un compte et s'apercevoir que l'appareil a été volé la semaine précédente.

Campbell étouffa un bâillement.

– Vous voyez comment c'est ? dit-elle à Rebus. Quand ça cesse d'être excitant, ça redevient excitant.

Il prit son temps pour rentrer en ville, conscient de l'augmentation de la circulation dans la direction opposée. L'heure de pointe avait débuté ; les voitures des cadres supérieurs regagnaient la campagne. Il savait que, désormais, les gens qui travaillaient à Édimbourg habitaient parfois les Borders, Fife et Glasgow. Tout le monde disait que le logement en était la cause. Une maison jumelée de trois chambres dans un bon quartier coûtait 250 000 livres ou plus. Pour la même somme, on pouvait acheter une grosse maison indépendante dans le West Lothian ou la moitié d'une rue à Cowdenbeath. En revanche, des gens avaient téléphoné à Rebus à propos de son appartement de Marchmont. Des acheteurs désespérés avaient envoyé des lettres adressées à « l'occupant ». Car telle était l'autre caractéristique d'Édimbourg : quelle que soit l'augmentation des prix, il y avait apparemment toujours des acheteurs. À Marchmont, il s'agissait souvent de propriétaires cherchant à développer leur parc, ou de parents dont les enfants voulaient un appartement près de l'université. Rebus habitait son immeuble depuis une vingtaine d'années et avait vu le quartier changer. Moins de familles et de personnes âgées, davantage d'étudiants et de jeunes couples sans enfants. Les groupes ne semblaient pas se mêler. Les gens qui avaient vécu toute leur vie à Marchmont voyaient leurs enfants s'en aller parce qu'ils n'avaient pas les moyens de s'y installer. Rebus ne connaissait plus personne, dans son immeuble ni dans les immeubles voisins. À sa connaissance, il était le seul propriétaire occupant restant. Mais, plus inquiétant, il était aussi la seule personne d'un certain âge. Néanmoins, les lettres et les propositions arrivaient, et les prix continuaient de monter.

C'était pour cette raison qu'il déménageait. Même s'il n'avait pas encore trouvé à acheter. Peut-être louerait-il à nouveau et pourrait-il, de ce fait, choisir : une année à la campagne, une année au bord de la mer, une année ou deux au-dessus d'un pub… L'appartement était trop grand, il le savait. Jamais personne n'utilisait les chambres supplémentaires et il passait de nombreuses nuits sur son fauteuil, dans le séjour. Un studio lui suffirait ; tout le reste était superflu.

Volvo, BMW, Audi sportives… toutes le croisaient sur le chemin du retour. Rebus se demanda s'il avait envie de vivre en banlieue. De Marchmont, il pouvait aller travailler à pied. Il en avait pour environ un quart d'heure et c'était sa seule occasion de faire de l'exercice. Effectuer quotidiennement le trajet en voiture, entre Falls et Édimbourg, ne lui plairait pas. Les rues étaient calmes, quand il y était passé, mais il était convaincu que, ce soir, de nombreux véhicules seraient garés de part et d'autre de l'étroite artère principale.

Quand il chercha une place où se garer à Marchmont, cependant, il se souvint d'une autre raison de déménager. Au bout du compte, il laissa la Saab en stationnement interdit et gagna la boutique la plus proche, où il acheta le journal du soir, du lait, des petits pains et du bacon. Il avait téléphoné au poste de police, demandé si on avait besoin de lui. Ce n'était pas le cas. De retour chez lui, il prit une boîte de bière dans le réfrigérateur et s'installa dans le fauteuil du séjour, face à la fenêtre. La cuisine était plus en désordre que de coutume : une partie des affaires de l'entrée s'y trouvait pendant les travaux de réfection de l'électricité. Il ne savait pas quand elle avait été refaite la dernière fois. Il ne croyait pas l'avoir fait depuis qu'il avait acheté l'appartement. Quand les travaux d'électricité seraient terminés, un peintre viendrait passer deux couches de blanc, rafraîchir un peu. On lui avait dit de ne pas trop rénover : il était probable que, de toute façon, l'acheteur referait tout. Au Bureau du logement, on lui avait dit qu'il était impossible de prévoir combien il obtiendrait. À Édimbourg, on vendait « au plus offrant », et la différence pouvait atteindre trente ou quarante pour cent en sus du prix demandé. Selon une estimation prudente, son logement d'Arden Street valait entre 125 000 et 140 000 livres. Il n'avait pas de crédit. Ce serait de l'argent en banque.

– Ça pourrait te permettre de prendre ta retraite, avait dit Siobhan.

Peut-être. Il supposait qu'il faudrait partager avec son ex-femme, même s'il lui avait racheté sa part après leur séparation. Et il pourrait donner un peu d'argent à Sammy, sa fille. C'était aussi à cause de Sammy qu'il vendait, du moins était-ce ce qu'il se disait. À la suite de l'accident, elle avait enfin quitté son fauteuil roulant, mais elle utilisait toujours des cannes. Elle était incapable de monter deux étages… même si, avant l'agression, elle ne venait pas le voir régulièrement.

Il n'avait pas beaucoup de visites, n'était pas un hôte agréable. Après le départ de son ex, Rhona, il n'était pas parvenu à combler les vides qu'elle avait laissés. Quelqu'un avait un jour qualifié l'appartement de « caverne » et c'était assez juste. Il lui fournissait un abri et c'était à peu près tout ce qu'il en attendait. Les étudiants d'à côté écoutaient quelque chose de vaguement tapageur. On aurait dit du mauvais Hawkwind datant de vingt ans, ce qui portait à penser qu'il s'agissait vraisemblablement d'un nouveau groupe à la mode. Il jeta un coup d'œil dans sa collection, trouva une cassette que Siobhan avait enregistrée à son intention et la mit. Les Mutton Birds : trois chansons d'un de leurs albums. Ils étaient originaires de Nouvelle-Zélande, quelque chose comme ça, et un des instruments avait été enregistré à Édimbourg. C'était pratiquement tout ce qu'il savait d'eux. La deuxième chanson s'intitulait *The Falls*.

Il se rassit. Il y avait une bouteille sur le plancher : Talisker, une saveur propre, polie. Un verre à côté, aussi se servit-il, porta un toast à l'intention de son reflet dans la fenêtre, s'appuya contre le dossier du fauteuil. Il laisserait cette pièce telle quelle. Il en avait refait la peinture il n'y avait pas si longtemps, avec l'aide de Jack Morton, son vieil ami. Jack était mort, il comptait maintenant au nombre des trop nombreux fantômes. Rebus se demanda s'il les laisserait derrière lui quand il déménagerait. Mais il en doutait et, de toute façon, au plus profond de lui-même, ils lui manqueraient.

La musique ne parlait que de chagrin et de rédemption. De lieux et de gens qui changeaient, de rêves qui semblaient toujours plus inaccessibles. Rebus ne croyait pas qu'il regretterait de quitter Arden Street. Le moment de changer était venu.

4

Sur le chemin du bureau, le lendemain matin, Siobhan ne pensait qu'à Quizmaster. Personne n'avait appelé sur son mobile, aussi élaborait-elle un nouveau message, qu'elle lui destinait. À lui ou à elle. Elle savait qu'elle devait garder l'esprit ouvert, mais ne pouvait s'empêcher de penser que Quizmaster était un homme. « Étranglement », « Bord de l'enfer »... cela lui semblait masculin. Et l'idée d'un jeu qu'on pratiquait sur ordinateur... c'était un truc de types, de pauvres mecs prisonniers de leur chambre à coucher. Son premier message – *Problème. Il faut que je vous parle. Flipside* – n'avait apparemment pas fonctionné. Aujourd'hui, elle mettrait un terme à la comédie. Elle lui enverrait un e-mail sous sa véritable identité, expliquerait la disparition de Flip Balfour, lui demanderait de prendre contact. Elle avait laissé son téléphone mobile près de son lit pendant toute la nuit, s'était réveillée à peu près toutes les heures pour s'assurer qu'il n'avait pas sonné sans la réveiller. Mais personne n'avait appelé. Finalement, à l'approche de l'aube, elle s'était habillée et était allée faire un tour. Son appartement se trouvait non loin de Broughton Street, dans un quartier qui devenait rapidement chic : pas aussi cher que New Town, dont il était voisin, mais proche du centre. La moitié de la rue semblait être en chantier et elle savait que les camionnettes des entreprises du bâtiment auraient du mal à trouver des places de stationnement au milieu de la matinée.

Elle interrompit sa promenade pour prendre le petit déjeuner dans un café ouvrant tôt : des haricots sur des toasts et une tasse de thé si fort qu'elle redouta d'être empoisonnée par le tanin. Au sommet de Calton Hill, elle s'arrêta et regarda la ville se préparer à une nouvelle journée. Au-delà de Leith, un cargo chargé de conteneurs était immobilisé à quelque distance de la côte. Les Pentland Hills, au sud, portaient leur couverture de nuages bas comme une couette accueillante. Il n'y avait pas encore beaucoup de circulation dans Princes Street : essentiellement des bus et des taxis. Elle aimait particulièrement Édimbourg à cette heure, avant l'installation de la routine. L'hôtel Balmoral était un des points de repère les plus proches. Elle pensa à la réception que Gill y avait organisée… quand Gill avait dit qu'elle avait déjà assez de problèmes. Siobhan se demanda si elle songeait à l'affaire ou à sa promotion. Le problème de la promotion était que John Rebus en faisait partie intégrante. Désormais, ce n'était plus le problème du Paysan, c'était celui de Gill. On racontait, dans les couloirs, que John s'était déjà fait remarquer : on l'avait surpris, ivre, chez la personne disparue. Par le passé, on avait dit à Siobhan qu'elle prenait trop visiblement le même chemin que Rebus, qu'elle adoptait ses défauts aussi bien que ses qualités. Elle ne croyait pas que ce fût vrai.

Non, ce n'était pas vrai… La descente la conduisit à Waterloo Place. Si elle prenait à droite, elle serait chez elle cinq minutes plus tard. À gauche, elle serait au bureau en dix minutes. Elle prit à gauche et s'engagea sur North Bridge, continua son chemin.

St Leonard's était tranquille. La salle du CID sentait le chien mouillé : de trop nombreux corps y étaient enfermés pendant toute la journée. Elle ouvrit deux fenêtres, se fit une tasse de café léger et s'assit à son bureau. Elle vérifia et constata qu'il n'y avait pas de message sur l'ordinateur de Flip. Elle décida de le laisser en ligne tandis qu'elle préparait son nouvel e-mail. Mais, quelques instants plus tard, un message lui indiqua qu'elle avait du courrier. Il émanait de Quizmaster, un simple *Bonjour*.

Elle appuya sur la touche permettant de répondre et demanda : *Comment avez-vous appris que j'étais là ?* La réaction fut immédiate.

C'est une question que Flipside n'aurait pas posée. Qui êtes-vous ?

Siobhan tapa si rapidement qu'elle ne corrigea pas ses erreurs. *Je suis membre de la police d'Édimbourg. Nous enquêtons sur la disparition de Philippa Balfour.* Elle attendit la réponse une minute entière.

De qui ?

De Flipside, tapa-t-elle.

Elle ne m'a jamais donné son véritable nom. C'est une des règles.

Les règles du jeu ? tapa Siobhan.

Oui. Habitait-elle Édimbourg ?

Elle y était étudiante. Pouvons-nous parler ? Vous avez le numéro de mon mobile.

Nouvelle attente, qui parut interminable.

Je préfère ceci.

D'accord, tapa Siobhan, *pouvez-vous me parler du Bord de l'enfer ?*

Il faudrait que vous jouiez. Donnez-moi un nom que je puisse utiliser.

Je m'appelle Siobhan Clarke, je suis constable dans la police de Lothian and Borders.

J'ai l'impression que c'est votre vrai nom, Siobhan.

Vous avez enfreint une des premières règles. Comment prononcez-vous cela ?

Siobhan sentit qu'elle rougissait.

Ce n'est pas un jeu, Quizmaster.

Détrompez-vous, c'en est un. Comment prononcez-vous votre nom ?

Shi-wawn.

Il y eut une pause plus longue et elle était sur le point d'envoyer une nouvelle fois le message quand la réponse arriva.

En réponse à votre question, le Bord de l'enfer est un niveau du jeu.

Flipside participait à un jeu ?

Oui. L'Étranglement est le niveau suivant.

Quel jeu ? Est-ce qu'il aurait pu lui attirer des ennuis ?

Plus tard.

Siobhan fixa les mots.

Que voulez-vous dire ?

Nous parlerons plus tard.

J'ai besoin de votre collaboration.

Dans ce cas apprenez la patience. Je pourrais me déconnecter immédiatement et vous ne pourriez jamais me retrouver, acceptez-vous cela ?

Oui. Siobhan aurait pu frapper l'écran.

Plus tard.

Plus tard, tapa-t-elle.

Et voilà. Plus de messages. Il s'était déconnecté ou bien refusait de répondre. Et elle ne pouvait qu'attendre. Vraiment ? Elle accéda à l'Internet et essaya tous les moteurs de recherche qu'elle put trouver, leur demanda les sites liés à Quizmaster et PaganOmerta. Elle trouva plusieurs Quizmaster, mais eut l'impression qu'aucun d'entre eux n'était le sien. PaganOmerta ne donna rien, même si la séparation des deux mots lui permit d'obtenir des centaines de sites qui, presque tous, tentaient de lui vendre une religion New Age. Quand elle demanda PaganOmerta.com, elle n'obtint rien. C'était une adresse, pas un site. Elle refit du café. Ses collègues arrivaient. Quelques-uns lui dirent bonjour, mais elle n'écoutait pas. Elle avait eu une autre idée. Elle s'assit à son bureau avec l'annuaire et les Pages jaunes, prit son bloc et un stylo.

Elle commença par les détaillants en informatique, jusqu'au moment où quelqu'un la dirigea sur une boutique de bandes dessinées de South Bridge. Du point de vue de Siobhan, les bandes dessinées étaient des choses comme à *Beano* et *Dandy*, même si elle avait eu un ami tellement obsédé par *2000AD* qu'elle avait fini par le quitter. Mais cette boutique fut une révélation. Il y avait des milliers de titres, ainsi que des livres de science-fiction, des T-shirts et d'autres marchandises. Au comptoir, un adolescent discutait les mérites de John Constantine avec deux écoliers. Il lui fut impossible de déterminer si Constantine était un personnage de bande dessinée, un scénariste ou un dessinateur. Finalement, les jeunes garçons s'aperçurent qu'elle se tenait derrière eux. Ils se calmèrent, redevinrent des gamins de douze ans, maladroits et dégingandés. Peut-être n'avaient-ils pas l'habitude que des femmes écoutent. Peut-être n'avaient-ils tout simplement pas l'habitude des femmes.

– J'ai entendu votre conversation, dit-elle. Je me suis dit que vous pourriez peut-être m'aider.

Ils restèrent silencieux. L'adolescent frotta sa joue couverte d'acné.

– Vous participez à des jeux sur l'Internet ? demanda-t-elle.

– Vous voulez dire comme Dreamcast ?

Le visage de Siobhan resta sans expression.

– C'est de chez Sony, expliqua l'adolescent.

– Je pense à des jeux où quelqu'un dirige, contacte les joueurs par e-mail, lance des défis.

– Les jeux de rôle.

Un des écoliers hocha la tête, chercha du regard l'approbation des autres.

– Tu y as déjà joué ?

– Non, reconnut-il. Les autres non plus.

– Il y a une boutique de jeux, à peu près à la moitié de Lieth Walk, dit l'adolescent. C'est D & D, mais on pourra peut-être vous aider.

– D & D ?

– Donjons et Dragons, Glaive et Sorcellerie.

– Cette boutique a-t-elle un nom ? demanda Siobhan.

– Chez Gandalf, répondirent-ils en chœur.

Chez Gandalf était une façade étroite malencontreusement coincée entre un tatoueur et un *fish and chips*. Plus malencontreusement encore, une grille maintenue en place par des cadenas couvrait la vitrine crasseuse. Mais la porte s'ouvrit, quand elle manœuvra la poignée, et heurta un carillon qui se trouvait juste derrière. Chez Gandalf avait visiblement été autre chose – peut-être une librairie d'occasion –, mais le changement d'activité ne s'était accompagné d'aucune rénovation. Il y avait, sur les étagères, un assortiment de jeux et de pièces… les pièces ressemblant à des soldats de plomb non peints. Les affiches des murs évoquaient des fins du monde de dessin animé. Il y avait des modes d'emploi aux couvertures cornées et, au centre de la pièce, quatre chaises autour d'une table pliante sur laquelle se trouvait un jeu. Il n'y avait ni comptoir ni caisse. Une porte, au fond de la boutique, s'entrouvrit et un homme d'un peu plus de cinquante ans apparut. Il avait une barbe grise, un catogan et un estomac dilaté qui distendait un T-shirt des Greatful Dead.

– Vous avez un air officiel, dit-il, morne.

– CID, répondit Siobhan, qui lui montra sa carte.

– Je n'ai que huit semaines de loyer en retard, marmonna-t-il.

Tandis qu'il se dirigeait vers la table d'un pas traînant, elle constata qu'il portait des sandales en cuir. Comme leur propriétaire, elles étaient très usagées. Il examina la disposition des pièces du jeu.

– Vous avez déplacé quelque chose ? demanda-t-il soudain.

– Non.

– Vous en êtes sûre ?

– Absolument.

Il sourit.

– Dans ce cas, Anthony est baisé, excusez la grossièreté.

Il jeta un coup d'œil sur sa montre et ajouta :

– Ils seront ici dans une heure.

– Qui ?

– Les joueurs. J'ai dû fermer la boutique, hier soir, alors qu'ils n'avaient pas terminé. Anthony a dû s'énerver parce qu'il essayait d'éliminer Will.

Siobhan regarda le jeu. Elle ne décela aucun grand dessein dans la façon dont les pièces étaient disposées. Le barbu bizarre tapota les cartes posées près du jeu.

– Voilà ce qui compte, dit-il, d'un air irrité.

– Ah, fit Siobhan. Je n'ai rien d'une spécialiste.

– Logique.

– Qu'est-ce que vous sous-entendez ?

– Absolument rien.

Mais elle savait très bien ce qu'il sous-entendait. C'était un club privé réservé aux hommes et tout aussi exclusif que les autres bastions.

– Je ne crois pas que vous puissiez m'aider, reconnut Siobhan, regardant autour d'elle et résistant à l'envie de se gratter. Ce qui m'intéresse est un peu plus high-tech.

Il se hérissa.

– Qu'est-ce que vous voulez dire ?

– Jeux de rôle par ordinateur.

– Interactif ?

Ses yeux se dilatèrent. Elle acquiesça et il jeta un nouveau coup d'œil sur sa montre, puis gagna la porte d'un pas traînant et la ferma à clé. Elle fut aussitôt sur la défensive, mais il se contenta de se diriger, du même pas traînant, vers la porte opposée.

– Par ici, dit-il, et Siobhan, qui se fit vaguement l'effet d'être Alice à l'entrée du tunnel, finit par le suivre.

En bas de quatre ou cinq marches, elle entra dans une pièce humide, sans fenêtre, partiellement éclairée. Il y avait de hautes piles de cartons – sans doute également des jeux et des accessoires – ainsi qu'un évier avec des tasses et une bouilloire sur l'égouttoir. Mais sur une table, dans un coin, se trouvait un ordinateur apparemment dernier cri, dont le grand écran était aussi mince que celui d'un portable. Elle demanda à son guide comment il s'appelait.

– Gandalf, répondit-il avec entrain.

– Je voulais dire votre vrai nom.

– Je sais. Mais, ici, c'est mon vrai nom.

Il s'assit devant l'ordinateur et se mit au travail, parla tout en déplaçant la souris. Elle ne s'aperçut pas immédiatement que c'était une souris sans fil.

– Il y a des tas de jeux, sur le Net, dit-il. On se réunit avec d'autres personnes pour lutter contre le programme ou contre d'autres équipes. Il y a des ligues. (Il tapota l'écran.) Vous voyez ? C'est la ligue de Doom.

Il lui adressa un bref regard et demanda :

– Vous savez ce qu'est Doom ?

– Un jeu par ordinateur.

Il acquiesça.

– Mais, ici, on collabore avec d'autres contre un ennemi commun.

Elle parcourut des yeux la liste de noms.

– Dans quelle mesure est-ce anonyme ?

– Comment ça ?

– Est-ce que les joueurs connaissent leurs coéquipiers ou les membres de l'équipe adverse ?

Il caressa sa barbe.

– Tout au plus, ils ont un *nom de guerre* [1].

Siobhan pensa à Philippa et à son adresse secrète de courrier électronique.

– Et les gens peuvent avoir des tas de noms, c'est ça ?

– Oh, oui. On peut amasser des dizaines de noms. Des gens avec qui vous avez communiqué des centaines de fois… réapparaissent sous un autre nom et on ne s'aperçoit pas qu'on les connaît.

– Donc ils peuvent mentir sur eux-mêmes ?

– Si vous tenez à appeler ça comme ça. C'est un univers virtuel, rien n'est vrai en tant que tel. Donc les gens peuvent s'inventer des existences virtuelles.

– Il y a un jeu dans une affaire sur laquelle je travaille.

– Lequel ?

– Je ne sais pas. Mais il y a des niveaux qui s'appellent Bord de l'enfer et Étranglement. Il est apparemment dirigé par quelqu'un qui se nomme Quizmaster.

Il caressait à nouveau sa barbe. Quand il s'était assis devant la table, il avait chaussé des lunettes à monture métallique. L'écran se réfléchissait sur les verres, cachait ses yeux.

---

1. En français dans le texte.

– Je ne le connais pas, dit-il.
– Est-ce que ça évoque quelque chose ?
– Un scénario de jeu de rôle. Quizmaster assigne des tâches ou propose des énigmes, il peut y avoir un joueur ou une douzaine.
– Des équipes, vous voulez dire ?
Il haussa les épaules.
– Difficile de savoir. Quel est le site ?
– Je ne sais pas.
Il la dévisagea.
– Vous ne savez pas grand-chose, hein ?
– Non, reconnut-elle.
Il soupira.
– Est-ce que l'affaire est grave ?
– Une jeune femme a disparu. Elle participait au jeu.
– Et vous ne savez pas s'il y a un lien entre les deux ?
– Non.
Il posa les mains sur son estomac.
– Je vais me renseigner, dit-il, voir si on peut localiser ce Quizmaster.
– Si je pouvais déjà avoir une idée de la nature du jeu…
Il hocha la tête et Siobhan se souvint de son dialogue avec Quizmaster. Elle l'avait interrogé sur le Bord de l'enfer. Et sa réponse ?
Il faudrait que vous jouiez.

Elle savait qu'obtenir un portable prendrait du temps. Et qu'il ne serait pas relié au Net. Donc, en rentrant au poste de police, elle s'arrêta dans une boutique d'informatique.
– Le moins cher coûte aux environs de neuf cents livres, indiqua la vendeuse.
Siobhan grimaça.
– Et combien de temps faut-il pour être en ligne ?

La vendeuse haussa les épaules.

– Ça dépend de votre serveur, répondit-elle.

Siobhan remercia et s'en alla. Elle savait qu'elle pouvait utiliser l'ordinateur de Philippa Balfour, mais elle ne voulait pas, pour toutes sortes de raisons. Puis une idée lui traversa l'esprit et elle sortit son mobile.

– Grant ? C'est Siobhan. J'ai besoin d'un service.

Le constable Grant Hood avait acheté son portable, son lecteur de mini-disc, son lecteur de DVD et sa caméra vidéo pour la même raison. C'étaient des trucs et on achetait des trucs pour impressionner les gens. Bien entendu, chaque fois qu'il apportait un nouveau gadget à St Leonard's, il était le centre de l'attention pendant cinq ou dix minutes… ou, plutôt, le truc l'était. Mais Siobhan avait constaté que Grant était toujours disposé à prêter ces machines de haute technologie à tous ceux qui le lui demandaient. Il ne les utilisait pas, ou bien s'en lassait après quelques semaines. Peut-être était-il simplement découragé par le manuel de l'utilisateur : celui de la caméra était plus volumineux que l'appareil lui-même.

Donc, Grant n'avait pas hésité un instant à aller chercher le portable chez lui. Siobhan avait expliqué qu'elle s'en servirait pour recevoir et envoyer des e-mails.

– Il est configuré, avait indiqué Grant.

– J'aurai besoin de ton adresse e-mail et de ton nom d'utilisateur.

– Mais ça signifie que tu pourras accéder à mes e-mails, constata-t-il.

– Et dis-moi, Grant, combien d'e-mails reçois-tu par semaine ?

– Quelques-uns, répondit-il, sur la défensive.

– Ne t'inquiète pas, je les sauvegarderai… et je promets de ne pas les lire.

– Ensuite, il y a la question de ma rémunération, dit Grant.

Elle le dévisagea.

– Ta rémunération ?

– Qui devra être discutée.

Un sourire éclaira son visage.

Elle croisa les bras.

– Qu'est-ce que tu veux ?

– Je ne sais pas, répondit-il. Il va falloir que je réfléchisse…

La transaction terminée, elle regagna son bureau. Elle avait un adaptateur capable de relier son téléphone mobile au portable. Mais elle commença par vérifier l'ordinateur de Philippa : pas de messages, rien de Quizmaster. Il ne lui fallut que quelques minutes pour être en ligne grâce à la machine de Grant. Quand ce fut fait, elle envoya un mot à Quizmaster, lui donnant l'adresse de Grant :

Je pourrais avoir envie de jouer. À vous. Siobhan.

Après avoir envoyé le message, elle resta sur la ligne. Ça lui coûterait une petite fortune, quand sa facture arriverait, mais elle chassa cette idée. Pour le moment, le jeu était sa seule piste. Même si elle n'avait pas l'intention de jouer, il fallait qu'elle soit mieux informée sur lui. Elle voyait Grant, à l'extrémité opposée de la pièce. Il bavardait avec deux collègues. Les trois hommes jetaient sans cesse des coups d'œil dans sa direction.

Ne vous gênez pas, pensa-t-elle.

Rebus était à Gayfield Square et il ne se passait rien. Enfin, il y avait beaucoup d'activité, mais le bruit et la fureur ne parvenaient pas à cacher une sensation croissante de désespoir. Le directeur adjoint en personne avait fait une apparition, écouté le rapport de Gill Templer et de Bill Pryde. Il avait clairement indiqué qu'il fallait

« parvenir rapidement à une conclusion ». Templer et Pryde avaient employé l'expression, un peu plus tard, et c'était pour cette raison que Rebus était au courant.

– Inspecteur Rebus ? dit un agent en tenue debout devant lui. La patronne voudrait vous voir.

Quand il entra, elle lui dit de fermer la porte. La pièce était petite et sentait la sueur. L'espace étant compté, Gill partageait ce bureau avec deux enquêteurs, qui travaillaient en équipe.

– On devrait peut-être réquisitionner les cellules, ça pourrait difficilement être pire, dit-elle, prenant les tasses posées sur le bureau mais ne trouvant pas où les mettre.

– Ne te dérange pas, dit Rebus. Je ne reste pas.

– C'est exact.

Elle posa les tasses sur le plancher et, presque aussitôt, en renversa une involontairement d'un coup de pied. Sans tenir compte du liquide qui s'en écoula, elle s'assit. Rebus ne put que rester debout, puisqu'il n'y avait pas d'autre chaise dans la pièce.

– Comment ça s'est passé à Falls ?

– Je suis rapidement parvenu à une conclusion.

Elle le foudroya du regard.

– À savoir ?

– Que ça ferait un bon article pour les tabloïds.

Gill acquiesça.

– J'ai vu quelque chose dans le journal du soir, hier.

– La femme qui a trouvé la poupée – ou qui prétend l'avoir fait – a parlé.

– Ou qui prétend l'avoir fait ?

Il se contenta de hausser les épaules.

– Tu crois que ça pourrait être elle ?

Rebus glissa les mains dans ses poches.

– Qui sait ?

– Quelqu'un croit que c'est possible. Une de mes amies, Jean Burchill. Je crois que tu devrais la voir.

– Qui est-ce ?

– Une des conservatrices du Museum of Scotland.

– Et elle a des informations sur cette poupée ?

– C'est possible, répondit Gill avant d'ajouter : D'après Jean, c'est loin d'être la première.

Rebus reconnut, face à son guide, qu'il n'était jamais entré dans le musée.

– J'emmenais ma fille à l'ancien musée, quand elle était enfant.

Jean Burchill le dévisagea avec un vague sourire.

– Mais celui-ci est tout à fait différent, inspecteur. Il concerne ce que nous sommes, notre histoire et notre culture.

– Pas d'animaux empaillés et de totems ?

Elle sourit.

– Pas à ma connaissance.

Ils traversaient les salles d'exposition du rez-de-chaussée, ayant laissé derrière eux le vaste hall d'entrée blanchi à la chaux. Ils s'immobilisèrent devant un petit ascenseur et Burchill se tourna vers lui, le regarda de la tête aux pieds.

– Gill m'a parlé de vous, dit-elle.

Puis les portes s'ouvrirent, elle entra dans la cabine et Rebus la suivit.

– Rien que des compliments, j'espère.

Il fit tout son possible pour s'exprimer d'un ton détaché. Burchill se contenta de le regarder une nouvelle fois et d'esquisser un sourire. Malgré son âge, elle lui faisait penser à une écolière : mélange de timidité et d'espièglerie, d'affectation et de curiosité.

– Quatrième étage, annonça-t-elle et, quand les portes de l'ascenseur s'ouvrirent, ils pénétrèrent dans un couloir étroit empli d'ombres et d'images de la mort. La section consacrée aux croyances, dit-elle d'une voix à peine audible. Sorcellerie, pilleurs de tombes et funérailles.

Une calèche noire attendait le moment de transporter une nouvelle cargaison jusqu'à quelque cimetière victorien tandis que, près d'elle, se trouvait un imposant cercueil métallique. Rebus ne put s'empêcher de tendre la main et de le toucher.

– C'est un coffre-fort mortuaire, précisa-t-elle, puis, voyant qu'il ne comprenait pas, elle expliqua : La famille du défunt enfermait le cercueil dans un coffre-fort mortuaire pendant les six premiers mois, afin de décourager les résurrectionnistes.

– Les déterreurs de cadavres ? (C'était un fait historique qu'il connaissait.) Comme Burke et Hare, qui déterraient les cadavres et les vendaient à l'université ?

Elle le fixa, tel un professeur face à un élève entêté.

– Burke et Hare ne déterraient rien. C'est l'élément essentiel de leur histoire : ils tuaient des gens, puis vendaient les corps aux anatomistes.

– Exact, admit Rebus.

Ils passèrent devant des crêpes de deuil, des photos de cadavres de bébé et s'arrêtèrent devant la dernière vitrine.

– Et voilà, annonça Burchill. Les cercueils d'Arthur's Seat.

Rebus regarda. Il y avait en tout huit cercueils. Ils mesuraient entre dix-huit et vingt centimètres de long et leurs couvercles s'ornaient de clous. À l'intérieur, il y avait de petites poupées en bois, dont quelques-unes portaient des vêtements. Rebus fixa un morceau de tissu à carreaux verts et blancs.

– Une fan des Hibs [1], dit-il.

---

1. Hiberian Football Club, club de football d'Édimbourg.

– Il fut un temps où elles étaient toutes habillées. Mais le tissu a pourri.

Elle montra une photo exposée dans la vitrine et poursuivit :

– En 1836, des enfants qui jouaient sur Arthur's Seat ont découvert l'entrée cachée d'une caverne. Il y avait à l'intérieur dix-sept petits cercueils, dont il ne reste que huit.

– Ils ont dû avoir une sacrée frousse.

Rebus fixait la photo, tentait de déterminer dans quelle partie des pentes massives de la colline elle avait été prise.

– L'analyse des tissus indique qu'ils ont vraisemblablement été fabriqués dans les années 1830.

Rebus acquiesça. De petites cartes, placées près des objets, donnaient cette information. D'après les journaux de l'époque, des sorcières utilisaient les poupées pour jeter des sorts mortels. Selon une autre théorie, il s'agissait de porte-bonheur que les marins déposaient à cet endroit avant de partir en mer.

– Des marins sur Arthur's Seat ? fit Rebus, songeur. C'est quelque chose qu'on ne voit pas tous les jours.

– Détecterais-je une connotation homophobe, inspecteur ?

Il secoua la tête.

– C'est loin des quais, tout simplement.

Elle le dévisagea, mais ses traits ne dévoilèrent rien.

Rebus examinait à nouveau les cercueils. S'il avait été joueur, il aurait parié sans hésiter qu'il y avait un lien entre ces objets et celui qu'on avait trouvé à Falls. Celui ou celle qui avait placé le cercueil près de la cascade connaissait l'existence de ceux qui étaient exposés au musée et, pour une raison ou une autre, avait décidé de les copier. Rebus regarda, tout autour de lui, les vitrines dédiées à la mort.

– Vous avez rassemblé tout ça ?

Elle acquiesça.

– Ça doit faire un sujet de conversation apprécié dans les soirées.

– Vous seriez étonné de constater à quel point, répondit-elle. Au bout du compte, ce qu'on redoute ne suscite-t-il pas notre curiosité ?

Au rez-de-chaussée, dans l'ancien musée, ils s'assirent sur un banc en forme de cage thoracique de baleine. Il y avait des poissons dans un aquarium, à proximité, et des enfants tendaient le bras comme pour les toucher, les retiraient au dernier moment, pouffaient et serraient une main dans l'autre : ce mélange, une nouvelle fois, de curiosité et de peur.

Au fond du vaste hall, on avait érigé une pendule énorme dont le mécanisme complexe comportait des squelettes et des gargouilles. Une sculpture représentait une femme nue enroulée dans du fil de fer barbelé. Rebus eut l'impression qu'il y avait d'autres scènes de torture juste en dehors de son champ visuel.

– La Pendule du Millénaire, expliqua Jean Burchill, qui jeta un coup d'œil sur sa montre. Elle sonnera dans dix minutes.

– Une conception intéressante, constata Rebus. Une pendule pleine de souffrance.

Elle le dévisagea :

– Tout le monde ne s'en aperçoit pas immédiatement…

Rebus se contenta de hausser les épaules.

– Là-haut, dit-il, il était indiqué qu'il y avait peut-être un lien entre les poupées et Burke et Hare ?

Elle hocha la tête.

– Un simulacre de funérailles des victimes. Nous croyons qu'ils ont vendu approximativement dix-sept corps aux anatomistes. C'était un crime horrible. Voyez-vous, un corps disséqué ne peut revenir à la vie le jour du Jugement dernier.

– Pas quand il a perdu la tête, reconnut Rebus.

Elle ne releva pas.

– Burke et Hare ont été arrêtés et jugés. Hare a témoigné contre son ami et seul William Burke est allé au gibet. Devinez ce qu'est devenu son corps ensuite ?

C'était facile.

– Il a été disséqué ?

Elle acquiesça.

– On a transporté son corps à Old College, suivant l'itinéraire emprunté par pratiquement toutes ses victimes, sinon toutes, et on l'a utilisé en classe d'anatomie. C'était en janvier 1829.

– Et les cercueils datent du début des années 1830.

Rebus réfléchit. Quelqu'un ne s'était-il pas vanté, un jour, de posséder un souvenir réalisé avec la peau de Burke ?

– Qu'est devenu le cadavre ensuite ? demanda-t-il.

Jean Burchill se tourna vers lui.

– Il y a un portefeuille, au musée de Surgeon's Hall.

– Fabriqué avec la peau de Burke ?

Elle acquiesça une nouvelle fois.

– Burke me fait pitié, en réalité. C'était apparemment un homme sympathique. Un immigré économique. La pauvreté et le hasard sont à l'origine de sa première vente. Quelqu'un qui était venu chez lui est mort en lui devant de l'argent. Burke savait qu'Édimbourg était confrontée à une crise, qu'il y avait une faculté de médecine en plein essor et pas assez de cadavres.

– Les gens vivaient-ils longtemps à cette époque ?

– Loin de là. Mais, comme je vous l'ai dit, un corps disséqué ne pouvait accéder au paradis. Les seuls cadavres dont les étudiants pouvaient disposer étaient ceux des criminels exécutés. La loi de 1832 relative à l'anatomie[1] a mis un terme à la nécessité de piller les tombes…

Elle se tut. Elle parut un instant étrangère au présent, plongée dans le passé sanglant d'Édimbourg. Rebus l'y avait accompagnée. Résurrectionnistes et portefeuilles en peau humaine… sorcellerie et pendaisons. Près des cercueils du quatrième étage, il avait vu toutes sortes d'attirails de sorcière : configurations d'os, cœurs racornis d'animaux où on avait planté des clous.

– Quel endroit, hein ?

Il pensait à Édimbourg, mais elle regarda ce qui les entourait.

– Depuis mon enfance, dit-elle, je me sens plus en sécurité ici que dans le reste de la ville. Sans doute trouvez-vous que mon travail est morbide, inspecteur, mais plus rares encore sont ceux qui s'adapteraient au vôtre.

– D'accord, reconnut-il.

– Les cercueils m'intéressent parce qu'ils constituent un grand mystère. Dans les musées, l'identification et le classement sont les règles. Les dates et la provenance sont parfois incertaines, mais nous savons pratiquement toujours à quoi nous sommes confrontés : un cercueil, une clé, les vestiges d'un cimetière romain.

– Mais vous ne savez pas au juste ce que signifient ces cercueils.

Elle sourit.

– Exactement. Donc, du point de vue d'une conservatrice, ils sont frustrants.

– Je sais ce que vous ressentez, dit-il. C'est comme

---

1. Loi du 1er août 1832 autorisant notamment les gens à léguer leur corps à la science.

moi face à une affaire. Si elle ne peut pas être résolue, elle me prend la tête.

– On revient sans cesse dessus... on trouve de nouvelles théories...

– Ou de nouveaux suspects, oui.

Ils se regardèrent.

– Je ne croyais pas que nous aurions autant de choses en commun, dit Jean Burchill.

– Nous en avons peut-être quelques-unes.

La pendule s'était mise à sonner, bien que l'aiguille des minutes n'eût pas atteint le 12. Les visiteurs furent attirés par elle, les enfants restant bouche bée tandis que les divers mécanismes donnaient vie aux personnages criards. Des cloches sonnèrent et une musique d'orgue inquiétante s'éleva. Le balancier était un miroir. Rebus s'y vit, quand il le regarda, ainsi que tout le musée, derrière lui, et les spectateurs capturés.

– Elle mérite qu'on aille la voir de plus près, dit Jean Burchill.

Ils se levèrent et avancèrent, se joignirent au groupe de curieux. Rebus crut identifier des sculptures en bois de Hitler et Staline. Elles manœuvraient une scie édentée.

– Il y a autre chose, dit Jean Burchill. Il y a eu d'autres poupées, à d'autres endroits.

– Quoi ?

Il se força à quitter la pendule des yeux.

– Le mieux serait sûrement que je vous envoie ce que j'ai...

Rebus passa le reste du vendredi à attendre la fin de son service. On avait placé des photos du garage de David Costello sur le mur, où elles s'ajoutaient au puzzle disparate qui s'y trouvait déjà. Sa MG était une décapotable bleu foncé. Les grosses têtes de la police scientifique n'avaient pas obtenu l'autorisation d'effectuer des prélèvements dans le véhicule et sur les pneus, mais ça ne les avait pas empêchés de tout regarder attentivement. La voiture n'avait pas été récemment lavée. Sinon ils auraient demandé la raison à David Costello. On avait réuni d'autres photos des amis et relations de Philippa, et on les avait montrées à Devlin. On y avait glissé deux clichés du petit ami, et Devlin s'était plaint de « tactiques plus que méprisables ».

Cinq jours depuis samedi soir, cinq jours depuis la disparition de la jeune fille. Plus Rebus regardait le puzzle du mur, moins il voyait. Il pensa à nouveau à l'horloge du Millénaire, qui en était l'opposé exact : plus il l'avait regardée, plus il avait vu – petits personnages apparaissant soudain dans l'ensemble en mouvement. Il la considérait à présent comme un monument à ce qui était perdu et oublié. D'une certaine façon les éléments punaisés au mur – photos, fax, tableaux de service et dessins – constituaient également un monument. Mais au bout du compte, quoi qu'il arrive, ce monument serait démonté et relégué dans un carton qu'on entreposerait dans une salle d'archives, son espérance de vie étant limitée à la durée des recherches.

C'était déjà arrivé : d'autres fois, d'autres affaires qui n'avaient pas toutes été résolues de façon satisfaisante. On s'efforçait de ne pas s'en soucier, on s'efforçait de rester objectif, comme le préconisaient les séminaires de formation, mais c'était difficile. Le Paysan se souvenait toujours du jeune garçon de son premier jour de travail et Rebus, lui aussi, avait des souvenirs. C'est pourquoi, à la fin de la journée, il rentra chez lui, prit une douche, se changea et resta une heure assis dans son fauteuil en compagnie d'un verre de Laphroaig et des Rolling Stones : *Beggars Banquet*, ce soir-là, et, en réalité, plus d'un verre de Laphroaig. Les moquettes de l'entrée et des chambres, roulées, se trouvaient d'un côté et de l'autre de lui. Les matelas, les armoires, les commodes... la pièce évoquait une décharge. Mais, de la porte à son fauteuil et de son fauteuil à la hi-fi, le chemin était dégagé, et c'était tout ce dont il avait besoin.

Après les Stones, comme il lui restait un demi-verre de pur malt, il mit un autre disque, *Desire*, de Bob Dylan, et choisit un morceau intitulé *Hurricane*, récit d'injustice et d'accusation sans fondement. Il savait que cela arrivait : parfois volontairement, parfois accidentellement. Il avait travaillé sur des affaires où les indices semblaient clairement désigner un individu et où quelqu'un d'autre venait avouer. Et autrefois – dans un passé lointain –, on avait « arrangé » un ou deux criminels afin qu'ils ne traînent plus dans les rues ou bien parce que la population exigeait une condamnation. Il y avait les fois où on connaissait le coupable sans pouvoir le démontrer de façon à obtenir une inculpation. Un ou deux flics, au fil des années, avaient franchi la ligne blanche.

Il leva son verre à leur santé, surprit son reflet dans la fenêtre du séjour. Si bien qu'il le leva une deuxième fois, à sa santé, puis décrocha le téléphone et appela un taxi.

Destination : les pubs.

À l'Oxford Bar, il engagea la conversation avec un habitué et mentionna sa visite à Falls.

– Je n'en avais jamais entendu parler, confia-t-il.

– Oh, oui, dit son compagnon. Je connais Falls. C'est pas de là que vient Wee [1] Billy ?

Wee Billy était également un habitué. Des recherches permirent d'établir qu'il n'était pas encore arrivé, mais il débarqua vingt minutes plus tard, vêtu de son uniforme de chef cuisinier du restaurant du carrefour. Il essuya son front trempé de sueur tout en prenant place au bar.

---

1. P'tit Billy.

– Tu as fini ? lui demanda quelqu'un.

– Pause clope, répondit-il en regardant sa montre. Une pinte de bière, s'il te plaît, Margaret.

Tandis que la barmaid servait, Rebus commanda une nouvelle pinte et annonça qu'il payait la tournée.

– Merci, John, dit Billy, qui n'avait pas l'habitude de tant de générosité. Ça boume ?

– Je suis allé à Falls, hier. C'est vrai que tu y as passé ton enfance ?

– Oui, c'est vrai. Mais il y a des années que j'y suis pas allé.

– Donc tu n'as pas connu les Balfour ?

Billy secoua la tête.

– Après mon époque. J'étais à l'université quand ils sont revenus. Merci, Margaret. (Il leva sa pinte.) Santé, John.

Rebus paya, leva sa pinte et regarda Billy vider la moitié de la sienne en trois gorgées avides.

– Bon sang, ça va mieux.

– Beaucoup de boulot ? demanda Rebus.

– Pas plus que d'habitude. Alors, tu travailles sur l'affaire Balfour ?

– Comme tous les flics de la ville.

– Comment tu as trouvé Falls ?

– Pas grand.

Billy sourit, sortit des feuilles de papier à cigarette et du tabac de sa poche.

– Je suppose que ça a changé depuis l'époque où j'y habitais.

– Tu vivais à Meadowside ?

– Comment tu as deviné ?

Billy alluma sa cigarette.

– La chance.

– Famille de mineurs. Mon grand-père a travaillé

toute sa vie au fond. Mon père aussi, au début, mais il a été licencié.

– Moi aussi j'ai passé mon enfance dans une ville minière, dit Rebus.

– Dans ce cas, tu sais ce que c'est quand les puits ferment. Jusqu'à cette époque, Meadowside était très bien.

Billy fixait les étagères en verre, se souvenait de sa jeunesse.

– Ça existe toujours, dit Rebus.

– Oui, mais c'est plus pareil… Ça peut plus être pareil. Les mamans qui récuraient les perrons jusqu'à ce qu'ils soient plus blancs que blancs. Les papas qui tondaient le gazon. Les gens qui allaient sans cesse chez les voisins pour bavarder ou emprunter quelque chose.

Il s'interrompit, commanda deux nouvelles pintes, puis reprit :

– Paraît qu'il y a plus que des cadres dynamiques, à Falls. À part à Meadowside, les gens du coin ont plus les moyens d'acheter. Les mômes grandissent et s'en vont… comme moi. On t'a parlé de la carrière ?

Rebus secoua la tête, satisfait d'écouter.

– C'était il y a deux ou trois ans. On a parlé d'ouvrir une carrière à la sortie du village. Des tas d'emplois, tout ça. Mais, soudain, une pétition a fait son apparition… Les habitants de Meadowside l'ont pas signée, et on leur a pas demandé de le faire, en réalité. Fini le projet de carrière.

– Les cadres dynamiques ?

– Appelle-les comme tu veux. Le bras long, tu vois ? Peut-être même que M. Balfour s'en est mêlé. Falls… C'est plus ce que c'était, John.

Il termina sa cigarette et l'écrasa dans le cendrier. Puis une idée lui traversa l'esprit.

– Tu aimes la musique, hein ?

– Ça dépend laquelle.

– Lou Reed. Il vient au Playhouse. J'ai deux billets en trop.

– J'y réfléchirai, Billy. Tu as le temps d'en boire une autre ?

D'un geste de la tête, il montra le verre presque vide de Billy.

Le chef regarda une nouvelle fois sa montre.

– Faut que j'y aille. Peut-être la prochaine fois, hein ?

– La prochaine fois, accepta Rebus.

– Et dis-moi ce que tu décides pour les billets.

Rebus acquiesça, regarda Billy se frayer un chemin jusqu'à la porte puis sortir dans la nuit. Lou Reed : c'était un nom surgi du passé. *Walk on the Wild Side*, une des chansons préférées de Rebus depuis toujours. Et, à la basse, le type qui a écrit *Grandad* pour l'acteur de *Dad's Army* [1]. Parfois, trop d'information tue l'information.

– Une autre, John ?

Il secoua la tête.

– J'entends l'appel du Wild Side, répondit-il, puis il descendit de son tabouret et se dirigea vers la porte.

---

1. Série satirique de la BBC sur un groupe de volontaires trop âgés pour être mobilisés et assurant la défense d'un village du sud de l'Angleterre pendant la Deuxième Guerre mondiale.

5

Samedi, il alla voir un match de football en compagnie de Siobhan. Easter Road était inondé de soleil et les joueurs jetaient de longues ombres sur la pelouse. Pendant un moment, Rebus suivit davantage ce jeu d'ombres que la partie proprement dite : marionnettes noires, pas tout à fait humaines, jouant à quelque chose qui n'était pas tout à fait du football. Le stade était plein, ce qui ne se produit que lors des derbys locaux ou des matchs à domicile contre Glasgow. Ce jour-là, c'étaient les Rangers. Siobhan avait un abonnement. Rebus était près d'elle, grâce à un autre abonné qui n'avait pas pu venir.

– Un ami ? lui demanda Rebus.

– J'ai bavardé une ou deux fois avec lui au pub après le match.

– Un type bien ?

– Un père de famille bien. (Elle rit.) Quand cesseras-tu d'essayer de me marier ?

– Je demandais, c'est tout, répondit-il avec un sourire.

Il avait constaté que des caméras de télévision filmaient la partie. Elles resteraient braquées sur les joueurs, les spectateurs ne constituant qu'un décor ou des plans de remplissage pendant la mi-temps. Mais c'étaient surtout les supporters qui intéressaient Rebus. Il se demandait quelles histoires ils pourraient raconter, quelle existence ils vivaient. Il n'était pas le seul : autour de lui, d'autres spectateurs semblaient s'intéresser tout autant aux singeries de la foule qu'à ce qui se passait sur la pelouse. Mais Siobhan, les phalanges blanches tant elle serrait fort les extrémités de son écharpe de supporter, était aussi concentrée sur le match qu'elle l'était d'ordinaire sur son travail, hurlait des conseils aux joueurs, discutait toutes les décisions de l'arbitre avec ses voisins. L'homme assis près de Rebus était tout aussi enfiévré. Il était gros, rougeaud et en sueur. Aux yeux de Rebus, il semblait à la limite de l'infarctus. Il marmonnait, l'intensité de sa voix croissant régulièrement, jusqu'au moment où il hurlait une injure sur un ton de défi, puis il regardait autour de lui d'un air gêné et le processus recommençait.

– Calme... du calme, mon gars, conseillait-il maintenant à un joueur.

– L'affaire avance de ton côté ? demanda Rebus à Siobhan.

– Jour de congé, John.

Elle ne quitta pas la pelouse des yeux.

– Je sais. Je demandais simplement...

– Du calme... Vas-y, mon gars, continue.

L'homme en sueur se cramponnait au dossier du siège qui se trouvait devant lui.

– On peut boire un verre après, dit Siobhan.

– Essaie de m'en empêcher.

– C'est ça, mon gars, c'est bon !

La voix enflait comme ferait une vague. Rebus prit une nouvelle cigarette. La journée était claire, mais elle n'était pas chaude. Un vent violent soufflait de la mer du Nord et les mouettes avaient du mal à rester dans les airs.

– Continue ! criait l'homme. *Continue ! Écrabouille ce putain de gros salaud !*

Puis le regard circulaire, le sourire gêné. Rebus parvint enfin à allumer sa cigarette et en offrit une à l'homme, qui secoua la tête.

– C'est bon contre le stress, vous savez. Crier.

– Peut-être contre le vôtre, mon vieux, commença Rebus, mais la suite fut inaudible parce que Siobhan et plusieurs milliers de personnes se levèrent, hurlèrent leur opinion raisonnée et objective sur une faute que Rebus et l'arbitre n'avaient pas vue.

Le pub habituel de Siobhan était bourré. Malgré cela, des gens venaient encore s'y entasser. Rebus y jeta un coup d'œil et proposa d'aller ailleurs.

– C'est à cinq minutes et c'est beaucoup plus calme.

– Bon, d'accord, dit-elle, mais sa voix exprimait la déception.

Le verre d'après match était le moment de l'analyse et elle savait que les compétences de Rebus dans ce domaine laissaient un peu à désirer.

– Et enlève cette écharpe, ordonna-t-il. On ne sait jamais, tu pourrais tomber sur un supporter des Rangers.

– Pas ici, répondit-elle, confiante.

Elle avait probablement raison. La présence policière autour du stade était importante et bien informée, aussi les supporters des Hibs avaient-ils été dirigés sur Easter Road, tandis que les visiteurs venus de Glasgow s'étaient vu contraints de reprendre le chemin des gares routière et de chemin de fer. Siobhan suivit Rebus, qui prit Lorne Street jusqu'à Leith Walk, où des consommateurs fatigués rentraient péniblement chez eux. Le pub auquel il pensait était un établissement anonyme aux vitres biseautées, à la moquette rouge sang parsemée de brûlures de cigarette et de chewing-gums noircis. La télé diffusait des applaudissements en conserve tandis que deux vieillards se livraient à un concours d'injures dans un coin.

– Tu sais vraiment t'y prendre avec les dames, protesta Siobhan.

– Et la dame désire-t-elle un Bacardi Breezer ? Peut-être un Moscow Mule ?

– Une pinte de bière, répondit Siobhan sur un ton de défi.

Rebus, quant à lui, commanda une pinte d'Eighty [1] et un pur malt. Quand ils s'assirent, Siobhan lui dit qu'il semblait connaître tous les mauvais pubs de la ville.

– Merci, répondit-il sans la plus petite trace d'ironie. Alors, poursuivit-il en levant son verre, quoi de neuf sur l'ordinateur de Philippa Balfour ?

– Elle participait à un jeu. Je n'en sais pas grand-chose. Quelqu'un qui se fait appeler Quizmaster le dirige. J'ai pris contact avec lui.

– Et ?

– Et, soupira-t-elle, j'attends sa réponse. Jusqu'ici, j'ai envoyé une douzaine d'e-mails sans résultat.

– Y a-t-il un autre moyen de remonter jusqu'à lui ?

– Pas à ma connaissance.

– Et le jeu ?

– Je ne sais pas en quoi il consiste, reconnut-elle en attaquant sa bière. Gill commence à croire que c'est une impasse. Elle m'a chargée d'interroger les étudiants.

– Parce que tu as fréquenté l'université.

– Je sais. Si Gill a un défaut, c'est son ouverture d'esprit.

– Elle t'apprécie beaucoup, dit Rebus, malicieux, ce qui lui valut un coup de poing sur le bras.

Le visage de Siobhan changea quand elle reprit son verre.

– Elle m'a proposé les relations publiques.

– Ça ne me surprend pas. Tu vas accepter ?

---

1. Macklay Thistle Eighty Shilling Ale.

Il la vit secouer la tête, demanda :

– À cause de ce qui est arrivé à Helen Wylie ?

– Pas vraiment.

– Alors pourquoi ?

Elle haussa les épaules.

– Peut-être parce que je ne suis pas prête.

– Tu es prête, affirma-t-il.

– Mais ce n'est pas vraiment du travail de police, n'est-ce pas ?

– Ce que c'est, Siobhan, c'est un pas vers le sommet.

Elle fixa son verre.

– Je sais.

– Qui se charge du travail, en attendant ?

– Je crois que c'est Gill.

Elle resta quelques instants silencieuse, puis demanda :

– On va trouver le cadavre de Flip, n'est-ce pas ?

– Peut-être.

Elle le fixa.

– Tu crois qu'elle est toujours en vie ?

– Non, répondit-il sur un ton morne.

Ce soir-là, il fit quelques bars, resta près de chez lui, au début, puis arrêta un taxi devant le Swany's et lui demanda de le conduire à Young Street. Il voulut allumer une cigarette, mais le chauffeur lui demanda de s'abstenir, et ce fut à cet instant qu'il vit les pancartes où « interdit de fumer » était indiqué.

Je fais un sacré détective, se dit-il. Il avait passé le plus de temps possible hors de l'appartement. Les travaux d'électricité s'étaient interrompus le vendredi à dix-sept heures alors que la moitié des lames de parquet étaient démontées et qu'il y avait des fils partout. Les plinthes avaient été arrachées, dévoilant le mur nu qui se trouvait derrière. Les ouvriers avaient laissé leurs outils… « Ils risquent rien, ici », avaient-ils blagué, connaissant sa profession. Ils avaient dit qu'ils viendraient peut-être samedi matin, mais ne l'avaient pas fait. Il avait donc fallu qu'il se résolve, pendant tout le week-end, à trébucher dans les fils alors qu'une lame de parquet sur deux était démontée ou branlante. Il avait pris le petit déjeuner dans un café, déjeuné dans un pub et envisageait désormais la perspective séduisante d'un dîner de haggis accompagné d'une saucisse fumée. Mais, d'abord, l'Oxford Bar.

Il avait demandé à Siobhan quels étaient ses projets.

– Un bain chaud et un bon livre, avait-elle répondu.

Elle avait menti. Il le savait parce que Grant Hood avait annoncé à la moitié du poste de police qu'il sortait avec elle, que c'était sa récompense pour lui avoir prêté son portable. Rebus n'avait pas relevé : si elle ne voulait pas qu'il sache, c'était son droit. Mais, comme il était au courant, il n'avait pas pris la peine de lui proposer un dîner dans un restaurant indien ou un film. Ça n'avait été qu'au moment où ils s'étaient séparés, devant le pub de Leith Walk, qu'il s'était rendu compte qu'il s'était peut-être montré mal élevé. Deux personnes apparemment sans projet un samedi soir : n'aurait-il pas été naturel qu'il lui demande de sortir avec lui ? Serait-elle vexée maintenant ?

La vie est trop courte, se dit-il en payant le taxi.

Quand il entra dans le pub et y retrouva des visages familiers, ces mots trottaient dans sa tête. Il demanda l'annuaire à Harry, le barman.

– Il est là-bas, répondit Harry, toujours aimable.

Rebus n'y trouva pas le numéro qu'il cherchait. Puis il se souvint qu'elle lui avait donné sa carte. Il la trouva dans sa poche. Elle avait ajouté son numéro personnel à la main. Il sortit et le composa sur son mobile. Pas d'alliance, il en était sûr… Le téléphone sonnait. Samedi soir, elle était probablement…

– Allô ?

– Madame Burchill ? John Rebus à l'appareil. Désolé de vous déranger un samedi soir…

– Vous ne me dérangez pas. Y a-t-il un problème ?

– Non, non… Je me demandais simplement si nous pourrions nous voir. Ce que vous m'avez dit à propos de l'existence d'autres poupées est très mystérieux.

Elle rit.

– Vous voulez qu'on se voie maintenant ?

– Je me disais qu'on pourrait peut-être le faire demain. Je sais que c'est un jour de repos, mais on pourrait peut-être mêler le travail et le plaisir.

Il grimaça après avoir prononcé ces mots. Il aurait dû commencer par réfléchir à ce qu'il dirait, à la façon dont il le dirait.

– Et comment nous y prendrions-nous ? demanda-t-elle, apparemment amusée.

Il entendait de la musique, du classique.

– Déjeuner ? proposa-t-il.

– Où ?

Où, effectivement. Il y avait une éternité qu'il n'avait pas invité quelqu'un à déjeuner. Il lui fallait un endroit impressionnant, un endroit…

– Je suppose que vous avez envie de viande grillée, le dimanche, ajouta-t-elle.

C'était presque comme si elle percevait sa gêne et cherchait à l'aider.

– Suis-je si transparent ?

– Tout à fait l'opposé. Vous êtes un mâle écossais en chair et en os. Moi, en revanche, j'aime les choses simples, fraîches et saines.

Rebus rit.

– Le mot « incompatible » vient à l'esprit.

– Peut-être pas nécessairement. Où habitez-vous ?
– À Marchmont.
– Dans ce cas, nous irons au Fenwick's, déclara-t-elle. C'est parfait.
– Formidable. À midi et demi ?
– Très bien. Bonsoir, inspecteur.
– J'espère que vous ne m'appellerez pas inspecteur pendant tout le déjeuner.
Dans le silence qui suivit, il eut l'impression de l'entendre sourire.
– À demain, John.
– Passez une bonne fin de…
Mais elle avait raccroché. Il rentra dans le pub, reprit l'annuaire. Le Fenwick's : Salisbury Place. À moins de vingt minutes à pied de chez lui. Sans doute était-il passé une dizaine de fois devant en voiture. À cinquante mètres de l'endroit où Sammy avait eu son accident, à cinquante mètres de l'endroit où un tueur avait tenté de le poignarder. Il ferait un effort, le lendemain, chasserait ces souvenirs.
– La même chose, Harry, dit-il, se dressant sur la pointe des pieds.
– Attends ton tour, comme tout le monde, gronda Harry.
Cela ne gêna pas Rebus ; pas du tout.

Il avait dix minutes d'avance. Elle arriva cinq minutes plus tard, si bien qu'elle était, elle aussi, en avance.
– Joli restaurant, dit-il.
– N'est-ce pas ?
Elle portait un tailleur noir sur un chemisier gris en soie. Une broche rouge sang scintillait juste au-dessus de son sein gauche.
– Vous habitez à proximité ? demanda-t-il.
– Pas exactement, à Portobello.

– Mais c'est très loin. Vous auriez dû me le dire.

– Pourquoi ? J'aime bien cet endroit.

– Vous allez souvent au restaurant ?

Il n'avait toujours pas assimilé l'idée qu'elle était venue déjeuner à Édimbourg.

– Chaque fois que je peux. Un des avantages de mon doctorat est que je peux dire que je suis le Dr Burchill quand je réserve.

Rebus regarda autour de lui. Seule une autre table était occupée, près de la vitrine, un repas familial apparemment. Deux enfants, six adultes.

– Mais aujourd'hui je n'ai pas jugé bon de réserver. Il n'y a jamais beaucoup de monde à l'heure du déjeuner. Alors, qu'allons-nous prendre ?...

Il envisagea de choisir une entrée et un plat, mais elle semblait savoir qu'il avait, en réalité, envie de la grillade, aussi en commanda-t-il une. Elle prit de la soupe et du canard. Ils décidèrent de demander le vin et le café en même temps.

– Tout à fait comme un brunch, dit-elle. Tout à fait comme un dimanche.

Il ne pouvait qu'être d'accord. Elle lui dit qu'il pouvait fumer, s'il voulait, mais il refusa. Il y avait trois fumeurs à la table familiale, mais le besoin n'était pas encore pressant.

Ils commencèrent par parler de Gill Templer, parce que c'était un sujet qu'ils avaient en commun. Les questions de Jean furent intelligentes et précises.

– Vous ne trouvez pas que Gill est un peu entêtée ?

– Elle fait ce qu'elle doit faire.

– Vous avez eu une aventure, il y a quelque temps, n'est-ce pas ?

Les yeux de Rebus se dilatèrent.

– Elle vous a dit ça ?

– Non, répondit Jean en lissant sa serviette de table

sur ses genoux. Mais la façon dont elle parlait de vous m'a permis de le deviner.

– Parlait ?

Elle sourit.

– C'est vieux, n'est-ce pas ?

– Préhistorique, fut-il contraint d'admettre. Et vous ?

– J'espère que je ne suis pas préhistorique.

– Je voulais dire : parlez-moi un peu de vous.

– Je suis née à Elgin, où mes parents étaient instituteurs. J'ai fait mes études à l'université de Glasgow. J'ai plus ou moins fait de l'archéologie. Doctorat à l'université de Durham, études postérieures à l'étranger – les États-Unis et le Canada – sur les migrants du XIXe siècle. J'ai obtenu un poste de conservatrice à Vancouver, puis je suis revenue quand l'occasion s'est présentée. L'ancien musée pendant presque douze ans et, maintenant, le nouveau.

Elle haussa les épaules et conclut :

– Et voilà.

– Comment avez-vous rencontré Gill ?

– On a fréquenté la même école pendant deux ans, on était les meilleures copines. On s'est perdues de vue pendant quelque temps…

– Vous n'avez jamais été mariée ?

Elle fixa son assiette.

– Pendant quelque temps, oui, au Canada. Il est mort jeune.

– Je suis désolé.

– L'alcool a tué Bill, même si sa famille refuse de le reconnaître. Je crois que c'est pour ça que je suis revenue en Écosse.

– Parce qu'il est mort ?

Elle secoua la tête.

– Si j'étais restée, il aurait fallu que je participe au mythe que la famille essayait de créer.

Rebus crut comprendre.

– Vous avez une fille, n'est-ce pas ? demanda-t-elle soudain, très désireuse de changer de sujet.

– Samantha. Elle… a un peu plus de vingt ans.

Jean rit.

– Mais vous ne connaissez pas son âge ?

Il se força à esquisser un sourire.

– Ce n'est pas ça. J'étais sur le point de dire qu'elle est handicapée. Ça ne vous intéresse probablement pas.

– Oh !

Elle resta quelques instants silencieuse, puis le regarda.

– Mais ça compte pour vous, reprit-elle, sinon ce ne serait pas la première idée qui vous aurait traversé l'esprit.

– Exact. Mais elle recommence à marcher. Grâce à un déambulateur, comme ceux que les personnes âgées utilisent.

– C'est bien.

Il acquiesça. Il n'avait pas envie de tout raconter, mais elle ne le lui demanderait de toute façon pas.

– Comment est la soupe ?

– Elle est bonne.

Ils gardèrent le silence pendant une ou deux minutes, puis elle l'interrogea sur sa profession. Ses questions étaient redevenues celles qu'on pose à quelqu'un qu'on vient de rencontrer. En général, Rebus était gêné de parler de son travail. Il n'était pas certain que les gens s'y intéressaient vraiment. Même si c'était le cas, il savait qu'ils n'avaient pas envie d'entendre la version non expurgée : les suicides et les autopsies, les rancœurs mesquines et les accès de désespoir qui conduisaient les gens en cellule. Violences conjugales et coups de poignard, samedis soir tournant mal, voyous professionnels et drogués. Quand il parlait, il redoutait toujours que sa voix trahisse sa passion pour le métier. Il entretenait des doutes sur les méthodes et les résultats, mais le travail l'enthousiasmait toujours. Il lui semblait qu'une personne telle que Jean Burchill était capable de voir sous la surface et de distinguer d'autres choses. Qu'elle comprendrait que le plaisir que lui procurait le travail relevait du voyeurisme et de la lâcheté. Il se concentra sur les détails de la vie des autres, sur les problèmes des autres, afin de ne pas aborder ses propres fragilités et ses échecs.

– Avez-vous l'intention de la fumer ?

La voix de Jean exprimait l'amusement. Rebus baissa la tête, s'aperçut qu'une cigarette avait fait son apparition dans sa main. Il rit, sortit le paquet de sa poche, y remit la cigarette.

– Vraiment, ça ne me gêne pas.

– Je l'ai fait sans m'en apercevoir, dit-il, puis, pour cacher sa gêne, il ajouta : Vous deviez me parler des autres poupées.

– Après déjeuner, répondit-elle avec fermeté.

Mais, après déjeuner, elle demanda l'addition. Ils partagèrent et se retrouvèrent dehors, où le soleil de l'après-midi faisait de son mieux pour réchauffer l'atmosphère.

– Marchons, dit-elle en glissant le bras sous le sien.

– Jusqu'où ?

– The Meadows ? proposa-t-elle.

C'est donc là qu'ils allèrent.

Le soleil avait attiré les gens dans ce parc bordé d'arbres. On se lançait des Frisbee ; des joggers et des cyclistes passaient à toute vitesse. Des adolescents étaient allongés, torse nu, des boîtes de cidre près d'eux. Jean brossa un tableau partiel de l'histoire locale à son intention.

– Je crois qu'il y avait un étang, ici, dit-elle. Je suis

sûre qu'il y avait des carrières à Bruntsfield et que Marchmont était une ferme.

– Aujourd'hui, c'est plutôt un zoo, dit-il.

Elle lui adressa un bref regard.

– Vous travaillez beaucoup votre cynisme, n'est-ce pas ?

– Il se rouille, sinon.

À Jawbone Walk, elle décida de traverser et de prendre Marchmont Road.

– Où habitez-vous au juste ? demanda-t-elle.

– Dans Arden Street. Tout près de Warrender Park Road.

– Ce n'est pas loin.

Il sourit, tenta de la regarder dans les yeux.

– Cherchez-vous à vous faire inviter ?

– Franchement, oui.

– C'est la pagaille.

– Je serais déçue s'il en était autrement. Mais ma vessie se contentera de ce qui est accessible…

Il tentait désespérément de ranger le séjour quand il entendit la chasse d'eau. Il jeta un coup d'œil autour de lui et secoua la tête. Ça revenait à prendre un plumeau après l'explosion d'une bombe : futile. Donc il gagna la cuisine et mit du café instantané dans deux tasses. Le lait du réfrigérateur datait de jeudi mais était utilisable. Debout dans l'encadrement de la porte, elle le regardait.

– Grâce à Dieu, je peux expliquer toute cette pagaille, dit-il.

– J'ai fait refaire l'électricité chez moi il y a quelques années, compatit-elle. À l'époque, j'envisageais de vendre.

Quand elle leva la tête, elle s'aperçut qu'elle était tombée juste.

– Je le mets sur le marché, reconnut-il.

– Vous avez une raison précise ?

Les fantômes, aurait-il pu répondre, mais il se contenta de hausser les épaules.

– Un nouveau départ ? suggéra-t-elle.

– Peut-être. Vous prenez du sucre ?

Il lui donna la tasse. Elle examina sa surface laiteuse.

– Je ne prends même pas de lait, dit-elle.

– Bon sang, désolé, dit-il.

Puis elle rit.

– Vous faites un sacré détective. Vous m'avez vue boire deux cafés au restaurant.

– Et je n'ai rien remarqué, reconnut Rebus, qui hocha la tête.

– Est-ce qu'on peut s'asseoir quelque part dans le séjour ? Maintenant qu'on se connaît un peu, le moment de vous montrer les poupées est venu.

Il débarrassa une partie de la table du coin salle à manger. Elle posa le sac qu'elle portait en bandoulière par terre et en sortit une chemise.

– Le problème, dit-elle, est que certaines personnes risquent de trouver ça un peu loufoque. Donc j'espère que vous garderez l'esprit ouvert. C'est peut-être pour cette raison que je voulais vous connaître un peu mieux…

Elle lui donna la chemise, dont il sortit une liasse de coupures de presse. Tandis qu'elle parlait, il les disposa devant lui, sur la table.

– J'ai découvert le premier grâce à une lettre que quelqu'un a envoyée au musée. C'était il y a deux ans.

Il leva la lettre et elle acquiesça.

– Une certaine Mme Anderson, de Perth. Elle avait entendu parler des cercueils d'Arthur's Seat et voulait m'avertir qu'un événement similaire s'était produit près de Huntingtower.

L'article accompagnant la lettre émanait du *Courier*.

« Découverte mystérieuse près d'un hôtel » : une boîte en forme de cercueil et, près d'elle, un lambeau de tissu. Découverts par un chien lors de sa promenade quotidienne, sous des feuilles, dans un bosquet. Le propriétaire de l'animal, croyant qu'il s'agissait d'un jouet, avait apporté la boîte à l'hôtel. Mais on n'avait trouvé aucune explication. Cela se passait en 1995.

– La femme, Mme Anderson, expliqua Jean, s'intéressait à l'histoire locale. C'est pourquoi elle a gardé l'article.

– Pas de poupée ?

Jean secoua la tête.

– Un animal l'avait peut-être emportée.

– Possible, admit Rebus.

Il se pencha sur le deuxième article. Il datait de 1982 et provenait d'un journal du soir de Glasgow : « L'Église condamne une blague malsaine. »

– Mme Anderson m'a appris l'existence de celui-ci, expliqua Jean. Dans un cimetière, près d'une pierre tombale. Un petit cercueil en bois, cette fois avec une poupée à l'intérieur, en réalité une pince à linge entourée d'un ruban.

Rebus regarda la photo publiée par le journal.

– Il semble plus grossier, comme s'il était en balsa.

Elle acquiesça.

– La coïncidence m'a paru troublante. Depuis, je guette d'autres exemples.

Il mit les deux derniers articles de côté.

– Et vous en trouvez, je vois.

– Je voyage dans tout le pays, donne des conférences pour le compte du musée. Chaque fois, je demande si quelqu'un a entendu parler d'une telle découverte.

– Et vous avez trouvé ?

– Par deux fois, jusqu'ici. 1977 à Nairn, 1972 à Dunfermline.

Deux découvertes mystérieuses supplémentaires. À Nairn, on avait trouvé le cercueil sur la plage ; à Dunfermline dans le parc. Dans un cas il y avait une poupée, pas dans l'autre. Une nouvelle fois, il était possible qu'un animal ou un enfant s'en soit emparé.

– Qu'est-ce que vous en pensez ? demanda-t-il.

– N'est-ce pas plutôt moi qui devrais poser cette question ?

Il ne répondit pas, jeta un nouveau coup d'œil sur les articles.

– Est-ce qu'il pourrait y avoir un lien avec ce que vous avez trouvé à Falls ?

– Je ne sais pas, dit-il, puis, levant la tête : Si on allait voir ?

La circulation les ralentit, même si la majorité des véhicules rentraient en ville au terme d'une journée à la campagne.

– Vous croyez qu'il y en a d'autres ? demanda-t-il.

– C'est possible. Mais les groupes qui s'occupent d'histoire locale aiment ce genre de bizarrerie… et ils ont beaucoup de mémoire. C'est un réseau dense. Les gens savent que je m'y intéresse. Je crois que j'en aurais entendu parler.

Quand ils passèrent près du panneau qui leur souhaitait la bienvenue à Falls, elle sourit.

– Jumelée avec Angoisse, dit-elle.

– Pardon ?

– Le panneau. Falls est jumelée avec un endroit qui s'appelle Angoisse. C'est sûrement en France.

– Comment l'avez-vous deviné ?

– Il y a le drapeau français près du nom.

– Je suppose que ça facilite les choses.

– Mais « angoisse » est aussi un mot français. Vous vous rendez compte, une ville appelée Angoisse…

Des véhicules, garés des deux côtés de la rue principale, créaient un goulot d'étranglement. Rebus estima qu'il ne trouverait pas de place, aussi prit-il la petite route et s'y gara-t-il. Tandis qu'ils se rendaient chez Bev Dodds à pied, ils rencontrèrent des autochtones qui lavaient leur voiture. Les hommes étaient d'âge mûr et en tenue décontractée – pantalon en velours et pull en V – mais portaient ces vêtements comme un uniforme. Rebus aurait parié que, pendant la semaine, ils étaient en costume-cravate. Il pensa aux souvenirs de Wee Billy : mères récurant les perrons. Et tel était l'équivalent contemporain. Un des hommes dit « bonjour » et l'autre « bonsoir ». Rebus répondit d'un signe de tête, puis frappa à la porte de Bev Dodds.

– Je crois qu'elle est partie faire sa promenade de santé, dit un des hommes.

– Elle ne devrait pas tarder, ajouta l'autre.

Ils n'avaient ni l'un ni l'autre interrompu leur tâche. Rebus se demanda s'ils étaient engagés dans une compétition ; ils ne se hâtaient pas, mais il semblait y avoir un élément de concurrence, leur concentration était intense.

– Vous voulez acheter des céramiques ? demanda le premier, qui se pencha sur la calandre de sa BMW.

– En fait, je voulais voir la poupée, dit Rebus, en glissant les mains dans ses poches.

– À mon avis, vous n'y arriverez pas. Elle a plus ou moins signé un contrat d'exclusivité avec un de vos concurrents.

– Je suis policier, déclara Rebus.

L'erreur du propriétaire de la BMW suscita un bref rire ironique de la part de son voisin, qui possédait une Rover.

– Évidemment, ça fait une différence, blagua-t-il.

– Il se passe des choses bizarres, dit Rebus sur le ton de la conversation.

– Par ici, ce n'est pas ça qui manque.
– Comment ça ?
Le propriétaire de la BMW rinça son éponge.
– Il y a eu une vague de cambriolages, il y a quelques mois, puis quelqu'un a lancé de la peinture sur la porte de l'église.
– Les gamins de la cité, coupa le propriétaire de la Rover.
– Peut-être, admit son voisin. Mais ça n'était jamais arrivé. Puis la petite Balfour disparaît…
– Vous les connaissez ?
– On les voit dans le coin, reconnut le propriétaire de la Rover.
– Ils ont organisé une réception, il y a deux mois. Ouvert le manoir. Au profit d'une association caritative, j'ai oublié laquelle. Ils semblaient très agréables, John et Jacqueline.
Le propriétaire de la BMW jeta un coup d'œil sur son voisin, quand il prononça les noms. Rebus y vit un élément supplémentaire du jeu que leurs vies étaient devenues.
– Et la fille ? demanda Rebus.
– Elle semblait toujours un peu distante, s'empressa de répondre le propriétaire de la Rover, qui ne voulait pas perdre de terrain. Difficile de bavarder avec elle.
– Moi, je lui ai parlé, annonça son rival. On a eu un long tête-à-tête, un jour, sur ses études.
Le propriétaire de la Rover le foudroya du regard. Rebus envisagea un duel : peau de chamois mouillée à vingt pas.
– Et Mme Dodds ? demanda-t-il. Une bonne voisine, n'est-ce pas ?
– Sa céramique est horrible, fut le seul commentaire.
– Mais cette histoire de poupée doit être bonne pour les affaires.

– Je n'en doute pas, dit le propriétaire de la BMW. Si elle est intelligente, elle capitalisera sur cet incident.

– La promotion est l'énergie vitale de toute nouvelle entreprise, ajouta son voisin.

Rebus eut l'impression qu'ils savaient de quoi ils parlaient.

– Une petite franchise pourrait faire des merveilles, dit le propriétaire de la BMW, songeur. Thé, pâtisseries maison…

Les deux hommes interrompirent leur tâche, réfléchirent.

– Je me disais bien que c'était votre voiture, sur la route, dit Bev Dodds en se dirigeant à grands pas vers le groupe.

Pendant que le thé infusait, Jean demanda si elle pouvait voir la céramique. Une extension, sur l'arrière de la fermette, abritait la cuisine et la chambre d'amis, qui était devenue l'atelier. Jean fit des compliments sur les bols et les assiettes, mais Rebus comprit qu'ils ne lui plaisaient pas. Puis, quand Bev Dodds remonta une nouvelle fois les nombreux bracelets qu'elle portait, Jean la complimenta à nouveau.

– Je les fabrique, dit Bev Dodds.

– Vraiment ?

Jean parut ravie.

Dodds tendit le bras afin qu'elle puisse regarder de plus près.

– Ce sont des pierres de la région. Je les lave et je les vernis. Je crois qu'elles font le même effet que de petits cristaux.

– L'énergie positive ? supputa Jean.

Rebus ne pouvait plus déterminer si elle était sincèrement intéressée ou si elle feignait de l'être.

– Pourrais-je en acheter un ?

– Bien sûr, répondit Dodds, enchantée.

Ses cheveux étaient en désordre, ses joues rouges parce qu'elle rentrait de promenade. Elle enleva un de ses bracelets.

– Que dites-vous de celui-ci ? C'est un de mes préférés et il ne vaut que dix livres.

Jean hésita, à l'annonce du prix, mais sourit et tendit un billet de dix livres, que Dodds glissa dans sa poche.

– Mme Burchill travaille au musée, dit Rebus.

– Vraiment ?

– Je suis conservatrice.

Jean passa le bracelet à son poignet.

– Quel travail merveilleux ! Chaque fois que je vais en ville, je m'arrange pour trouver le temps d'y aller.

– Avez-vous entendu parler des cercueils d'Arthur's Seat ? demanda Rebus.

– Steve les a mentionnés, répondit Dodds.

Rebus supposa qu'elle faisait allusion à Steve Holly, le journaliste.

– Mme Burchill s'intéresse à eux, dit Rebus. Elle aimerait voir la poupée que vous avez trouvée.

– Bien sûr.

Elle ouvrit un tiroir et en sortit le cercueil. Jean le prit avec précaution, le posa sur la table de la cuisine avant de l'examiner.

– Il est très bien réalisé, constata-t-elle. Plus proche des cercueils d'Arthur's Seat que les autres.

– Les autres ? demanda Bev Dodds.

– Est-ce une copie de l'un d'entre eux ? demanda Rebus sans tenir compte de la question.

– Pas exactement une copie, non, répondit Jean. Les clous ne sont pas identiques et la façon dont il est assemblé est légèrement différente.

– Mais quelqu'un qui aurait vu l'exposition du musée aurait pu le fabriquer ?

– C'est possible. À la boutique du musée, on peut acheter des cartes postales représentant les cercueils.

Rebus se tourna vers Jean.

– Est-ce que quelqu'un s'est intéressé à l'exposition, récemment ?

– Comment le saurais-je ?

– Un chercheur, quelqu'un ?

Elle secoua la tête.

– Il y a eu une étudiante en doctorat, l'année dernière… mais elle est retournée à Toronto.

– Est-ce qu'il y a un lien ? demanda Bev Dodds, les yeux dilatés. Entre le musée et l'enlèvement ?

– Nous ne sommes pas sûrs qu'il y ait eu enlèvement, précisa Rebus.

– Néanmoins.

– Madame Dodds… Bev…, dit Rebus en la regardant dans les yeux, il est nécessaire que cette conversation reste confidentielle.

Quand elle acquiesça, Rebus comprit qu'elle téléphonerait à Steve Holly quelques minutes après leur départ. Il ne termina pas son thé.

– Il faudrait qu'on y aille.

Jean comprit et posa sa tasse sur l'égouttoir.

– C'était très gentil, merci.

– De rien. Et merci d'avoir acheté le bracelet. C'était ma troisième vente de la journée.

Tandis qu'ils suivaient la petite route, deux voitures les dépassèrent. Des promeneurs, supposa Rebus, allant voir la cascade. Ensuite, peut-être s'arrêteraient-ils à la poterie et demanderaient-ils à voir le célèbre cercueil. Peut-être achèteraient-ils également quelque chose…

– À quoi pensez-vous ? demanda Jean, qui monta en voiture et examina le bracelet, le levant dans la lumière.

– À rien, mentit Rebus.

Il décida de traverser le village. La Rover et la BMW

séchaient au soleil de la fin de l'après-midi. Un jeune couple et ses deux enfants se tenaient devant chez Bev Dodds. Le père avait une caméra vidéo à la main. Rebus laissa passer quatre ou cinq voitures, puis continua jusqu'à Meadowside. Trois jeunes garçons – dont, peut-être, les deux de sa visite précédente – jouaient au football sur l'herbe. Rebus s'arrêta, baissa sa vitre, les appela. Ils le dévisagèrent, mais sans la moindre intention d'interrompre leur partie. Il dit à Jean qu'il en aurait pour une minute et descendit de voiture.

– Salut, dit-il aux jeunes garçons.

– Vous êtes qui ?

La question avait été posée par un enfant maigre, aux côtes proéminentes, aux bras grêles terminés par des poings serrés. Il avait le crâne pratiquement rasé et les paupières plissées à cause du soleil ; c'était un mètre cinquante d'agressivité et de défiance.

– Je suis de la police, dit Rebus.

– On n'a rien fait.

– Félicitations.

L'enfant donna un violent coup de pied dans le ballon. Celui-ci heurta brutalement la cuisse d'un autre joueur, ce qui fit éclater de rire le troisième.

– Je me demandais si vous étiez au courant de cette vague de cambriolages dont on m'a parlé.

Le gamin le dévisagea.

– Vous excitez pas.

– Pas de danger.

Le gamin esquissa un ricanement et Rebus ajouta :

– Tu peux peut-être me dire qui s'en est pris à l'église ?

– Non.

– Non ? fit Rebus d'un air étonné. Très bien, dernier essai… Le petit cercueil qu'on a trouvé ?

– Et alors ?

– Tu l'as vu ?

Le gamin secoua la tête.

– Dis-lui de se tailler, Chick, conseilla un de ses copains.

– Chick [1] ?

Rebus hocha la tête afin que le jeune garçon comprenne qu'il enregistrait l'information.

– J'ai pas vu le cercueil, dit Chick. Pas question que j'aille frapper chez elle.

– Pourquoi ?

– Parce qu'elle est vachement bizarre.

Chick rit.

– Bizarre comment ?

Chick perdait patience. Il ne comprenait pas pourquoi il s'était laissé entraîner dans une conversation sans s'en rendre compte.

– C'est rien qu'une bande de jardiniers, dit son pote, se portant à son secours. Viens, Chick.

Ils partirent en courant, récupérant le ballon et entraînant le troisième petit garçon. Rebus les regarda pendant un moment, mais Chick ne se retourna pas. Quand il regagna la voiture, il s'aperçut que Jean avait baissé sa vitre.

– D'accord, dit-il, je ne suis pas le champion du monde de l'interrogatoire des écoliers.

Elle sourit.

– Qu'est-ce qu'il entendait par jardiniers ?

Rebus lança le moteur et lui adressa un bref regard :

– Il voulait dire qu'ils sont bêcheurs.

En fin de soirée, ce dimanche, il se retrouva devant chez Philippa Balfour. Il avait toujours les clés, mais n'avait pas l'intention d'y entrer, pas après ce qui était

---

1. Nana.

arrivé la dernière fois. On avait fermé les volets du salon et de la chambre. La lumière, toute lumière, était interdite de séjour dans l'appartement.

Une semaine s'était écoulée depuis la disparition, et une reconstitution était en cours. Une agente, qui ressemblait vaguement à l'étudiante disparue, portait des vêtements semblables à ceux que Philippa Balfour aurait pu porter ce soir-là. Un T-shirt Versace récemment acheté par Flip ne se trouvait plus dans son armoire, aussi l'agente en portait-elle un exactement identique. Elle sortirait de l'immeuble et les journalistes postés dans la rue la photographieraient. Puis elle gagnerait rapidement l'extrémité de la rue, où l'attendrait un taxi réquisitionné dans ce but. Elle en descendrait et monterait en direction du centre de la ville. Des photographes l'accompagneraient d'un bout à l'autre et des agents en tenue aborderaient les piétons et les automobilistes, planche à pince prête, questions préparées. L'agente irait jusqu'au bar de South Side…

Deux équipes de télévision – la BBC et la télévision écossaise – se préparaient à filmer la reconstitution. De brefs extraits passeraient au Journal.

C'était un exercice, le moyen de montrer que la police faisait quelque chose.

Rien de plus.

Gill Templer, qui aperçut Rebus du côté opposé de la chaussée, parut admettre cela d'un haussement d'épaules. Puis elle reprit sa conversation avec Colin Carswell, le directeur adjoint, qui avait apparemment des instructions à donner. Rebus ne doutait pas que l'expression « parvenir à une conclusion rapide » y avait fait au moins une fois son apparition. Il savait par expérience que Gill Templer tripotait, lorsqu'elle était irritée, le collier de perles qu'elle portait parfois. Elle l'avait, ce soir-là, et elle avait passé un doigt dessous, le faisait aller et venir. Rebus pensa aux nombreux bracelets de Bev Dodds et aux propos du petit Chick : *Vachement bizarre...* Des livres sur Wicca dans son séjour, qu'elle qualifiait de « salon ». Une chanson des Stones lui traversa l'esprit : *Spider and the fly*, la face B de *Satisfaction*. Il imagina que Bev Dodds était une araignée, son salon sa toile. Pour une raison quelconque l'image, quoique ridicule, lui resta en tête...

6

Lundi matin, Rebus emporta les coupures de presse de Jean au bureau. Sur sa table de travail l'attendaient trois messages de Steve Holly et une note manuscrite de Gill Templer indiquant qu'il avait rendez-vous chez le médecin à onze heures. Il gagna le bureau de la superintendante afin de plaider sa cause mais une feuille de papier, sur sa porte, annonçait qu'elle passerait la journée à Gayfield Square. Rebus reprit le chemin de son fauteuil, saisit ses cigarettes et son briquet, sortit sur le parking. Il venait d'en allumer une quand Siobhan Clarke arriva.

– Du nouveau ? lui demanda-t-il.

Siobhan leva le portable qu'elle avait sous le bras.

– Depuis hier soir, répondit-elle. (Elle regarda sa cigarette.) Quand tu auras terminé cette horreur, rejoins-moi et je te montrerai.

La porte se ferma derrière elle. Rebus regarda sa cigarette, en tira une dernière bouffée et la jeta par terre.

Quand il arriva dans la salle du CID, Siobhan avait installé le portable. Un collègue lui cria qu'un certain Steve Holly le demandait. Rebus secoua la tête. Il savait ce que voulait Holly : Bev Dodds lui avait parlé de sa visite à Falls. Il leva un doigt, demandant à Siobhan d'attendre une seconde, puis appela le musée.

– Jean Burchill, s'il vous plaît, demanda-t-il ; puis il attendit.

– Allô ?

C'était sa voix.

– Jean ? Ici John Rebus.

– John, j'étais sur le point de vous appeler.

– Ne dites rien, on vous harcèle ?

– Harceler est peut-être un peu fort…

– Steve Holly, un journaliste, qui veut parler des poupées ?

– Il a essayé de vous joindre, vous aussi ?

– Le meilleur conseil que je puisse vous donner, Jean : ne dites rien. Refusez ses appels et, s'il réussit à vous contacter, répondez que vous n'avez rien à dire. Même s'il insiste lourdement…

– Compris. Bev Dodds a parlé ?

– C'est ma faute. J'aurais dû prévoir qu'elle le ferait.

– Je peux me débrouiller seule, John, ne vous inquiétez pas.

Ils se dirent au revoir et il raccrocha, puis gagna le bureau de Siobhan et lut le message affiché sur l'écran du portable.

Ce jeu n'est pas un jeu. C'est une quête. Vous aurez besoin de force et d'endurance, d'intelligence aussi. Mais la récompense sera grandiose. Voulez-vous toujours jouer ?

– J'ai envoyé un e-mail où je disais que j'étais intéressée, mais demandais combien de temps le jeu prendrait. (Siobhan déplaça le doigt sur le clavier.) Il a répondu qu'il pouvait durer quelques jours ou quelques semaines. J'ai alors demandé si je pouvais commencer au Bord de l'enfer. Il a réagi immédiatement, m'a dit que le Bord de l'enfer était le quatrième niveau et qu'il fallait que je franchisse toutes les étapes. J'ai dit d'accord. À minuit, ceci est arrivé.

Un autre message était affiché sur l'écran.

– Il a utilisé une autre adresse, expliqua Siobhan. Dieu sait combien il en a.

– Donc il est difficile de remonter jusqu'à lui, devina Rebus, qui lut ensuite :

Comment puis-je être sûr que vous êtes bien qui vous prétendez être ?

– C'est à cause de mon adresse e-mail, expliqua Siobhan. J'utilisais celle de Philippa, maintenant c'est celle de Grant.

– Qu'est-ce que tu lui as répondu ?

– Je lui ai dit qu'il faudrait me faire confiance ; que c'était ça ou une rencontre.

– Et ça lui a plu ?

Elle sourit.

– Pas tellement. Mais il m'a tout de même envoyé ça.

Elle appuya sur une touche.

Seven fins high is king. This queen dines well before the bust[1].

– C'est tout ?

Siobhan acquiesça.

– J'ai demandé s'il pouvait me donner un indice. Il s'est contenté de renvoyer le même message.

– Vraisemblablement parce que c'est l'indice.

Elle se passa une main dans les cheveux.

– J'ai passé la moitié de la nuit dessus. Je suppose que ça ne signifie rien, pour toi.

Il secoua la tête.

– Tu as besoin de quelqu'un qui aime les devinettes. Grant n'est-il pas passionné de mots croisés ?

---

1. *Sept nageoires de haut fait roi. Cette reine dîne bien devant le buste.* Les énigmes proposées par Quizmaster demeureront telles que dans l'original du fait qu'elles reposent sur des jeux de mots intransposables. Le traducteur en donnera une traduction littérale et fournira, le cas échéant, des informations supplémentaires.

– Ah bon ?

Siobhan jeta un coup d'œil sur Grant Hood qui, du côté opposé de la salle, téléphonait.

– Tu devrais aller lui poser la question.

Quand Hood raccrocha, Siobhan se tenait près de lui.

– Comment marche le portable ? demanda-t-il.

– Très bien. Il paraît que tu aimes les devinettes ? dit-elle en lui tendant une feuille.

Il la prit, mais ne la regarda pas.

– Samedi soir ? demanda-t-il.

Elle hocha la tête.

– Samedi soir était bien.

Et c'était vrai : deux verres puis le dîner dans un bon petit restaurant de New Town. Ils avaient essentiellement parlé boutique, puisqu'ils n'avaient guère autre chose en commun, mais rire, revivre quelques mésaventures, avait été agréable. Il s'était conduit en parfait gentleman, l'avait ensuite raccompagnée chez elle. Elle ne lui avait pas demandé de monter boire un café. Il avait dit qu'il trouverait un taxi dans Broughton Street.

Grant hocha également la tête et sourit. « Bien » lui convenait. Puis il regarda la feuille.

– *Seven fins high is king*, lut-il. Qu'est-ce que ça signifie ?

– J'espérais que tu pourrais peut-être me le dire.

Il relut attentivement le message.

– Ça pourrait être une anagramme. Mais j'en doute. Pas assez de voyelles, que des i et des e. « Devant le buste »… une statue, peut-être ?

Siobhan se contenta de hausser les épaules.

– Je serais peut-être plus inspiré si tu me mettais au courant, ajouta Hood.

Siobhan acquiesça.

– En buvant un café, si tu veux, dit-elle.

De retour à son bureau, Rebus les regarda sortir, puis

prit la première coupure. On parlait, près de lui, d'une nouvelle conférence de presse. Tout le monde s'accordait sur un point : si la superintendante Templer en confiait la responsabilité à quelqu'un, cela signifierait qu'elle avait dégainé les poignards. Rebus plissa les paupières. Il y avait une phrase qui lui avait échappé à la première lecture. Elle se trouvait dans l'article datant de 1995 : l'hôtel de Huntingtower, près de Perth, un chien trouvant le cercueil et un lambeau de tissu. Dans sa dernière partie l'article citait un membre anonyme du personnel de l'hôtel, qui disait : « Si on ne fait pas attention, Huntingtower finira par avoir mauvaise réputation. » Rebus se demanda ce que cela signifiait. Il décrocha le téléphone en se disant que Jean Burchill le savait peut-être. Mais il n'appela pas, ne voulant pas qu'elle croie qu'il était… quoi, au juste ? Il avait trouvé leur sortie de la veille agréable et pensait qu'elle était dans le même cas. Il l'avait déposée chez elle, à Portobello, et avait décliné le café qu'elle lui proposait.

– J'ai déjà monopolisé beaucoup de votre temps, avait-il dit.

Elle n'avait pas protesté.

– Peut-être une autre fois, avait-elle simplement répondu.

Tandis qu'il regagnait Marchmont, il lui avait semblé qu'ils avaient laissé passer une occasion. Il avait failli lui téléphoner, mais avait allumé la télé et s'était plongé dans un documentaire animalier dont il n'avait conservé aucun souvenir. Jusqu'au moment où il s'était souvenu de la reconstitution et était allé y assister…

Sa main était toujours posée sur le combiné. Il décrocha, se procura le numéro de l'hôtel de Huntingtower, demanda à parler au directeur.

– Je regrette, répondit la réceptionniste, mais il est en réunion. Puis-je prendre un message ?

Rebus expliqua qui il était.

– Je voudrais parler à quelqu'un qui travaillait à l'hôtel en 1995.

– Comment s'appelle cette personne ?

L'erreur de la réceptionniste le fit sourire.

– En réalité, n'importe qui fera l'affaire.

– Je travaille ici depuis 93.

– Donc vous vous souvenez peut-être du petit cercueil qui a été découvert ?

– Vaguement, oui.

– J'ai un article de journal datant de cette époque. D'après lui, l'hôtel risquait d'acquérir une mauvaise réputation.

– Oui.

– Pourquoi ?

– Je ne sais pas vraiment. Peut-être à cause de la touriste américaine.

– Laquelle ?

– Celle qui a disparu.

Il resta quelques instants silencieux et, quand il reprit la parole, ce fut pour lui demander de répéter.

Rebus gagna l'annexe de la Bibliothèque nationale, située dans Causeway. Elle se trouvait à moins de cinq minutes à pied de St Leonard's. Quand il eut montré sa carte et exposé ce qu'il voulait, on le conduisit jusqu'à un bureau sur lequel se trouvait le lecteur de microfilm. Il s'agissait d'un grand écran éclairé entre deux bobines. On plaçait la bobine du film d'un côté et on l'enroulait sur une autre, qui était vide. Rebus avait utilisé la machine à l'époque où les journaux étaient conservés dans l'immeuble principal de George-IV Bridge. Il avait indiqué au personnel qu'il s'agissait d'un « boulot urgent », mais il avait attendu pratiquement vingt minutes quand le bibliothécaire lui apporta les boîtes. Le

Courier était le quotidien de Dundee. La famille de Rebus le lisait. Il se souvint que, jusqu'à récemment, il avait conservé l'aspect d'une feuille artisanale d'une époque révolue, les petites annonces occupant toute la largeur de la première page. Pas d'informations, pas de photos. On racontait que, le jour du naufrage du *Titanic*, le gros titre du *Courier* était : « Un habitant de Dundee disparu en mer ». Ce qui ne signifiait pas que le journal fût provincial.

Rebus avait apporté l'article concernant Huntingtower et fit défiler la bande jusqu'à quatre semaines avant sa parution. Il trouva, en page intérieure, un article intitulé : « Disparition mystérieuse d'une touriste ». La femme s'appelait Betty-Anne Jesperson. Elle avait trente-huit ans et était mariée. Elle appartenait à un groupe venu des États-Unis. Le voyage organisé s'appelait « Les Highlands mystiques d'Écosse ». La photo de Betty-Anne était celle de son passeport. C'était une femme forte, aux cheveux noirs permanentés, qui portait des lunettes à monture épaisse. D'après son mari, Garry, elle avait l'habitude de se lever tôt et de marcher avant le petit déjeuner. Personne, à l'hôtel, ne l'avait vue partir. On avait fouillé les environs et les policiers, munis de son portrait, avaient interrogé les habitants du centre de Perth. Mais, la semaine suivante, l'affaire n'occupait plus qu'une demi-douzaine de paragraphes. Une semaine plus tard, elle se réduisait à un seul. Ensuite, elle disparaissait aussi complètement que l'avait fait Betty-Anne.

D'après la réceptionniste de l'hôtel, Garry Jesperson était revenu à plusieurs reprises dans la région, pendant la première année, et y avait passé un mois l'année suivante. Mais aux dernières nouvelles, d'après elle, Garry avait rencontré quelqu'un, et quitté le New Jersey pour s'installer à Baltimore. Rebus copia les informations dans son carnet, puis tapota la page où il venait de prendre des notes avec son stylo jusqu'au moment où un de ses voisins s'éclaircit la gorge, afin de lui faire comprendre qu'il faisait trop de bruit.

De retour au bureau des bibliothécaires, il demanda d'autres journaux : le *Dunfermline Press*, le *Glasgow Herald* et l'*Inverness Courier*. Seul le *Glasgow Herald* était sur microfilm, il commença donc par lui. 1982, la poupée dans le cimetière… Van Morrison avait sorti *Beautiful Vision* en 82. Rebus fredonna le début de *Dweller on the threshold*, cessa quand il reprit conscience de l'endroit où il se trouvait. En 1982, il était sergent et faisait équipe avec un collègue nommé Jack Morton. Ils étaient basés à Great London Road, avant l'incendie de ce poste de police. Quand le microfilm du *Herald* arriva, il l'installa sur la machine et se mit au travail, les jours et les semaines défilant à toute vitesse sur son écran. Tous ses supérieurs de Great London Road étaient morts ou à la retraite. Il n'était pas resté en relation avec eux. Et maintenant le Paysan, lui aussi, était parti. Bientôt, que ça lui plaise ou non, ce serait son tour. Il ne croyait pas qu'il partirait tranquillement. Il faudrait qu'on le fiche dehors à coups de pied dans le derrière…

On avait découvert la poupée du cimetière en mai. Il commença début avril. Mais Glasgow est une grande ville, où les crimes sont plus nombreux qu'à Perth. Il n'était pas sûr, s'il trouvait quelque chose, qu'il pourrait l'identifier. Et s'il s'agissait d'une disparition, le journal la mentionnerait-il ? Des milliers de gens disparaissent chaque année. Certains d'entre eux sans qu'on s'en aperçoive : les sans-abri, ceux qui n'ont ni famille ni amis. C'est un pays où un cadavre peut rester dans son fauteuil, près du feu, jusqu'au moment où l'odeur alerte les voisins.

Parvenu fin avril, il n'avait pas trouvé de disparition, mais six morts, dont deux femmes. L'une d'entre elles avait été poignardée après une fête. La police, indiquait le journal, interrogeait un homme. Le petit ami, devina Rebus. Il était pratiquement certain, s'il poursuivait sa lecture, de trouver le compte rendu du procès. La deuxième était une noyade. Une rivière dont Rebus n'avait jamais entendu parler : White Cart Water, le corps ayant été découvert sur la rive, à la lisière sud de Rosshall Park. La victime s'appelait Hazel Gibbs et avait vingt-deux ans. Son mari l'avait abandonnée avec deux enfants. D'après ses amis, elle était déprimée. Elle était sortie boire, la veille, laissant ses enfants seuls.

Rebus sortit, composa sur son mobile le numéro de Bobby Hogan du CID de Leith.

– Bobby, c'est John. Tu connais un peu Glasgow, hein ?

– Un peu.

– Tu as entendu parler de White Cart Water ?

– Jamais.

– Et de Rosshall Park ?

– Désolé.

– Tu as des contacts dans l'ouest ?

– Je pourrais téléphoner.

– Tu veux bien le faire ?

Rebus répéta les noms et raccrocha. Il fuma une cigarette, les yeux fixés sur le nouveau pub du carrefour. Il savait qu'un verre ne lui ferait pas de mal. Puis il se souvint qu'il devait voir le médecin. Merde, il faudrait que ça attende. Il pourrait toujours prendre un autre rendez-vous. Comme, une fois la cigarette terminée, Hogan n'avait pas rappelé, Rebus regagna sa table de travail et se plongea dans les numéros de mai 82. Quand son mobile sonna, le personnel et les lecteurs le fixèrent d'un air horrifié. Rebus jura, porta l'appareil à son oreille, se leva et sortit à nouveau.

– C'est moi, dit Hogan.

– Vas-y, souffla Rebus tout en gagnant la sortie.

– Rosshall Park se trouve à Pollock, au sud-ouest du centre. White Cart Water longe sa partie supérieure.

Rebus s'arrêta net.

– Tu en es sûr ?

Il ne parlait plus à voix basse.

– C'est ce qu'on m'a dit.

Rebus regagna sa table de travail. L'article du *Herald* se trouvait sous celui du *Courier*. Il le prit, seulement pour vérifier.

– Merci, Bobby, dit-il avant de raccrocher.

Ses voisins manifestaient leur exaspération, mais il n'en tint aucun compte. « L'Église condamne une blague malsaine » : le cercueil découvert dans le cimetière. L'église elle-même se trouvait dans Potterhill Road.

À Pollock.

– Je suppose que tu ne juges pas nécessaire de t'expliquer, dit Gill Templer.

Rebus était allé à Gayfield Square et lui avait demandé cinq minutes. Ils étaient dans le même bureau qui sentait le renfermé.

– C'est exactement ce que j'ai l'intention de faire, répondit Rebus.

Il posa une main sur son front. Il lui semblait qu'il avait le visage en feu.

– Tu devais aller à ton rendez-vous chez le médecin.

– Il s'est passé quelque chose. Bon sang, tu ne vas pas y croire.

Elle posa brutalement le bout d'un doigt sur le tabloïd qui se trouvait sur son bureau.

– Tu sais comment Steve Holly a appris ça ?

Rebus fit pivoter le journal. Holly n'avait vraisemblablement pas disposé de beaucoup de temps, mais il avait bricolé un article où il parvenait à mentionner les cercueils d'Arthur's Seat, une « spécialiste du Museum of Scotland », le cercueil de Falls et des « rumeurs persistantes concernant l'existence d'autres cercueils ».

– Qu'est-ce que signifient « d'autres cercueils » ? demanda Gill.

– C'est ce que j'essaie de te dire.

Donc il raconta, lui exposa toute l'affaire. Dans les collections reliées en cuir et sentant le moisi du *Dunfermline Press* et de l'*Inverness Courier*, il avait trouvé exactement ce qu'il redoutait de découvrir. En juin 1977, une brève semaine avant l'apparition du cercueil de la plage, la mer avait déposé sur la côte, six kilomètres plus loin, le corps de Paula Gearing. On n'avait pas pu expliquer son décès, qui avait été mis sur le compte d'un « accident ». En octobre 1972, trois semaines avant la découverte du cercueil du parc de Dunfermline, la disparition d'une adolescente avait été signalée. Caroline Farmer était en troisième au collège de Dunfermline. Le petit ami avec qui elle sortait depuis longtemps l'avait larguée et on estimait que cela l'avait poussée à quitter son foyer. Sa famille avait dit qu'elle n'aurait pas de repos tant qu'elle n'aurait pas de nouvelles. Rebus doutait qu'elle en ait eu…

Gill Templer écouta en silence. Quand il eut terminé, elle parcourut les articles et les notes qu'il avait prises à la bibliothèque. Finalement, elle leva la tête :

– C'est maigre, John.

Rebus se leva d'un bond. Il avait besoin de bouger, mais la pièce n'était pas assez grande.

– Gill, c'est… Il y a quelque chose.

– Un assassin qui laisse des cercueils sur les lieux ? Je ne suis pas convaincue. Tu as deux cadavres, aucun indice particulier, et deux disparitions. On ne peut pas dire que ça constitue une structure.

– Trois disparitions en comptant Philippa Balfour.

– Et il y a autre chose : le cercueil de Falls a été découvert moins d'une semaine après qu'on eut constaté son absence. Une nouvelle fois : pas de structure.

– Tu crois que j'ai des visions ?

– Peut-être.

– Est-ce que je peux, au moins, continuer de suivre cette piste ?

– John…

– Un collègue, deux peut-être, c'est tout. Donne-nous quelques jours pour voir si je peux te convaincre.

– Nous sommes déjà débordés.

– Et qu'est-ce qu'on fait ? On avance à tâtons dans le noir en attendant qu'elle réapparaisse, qu'elle téléphone à ses parents ou que quelqu'un trouve son cadavre. Donne-moi deux personnes.

Elle secoua la tête.

– Une seule. Et pendant trois ou quatre jours au maximum. Compris ?

Rebus acquiesça.

– Et, John, va voir le médecin, sinon j'annule l'autorisation, compris ?

– Compris. Je vais travailler avec qui ?

Templer réfléchit.

– Tu veux qui ?

– Donne-moi Ellen Wylie.

Elle le dévisagea.

– Tu as une raison particulière ?

Il haussa les épaules.

– Elle ne sera jamais présentatrice de télévision, mais c'est un bon flic.

Templer ne l'avait pas quitté des yeux.

– D'accord, dit-elle. Vas-y.

– Est-ce que tu pourrais empêcher Steve Holly de nous harceler ?

– Je peux essayer.

Elle tapota une nouvelle fois le journal du bout du doigt.

– Je suppose que la spécialiste locale est Jean ? reprit-elle, et quand il eut acquiescé, elle soupira : J'aurais dû me méfier, éviter de vous réunir…

Elle se frotta le front. C'était un geste que faisait également le Paysan chaque fois qu'il avait ce qu'il appelait une « migraine Rebus ».

– Qu'est-ce qu'on cherche au juste ? demanda Ellen Wylie.

Elle avait été convoquée à St Leonard's et ne semblait pas enthousiasmée par l'idée de faire équipe avec Rebus.

– La première étape, dit-il, consiste à assurer nos arrières, à savoir confirmer que les personnes disparues n'ont pas refait surface.

– Interroger les familles ? devina-t-elle en notant quelque chose sur son bloc.

– Exact. En ce qui concerne les deux cadavres, il faut jeter un coup d'œil sur les rapports d'autopsie, s'assurer que rien n'a échappé aux légistes.

– 1979 et 1982 ? Vous croyez qu'on ne se sera pas débarrassé des archives ?

– J'espère que non. Quoi qu'il en soit, les légistes ont souvent très bonne mémoire.

Elle nota à nouveau quelque chose.

– Je vous repose la question : qu'est-ce qu'on cherche au juste ? Vous croyez qu'il est possible de prouver qu'il y a un lien entre ces femmes et les cercueils ?

– Je ne sais pas.

Mais il savait ce qu'elle pensait : croire est une chose, prouver en est une autre, surtout devant un tribunal.

– Qu'il y ait ou non un lien, il faut savoir, dit-il finalement.

– Et tout ça a commencé par des cercueils découverts à Arthur's Seat ?

Il acquiesça, son enthousiasme n'entamant pas le scepticisme d'Ellen Wylie.

– Écoutez, dit-il, si j'ai des visions, vous aurez l'occasion de me le dire. Mais commençons par creuser un peu.

Elle haussa les épaules, nota ostensiblement quelque chose sur son bloc.

– Vous m'avez demandée ou je vous ai été attribuée ?

– Je vous ai demandée.

– Et la superintendante Templer a accepté ?

Rebus hocha la tête.

– Ça pose un problème ?

– Je ne sais pas. (Elle réfléchit sérieusement.) Probablement pas.

– Très bien, dit-il. Dans ce cas, commençons.

Il mit pratiquement deux heures à taper tout ce qu'il avait. Il lui fallait une « bible », qui constituerait la base de leur travail. Il connaissait la date et le numéro de page de tous les articles de presse et en avait obtenu des photocopies à la bibliothèque. Pendant ce temps, Wylie téléphonait, demandait humblement un service aux policiers de Glasgow, Perth, Dunfermline et Nairn. Elle avait besoin des dossiers, s'ils existaient toujours, et des noms des légistes. Chaque fois qu'elle riait, Rebus savait qu'on venait de lui dire : « C'est tout ce qu'il vous faut ? » Tout en martyrisant son clavier, il l'écouta. Elle jouait l'innocence, se montrait dure et flirtait avec à-propos. Sa voix ne trahissait jamais l'expression figée de son visage à mesure que s'installait la lassitude de la répétition.

– Merci, dit-elle pour la énième fois en raccrochant le combiné.

Elle griffonna quelque chose sur son bloc, jeta un

coup d'œil sur sa montre et nota également l'heure. Elle était méthodique, pas de problème.

– Une promesse est une chose, dit-elle plus d'une fois.

– C'est mieux que rien.

– Du moment qu'ils la tiennent.

Puis elle décrocha, prit une profonde inspiration et composa le numéro suivant.

L'importance des intervalles intriguait Rebus : 1972, 1977, 1982, 1995. Cinq ans, cinq ans, treize ans. Et maintenant, peut-être, un nouvel espace de cinq ans. Les périodes de cinq années constituaient une structure solide, mais le silence qui s'était prolongé de 82 à 95 représentait une rupture. Il y avait toutes sortes d'explications : l'homme, quel qu'il soit, était absent, peut-être en prison. Qui pouvait affirmer qu'on avait déposé des cercueils uniquement en Écosse ? Peut-être serait-il utile d'entreprendre une recherche plus générale, de voir si d'autres forces de police avaient rencontré le phénomène. S'il avait fait de la prison, il serait possible d'étudier les dossiers. Treize ans est une longue peine : un meurtre, selon toute probabilité.

Il y avait une autre possibilité, bien entendu, à savoir qu'il ne se soit pas absenté. Qu'il ait continué sans se soucier des cercueils, ou bien qu'on ne les ait pas trouvés. Une petite boîte en bois… un chien, à coups de dents, la réduirait en bouillie ; un enfant l'emporterait chez lui ; quelqu'un la balancerait à la poubelle afin de se débarrasser définitivement d'une blague malsaine. Rebus savait qu'il pourrait obtenir des informations en faisant appel à la population, mais ne croyait pas que Gill Templer marcherait. Il faudrait d'abord la convaincre.

– Rien ? demanda-t-il quand Wylie raccrocha.

– Personne ne répond. Tout le monde a peut-être déjà entendu parler de la folle de la police d'Édimbourg.

Rebus froissa une feuille de papier, la lança en direction de la corbeille.

– Peut-être qu'on commence à fatiguer, dit-il. Faisons une pause.

Wylie alla chercher un beignet au jambon à la boulangerie voisine. Rebus décida de se contenter de marcher. Les rues proches de St Leonard's n'offraient pas grand choix. Les immeubles et les cités ou bien Holyrood Road, où les voitures roulaient vite, avec sa vue sur les Salisbury Crags. Rebus décida de s'engager dans le réseau de rues étroites situées entre St Leonard's et Nicolson Street. Il entra dans une boutique de journaux et acheta une boîte d'Irn-Bru, qu'il but à petites gorgées tout en marchant. On disait que c'était le remède parfait à la gueule de bois, mais elle servit surtout à repousser le désir d'une pinte et d'un scotch dans une salle enfumée où la télé diffuserait les courses… Le Southsider était une possibilité, mais il traversa pour l'éviter. Des gamins jouaient sur les trottoirs, principalement des Asiatiques. L'école était terminée et ils avaient encore des réserves d'énergie, d'imagination. Il se demanda si sa propre imagination ne faisait pas des heures supplémentaires… C'était l'ultime possibilité, à savoir qu'il voyait des liens là où il n'y en avait pas. Il sortit son mobile et un morceau de papier sur lequel un numéro était noté.

Quand on décrocha, il demanda Jean Burchill.

– Jean ?… John Rebus à l'appareil. Il se pourrait que vos petits cercueils soient un filon… Je ne peux pas vous en parler maintenant. Je vais à une réunion. Vous êtes occupée, ce soir ?… C'est dommage. Auriez-vous le temps d'un dernier verre ? (Son visage s'éclaira.) Dix heures ? À Portobello ou en ville ?… Oui, c'est plus logique en ville si vous devez assister à une réunion. Je vous raccompagnerai en voiture. Dix heures au musée ? Parfait, au revoir.

Il regarda autour de lui. Il était à Hill Square et il y avait une pancarte sur la grille qui se trouvait près de lui. Il comprit alors où il se trouvait : derrière Surgeon's Hall. La porte anonyme qui se dressait devant lui était l'entrée de la salle Jules-Thorn consacrée à une exposition sur l'histoire de la chirurgie. Il jeta un coup d'œil sur sa montre et sur les horaires d'ouverture. Il avait à peu près dix minutes. Qu'est-ce que ça peut foutre, pensa-t-il avant de pousser la porte et d'entrer.

Il se retrouva dans la cage d'escalier d'un immeuble ancien ordinaire. Après avoir gravi un étage, il atteignit un palier étroit où deux portes se faisaient face. Il s'agissait apparemment d'entrées d'appartements. Il monta au deuxième étage. Quand il franchit le seuil du musée, un signal sonore se déclencha, avertissant un membre du personnel de la présence d'un visiteur.

– Êtes-vous déjà venu ? demanda la femme.

Il secoua la tête et elle indiqua :

– Le matériel moderne est au-dessus et la dentisterie se trouve juste à gauche…

Il la remercia et elle le laissa visiter. Il n'y avait personne, en tout cas Rebus ne vit personne. Il tint à peu près trente secondes dans la salle des instruments dentaires. Il lui sembla que le matériel n'avait guère évolué en deux siècles. L'exposition principale occupait deux étages et était bien présentée. Les objets étaient dans des vitrines, bénéficiant d'un bon éclairage. Il resta quelques instants devant une boutique d'apothicaire, puis gagna un mannequin grandeur nature qui représentait Joseph Lister examinant la liste de ses découvertes, notamment l'introduction de la pulvérisation phénique et de la stérilisation du catgut. Un peu plus loin, il trouva la vitrine contenant le portefeuille fabriqué avec la peau de Burke.

Il lui rappela la petite bible reliée en cuir qu'un oncle lui avait offerte pour son anniversaire, dans son enfance. Près de lui se trouvaient les moulages en plâtre de la tête de Burke – l'empreinte de la corde du bourreau nettement visible – et de celle d'un de ses complices, John Brogan, qui l'avait aidé à transporter les cadavres. Alors que Burke semblait apaisé, chevelure peignée et expression calme, Brogan semblait avoir souffert le martyre : peau arrachée sur la mâchoire inférieure, crâne bulbeux et rose.

Un peu plus loin se trouvait le portrait de Knox, anatomiste à qui étaient destinés les cadavres encore chauds.

– Pauvre Knox, dit une voix, derrière lui.

Rebus se retourna. Un homme âgé en tenue de soirée : nœud papillon, ceinture drapée et chaussures vernies. Rebus ne reconnut pas immédiatement le Pr Devlin, voisin de Flip Balfour. Devlin avança, les yeux fixés sur les objets exposés.

– On s'est beaucoup interrogé sur ce qu'il savait vraiment, ajouta-t-il.

– S'il savait que Burke et Hare étaient des assassins, vous voulez dire ?

Devlin acquiesça.

– Personnellement, je suis convaincu que oui. À l'époque, pratiquement tous les cadavres sur lesquels les anatomistes travaillaient étaient vraiment très froids. Ils venaient de toute la Grande-Bretagne… quelques-uns arrivaient par Union Canal. Les résurrectionnistes – les voleurs de cadavres – les transportaient dans du whisky. C'était un commerce lucratif.

– Mais buvait-on le whisky ensuite ?

Devlin eut un rire étouffé.

– Conformément aux lois de l'économie, c'est très vraisemblable, dit-il. Ironiquement, Burke et Hare avaient émigré en Écosse pour des raisons économiques. Ils avaient participé à la construction d'Union Canal.

Rebus se souvint que Jean avait dit quelque chose de similaire. Devlin s'interrompit, glissa un doigt sous sa ceinture, puis reprit :

– Mais ce pauvre Knox… il était habité par une sorte de génie. On n'a pas pu prouver qu'il était complice des meurtres. Mais l'Église était contre lui, voilà le problème. Le corps humain était un temple, n'oubliez pas. Une part importante du clergé était opposée à son étude… elle y voyait une profanation. Elle a dressé la populace contre Knox.

– Qu'est-il devenu ?

– Il est mort d'apoplexie, selon la littérature. Hare, qui avait témoigné pour l'accusation, a dû fuir l'Écosse. Mais cela n'a pas suffi à le sauver. Il a perdu la vue et, à la fin de sa vie, il mendiait dans les rues de Londres. Je crois qu'il y a un pub, quelque part, qui s'appelle Le Mendiant Aveugle, mais de là à affirmer qu'il y a un lien…

– Seize meurtres, dit Rebus, à West Port, soit dans une zone très réduite.

– On ne peut pas imaginer cela aujourd'hui, n'est-ce pas ?

– Mais, aujourd'hui, il y a l'anatomo-pathologie…

Devlin sortit le doigt glissé sous sa ceinture et l'agita devant lui.

– Exactement, dit-il. Et les recherches anatomiques n'auraient pas existé sans les résurrectionnistes tels que Burke et Hare.

– Est-ce pour cette raison que vous êtes venu ici ? Pour leur rendre hommage ?

– Peut-être, répondit Devlin, puis il regarda sa montre. Il y a un dîner, en haut, à dix-neuf heures. Je me suis dit que j'arriverais tôt et que j'irais voir l'exposition.

Rebus se souvint de l'invitation posée sur la cheminée de Devlin : *Tenue de soirée et décorations…*

– Je regrette, monsieur Devlin, dit la conservatrice, c'est l'heure de fermer.

– Très bien, Maggie, répondit Devlin, qui ajouta, à l'intention de Rebus : Voulez-vous visiter le reste de l'immeuble ?

Rebus pensa à Ellen Wylie, qui avait probablement regagné son bureau.

– En fait, je devrais…

– Venez, venez, insista Devlin. On ne peut pas entrer dans Surgeon's Hall sans voir notre musée des Horreurs.

La conservatrice dut ouvrir deux portes fermées à clé, qui leur permirent d'accéder à la partie principale de l'immeuble. Les couloirs étaient silencieux et ornés de portraits de médecins. Devlin montra la bibliothèque, puis s'arrêta dans un hall d'entrée au dallage de marbre et indiqua sa partie supérieure.

– C'est ici que nous allons dîner. Des tas de profs et de toubibs sur leur trente et un pour un festin de poulet caoutchouteux.

Rebus leva la tête. Le plafond était surmonté d'une coupole vitrée. Il y avait une galerie circulaire à l'étage et, au-delà, une porte à peine visible.

– Que célèbre-t-on ?

– Dieu seul le sait. Je leur envoie un chèque chaque fois que je reçois une invitation, c'est tout.

– Gates et Curt seront-ils présents ?

– Probablement. Vous savez que Sandy Gates a du mal à refuser un bon repas.

Rebus examinait l'intérieur de l'imposant portail principal. Il l'avait déjà vu, mais seulement de l'extérieur, quand il prenait Nicolson Street à pied ou en voiture. Il ne l'avait jamais vu ouvert et le fit remarquer à son guide.

– Il sera ouvert ce soir, dit Devlin. Les invités entrent et prennent l'escalier. Venez, par ici.

Nouveaux couloirs et escaliers.

– Ça ne sera probablement pas fermé à clé, dit Devlin tandis qu'ils se dirigeaient vers une nouvelle porte imposante à double battant. Les invités aiment faire quelques pas après le dîner. Ils se retrouvent presque tous ici.

Il tourna la poignée. Il avait raison : la porte s'ouvrit et ils entrèrent dans une vaste salle d'exposition.

– Le musée des Horreurs, annonça Devlin en écartant les bras.

– J'en ai entendu parler, dit Rebus. Je n'ai jamais eu de raison de le visiter.

– Le public n'y a pas accès. Je n'ai jamais vraiment compris pourquoi. Le musée pourrait gagner pas mal d'argent s'il en faisait une attraction touristique.

L'endroit s'appelait en réalité Playfair Hall et n'était pas, aux yeux de Rebus, aussi barbare que son surnom le laissait entendre. Il recelait apparemment des instruments chirurgicaux anciens qui auraient été plus à leur place dans une salle de torture que dans une salle d'opération. Il y avait beaucoup d'ossements, ainsi que des membres et organes flottant dans le liquide trouble contenu dans des récipients en verre. Un nouvel escalier, étroit, les conduisit sur un palier où d'autres récipients les attendaient.

– Ayez pitié du malheureux qui est chargé de faire l'appoint en formol, dit Devlin, que l'ascension avait essoufflé.

Rebus fixa le contenu d'un cylindre de verre. Un visage d'enfant lui rendit son regard, mais il semblait difforme. Puis il s'aperçut qu'il surmontait deux corps distincts. Des siamois reliés par la tête, des parties des deux visages formant un ensemble unique. Rebus, qui avait vu sa part d'horreurs, fut la proie d'une fascination lugubre. Mais l'exposition ne se limitait pas à cela : il y avait d'autres fœtus difformes. Des tableaux, aussi, principalement du XIXe siècle : des soldats aux membres déchiquetés par les boulets de canon ou les balles de mousquet.

– Voici mon préféré, dit Devlin.

Il avait trouvé un peu de paix parmi les images obscènes : le portrait d'un jeune homme qui souriait presque au peintre. Rebus lut la plaque :

– Docteur Kennet Lovell, 1829.

– Lovell est un des anatomistes qui ont participé à la dissection de William Burke. Il est même probable que c'est lui qui a constaté le décès de Burke après son exécution. Moins d'un mois plus tard, il a posé pour ce portrait.

– Il a l'air très satisfait de sa vie, commenta Rebus.

Les yeux de Devlin pétillèrent.

– N'est-ce pas ? Kennet était également très habile de ses mains. Il travaillait le bois, comme Deacon William Brodie, dont vous avez sûrement entendu parler.

– Gentleman le jour, cambrioleur la nuit.

– Et peut-être le modèle du *Docteur Jekyll et Mister Hyde*, de Stevenson. Enfant, Stevenson avait, dans sa chambre, une armoire réalisée par Brodie…

Rebus examinait toujours le portrait. Lovell avait des yeux noirs profonds, une fossette au menton et de très abondantes boucles brunes. Il était convaincu que le peintre avait flatté son sujet, lui avait peut-être retiré quelques années et quelques kilos. Néanmoins, Lovell était un bel homme.

– C'est intéressant, ce qui concerne la petite Balfour, dit Devlin.

Surpris, Rebus se tourna vers lui. Le vieillard, qui respirait à présent normalement, n'avait d'yeux que pour le tableau.

– Quoi ? demanda Rebus.

– Les cercueils découverts à Arthur's Seat… le fait que la presse se soit remise à parler d'eux. (Il se tourna vers Rebus.) Une des hypothèses est qu'ils représentent les victimes de Burke et Hare…

– Oui.

– Et maintenant, un autre cercueil semble être une sorte de souvenir de Philippa.

Rebus se tourna à nouveau vers le portrait.

– Lovell travaillait le bois ?

– La table de ma salle à manger, dit Devlin, souriant. C'est lui qui l'a réalisée.

– Est-ce pour cette raison que vous l'avez achetée ?

– Un petit souvenir des premières années de l'anatomo-pathologie. L'histoire de la chirurgie, inspecteur, est l'histoire d'Édimbourg. Ça me manque, vous savez, conclut-il en reniflant.

– Je ne crois pas que ça me manquerait.

Ils s'éloignaient du portrait.

– C'était un privilège, d'une certaine façon. Toujours fascinant ce que cet extérieur animal peut parfois contenir.

Devlin se frappa la poitrine afin de donner plus de force à son affirmation. Rebus estima qu'il n'avait rien à ajouter. De son point de vue, un corps était un corps, point à la ligne. Quand il était mort, ce qui avait fait son intérêt avait disparu. Il faillit le dire, mais comprit qu'il ne pourrait égaler l'éloquence du vieux légiste.

Quand ils eurent regagné le hall d'entrée, Devlin se tourna vers lui.

– Vous savez, vous devriez venir, ce soir. Vous avez tout le temps d'aller vous changer.

– Non, merci, répondit Rebus. Vous parlerez boutique, vous l'avez dit vous-même.

En outre, il aurait pu ajouter qu'il n'avait même pas une veste de smoking, moins encore le reste.

– Mais ça vous plairait, insista Devlin. Compte tenu de notre conversation.

– Pourquoi ?

– L'orateur est un prêtre de l'Église catholique romaine. Il parlera de la dichotomie entre le corps et l'esprit.

– Je ne vous suis déjà plus, dit Rebus.

Devlin se contenta de lui adresser un sourire.

– Je crois que vous feignez d'être moins capable que vous ne l'êtes en réalité. C'est probablement utile, dans votre métier.

Rebus le reconnut d'un haussement d'épaules.

– Cet orateur, dit-il, ce n'est pas le père Conor Leary par hasard ?

Les yeux de Devlin s'arrondirent.

– Vous le connaissez ? Raison de plus de vous joindre à nous.

Rebus réfléchit.

– Peut-être simplement pour boire un verre avant le dîner.

Quand il regagna St Leonard's, Ellen Wylie n'était pas très contente.

– Votre conception de la pause est un peu différente de la mienne, protesta-t-elle.

– J'ai rencontré quelqu'un, répondit-il.

Elle n'ajouta rien, mais il comprit qu'elle se retenait. Son visage demeura tendu et, quand elle saisit le combiné, ce fut comme dans l'intention de le blesser. Elle attendait davantage de lui : des excuses plus complètes, peut-être, ou un compliment. Il se contint pendant un moment puis, quand elle agressa une nouvelle fois le téléphone, demanda :

– C'est à cause de cette conférence de presse ?
– Quoi ?
Elle remit brutalement le combiné en place.
– Ellen, dit-il, ce n'est pas comme…
– Pas de condescendance, nom de Dieu !
Il leva les mains en signe de capitulation.
– D'accord, plus de prénom. Je regrette d'avoir pu vous amener à croire que j'étais condescendant, sergent Wylie.
Elle le foudroya du regard, puis son visage se transforma brusquement, se détendit. Elle eut un sourire forcé, et se passa les mains sur les joues.
– Désolée, dit-elle.
– Moi aussi.
Elle le fixa.
– Parce que je suis resté trop longtemps absent. J'aurais dû téléphoner. Mais vous connaissez mon horrible secret.
– À savoir ?
– Pour arracher des excuses à John Rebus, il faut commencer par violer un téléphone.
Cette fois elle rit. Ce ne fut pas complètement sincère et légèrement empreint d'hystérie, mais ça parut lui faire du bien. Ils se remirent au travail.
Cependant, à la fin de la journée, ils n'avaient pratiquement rien accompli. Il lui dit de ne pas s'inquiéter, que le début serait inévitablement difficile. Elle enfila son manteau, demanda s'il allait boire un verre.
– Un rendez-vous, répondit-il. Mais un autre soir, hein ?
– Sûr, dit-elle.
Mais elle ne semblait pas y croire.

Il but seul : un seul verre avant d'aller à Surgeons' Hall, un Laphroaig avec une toute petite goutte d'eau pour en émousser le tranchant. Il choisit un pub qu'Ellen Wylie ne pouvait connaître, ne voulant pas la rencontrer par hasard après avoir refusé de l'accompagner. Il aurait besoin de plusieurs verres pour lui dire qu'elle se trompait, qu'une conférence de presse ratée ne signifiait pas la fin de sa carrière. Gill Templer lui en voulait, pas de problème, mais Gill n'était pas stupide et ne laisserait pas l'affaire dégénérer en vendetta. Wylie était un bon flic et une enquêtrice intelligente. Elle aurait à nouveau sa chance. Si Templer continuait de lui barrer la route, sa réputation d'intégrité en souffrirait.

– Un autre ? demanda le barman.

Rebus jeta un coup d'œil sur sa montre.

– Oui, allons-y.

Cet endroit lui convenait. Petit, anonyme et discret. Il n'y avait même pas de nom, dehors, rien qui puisse l'identifier. Il se trouvait à un carrefour, dans une petite rue où seuls ceux qui le connaissaient pouvaient le trouver. Deux vieux habitués étaient assis dans un coin, le dos droit, hypnotisés par le mur du fond. Leur dialogue était guttural et ponctué de longs silences. Le son de la télé était coupé, mais le barman la regardait tout de même : un procès de série américaine, où les personnages faisaient de nombreuses allées et venues entre des murs gris. De temps en temps, il y avait un gros plan d'une femme qui s'efforçait d'avoir l'air inquiet. Comme elle ne voulait pas compter uniquement sur l'expression du visage, elle se tordait également les mains. Rebus paya et versa le reste de son whisky dans son remplaçant, secoua le verre pour ne pas en perdre une goutte. Un des vieillards toussa, puis renifla. Son voisin dit quelque chose et il manifesta son assentiment d'un hochement de tête.

Rebus ne put s'empêcher de demander au barman :

– Qu'est-ce qui se passe ?

– Hein ?
– Dans le film, qu'est-ce qui se passe ?
– La même chose que d'habitude, répondit le barman.
C'était comme si chaque jour recelait la même routine, jusqu'au feuilleton qui passait à la télévision.
– Et vous ? demanda le barman. Vous avez passé une bonne journée ?
Les mots semblaient rouillés, dans sa bouche : bavarder avec les clients ne faisait pas partie de la routine.
Rebus réfléchit aux réponses possibles. À l'éventualité d'un tueur en série en liberté, et ce depuis le début des années 1970. À une jeune fille disparue dont on trouverait presque sûrement le cadavre. Au visage unique, difforme, que partageaient les siamois.
– Ah, vous savez ce que c'est, dit-il finalement.
Le barman acquiesça comme si c'était exactement la réponse qu'il espérait.
Rebus quitta le bar peu après. Bref trajet à pied jusqu'à Nicolson Street pour trouver le portail de Surgeons' Hall ouvert, comme l'avait prévu Devlin. Déjà, des convives arrivaient. Rebus n'avait pas d'invitation, mais une explication et sa carte suffirent. Les premiers arrivants se tenaient sur le palier de l'étage, un verre à la main. Rebus monta. La table était dressée dans la salle du banquet, où des serveurs allaient et venaient, réglaient les derniers détails. Près de l'entrée, des rangées de verres et de bouteilles étaient disposées sur une table à tréteaux couverte d'une nappe blanche. Les serveurs portaient un gilet noir sur une chemise blanche amidonnée.
– Monsieur ?
Rebus envisagea un nouveau whisky. Le problème était qu'il n'aurait plus envie de s'arrêter quand il en aurait bu trois ou quatre. Mais, s'il arrêtait, la migraine débuterait au moment où il retrouverait Jean.

– Un jus d'orange, s'il vous plaît.

– Sainte Mère de Dieu, maintenant je peux mourir en paix.

Rebus, le sourire aux lèvres, se tourna vers la voix.

– Et pourquoi ? s'enquit-il.

– Parce que j'aurai tout vu sur notre merveilleuse planète. Donnez-lui un whisky et ne soyez pas radin, ordonna-t-il au barman, qui avait commencé de servir le jus d'orange et regarda Rebus.

– Seulement le jus d'orange, dit-il.

– Allons, dit le père Conor Leary, ton haleine sent le whisky, donc tu n'as pas cessé de boire. Mais, pour une raison ou une autre, tu veux rester sobre… Y aurait-il un lien avec le beau sexe ?

– Tu es un prêtre dégénéré, dit Rebus.

Le père Leary éclata d'un rire tonitruant.

– Tu veux dire que j'aurais fait un bon détective ? Et qui pourrait affirmer que tu te trompes ? (Puis, s'adressant au barman :) Vous avez besoin de me poser la question ?

Le barman n'en avait pas besoin et fit bonne mesure. Leary hocha la tête et prit le verre.

– *Slainte !* dit-il.

– *Slainte.*

Rebus but une gorgée de jus d'orange. Conor Leary semblait presque en trop bonne santé. La dernière fois que Rebus l'avait vu, le vieux prêtre était souffrant et son réfrigérateur contenait autant de médicaments que de Guinness.

– Ça fait un moment, affirma Leary.

– Tu sais ce que c'est.

– Je sais que vous, les jeunes, vous n'avez jamais le temps de rendre visite aux faibles et aux infirmes. Que vous êtes trop occupés par les péchés de la chair.

– Il y a longtemps que ma chair n'a pas connu de péché qui vaille la peine d'être rapporté.

– Mais, bon sang, il y en a plein d'autres.

Le prêtre donna une claque sur l'estomac de Rebus.

– C'est peut-être le problème, reconnut Rebus. Toi, en revanche…

– Ah, tu t'attendais à ce que je flétrisse et meure ? Ce n'est pas ce que j'ai choisi. Bien manger, bien boire et au diable les conséquences.

Leary portait un pull en V gris sur son col romain. Son pantalon était bleu marine, ses chaussures noires et cirées. C'est vrai qu'il avait maigri, mais son estomac et ses bajoues étaient flasques, ses fins cheveux argentés évoquaient de la soie, ses yeux étaient enfoncés dans leurs orbites sous sa frange. Il tenait son verre de whisky comme un ouvrier serrerait sa flasque dans sa main.

– Nous ne sommes pas habillés comme il faudrait, dit-il en regardant les vestes de smoking qui les entouraient.

– Au moins, tu es en uniforme, dit Rebus.

– À peine, répondit Leary. Je ne suis plus en service actif. (Il lui adressa un clin d'œil.) Ça arrive, tu sais. On nous autorise à ranger les outils. Mais chaque fois que je mets le col, à cause d'une occasion comme celle-ci, j'imagine que des émissaires du pape vont se jeter sur moi, la dague à la main, pour me l'enlever.

Rebus sourit.

– Comme quitter la Légion étrangère ?

– Absolument. Ou couper le catogan d'un sumo qui prend sa retraite.

Les deux hommes riaient quand Donald Devlin les rejoignit.

– Je suis heureux que vous ayez pu venir, dit-il à Rebus en serrant la main du prêtre. Je crois que vous avez été le facteur décisif, mon père, dit-il avant d'expliquer l'invitation à dîner. Proposition qui est toujours valable, ajouta-t-il. Je suis certain que vous avez envie d'entendre la conférence du père.

Rebus secoua la tête.

– Les païens tels que John n'ont qu'une envie : que je ne leur dise pas ce qui est bon pour eux, fit Leary.

– Parfaitement, reconnut Rebus. Et je suis sûr que, de toute façon, je sais de quoi il s'agit.

Il surprit le visage de Leary et, pendant cet instant, ils partagèrent le souvenir de longues conversations, dans la cuisine du prêtre, alimentées par les trajets jusqu'au réfrigérateur et au placard à alcools. Des conversations sur Calvin et les criminels, la foi et l'absence de foi. Même quand il était d'accord avec Leary, Rebus se faisait l'avocat du diable, et son entêtement amusait le vieux prêtre. De longues conversations, à intervalles réguliers… jusqu'au moment où Rebus avait trouvé des prétextes afin de s'y soustraire. Ce soir, si Leary lui demandait pourquoi, il ne pourrait s'expliquer. Peut-être était-ce parce que le prêtre commençait à lui proposer des certitudes et qu'il n'en avait que faire. Ils avaient joué ce jeu, Leary persuadé de parvenir à convaincre le « païen ».

– Tu as plein de questions, disait-il à Rebus. Pourquoi refuses-tu qu'on te donne les réponses ?

– Peut-être parce que je préfère les questions aux réponses, répondait Rebus.

Et le prêtre, désespéré, levait les mains avant d'entreprendre une nouvelle razzia dans le réfrigérateur.

Devlin interrogeait Leary sur le thème de sa conférence. Rebus s'aperçut que Devlin avait un peu bu. Il avait les mains dans les poches, le visage rose, un sourire satisfait et distant. Le barman remplissait le verre de jus d'orange de Rebus quand Gates et Curt arrivèrent, habillés presque exactement de la même façon, si bien que les deux légistes évoquaient plus encore que de coutume un duo de comiques.

– Nom de Dieu, dit Gates, toute la bande est là. (Il attira l'attention du barman :) Un whisky pour moi et un tonic pour cette tapette.

Curt eut un bref rire ironique.

– Il n'y a pas que moi.

De la tête, il montra le verre de Rebus.

– Bon sang, John, dites-moi qu'il y a de la vodka là-dedans, rugit Gates. En plus, qu'est-ce que vous foutez ici ?

Gates transpirait, le col de sa chemise serrait son cou. Son visage était presque cramoisi. Curt, comme de coutume, semblait parfaitement détendu. Il avait pris quelques kilos mais paraissait toujours mince, même si son visage était gris.

« Je ne vois jamais le soleil », expliquait-il quand on l'interrogeait sur sa pâleur. De nombreux agents de St Leonard's le surnommaient Dracula.

– Je voulais justement vous voir, dit Rebus aux deux nouveaux arrivants.

– La réponse est non, déclara Gates.

– Vous ne savez pas ce que j'allais dire.

– Le ton de la voix suffit. Vous allez demander un service. Vous direz que ça ne prendra pas longtemps. Vous vous tromperez.

– Il s'agit seulement de vieux rapports d'autopsie. J'ai besoin d'un avis.

– Nous sommes complètement débordés, dit Curt comme s'il s'excusait.

– Qui les a rédigés ? demanda Gates.

– Je ne les ai pas encore. Ils proviennent de Glasgow et de Nairn. Si vous interveniez, ça accélérerait peut-être les choses.

Gates se tourna vers les autres.

– Vous voyez ce que je veux dire ?

– Les cours à l'université, John, expliqua Curt. Davantage d'étudiants et d'heures de cours, moins d'enseignants.

– Je comprends…, commença Rebus.

Gates souleva sa ceinture de smoking, montra le pager qui était caché dessous.

– Même ce soir, on pourrait recevoir un appel, être obligés d'examiner un cadavre.

– Je ne crois pas que tu parviennes à les convaincre, blagua Leary.

Rebus fixa Gates d'un œil dur.

– Je suis sérieux, dit-il.

– Moi aussi. Ma seule soirée libre depuis une éternité et vous demandez un de vos célèbres « services ».

Rebus décida qu'il était inutile d'insister compte tenu de l'humeur de Gates. Une journée difficile, peut-être, mais ne l'étaient-elles pas toutes ?

Devlin s'éclaircit la gorge.

– Je pourrais peut-être…

Leary donna une claque dans le dos de Devlin.

– Et voilà, John. Une victime consentante !

– Je sais que je suis à la retraite depuis de nombreuses années, mais je ne crois pas que la théorie et la pratique aient changé.

Rebus se tourna vers lui.

– En réalité, dit-il, l'affaire la plus récente date de 1982.

– Donald jouait toujours du scalpel en 82, dit Gates.

Devlin l'admit avec une petite révérence.

Rebus hésita. Il voulait quelqu'un d'influent, quelqu'un comme Gates.

– Motion adoptée, dit Curt, décidant à sa place.

Siobhan Clarke, dans son salon, regardait la télé. Elle avait tenté de préparer à dîner mais y avait renoncé tandis qu'elle coupait les poivrons, avait tout remis dans le réfrigérateur et sorti un plat cuisiné du congélateur. L'emballage vide était à ses pieds. Elle était assise sur le canapé, les jambes repliées, la tête posée sur un bras. Le portable se trouvait sur la table basse, mais elle avait débranché le téléphone mobile. Elle ne croyait pas que Quizmaster rappellerait. Elle prit son bloc et fixa l'énigme. Elle avait noirci des dizaines de pages, travaillant sur les anagrammes et les différents sens possibles. *Seven fins high is king*… et l'allusion à la reine et au « buste » : cela faisait penser à un jeu de cartes, mais l'ouvrage de référence sur ce sujet, qu'elle avait emprunté à la bibliothèque du quartier, ne lui avait rien apporté. Elle se demandait si elle devait le relire une dernière fois quand le téléphone sonna.

– Allô ?

– C'est Grant.

Siobhan baissa le son de la télé.

– Qu'est-ce qu'il y a ?

– Je crois que j'ai peut-être trouvé.

Siobhan pivota, posa les pieds par terre.

– Explique, dit-elle.

– J'aimerais mieux te montrer.

Il y avait un fort bruit de fond sur la ligne. Elle se leva.

– Tu appelles sur ton mobile ? demanda-t-elle.

– Oui.

– Où es-tu ?

– Devant chez toi.

Elle gagna la fenêtre et regarda dehors. Son Alfa était arrêtée au milieu de la rue. Siobhan sourit.

– Trouve une place de stationnement. Mon Interphone est le deuxième en partant du haut.

Quand elle eut emporté la vaisselle sale dans l'évier,

Grant sonna. Elle s'assura tout de même que c'était lui, puis appuya sur le bouton qui lui permettrait d'entrer dans l'immeuble. Elle se tenait près de la porte ouverte quand il gravit les dernières marches.

– Désolé de venir si tard, dit-il, mais je ne pouvais pas garder ça pour moi.

– Café ? demanda-t-elle en fermant la porte derrière lui.

– Merci. Deux sucres.

Ils emportèrent leur café dans le séjour.

– Bel appartement, dit-il.

– Il me plaît.

Il s'assit près d'elle, sur le canapé, et posa sa tasse de café sur la table. Puis il sortit un plan de Londres de la poche de sa veste.

– Londres ? dit-elle.

– J'ai passé en revue tous les rois dont je me souvenais, puis tout ce qui avait un lien avec le mot roi.

Il leva le livre, le dos de la couverture face à elle. Le plan du métro de Londres.

– King's Cross ? supposa-t-elle.

Il acquiesça.

– Jette un coup d'œil.

Elle prit le volume. Grant ne tenait pratiquement pas en place.

– Et tu crois que le roi est King's Cross ?

Il glissa sur le canapé, suivit du doigt la ligne bleu clair qui passait par la station.

– Tu vois ? dit-il.

– Non, fit-elle, morne. Il vaudrait mieux que tu m'expliques.

– Va à une station au nord de King's Cross.

– Highbury et Islington ?

– Et ensuite ?

– Finsbury Park… puis Seven Sisters.

– Maintenant reviens en arrière.

Il sautait littéralement sur place.

– Ne te fais pas dessus, dit Siobhan, qui se pencha à nouveau sur le plan. Seven Sisters… Finsbury Park… Highbury et Islington… King's Cross.

Et elle comprit. La même succession, mais abrégée. Seven… Fins… High… Is… King. Elle regarda Grant. Il hochait la tête.

– Bravo, ajouta-t-elle, sincère.

Grant se pencha, la serra dans ses bras, et elle se dégagea aussitôt. Puis il se leva d'un bond et frappa dans ses mains.

– Je ne pouvais pas y croire, dit-il. D'un seul coup, ça m'a paru évident. C'est la Victoria Line.

– Mais qu'est-ce que ça signifie ? demanda-t-elle.

Il se rassit et se pencha, les coudes sur les genoux.

– C'est ce qu'il faut trouver maintenant.

Elle s'éloigna légèrement de lui, sur le canapé, puis prit son bloc et lut. *This queen dines well before the bust.*

Elle le regarda, mais il se contenta de hausser les épaules.

– Est-ce que la réponse pourrait être à Londres ? demanda-t-elle.

– Je ne sais pas, répondit-il. Buckingham Palace ? Queen's Park Rangers ? Ça pourrait être Londres.

– Toutes ces stations de métro… qu'est-ce qu'elles signifient ?

– Elles se trouvent toutes sur la Victoria Line, dit-il à défaut d'une meilleure idée. Puis ils se regardèrent.

– La reine Victoria, s'écrièrent-ils en chœur.

Siobhan avait un guide touristique de Londres, acheté en prévision d'un week-end qu'elle n'avait pas pris. Elle ne le trouva pas immédiatement. Pendant ce temps, Grant alluma l'ordinateur et fit des recherches sur l'Internet.

– Ça pourrait être le nom d'un pub, suggéra-t-il. Comme dans *EastEnders*.

– Oui, répondit-elle sans cesser de lire. Ou le Victoria and Albert Museum.

– Sans oublier la gare de Victoria… qui se trouve aussi sur la Victoria Line. Il y a aussi une gare routière. La plus mauvaise cafétéria de Grande-Bretagne.

– Tu le sais par expérience ?

– Je suis allé passer plusieurs week-ends là-bas en autocar, quand j'étais adolescent. Ça ne m'a pas plu.

Il faisait défiler du texte.

– L'autocar ou Londres ?

– Les deux, j'imagine. « Buste » pourrait être une photo, hein, un portrait ?

– Peut-être. Ou une émission de télé. Un reportage sur quelqu'un.

Il acquiesça.

– Mais c'est plus vraisemblablement une statue, dit-il. Peut-être de la reine Victoria, avec un restaurant devant.

Ils travaillèrent un moment en silence, puis Siobhan eut mal aux yeux, se leva et alla faire du café.

– Deux sucres, dit Grant.

– Je m'en souviens.

Elle le regarda, penché sur l'écran de l'ordinateur, un genou montant et descendant. Elle eut envie de revenir sur le moment où il l'avait serrée dans ses bras… lui dire de ne pas recommencer… mais elle comprit qu'il était trop tard.

Quand elle rapporta les tasses de la cuisine, elle lui demanda s'il avait trouvé quelque chose.

– Des sites pour touristes, dit-il.

Il prit la tasse, remercia Siobhan d'un signe de tête.

– Pourquoi Londres ? demanda-t-elle.

– Comment ça ?

Il n'avait pas quitté l'écran des yeux.

– Pourquoi pas plus près d'ici ?

– Quizmaster habite peut-être Londres. On n'en sait rien, n'est-ce pas ?

– Non.

– Et qui peut affirmer que Flip Balfour était la seule joueuse ? Je suis prêt à parier qu'il y a un site web quelque part... ou qu'il y en avait un. Tous ceux qui ont envie de jouer peuvent le visiter. Et tous ne vivent sûrement pas en Écosse.

Elle acquiesça.

– Je me demandais... Flip était-elle assez futée pour trouver la solution de cette énigme ?

– De toute évidence, oui, sinon elle n'aurait pas eu accès au niveau supérieur.

– Mais c'est peut-être un nouveau jeu, dit Siobhan.

Il se tourna vers elle et elle ajouta :

– Il nous est peut-être réservé.

– Si jamais je rencontre ce salaud, je veillerai à lui poser la question.

Une demi-heure plus tard, Grant passait les restaurants de Londres en revue.

– Tu n'imagines pas le nombre de Victoria Road et de Victoria Street qu'il y a dans cette foutue ville, et il y a des restaurants dans la moitié d'entre elles.

Il s'appuya contre le dossier du canapé, décontracta son dos crispé. Il semblait avoir épuisé toute son énergie.

– Et on n'a pas regardé les pubs.

Siobhan passa les doigts dans ses cheveux, les aplatit au-dessus de son front.

– C'est trop...

– Quoi ?

– La première partie de l'énigme était intelligente. Mais ça... ce n'est qu'une affaire de listes. Est-ce qu'il espère qu'on ira à Londres, qu'on fera tous les restaurants et tous les cafés jusqu'au moment où on trouvera un portrait de la reine Victoria ?

– Si c'est le cas, il peut toujours courir.

Le rire étouffé de Grant fut dénué d'humour.

Siobhan regarda le livre sur les jeux de cartes. Elle avait passé deux heures à le feuilleter, cherchant ce qu'il ne fallait pas là où il ne fallait pas. Elle était arrivée à la bibliothèque juste à temps. Cinq minutes avant la fermeture. Avait laissé sa voiture dans Victoria Street et espéré avec ferveur qu'elle n'aurait pas de contravention…

– Victoria Street ? dit-elle.

– Choisis, il y en a des dizaines de ces saloperies.

– Et quelques-unes d'entre elles sont ici.

Il leva la tête.

– Oui, dit-il, c'est vrai.

Il descendit chercher l'atlas du centre-est de l'Écosse dans sa voiture, l'ouvrit à l'index, suivit la liste du doigt.

– Victoria Gardens… il y a un Victoria Hospital à Kirkcaldy… Victoria Street et Victoria Terrace à Édimbourg.

Il la regarda, demanda :

– Qu'est-ce que tu en penses ?

– Je crois qu'il y a deux restaurants dans Victoria Street.

– Des tableaux, des statues ?

– Pas dehors.

Il jeta un coup d'œil sur sa montre.

– Ils ne seront pas ouverts à cette heure, n'est-ce pas ?

Elle secoua la tête.

– Demain matin, dit-elle. Je t'offre le petit déjeuner.

Rebus et Jean étaient au bar Palm Court. Elle buvait une vodka tonic tandis qu'il faisait durer un Macallan de dix ans d'âge. Le serveur avait apporté un petit pichet d'eau, mais Rebus n'y avait pas touché. Il y avait des années qu'il n'était pas allé à l'hôtel Balmoral. À cette époque, il s'appelait le North British. L'endroit avait un peu changé dans l'intervalle. Mais Jean ne s'intéressait plus guère au décor depuis qu'elle avait entendu le récit de Rebus.

– Donc elles ont peut-être toutes été assassinées ? dit-elle, pâle.

La lumière était tamisée et un pianiste jouait. Rebus reconnaissait des lambeaux d'airs ; il doutait que Jean en eût entendu un seul.

– C'est possible, reconnut-il.

– Mais vous basez tout cela sur les poupées.

Elle le regarda dans les yeux et il acquiesça.

– Je tire peut-être trop de conclusions, dit-il, mais il faut enquêter.

– Et où allez-vous bien pouvoir commencer ?

– Nous attendons les dossiers d'origine.

Il s'interrompit, demanda :

– Qu'y a-t-il ?

Les yeux de Jean étaient pleins de larmes. Elle renifla et chercha un mouchoir dans son sac.

– C'est le simple fait de penser à ça. J'avais ces coupures de presse depuis si longtemps… Peut-être, si je les avais données plus tôt à la police…

– Jean, dit-il en lui prenant la main, tout ce que vous aviez, c'étaient des articles où on parlait de poupées et de cercueils.

– Je suppose, dit-elle.

– En attendant, vous pouvez peut-être m'aider.

Elle n'avait pas trouvé de mouchoir. Elle prit sa serviette en papier et s'essuya les yeux avec.

– Comment ? demanda-t-elle.

– Toute cette affaire remonte à 1972. Il faut que je sache qui, à cette époque, s'intéressait aux cercueils d'Arthur's Seat. Pouvez-vous creuser un peu ?

– Bien sûr.

Il lui étreignit une nouvelle fois la main.

– Merci.

Elle lui adressa un faible sourire et prit son verre. La glace tinta quand elle le vida.

– Une autre ? demanda-t-il.

Elle secoua la tête et regarda autour d'elle.

– J'ai l'impression que ce n'est pas le genre d'endroit que vous aimez.

– Ah bon ? Quel est le genre d'endroit que j'aime ?

– Je crois que vous vous sentez plus à l'aise dans de petits bars enfumés pleins d'hommes déçus par la vie.

Elle souriait. Rebus acquiesça.

– Vous comprenez vite, dit-il.

Son sourire disparut et elle regarda une nouvelle fois autour d'elle.

– Je suis venue ici la semaine dernière, dans des circonstances très agréables… j'ai l'impression qu'il y a très longtemps.

– Quelles circonstances ?

– La promotion de Gill. Vous croyez qu'elle se débrouille ?

– Gill est Gill. Elle s'en sortira. À propos d'en sortir, ce journaliste vous harcèle-t-il toujours ? reprit-il après un silence.

Elle esquissa un sourire.

– Il est entêté. Il veut savoir de quels « autres » je parlais dans la cuisine de Bev Dodds. C'était ma faute, désolée.

Elle paraissait avoir retrouvé son calme, ajouta :

– Il faudrait que je rentre. Je trouverai sûrement un taxi si…

– J'ai dit que je vous raccompagnerais.

Il fit signe à la serveuse d'apporter l'addition.

Il avait garé la Saab sur North Bridge. Un vent froid

soufflait, mais Jean s'arrêta et regarda la vue : le Scott Monument, le château et Ramsay Gardens.

– Une très belle ville, dit-elle.

Rebus s'efforça d'être d'accord. Il ne la voyait pratiquement plus. Pour lui, Édimbourg était devenue un état d'esprit, une cohue de pensées criminelles et de bas instincts. Il aimait sa taille, sa compacité. Il aimait ses bars. Mais il y avait longtemps que le spectacle qu'elle offrait ne l'impressionnait plus. Jean serra étroitement son manteau autour d'elle.

– Partout où on regarde, il y a un événement, un petit morceau d'histoire.

Elle se tourna vers lui et il acquiesça, mais il se souvenait des suicides dont il s'était occupé, des gens qui avaient sauté de North Bridge, peut-être parce qu'ils ne pouvaient voir la ville comme Jean.

– Je ne me lasse pas de cette vue, dit-elle en se tournant à nouveau vers la voiture.

Il acquiesça une nouvelle fois, sans conviction. Pour lui, ce n'était pas une vue. C'était un lieu du crime en puissance.

Quand il eut démarré, elle demanda s'ils pouvaient écouter de la musique. Il alluma le lecteur de cassettes et *In Search of Space*, de Hawkwind, retentit à plein volume dans l'habitacle.

– Désolé, dit-il en éjectant la bande.

Elle trouva les cassettes dans la boîte à gants. Hendrix, Cream et les Stones.

– Probablement pas votre style, dit-il.

Elle agita Hendrix devant lui.

– Vous n'avez pas *Electric Ladyland*, par hasard ?

Rebus se tourna vers elle et sourit.

Hendrix fut la bande sonore du trajet jusqu'à Portobello.

– Alors, pourquoi êtes-vous devenu policier ? demanda-t-elle à un moment donné.

– Est-ce une carrière si étrange ?

– Cela ne répond pas à ma question.

– Exact.

Il lui adressa un bref regard et sourit. Elle comprit et hocha la tête. Puis elle concentra son attention sur la musique.

Portobello était un des endroits où Rebus aimerait s'installer quand il quitterait Arden Street. Il y avait une plage et des petits commerces dans la rue principale. L'endroit avait été très chic, à une époque. La gentry s'y retrouvait, y prenait un bol d'air vivifiant et de solides doses d'eau de mer glacée. Il n'était plus aussi chic, mais le marché de l'immobilier entraînerait inévitablement sa renaissance. Ceux qui ne pouvaient s'offrir les belles maisons du centre d'Édimbourg allaient s'installer à « Porty », où les grandes villas géorgiennes étaient encore abordables. La maison de Jean se trouvait dans une rue étroite proche de la promenade.

– Vous la possédez en entier ? demanda-t-il en la scrutant à travers le pare-brise.

– Je l'ai depuis des années. Porty était moins à la mode.

Elle hésita, puis demanda :

– Vous voulez entrer boire un café, cette fois ?

Ils se regardèrent dans les yeux. Ceux de Rebus étaient interrogateurs, ceux de Jean hésitants. Puis ils sourirent.

– Volontiers, dit-il.

Au moment où il coupait le contact, son mobile se mit à sonner.

– J'ai pensé qu'il fallait que vous soyez au courant, dit Donald Devlin.

Sa voix tremblait légèrement, son corps aussi. Rebus acquiesça. Ils étaient sur le seuil du portail imposant de Surgeons' Hall. Il y avait des gens, à l'étage, mais ils parlaient à voix basse. Dehors, un Transit gris de la morgue attendait et, près de lui, une voiture de police dont le gyrophare bleuissait la façade de l'immeuble à intervalles réguliers.

– Que s'est-il passé ? demanda Rebus.

– Crise cardiaque, apparemment. Les invités prenaient le digestif, appuyés contre la rambarde, expliqua Devlin, qui la montra du doigt. Soudain, il est devenu très pâle et s'est penché par-dessus le bord. Ils ont cru qu'il allait vomir. Mais il s'est affaissé et son poids l'a entraîné dans le vide.

Rebus regarda le sol dallé de marbre. Il y avait une tache de sang qu'il faudrait nettoyer. Des hommes se tenaient à la périphérie, d'autres dehors, sur la pelouse. Ils fumaient et évoquaient l'horreur du choc. Quand Rebus se tourna à nouveau vers Devlin, le vieillard semblait le fixer attentivement, comme un spécimen dans un bocal en verre.

– Ça va ? demanda Devlin, les yeux rivés sur Rebus, qui acquiesça. Vous étiez très proches, si j'ai bien compris.

Rebus ne répondit pas. Sandy Gates approcha, s'essuyant le visage avec ce qui semblait être une serviette de table.

– Foutrement horrible, dit-il simplement. Il faudra sans doute faire une autopsie, en plus.

On emportait le corps sur une civière. Une couverture couvrait le sac en plastique où il se trouvait. Rebus résista à la tentation d'arrêter les infirmiers et de tirer la fermeture à glissière. Il voulait que son dernier souvenir de Conor Leary soit celui d'un homme plein de vie avec qui il avait bu un verre.

– Sa conférence a été fascinante, dit Devlin. Une sorte d'histoire œcuménique du corps humain. Tout, du saint sacrement à Jack l'Éventreur en tant qu'haruspice.

– Que quoi ?

– Quelqu'un qui lit l'avenir dans les entrailles des animaux.

Gates rota.

– Je n'en ai pas compris la moitié, dit-il.

– Et vous avez dormi pendant l'autre moitié, Sandy, commenta Devlin avec un sourire. Il a parlé sans notes, précisa-t-il, admiratif, puis, regardant une nouvelle fois le palier de l'étage, ajouta : Son point de départ était la chute de l'homme.

Il chercha un mouchoir dans sa poche.

– Tenez, dit Gates, qui lui donna la serviette de table.

Devlin se moucha bruyamment.

– La chute de l'homme, et puis il est tombé, dit Devlin. Stevenson avait peut-être raison.

– À quel sujet ?

– Il a dit qu'Édimbourg était une ville « au bord du précipice ». Peut-être le vertige est-il dans sa nature…

Rebus eut l'impression de comprendre ce que disait Devlin. Une ville au bord du précipice… tous ses habitants sans exception tombant lentement, presque imperceptiblement…

– Et le dîner était foutrement mauvais, en plus, disait Gates, comme s'il aurait préféré perdre Conor Leary après un véritable festin.

Rebus était convaincu que Conor aurait partagé cet avis.

Dehors, le Dr Curt comptait au nombre des fumeurs. Rebus le rejoignit.

– J'ai essayé de vous téléphoner, dit Curt, mais vous étiez déjà en route.

– Devlin m'a appelé.

– C'est ce qu'il a dit. Je crois qu'il a senti que vous étiez liés, Conor et vous.

Rebus se contenta d'acquiescer.

– Il avait été gravement malade, vous savez, poursuivit Curt de cette voix sèche qui faisait toujours l'effet d'une dictée. Après votre départ, ce soir, il a parlé de vous.

Rebus s'éclaircit la gorge.

– Qu'est-ce qu'il a dit ?

– Qu'il vous considérait parfois comme une pénitence.

Curt secoua la cendre de sa cigarette. Un faisceau bleu éclaira pendant un instant son visage.

– Il riait quand il a dit ça, ajouta-t-il.

– C'était un ami, fit Rebus, et intérieurement, il ajouta : *Et je l'ai laissé tomber*.

Il avait repoussé de nombreuses amitiés, préférant la solitude, le fauteuil près de la fenêtre dans la pièce obscure. Il se persuadait parfois qu'il leur rendait service. Les gens qu'il avait laissés se rapprocher de lui, par le passé, avaient souffert, étaient parfois morts. Mais ce n'était pas ça. Ce n'était pas ça. Il s'interrogea sur Jean, se demanda où cela conduisait. Était-il prêt à partager une part de lui-même avec quelqu'un ? Prêt à ouvrir la porte de ses secrets, de ses ténèbres ? Il n'en était pas encore sûr. Les conversations avec Conor Leary avaient été comme des confessions. Sans doute avait-il dévoilé plus de lui-même au prêtre qu'à quiconque : épouse, fille, maîtresses. Et maintenant il était parti... pour le paradis, peut-être, même s'il y sèmerait la pagaille, aucun doute là-dessus. Même s'il se disputerait avec les anges, en quête de Guinness et d'une bonne discussion.

– Ça va, John ?

Curt tendit le bras et lui posa une main sur l'épaule.

Rebus secoua lentement la tête, les yeux fermés. Curt ne comprit pas, aussi Rebus dut-il répéter :

– Je ne crois pas au paradis.

C'était le plus horrible. Il n'y avait pas d'autre vie. Pas de rédemption, aucune possibilité d'effacer l'ardoise et de repartir de zéro.

– Ça va aller, dit Curt, qui n'avait visiblement pas l'habitude de réconforter les gens, sa main posée sur l'épaule de Rebus plus accoutumée à sortir des organes d'une plaie béante. Ça ira.

– Vraiment ? fit Rebus. Dans ce cas, il n'y a pas de justice.

– C'est un sujet que vous connaissez mieux que moi.

– Je le connais, pas de problème.

Rebus prit une profonde inspiration, soupira. Il était en sueur, sous sa chemise, et l'air de la nuit le glaçait.

– Je m'en remettrai, souffla-il.

– Bien sûr.

Curt termina sa cigarette, l'écrasa dans l'herbe sous son talon.

– Comme a dit Conor : « Même si la rumeur prétend le contraire, vous êtes du côté des anges. » Il retira la main posée sur l'épaule de Rebus, conclut : Que vous le vouliez ou non.

Donald Devlin arriva, très agité.

– Croyez-vous que je devrais appeler des taxis ?

Curt se tourna vers lui.

– Que dit Sandy ?

Devlin ôta ses lunettes, les essuya ostensiblement.

– Il m'a dit de ne pas être « si foutrement pragmatique ».

Il remit ses lunettes.

– Je suis en voiture, dit Rebus.

– Vous êtes en état de conduire ? demanda Devlin.

– Merde, je ne viens pas de perdre mon père ! s'emporta Rebus.

Puis il s'excusa.

– Nous sommes tous sous le coup de l'émotion, dit Devlin, qui écarta les excuses d'un geste.

Puis il ôta à nouveau ses lunettes et se remit à les nettoyer comme si, pour lui, le monde ne pouvait jamais être assez net.

7

Mardi, à onze heures, Siobhan Clarke et Grant Hood se mirent au travail dans Victoria Street. Ils prirent George-IV Bridge, oubliant que Victoria Street était en sens unique. Grant maudit le panneau, rejoignit l'embouteillage qui aboutissait au feu du carrefour de Lawnmarket.

– Gare-toi, dit Siobhan.

Il secoua la tête.

– Pourquoi pas ?

– La circulation est déjà assez difficile. Inutile d'aggraver la situation.

Elle rit.

– Tu respectes toujours les règles, Grant ?

Il lui adressa un bref regard.

– Qu'est-ce que tu veux dire ?

– Rien.

Il garda le silence, se contenta de mettre le clignotant à gauche alors qu'ils étaient à trois voitures du feu. Siobhan ne put s'empêcher de sourire. Il avait une voiture de frimeur, mais c'était une façade derrière laquelle se cachait un petit garçon bien élevé.

– Tu sors avec quelqu'un, en ce moment ? demanda-t-elle quand le feu passa au vert.

Il réfléchit.

– Non, pas en ce moment, finit-il par répondre.

– Pendant quelque temps, j'ai cru qu'Ellen Wylie et toi…

– On a travaillé ensemble sur une affaire ! protesta-t-il.

– D'accord, d'accord. C'est seulement que vous aviez l'air de vous apprécier.

– On s'entendait.

– C'est ce que je voulais dire. Alors où était le problème ?

Il rougit.

– Qu'est-ce que tu veux dire ?

– Je me demandais si la différence de grade était un élément. Il y a des hommes qui ne supportent pas.

– Parce qu'elle est sergent et que je suis simple constable ?

– Oui.

– La réponse est non. Ça ne m'a jamais traversé l'esprit.

Ils avaient atteint le carrefour giratoire proche du Hub. La rue de droite conduisait au château, mais ils prirent celle de gauche.

– Où tu vas ? demanda Siobhan.

– Je vais prendre West Port à gauche, avec un peu de chance, on trouvera une place à Grassmarket.

– Et je parie que tu mettras de l'argent dans le parcmètre, en plus.

– Sauf si tu tiens à le faire.

Elle eut un bref rire ironique.

– Je préfère le *Wild Side*, petit, dit-elle.

Ils trouvèrent une place et Grant glissa des pièces dans la machine, prit le ticket et le plaça derrière le pare-brise.

– Une demi-heure suffit ? demanda-t-il.

Elle haussa les épaules.

– Ça dépend de ce qu'on trouve.

Ils passèrent devant le Last Drop [1], pub qui tenait son nom du fait qu'on pendait les criminels à Grassmarket pendant une période de l'histoire de la ville. Victoria Street dessinait une courbe en montée jusqu'à George-IV Bridge, bordée de bars et de boutiques d'artisanat. Du côté opposé, les pubs et les clubs semblaient prédominer. Un des établissements abritait également un bar et restaurant cubain.

– Qu'est-ce que tu en penses ? demanda Siobhan.

– Pas tellement de tableaux ni de statues, sauf s'il y a un portrait de Castro.

Ils allèrent jusqu'au bout de la rue, puis revinrent sur leurs pas. Trois restaurants, de ce côté, ainsi qu'un fromager et une boutique où on ne vendait que des brosses et du fil. Le Pierre Victoire fut leur premier arrêt. À travers la vitrine, Siobhan constata que c'était un espace pratiquement vide et presque entièrement dénué de décoration. Ils entrèrent tout de même, ne prirent pas la peine de se présenter. Dix secondes plus tard, ils étaient de retour sur le trottoir.

– Un de moins, encore deux, dit Grant.

Il ne semblait pas optimiste.

Venait ensuite un endroit appelé le Grain Store, qui se trouvait en étage. On préparait la salle en vue du déjeuner. Il n'y avait ni tableaux ni statues.

Tandis qu'ils regagnaient la rue, Siobhan répéta l'énigme :

– *This queen dines well before the bust.* (Elle secoua lentement la tête, ajouta :) On se trompe peut-être complètement.

– Dans ce cas, tout ce qu'on peut faire, c'est envoyer un nouvel e-mail, demander l'aide de Quizmaster.

– Je ne crois pas que ce soit son genre.

---

1. La dernière goutte. Ou : le dernier saut.

Grant haussa les épaules.

– Au prochain arrêt, on pourrait peut-être boire un café ? Je n'ai pas pris de petit déjeuner ce matin.

– Que dirait ta maman ? fit Siobhan.

– Elle dirait que j'ai eu une panne d'oreiller. Et je lui expliquerais que c'est parce que j'ai passé la moitié de la nuit à tenter de trouver la solution de cette saloperie d'énigme. (Il s'interrompit, puis ajouta :) Et que quelqu'un a promis de m'offrir le petit déjeuner…

Le Restaurant Bleu était leur dernière visite. Il proposait de la « cuisine du monde » mais parut traditionnel lorsqu'ils y entrèrent : bois vernis ancien, vitrine étroite qui n'éclairait guère la salle exiguë. Siobhan y jeta un regard circulaire, mais il n'y avait même pas un vase de fleurs.

Elle se tourna vers Grant, qui montra un escalier en colimaçon.

– Il y a un étage.

– Vous désirez ? demanda la serveuse.

– Dans une minute, dit Grant, rassurant.

Il suivit Siobhan dans l'escalier. Une petite pièce donnait dans une autre. Quand Siobhan entra dans la deuxième, elle soupira. Grant, derrière elle, envisagea le pire. Puis il l'entendit dire :

– Bingo.

Au même instant, il vit le buste. Il faisait soixante centimètres de haut, était en marbre noir et représentait la reine Victoria.

– Nom de Dieu, fit-il, souriant. On a trouvé !

Il parut sur le point de la serrer dans ses bras, mais elle se dirigea vers le buste. Il se trouvait sur un socle étroit, entre deux colonnes, coincé entre deux tables. Siobhan regarda autour d'elle, mais ne vit rien.

– Je vais l'incliner, dit Grant.

Il saisit Victoria par sa coiffure et la retira du socle.

– Excusez-moi, dit une voix, derrière eux, est-ce qu'il y a un problème ?

Siobhan glissa la main sous le buste et en sortit une feuille de papier pliée. Elle adressa un large sourire à Grant, qui se tourna vers la serveuse.

– Deux thés, s'il vous plaît, commanda-t-il.

– Et deux sucres pour lui, ajouta Siobhan.

Ils s'assirent à la table la plus proche. Siobhan tenait le mot par un coin.

– Tu crois qu'il y a des empreintes ? demanda-t-elle.

– Ça vaut la peine d'en rechercher.

Elle se leva et gagna le meuble sur lequel se trouvaient les couverts, revint avec un couteau et une fourchette. La serveuse faillit laisser échapper les tasses quand elle s'aperçut qu'une cliente tentait, crut-elle, de déjeuner d'une feuille de papier.

Grant prit le thé et la remercia. Puis il se tourna à nouveau vers Siobhan.

– Qu'est-ce que ça dit ?

Mais Siobhan regardait la serveuse.

– Nous avons trouvé ça là-dessous, dit-elle en montrant le buste.

La serveuse hocha la tête.

– Savez-vous comment ça a pu y arriver ?

La serveuse secoua la tête. Elle évoquait un petit animal effrayé.

– Nous appartenons à la police, dit-il.

– Pourrait-on voir le directeur ? ajouta Siobhan.

Après le départ de la serveuse, Grant répéta sa question.

– Vois toi-même, dit Siobhan, qui fit pivoter la feuille avec le couteau et la fourchette.

B4 Scots Law sounds dear[1].

---

1. Traduction littérale : la loi écossaise B4 a l'air chère. Mais,

– C'est tout ? dit-il.

– Tes yeux sont aussi bons que les miens.

Il leva la main et se gratta la tête.

– Ce n'est pas grand-chose, hein ?

– On n'avait pas grand-chose la dernière fois.

– On avait davantage.

Elle le regarda tourner son thé, qu'il venait de sucrer.

– Si Quizmaster a placé l'indice ici…

– Il vit ici ? suggéra Grant.

– Ou bien quelqu'un qui vit ici l'aide.

– Il connaît ce restaurant, dit Grant, qui regarda autour de lui. Tous les clients ne prennent sans doute pas la peine de monter à l'étage.

– Tu crois que c'est un habitué ?

Grant haussa les épaules.

– Regarde ce qu'il y a à proximité, sur George-IV Bridge. La Bibliothèque centrale et la Bibliothèque nationale. Les universitaires et les rats de bibliothèque adorent les énigmes.

– Exactement. Et le musée n'est pas loin, lui non plus.

– Et le tribunal… et le parlement… (Il sourit.) Pendant une seconde, j'ai cru qu'on réduisait le nombre de possibilités.

– C'est peut-être ce qu'on fait, dit-elle en levant sa tasse comme pour porter un toast. À nous, de toute façon, parce qu'on a résolu la première énigme.

– Combien encore avant le Bord de l'enfer ?

Siobhan réfléchit.

– C'est Quizmaster qui décide, j'imagine. Il m'a dit que c'était la quatrième étape. J'enverrai un e-mail à notre retour, pour l'avertir.

---

même si tel est bien le sens, *sounds* fait référence à ce qu'on entend, pas à ce qu'on voit.

Elle glissa la feuille dans une pochette en plastique. Grant examinait une nouvelle fois l'énigme.

– Ta première idée ? demanda-t-elle.

– Je me souvenais d'un graffiti, à l'époque où j'étais à l'école primaire. Sur la porte des toilettes des garçons.

Il l'écrivit sur une serviette en papier.

LOLO
AQUIC
I82Q
B4IP

Siobhan lut à haute voix et sourit.

– *Be-fore I pee* [1], répéta-t-elle. Tu crois que c'est ce que signifie B4 ?

Il haussa les épaules.

– Ça pourrait être une partie d'une adresse.

– Ou des coordonnées…

Il la fixa.

– Sur une carte ?

– Mais laquelle ?

– Le reste de l'énigme l'indique peut-être. Tu connais bien le droit écossais ?

– Les examens sont loin.

– Idem pour moi. Comment dit-on « dear » en latin, et il y a peut-être un lien avec le droit ?

– Il y a toujours la bibliothèque, suggéra-t-elle. Et une grande librairie juste après.

Il jeta un coup d'œil sur sa montre.

– Je vais remettre de l'argent dans le parcmètre, dit-il.

---

1. *Lo lo/A quick/I have to queue/Before I pee.* Hello Hello/Un rapide/Je dois prendre la file/Avant de faire pipi.

Rebus était à son bureau, cinq feuilles de papier étalées devant lui. Il avait mis tout le reste par terre : dossiers, mémos, tout le bataclan. Le bureau était silencieux : la quasi-totalité du personnel était en conférence à Gayfield Square. Ses collègues ne lui reprocheraient pas le parcours d'obstacles qu'il avait édifié en leur absence. Le moniteur de son ordinateur et son clavier se trouvaient dans l'allée centrale, entre deux rangées de bureaux, près de sa corbeille à courrier à plusieurs niveaux.

Et, sur son bureau, cinq vies. Cinq victimes, peut-être. Caroline Farmer était la plus jeune. Seize ans quand elle avait disparu. Il avait fini par joindre sa mère dans la matinée. Un coup de téléphone qui n'avait pas été facile.

– Oh, mon Dieu, ne me dites pas qu'il y a des nouvelles.

Épanouissement soudain d'espoir, que sa réponse flétrit. Mais il avait appris ce qu'il avait besoin de savoir. Caroline n'avait pas réapparu. Des gens l'avait apparemment aperçue, au début, quand les journaux publiaient sa photo, sans qu'il ait été possible d'affirmer que c'était elle. Mais rien depuis.

– On a déménagé l'année dernière, dit la mère. Il a fallu vider sa chambre…

Mais avant, supposa Rebus, pendant un quart de siècle, la chambre de Caroline avait attendu son retour : mêmes posters aux murs, même vêtements de jeune fille du début des années 1970 proprement pliés dans la commode.

– À l'époque, ils semblaient croire qu'on l'avait maltraitée, continua la mère. Enfin nous, sa famille.

Rebus se refusa à dire : c'est trop souvent un père, un oncle ou un cousin.

– Ensuite, ils s'en sont pris à Ronnie.

– Le petit ami de Caroline ? devina Rebus.

– Oui. Un gamin.

– Ils avaient rompu, n'est-ce pas ?

– Vous savez comment sont les adolescents.

C'était comme si elle racontait des événements datant de la semaine passée. Rebus était convaincu que les souvenirs restaient frais, étaient toujours prêts à la tourmenter pendant les heures de veille, peut-être même aussi pendant les heures de sommeil.

– Mais on l'a mis hors de cause ?

– Ils ont fini par le laisser tranquille, oui. Mais il n'était plus le même, après, et la famille a quitté la région. Il m'a écrit, pendant quelques années…

– Madame Farmer…

– Mme Colquhoun maintenant. Joe m'a quittée.

– Je regrette.

– Pas moi.

– Est-ce qu'il y avait… (Il s'interrompit, puis ajouta :) Désolé, ça ne me regarde pas.

– Il n'en a jamais beaucoup parlé, dit-elle simplement.

Rebus se demanda si le père de Caroline était parvenu à oublier sa fille, alors que sa mère n'en avait pas été capable.

– C'est peut-être une question bizarre, madame Colquhoun, mais le parc de Dunfermline avait-il un sens particulier pour Caroline ?

– Je… Je ne suis pas sûre de comprendre ce que vous voulez dire.

– Moi non plus. Mais quelque chose a attiré notre attention et nous nous demandons s'il y a un lien avec la disparition de votre fille.

– Qu'est-ce que c'est ?

Il imaginait que le cercueil découvert dans le parc de Dunfermline ne lui ferait pas l'effet d'une bonne nouvelle ; il recourut donc à un cliché éculé :

– Je ne suis pas autorisé à vous le communiquer pour le moment.

Il y eut quelques secondes de silence.

– Elle aimait se promener dans le parc.

– Seule ?

– Quand elle en avait envie.

Sa voix s'étrangla, puis elle demanda :

– C'est quelque chose que vous avez trouvé ?

– Ce n'est pas ce que vous croyez, madame.

– Vous avez exhumé ses restes, n'est-ce pas ?

– Absolument pas.

– Quoi, alors ? glapit-elle.

– Je ne suis pas auto…

Elle raccrocha. Il fixa le combiné et fit de même.

Aux toilettes, il se passa de l'eau sur le visage. Ses yeux étaient gris et gonflés. La veille au soir, après avoir quitté Surgeon's Hall, il était allé à Portobello et s'était garé devant chez Jean. La maison était dans le noir. Il était allé jusqu'à ouvrir la portière, mais avait interrompu son geste. Qu'avait-il l'intention de lui dire ? Que voulait-il ? Il avait refermé la portière aussi silencieusement que possible et était resté là, moteur et phares éteints, Hendrix en sourdine : *The Burning of the Midnight Lamp*.

Quand il regagna son bureau, un des employés administratifs du poste de police apporta un grand carton d'archives. Rebus l'ouvrit et regarda à l'intérieur. Le carton n'était en réalité pas tout à fait plein. Il sortit la chemise du dessus et examina l'étiquette tapée à la machine : Paula Jennifer Gearing (nom de jeune fille : Mathieson), née le 4.10.1950, décédée le 7.6.1977. La noyée de Nairn. Rebus s'assit, approcha sa chaise et se mit à lire. Une vingtaine de minutes plus tard, alors qu'il griffonnait une note dans un bloc A4 rayé, Ellen Wylie arriva.

– Désolée d'être en retard, dit-elle en enlevant son manteau.

– On n'a sûrement pas la même conception de l'heure du début du travail, dit-il.

Elle se souvint de ce qu'elle avait dit la veille, rougit, mais, quand elle le regarda, il souriait.

– Sur quoi travaillez-vous ? demanda-t-elle.

– Nos amis du Nord ont tenu parole.

– Paula Gearing ?

Rebus acquiesça.

– Elle avait vingt-sept ans. Mariée depuis quatre ans à un homme qui travaillait sur les plates-formes pétrolières de la mer du Nord. Joli pavillon à la sortie de la ville. Pas d'enfants… Elle avait un emploi à mi-temps chez un marchand de journaux… sans doute davantage pour voir des gens que par nécessité financière.

Wylie gagna le bureau de Rebus.

– Aucune raison de soupçonner quelque chose ?

Rebus tapota ses notes.

– Personne n'est parvenu à expliquer les faits, d'après ce que j'ai lu jusqu'ici. Elle ne semblait pas suicidaire. Mais on ignore à quel endroit elle est entrée dans l'eau, ce qui n'arrange rien.

– Le rapport d'autopsie ?

– Il est ici. Pouvez-vous appeler Donald Devlin, voir s'il peut nous accorder un peu de temps ?

– Le Pr Devlin ?

– C'est lui que j'ai rencontré hier. Il a accepté d'analyser les autopsies.

Il n'évoqua pas les conditions de l'implication de Devlin, n'expliqua pas que Gates et Curt l'avaient envoyé promener.

– Son numéro doit être dans le dossier, ajouta Rebus. C'est un des voisins de Philippa Balfour.

– Je sais. Avez-vous lu le journal de ce matin ?

– Non.

Elle le sortit de son sac à main, l'ouvrit. Un portrait-robot : l'homme que Devlin avait vu devant l'immeuble dans les jours précédant la disparition de Philippa.

– Ça pourrait être n'importe qui, commenta Rebus.

Wylie acquiesça. Courts cheveux noirs, nez droit, paupières plissées et bouche formant une ligne mince.

– On ne sait plus quoi faire, n'est-ce pas ?

Ce fut au tour de Rebus d'acquiescer. Communiquer un portrait-robot à la presse, surtout lorsqu'il était clairement aussi vague que celui-ci, était un acte désespéré.

– Appelez Devlin, dit-il.

– Oui, inspecteur.

Elle prit le journal, s'installa à un bureau inoccupé et secoua légèrement la tête, comme pour s'éclaircir les idées. Puis elle décrocha le téléphone, se prépara au premier appel d'une nouvelle longue journée.

Rebus reprit sa lecture, mais pas pour longtemps. Un nom lui sauta aux yeux, le nom d'un des officiers de police chargés de l'enquête de Nairn.

Un inspecteur nommé Watson.

Le Paysan.

– Désolé de vous déranger, monsieur le superintendant.

Le Paysan sourit, donna une claque dans le dos de Rebus.

– Vous n'avez plus besoin de m'appeler superintendant, John.

Il fit signe à Rebus de le précéder dans le couloir. C'était une ferme restaurée située au sud de la déviation. Les murs, à l'intérieur, étaient vert pâle et les meubles dataient des années 1950 et 1960. On avait abattu une cloison, ainsi seuls un bar et une table de salle à manger séparaient la cuisine du séjour. La table luisait. Les plans de travail de la cuisine étaient tout aussi propres et l'évier était impeccable, pas une assiette ou une casserole sales en vue.

– Vous voulez boire quelque chose ? demanda le Paysan.

– Une tasse de thé ne me ferait pas de mal.

Le Paysan eut un rire étouffé.

– Mon café vous a toujours fait peur, n'est-ce pas ?

– Vous vous êtes amélioré vers la fin.

– Asseyez-vous. Je n'en ai pas pour longtemps.

Mais Rebus fit le tour du salon. Petits meubles à portes vitrées dans lesquels se trouvaient des porcelaines et des bibelots. Photos de famille encadrées. Rebus en reconnut deux qu'il avait vues dans le bureau du Paysan. On avait passé l'aspirateur sur la moquette, il n'y avait aucune trace de poussière sur la télé et le miroir. Rebus gagna la porte-fenêtre, regarda le petit jardin fermé par un haut talus herbu.

– La femme de ménage est venue aujourd'hui, hein ? dit-il d'une voix forte.

Le Paysan eut à nouveau un rire étouffé, posa le plateau du thé sur le plan de travail.

– J'aime bien faire le ménage, répondit-il. Depuis la disparition d'Arlene.

Rebus se tourna à nouveau vers les photos encadrées. Le Paysan et son épouse à un mariage, sur une plage à l'étranger, en compagnie de petits enfants. Le Paysan avec un large sourire, la bouche toujours légèrement ouverte. Sa femme était un peu plus réservée que lui, faisait une trentaine de centimètres de moins que lui et était beaucoup moins corpulente. Elle était morte quelques années auparavant.

– C'est peut-être ma façon de me souvenir d'elle, dit le Paysan.

Rebus acquiesça : ne pas lâcher prise. Il se demanda si

les vêtements d'Arlene étaient toujours dans les armoires, sa boîte à bijoux sur la coiffeuse...

– Comment Gill s'en tire-t-elle ?

Rebus se dirigea vers la cuisine.

– Elle ne se sent plus, dit-il. M'a ordonné de passer une visite médicale et s'est mis Ellen Wylie à dos.

– J'ai vu cette conférence de presse, reconnut le Paysan, les yeux fixés sur le plateau afin de s'assurer qu'il n'avait rien oublié. Gill n'a pas donné à Ellen le temps de trouver son équilibre.

– À dessein, ajouta Rebus.

– Peut-être.

– Votre absence fait un effet bizarre, monsieur le superintendant.

Rebus n'accentua pas les deux derniers mots. Le Paysan sourit.

– Merci, John.

Il alla à la bouilloire, où l'eau commençait à bouillir.

– Néanmoins, reprit-il, je présume que ce n'est pas une visite purement sentimentale.

– Non. C'est à propos d'une affaire sur laquelle vous avez travaillé, à Nairn.

– À Nairn ?... Ça doit dater de plus de vingt-cinq ans. C'était après mon passage dans le West Lothian. J'étais basé à Inverness.

– Oui, mais vous êtes allé à Nairn à la suite d'une noyade.

Le Paysan réfléchit.

– Oui, dit-il finalement. Comment s'appelait-elle ?

– Paula Gearing.

– Gearing, c'est exact, fit-il en claquant des doigts, bien décidé à montrer qu'il n'avait pas oublié. Mais c'était une affaire toute simple, n'est-ce pas ?

– Je n'en suis pas certain, monsieur le superintendant.

Rebus regarda le Paysan verser l'eau dans la théière.

– Eh bien, emportons ça dans le séjour et vous m'expliquerez.

Rebus raconta une nouvelle fois l'histoire : la poupée de Falls, le mystère d'Arthur's Seat, les noyades et disparitions survenues entre 1972 et 1995. Il avait apporté les articles, que le Paysan lut attentivement.

– J'ignorais qu'on avait trouvé une poupée sur la plage de Nairn, reconnut-il. J'étais retourné à Inverness, à ce moment-là. De mon point de vue, l'affaire Gearing était définitivement classée.

– Personne n'a fait le lien, à l'époque. Le corps de Paula s'était échoué à six kilomètres de la ville. Si on y a accordé une importance, on y a sûrement vu un hommage à sa mémoire. Gill n'est pas convaincue qu'il y ait un rapport, ajouta Rebus après un silence.

Le Paysan hocha la tête.

– Elle pense à ce que ça donnerait devant un tribunal. Tout cela est indirect.

– Je sais.

– Cependant…, dit le Paysan en s'appuyant contre le dossier de son fauteuil, c'est indirect, mais troublant.

Les épaules de Rebus se détendirent. Le Paysan parut s'en apercevoir et sourit.

– Mauvaise coordination, n'est-ce pas, John ? Je prends ma retraite juste avant que vous parveniez à me convaincre que vous avez peut-être flairé quelque chose.

– Vous pourriez peut-être parler à Gill, la persuader, elle aussi.

Le Paysan secoua la tête.

– Je ne crois pas qu'elle écouterait. Elle est responsable maintenant… Elle sait très bien que je ne sers plus à rien.

– C'est un peu dur.

Le Paysan le dévisagea.

– Mais vous savez que c'est vrai. C'est elle que vous devez convaincre, pas un vieillard en pantoufles.

– Vous avez à peine dix ans de plus que moi.

– Comme vous le verrez, John, du moins je l'espère, la soixantaine est très différente de la cinquantaine. Cette visite médicale n'est peut-être pas une si mauvaise idée, hein ?

– Même si je sais ce qu'il dira ?

Rebus leva sa tasse et finit son thé.

Le Paysan avait repris l'article relatant l'incident de Nairn.

– Que voulez-vous que je fasse ?

– Vous avez dit que c'était une affaire toute simple. Vous pourriez peut-être y réfléchir, voir si quelque chose, à l'époque, vous a semblé bizarre... n'importe quoi, même si c'est une toute petite chose apparemment sans importance. J'avais l'intention de vous demander si vous saviez ce qu'était devenue la poupée.

– Mais vous savez maintenant que j'ignorais son existence.

Rebus acquiesça.

– Vous voulez les cinq poupées, n'est-ce pas ? demanda le Paysan.

Rebus en convint.

– Il est possible que ce soit le seul moyen de prouver qu'il y a un lien entre elles.

– À savoir que la personne qui a déposé celle de 1972 a également déposé celle qui concerne Philippa Balfour ?

Rebus acquiesça une nouvelle fois.

– Si quelqu'un est capable de le faire, John, c'est vous. J'ai toujours fait confiance à votre entêtement et à votre incapacité à écouter vos supérieurs.

Rebus remit sa tasse dans sa soucoupe.

– Je prendrai cela comme un compliment.

Il jeta un nouveau coup d'œil dans la pièce, se préparant à se lever et à dire au revoir, quand quelque chose le frappa. Cette maison était désormais tout ce que le Paysan contrôlait. Il y faisait régner l'ordre, comme à St Leonard's. Et s'il perdait la volonté ou la possibilité de le faire, il flétrirait et mourrait.

– Ça ne sert à rien, dit Siobhan Clarke.

Ils avaient passé pratiquement trois heures à la Bibliothèque centrale, acheté pour presque cinquante livres de cartes et de guides touristiques consacrés à l'Écosse dans une librairie. Ils étaient à l'Elephant House, un café où ils avaient réquisitionné une table pour six. Elle se trouvait sous la fenêtre donnant sur l'arrière de l'immeuble et Grant Hood regardait la vue sur le cimetière de Greyfriars et le château.

Siobhan le dévisagea.

– Tu as décroché ?

Il ne quitta pas la vue des yeux.

– C'est nécessaire de temps en temps.

– Merci de me soutenir.

Le ton était plus rude qu'elle aurait voulu.

– De temps en temps, c'est ce qu'on peut faire de mieux, poursuivit-il sans relever. Parfois, je suis bloqué dans une grille de mots croisés. Je ne me casse pas la tête. Je la mets de côté et je la reprends plus tard. Je constate souvent qu'une ou deux solutions se présentent spontanément. Le problème, poursuivit-il en se tournant vers elle, est qu'on lance l'esprit sur une piste jusqu'au moment où on cesse de voir toutes les possibilités.

Il se leva, gagna l'endroit où se trouvaient les journaux du café et revint avec le *Scotsman* du jour.

– Peter Bee, dit-il en le pliant de telle façon que la grille de mots croisés de la dernière page se trouve dessus. Il est hermétique mais recourt moins que d'autres aux anagrammes.

Il lui donna le journal et elle constata que Peter Bee était le nom du créateur de la grille de mots croisés.

– En douze cases horizontalement, dit Grant, il m'a fait chercher une arme de la Rome antique. Mais, au bout du compte, c'était une anagramme.

– Très intéressant, dit Siobhan, qui jeta le journal sur la table, sur une demi-douzaine de cartes.

– Je voulais simplement expliquer qu'il faut parfois se vider l'esprit pendant un moment, recommencer de zéro.

Elle le foudroya du regard.

– Est-ce que tu veux dire qu'on vient de gâcher la moitié de la journée ?

Il haussa les épaules.

– Merci beaucoup !

Elle se leva et gagna les toilettes au pas de charge. Elle s'y immobilisa, appuyée contre le lavabo, fixa sa surface blanche et luisante. Le pire était qu'elle savait que Grant avait raison. Mais elle était incapable de décrocher comme il le faisait. Elle avait voulu jouer et, maintenant, s'était laissé entraîner dans le jeu. Elle se demanda si Flip Balfour s'était laissé obséder comme elle le faisait. Si elle avait été bloquée, aurait-elle demandé de l'aide ? Siobhan se souvint qu'elle n'avait pas interrogé la famille et les amis de Flip sur les énigmes. Personne n'en avait parlé, mais pourquoi l'auraient-ils fait ? Peut-être s'agissait-il, pour eux, d'une distraction, d'un jeu sur ordinateur. Aucune raison de s'inquiéter…

Gill Templer lui avait proposé le poste d'attachée de presse, mais seulement après avoir organisé l'humiliation d'Ellen Wylie. Il aurait été agréable de croire qu'elle l'avait refusé parce qu'elle se sentait solidaire de Wylie, mais ce n'était pas ça. Siobhan redoutait que ce soit davantage en raison de l'influence de John Rebus. Elle travaillait avec lui depuis plusieurs années, commençait à comprendre ses points forts et ses carences. Et au bout du compte, comme de nombreux autres policiers, elle préférait l'approche non conformiste et aurait voulu être ainsi. Mais la hiérarchie n'était pas de cet avis. Il n'y avait de place que pour un Rebus et l'avancement était à portée de sa main. Bon, cela la placerait carrément dans le camp de Gill Templer : elle suivrait les ordres, soutiendrait sa patronne, ne prendrait jamais de risques. Et elle serait en sécurité, continuerait de monter dans la hiérarchie… inspecteur, peut-être inspecteur chef à quarante ans. Elle comprit alors que Gill l'avait invitée à dîner afin de lui montrer comment on fait. On cultive les amis qu'il faut, on les traite bien. On est patient et la récompense arrive. Une leçon destinée à Ellen Wylie et une autre, tout à fait différente, à son intention.

De retour dans la salle, elle regarda Grant Hood terminer les mots croisés, puis poser le journal, s'appuyer contre le dossier de sa chaise et glisser nonchalamment son stylo dans sa poche. Il s'efforçait de ne pas regarder la table voisine où une femme seule, qui buvait du café, avait admiré sa compétence par-dessus le bord de son livre de poche.

Elle y alla carrément.

– Je croyais que tu les avais déjà faits ? dit-elle en montrant le *Scotsman* de la tête.

– C'est plus facile la deuxième fois, dit-il d'une voix qui, un peu plus étouffée, aurait pu trouver sa place dans le refrain de *Teenage Kicks* [1]. Qu'est-ce qui te fait sourire ?

La femme s'était replongée dans son livre. C'était un roman de Muriel Spark.

1. Chanson des Undertones.

– Je me souvenais d'une vieille chanson, c'est tout, répondit Siobhan.

Grant la fixa, mais elle n'avait aucune intention de l'éclairer, si bien qu'il tendit la main et toucha la grille de mots croisés.

– Tu sais ce que sont des homophones ?

– Non, mais c'est sûrement grossier.

– Ce sont des mots qui se prononcent de la même façon. Les mots croisés y recourent sans arrêt. Il y en avait un dans celui d'aujourd'hui et, la deuxième fois, il m'a fait réfléchir.

– À quoi ?

– À notre dernière énigme. « Sounds dear » : on croyait que « dear » signifiait cher ou chéri, exact ?

Siobhan acquiesça.

– Mais il pourrait s'agir d'un homophone, signalé par « sounds » : semble.

– Je ne te suis pas.

Mais elle avait glissé une jambe sous elle et se penchait, intéressée.

– C'est peut-être destiné à nous faire comprendre que le mot dont nous avons besoin n'est pas « d-e-a-r » mais « d-e-e-r[1] ».

Elle plissa le front.

– Donc, on se retrouve avec « B4 Scots Law Deer » ? Est-ce que je suis bouchée, ou bien est-ce vraiment encore plus dépourvu de sens ?

Il haussa les épaules, se tourna à nouveau vers la fenêtre.

Elle lui donna une claque sur la cuisse.

– Ne sois pas comme ça.

– Tu crois qu'il n'y a que toi qui puisses faire la tête ?

– Je m'excuse.

---

1. Cerf.

Il se tourna vers elle. Elle souriait à nouveau.

– C'est mieux, dit-il. Bon… est-ce qu'il n'y a pas une histoire sur l'origine du nom de Holyrood ? Un roi tirant une flèche sur un cerf ?

– Pas la moindre idée.

– Excusez-moi.

La voix venait de la table voisine.

– Je n'ai pas pu éviter d'entendre, dit la femme, qui posa son livre. C'était David Ier, au XIIe siècle.

– Ah bon ? fit Siobhan.

La femme ne tint pas compte du ton de sa voix.

– Il était allé à la chasse quand un cerf l'a jeté à terre et immobilisé. Il a tendu les mains vers ses bois et s'est aperçu qu'il avait disparu, qu'il serrait une croix dans ses mains. Holy Rood signifie « Sainte Croix ». David a considéré que c'était un signe et a fait construire l'abbaye de Holyrood.

– Merci, dit Grant Hood.

La femme inclina la tête et reprit sa lecture.

– Il est agréable de rencontrer une personne cultivée, ajouta-t-il à l'intention de Siobhan.

Elle plissa les paupières et le nez.

– Donc il pourrait y avoir un lien avec Holyrood, conclut-il.

– Il y a peut-être une pièce B4, dit Siobhan. Comme une salle de classe.

Il comprit qu'elle ne parlait pas sérieusement.

– Il pourrait y avoir des lois écossaises relatives à Holyrood… ce serait un nouveau lien avec la royauté, comme Victoria.

Siobhan décroisa les bras.

– Possible, concéda-t-elle.

– Il ne reste plus qu'à trouver un avocat prêt à nous aider.

– Un membre du bureau du procureur pourrait-il

convenir ? demanda Siobhan. Dans ce cas, je connais la personne qu'il nous faut…

Le tribunal se trouvait dans un immeuble neuf de Chambers Street, en face du musée. Grant retourna en vitesse à Grassmarket, afin de mettre des pièces dans le parcmètre, même si Siobhan fit remarquer qu'une contravention lui coûterait moins cher. Elle partit devant et interrogea le personnel du tribunal jusqu'au moment où elle localisa Harriet Brough. L'avocate portait à nouveau un tailleur en tweed, avec un collant gris et des chaussures plates noires. Mais elle a de jolies chevilles, ne put s'empêcher de remarquer Siobhan.

– Ma chère petite, c'est magnifique, dit Brough, qui secoua le bras de Siobhan comme si c'était celui d'une pompe.

Siobhan constata que le maquillage de la femme ne faisait qu'accentuer les rides et les plis de sa peau, donnant à son visage l'aspect d'un linceul bariolé.

– J'espère que je ne vous dérange pas, commença Siobhan.

– Absolument pas.

Elles se trouvaient dans le hall d'entrée du palais de justice où allaient et venaient des huissiers, des avocats, des membres du service de sécurité et des familles visiblement inquiètes. Dans le reste de l'immeuble, on décidait de la culpabilité et de l'innocence, on annonçait des sentences.

– Êtes-vous venue témoigner ?

– Non, je me pose une question et je me demandais si vous pourriez m'aider.

– Je serai ravie de le faire.

– C'est une note que j'ai trouvée. Elle est peut-être liée à une affaire, mais elle semble plus ou moins codée.

Les yeux de l'avocate s'agrandirent.

– Comme c'est passionnant, s'écria-t-elle. Cherchons un endroit où nous asseoir et racontez-moi tout.

Il y avait un banc libre sur lequel elles s'installèrent. Brough lut la note, dans sa pochette en plastique. Siobhan la regarda mimer les mots, le front plissé.

– Je regrette, dit-elle finalement. Peut-être le contexte m'aiderait-il.

– Il s'agit d'une enquête sur une personne disparue, expliqua Siobhan. Nous croyons qu'elle participait à un jeu.

– Et vous devez résoudre cette énigme afin d'accéder au niveau suivant ? Comme c'est étrange.

Grant Hood arriva, essoufflé. Siobhan le présenta à Harriet Brough.

– Du nouveau ? demanda-t-il.

Siobhan se contenta de secouer la tête. Il se tourna vers l'avocate.

– Est-ce que B4 a un sens dans le droit écossais ? Un paragraphe ou une sous-section ?

– Jeune homme, dit Brough dans un éclat de rire, il y a sans doute des centaines d'exemples, mais ils se présentent sous la forme 4B. En règle générale, nous commençons par les chiffres.

Hood acquiesça.

– Donc ce serait un paragraphe 4, sous-paragraphe B ?

– Exactement.

– Dans la première énigme, ajouta Siobhan, il y avait un lien avec la monarchie. La réponse était Victoria. Nous nous demandons s'il n'y a pas, dans celle-ci, un lien avec Holyrood.

Elle exposa son raisonnement et Brough jeta un nouveau coup d'œil sur la feuille.

– Eh bien, vous êtes tous les deux plus futés que moi,

concéda-t-elle. Peut-être mon esprit d'avocate est-il trop terre à terre.

Elle tendit la feuille à Siobhan, puis la reprit et dit :

– Je me demande si Scots Law n'est pas destiné à vous égarer.

– Comment ça ?

– L'énigme est volontairement obscure, donc la personne qui l'a rédigée réfléchit peut-être d'une façon terre à terre.

Siobhan se tourna vers Hood, qui haussa les épaules. Brough braquait un doigt sur la feuille.

– À l'époque où je faisais de la randonnée, j'ai appris que « law » est un mot écossais signifiant colline…

Rebus s'entretenait par téléphone avec le directeur de l'hôtel Huntingtower.

– Donc il est peut-être quelque part ? demanda-t-il.

– Je n'en suis pas sûr, répondit le directeur.

– Pourriez-vous jeter un coup d'œil ? Poser des questions, peut-être, voir si quelqu'un sait ?

– On l'a peut-être jeté pendant une rénovation.

– J'adore les attitudes positives telles que celle-ci, monsieur Ballantine.

– Peut-être que la personne qui l'a trouvé…

– Elle dit qu'elle vous l'a remis.

Rebus avait appelé le *Courier* et parlé au journaliste qui avait couvert l'affaire. Le reporter s'était montré curieux et Rebus avait reconnu qu'on avait trouvé un autre cercueil à Édimbourg, tout en insistant sur le fait qu'un lien éventuel était « la probabilité la plus faible de l'histoire ». Il n'avait pas la moindre envie de voir les médias se mettre à fouiner. Le journaliste lui avait donné le nom de l'homme dont le chien avait trouvé le cercueil. Quelques coups de téléphone plus tard, Rebus avait localisé l'individu, qui avait remis le cercueil au Huntingtower et avait ensuite oublié jusqu'à son existence.

– Bon, dit le directeur, je ne vous promets rien…

– Avertissez-moi dès que vous le trouverez, dit Rebus, qui répéta son nom et son numéro de téléphone. C'est urgent, monsieur Ballantine.

– Je ferai mon possible, soupira le directeur.

Rebus raccrocha et regarda l'autre bureau, qui était occupé par Ellen Wylie et Donald Devlin. Devlin portait à nouveau un vieux gilet, dont presque tous les boutons étaient intacts. Ils tentaient de localiser le rapport d'autopsie de la noyée de Glasgow. Compte tenu de l'expression du visage de Wylie, ils n'avançaient guère. Devlin, dont la chaise se trouvait près de la sienne, se penchait sans cesse vers elle tandis qu'elle parlait au téléphone. Sans doute tentait-il simplement d'entendre ce qui se disait, mais Rebus vit que ça ne plaisait pas à Wylie. Elle s'efforçait sans cesse d'éloigner discrètement sa chaise, s'arrangeait pour que son épaule et son dos soient face à l'ancien légiste. Jusqu'ici, elle avait évité de croiser le regard de Rebus.

Il se dit qu'il ne devait pas oublier Huntingtower, puis décrocha une nouvelle fois le téléphone. Le cercueil de Glasgow fut plus compliqué. La journaliste qui avait couvert l'affaire était partie. Personne, à la rédaction, ne s'en souvenait. Finalement, Rebus obtint le numéro du presbytère de l'église et s'entretint avec le révérend Martine.

– Savez-vous ce qu'est devenu le cercueil ? demanda Rebus.

– Je crois que la journaliste l'a pris, répondit le révérend Martine.

Rebus le remercia et rappela le journal, eut le rédacteur en chef, qui voulut que Rebus lui raconte son histoire. Il parla donc du « cercueil d'Édimbourg » et de son affectation au « service des probabilités improbables ».

– Ce cercueil, où l'a-t-on trouvé exactement ?

– Près du château, répondit Rebus avec entrain.

Il eut l'impression de voir le rédacteur en chef noter, se dire qu'il fallait peut-être creuser.

Une ou deux minutes plus tard, Rebus fut transféré au service du personnel, où on lui donna la nouvelle adresse de la journaliste, qui s'appelait Jenny Gabriel. C'était une adresse à Londres.

– Elle a obtenu un poste dans un journal national, expliqua le directeur du personnel. C'était ce que voulait Jenny depuis le début.

Donc Rebus sortit acheter du café, des gâteaux et quatre journaux : le *Times*, le *Telegraph*, le *Guardian* et l'*Independent*. Il les feuilleta, examina les signatures, mais ne trouva pas le nom de Jenny Gabriel. Sans se décourager, il appela les journaux un par un et demanda à lui parler. À la troisième tentative, le standard lui dit de ne pas quitter. Il leva brièvement la tête, vit que Devlin, qui mangeait un gâteau, faisait tomber force miettes sur le bureau de Wylie.

– Je vous la passe.

Les mots les plus agréables de la journée. Puis on décrocha.

– Rédaction.

– Jenny Gabriel, s'il vous plaît.

– C'est moi.

Et il dut refaire son topo.

– Mon Dieu, dit la journaliste, il y a vingt ans de ça !

– À peu près, admit Rebus. Je suppose que vous n'avez plus la poupée ?

– Non.

Le cœur de Rebus se serra, la journaliste poursuivit :

– Quand je suis partie pour le sud, je l'ai donnée à un ami. Elle l'avait toujours fasciné.

– Pourriez-vous m'indiquer comment le joindre ?

– Ne quittez pas, je vais chercher son numéro…

En attendant, pour passer le temps, Rebus démonta son stylo à bille. Il s'aperçut qu'il ignorait pratiquement tout du fonctionnement de ces objets. Ressort, corps, recharge… Il pouvait le démonter, puis le remonter et ne pas être plus avancé.

– Il habite Édimbourg, en fait, dit Jenny Gabriel.

Puis elle lui donna un numéro. L'ami s'appelait Dominic Mann.

– Merci beaucoup, dit Rebus, qui raccrocha.

Dominic Mann n'était pas chez lui, mais son répondeur donnait un numéro de mobile. On décrocha.

– Allô ?

– C'est Dominic Mann ?…

Et Rebus repartit. Cette fois, il obtint le résultat souhaité. Mann était toujours en possession du cercueil et pouvait le déposer à St Leonard's dans la journée.

– Je vous en suis vraiment reconnaissant, dit Rebus. Bizarre que vous l'ayez conservé pendant toutes ces années…

– J'avais l'intention de l'utiliser dans une installation.

– Une installation ?

– Je suis peintre. Enfin, je l'étais. Aujourd'hui, je dirige une galerie.

– Vous peignez toujours ?

– De temps en temps. C'est aussi bien que je ne l'aie pas utilisé. J'aurais pu l'enrouler dans des bandages, le peindre et le vendre à un collectionneur.

Rebus remercia le peintre et raccrocha. Devlin avait fini son gâteau. Wylie avait mis le sien de côté et le vieillard le lorgnait. Le cercueil de Nairn fut plus facile : deux appels et Rebus obtint le résultat souhaité. Un journaliste lui dit qu'il allait creuser un peu, puis le rappela et lui donna le numéro d'un habitant de Nairn, qui creusa un peu à son tour et trouva le cercueil dans l'abri de jardin de son voisin.

– Vous voulez que je vous le poste ?

– Oui, s'il vous plaît, répondit Rebus. En courrier rapide.

Il avait envisagé d'envoyer une voiture, mais ne croyait pas que le budget le permettrait. Cela donnerait lieu à un déluge de mémos.

– Et le prix de l'affranchissement ?

– Joignez une fiche et je vous ferai rembourser.

Son correspondant réfléchit.

– Bon, d'accord. Il faut que je vous fasse confiance, n'est-ce pas ?

– Si on ne peut pas faire confiance à la police, à qui peut-on se fier ?

Il raccrocha et regarda une nouvelle fois le bureau de Wylie.

– Du nouveau ? demanda-t-il.

– Ça avance, répondit-elle d'une voix fatiguée et irritée.

Devlin se leva, une pluie de miettes tombant de ses cuisses, et demanda où se trouvaient les « lavabos ». Rebus les lui indiqua. Devlin prit cette direction, mais s'arrêta devant lui.

– Vous n'imaginez pas à quel point cela me fait plaisir.

– Je suis content que quelqu'un soit heureux, professeur.

Devlin posa le bout de l'index sur la veste de Rebus.

– Je crois que vous êtes dans votre élément.

Il eut un large sourire et sortit de la pièce d'un pas traînant. Rebus gagna le bureau de Wylie.

– Vous devriez manger ce gâteau si vous ne voulez pas qu'il bave.

Elle réfléchit, puis cassa le gâteau en deux et en mit la moitié dans sa bouche.

– J'ai pratiquement réglé le problème des poupées, dit-il. Deux localisées et une possible.

Elle but une gorgée de café afin de faire passer l'éponge sucrée.

– Dans ce cas, vous vous en tirez mieux que nous. (Elle examina la moitié de gâteau restante, la mit à la poubelle.) Sans vouloir vous vexer.

– Le Pr Devlin va être effondré.

– C'est ce que j'espère.

– Il est venu nous aider, n'oubliez pas.

Elle le dévisagea.

– Il sent mauvais.

– Vraiment ?

– Vous ne vous en êtes pas aperçu ?

– Non.

Elle le fixa comme si cette réponse apportait de précieuses indications à son sujet. Puis ses épaules s'affaissèrent.

– Pourquoi m'avez-vous demandée ? Je ne suis bonne à rien. Tous les journalistes et les téléspectateurs l'ont vu. Tout le monde le sait. Vous aimez les handicapés, ou quoi ?

– Ma fille est handicapée, dit-il dans un souffle.

Elle rougit.

– Bon sang, je ne voulais pas…

– Mais, pour répondre à votre question, la seule personne qui, ici, semble poser un problème à Ellen Wylie est Ellen Wylie elle-même.

Elle avait porté une main à son visage, comme pour tenter de contraindre le sang à redescendre.

– Allez dire ça à Gill Templer, fit-elle finalement.

– Gill a foutu la merde. Ce n'est pas la fin du monde.

Son téléphone sonnait. Il recula en direction de son bureau.

– D'accord ? demanda-t-il.

Quand elle eut acquiescé, il pivota sur lui-même et décrocha. C'était le Huntingtower. Le cercueil avait été localisé dans la cave où on entreposait les objets trouvés. Des décennies de parapluies, de lunettes, de chapeaux, de manteaux et d'appareils photo.

– Pouvez-vous le poster en courrier rapide ? Je veillerai à vous faire rembourser…

Quand Devlin revint, Rebus était sur la piste du cercueil de Dunfermline mais, cette fois, il se heurta à un mur. Personne – la presse locale, la police – ne semblait savoir ce qu'il était devenu. On promit par deux fois à Rebus de faire des recherches, mais il n'espérait guère obtenir un résultat. Il s'était écoulé presque trente ans ; il était peu probable qu'on le retrouve. À l'autre bureau, Devlin applaudit sans faire de bruit tandis que Wylie raccrochait son téléphone. La jeune femme regarda Rebus.

– Le rapport d'autopsie de Hazel Gibbs est en route, annonça-t-elle.

Rebus la fixa dans les yeux pendant quelques instants, puis hocha la tête et sourit. Son téléphone se remit à sonner. Cette fois, c'était Siobhan.

– Je vais voir David Costello, dit-elle. Si tu n'as rien sur le feu…

– Je croyais que tu faisais équipe avec Grant ?

– Gill Templer avait besoin de lui.

– Ah bon ? Elle lui propose peut-être le poste d'attaché de presse ?

– Je refuse de te laisser me remonter. Tu viens ou pas ?

Costello était chez lui. Quand il leur ouvrit, il parut ébahi. Siobhan affirma qu'il ne s'agissait pas de mauvaises nouvelles. Il ne parut pas la croire.

– Pouvons-nous entrer, David ? demanda Rebus.

Costello le dévisagea comme s'il venait de s'apercevoir de sa présence, puis acquiesça. Aux yeux de Rebus, il portait les mêmes vêtements que lors de sa visite précédente et le ménage ne semblait pas avoir été fait dans le séjour. En outre, le jeune homme se laissait pousser la barbe, mais semblait gêné et passait sans cesse le bout des doigts dessus.

– Y a-t-il du nouveau ? demanda-t-il en s'affalant sur le futon tandis que Rebus et Siobhan restaient debout.

– Deux ou trois petites choses, répondit Rebus.

– Mais vous ne pouvez pas entrer dans les détails ?

Costello changeait sans cesse de position, dans l'espoir d'en trouver une qui fût confortable.

– En réalité, David, dit Siobhan, les détails – en tout cas certains d'entre eux – sont la raison de notre visite.

Elle lui tendit une feuille de papier.

– Qu'est-ce que c'est ? demanda-t-il.

– C'est la première énigme d'un jeu, un jeu auquel Flip jouait.

Costello se pencha, regarda une nouvelle fois le message.

– Quel jeu ?

– Quelque chose qu'elle a trouvé sur l'Internet. Dirigé par quelqu'un qui se fait appeler Quizmaster. La solution de chaque énigme permet au joueur d'accéder au niveau supérieur. Flip travaillait sur un niveau nommé Bord de l'enfer. Peut-être avait-elle trouvé la solution, nous l'ignorons.

– Flip ?

Costello semblait septique.

– Vous n'en avez jamais entendu parler ?

Il secoua la tête.
– Elle n'en a pas dit un mot.
Il se tourna vers Rebus, mais Rebus avait pris un recueil de poèmes.
– S'intéressait-elle aux jeux ? demanda Siobhan.
Costello haussa les épaules.
– Les trucs auxquels on joue après les dîners. Vous savez : les charades, ce genre de chose. Trivial Pursuit peut-être, ou Taboo.
– Mais pas de jeux excentriques ? De jeux de rôle ?
Il secoua lentement la tête.
– Et rien sur l'Internet ?
Il passa une nouvelle fois les doigts sur sa repousse de barbe.
– Je n'ai jamais entendu parler de ça.
Il regarda successivement Siobhan et Rebus, puis à nouveau Siobhan, et demanda :
– Vous êtes sûre que c'était Flip ?
– Absolument, affirma Siobhan.
– Et vous croyez qu'il y a un rapport avec sa disparition ?
Siobhan se contenta de hausser les épaules et se tourna brièvement vers Rebus, se demandant s'il avait quelque chose à ajouter. Mais Rebus était plongé dans ses pensées. Il se souvenait des paroles de la mère de Flip Balfour à propos de Costello, qui avait, selon elle, monté Flip contre sa famille. Et quand Rebus avait demandé pourquoi, elle avait répondu : *Parce qu'il est ce qu'il est.*
– Intéressant, ce poème, dit-il en agitant un livre.
En réalité, c'était davantage un pamphlet : couverture rose ornée d'une illustration au trait. Puis il récita deux vers :
On ne meurt pas parce qu'on est mauvais, on meurt
Parce qu'on est disponible.
Rebus ferma le livre et le posa.

– Je n'y avais jamais pensé de cette façon, dit-il, mais c'est vrai.

Il s'interrompit pour allumer une cigarette.

– Vous souvenez-vous de notre conversation, David ?

Il aspira de la fumée, puis pensa à proposer le paquet à Costello, qui secoua la tête. La demi-bouteille de whisky était vide, ainsi qu'une demi-douzaine de boîtes de bière. Rebus les voyait, sur le plancher, près de la cuisine, en compagnie de tasses, d'assiettes et de couverts, d'emballages de plats à emporter. Il n'avait pas estimé que Costello buvait ; peut-être faudrait-il qu'il révise son opinion.

– Je vous ai demandé si Flip avait rencontré quelqu'un, reprit-il, et vous m'avez répondu qu'elle vous l'aurait dit. Qu'elle ne pouvait rien garder pour elle.

Costello hocha la tête.

– Et elle participait à ce jeu. Pas facile, en plus, plein de devinettes et de jeux de mots. Elle pourrait avoir eu besoin d'aide.

– Elle ne l'a pas obtenue de moi.

– Et elle n'a jamais mentionné l'Internet, ni quelqu'un se faisant appeler Quizmaster ?

Il secoua la tête.

– Qui est ce Quizmaster ?

– Nous l'ignorons, reconnut Siobhan, qui s'était approchée de la bibliothèque.

– Mais il va sûrement se faire connaître, n'est-ce pas ?

– On voudrait qu'il le fasse.

Siobhan prit un soldat de plomb posé sur une étagère, demanda :

– C'est une pièce de jeu, n'est-ce pas ?

Costello tourna la tête, regarda.

– Ah bon ?

– Vous ne jouez pas ?

– Je ne suis même pas certain de savoir d'où il vient.

– Mais il a fait la guerre, dit Siobhan, penchée sur le mousquet brisé.

Rebus se tourna vers l'ordinateur de Costello – un portable – allumé et ouvert. Il y avait des ouvrages de référence, près de lui, sur la table de travail, et dessous, sur le plancher, une imprimante.

– Je suppose que vous avez accès à l'Internet, vous aussi, David ? demanda-t-il.

– Comme tout le monde.

Siobhan se força à sourire, remit le soldat de plomb à sa place.

– L'inspecteur Rebus n'est pas encore tout à fait habitué aux machines à écrire électriques.

Rebus comprit ce qu'elle faisait : elle tentait d'amadouer Costello, se servait de lui comme d'un accessoire.

– Pour moi, dit-il, l'Internet est ce que le gardien de but de Milan tente de défendre.

Cela arracha un sourire à Costello. *À cause de ce qu'il est…* Mais qui était vraiment David Costello ? Rebus commençait à se le demander.

– Si Flip vous a caché cela, David, disait maintenant Siobhan, est-il possible qu'elle ait gardé d'autres secrets ?

Costello hocha une nouvelle fois la tête. Il s'agitait toujours sur le futon, comme s'il ne pouvait pas tenir en place.

– Je ne la connaissais peut-être pas du tout, concéda-t-il.

Il regarda une nouvelle fois l'énigme et demanda :

– Qu'est-ce que ça signifie ? Vous le savez ?

– Siobhan a trouvé la solution, reconnut Rebus. Mais elle a simplement conduit à une deuxième énigme.

Siobhan lui en donna une copie.

– Elle est encore plus obscure que la première, constata Costello. En réalité, je n'arrive pas à croire que Flip ait pu s'intéresser à ça. Ça ne correspond pas du tout à elle.

Il tendit la feuille, dans l'intention de la rendre.

– Et ses autres amis ? demanda Siobhan. Il y en a qui aiment les jeux, les devinettes ?

Costello la fixa.

– Vous croyez que l'un d'entre eux pourrait… ?

– Je me demande si Flip aurait pu s'adresser à quelqu'un pour obtenir de l'aide.

Costello réfléchit.

– Personne, dit-il finalement. Je ne vois personne.

Siobhan reprit la deuxième énigme.

– Et celle-ci, demanda-t-il, vous savez ce qu'elle signifie ?

Elle la lut au moins pour la cinquantième fois.

– Non, reconnut-elle. Pas encore.

Ensuite, Siobhan raccompagna Rebus à St Leonard's. Ils restèrent silencieux pendant les premières minutes. Ça roulait mal. L'heure de pointe semblait débuter un peu plus tôt chaque semaine.

– Qu'est-ce que tu en penses ? demanda-t-elle.

– Je pense qu'on irait plus vite à pied.

C'était pratiquement la réponse qu'elle attendait.

– Tes poupées dans leurs cercueils, il y a quelque chose de ludique, là-dedans, hein ?

– Un jeu foutrement bizarre, si tu veux mon avis.

– Tout aussi bizarre que poser des devinettes par l'entremise de l'Internet.

Rebus acquiesça, mais garda le silence.

– Il ne faudrait pas que je sois seule à y voir un rapport, ajouta Siobhan.

– Mon domaine ? suggéra Rebus. Mais le potentiel existe, n'est-ce pas ?

Ce fut au tour de Siobhan d'acquiescer.

– Si les poupées sont liées à la disparition.

– Laisse-moi du temps, dit Rebus. En attendant, il serait peut-être bon d'obtenir des renseignements sur M. Costello.

– Il m'a semblé très sincère. Cette expression, sur son visage, quand il a ouvert… il était terrifié à l'idée qu'il soit arrivé quelque chose. En plus on s'est déjà renseignés sur lui, n'est-ce pas ?

– Ça ne signifie pas que quelque chose ne nous a pas échappé. Si mes souvenirs sont bons, c'est « Hi-Ho » Silvers qui s'en est chargé et ce type est si fainéant qu'il croit que la paresse est un sport olympique… Et toi ?

– Dans le pire des cas, je m'efforce de faire semblant de travailler.

– Je veux dire : où tu vas maintenant ?

– Je crois que je vais rentrer chez moi. Et en rester là pour aujourd'hui.

– Fais attention. La superintendante Templer aime bien que son personnel fasse des heures supplémentaires de temps en temps.

– Dans ce cas, elle est ma débitrice… et aussi la tienne, sûrement. Quand as-tu travaillé huit heures pour la dernière fois ?

– En septembre 1986, répondit Rebus, qui suscita un sourire.

– L'appartement avance ?

– L'électricité est presque terminée. C'est au tour des peintres maintenant.

– Tu as trouvé où tu vas acheter ?

Il secoua la tête.

– Ça te turlupine, hein ?

– Si tu veux vendre, c'est ta décision.

Il lui adressa un regard acerbe.

– Tu sais à quoi je pense.

– À Quizmaster ?… Ça pourrait presque m'amuser…

– Si ?

– Si je n'avais pas l'impression qu'il s'amuse, lui aussi.

– En te manipulant ?

Siobhan acquiesça.

– Et si c'est ce qu'il me fait, il l'a également fait à Philippa Balfour.

– Tu présupposes toujours que c'est « il », dit Rebus.

– Seulement parce que c'est plus pratique.

Un mobile sonna.

– Le mien, dit Siobhan tandis que Rebus fouillait dans sa poche.

L'appareil de Siobhan était fixé sur un petit chargeur voisin de la stéréo. Elle appuya sur un bouton puis un micro et un haut-parleur intégrés firent le reste.

– Mains libres, constata Rebus, impressionné.

– Allô ? dit Siobhan.

– C'est la constable Clarke ?

Elle reconnut la voix.

– Monsieur Costello ? En quoi puis-je vous aider ?

– Je réfléchissais… à ce que vous disiez sur les jeux et tous ces trucs.

– Oui ?

– Je connais quelqu'un que ça passionne. Enfin, Flip connaît quelqu'un.

– Qui ?

Siobhan adressa un bref regard à Rebus, mais il avait déjà sorti son carnet et son stylo.

David Costello donna le nom, mais la communication fut brièvement interrompue.

– Désolée, dit Siobhan, pouvez-vous répéter ?

Cette fois, ils entendirent tous les deux clairement le nom :

– Ranald Marr.

Siobhan plissa le front, mima le nom. Rebus hocha la tête. Il savait exactement qui était Ranald Marr : le collaborateur direct de John Balfour, l'homme qui dirigeait la banque à Édimbourg.

Le bureau était silencieux. Les collègues de Rebus étaient rentrés chez eux ou en réunion à Gayfield Square. Il y avait également des patrouilles faisant du porte-à-porte, mais moins nombreuses. Il ne restait pratiquement plus personne à interroger. Une journée de plus sans qu'on ait vu Philippa et pas un mot de sa part, rien qui pût permettre d'affirmer qu'elle était encore en vie. Carte de crédit et compte en banque intacts, famille sans nouvelles. Rien. On racontait, dans le poste de police, que Bill Pryde avait piqué une crise, lancé sa planche à pince en travers du bureau, que tout le monde avait dû se baisser pour l'éviter. John Balfour avait fait monter la pression, accordé des interviews où il critiquait l'absence de progrès. Le directeur avait demandé un état de la situation au directeur adjoint, qui était sur le dos de tous. En l'absence de nouvelle piste, on interrogeait les gens pour la deuxième ou la troisième fois. Tout le monde était nerveux, à cran. Rebus tenta d'appeler Pryde à Gayfield, mais ne parvint pas à le joindre. Il téléphona ensuite au siège et demanda Claverhouse ou Ormiston, de la Crime Squad, section 2. Claverhouse décrocha.

– Ici Rebus. J'ai besoin d'un service.

– Et qu'est-ce qui te fait croire que je serai assez cinglé pour te le rendre ?

– Tes questions sont toujours aussi difficiles ?

– Retourne sous ton rocher, Rebus.

– Je ne demanderais pas mieux, mais ta maman l'a adopté, elle dit qu'il l'aime plus que toi.

C'était la seule façon de procéder face à Claverhouse, le sarcasme à vingt pas.

– Elle a raison, je suis un vrai salaud, ce qui me ramène à ma première question.

– Celle qui est difficile ? Voyons… plus vite tu me répondras, plus vite je pourrai aller au pub et me soûler à mort.

– Merde, mec, pourquoi tu l'as pas dit avant ? Vas-y.

Rebus sourit.

– J'ai besoin d'une introduction.

– Auprès de qui ?

– De la *gardai* de Dublin.

– Pourquoi ?

– À cause du petit ami de Philippa Balfour. J'ai besoin d'informations.

– J'ai mis dix livres sur lui à deux contre un.

– Raison de plus pour m'aider.

Claverhouse réfléchit.

– Donne-moi un quart d'heure. Reste à ce numéro.

– Je ne bouge pas.

Rebus raccrocha et s'appuya contre le dossier de sa chaise. Puis il aperçut quelque chose, à l'extrémité opposée de la pièce. C'était le fauteuil du Paysan. Sans doute Gill l'avait-elle sorti pour que quelqu'un le prenne. Rebus le poussa jusqu'à son bureau, s'installa confortablement. Il pensa à ce qu'il avait dit à Claverhouse : *Plus vite je pourrai aller au pub et me soûler à mort.* Cela faisait partie de la routine, mais une part importante de lui-même en avait envie de toute façon, avait envie de l'oubli brumeux que seul l'alcool peut apporter. Un des groupes de Brian Auger comportait ce mot dans son nom : Oblivion Express [1]. Il avait son premier album : *A Better Land*. Un peu trop jazzy pour son goût. Quand le téléphone sonna, il décrocha, mais il continua de sonner : son mobile. Il le sortit de sa poche, le porta à son oreille.

---

1. Express de l'oubli.

– Allô ?
– John ?
– Bonjour, Jean. J'avais l'intention de vous appeler.
– Je ne vous dérange pas ?
– Pas du tout. Ce pisse-copie vous harcèle-t-il toujours ?

Le téléphone de son bureau se mit à sonner : Claverhouse, probablement. Rebus se leva, traversa la pièce et sortit.

– Je me débrouille, disait Jean. J'ai creusé un peu, comme vous me l'avez demandé. Malheureusement, je n'ai pas trouvé grand-chose.
– Peu importe.
– Ça m'a pris toute la journée…
– On verra ça demain, si ça vous convient.
– Demain va très bien.
– Sauf si vous êtes libre ce soir…
– Oh… J'ai promis à une amie de passer la voir. Elle vient d'avoir un bébé.
– C'est bien.
– Je suis désolée.
– Il n'y a pas de raison. On se verra demain. Vous voulez bien venir au poste de police ?
– Oui.

Ils convinrent d'une heure et Rebus regagna le bureau, coupa la communication. Il eut l'impression qu'elle était satisfaite de lui, satisfaite qu'il ait demandé à la voir ce soir. C'était comme si elle espérait s'assurer qu'il était toujours intéressé, que ce n'était pas seulement, pour lui, du travail.

Mais peut-être se faisait-il des illusions.

De retour à son bureau, il appela Claverhouse.

– Je suis déçu, mec.
– Je t'ai dit que je ne quitterais pas mon bureau et j'ai tenu parole.

– Dans ce cas, pourquoi tu n'as pas décroché ?
– J'ai reçu un appel sur mon mobile.
– Quelqu'un qui compte plus que moi ? Vraiment, je suis vexé.
– Mon book. Je lui dois deux cents livres.
Claverhouse resta un instant silencieux.
– Ça me fait énormément plaisir, dit-il. Bon, il faut que tu t'adresses à Declan Macmanus.
Rebus plissa le front.
– Ce n'était pas le vrai nom d'Elvis Costello ?
– De toute évidence, il l'a passé à quelqu'un qui en avait besoin, dit Claverhouse, et il donna à Rebus un numéro à Dublin, indicatif international compris. Mais je ne crois pas que les radins de St Leonard's t'autoriseront à téléphoner à l'étranger.
– Il faudra remplir des formulaires, reconnut Rebus. Merci de ton aide, Claverhouse.
– Tu vas boire ce verre maintenant ?
– C'est préférable. Il vaudrait mieux que je sois mort quand le book me trouvera.
– Ça se comprend. À la santé des mauvais chevaux et du bon whisky.
– Et vice versa, répliqua Rebus, qui raccrocha.
Claverhouse avait raison : les lignes téléphoniques de St Leonard's ne permettaient pas d'appeler l'étranger, mais Rebus eut l'intuition que celle de la superintendante l'autoriserait. Seulement, Gill avait fermé sa porte à clé. Rebus réfléchit pendant une seconde, puis se souvint que le Paysan avait une deuxième clé, en cas d'urgence. Il s'accroupit devant la porte du bureau de Gill et souleva un coin de moquette, au pied du chambranle. Gagné : la Yale était toujours là. Il la glissa dans la serrure, entra dans le bureau et ferma derrière lui.
Il regarda le nouveau fauteuil, mais décida de rester debout, appuyé contre le bord de la table de travail. Il ne

put s'empêcher de penser aux trois ours : qui a pris mon fauteuil ? Et qui s'est servi de mon téléphone ?

On décrocha après une demi-douzaine de sonneries.

– Je voudrais parler au… (il s'aperçut soudain qu'il ne connaissait pas le grade de Macmanus) … à Declan Macmanus, s'il vous plaît.

– De la part de qui ?

La voix de la femme avait une intonation irlandaise séduisante. Rebus imagina une chevelure noire et un corps plantureux.

– De la part de l'inspecteur John Rebus, police de Lothian and Borders, en Écosse.

– Ne quittez pas, s'il vous plaît.

Tandis qu'il patientait, le corps plantureux devint une Guinness tirée lentement, la bière étant apparemment modelée pour s'adapter au verre.

– Inspecteur Rebus ?

La voix était sèche, professionnelle.

– C'est l'inspecteur Claverhouse qui m'a donné votre numéro.

– C'est généreux de sa part.

– Parfois, il ne peut pas s'en empêcher.

– Que puis-je faire pour vous ?

– Je ne sais pas si vous avez entendu parler de l'affaire sur laquelle nous travaillons, une disparition, celle de Philippa Balfour.

– La fille du banquier ? Les journaux ne parlent que de ça, ici.

– À cause de David Costello ?

– Les Costello sont connus, inspecteur, ils font pour ainsi dire partie de la bonne société de Dublin.

– Vous êtes mieux informé que moi sur ce sujet et c'est pour cette raison que je vous appelle.

– Ah bon ?

– Il me faudrait des informations supplémentaires

concernant la famille. (Rebus se mit à griffonner sur une feuille de papier.) Je suis sûr qu'ils sont impeccables, mais j'aurais l'esprit plus tranquille si j'en avais la preuve.

– Je ne peux pas vous garantir qu'ils soient impeccables.

– Ah ?

– Il y a du linge sale dans toutes les familles, n'est-ce pas ?

– Je suppose.

– Je pourrais peut-être vous envoyer la liste du linge sale des Costello ? Ça vous irait ?

– Ça m'irait parfaitement.

– Avez-vous un numéro de fax ?

Rebus le récita.

– Vous aurez besoin de l'indicatif international, indiqua-t-il.

– Je crois que je m'en tirerai. Dans quelle mesure cette information restera-t-elle confidentielle ?

– Dans toute la mesure du possible.

– Je suppose que je vais devoir vous croire sur parole. Aimez-vous le rugby, inspecteur ?

Rebus eut l'intuition qu'il devait répondre oui.

– Seulement en tant que spectateur.

– J'aime bien aller à Édimbourg pour le Tournoi des six nations. Nous pourrons peut-être boire un verre, la prochaine fois.

– Avec plaisir. Je vais vous donner deux numéros.

Il indiqua celui de son bureau et celui de son mobile.

– Je vous appellerai.

– Très bien. Je vous dois un grand pur malt.

– Je n'oublierai pas… Vous n'aimez pas vraiment le rugby, n'est-ce pas ?

– Non, reconnut Rebus.

Son correspondant rit.

– Mais vous êtes honnête et c'est un début. Au revoir, inspecteur.

Rebus raccrocha. Il s'aperçut qu'il ne connaissait toujours pas le grade de Macmanus et qu'il ignorait pratiquement tout de lui. Quand il regarda la feuille sur laquelle il avait machinalement griffonné, il s'aperçut qu'il avait dessiné une demi-douzaine de cercueils. Il attendit une demi-heure les documents de Macmanus, mais le fax faisait le mort.

Il commença par le Maltings, poursuivit par le Royal Oak et se rendit ensuite au Swany's. Un verre dans chaque pub, en commençant par une pinte de Guinness. Il y avait un moment qu'il n'en avait pas bu ; elle était bonne et nourrissante. Il savait qu'il ne pouvait pas en boire beaucoup, aussi prit-il une IPA et, finalement, un Laphroaig avec une petite goutte d'eau. Puis il alla à l'Oxford Bar en taxi, engloutit le dernier sandwich au corned-beef et à la betterave, suivi d'un *Scotch egg* [1] qui tint lieu de plat principal. Il buvait à nouveau de l'IPA, de quoi faire passer la nourriture. Plusieurs habitués étaient là. Un groupe d'étudiants avait pris possession de la salle de l'étage et personne, au bar, ne parlait, comme si les exclamations joyeuses et les rires étaient blasphématoires. Harry tenait le bar et la perspective du départ des fêtards lui plaisait visiblement. Quand quelqu'un venait chercher une nouvelle tournée, Harry ne tarissait pas de commentaires du genre : « Vous allez pas tarder à partir… aller en boîte… la soirée commence à peine… » Le jeune homme, le visage si brillant qu'il semblait passé au polissoir, se contentait de sourire stupidement, ne comprenait rien. Harry secouait la tête d'un air dégoûté. Quand le client s'en allait avec son plateau

1. Œuf dur entouré de chair à saucisse.

chargé de pintes débordantes, un des habitués indiquait à Harry qu'il perdait la main. Le flot d'injures qui suivait était, du point de vue de toutes les personnes présentes, la preuve du contraire.

Rebus était venu dans l'espoir de chasser tous ces petits cercueils de ses pensées. Mais en vain. Il les imaginait, les considérait comme l'œuvre d'un homme, d'un assassin… et se demandait s'il y en avait d'autres, pourrissant peut-être sur les flancs de collines désolées, cachés dans des anfractuosités, transformés en bibelots macabres dans l'abri de jardin des personnes qui les avaient trouvés… Arthur's Seat, Falls et les quatre cercueils de Jean. Il voyait là une continuité qui l'emplissait de terreur. Je veux être incinéré, pensa-t-il, ou placé dans un arbre comme font les aborigènes. Tout plutôt qu'être enfermé dans une caisse… N'importe quoi, mais pas ça.

Quand la porte s'ouvrit, tout le monde se tourna vers le nouveau venu. Rebus se redressa, tenta de dissimuler son étonnement. C'était Gill Templer. Elle le vit immédiatement, déboutonna son manteau et enleva son écharpe.

– J'ai pensé que je te trouverais peut-être ici, dit-elle. J'ai essayé de te téléphoner, mais je suis tombé sur ton répondeur.

– Qu'est-ce que je peux t'offrir ?

– Un gin tonic.

Harry avait entendu et tendait déjà la main vers un verre.

– Glace et citron ? demanda-t-il.

– S'il vous plaît.

Rebus constata que les autres clients s'étaient légèrement éloignés, leur laissant autant d'intimité que le permettait l'étroitesse des lieux. Il paya et regarda Gill boire une longue gorgée d'alcool.

– J'en avais besoin, dit-elle.

Rebus leva son verre.

– *Slainte.*

Puis il but. Gill souriait.

– Désolée, dit-elle, m'imposer comme ça est grossier.

– Dure journée ?

– Il y a eu mieux.

– Qu'est-ce qui t'amène ici ?

– Deux choses. Comme d'habitude, tu n'as pas pris la peine de m'informer de tes progrès.

– Il n'y a pas grand-chose à raconter.

– C'est une impasse ?

– Je n'ai pas dit ça. J'ai besoin de quelques jours de plus, c'est tout.

Il leva à nouveau son verre.

– Ensuite, il y a le petit problème de ton rendez-vous chez le médecin.

– Oui, je sais. J'irai, promis. C'est la première de la soirée, à propos, dit-il en montrant sa pinte d'un signe de tête.

– Oui, c'est vrai, marmonna Harry, qui lavait les verres.

Gill sourit, mais son regard resta rivé sur Rebus.

– Comment ça va avec Jean ?

Rebus haussa les épaules.

– Bien. Elle s'occupe de l'aspect historique.

– Elle te plaît ?

Rebus dévisagea Gill.

– Est-ce que les services de cette agence matrimoniale sont gratuits ?

– Je m'interrogeais, c'est tout.

– Et tu as fait tout ce chemin pour me poser cette question ?

– Jean a souffert, autrefois, à cause d'un alcoolique. C'est ainsi que son mari est décédé.

– Elle me l'a raconté. Ne t'inquiète pas.

Elle fixa son verre.

– Tu t'entends bien avec Ellen Wylie ?

– Je n'ai pas à me plaindre.

– Elle t'a parlé de moi ?

– Pas vraiment.

Rebus avait fini son verre, l'agita pour en commander un autre. Harry posa son torchon et tira la bière. Rebus se sentait mal à l'aise. La présence de Gill, qui était venue sans avertir et l'avait pris au dépourvu, ne lui plaisait pas. Les habitués écoutaient la conversation, et cela ne lui plaisait pas non plus. Gill parut sentir sa gêne.

– Tu préférerais qu'on fasse ça au bureau ?

Il haussa une nouvelle fois les épaules.

– Et toi ? demanda-t-il. Ton nouveau boulot te plaît ?

– Je crois que je vais me débrouiller.

– Je suis prêt à parier là-dessus.

Il montra sa consommation, lui en proposa une deuxième. Gill secoua la tête.

– Il faut que j'y aille. Ce n'était qu'un verre rapide avant de rentrer chez moi.

– Moi aussi, dit Rebus, qui jeta ostensiblement un coup d'œil sur sa montre.

– Je suis en voiture…

Rebus secoua la tête.

– J'aime marcher, ça me maintient en forme.

Derrière le bar, Harry eut un bref rire ironique. Gill noua son écharpe autour de son cou.

– On se verra peut-être demain, dit-elle.

– Tu sais où est mon bureau.

Elle regarda ce qui l'entourait – murs de la couleur de filtres de cigarette usagés, gravures poussiéreuses de Robert Burns – et hocha la tête.

– Oui, dit-elle, c'est vrai.

Ensuite, elle eut un petit geste de la main qui parut s'adresser au bar tout entier et s'en alla.

– Ta patronne ? fit Harry.

Rebus acquiesça.

– On échange ? dit le barman.

Les habitués rirent. Un autre étudiant descendit, la liste des consommations notée au dos d'une vieille enveloppe.

– Trois IPA, récita Harry, deux bières, un gin soda, deux Beck et un vin blanc sec.

L'étudiant regarda la liste, puis hocha la tête, ébahi. Harry adressa un clin d'œil à son public.

– C'est des étudiants, d'accord, mais c'est pas les seuls types futés du coin.

Assise dans son salon, Siobhan fixait le message affiché sur l'écran du portable. C'était la réponse à un e-mail envoyé à Quizmaster, où elle indiquait qu'elle travaillait sur la deuxième énigme.

J'ai oublié de vous dire que vous jouez désormais contre la montre. Dans vingt-quatre heures, l'énigme suivante ne sera plus valable.

Siobhan se pencha sur le clavier : *Je crois qu'on devrait se rencontrer. J'ai des questions à poser.*

Elle cliqua sur Envoyer et attendit. La réponse fut rapide.

Le jeu répondra à vos questions.

Elle se remit à taper : *Est-ce que quelqu'un aidait Flip ? Est-ce qu'il y a d'autres joueurs ?*

Elle attendit pendant plusieurs minutes. Rien. Elle était dans la cuisine, où elle se servait un nouveau verre de vin rouge chilien lorsque le portable indiqua qu'elle avait un message. Du vin éclaboussa le dos de sa main quand elle se précipita dans le séjour.

Salut, Siobhan.

Elle fixa l'écran. L'adresse de l'envoyeur était une

succession de chiffres. Sans lui laisser le temps de répondre, l'ordinateur annonça un nouveau message.

Tu es là ? C'est allumé chez toi.

Elle se figea, l'écran parut miroiter. Il était *là* ! Dehors ! Elle gagna rapidement la fenêtre. Une voiture était arrêtée dans la rue, phares allumés.

L'Alfa de Grant Hood.

Il lui fit signe de la main. Elle jura, gagna la porte, descendit l'escalier et sortit de l'immeuble.

– Tu trouves ça drôle ? cracha-t-elle.

Sa réaction parut stupéfier Hood, qui descendait de voiture.

– J'avais Quizmaster en ligne, expliqua-t-elle. J'ai cru que tes messages émanaient de lui.

Elle s'interrompit, plissa les paupières.

– Comment tu as fait ça ?

Hood montra son téléphone mobile.

– C'est un WAP, expliqua-t-il, contrit. Je l'ai acheté aujourd'hui. Il envoie des e-mails, la totale.

Elle le lui prit, l'examina.

– Merde, Grant.

– Je suis désolé, dit-il. Je voulais simplement…

Elle lui rendit l'appareil, convaincue de savoir ce qu'il voulait : faire admirer son nouveau gadget.

– Qu'est-ce que tu fais ici ?

– Je crois que j'ai trouvé.

Elle le dévisagea.

– Encore ?

Il haussa les épaules.

– Comment se fait-il que tu attendes toujours la fin de la soirée ?

– C'est peut-être à ce moment que je réfléchis le mieux. (Il regarda l'immeuble.) Tu comptes m'inviter à entrer ou bien on va continuer d'offrir un spectacle gratuit aux voisins ?

Elle regarda autour d'elle. Des têtes se découpaient en ombre chinoise derrière deux fenêtres.

– Viens, dit-elle.

Chez elle, elle commença par jeter un coup d'œil sur le portable, mais Quizmaster n'avait pas répondu.

– Je crois que tu lui as fait peur, dit Grant après avoir lu le dialogue affiché à l'écran.

Siobhan se laissa tomber sur le canapé et prit son verre.

– Alors, qu'est-ce que tu as trouvé, ce soir, Einstein ?

– Ah, la célèbre hospitalité d'Édimbourg, dit Hood en lorgnant le verre.

– Tu conduis.

– Un verre ne peut pas me faire de mal.

Siobhan se leva, protestant à mi-voix, et gagna la cuisine. Hood se pencha sur le sac qu'il avait apporté, en sortit des cartes et des guides.

– Qu'est-ce que c'est ? demanda Siobhan, qui lui donna un verre et le servit.

Elle s'assit, vida le sien, puis le remplit, posa la bouteille par terre.

– Tu es sûre que je ne te dérange pas ?

Il la taquinait – ou essayait de le faire. Mais elle n'était pas d'humeur.

– Dis-moi simplement ce que tu as trouvé.

– Eh bien… si tu es absolument sûre que je ne…

Elle le foudroya du regard et il s'interrompit. Puis, fixant les cartes, il reprit :

– J'ai réfléchi à ce que cette avocate a dit.

– Harriet ? fit Siobhan, le front plissé. Elle a dit que les collines s'appellent parfois « law ».

Il hocha la tête.

– « Scots Law », récita-t-il. Ce qui signifie qu'on cherche peut-être quelque chose qui veut dire « law » en écossais.

– À savoir ?

Hood déplia une feuille de papier et lut à haute voix.

– *Hill, hights, bank, brae, fell, tor*… Le Thésaurus en est plein, conclut-il en poussant la feuille vers elle.

Elle prit la liste et la lut.

– On a étudié toutes les cartes, protesta-t-elle.

– Mais on ne savait pas ce qu'on cherchait. Dans certains guides, les montagnes et les collines sont répertoriées en fin de volume. Pour le reste, on regarde le carré B4 de toutes les pages.

– Et qu'est-ce qu'on cherche au juste ?

– Deer Hill, Stag's Brae, Doe Bank…

– Tu supposes que « sounds dear » signifie « d-e-e-r » ?

Il but une gorgée de vin.

– Tout repose sur des suppositions, mais c'est mieux que rien.

– Et ça ne pouvait pas attendre demain matin ?

– Pas quand Quizmaster décide soudain qu'on joue contre la montre.

Grant prit le premier guide et feuilleta l'index.

Siobhan le dévisagea par-dessus le bord de son verre. Oui, pensa-t-elle, mais tu ne savais pas que le temps jouait un rôle avant ton arrivée ici. En outre, elle n'était pas remise des e-mails qu'il avait envoyés par téléphone. Elle se demanda dans quelle mesure Quizmaster était mobile. Elle lui avait indiqué son nom et la ville où elle travaillait. Dans quelle mesure lui serait-il difficile de se procurer une adresse ? Cinq minutes sur le Net lui permettraient sûrement de le faire.

Hood ne semblait pas s'apercevoir qu'elle le fixait toujours. *Il est peut-être plus près que tu crois, ma fille*, pensa Siobhan.

Une demi-heure plus tard, elle mit de la musique. Un disque de Mogwai, probablement un des plus décalés.

Elle demanda à Hood s'il voulait du café. Il était assis par terre, adossé au canapé, les jambes tendues. Il avait déplié une carte d'état-major sur ses cuisses et examinait un carré. Il leva la tête et battit des paupières, comme si la lumière l'étonnait.

– Avec plaisir, dit-il.

Quand elle revint avec les tasses, elle lui parla de Ranald Marr. L'expression de son visage se fit ironique.

– Tu gardais ça pour toi, hein ?

– J'ai pensé que ça pouvait attendre demain matin.

Sa réponse ne parut pas le satisfaire et il prit le café avec un grognement en guise de merci. Siobhan sentit la colère s'emparer à nouveau d'elle. C'était son appartement. Qu'est-ce qu'il faisait ici ? La place du travail était au bureau, pas dans son salon. Pourquoi n'avait-il pas téléphoné pour lui demander de le rejoindre chez lui ? Plus elle y réfléchit, plus elle fut confortée dans l'idée qu'elle ne connaissait pas vraiment Grant. Elle avait déjà travaillé avec lui ; ils avaient assisté à des réceptions, avaient bu au pub et partagé un dîner. À sa connaissance, il n'était sorti avec personne. À St Leonard's, plusieurs collègues du CID le surnommaient Go-Go Gadget, allusion à un dessin animé qui passait à la télévision. Il était en même temps un policier compétent et un objet de moqueries.

Il n'était pas comme elle. Il ne lui ressemblait pas du tout. Pourtant, elle partageait son temps libre avec lui. Elle le laissait transformer ce temps libre en travail.

Elle prit un des guides : *Handy Road Atlas Scotland*. Le carré B4 de la première page était l'île de Man. Bizarrement, cela l'irrita : l'île de Man n'est pas en Écosse. Le carré B4 de la page suivante était les Yorkshire Danes.

– Merde ! s'écria-t-elle.

– Qu'est-ce qu'il y a ?

– C'est comme si Bonnie Prince Charlie avait gagné la guerre [1].

Elle passa à la page suivante où B4 était le Mull of Kintyre mais, quand elle l'eut tournée, « Loch Fell » attira son regard. Elle examina plus attentivement le carré : la M74 et la ville de Moffat. Elle connaissait Moffat : une agglomération de carte postale avec au moins un bon hôtel, où elle avait déjeuné. En haut du carré un petit triangle indiquait une montagne. Elle s'appelait Hart Fell. Elle faisait huit cents mètres d'altitude.

– Le « hart » est une sorte de cerf, n'est-ce pas ?

Il se leva, la rejoignit.

– « Harts » et « hinds », dit-il. Le « hart » est le mâle.

– Pourquoi pas « stag » ?

– Le « hart » est plus âgé, je crois.

Il examina la carte, son épaule touchant le bras de Siobhan. Elle s'efforça de ne pas sursauter, mais ce fut difficile.

– Bon sang, dit-il, c'est en pleine cambrousse.

– C'est peut-être une coïncidence, suggéra-t-elle.

Il acquiesça, mais elle vit qu'il n'était pas convaincu.

– Carré B4, dit-il. Un « fell » est un « law ». Le « hart » est une sorte de cerf…

Il la regarda, secoua la tête et conclut :

– Ce n'est pas une coïncidence.

Siobhan alluma sa télé et la régla sur le télétexte.

– Qu'est-ce que tu fais ? demanda Hood.

– Je regarde quel temps il fera demain. Pas question que j'escalade Hart Fell sous la pluie.

---

1. Charles Edward Stuart, vaincu à Culloden en 1745.

Rebus était passé à St Leonard's, avait pris les notes concernant les quatre affaires : Glasgow, Dunfermline, Perth et Nairn.

– Ça va, inspecteur ? demanda un agent en tenue.

– Pourquoi ça n'irait pas ?

Il avait un peu bu, et alors ? Ça ne le rendait pas incompétent. Le taxi l'attendait dehors. Cinq minutes plus tard, il gravissait l'escalier conduisant à son appartement. Au terme de cinq autres minutes, il fumait une cigarette, buvait du thé et ouvrait le premier dossier. Il s'assit dans son fauteuil, près de la fenêtre, sa petite oasis au milieu du chaos. Il entendit une sirène, au loin ; probablement une ambulance filant dans Melville Drive. Il avait les portraits des quatre victimes, découpés dans les journaux. Les visages lui souriaient en noir et blanc. La bribe de poème lui revint en mémoire et il comprit que les quatre femmes avaient la même caractéristique en commun.

Elles étaient mortes parce qu'elles étaient disponibles.

Il punaisa les photos sur un tableau de liège. Il avait également une carte postale, achetée à la boutique du musée : trois des cercueils d'Arthur's Seat en gros plan, sur fond de ténèbres. Il retourna la carte postale et lut : « Personnages en bois à vêtements en tissu, dans des cercueils miniatures en sapin, provenant d'un groupe trouvé en 1836 dans une anfractuosité rocheuse du flanc nord-est d'Arthur's Seat. » Il se dit que la police de l'époque avait sûrement enquêté, donc il y avait vraisemblablement des documents quelque part. Mais dans quelle mesure était-elle organisée, alors ? Il n'y avait probablement pas d'équivalent du CID moderne. On se contentait sans doute d'examiner les yeux des victimes à la recherche de l'image du meurtrier. Pas très éloigné de la sorcellerie qui était une des théories expliquant l'existence des poupées. Les sorcières exerçaient-elles leur activité sur Arthur's Seat ? Il soupçonnait qu'elles auraient, aujourd'hui, une sorte de syndicat.

Il se leva et mit de la musique. Dr John, *The Night Tripper*. Puis il regagna la table, ayant allumé une nouvelle cigarette au mégot de la précédente. La fumée lui piqua les yeux et il les ferma. Quand il les rouvrit, sa vision ne devint que lentement nette. C'était comme si les portraits des quatre femmes se trouvaient derrière un rideau de mousseline. Il battit des paupières, secoua la tête, tenta de chasser la lassitude.

Quand il se réveilla, deux heures plus tard, il était toujours assis à la table, la tête sur les bras. Les portraits étaient toujours là, eux aussi, visages agités qui avaient envahi ses rêves.

– Je voudrais pouvoir faire quelque chose, leur dit-il en se levant afin de gagner la cuisine.

Il en revint avec une tasse de thé, avec laquelle il gagna le fauteuil proche de la fenêtre. Voilà, il affrontait une nuit de plus. Mais pourquoi ne se sentait-il pas joyeux ?

8

Rebus et Jean Burchill se promenaient sur Arthur's Seat. C'était une matinée ensoleillée, mais un petit vent froid soufflait. Il y avait des gens qui disaient qu'Arthur's Seat évoquait un lion sur le point de bondir. Du point de vue de Rebus, il ressemblait davantage à un éléphant ou à un mammouth : tête énorme et ronde dominant le cou, vaste torse.

– Au début, c'était un volcan, expliqua Jean, comme Castle Rock. Ensuite, il y a eu des fermes, des carrières et des chapelles.

– Les gens venaient se réfugier ici, n'est-ce pas ? dit Rebus, qui tenait à montrer ce qu'il savait.

Elle acquiesça.

– Les gens qui avaient des dettes devaient rester ici jusqu'au moment où ils avaient mis de l'ordre dans leurs affaires. Beaucoup de gens croient que le roi Arthur est à l'origine du nom.

– Ce n'est pas le cas ?

Elle secoua la tête.

– Il est plus probable que le nom vient du gaélique *Ard-na Said*, la colline des chagrins.

– C'est un nom réjouissant.

Elle sourit.

– Le parc en est plein : Pulpit Rock, Powderhouse

Corner. Qu'est-ce que vous diriez de Murder Acre et de Hangman's Crag[1] ?

– Où cela se trouve-t-il ?

– Près de Duddingston Loch et d'Innocent Railway.

– On l'a appelé comme ça parce qu'ils utilisaient des chevaux, pas des trains, exact ?

Elle sourit à nouveau.

– Possible. Il y a d'autres théories, dit-elle, et elle montra le loch. Samson's Ribs[2]. Les Romains avaient construit un fort ici. Vous croyiez peut-être que les Romains n'étaient pas allés si loin au nord ? ajouta-t-elle en lui adressant un regard malicieux.

Il haussa les épaules.

– L'histoire n'a jamais été mon fort. Est-ce qu'on sait où les cercueils ont été trouvés ?

– Les documents de l'époque sont vagues. « Les pentes nord-est d'Arthur's Seat », dit le *Scotsman*. Une petite ouverture dans un affleurement isolé. Je suis allée partout et je n'ai pas trouvé l'endroit. Le *Scotsman* indique également que les cercueils étaient disposés en deux rangées de huit et qu'une troisième était commencée.

– Comme si on avait l'intention d'en ajouter ?

Elle serra sa veste autour d'elle ; Rebus eut l'impression que ce n'était pas seulement le vent qui la faisait frissonner. Il pensait à Innocent Railway. C'était désormais un chemin réservé aux piétons et aux cyclistes. Environ un mois auparavant, quelqu'un y avait été agressé. Il estima que cette histoire ne risquait guère d'égayer sa compagne. Il aurait aussi pu lui parler des suicides et des seringues jetées sur le bas-côté. Même

---

1. Le Rocher de la chaire, la Poudrerie, l'Arpent du meurtre, l'À-pic du bourreau.

2. Les Côtes de Samson.

s'ils longeaient le même chemin, il savait qu'ils étaient dans des lieux différents.

– Je n'ai pratiquement que l'histoire à offrir, dit-elle soudain. Je me suis renseignée, mais personne ne semble s'être particulièrement intéressé aux cercueils, hormis quelques étudiants et touristes. Ils sont restés un temps dans une collection privée, puis ont été confiés à la Société des amateurs d'antiquités, qui les a donnés au musée.

Elle haussa les épaules et conclut :

– Je ne vous ai pas été très utile, n'est-ce pas ?

– Dans les affaires comme celle-ci, Jean, tout est utile. Si ça ne confirme pas quelque chose, ça peut contribuer à éliminer autre chose.

– J'ai l'impression que vous avez déjà dit ça.

Ce fut au tour de Rebus de sourire.

– C'est possible ; ça ne signifie pas que je ne suis pas sérieux. Êtes-vous libre, dans la journée ?

– Pourquoi ?

Elle tripotait son nouveau bracelet, celui qu'elle avait acheté à Bev Dodds.

– Je vais montrer nos cercueils du XXe siècle à un spécialiste. Un peu d'histoire pourrait s'avérer utile.

Il s'interrompit, regarda Édimbourg.

– Bon sang, dit-il, quelle belle ville, hein ?

Elle le dévisagea.

– Est-ce que vous dites ça parce que vous croyez que c'est ce que j'ai envie d'entendre ?

– Comment ?

– L'autre soir, quand je me suis arrêtée sur North Bridge, j'ai eu l'impression que la vue ne vous touchait pas.

– Je regarde, mais je ne vois pas toujours. En ce moment je vois.

Ils étaient sur le flanc ouest de la colline, et moins de

la moitié de la ville s'étendait à leurs pieds. Rebus savait que, plus haut, il en aurait une vue à 360 degrés. Mais celle-ci suffisait : clochers et cheminées, pignons effilés avec les Pentland Hills au sud et le Firth of Forth au nord, la côte de Fife visible au-delà.

– C'est bien possible, en plus, dit-elle.

Et, souriante, elle se pencha et se dressa sur la pointe des pieds pour l'embrasser sur la joue.

– Autant se débarrasser de ça, souffla-t-elle.

Rebus sourit, ne trouva rien à dire jusqu'au moment où elle frissonna une nouvelle fois et déclara qu'elle avait froid.

– Il y a un café derrière St Leonard's, dit Rebus. Et je vous invite. Pas par altruisme, bien entendu, mais parce que j'ai un grand service à vous demander.

Elle éclata de rire, mit la main devant la bouche et s'excusa.

– Qu'est-ce que j'ai dit ? demanda-t-il.

– Gill m'a avertie que ça arriverait, c'est tout. D'après elle, si je continuais de vous voir il fallait que je me prépare au « grand service ».

– Ah bon ?

– Et elle avait raison, n'est-ce pas ?

– Pas entièrement. C'est un énorme service que je demande, pas seulement un grand…

Siobhan portait un gilet, un polo et un pull en V en pure laine. Elle avait un vieux pantalon de velours épais glissé, aux chevilles, dans deux paires de chaussettes. Elle avait ciré ses vieilles chaussures de marche et elles semblaient aller. Il y avait des années qu'elle n'avait pas mis sa veste Barbour mais ne voyait pas de meilleure occasion de le faire. Elle avait en outre un bonnet à pompon et un sac à dos contenant un parapluie, son mobile, une bouteille d'eau et une Thermos de thé sucré.

– Tu es sûre que tu as assez de matériel ? blagua Hood.

Il portait un jean et des chaussures de sport. Son coupe-vent jaune semblait flambant neuf. Il leva le visage vers le soleil et les rayons se reflétèrent sur ses lunettes noires. Ils avaient garé la voiture sur une aire de stationnement. Il y avait une clôture, puis un pré dont la pente, d'abord douce, s'accentuait brutalement. La partie la plus abrupte était nue, à l'exception de quelques genêts et de rochers.

– Qu'est-ce que tu en penses ? demanda Hood. Une heure pour atteindre le sommet ?

Siobhan mit son sac à dos sur ses épaules.

– Avec un peu de chance.

Les moutons les regardèrent franchir la clôture. Un fil de fer barbelé parsemé de touffes de laine grise la longeait. Hood fit la courte échelle à Siobhan, puis sauta par-dessus en prenant appui sur un pieu.

– C'est plutôt une belle journée pour une excursion, dit-il quand ils commencèrent l'ascension. Tu crois que Flip est venue jusqu'ici toute seule ?

– Je ne sais pas, reconnut Siobhan.

– À mon avis, ce n'était pas le genre. Elle aurait jeté un coup d'œil sur la colline et serait remontée dans sa Golf GTI.

– À ceci près qu'elle n'avait pas de voiture.

– C'est juste. Dans ce cas, comment serait-elle venue ici ?

Ce qui était également juste : ils étaient vraiment en pleine cambrousse, où les villages étaient rares et éloignés les uns des autres, quelques maisons isolées et fermes constituant les seules indices d'occupation. Ils n'étaient qu'à soixante kilomètres d'Édimbourg, mais la ville faisait déjà l'effet d'un vieux souvenir. Siobhan estima que rares étaient les autocars qui passaient par là. Si Flip était venue, elle avait eu besoin d'aide.

– Peut-être un taxi, dit-elle.

– Pas une course dont on risque d'oublier le prix.

– Non.

Malgré l'appel au public et les nombreux portraits de Flip parus dans les journaux, aucun chauffeur de taxi ne s'était présenté.

– Peut-être un ami, ajouta-t-elle, quelqu'un dont on n'a pas encore trouvé la trace.

– Possible.

Mais Hood semblait sceptique. Elle remarqua qu'il était déjà essoufflé. Quelques minutes plus tard, il enleva son coupe-vent, le plia et le glissa sous son bras.

– Je ne comprends pas comment tu peux supporter tout ça, dit-il.

Elle ôta son bonnet et ouvrit la fermeture à glissière de sa veste.

– C'est mieux comme ça ? demanda-t-elle.

Il se contenta de hausser les épaules.

Finalement, à l'endroit où la pente était la plus abrupte, ils en furent réduits à se cramponner avec les mains tandis que leurs pieds cherchaient des points d'appui, le sol friable cédant sous eux. Siobhan s'arrêta pour se reposer, s'assit, les genoux fléchis et les talons enfoncés dans le sol. Elle but une gorgée d'eau.

– Tu es déjà claquée ? demanda Hood, trois ou quatre mètres au-dessus d'elle.

Elle lui proposa la bouteille, mais il secoua la tête et se remit à monter. Elle voyait la sueur briller dans sa chevelure.

– Ce n'est pas une course, Grant, cria-t-elle.

Trente secondes plus tard, elle se leva et le suivit. Il la distançait. Et on viendra parler de travail d'équipe, pensa-t-elle. Il était comme pratiquement tous les hommes qu'elle avait connus : impatient et vraisemblablement incapable d'expliquer pourquoi. C'était probablement davantage de l'ordre de l'instinct, d'un besoin fondamental dépassant le rationnel.

La pente se fit un peu moins abrupte. Hood se redressa, les mains sur les hanches, et admira le paysage tout en se reposant. Siobhan le vit pencher la tête et tenter de cracher, mais sa salive était trop visqueuse. Elle forma un filet qui resta collé à ses lèvres et refusa de tomber. Il sortit son mouchoir de sa poche et l'essuya. Quand elle le rejoignit, elle lui tendit la bouteille.

– Tiens, dit-elle.

Elle crut qu'il allait refuser, mais il but finalement une gorgée d'eau.

– Ça se couvre, constata-t-elle.

Siobhan s'intéressait davantage au ciel qu'au paysage. Les nuages étaient épais et de plus en plus noirs. Bizarre comme le temps peut changer rapidement en Écosse. La température avait baissé de trois ou quatre degrés, peut-être plus.

– Peut-être une averse, ajouta-t-elle.

Hood se contenta de hocher la tête et lui rendit la bouteille.

Elle jeta un coup d'œil sur sa montre et constata qu'ils marchaient depuis vingt minutes. De ce fait, ils se trouvaient à un quart d'heure de la voiture, dans la mesure où la descente serait plus rapide que la montée. Elle leva la tête, estima que le reste du trajet leur prendrait encore quinze ou vingt minutes. Hood souffla avec bruit.

– Ça va ? demanda-t-elle.

– Excellent exercice, dit-il d'une voix rauque.

Puis il reprit l'ascension. Il y avait des taches de sueur sur le dos de son sweat-shirt bleu foncé. Il allait probablement l'enlever d'une minute à l'autre et ne porterait que son T-shirt quand le temps changerait. Et, effectivement, il s'arrêta et s'en débarrassa.

– Il commence à faire froid, dit-elle.

– Mais j'ai chaud.

Il noua les manches de son sweat-shirt autour de sa taille.

– Au moins, remets ton coupe-vent.

– Je vais cuire.

– Mais non.

Il parut sur le point de protester, mais changea d'avis. La campagne qui les entourait était de moins en moins visible, occultée par des nuages bas ou du brouillard. Ou des averses qui approchaient.

Cinq minutes plus tard, il se mit à pleuvoir. D'abord de la bruine, puis un déluge de grosses gouttes. Siobhan remit son bonnet et Grant sa capuche. Le vent se levait, en plus, et des rafales les fouettèrent. Grant perdit l'équilibre, tomba sur un genou et jura. Pendant une dizaine de pas, il boita, une main crispée sur sa jambe.

– Tu veux qu'on s'arrête ? demanda-t-elle, certaine de sa réponse : le silence.

L'averse se fit plus violente mais, au loin, le ciel s'éclaircissait déjà. Elle ne durerait pas longtemps. Néanmoins, les jambes de Siobhan étaient trempées et son pantalon collait à sa peau. Les chaussures de sport de Grant émettaient des bruits de succion. Il était passé en pilotage automatique : regard fixe et pas d'autre idée en tête qu'atteindre le sommet, quoi qu'il en coûte.

Quand ils eurent gravi la dernière pente abrupte, le sol devint plus plat. Ils étaient arrivés au sommet. La pluie cessait. À six mètres d'eux se dressait un cairn. Siobhan savait que les randonneurs y ajoutaient souvent une pierre quand ils terminaient une ascension. C'était peut-être ainsi que le cairn avait été édifié.

– Comment ça, pas de restaurant ? dit Grant, accroupi pour reprendre son souffle.

Il ne pleuvait plus, un rayon de soleil fendait les nuages et plongeait la campagne environnante dans une lueur étrange. Il frissonnait, mais la pluie avait coulé sur son coupe-vent et son sweat-shirt était trempé. Son jean était maintenant d'un bleu plus foncé, humide.

– Il y a du thé chaud, si tu veux, proposa Siobhan.

Il acquiesça et elle lui en servit une tasse. Il but à petites gorgées, les yeux fixés sur le cairn.

– Est-ce que ce qu'on va trouver nous fait peur ? demanda-t-il.

– On ne trouvera peut-être rien.

Il admit cela d'un hochement de tête.

– Va voir, dit-il.

Alors elle revissa le bouchon de la Thermos, gagna le cairn, en fit le tour. Une simple pile de pierres et de cailloux.

– Il n'y a rien, dit-elle.

Elle se mit à quatre pattes et regarda plus attentivement.

– Il y a forcément quelque chose, dit Grant, qui se redressa et la rejoignit. Nécessairement.

– S'il y a quelque chose, c'est bien caché.

Il posa le pied contre le cairn, puis poussa, le démolit. Il se mit à genoux, fouilla les ruines. Son visage était crispé, ses dents découvertes. Bientôt, la pile de pierres fut complètement détruite. Siobhan ne s'y intéressait plus, cherchait d'autres possibilités du regard, n'en trouvait aucune. Grant fourra la main dans la poche de son coupe-vent, en sortit les deux sachets en plastique qu'il avait apportés. Il les mit sous la pierre la plus grosse et entreprit de reconstituer le cairn. Il n'avait guère avancé quand il s'effondra.

– Laisse tomber, Grant, dit Siobhan.

– Foutue putain de connerie ! s'écria-t-il.

Elle se demanda à qui s'adressaient ces propos.

– Grant, dit-elle sans élever la voix, le temps redevient menaçant. Descendons.

Il semblait ne pas vouloir partir. Il s'assit, les jambes droites, appuyé sur ses bras tendus derrière lui.

– On s'est trompés, dit-il, presque en larmes.

Siobhan le fixa, convaincue qu'elle devait le persuader de descendre. Il était mouillé, avait froid et ne se contrôlait plus. Elle s'accroupit devant lui.

– Il faut que tu sois fort, Grant, dit-elle, les mains posées sur ses genoux. Si tu craques, tout est fichu. On forme une équipe, n'oublie pas.

– Une équipe, répéta-t-il.

Siobhan hocha la tête.

– Donc agissons comme les membres d'une équipe et descendons.

Il fixait les mains de Siobhan. Il tendit les siennes, les posa dessus. Elle se redressa, l'entraîna.

– Viens, Grant.

Ils étaient maintenant debout et il ne la quittait pas des yeux.

– Tu te souviens de ce que tu as dit ? demanda-t-il. Quand on cherchait une place de stationnement dans Victoria Street ?

– Qu'est-ce que j'ai dit ?

– Tu as demandé pourquoi il fallait toujours que je respecte les règles…

– Grant…

Elle veilla à ce que son expression exprime davantage la sympathie que la pitié.

– Ne gâchons pas tout, dit-elle en tentant de dégager ses mains.

– Gâcher quoi ? demanda-t-il d'une voix morne.

– On forme une équipe, répéta-t-elle.

– C'est tout ?

Il la regardait fixement et elle hocha la tête. Elle continua tandis qu'il lâchait lentement ses mains. Siobhan pivota sur elle-même dans l'intention d'entreprendre la descente. Elle n'avait pas fait cinq pas quand Grant la dépassa à toute vitesse, courant sur la pente comme un possédé. Il perdit une ou deux fois l'équilibre, mais n'interrompit pas sa course.

– Dis-moi que ce n'est pas de la grêle ! cria-t-il à un moment donné.

Mais c'en était et elle fouetta le visage de Siobhan tandis qu'elle tentait de le rattraper. Puis Grant accrocha son coupe-vent au fil de fer barbelé, tandis qu'il sautait par-dessus la clôture, et déchira l'ourlet. Il jurait et était rouge quand il aida Siobhan à la franchir. Ils montèrent dans la voiture et restèrent immobiles une minute entière, reprirent leur souffle. Le pare-brise se couvrant de buée, Siobhan entrouvrit sa vitre. L'averse de grêle cessa. Le soleil réapparut.

– Saloperie de climat écossais, cracha Grant. Pas étonnant qu'on ait les cheveux près du bonnet.

– Ah bon ? Je ne m'en étais pas aperçue.

Il eut un bref rire ironique, mais sourit aussi. Siobhan le fixa, dans l'espoir que tout irait bien entre eux. Compte tenu de son attitude, c'était comme s'il ne s'était rien passé au sommet de la colline. Elle enleva sa veste Barbour et la jeta sur la banquette arrière. Grant se débarrassa de son coupe-vent. Son T-shirt dégageait de la vapeur d'eau. Siobhan sortit le portable de sous le siège, y brancha son mobile et alluma la machine. Le signal du réseau était faible, mais ferait l'affaire.

– Dis-lui que c'est un salaud, suggéra Grant.

– Je suis sûre que ça lui fera plaisir.

Siobhan entreprit de taper le message et Grant se pencha afin de le lire.

Je viens de gravir Hart Fell. Pas trace de l'énigme suivante. Aurais-je mal compris ?

Elle cliqua sur Envoyer et attendit, se servit une tasse de thé. Grant tirait sur le tissu de son jean, qui collait à sa peau.

– Dès qu'on roulera, je mettrai le chauffage, dit-il.

Elle acquiesça, lui offrit du thé, qu'il accepta.

– À quelle heure avons-nous rendez-vous avec le banquier ? demanda-t-il.

Elle jeta un coup d'œil sur sa montre.

– Dans deux heures. On aura le temps d'aller se changer.

Grant regarda l'écran.

– Il n'est pas là, hein ?

Siobhan haussa les épaules et Grant lança le moteur de l'Alfa. Ils roulèrent en silence, le ciel s'éclaircissant devant eux. Il apparut bientôt que la pluie était très localisée. Quand ils atteignirent Innerleithen, la chaussée était parfaitement sèche.

– Je me demande si on n'aurait pas mieux fait de prendre l'A701, fit Grant, songeur. L'ascension est peut-être plus facile par l'est.

– Ça n'a plus d'importance, dit Siobhan.

Elle voyait bien qu'il pensait toujours à Hart Fell. Soudain, le portable annonça qu'il y avait du courrier. Elle cliqua, mais c'était une invitation à visiter un site porno.

– Ce n'est pas la première fois, indiqua-t-elle à Grant. Ça m'amène à me demander ce que tu trafiquais avec cet ordinateur.

– Les noms sont choisis au hasard, dit-il tandis que son cou rougissait. Je crois qu'il y a un système qui indique que tu es en ligne.

– Je te crois.

– C'est vrai !

– D'accord, d'accord, je te crois vraiment.

– *Jamais* je ne ferais ça, Siobhan.

Elle acquiesça mais garda le silence. Ils arrivaient dans les faubourgs d'Édimbourg quand le message suivant fut annoncé. Cette fois c'était Quizmaster. Grant s'arrêta sur le bas-côté et coupa le moteur.

– Qu'est-ce qu'il dit ?

– Jette un coup d'œil.

Elle inclina le portable dans sa direction. Ils formaient une équipe, après tout...

Hart Fell suffisait. Vous n'aviez pas besoin de monter au sommet.

– Salaud, cracha Grant.

Siobhan tapa sa réponse. *Flip le savait-elle ?* Il y eut un intervalle d'environ deux minutes, puis : *Vous êtes à deux coups du Bord de l'enfer. L'énigme vous parviendra dans dix minutes environ. Vous avez vingt-quatre heures pour trouver la solution. Voulez-vous continuer ?*

Siobhan se tourna vers Grant.

– Réponds oui, dit-il.

– Pas tout de suite, fit-elle en soutenant son regard quand il la fixa, avant d'ajouter : Je me disais qu'il a peut-être autant besoin de nous que nous de lui.

– Pouvons-nous prendre ce risque ?

Mais elle tapait déjà : *Il faut que je sache... Flip se faisait-elle aider ? Qui d'autre jouait ?*

Sa réponse fut immédiate : *Dernière fois que je pose la question : voulez-vous continuer ?*

– Il ne faut pas qu'on le perde, dit Grant.

– Il savait que j'irais au sommet de la colline. Et il savait probablement que Flip ne le ferait pas. (Siobhan se mordilla la lèvre inférieure.) Je crois qu'on peut le bousculer encore un peu.

– Nous sommes à deux énigmes du Bord de l'enfer. Flip n'est pas allée plus loin.

Siobhan hocha la tête, puis se mit à taper : *Je poursuis jusqu'au niveau suivant mais dites-moi, s'il vous plaît, si quelqu'un aidait Flip.*

Grant resta immobile et retint son souffle. Il n'y eut pas de réponse. Siobhan regarda sa montre.

– Il a dit dix minutes.

– Tu aimes jouer, n'est-ce pas ?

– Que serait la vie si on ne prenait jamais de risques ?

– Une expérience beaucoup plus agréable et beaucoup moins stressante.

Elle se tourna vers lui.

– Tout ça alors que tu aimes la course ?

Il essuya le pare-brise couvert de condensation.

– Si Flip n'avait pas besoin d'aller au sommet de Hart Fell, elle n'avait peut-être pas besoin de se déplacer du tout. En fait, pourrait-elle avoir résolu l'énigme chez elle ?

– Ce qui veut dire ?

– Qu'elle ne serait pas allée dans des endroits où il risquait de lui arriver quelque chose.

Siobhan acquiesça.

– L'énigme suivante nous l'indiquera peut-être.

– S'il y a une énigme suivante.

– *You gotta have faith* [1], chanta-t-elle.

– C'est exactement ce que la foi est pour moi : une chanson de George Michael.

Le portable annonça qu'il y avait un message. Grant se pencha une nouvelle fois afin de le lire.

A corny beginning where the mason's dream ended [2].

Tandis qu'ils assimilaient, un deuxième message

---

1. Faut avoir la foi.
2. Un début banal au terme du rêve du maçon.

arriva : *Je ne crois pas que Flipside se faisait aider. Est-ce que quelqu'un vous aide, Siobhan ?*

Elle tapa « non » et cliqua sur Envoyer.

– Pourquoi tu ne veux pas qu'il sache ? demanda Grant.

– Parce qu'il pourrait changer les règles ou même se vexer. Il dit que Flip jouait seule, il faut qu'il croie que je suis dans le même cas. Ça te pose un problème ?

Grant réfléchit pendant quelques instants, puis secoua la tête.

– Que signifie cette énigme ?

– Je n'en ai pas la moindre idée. Je suppose que tu n'es pas maçon ?

Il secoua une nouvelle fois la tête.

– Je n'ai jamais vraiment saisi les occasions d'y entrer. Tu sais où on pourrait en trouver un ?

Siobhan sourit.

– Dans la police de Lothian and Borders ? Je ne crois pas que ça nous posera un gros problème…

Les cercueils étaient arrivés à St Leonard's, ainsi que les rapports d'autopsie. Il n'y avait qu'un petit problème : le cercueil de Falls était en possession de Steve Holly. Bev Dodds le lui avait donné afin qu'il soit possible de le photographier. Rebus décida de se rendre au bureau de Holly. Il prit sa veste et s'approcha de la table de travail située en face, où Ellen Wylie semblait s'ennuyer et Donald Devlin était penché sur le contenu d'un mince dossier.

– Il faut que je sorte, expliqua-t-il.

– Vous avez de la chance. Vous avez besoin de compagnie ?

– Occupez-vous de M. Devlin. Je n'en ai pas pour longtemps.

Devlin leva la tête.

– Et où vous entraînent vos pérégrinations ?

– Il faut que je voie un journaliste.

– Ah, notre quatrième pouvoir, en butte à toutes les moqueries.

La façon dont Devlin s'exprimait commençait à agacer Rebus. Et il n'était pas le seul, si on pouvait se fier à l'expression de Wylie. Elle s'installait toujours aussi loin que possible du professeur, du côté opposé de la table si c'était possible.

– Je ferai aussi vite que possible, ajouta-t-il dans l'espoir de la rassurer mais, tandis qu'il s'éloignait, il sentit son regard sur lui jusqu'à la porte.

Devlin posait un autre problème : il était presque trop zélé. La possibilité d'être à nouveau utile l'avait fait rajeunir de plusieurs années. Il adorait les rapports d'autopsie, en récitait des passages à voix haute et chaque fois que Rebus était occupé, ou tentait de se concentrer, Devlin avait inévitablement une question à poser. Une fois de plus, Rebus maudit Gates et Curt. Wylie avait résumé la situation dans une question posée à Rebus : « Dites-moi, avait-elle demandé, il nous aide ou on l'aide ? Si j'avais voulu m'occuper de vieillards, j'aurais posé ma candidature dans une maison de retraite… »

Dans sa voiture, Rebus tenta de ne pas compter les pubs devant lesquels il passa sur le chemin du centre.

Les bureaux du tabloïd de Glasgow se trouvaient au dernier étage d'une rénovation de Queen Street, à deux pas de la BBC. Rebus tenta sa chance, se gara en stationnement interdit devant l'immeuble. Le portail était ouvert. Il gravit les trois étages et tira la porte vitrée donnant sur une réception exiguë, où une standardiste lui adressa un sourire tout en prenant un appel.

– Il est absent pour la journée. Avez-vous le numéro de son mobile ?

Ses courts cheveux blonds étaient glissés derrière ses oreilles. Elle portait un casque noir constitué d'une oreillette et d'un micro. Elle remercia, coupa la communication et en prit aussitôt une autre. Elle ne regarda pas Rebus, mais leva un doigt afin de lui faire comprendre qu'elle ne l'oubliait pas. Il chercha des yeux un endroit où s'asseoir, mais il n'y avait pas de chaises, seulement un caoutchouc apparemment épuisé, qui devenait rapidement trop gros pour le pot qui le contenait.

– Il est absent pour la journée, dit-elle au nouveau correspondant. Avez-vous le numéro de son mobile ?

Elle le donna, puis coupa la communication.

– Désolée, dit-elle à Rebus.

– Je viens voir Steve Holly, mais j'ai l'impression que je sais ce que vous allez dire.

– Il est absent pour la journée.

Rebus acquiesça.

– Avez-vous son…

– Oui.

– Il attendait votre visite ?

– Je ne sais pas. Je viens chercher la poupée, s'il n'en a plus besoin.

– Ah, cette horreur. (Elle frissonna ostensiblement.) Il l'a mise sur ma chaise ce matin. L'idée que se fait Steve d'une bonne blague.

– Je suis sûr que vous ne voyez pas passer le temps.

Elle sourit à nouveau, heureuse de participer à ce petit complot contre son collègue.

– Je crois qu'elle est dans son bureau.

Rebus hocha la tête.

– Les photos sont faites ?

– Oh, oui.

– Dans ce cas je pourrais peut-être…

Du pouce, il montra l'endroit où, supposait-il, se trouvait le bureau de Holly.

– Pourquoi pas ?

Le téléphone sonnait à nouveau.

– Je vous laisse travailler, dit Rebus, qui pivota sur lui-même comme s'il savait exactement où il allait.

Ce fut très facile. Il n'y avait que quatre « bureaux », tables de travail séparées par des cloisons mobiles. La pièce était vide. Le petit cercueil se trouvait près du clavier de Holly et deux Polaroid étaient posés dessus. Rebus s'adressa des félicitations : c'était le meilleur scénario possible. Si Holly avait été là, il aurait fallu esquiver des questions et l'entrevue ne se serait peut-être pas bien passée. Il profita de l'occasion pour jeter un coup d'œil dans le bureau. Des numéros de téléphone et des coupures de journal étaient punaisés aux murs et un Scooby Doo de cinq centimètres de haut était collé sur le moniteur. Un éphéméride couvert de griffonnages sur la page d'une date dépassée depuis trois semaines. Un minimagnétophone dont le logement réservé aux piles était ouvert et vide. Un gros titre de journal était collé sur le flanc du moniteur : « Super Cally au septième ciel, les Celtics atroces [1] ». Rebus esquissa un sourire : c'était un classique moderne appliqué à un match de football. Peut-être Holly était-il un fan des Rangers, peut-être aimait-il simplement les blagues. Il était sur le point de partir quand il vit le nom et le numéro de téléphone de Jean Burchill, sur le mur, près de la table de travail. Il l'arracha et le mit dans sa poche, puis il vit d'autres numéros dessous… le sien et celui de Gill Templer. Il y avait également d'autres noms : Bill Pryde, Siobhan Clarke, Ellen Wylie. Le journaliste avait les numéros personnels de Templer et de Clarke. Rebus ne pouvait

---

1. À l'occasion de la victoire du Caledonian Thistle d'Inverness (Cally), club de troisième division, face au prestigieux Celtic de Glasgow.

savoir si Holly en avait des doubles, mais il décida de tout prendre.

Dehors, il tenta de joindre Siobhan sur son mobile, mais un enregistrement lui indiqua que l'appareil n'était pas accessible. Il y avait une contravention sur sa voiture et pas la moindre trace du préposé. On les surnommait « Blue Meanies », en raison de leur uniforme. Rebus, qui était probablement la seule personne ayant vu *Yellow Submarine* sans avoir pris de drogue, appréciait ce surnom à sa juste valeur mais maudit tout de même la contravention, qu'il fourra dans la boîte à gants. Il fuma une cigarette en regagnant St Leonard's au pas. Il y avait maintenant de nombreuses rues qu'on ne pouvait emprunter dans le sens qu'on souhaitait. Dans l'impossibilité de prendre Princes Street à gauche et la circulation étant arrêtée sur Waverley Bridge en raison de travaux, il finit par prendre The Mound, qu'il quitta à Market Street. Il avait mis Janis Joplin sur la stéréo, *Buried Alive in the Blues*. C'était sûrement préférable à une existence de mort vivant dans les rues d'Édimbourg.

Quand il arriva au bureau, Ellen Wylie semblait avoir de bonnes raisons de chanter le blues, elle aussi.

– Une petite balade vous plairait ? demanda Rebus.

Son visage s'éclaira.

– Où ?

– Vous êtes également invité, professeur.

– Voilà qui semble très énigmatique.

Devlin ne portait pas un gilet ce jour-là, mais un pull à col en V, trop ample sous les bras mais trop court dans le dos.

– S'agirait-il d'une sorte de voyage mystérieux [1] ?

---

1. *Mystery Tour*, allusion à *Magical Mystery Tour*, autre film des Beatles.

– Pas exactement. Nous allons au siège d'une entreprise de pompes funèbres.

Wylie le dévisagea.

– Vous blaguez.

Mais Rebus secoua la tête et montra les cercueils disposés sur son bureau.

– Quand on a besoin de l'avis d'un spécialiste, dit-il, il faut s'adresser à un spécialiste.

– De toute évidence, reconnut Devlin.

L'entreprise de pompes funèbres se trouvait à quelques minutes de marche de St Leonard's. La dernière fois que Rebus était allé dans ce type d'établissement, c'était à l'occasion du décès de son père. Il s'était avancé, avait touché le front du vieillard, comme son père le lui avait enseigné à la mort de sa mère : *Si tu les touches, Johnny, tu n'auras plus jamais peur des morts*. Quelque part, en ville, Conor Leary était dans sa boîte. La mort et les impôts : ce que tout le monde partage. Mais Rebus avait connu des délinquants qui n'avaient jamais payé un centime d'impôts. Peu importait : le moment venu leur boîte les attendrait.

Jean Burchill était arrivée. Assise à la réception, elle se leva, comme si elle était heureuse d'avoir de la compagnie. L'atmosphère était sombre, malgré les bouquets de fleurs fraîches. Les murs étaient lambrissés et il flottait une faible odeur de cire. Vaguement, Rebus se demanda si l'entreprise qui fournissait les couronnes leur faisait un prix pour les fleurs coupées. Les poignées de porte en cuivre luisaient. Il y avait des dalles de marbre au sol, noires et blanches, comme les cases d'un échiquier. Rebus fit les présentations. Tout en serrant la main de Jean, Devlin demanda :

– Et que conservez-vous, au juste ?

– Le XIXe siècle, répondit-elle. Les systèmes de croyances, les préoccupations sociales…

– Mme Burchill nous aide d'un point de vue historique, dit Rebus.

– Je ne suis pas sûr de comprendre.

Devlin se tourna vers elle, attendit une explication.

– J'ai organisé l'exposition des cercueils d'Arthur's Seat.

Devlin leva les sourcils.

– Comme c'est fascinant ! Et il pourrait y avoir un lien avec l'avalanche actuelle ?

– Je ne suis pas certaine qu'on puisse parler d'avalanche, fit remarquer Ellen Wylie. Cinq cercueils en trente ans.

Devlin parut ébahi. Peut-être était-il rare qu'on lui fasse des remarques sur son vocabulaire. Il dévisagea Wylie, puis se tourna vers Rebus.

– Mais il y a un lien historique ?

– On ne le sait pas. On vient ici dans l'espoir de le déterminer.

La porte donnant sur l'intérieur s'ouvrit et un homme apparut. Âgé d'une cinquantaine d'années, il portait un costume sombre, une chemise blanche amidonnée et une cravate grise luisante. Ses cheveux étaient courts et argentés, son visage long et pâle.

– Monsieur Hodges ? demanda Rebus.

L'homme confirma en s'inclinant légèrement. Rebus lui serra la main et reprit :

– Nous nous sommes entretenus par téléphone. Je suis l'inspecteur Rebus.

Puis il présenta les autres.

– C'est, dit Hodges presque dans un murmure, une des choses les plus remarquables qu'on m'ait demandées. Cependant, M. Patullo vous attend dans mon bureau. Voulez-vous du thé ?

Rebus affirma qu'ils n'en avaient pas besoin et demanda à Hodges de les précéder.

– Comme je l'ai expliqué par téléphone, inspecteur, de nos jours, la majorité des cercueils est fabriquée pour ainsi dire à la chaîne. M. Patullo compte au nombre des rares menuisiers capables de réaliser un cercueil à la demande. Nous recourons à ses services depuis de nombreuses années, en tout cas depuis que j'appartiens à l'entreprise.

Le couloir qu'ils suivaient était lambrissé, comme la réception, mais ne recevait pas la lumière du jour. Hodges ouvrit une porte et les fit entrer dans une pièce. Le bureau était vaste et il y régnait un ordre parfait. Rebus se demanda ce qu'il s'attendait à trouver : des présentoirs de faire-part ou des catalogues de cercueils, peut-être. Mais l'absence d'indice était le seul indice du fait que le bureau fût celui d'un croque-mort. Elle allait au-delà de la discrétion. Il ne fallait pas rappeler aux clients le but de leur visite et Rebus supposait que le travail du croque-mort serait moins facile encore si les gens éclataient en sanglots toutes les deux minutes.

– Je vous laisse, dit Hodges, qui ferma la porte.

Il y avait des chaises pour tout le monde, mais Patullo resta debout près de la fenêtre opaque. Il avait une casquette plate en tweed, dont il tripotait la visière. Ses doigts semblaient noueux, leur peau semblable à du parchemin. Rebus estima que Patullo avait environ soixante-quinze ans. Il avait une abondante chevelure argentée et ses yeux étaient clairs, quoique méfiants. Mais il était voûté et sa main tremblait quand il prit celle que Rebus lui tendait.

– Monsieur Patullo, dit-il, je vous remercie sincèrement d'avoir accepté de nous rencontrer.

Patullo haussa les épaules et Rebus fit une nouvelle fois les présentations avant de dire à tout le monde de s'asseoir. Il sortit les cercueils d'un sac en plastique et les posa sur la surface impeccable du bureau de Hodges. Il y en avait quatre : ceux de Perth, Nairn, Glasgow, ainsi que celui, plus récent, de Falls.

– Je voudrais que vous jetiez un coup d'œil là-dessus, si vous voulez bien, dit Rebus, et que vous nous disiez ce que vous voyez.

– Je vois des petits cercueils.

La voix de Patullo était rauque.

– Je pense à la façon dont ils sont réalisés.

Patullo sortit ses lunettes de sa poche, puis se leva et s'immobilisa devant les objets.

– Vous pouvez les toucher, dit Rebus.

Patullo les prit, examina les couvercles et les poupées.

– Clous de tapissier et petits clous à bois, indiqua-t-il. Les jointures sont un peu frustes, mais compte tenu de la taille…

– Que voulez-vous dire ?

– On ne peut pas espérer des choses aussi fines que des queues-d'aronde. Vous voulez savoir s'ils ont été fabriqués par un menuisier ?

Rebus acquiesça.

– Je ne le crois pas. Un peu de savoir-faire, mais pas beaucoup. Les proportions sont inexactes et l'ensemble a une forme de diamant trop accentuée. (Il retourna les cercueils, examina leur partie inférieure.) Vous voyez les marques de stylo là où il a tracé les pièces ?

Rebus hocha la tête.

– Il a reporté les mesures et coupé avec une scie. Il n'a pas raboté, mais s'est contenté de papier de verre. Vous voulez savoir s'ils ont été fabriqués par la même personne ? demanda-t-il en regardant Rebus par-dessus les verres de ses lunettes.

Rebus acquiesça une nouvelle fois.

– Celui-ci est un peu plus grossier, dit Patullo, le cercueil de Glasgow dans une main. Et le bois est différent. Les autres sont en sapin, celui-ci est en balsa. Mais les jointures sont identiques, de même que les mesures.

– Donc vous affirmez qu'il s'agit de la même personne.

– Il ne faudrait pas que ma vie en dépende. (Patullo prit un autre cercueil.) Les proportions de celui-ci sont différentes. Les jointures ne sont pas aussi propres. Il a peut-être été exécuté plus rapidement, mais, à mon avis, quelqu'un d'autre l'a fabriqué.

Rebus regarda le cercueil. C'était celui de Falls.

– Donc il y a deux personnes distinctes ? dit Wylie.

Quand Patullo acquiesça, elle souffla et leva les yeux au ciel. L'éventualité de deux coupables multipliait le travail par deux et divisait les chances d'obtenir un résultat par deux.

– Un imitateur ? suggéra Rebus.

– Je n'en sais rien, reconnut Patullo.

– Ce qui nous amène à…

Jean Burchill glissa la main dans son sac et en sortit une boîte, qu'elle ouvrit. Elle contenait un des cercueils d'Arthur's Seat, enveloppé dans des mouchoirs en papier. Rebus lui avait demandé de l'apporter et elle le regarda dans les yeux, confirmant ce qu'elle lui avait dit au café, à savoir qu'elle risquait sa place. Si on apprenait qu'elle avait fait sortir un objet du musée, ou s'il arrivait quelque chose à cet objet… elle serait immédiatement renvoyée. Rebus hocha la tête, indiquant qu'il comprenait. Elle se leva et posa le cercueil sur le bureau.

– Il est fragile, dit-elle à Patullo.

Devlin s'était également levé et Wylie voulut aussi le voir de plus près.

– Bon sang, fit Devlin, est-ce que c'est ce que je crois ?

Jean se contenta de hocher la tête. Patullo ne toucha

pas le cercueil, mais se baissa jusqu'au moment où ses yeux furent au niveau du bureau.

– Je me demande, dit Rebus, si, à votre avis, les cercueils que vous venez de voir ont été réalisés sur le modèle de celui-ci.

Patullo se frotta la joue.

– C'est une conception beaucoup plus ordinaire. Il est bien exécuté, mais les flancs sont plus droits. Ce n'est pas la forme des cercueils d'aujourd'hui. Le couvercle est orné de clous à grosse tête.

Il se frotta une nouvelle fois la joue, puis se redressa en prenant appui sur le bord du bureau.

– Ce ne sont pas des copies, conclut-il. C'est tout ce que je peux vous dire.

– Je ne les ai jamais vus hors du musée, dit Devlin, qui avança d'un pas traînant afin de prendre la place de Patullo et adressa un large sourire à Jean Burchill. Vous savez, je crois savoir qui a pu les fabriquer.

Jean leva un sourcil.

– Qui ?

Devlin se tourna vers Rebus.

– Vous vous souvenez du portrait que je vous ai montré ? Celui du Dr Kennet Lovell ?

Quand Rebus eut acquiescé, il se tourna à nouveau vers Jean :

– C'est un des anatomistes qui a réalisé l'autopsie de Burke. Ensuite, je crois qu'il a porté le poids de la culpabilité liée à toute cette affaire.

Jean fut intéressée.

– Avait-il acheté des cadavres à Burke ?

Devlin secoua la tête.

– Rien n'indique qu'il l'ait fait. Mais, comme de nombreux anatomistes de l'époque, il est probable qu'il a acheté des cadavres sans poser de questions sur leur provenance. L'essentiel, ajouta Devlin, qui se passa la langue sur les lèvres, est que notre Dr Lovell s'intéressait également à la menuiserie.

– M. Devlin, dit Rebus à Jean, possède une table qu'il a fabriquée.

– Lovell était un homme bien, disait Devlin, et un bon chrétien.

– Ils étaient destinés à perpétuer la mémoire des morts ? demanda Jean.

Devlin haussa les épaules, regarda autour de lui.

– Je n'ai pas de preuve, bien entendu…

Il ne termina pas, comme s'il se rendait compte que son enthousiasme était ridicule.

– C'est une histoire intéressante, reconnut Jean, mais Devlin se contenta de hausser une nouvelle fois les épaules, comme s'il s'apercevait qu'on le traitait avec condescendance.

– Comme je l'ai dit, il est très bien fait, commenta Patullo.

– Il y a d'autres théories, dit Jean. Les cercueils d'Arthur's Seat ont peut-être été fabriqués par des sorcières ou des marins.

Patullo hocha la tête.

– Les marins savaient travailler le bois. Dans certains cas c'était une nécessité, dans d'autres c'était un passe-temps pendant les longues traversées.

– Bien, dit Rebus, merci encore de nous avoir consacré du temps, monsieur. Pouvons-nous charger quelqu'un de vous ramener chez vous ?

– Je me débrouillerai.

Ils se séparèrent et Rebus conduisit son groupe au Metropole, où ils commandèrent du café et s'installèrent dans un box.

– Un pas en avant, deux pas en arrière, dit Wylie.

– Comment ça ? demanda Rebus.

– S'il n'y a pas de lien entre les autres cercueils et celui de Falls, on est sur une mauvaise piste.

– Je ne suis pas d'accord, coupa Jean Burchill. Je m'avance peut-être trop, mais il me semble que la personne qui a déposé le cercueil à Falls a forcément trouvé l'idée quelque part.

– D'accord, dit Wylie. Mais il est beaucoup plus probable qu'elle l'a eue à l'occasion d'une visite au musée, n'est-ce pas ?

Rebus fixait Wylie.

– Vous voulez dire qu'on devrait laisser tomber les quatre affaires précédentes ?

– Je dis simplement qu'ils ne sont pertinents que dans la mesure où ils sont liés au cercueil de Falls, à supposer qu'il y ait un rapport entre lui et la disparition de Philippa Balfour. Et nous n'en sommes pas sûrs.

Rebus voulut dire quelque chose, mais elle n'avait pas terminé.

– Si nous informons la superintendante Templer de ça, ce que nous devrions faire, elle dira la même chose que moi. Nous nous éloignons de plus en plus de l'affaire Balfour.

Elle porta sa tasse à ses lèvres et but une gorgée de café.

Rebus se tourna vers Devlin, assis près de lui.

– Qu'est-ce que vous en pensez, professeur ?

– Rien pour le moment. Il semble clair que les deux femmes étaient vivantes quand elles sont tombées dans l'eau. Les deux cadavres présentent des plaies, mais ça n'a rien d'exceptionnel. Il y a des rochers dans la rivière, et la victime a pu se cogner la tête en tombant. En ce qui concerne la jeune femme de Nairn, les marées et les animaux marins font parfois des choses horribles aux corps, surtout s'ils restent quelque temps dans l'eau. Je regrette de ne pas pouvoir être plus utile.

– Tout est utile, dit Jean Burchill. Si ça ne confirme pas quelque chose, ça peut contribuer à éliminer autre chose.

Elle regarda Rebus dans l'espoir que la paraphrase de ses propos le ferait sourire, mais son esprit était ailleurs. Il se disait, avec inquiétude, que Wylie avait peut-être raison. Quatre cercueils déposés par la même personne, un par quelqu'un de complètement différent, pas de lien entre les deux. Cependant, il lui semblait qu'il y avait un lien. Mais ce n'était pas quelque chose qu'il pouvait espérer faire comprendre à une personne telle que Wylie. Il y avait des moments où l'instinct devait prendre le dessus, quel que soit le protocole. Rebus avait la sensation que c'était un de ces moments, mais doutait que Wylie accepte de le suivre sur ce terrain.

Et il ne pouvait pas le lui reprocher.

– Vous pourriez peut-être jeter un ultime coup d'œil sur les rapports, dit-il à Devlin.

– Volontiers, répondit le vieillard, qui inclina la tête.

– Et contacter les anatomo-pathologistes qui ont pratiqué les autopsies. Parfois, ils se souviennent de choses…

– Absolument.

Rebus se tourna vers Ellen Wylie.

– Vous devriez peut-être faire votre rapport à la superintendante Templer. Lui communiquer ce que nous avons fait. Je suis sûr qu'il y a du travail pour vous au sein de l'enquête principale.

Elle se redressa.

– Vous voulez dire que vous renoncez ?

Rebus eut un sourire las.

– Je n'en suis pas loin. Encore un ou deux jours.

– Pour faire quoi, au juste ?

– Me convaincre que c'est une impasse.

Jean, qui était du côté opposé de la table, le regarda et

il comprit qu'elle voulait lui offrir quelque chose, un réconfort quelconque : lui prendre la main, peut-être, ou lui adresser des paroles rassurantes. Il fut heureux qu'ils ne soient pas seuls et que ce geste soit, de ce fait, impossible. Sinon, il n'aurait pas pu s'empêcher de dire une bêtise, par exemple qu'il n'avait aucun besoin de réconfort.

Sauf si le réconfort et l'oubli n'étaient qu'une seule et même chose.

Boire dans la journée était spécial. Dans un bar, le temps cessait d'exister et, avec lui, le monde extérieur. Tant qu'on y restait, on se sentait immortel et sans âge. Et quand on sortait du crépuscule, qu'on entrait dans la lumière furieuse de l'après-midi, où les passants vaquaient à leurs affaires, le monde avait un éclat neuf. Après tout, les gens faisaient la même putain de chose depuis des siècles : ils bouchaient les trous de leur conscience grâce à l'alcool. Mais aujourd'hui… aujourd'hui Rebus ne boirait que deux verres. Il savait qu'il pourrait partir après le deuxième. Rester pour un troisième aurait signifié rester jusqu'à la fermeture ou jusqu'au moment où il tomberait. Mais deux… deux était un nombre acceptable.

Vodka et jus d'orange : ce n'était pas ce qu'il préférait, mais c'était sans odeur. Il pourrait rentrer à St Leonard's et personne ne s'en apercevrait. Mais le monde lui semblerait un peu moins tranchant. Quand son mobile sonna, il envisagea de ne pas tenir compte de lui, mais sa mélodie stridente dérangeait les autres consommateurs, et il appuya sur le bouton.

– Allô ?

– Laisse-moi deviner, dit la voix.

C'était Siobhan.

– Au cas où tu te poserais la question, je ne suis pas dans un pub.

Mais, au même moment, le jeune type qui se tenait devant le bandit manchot gagna et un déluge de pièces tomba à grand bruit.

– Qu'est-ce que tu disais ?

– J'ai un rendez-vous.

– Est-ce que les excuses finissent par s'améliorer ?

– Qu'est-ce que tu veux ?

– Il faut que je rencontre un maçon.

Il entendit mal.

– Il faut que tu rencontres un garçon ?

– Un franc-maçon. Tu sais, poignées de main bizarres, pantalon retroussé.

– Je ne peux pas t'aider. Je n'ai pas été reçu à l'examen.

– Mais tu en connais sûrement quelques-uns ?

Il réfléchit.

– Et même si c'était le cas ? Qu'est-ce que c'est que cette histoire ?

Elle lui lut la dernière énigme.

– Voyons, fit-il, qu'est-ce que tu dirais du Paysan ?

– Il en est ?

– Si on se fie à sa poignée de main.

– Tu crois que ça l'ennuierait si je lui téléphonais ?

– Au contraire. Maintenant tu vas me demander si j'ai son numéro personnel et, comme par hasard, tu as de la chance.

Il sortit son carnet et lui dicta le numéro.

– Merci, John.

– Comment ça va ?

– Ça va.

Rebus perçut une légère hésitation.

– Tout se passe bien avec Grant ?

– Oui, bien.

Rebus regarda les étagères chargées de bouteilles.

– Il est près de toi, hein ?

– C'est exact.

– Message reçu. On en reparlera plus tard. Oh, une seconde.

– Qu'est-ce qu'il y a ?

– Tu connais un nommé Steve Holly ?

– Qui est-ce ?

– Un journaliste.

– Ah, lui. Je crois qu'on a bavardé une ou deux fois.

– Il t'a appelée chez toi ?

– Ne dis pas de bêtises. C'est un numéro que je ne donne pratiquement à personne.

– Bizarre, il était punaisé au mur de son bureau.

Elle garda le silence.

– Tu as une idée de la façon dont il se l'est procuré ?

– Je suppose qu'il existe des moyens de le faire. Je ne lui donne pas d'informations ni rien de tel, si c'est ce que tu sous-entends.

– La seule chose que je sous-entends, Siobhan, c'est qu'il faut se méfier de lui. Il est aussi lisse qu'un étron qui vient d'être chié et il dégage la même odeur.

– Charmant. Il faut que je te laisse.

– Oui, moi aussi.

Rebus coupa la communication et vida son deuxième verre. Bon, voilà, le moment d'arrêter était venu. Mais la télé était sur le point de diffuser une autre course et l'alezan Long Day's Journey l'intéressait. Un troisième verre ne lui ferait peut-être pas de mal… Mais son téléphone se remit à sonner, il jura et sortit, plissa les paupières dans la lumière.

– Oui ? fit-il sèchement.

– Ça n'est pas très correct.

– Qui est à l'appareil ?

– Steve Holly. On s'est rencontrés chez Bev.

– Bizarre, j'étais justement en train de parler de vous.

– Je suis heureux qu'on se soit vus ce jour-là, sinon le portrait de Margot ne m'aurait pas permis de vous identifier.

Margot, la réceptionniste blonde qui portait un casque audio. Pas adepte du complot au point de ne pas dénoncer Rebus…

– De quoi parlez-vous ?

– Allons, Rebus, du cercueil.

– J'ai appris que vous n'en aviez plus besoin.

– C'est une pièce à conviction ?

– Non, je voulais simplement le rendre à Mme Dodds.

– C'est ça ! Il se passe quelque chose.

– Quelle perspicacité. Ce quelque chose est une enquête de police. En réalité, j'y suis en ce moment jusqu'au cou. Donc, si ça ne vous ennuie pas…

– Bev a mentionné d'autres cercueils…

– Vraiment ? Elle a sûrement mal entendu.

– Je ne crois pas.

Holly attendit, mais Rebus garda le silence.

– Bon, finit par dire le journaliste. On en reparlera plus tard.

On en reparlera plus tard, exactement ce que Rebus avait dit à Siobhan. Pendant une fraction de seconde, il se demanda si Holly avait espionné la conversation. Mais ce n'était pas possible. Quand la communication fut coupée, deux choses frappèrent Rebus. La première fut que Holly n'avait pas mentionné la disparition des numéros de téléphone punaisés sur le mur, signe qu'il ne s'en était probablement pas encore rendu compte. La deuxième était qu'il venait d'appeler Rebus sur son mobile, donc il connaissait le numéro. Normalement, Rebus communiquait celui de son pager de préférence à celui de son mobile. Il se demanda s'il l'avait donné à Bev Dodds…

La banque Balfour ne ressemblait pas du tout à une banque. Tout d'abord, elle était située dans Charlotte Square, un des quartiers les plus élégants de New Town. Dehors les gens, moroses, attendaient des bus inexistants mais, à l'intérieur, c'était totalement différent : moquette épaisse, escalier imposant, lustre énorme et murs d'un blanc éclatant, récemment peints. Il n'y avait pas de caisses, pas de files d'attente. Trois employés occupant des bureaux éloignés les uns des autres, afin que la discrétion soit assurée, se chargeaient des transactions. Ils étaient jeunes et bien habillés. D'autres clients, installés dans des fauteuils confortables, pouvaient choisir, avant d'être reçus, parmi les journaux et les revues disposés sur une table basse. L'atmosphère était éthérée : ici, on ne se contentait pas de respecter l'argent, on l'adorait. Siobhan pensa à l'intérieur d'un temple.

– Qu'est-ce qu'il a dit ? demanda Grant Hood.

Elle remit son mobile dans sa poche.

– Il croit qu'on devrait s'adresser au Paysan.

– C'est son numéro ?

Grant montra le carnet de Siobhan de la tête.

– Oui.

Elle avait indiqué P près du numéro, P pour Paysan. Elle s'arrangeait pour qu'il soit difficile d'identifier les adresses et les numéros de téléphone de son carnet, au cas où il tomberait entre de mauvaises mains. Elle était contrariée qu'un journaliste qu'elle connaissait à peine ait son numéro personnel. Il ne l'avait pas appelée, néanmoins…

– Tu crois que quelqu'un, ici, a un découvert ? demanda Grant.

– Les employés, peut-être. Les clients c'est moins sûr.

Une femme d'âge mûr entra par une porte qu'elle ferma silencieusement derrière elle. Elle ne fit aucun bruit quand elle se dirigea vers eux.

– M. Marr va vous recevoir.

Ils croyaient que la femme allait les conduire jusqu'à la porte, mais elle prit la direction de l'escalier. Sa démarche rapide lui permit de conserver quatre ou cinq pas d'avance : toute conversation était impossible. À l'extrémité du couloir de l'étage, elle frappa à une porte à double battant et attendit.

– Entrez !

Cet ordre ayant été donné, elle poussa les deux battants et fit signe aux enquêteurs d'entrer dans la pièce.

Elle était immense, comportait des fenêtres qui allaient du plancher au plafond, devant lesquelles des stores en lin étaient tirés. Il y avait une table de conférence en chêne ciré, où des stylos, des blocs et des carafes d'eau étaient disposés. Et un coin salon – canapé, fauteuil et une télé diffusant les fluctuations de la Bourse. Ranald Marr se tenait derrière son bureau, antiquité énorme, en noyer. Marr, lui aussi, était brun, son bronzage évoquant davantage les Caraïbes que les instituts de beauté de Nicolson Street. Un homme de haute taille avec des cheveux poivre et sel magnifiquement coupés. Il portait un costume croisé à fines rayures, presque sûrement sur mesure. Il condescendit à avancer pour les accueillir.

– Ranald Marr, dit-il alors que c'était inutile. (Puis, s'adressant à la femme :) Merci, Camille.

Elle ferma la porte derrière elle et Marr indiqua le canapé. Les deux policiers s'installèrent confortablement tandis que Marr s'asseyait dans le fauteuil assorti. Il croisa les jambes.

– Du nouveau ? demanda-t-il, une expression pleine de sollicitude sur le visage.

– L'enquête se poursuit, monsieur, indiqua Grant Hood.

Siobhan se força à ne pas adresser un regard oblique à son collègue : *l'enquête se poursuit*... elle se demanda dans quelle série télé Grant avait volé cette phrase.

– Nous sommes venus vous voir, monsieur Marr, dit-elle, parce que Philippa participait apparemment à une sorte de jeu de rôle.

– Vraiment ? fit Marr, qui parut déconcerté. Mais quel est le lien avec moi ?

– Nous avons entendu dire, monsieur, expliqua Grant, que vous aimiez, vous aussi, ce type de jeu.

– Ce type de... (Marr frappa dans ses mains.) Ah, je vois ce que vous voulez dire maintenant. Mes soldats. (Il plissa le front.) Est-ce que Flip se consacrait à ça ? Elle n'a jamais semblé s'intéresser...

– Il s'agit d'un jeu où des énigmes sont proposées au joueur, qui doit les résoudre pour atteindre le niveau suivant.

– Ça n'a rien à voir, assura Marr qui posa énergiquement les mains sur les genoux et se leva. Venez, je vais vous montrer.

Il gagna son bureau et prit une clé dans un tiroir.

– Par ici, ajouta-t-il avec brusquerie en ouvrant la porte du couloir.

Il les précéda jusqu'en haut de l'escalier, mais s'engagea dans un autre, plus étroit, qui conduisait au deuxième étage.

– Par là.

Siobhan constata qu'il boitait légèrement. Il le cachait bien, mais c'était perceptible. Sans doute aurait-il dû utiliser une canne, mais elle était convaincue que sa vanité ne pouvait l'y autoriser. Elle perçut un parfum d'eau de

Cologne. Pas d'alliance. Quand il glissa la clé dans la serrure, elle nota que sa montre était un modèle très sophistiqué à bracelet en cuir assorti à son bronzage.

Il ouvrit la porte et les précéda. Un drap noir étant tendu devant la fenêtre, il alluma les plafonniers. La pièce était moitié moins grande que son bureau et une sorte de table y occupait l'essentiel de l'espace. C'était une maquette d'environ six mètres de long sur trois de large : collines verdoyantes, bande bleue d'une rivière. Il y avait des arbres ainsi que des bâtiments en ruine et deux armées couvraient la plus grande partie de la surface. Plusieurs centaines de soldats répartis en régiments. Les pièces elles-mêmes faisaient moins de deux centimètres et demi de haut, mais elles étaient soigneusement réalisées.

– Je les ai pratiquement tous peints moi-même. J'ai veillé à ce qu'ils soient tous légèrement différents, à leur donner une personnalité.

– Vous reconstituez les batailles ? dit Grant, qui prit un canon.

Ce sans-gêne déplut à Marr. Il acquiesça, saisit délicatement, entre le pouce et l'index, la pièce que Grant avait à la main.

– C'est ce que je fais. On pourrait appeler ça « jeu de guerre ».

Il remit la pièce sur la maquette.

– J'ai fait du *paintballing* [1] une fois, dit Grant. Vous aussi ?

Marr esquissa un sourire.

– On y a emmené le personnel de la banque un jour. Je ne peux pas dire que ça m'a plu : trop sale. Mais John

---

1. Batailles opposant deux équipes munies d'armes projetant de la peinture.

s'est amusé. Il nous menace toujours d'une deuxième fois.

– John étant M. Balfour ? supputa Siobhan.

Il y avait une étagère chargée de livres sur le modélisme et sur les batailles elles-mêmes. Sur d'autres étagères, dans des boîtes en plastique transparent se trouvaient des armées qui attendaient l'occasion de remporter la victoire.

– Vous arrive-t-il de changer l'issue ? demanda Siobhan.

– Cela fait partie de la stratégie, expliqua Marr. On détermine où le vaincu s'est trompé et on tente d'altérer l'histoire.

Sa voix s'était échauffée. Siobhan se dirigea vers un mannequin de couturière vêtu d'un uniforme. Il y avait d'autres uniformes, plus ou moins bien conservés, dans des vitrines en verre suspendues aux murs. Pas une seule arme, seulement les vêtements que les soldats auraient portés.

– La Crimée, dit Marr, qui montra une veste sous verre.

Grant Hood intervint.

– Jouez-vous contre d'autres personnes ?

– Parfois.

– Viennent-elles ici ?

– Non, jamais. J'ai une maquette beaucoup plus grande, chez moi, dans mon garage.

– Dans ce cas, à quoi vous sert celle-ci ?

Marr sourit.

– Cette activité me détend, m'aide à réfléchir. Et il m'arrive effectivement de quitter de temps en temps mon bureau… Vous trouvez que c'est un passe-temps puéril ?

– Pas du tout, répondit Siobhan, pas tout à fait sincère.

Tout cela avait un côté train électrique et Grant,

penché sur les modèles réduits d'armées, rajeunissait à vue d'œil.

– Est-ce qu'il y a d'autres façons de jouer ?

– Comment ça ?

Elle haussa les épaules, comme si la question était sans importance, simplement destinée à entretenir la conversation.

– Je ne sais pas, dit-elle. Envoyer les déplacements par la poste, peut-être. J'ai entendu dire que les joueurs d'échecs le font. Ou par l'Internet ?

Grant lui adressa un bref regard, vit immédiatement où elle voulait en venir.

– Je connais quelques sites, dit Marr. On a une espèce de caméra…

– Une webcam ? suggéra Grant.

– C'est ça. Et on peut jouer d'un continent à l'autre.

– Mais vous ne le faites pas.

– La technique n'est pas vraiment mon fort.

Siobhan se tourna vers la bibliothèque.

– Avez-vous entendu parler d'un nommé Gandalf ?

– Lequel ?

Elle se contenta de soutenir son regard et il reprit :

– J'en connais au moins deux. Le sorcier du *Seigneur des anneaux* et un type très bizarre qui tient une boutique de jeux dans Leith Walk.

– Donc vous êtes allé dans sa boutique ?

– Je lui ai acheté des pièces de temps en temps. Mais je me fournis principalement par correspondance.

– Et par l'Internet ?

– Une ou deux fois, oui, admit Marr. Écoutez, qui vous a parlé de ça ?

– De votre goût pour les jeux ? demanda Grant.

– Oui.

– Il vous en a fallu du temps pour poser la question, fit remarquer Siobhan.

Il la foudroya du regard.

– Je vous la pose maintenant.

– Je regrette, mais je ne suis pas habilitée à vous le dire.

Cela ne plut pas à Marr, mais il s'abstint de tout commentaire.

– Ai-je raison de croire, demanda-t-il, que le jeu auquel Flip participait n'a rien à voir avec cela ?

Siobhan secoua la tête.

– Absolument rien à voir, monsieur.

Marr parut soulagé.

– Ça va, monsieur ? demanda Grant.

– Tout va bien. Mais… cela nous rend tous très nerveux.

– Je n'en doute pas, dit Siobhan, qui, après un dernier regard circulaire, continua : Merci de nous avoir montré vos jouets, monsieur. Il serait préférable que nous vous laissions vous remettre au travail…

Mais, ayant partiellement pivoté sur elle-même, elle s'immobilisa et ajouta, comme pour elle-même :

– Je suis sûre d'avoir vu des soldats semblables à ceux-ci quelque part. Peut-être chez David Costello ?

– Je crois que j'en ai donné un à David, dit Marr. Est-ce que c'est lui qui… ? (Il s'interrompit, secoua la tête.) J'oubliais, vous n'êtes pas habilitée à le dire.

– Absolument, intervint Hood.

Quand ils furent sortis de l'immeuble, Grant eut un rire étouffé.

– Ça ne lui a pas plu quand tu as parlé de « jouets ».

– Je sais, c'est pour ça que j'ai employé ce mot.

– N'essaie pas d'ouvrir un compte, tu es sûrement déjà sur la liste noire.

Elle sourit.

– Il connaît l'Internet, Grant. Et, comme il s'intéresse

à ce type de jeu, il a probablement une intelligence analytique.

– Quizmaster ?

Elle plissa le nez.

– Je n'en suis pas sûre. Pourquoi ferait-il ça ? Qu'est-ce qu'il pourrait y gagner ?

Grant haussa les épaules.

– Peut-être une petite chose… le contrôle de la banque Balfour.

– Oui, évidemment, admit Siobhan.

Elle pensait au soldat de plomb de l'appartement de David Costello. Un cadeau de Ranald Marr… mais Costello avait dit qu'il ignorait d'où venait le soldat au mousquet cassé et à la tête tordue. Puis il lui avait téléphoné et lui avait parlé du passe-temps de Marr…

– En attendant, dit Grant, nous ne sommes pas plus près de la solution de l'énigme.

Il la tira de sa rêverie. Elle se tourna vers lui.

– Promets-moi une chose, Grant.

– Laquelle ?

– Promets-moi que tu ne viendras pas devant chez moi à minuit.

– Impossible, répondit Grant, souriant. On est chronométrés, n'oublie pas.

Elle le dévisagea, se souvint de son attitude au sommet de Hart Fell, se souvint de la façon dont il s'était cramponné à ses mains. Elle eut la sensation que la situation – la traque, le défi – l'amusait un peu trop.

– Promets, répéta-t-elle.

– Bon, céda-t-il. C'est promis.

Puis il se tourna vers elle et lui adressa un clin d'œil.

De retour au poste, Siobhan, assise sur la cuvette dans les toilettes, examinait la main qu'elle avait levée au niveau de ses yeux. La main tremblait légèrement. C'est étrange comme on peut frémir à l'intérieur et parvenir cependant à ne pas le montrer. Mais elle savait que son corps présentait parfois d'autres manifestations extérieures : les rougeurs qui apparaissaient de temps en temps, les éruptions d'acné sur le menton et le cou, l'eczéma qui s'attaquait parfois au pouce et à l'index de sa main gauche.

Elle tremblait à présent parce qu'elle avait du mal à se concentrer sur ce qui était important. Il était important de bien travailler ; et il était important, aussi, de ne pas foutre Gill Templer en rogne. Elle ne croyait pas avoir la peau aussi épaisse que Rebus. L'affaire était importante et Quizmaster l'était peut-être aussi. Être dans l'impossibilité de s'en assurer la contrariait. Elle savait une chose : le jeu risquait de devenir une obsession. Elle tentait sans cesse de se mettre à la place de Flip Balfour, de réfléchir dans la même direction. Elle ne pouvait savoir si elle y parvenait. Et puis il y avait Grant, qui semblait devenir de plus en plus encombrant. Pourtant elle ne serait pas arrivée jusque-là sans lui, il était peut-être important qu'elle reste à son côté. Elle ne pouvait même pas s'assurer que Quizmaster était un homme. Elle en avait l'intuition, mais il aurait été dangereux de s'y fier : elle avait souvent vu Rebus se planter sur la foi de l'intuition de la culpabilité ou de l'innocence de quelqu'un.

Elle s'interrogeait toujours sur le poste d'attachée de presse, se demandait si elle avait brûlé les ponts dans ce domaine. Gill était simplement devenue plus semblable aux hommes qui l'entouraient, aux types comme Carswell, le directeur adjoint. Elle croyait probablement s'être servie du système, mais Siobhan soupçonnait que le système s'était servi d'elle, l'avait modelée, transformée, adaptée à lui. Cela nécessitait d'ériger des barrières, de garder ses distances. Cela nécessitait de donner des leçons aux gens, à des gens comme Ellen Wylie.

La porte des toilettes s'ouvrit en grinçant. Un instant plus tard, on frappa doucement à celle de sa cabine.

– Siobhan ? C'est toi ?

Elle reconnut la voix : Dilys Gemmil, une agente.

– Qu'est-ce qu'il y a, Dilys ? demanda-t-elle.

– Le verre de ce soir, je me demandais si tu étais toujours d'accord.

C'était une sortie régulière : trois ou quatre agentes en tenue et Siobhan. Un bar où la musique était très forte, des tas de racontars accompagnés de Moscow Mules. Siobhan en membre honoraire : seule enquêtrice en civil invitée.

– Je crois que je ne pourrai pas, Dilys.

– Allons…

– La prochaine fois. Sûr, d'accord ?

– C'est ton enterrement, dit Gemmil en s'éloignant.

– J'espère que non, marmonna Siobhan, qui se leva et déverrouilla la porte.

Rebus était face à l'église, du côté opposé de la chaussée. Il était passé chez lui pour se changer mais, maintenant qu'il était là, il ne pouvait se forcer à entrer. Un taxi s'arrêta et le Dr Curt en descendit. Quand il s'immobilisa pour boutonner sa veste, il vit Rebus. C'était une petite église de quartier, exactement ce que voulait Leary. Il l'avait dit plusieurs fois à Rebus pendant leurs conversations.

– Rapide, propre et simple, affirmait-il. Je ne veux pas que ce soit autrement.

L'église était petite, mais l'assistance nombreuse. L'archevêque, qui avait été le condisciple de Leary au Scots College de Rome, dirigerait la cérémonie et des dizaines de prêtres et d'officiants étaient déjà entrés. Ce serait peut-être propre, mais Rebus doutait que ce soit rapide ou simple…

Curt traversait la rue. Rebus jeta son mégot sur la chaussée et mit les mains dans les poches. Il s'aperçut qu'il y avait de la cendre sur sa manche, mais ne prit pas la peine de l'épousseter.

– Exactement le temps qui convient, commenta Curt, qui regarda le ciel, où l'épaisse couche de nuages était devenue d'un gris meurtri.

Même dehors, on se sentait enfermé. Quand Rebus passa la main sur sa nuque, il s'aperçut qu'elle était trempée de sueur. Par les après-midi tels que celui-ci, Édimbourg faisait l'effet d'une prison, d'une ville de murailles.

Curt tira sur une des manches de sa chemise, veilla à ce qu'elle dépasse celle de la veste d'exactement deux centimètres et demi, dévoilant un bouton de manchette en argent. Son costume était bleu foncé, sa chemise blanche, sa cravate noir uni, ses chaussures noires bien cirées. Toujours très chic. Rebus savait que son costume, même si c'était le meilleur, le plus habillé, était comparativement minable. Il l'avait depuis six ou sept ans, avait dû rentrer le ventre pour fermer le pantalon. Il l'avait acheté chez Austin Reed ; peut-être le moment d'y retourner était-il venu. Ces temps-ci, il était rarement invité aux mariages et aux baptêmes, mais les enterrements étaient une autre affaire. Les collègues, les piliers de bar qu'il connaissait… ils lâchaient la rampe. Trois semaines auparavant, il était allé au crématorium : un agent en tenue de St Leonard's, décédé moins d'un an après avoir pris sa retraite. Ensuite, il avait remis la chemise blanche et la cravate noire sur le cintre. Il avait examiné le col de la chemise, dans l'après-midi, avant de la remettre.

– On y va ? demanda Curt.

Rebus acquiesça.

– Allez-y d'abord.

– Qu'est-ce qu'il y a ?

Rebus secoua la tête.

– Rien. Je ne sais pas…

Il retira les mains de ses poches, sortit une nouvelle cigarette de son paquet. En offrit une à Curt, qui l'accepta.

– Qu'est-ce que vous ne savez pas ? demanda le légiste tandis que Rebus lui donnait du feu.

Rebus attendit d'avoir allumé sa cigarette. Il en tira quelques bouffées, puis souffla bruyamment la fumée.

– J'ai envie de me souvenir de lui tel que je l'ai connu, dit-il. Si j'entre, il y aura des discours et les souvenirs d'autres personnes. Ça ne sera plus le Conor que j'ai fréquenté.

– Vous avez été très proches à une époque, admit Curt. En réalité, je ne le connaissais pas très bien.

– Gates vient ? demanda Rebus.

Curt secoua la tête.

– Il avait un autre engagement.

– C'est vous deux qui avez fait l'autopsie ?

– C'était une hémorragie cérébrale.

D'autres personnes arrivèrent, à pied et en voiture. Un autre taxi s'arrêta et Donald Devlin en descendit. Rebus entrevit un gilet gris sous la veste de costume. Devlin gravit énergiquement les marches de l'église et disparut à l'intérieur.

– Est-ce qu'il a pu vous aider ? demanda Curt.

– Qui ?

De la tête, Curt montra le taxi qui s'éloignait.

– L'ancêtre.

– Pas vraiment. Mais il a fait de son mieux.

– Dans ce cas, on n'aurait pas été plus efficaces, Gates et moi.

– Je suppose.

Rebus pensait à Devlin, se le représentait au bureau,

penché sur les documents, Ellen Wylie gardant ses distances.

– Il était marié, n'est-ce pas ? demanda-t-il.

Curt hocha une nouvelle fois la tête.

– Il est veuf. Pourquoi cette question ?

– Sans raison précise, vraiment.

Curt jeta un coup d'œil sur sa montre.

– Je crois qu'il faudrait que j'entre, dit-il, et il écrasa sa cigarette sur le trottoir. Vous venez ?

– Je ne pense pas.

– Au cimetière, alors ?

– Je crois que je vais également m'en dispenser.

– Bon, à bientôt, dit Curt.

– Au prochain homicide, confirma Rebus.

Puis il s'éloigna. Son esprit s'emplissait d'images de la morgue, d'images d'autopsie. Le bloc de bois sur lequel reposait la tête du défunt. Les petites rainures de la table, où s'écoulaient les liquides. Les instruments et les bocaux destinés aux prélèvements... Il pensa aux bocaux en verre qu'il avait vus au musée des Horreurs, au mélange d'effroi et de fascination qu'il avait éprouvé. Un jour, peut-être dans pas très longtemps, il était sûr qu'il se retrouverait sur cette table, Curt et Gates préparant peut-être leur routine quotidienne. Ça ne serait que ça, pour eux, la routine, tout comme ce qui se déroulait dans l'église dont il s'éloignait était une routine. Il espéra qu'il y en aurait une partie en latin : Leary adorait la messe en latin, en récitait des passages entiers à Rebus, sachant qu'il ne comprenait pas.

– De ton temps, on enseignait sûrement le latin ? avait-il demandé un jour.

– Peut-être dans les écoles chic, avait répondu Rebus. Dans la mienne, c'était menuiserie et ferronnerie.

– On formait des ouvriers destinés à la religion de l'industrie lourde ?

Et Leary avait ri, le son ayant son origine au plus profond de sa poitrine. Ce seraient ces bruits dont Rebus se souviendrait : les claquements de langue quand Rebus tenait des propos gratuitement stupides ; le gémissement exagéré quand il se levait pour aller chercher une nouvelle Guinness dans le réfrigérateur.

– Ah, Conor, dit Rebus, qui baissa la tête pour que les passants ne voient pas les larmes qui emplissaient ses yeux.

Siobhan avait le Paysan au bout du fil.

– Je suis heureux d'avoir de vos nouvelles, Siobhan.

– En fait, monsieur le superintendant, j'aurais besoin d'un service. Désolée de troubler votre tranquillité.

– Il arrive qu'il y ait excès de tranquillité, vous savez.

Le Paysan rit, afin d'indiquer qu'il s'agissait d'une blague, mais elle perçut quelque chose derrière les mots.

– Il faut rester actif.

Elle grimaça : ça aurait pu sortir tout droit des annonces personnelles.

– C'est ce qu'on dit, pas de problème.

Il rit à nouveau et ça parut, cette fois, plus forcé encore.

– Quel nouveau passe-temps suggérez-vous ? demanda-t-il.

– Je ne sais pas.

Siobhan se tortilla sur son fauteuil. Ce n'était pas du tout la conversation prévue. Grant Hood était assis du côté opposé du bureau. Il avait emprunté le fauteuil de Rebus, qui était apparemment celui qui se trouvait naguère dans le bureau du Paysan.

– Le golf, peut-être.

Grant plissa le front, se demandant de quoi elle pouvait bien parler.

– J'ai toujours dit que le golf gâche les promenades, dit le Paysan.

– Marcher est bon pour la santé.

– Vraiment ? Merci de me le rappeler.

La voix du Paysan était carrément irritée ; elle ne comprenait pas du tout comment ou pourquoi elle l'avait froissé.

– À propos de ce service…, commença-t-elle.

– Dépêchez-vous parce qu'il faudrait que j'aille mettre mes chaussures de jogging.

– C'est une sorte d'énigme.

– Comme dans les mots croisés ?

– Non, monsieur le superintendant. C'est ce sur quoi on travaille. Philippa Balfour tentait de résoudre ces énigmes et on fait la même chose.

– Et comment puis-je vous aider ?

Il semblait s'être calmé, paraissait intéressé.

– Voici l'énigme, monsieur le superintendant : « *A corny beginning where the mason's dream ended.* » Nous nous demandons si « maçon » ne fait pas référence à « loge maçonnique ».

– Et on vous a dit que je suis maçon.

– Oui.

Le Paysan resta quelques instants silencieux.

– Je vais chercher un stylo, dit-il enfin, puis il lui fit répéter l'énigme et la nota. M majuscule à maçon ?

– Non, monsieur le superintendant. Est-ce que ça change quelque chose ?

– Je ne sais pas au juste. D'ordinaire, il y aurait une majuscule.

– Donc, il pourrait s'agir d'un artisan maçon ?

– Une minute, je ne dis pas que vous vous trompez. J'ai besoin d'y réfléchir, c'est tout. Pouvez-vous m'accorder une demi-heure ?

– Bien entendu.

– Êtes-vous à St Leonard's ?
– Oui, monsieur le superintendant.
– Siobhan, vous n'avez plus besoin de m'appeler « monsieur le superintendant ».
– Compris… monsieur le superintendant. Désolée, je ne peux pas m'en empêcher.
L'humeur du Paysan parut s'adoucir.
– Je vous rappellerai quand j'aurai réfléchi. Vous n'avez toujours pas découvert ce qui est arrivé à Philippa Balfour ?
– Nous travaillons d'arrache-pied.
– Je n'en doute pas. Comment Gill se débrouille-t-elle ?
– Elle est dans son élément, je crois.
– Elle pourrait aller jusqu'au sommet, Siobhan, c'est moi qui vous le dis. Elle a sûrement beaucoup à vous apprendre.
– Oui, monsieur le superintendant. À tout à l'heure.
– Au revoir, Siobhan.
Elle raccrocha.
– Il va y penser, annonça-t-elle à Grant.
– Formidable et, pendant ce temps, l'heure tourne.
– D'accord, super-méninges, voyons tes idées.
Il la dévisagea comme s'il prenait la mesure du défi, puis leva un doigt.
– Un, ça me fait presque l'effet d'un vers. De Shakespeare ou de quelqu'un d'autre. (Deuxième doigt.) Deux : est-ce que « corny » signifie démodé, comme d'habitude, ou bien y a-t-il un lien avec l'origine du maïs [1] ?
– Tu veux dire l'endroit où on a cultivé le maïs pour la première fois ?
Il haussa les épaules.
– Ou bien la graine à partir de laquelle il se déve-

1. *Corn.*

loppe : tu connais l'expression « semer la graine d'une idée » ?

Elle secoua la tête. Il leva un troisième doigt.

– Trois : admettons que maçon signifie artisan maçon. Est-ce que ça pourrait être une pierre tombale ? C'est là que finissent tous nos rêves, après tout. C'est peut-être une sculpture représentant une tige de maïs. Voilà où j'en suis, conclut-il en fermant le poing.

– Si c'est une tombe, il faut qu'on sache dans quel cimetière.

Siobhan prit le morceau de papier sur lequel elle avait noté l'énigme.

– Il n'y a rien, ni coordonnées de carte, ni numéro de page.

Grant acquiesça.

– C'est une énigme d'un type différent.

Il parut remarquer autre chose.

– Est-ce que « a corny beginning » pourrait en réalité être « acorny [1] », relatif au gland ?

Siobhan plissa le front.

– Où ça nous conduirait-il ?

– À un chêne… peut-être à des feuilles de chêne. Un cimetière dont le nom comporterait « gland » ou « chêne » ?

Elle gonfla les joues.

– Et où se trouverait ce cimetière, ou bien faudrait-il qu'on passe toutes les villes d'Écosse en revue ?

– Je ne sais pas, reconnut Grant, qui se frotta les tempes.

Siobhan reposa l'énigme sur le bureau.

– Elles sont de plus en plus difficiles, demanda-t-elle, ou bien mon cerveau se met-il en congé ?

– On a peut-être besoin d'un peu de repos, dit Grant,

---

1. *Acorn.*

qui tenta de trouver une position confortable dans le fauteuil. On pourrait même partir.

Siobhan regarda la pendule. C'était vrai : ils travaillaient depuis dix heures. Le trajet jusqu'à Hart Fell, qui leur avait pris toute la matinée, n'avait servi à rien. Elle avait mal aux jambes. Un long bain chaud avec des sels et un verre de chardonnay… c'était tentant. Mais elle savait qu'à son réveil, le lendemain matin, il lui resterait peu de temps avant que l'énigme devienne caduque, à supposer que Quizmaster s'en tienne à ses règles. Le problème était que le seul moyen de savoir consistait à ne pas résoudre l'énigme dans les délais. Ce n'était pas un risque qu'elle avait envie de prendre.

La visite à la banque Balfour avait-elle été, elle aussi, une perte de temps ? Ranald Marr et ses soldats de plomb… l'information venant de David Costello… la pièce cassée chez Costello. Elle se demanda si Costello avait tenté de lui donner une indication sur Marr. Elle ne pouvait imaginer laquelle. L'éventualité selon laquelle tout cela était une perte de temps, Quizmaster se servant en fait d'eux, le jeu étant sans rapport avec la disparition de Flip, était tapie au plus profond de son esprit. Peut-être ce verre avec les filles n'était-il pas une mauvaise idée… Quand son téléphone sonna, elle se jeta sur le combiné.

– Constable Clarke, CID, dit-elle.

– Constable Clarke, c'est la réception. Il y a quelqu'un ici qui voudrait vous voir.

– Qui est-ce ?

– Un monsieur Gandalf. (Son correspondant baissa la voix.) Un type bizarre, comme s'il avait pris un coup de soleil pendant l'Été de l'amour et ne s'en était pas remis…

Siobhan descendit. Gandalf avait un chapeau mou marron foncé à la main, caressait la plume multicolore glissée sous le ruban. Il portait un blouson en cuir marron sur le T-shirt des Greatful Dead qu'il avait déjà dans sa boutique. Son pantalon en velours bleu pâle avait connu des jours meilleurs, comme ses espadrilles.

– Salut, dit Siobhan.

Ses yeux se dilatèrent, comme s'il ne la reconnaissait pas vraiment.

– Je suis Siobhan Clarke, dit-elle, la main tendue. On a fait connaissance dans votre boutique.

– Oui, oui, marmonna-t-il.

Il fixa sa main, mais ne parut pas disposé à la serrer, si bien qu'elle baissa le bras.

– Qu'est-ce qui vous amène ici, Gandalf ?

– J'ai dit que je verrais si je pouvais trouver des informations sur Quizmaster.

– C'est exact, répondit-elle. Voulez-vous monter ? Je pourrais probablement trouver deux tasses de café.

Il fixa la porte qu'elle venait de franchir et secoua lentement la tête.

– Je n'aime pas les postes de police, dit-il avec gravité. Il y a de mauvaises vibrations.

– Je n'en doute pas, admit Siobhan. Vous préférez qu'on parle dehors ?

Elle jeta un coup d'œil dans la rue : l'heure de pointe n'était pas terminée, les voitures roulaient au pas.

– Il y a une boutique, au carrefour, tenue par des gens que je connais…

– De bonnes vibrations ? supputa Siobhan.

– Excellentes, répondit Gandalf d'une voix qui s'anima soudain.

– Elle ne sera pas fermée ?

– Elle est encore ouverte. J'ai vérifié.

– Très bien, accordez-moi une minute.

Siobhan gagna la réception, où un agent en bras de chemise, derrière une vitre, regardait.

Siobhan répéta sa question et il parut sortir de sa rêverie.

– Non, ce sont de vieux jeux. Certains d'entre eux concernent des énigmes de logique, la numérologie… Dans d'autres, on choisit un rôle, chevalier ou apprenti sorcier. Nous sommes là dans le monde virtuel. Quizmaster pourrait virtuellement avoir un nombre infini de noms à sa disposition.

– Et impossible de remonter jusqu'à lui ?

Gandalf haussa les épaules.

– Peut-être avec l'aide de la CIA ou du FBI…

– Je garderai ça présent à l'esprit.

Il changea légèrement de position, presque comme s'il se tortillait.

– Mais j'ai trouvé autre chose.

Il sortit une feuille de papier de la poche revolver de son pantalon de velours et la donna à Siobhan, qui la déplia. Une coupure de presse vieille de trois ans. Elle concernait un étudiant allemand qui avait disparu. On avait découvert un cadavre sur une colline isolée du nord de l'Écosse. Il s'y trouvait depuis des semaines, peut-être des mois, et seuls les animaux sauvages avaient eu accès à lui. L'identification s'était révélée difficile, le corps se réduisant à la peau et aux os. Jusqu'au jour où les parents de l'étudiant allemand avaient élargi le champ de leurs recherches. Ils avaient fini par se persuader que le cadavre de la colline était celui de leur fils, Jürgen. On avait trouvé un revolver à six mètres du corps. Une balle unique avait percé le crâne du jeune homme. La police avait conclu à un suicide, avait expliqué, pour rendre compte de la position de l'arme, qu'un mouton ou un autre animal pouvait l'avoir déplacée. Siobhan devait reconnaître que c'était plausible. Mais les parents n'étaient toujours pas convaincus que leur fils n'avait pas été assassiné. L'arme ne lui appartenait pas et il avait été impossible de remonter sa piste. La véritable question était : comment s'était-il retrouvé dans les Highlands d'Écosse ? Personne ne semblait savoir. Siobhan plissa le front, dut relire le dernier paragraphe de l'article :

Jürgen était passionné de jeux de rôle et passait de nombreuses heures sur l'Internet. Selon les parents, il est possible que leur fils ait été entraîné dans un jeu aux conséquences tragiques.

Siobhan leva la coupure.

– C'est tout ?

Il acquiesça.

– Seulement cet article.

– Comment vous l'êtes-vous procuré ?

– Grâce à quelqu'un que je connais. Je voudrais le récupérer, ajouta-t-il en tendant la main.

– Pourquoi ?

– Parce qu'il écrit un livre sur les périls de l'univers virtuel. À propos, il voudrait vous interviewer un jour.

– Peut-être plus tard, dit Siobhan, qui plia l'article mais ne manifesta pas la volonté de le rendre. Il faut que je le garde, Gandalf, votre ami pourra le récupérer quand je n'en aurai plus besoin.

Gandalf parut déçu par son attitude, comme si elle n'avait pas rempli sa part d'un marché.

– Je promets qu'il lui sera restitué quand j'aurai terminé.

– On ne pourrait pas se contenter de le photocopier ?

Siobhan soupira. Dans une heure, elle espérait être dans sa baignoire, un gin tonic remplaçant peut-être le vin.

– D'accord, dit-elle. On va retourner au poste et…

– Il y a une photocopieuse ici.

Il montra l'endroit où se trouvait le propriétaire.

– D'accord, vous gagnez.

Gandalf sourit, comme s'il ne connaissait pas de mots plus doux.

Quand Siobhan rentra au poste, après avoir laissé Gandalf à La Tente du Nomade, Grant froissait une feuille de papier. Il la lança en direction de la poubelle, qu'il manqua.

– Alors ? demanda-t-elle.

– Je m'interrogeais sur les anagrammes.

– Et ?

– Eh bien si la ville de Banchory n'avait pas de « h », ce serait l'anagramme de « a corny b ».

Siobhan éclata de rire, posa vivement la main sur la bouche quand elle vit l'expression de Grant.

– Non, dit-il. Vas-y, ris.

– Je suis désolée, Grant. Je crois que je suis dans un état proche de l'hystérie.

– Est-ce qu'il faudrait essayer d'envoyer un e-mail à Quizmaster, de lui dire qu'on est bloqués ?

– Peut-être quand on sera plus près de la fin du délai.

Siobhan regarda, par-dessus son épaule, la feuille restante et constata qu'il travaillait sur les anagrammes de « mason's dream ».

– On laisse tomber pour aujourd'hui ? demanda-t-il.

– Peut-être.

Le ton de sa voix l'intrigua.

– Tu as quelque chose ?

– Gandalf, dit-elle en lui donnant l'article.

Elle le regarda lire, remarqua que ses lèvres bougeaient légèrement. Elle se demanda s'il avait toujours fait ça…

– Intéressant, dit-il. Est-ce qu'on creuse ?

– Je crois qu'il faut, pas toi ?

Il secoua la tête.

– Donne-le au reste de l'équipe. Il faut qu'on s'occupe de cette saloperie d'énigme.

– Le donner… ?

Elle était ébahie.

– Ça nous appartient, Grant. Et si ça s'avérait capital ?

– Merde, Siobhan, écoute-toi. C'est une enquête ; des tas de gens apportent leur contribution. Ça ne nous appartient pas. Dans un cas comme celui-ci, on ne peut pas être égoïste.

– Je ne veux pas que quelqu'un nous vole notre coup de tonnerre, c'est tout.

– Même si ça permet de retrouver Flip Balfour en vie ?

Elle hésita, son visage se crispa.

– Ne sois pas stupide.

– Tout ça vient de John Rebus, hein ?

Ses joues rougirent.

– Qu'est-ce qui vient de lui ?

– Le désir de tout vouloir garder pour toi, comme si la totalité de l'enquête reposait sur toi et seulement sur toi.

– Connerie.

– Tu le sais ; il suffit de te regarder pour le comprendre.

– Je n'en crois pas mes oreilles.

Il se leva et lui fit face. Ils étaient à moins de trente centimètres l'un de l'autre dans le bureau vide.

– Tu le sais, répéta-t-il sans élever la voix.

– Écoute, je voulais simplement dire…

– … Que tu ne veux pas partager et si ça ne ressemble pas à Rebus, à qui ça ressemble ?

– Tu connais ton problème ?

– J'ai l'impression que je ne vais pas tarder à le connaître.

– Tu es une poule mouillée, tu respectes toujours les règles.

– Tu es flic, pas détective privé.

– Et tu es une poule mouillée. Mettre les clignotants et ne jamais franchir la ligne.

– Les poules mouillées n'ont pas de clignotants, cracha-t-il.

– Sûrement que si parce que toi, tu en as ! explosa-t-elle.

– C'est juste, dit-il, apparemment plus calme, inclinant la tête d'un côté et de l'autre. C'est exact : je respecte toujours les règles, hein ?

– Écoute, je voulais simplement dire…

Il saisit ses bras, l'attira contre lui, ses lèvres cherchant les siennes. Le corps de Siobhan se crispa et elle détourna la tête. Il serrait ses bras si fort qu'elle ne pouvait bouger. Elle recula jusqu'au bureau, ne put s'éloigner davantage.

– Voilà une équipe soudée qui fonctionne bien, tonna une voix, dans l'encadrement de la porte. Ça fait plaisir à voir.

Grant lâcha Siobhan quand Rebus entra dans la pièce.

– Ne vous occupez pas de moi, poursuivit-il, je ne pratique pas ces méthodes policières nouvelles, mais ça ne signifie pas que je ne les approuve pas.

– C'était seulement…

Grant n'alla pas plus loin. Siobhan avait contourné le bureau et, les jambes tremblantes, s'était assise. Rebus approcha.

– Tu n'en as plus besoin ?

Il pensait au fauteuil du Paysan. Grant acquiesça et Rebus le poussa jusqu'à son bureau. Il constata que, sur la table de travail d'Ellen Wylie, les rapports d'autopsie étaient attachés avec de la ficelle : conclusions tirées et désormais sans utilité.

– Le Paysan t'a donné des informations ? demanda-t-il.

– Il n'a pas rappelé, répondit Siobhan, qui tenta de contrôler sa voix. J'étais sur le point de lui téléphoner.

– Mais tu as confondu les amygdales de Grant avec le combiné, hein ?

– Il ne faut pas, dit-elle sur un ton neutre, alors que son cœur cognait, que tu interprètes mal ce qui s'est passé…

Rebus leva une main.

– Ça ne me regarde pas, Siobhan. Tu as absolument raison. N'en parlons plus.

– Je crois qu'il y a une chose qu'il faut dire.

Sa voix s'était faite plus forte. Elle jeta un coup d'œil sur Grant, qui était debout, le corps pratiquement de dos, la tête tournée de telle façon qu'il ne la regardait pas vraiment.

Mais elle comprit qu'il suppliait. Monsieur Frimeur ! Monsieur Parfait, avec ses gadgets et sa voiture de sport !

Il valait mieux prévoir une bouteille de gin, une caisse de gin. Et au diable le bain.

– Ah ? fit Rebus, sincèrement curieux maintenant.

Je pourrais mettre sur-le-champ un terme à ta carrière, Grant.

– Rien, dit-elle finalement.

Rebus la fixa, mais elle garda les yeux rivés sur les documents posés sur son bureau.

– Du nouveau de ton côté, Grant ? demanda Rebus avec entrain en s'installant dans son fauteuil.

– Quoi ?

Les joues de Grant se colorèrent.

– Cette dernière énigme, tu approches de la solution ?

– Pas vraiment, inspecteur.

Grant se tenait près d'un bureau, les mains crispées sur son bord.

– Et toi ? demanda Siobhan, qui changea de position sur sa chaise.

– Moi ? dit Rebus qui tapota son stylo sur ses phalanges. Je crois que je suis arrivé aujourd'hui à la racine carrée de que dalle.

Il jeta le stylo sur la table et conclut :

– C'est pourquoi je régale.

– Tu as déjà bu deux ou trois verres ? demanda Siobhan.

Rebus plissa les paupières.

– Plusieurs. On a enterré un de mes amis. Je prévoyais, ce soir, une veillée funèbre intime. Si vous voulez, l'un ou l'autre, vous joindre à moi, ce serait bien.

– Il faut que je rentre, dit Siobhan.

– Je ne…

– Allons, Grant. Ça te fera du bien.

Grant se tourna vers Siobhan, en quête d'un conseil ou, peut-être, de sa permission.

– Je suppose que je pourrais en boire un, concéda-t-il.

– Très bien, dit Rebus. Va pour un verre.

Après avoir fait durer sa pinte tandis que Rebus s'envoyait deux doubles whiskies et deux bières, Grant constata avec consternation qu'on versait une demi-pinte dans son verre dès qu'il y eut assez de place.

– Je rentre chez moi en voiture, dit-il.

– Merde, Grant, protesta Rebus, c'est pratiquement tout ce que tu dis.

– Désolé.

– Et le reste ce sont des prétextes. Il n'y a pas de raison de s'excuser de bécoter Siobhan.

– Je ne comprends pas comment c'est arrivé.

– N'essaie pas d'analyser.

– Je crois que l'affaire est simplement devenue… (Une sonnerie électronique l'interrompit.) Le vôtre ou le mien ? demanda-t-il, une main déjà glissée dans la poche de sa veste.

Mais c'était le mobile de Rebus, qui inclina la tête pour indiquer à Grant qu'il prendrait la communication dehors.

– Allô ?

Crépuscule frais, taxis en maraude. Une femme faillit trébucher sur une dalle fissurée du trottoir. Un jeune homme – crâne rasé et anneau dans le nez – l'aida à ramasser les oranges tombées de son sac à provisions. Une manifestation de gentillesse… mais Rebus surveilla jusqu'au moment où le jeune homme s'éloigna, au cas où.

– John ? C'est Jean. Vous travaillez ?

– Surveillance, répondit Rebus.

– Mon Dieu, vous voulez que je… ?

– Pas de problème, Jean. Je blaguais. Je bois un verre.

– Comment s'est passé l'enterrement ?

– Je n'y suis pas allé. Enfin, j'y suis allé, mais je n'ai pas eu le courage d'y assister.

– Et maintenant vous buvez.

– Ne commencez pas à vouloir m'aider.

Elle rit.

– Je n'en avais pas l'intention. C'est simplement que je suis seule avec une bouteille de vin et la télé.

– Et ?

– Et qu'il serait agréable d'avoir de la compagnie.

Rebus savait qu'il n'était pas en état de conduire ; pas en état de faire grand-chose, en fait.

– Je ne sais pas, Jean. Vous ne me connaissez pas quand j'ai bu.

– Vous vous transformez en Mister Hyde ? J'ai connu ça avec mon mari. Je doute que vous puissiez me surprendre.

Sa voix s'efforçait à la légèreté, mais elle était un peu

tendue. Peut-être était-elle inquiète parce qu'elle lui avait demandé de venir : personne n'aime être rejeté. Ou peut-être n'était-ce pas seulement ça…

– Je suppose que je pourrais prendre un taxi.

Il se regarda, toujours vêtu du costume qu'il avait mis pour l'enterrement, sans cravate, deux boutons de chemise ouverts.

– Je devrais peut-être passer chez moi pour me changer.

– Si vous voulez.

Il regarda le côté opposé de la chaussée. La femme au sac à provisions attendait maintenant à l'arrêt de bus. Elle jetait sans cesse un coup d'œil dans son sac, comme pour s'assurer que tout était bien là. La vie citadine : la méfiance est une partie de l'armure qu'on porte ; les bonnes actions toutes simples n'existent pas.

– À tout à l'heure, dit-il.

Quand il rentra dans le pub, Grant était debout près de son verre vide. Quand Rebus se dirigea vers lui, il leva les mains en un geste de capitulation.

– Il faut que j'y aille.

– Oui, moi aussi, répondit Rebus.

Grant parut vaguement déçu, comme s'il eût préféré que Rebus continue de boire, s'enivre carrément. Rebus regarda le verre vide, se demanda si le barman s'était laissé persuader de vider son contenu dans l'évier.

– Tu es en état de conduire ? demanda Rebus.

– Ça va.

– Bien.

Rebus lui donna une tape sur l'épaule.

– Dans ce cas, tu peux me conduire à Portobello…

Depuis une heure, Siobhan tentait de débarrasser son esprit de tout ce qui concernait l'affaire. Ça ne marchait pas. Le bain n'avait rien arrangé ; le gin refusait de faire effet. La musique de sa hi-fi – *Envy of Angels*, de Mutton Birds – ne l'apaisait pas comme elle le faisait d'habitude. La dernière énigme tourbillonnait dans son crâne. Et toutes les trente secondes… Ça recommençait ! Elle revoyait Grant immobiliser ses bras sous les yeux de John Rebus – justement ! – qui se tenait dans l'encadrement de la porte. Elle se demandait ce qui se serait passé s'il n'avait pas averti de sa présence. Elle se demandait depuis combien de temps il était là et s'il avait entendu leur dispute.

Assise sur le canapé, elle se leva d'un bond et se remit à faire les cent pas, son verre à la main. Non, non, non… comme si répéter le mot pouvait tout faire disparaître, empêcher que ce soit arrivé. Parce que c'était le problème. On ne peut rien défaire.

– Idiote, psalmodia-t-elle, répétant le mot jusqu'au moment où il eut perdu tout sens.

Idioteidioteidioteidiote…

Non, non, non, non, non…

The mason's dream…

Flip Balfour… Gandalf… Ranald Marr…

Grant Hood.

Idioteidioteidioteidiote…

Elle était près de la fenêtre quand la chanson se termina. Pendant l'instant de silence qui suivit, une voiture s'engagea dans sa rue et elle comprit d'instinct qui c'était. Elle se précipita jusqu'au lampadaire et appuya sur l'interrupteur posé sur le plancher, plongeant la pièce dans le noir. La lampe de l'entrée était allumée, mais il était peu probable qu'on la voie de la rue. Elle n'osa pas bouger, de peur que son ombre la trahisse. La voiture s'était arrêtée. La chanson suivante était commencée. Elle prit la télécommande et éteignit le lecteur de CD. Elle entendit alors le moteur qui tournait au ralenti. Son cœur cognait.

Puis la sonnerie de l'Interphone, indiquant que quelqu'un était dehors et voulait entrer. Elle attendit, immobile. Elle serrait son verre si fort que des crampes crispèrent ses doigts. Elle le prit dans l'autre main. À nouveau l'Interphone.

Non non non non...

Laisse tomber, Grant. Remonte dans l'Alfa et rentre chez toi. Demain, on pourra faire comme s'il n'était rien arrivé.

Bzzzzz bzzzzz zzz

Elle se mit à fredonner, un air qu'elle inventait. Pas même un air, en fait ; seulement des bruits destinés à lutter contre la sonnerie et le chuintement du sang dans ses oreilles.

Une portière de voiture claqua et elle se détendit légèrement. Elle faillit lâcher le verre quand le téléphone se mit à sonner.

Elle le vit dans la lumière du lampadaire. Il était au pied du canapé. Six sonneries et le répondeur prendrait l'appel. Deux... trois... quatre...

Peut-être le Paysan !

– Allô ?

Elle se laissa tomber sur le canapé, le combiné contre l'oreille.

– Siobhan ? C'est Grant.

– Où es-tu ?

– Je viens de sonner chez toi.

– Je suis fatiguée, Grant. Je viens de me coucher.

– Cinq minutes, Siobhan.

– Non.

– Oh.

Le silence fut comme une tierce personne, un ami imposant et sans humour invité par un seul d'entre eux.

– Rentre chez toi, hein ? On se verra demain matin.

– Ce sera peut-être trop tard pour répondre à Quizmaster.

– Ah, tu es venu parler travail ?

Elle fit glisser sa main libre sur son corps, la coinça sous le bras qui tenait le téléphone.

– Pas exactement, reconnut-il.

– Oui, c'est bien ce que je pensais, Grant ; disons que c'était un instant de folie, hein ? Je crois que je pourrai me faire à cette idée.

– C'était ça, d'après toi ?

– Pas d'après toi ?

– Qu'est-ce qui te fait peur, Siobhan ?

– Qu'est-ce que tu veux dire ? demanda-t-elle d'une voix plus dure.

Un bref silence, puis il céda, répondit :

– Rien. Je ne voulais rien dire. Désolé.

– Donc on se voit au bureau.

– D'accord.

– Dors bien. On résoudra l'énigme demain.

– Si tu le dis.

– Je le dis. Bonne nuit, Grant.

– Bonne nuit, Shiv.

Elle raccrocha, ne prit même pas la peine de lui dire qu'elle haïssait Shiv : à l'école, ses condisciples employaient ce diminutif. Un de ses petits amis, à l'université, l'aimait beaucoup. Il lui avait dit qu'il signifiait « poignard » en argot. Siobhan : son prénom posait des problèmes à ses professeurs, en Angleterre. Ils prononçaient Sii-Oban et elle était obligée de rectifier.

Bonne nuit, Shiv...

Idioteidioteidiote...

Elle entendit sa voiture s'éloigner, vit la lumière des phares sur le plafond et le mur opposé. Elle resta assise dans le noir, vida son verre sans percevoir le goût de ce qu'elle but. Quand son téléphone sonna, elle jura.

– Écoute, cria-t-elle dans le combiné, laisse tomber, d'accord ?

– Bon… si vous le dites.

C'était la voix du Paysan.

– Merde, monsieur le superintendant, je m'excuse.

– Vous attendiez un autre appel ?

– Non, je… peut-être une autre fois.

– Très bien. J'ai donné des coups de téléphone. Il y a des gens qui connaissent beaucoup mieux l'Art que moi, et j'ai pensé qu'ils pourraient peut-être nous éclairer.

Le ton de sa voix suffit à la renseigner.

– Ça n'a rien donné ?

– Pas encore. Mais deux personnes doivent me rappeler. Elles étaient absentes, aussi j'ai laissé des messages. *Nil desperandum*, c'est ce qu'on dit, n'est-ce pas ?

Le sourire de Siobhan fut morne.

– Certaines personnes, probablement, oui. Notamment les optimistes incorrigibles.

– Donc vous pouvez espérer un appel demain. Le délai expire quand ?

– En fin de matinée.

– Dans ce cas, je donnerai quelques coups de fil dès l'aube.

– Merci, monsieur le superintendant.

– Il est agréable de se sentir à nouveau utile. Quelque chose vous déprime, Siobhan ? demanda-t-il après un silence.

– Je m'en sortirai.

– Je suis prêt à le parier. À demain.

– Bonne nuit, monsieur le superintendant.

Elle raccrocha. Son verre était vide. *Tout ça vient de John Rebus, hein ?* Les paroles de Grant pendant leur dispute. Et elle était maintenant assise dans le noir, un verre vide à la main, fixant la fenêtre.

– Je ne suis pas du tout comme lui, dit-elle.

Puis elle décrocha et composa son numéro. Obtint son répondeur. Elle pouvait essayer son mobile. Peut-être était-il allé picoler ; il était sûrement allé picoler. Elle pourrait le rejoindre, explorer les bars de nuit, chaque salle obscure offrant une protection contre les ténèbres.

Mais il voudrait parler de Grant, de la situation dans laquelle il les avait trouvés. Et ça serait là, entre eux, quelle que soit la conversation.

Elle réfléchit une minute, puis appela tout de même son mobile, mais il était éteint. Son pager était la dernière chance, mais elle se calmait. Une tasse de thé… elle l'emporterait dans son lit. Elle alluma la bouilloire, chercha des sachets. La boîte était vide. Elle n'avait que des petits sachets de tisane : de la camomille. Elle se demanda si la station-service de Canonmills serait ouverte… peut-être l'épicerie de Broughton Street. Oui, voilà, c'était la solution de ses problèmes. Elle mit ses chaussures et son manteau, s'assura qu'elle avait ses clés et de l'argent. Une fois dehors, elle vérifia que la porte était bien fermée. Elle descendit l'escalier et sortit dans la nuit, se mit en quête d'un allié sur lequel elle pouvait toujours compter, quoi qu'il arrive.

Le chocolat.

9

Il était un peu plus de sept heures et demie quand le téléphone la réveilla. Elle se leva et gagna le salon d'un pas incertain. Elle avait une main sur le front ; l'autre saisit le combiné.

– Allô ?

– Bonjour, Siobhan. Je ne vous réveille pas, n'est-ce pas ?

– Non, je préparais le petit déjeuner.

Elle tira sur ses joues, dans l'espoir de forcer ses yeux à s'ouvrir. Le Paysan était apparemment debout depuis des heures.

– Je ne veux pas vous retarder, mais je viens d'avoir un coup de téléphone très intéressant.

– Un de vos contacts ?

– Un lève-tôt, comme moi. Il écrit un livre sur les relations éventuelles entre les templiers et les maçons. C'est probablement pour cette raison qu'il a vu immédiatement.

Siobhan était dans la cuisine. Elle s'assura qu'il y avait de l'eau dans la bouilloire et la brancha. Il restait, dans le pot, à peu près de quoi faire deux ou trois tasses de café instantané. Il faudrait qu'elle aille au supermarché, un de ces jours. Miettes de chocolat sur le plan de travail. Elle les ramassa sur le bout d'un doigt, les porta à sa bouche.

– Qu'est-ce qu'il a vu ? demanda-t-elle.

Le Paysan se mit à rire.

– Vous n'êtes pas réveillée, n'est-ce pas ?

– Un peu groggy, c'est tout.

– Vous vous êtes couchée tard ?

– Peut-être un Toblerone de trop. Qu'est-ce qu'il a vu, monsieur le superintendant ?

– Cette énigme. C'est une allusion à Rosslyn Chapel. Vous savez où c'est ?

– J'y suis allée il n'y a pas très longtemps.

Une autre affaire sur laquelle elle avait travaillé avec Rebus.

– Dans ce cas, vous avez peut-être vu ceci : une des fenêtres s'orne apparemment de sculptures représentant du maïs.

– Je ne m'en souviens pas.

Mais elle se réveillait.

– Pourtant la chapelle a été construite à une époque où le maïs n'existait pas en Grande-Bretagne.

– *A corny beginning*, récita-t-elle.

– C'est exact.

– Et le rêve du maçon ?

– Quelque chose que vous avez dû remarquer, à l'intérieur de la chapelle : deux colonnes très travaillées. L'une s'appelle Colonne du maçon et l'autre Colonne de l'apprenti. D'après la légende, le maître maçon a décidé d'aller à l'étranger afin d'étudier le motif décoratif de la colonne qu'il devait édifier. Mais, pendant son absence, un de ses apprentis a vu, en rêve, la colonne telle qu'elle devrait être. Il s'est mis au travail et a réalisé la Colonne de l'apprenti. À son retour, le maître maçon a été si jaloux qu'il s'est jeté sur l'apprenti et l'a tué à coups de maillet.

– Donc la colonne a mis un terme au rêve du maçon ?

– C'est exact.

Siobhan repassa l'histoire dans son esprit.

– Tout correspond, dit-elle enfin. Merci beaucoup, monsieur le superintendant.

– Mission accomplie ?

– Pas tout à fait. Il faut que j'y aille.

– Téléphonez-moi, Siobhan. Je veux connaître la fin de l'histoire.

– Je n'y manquerai pas. Merci encore.

Elle passa les mains dans ses cheveux. *A corny beginning where the mason's dream ended.* Rosslyn Chapel. Elle se trouvait à Roslin, village situé une dizaine de kilomètres au sud d'Édimbourg. Siobhan décrocha le téléphone dans l'intention d'appeler Grant... Mais elle raccrocha. Grâce au portable, elle envoya un e-mail à Quizmaster.

La Colonne de l'apprenti, Rosslyn Chapel.

Puis elle attendit. Elle but une tasse de café insipide avec lequel elle fit passer deux cachets de paracétamol. Elle gagna la salle de bains et prit une douche. Elle se séchait les cheveux avec une serviette quand elle revint dans le séjour. Il n'y avait toujours pas de message de Quizmaster. Elle s'assit, mordilla sa lèvre inférieure. Ils n'auraient pas dû aller à Hart Fell : le nom aurait suffi. Dans moins de trois heures, le délai aurait expiré. Quizmaster voulait-il qu'elle aille à Roslin ? Elle envoya un deuxième e-mail.

J'y vais ou je n'y vais pas ?

Elle attendit à nouveau. La deuxième tasse de café fut plus insipide que la première. Le pot était désormais vide. Si elle voulait boire quelque chose, ce serait de la camomille. Elle se demanda si Quizmaster était absent. Mais il ne sortait sûrement pas sans un portable et un mobile. Peut-être même restait-il en ligne vingt-quatre heures sur vingt-quatre, comme elle le faisait. Il fallait qu'il guette l'arrivée de messages.

Donc à quoi jouait-il ?

– Je ne peux pas prendre le risque, dit-elle.

Un dernier message : *Je vais à la chapelle*. Puis elle alla s'habiller.

Elle monta dans la voiture, posa le portable et le mobile sur le siège du passager. Elle envisagea une nouvelle fois d'appeler Grant, mais décida de ne pas le faire. Elle s'en tirerait ; les reproches qu'il pourrait lui adresser ne lui feraient ni chaud ni froid...

... Tu ne veux pas partager. Et si ça ne ressemble pas à Rebus, je me demande ce qui lui ressemble.

Les mots de Grant. Pourtant elle prenait seule le chemin de Roslin. Pas de soutien et après avoir averti Quizmaster. Quand elle arriva en haut de Leith Walk, sa décision était arrêtée. Elle prit le chemin de chez Grant.

Il était un peu plus de huit heures et quart quand le téléphone réveilla Rebus. C'était son mobile. Il l'avait branché, afin qu'il se recharge pendant la nuit. Il se leva, se prit les pieds dans les vêtements éparpillés sur la moquette. À quatre pattes, il chercha le téléphone à tâtons, le porta à son oreille.

– Rebus, dit-il, et il vaudrait mieux que ce soit important.

– Tu es en retard, dit la voix.

Gill Templer.

– En retard pour quoi ?

– Le scoop.

Toujours à quatre pattes, Rebus jeta un coup d'œil sur le lit. Pas trace de Jean. Il se demanda si elle était partie travailler.

– Quel scoop ?

– Ta présence est requise à Holyrood Park. On a découvert un cadavre sur Arthur's Seat.

– C'est elle ?

La peau de Rebus devint soudain moite.

– Difficile à dire à ce stade.
– Merde.
Il tourna la tête, fixa le plafond, puis demanda :
– Comment est-elle morte ?
– Le corps est là depuis pas mal de temps.
– Gates et Curt sont-ils sur les lieux ?
– Ils ne vont pas tarder.
– J'y vais directement.
– Désolé de t'avoir dérangé. Tu ne serais pas chez Jean, par hasard ?
– Est-ce que c'est une supposition en l'air ?
– L'intuition féminine, disons.
– À tout à l'heure, Gill.
– À tout à l'heure, John.
Tandis qu'il coupait la communication, la porte s'ouvrit et Jean Burchill entra. Elle portait un peignoir en éponge et avait un plateau : jus d'orange, toasts, café.
– Oh là là, dit-elle, quel charme !
Puis elle vit l'expression de son visage et son sourire disparut.
– Qu'est-ce qu'il y a ? demanda-t-elle.
Il expliqua.

Grant bâilla. Ils avaient pris deux gobelets de café chez un marchand de journaux, mais il n'était pas complètement réveillé. Ses cheveux étaient dressés, sur l'arrière de son crâne, et cela semblait le gêner parce qu'il tentait sans cesse de les aplatir de la main.
– Je n'ai pas beaucoup dormi, cette nuit, dit-il en se tournant brièvement vers Siobhan, qui ne quitta pas la route des yeux.
– Il y a quelque chose dans le journal ?
Le tabloïd du jour – acheté en même temps que le café – était ouvert sur ses genoux.
– Pas grand-chose.

– Des infos sur l'affaire ?

– Je ne crois pas. Passée à la trappe.

Une idée lui traversa l'esprit et il se mit à fouiller dans ses poches.

– Qu'est-ce qu'il y a ?

Pendant une fraction de seconde, elle crut qu'il avait oublié un médicament capital.

– Mon mobile. J'ai dû le laisser sur la table.

– On a le mien.

– Oui, connecté à mon serveur. Et si on essaie de nous appeler ?

– On laissera un message.

– J'imagine... Écoute, à propos d'hier...

– Faisons comme s'il ne s'était rien passé, coupa-t-elle.

– Mais il s'est passé quelque chose.

– J'aurais préféré qu'il ne se passe rien, d'accord ?

– C'est toi qui te plains toujours parce que je...

– Le sujet est clos, Grant. Je suis sérieuse. Soit le sujet est clos, soit j'en parle à la patronne. C'est à toi de décider.

Il parut sur le point de dire quelque chose mais y renonça, croisa les bras. La stéréo diffusait Virgin AM en sourdine. Elle aimait bien ; ça l'aidait à se réveiller. Grant avait envie d'informations, Radio Scotland ou la BBC.

– Ma voiture, ma radio, se contenta-t-elle de dire.

Il lui demanda ensuite de répéter ce que le Paysan avait dit. Elle le fit, heureuse d'échapper au sujet de la tentative de baiser.

Grant but du café pendant qu'elle racontait. Il portait des lunettes noires alors qu'il n'y avait pas de soleil. C'étaient des Ray Ban à monture d'écaille.

– Ça semble bon, dit-il quand elle eut terminé.

– Je crois, admit-elle.

– C'est presque trop facile.

Elle eut un bref rire ironique.

– Si facile qu'on a failli ne pas trouver.

Il haussa les épaules.

– Ça ne nécessitait aucune intelligence, voilà ce que je veux dire. C'est quelque chose qu'on sait ou qu'on ignore, tout bêtement.

– Comme tu l'as dit, c'est un autre type d'énigme.

– D'après toi, combien de maçons Philippa Balfour connaît-elle ?

– Quoi ?

– C'est ainsi que tu as trouvé. Comment a-t-elle fait ?

– Elle étudiait l'histoire de l'art, n'est-ce pas ?

– Exact. Donc elle a pu entendre parler de Rosslyn Chapel pendant ses études ?

– Vraisemblablement.

– Et Quizmaster pouvait-il le savoir ?

– Par quel moyen ?

– Elle lui a peut-être dit ce qu'elle étudiait.

– Peut-être.

– Sinon elle n'aurait probablement pas pu résoudre cette énigme. Tu me suis ?

– Je crois. D'après toi, contrairement aux autres, elle nécessitait un savoir spécialisé.

– Quelque chose comme ça. Évidemment, il y a une autre possibilité.

– Laquelle ?

– Quizmaster savait parfaitement bien qu'elle connaissait Rosslyn Chapel, qu'elle lui ait dit ou pas ce qu'elle étudiait.

Siobhan vit où il voulait en venir.

– Quelqu'un qui la connaît ? Tu penses que Quizmaster est un de ses amis.

Grant la dévisagea par-dessus ses Ray Ban.

– Je ne serais pas étonné si on apprenait que Ranald Marr est maçon, compte tenu de sa profession…

– Moi non plus, fit Siobhan, songeuse. Il faudrait peut-être qu'on aille lui poser la question.

Ils quittèrent la route principale et entrèrent dans Roslin. Siobhan se gara près de la boutique de souvenirs de la chapelle. La porte était fermée à clé.

– Ça ouvre à dix heures, dit Grant après avoir lu l'affichette. À ton avis, on a combien de temps ?

– Si on attend jusqu'à dix heures, pas très longtemps.

Siobhan, dans la voiture, s'assurait qu'elle n'avait pas reçu d'e-mails.

– Il y a forcément quelqu'un.

Grant donna des coups de poing contre le battant. Siobhan descendit de voiture et regarda le mur qui entourait la cour de la chapelle.

– Tu es fort en escalade ? demanda-t-elle à Grant.

– On pourrait essayer, répondit-il. Mais si la chapelle est fermée à clé, elle aussi ?

– Et si quelqu'un, à l'intérieur, lui donnait un petit coup de chiffon ?

Il acquiesça. Mais ils entendirent un bruit de verrou qu'on tirait. La porte s'ouvrit et un homme apparut.

– Ce n'est pas ouvert, dit-il avec gravité.

Siobhan lui montra sa carte.

– Police, monsieur. On ne peut pas attendre.

Ils le suivirent sur un chemin conduisant à la porte latérale de la chapelle. Une bâche énorme couvrait le bâtiment. Grâce à sa visite antérieure, Siobhan savait que la toiture était endommagée. Il fallait qu'elle sèche avant qu'il soit possible de la réparer. La chapelle était petite de l'extérieur, mais semblait vaste à l'intérieur : illusion d'optique due à la décoration chargée. Le plafond était stupéfiant, même si l'humidité et les moisissures en occupaient une grande partie. Grant, debout dans l'allée centrale, restait bouche bée, comme elle lors de sa première visite.

– C'est incroyable, souffla-t-il, les murs renvoyant l'écho de sa voix.

Il y avait des sculptures partout, mais Siobhan savait ce qu'elle cherchait et gagna directement la Colonne de l'apprenti. Elle était près des marches qui permettaient de descendre à la sacristie. La colonne faisait environ deux mètres cinquante de haut, était ornée de rubans en spirale.

– C'est ça ? dit Grant.

– C'est ça.

– Qu'est-ce qu'on cherche ?

– On saura quand on trouvera.

Siobhan passa une main sur la surface froide de la colonne, puis s'accroupit. Des dragons entrelacés enserraient la base. La queue de l'un d'entre eux, repliée sur elle-même, formait une petite niche. Elle y glissa l'index et le pouce, en sortit un petit carré de papier.

– Nom de Dieu, fit Grant.

Elle ne prit pas la peine d'utiliser des gants et un sachet en plastique, sachant désormais que Quizmaster ne laissait aucun indice utilisable par la police scientifique. C'était un morceau de feuille de bloc plié trois fois. Grant changea de position afin qu'ils puissent voir tous les deux ce qui était écrit dessus.

Vous êtes la Chercheuse. Votre prochaine destination est le Bord de l'enfer. Instructions suivent.

– Je ne comprends pas. Tout ça seulement pour ça ? lança Grant d'une voix où perçait la colère.

Siobhan relut le message, retourna le morceau de papier. L'autre côté était vierge. Grant avait pivoté sur les talons et donnait des coups de pied dans le vide.

– Salaud, cria-t-il, si bien que le guide le foudroya du

regard. Je suis sûr qu'il se marre bien à nous voir cavaler partout !

– Je crois que ça joue un rôle, oui, reconnut Siobhan.

Il se tourna vers elle.

– Que ça joue un rôle ?

– Que c'est une partie de sa motivation. Il aime nous voir cavaler jusqu'à l'épuisement.

– Oui, mais il ne nous voit pas, n'est-ce pas ?

– Je ne sais pas. J'ai parfois l'impression qu'il nous épie.

Grant la dévisagea, puis se dirigea vers le guide.

– Comment vous appelez-vous ?

– William Eadie.

Grant avait sorti son carnet.

– Et quelle est votre adresse, monsieur Eadie ?

Il entreprit de noter tout ce qui concernait Eadie.

– Ce n'est pas Quizmaster, dit Siobhan, qui prit Grant par le bras et l'entraîna.

Ils regagnèrent la voiture et Siobhan tapa un e-mail : *Prête à recevoir l'énigme du Bord de l'enfer.*

Elle l'envoya, et s'appuya contre le dossier du siège.

– Et maintenant ? demanda Grant.

Siobhan haussa les épaules. Mais le portable annonça qu'il y avait un nouveau message. Elle cliqua et le lut.

Ready to give up ? That's a surer thing[1].

Grant chassa dans un sifflement l'air contenu dans ses poumons.

– C'est une énigme ou une menace ?

– Peut-être les deux.

Un nouveau message arriva : *Le Bord de l'enfer à dix-huit heures*.

Siobhan hocha la tête.

– Les deux, répéta-t-elle.

---

1. Prête à abandonner ? C'est une chose plus sûre.

– Il ne nous donne que huit heures.

– Dans ce cas, on n'a pas de temps à perdre. Qu'est-ce que « a surer thing » ?

– Aucune idée.

Elle se tourna vers lui.

– Tu ne crois pas que c'est une énigme ?

Il eut un sourire forcé.

– Ce n'est pas ce que je voulais dire. Jetons à nouveau un coup d'œil.

Siobhan afficha le message sur l'écran.

– Tu sais à quoi ça ressemble ? demanda Grant.

– À quoi ?

– À une définition de mots croisés. Ce n'est pas tout à fait correct grammaticalement, n'est-ce pas ? Ça a presque un sens, mais pas tout à fait.

Siobhan acquiesça.

– Comme si c'était un peu forcé ?

– Si c'était une définition de mots croisés…

Grant serra les lèvres. Une petite ligne verticale apparut entre ses sourcils alors qu'il se concentrait.

– Si c'était une définition, « give up » pourrait signifier « produire », comme les plantes produisent, mais ici ce serait le sens. Tu vois ?

Il fouilla dans sa poche, en sortit son carnet et son stylo.

– Il faut que je le voie écrit, expliqua-t-il en copiant l'énigme. C'est une construction classique de mots croisés : la première partie te dit ce que tu dois faire, la deuxième est le sens que tu obtiens si tu le fais.

– Continue. Tu finiras peut-être par devenir compréhensible.

Il sourit à nouveau, mais ne se tourna pas vers elle.

– Admettons que ce soit une anagramme. « Ready to give up… that's a surer ». Si tu t'arranges pour que

« that's a surer » « produise », tu obtiendras une « chose ».

– Quelle chose ?

Siobhan commençait à avoir la migraine.

– C'est ce qu'il faut trouver.

– Si c'est une anagramme.

– Si c'est une anagramme, concéda Grant.

– Et quel rapport avec le Bord de l'enfer, à supposer que ce soit quelque chose ?

– Je ne sais pas.

– Si c'est une anagramme, n'est-ce pas trop facile ?

– Seulement si on sait comment fonctionnent les mots croisés. Autrement, on le lit littéralement et ça ne signifie rien.

– Bon, tu viens d'expliquer et, pour moi, c'est toujours du charabia.

– Heureusement que je suis là, hein ? dit-il en arrachant une feuille. Tiens, vois si tu peux décrypter « that's a surer ».

– En faire un mot qui a un sens ?

– Un ou des mots, précisa Grant. Tu as onze lettres avec lesquelles tu peux jouer.

– Il n'y a pas un programme informatique que je pourrais utiliser ?

– Probablement, mais ce serait de la triche, hein ?

– Là, tout de suite, je n'hésiterais pas à tricher.

Mais Grant n'écoutait pas. Il s'était mis au travail.

– Je suis venu hier, dit Rebus.

Bill Pryde avait laissé sa planche à pince à Gayfield Square. La montée l'essoufflait. Des policiers en tenue se tenaient çà et là. Ils avaient des rouleaux de bande de plastique et attendaient qu'on leur indique s'il était possible ou utile d'isoler la zone. Il y avait une file de voitures en stationnement, en bas, sur la chaussée : journalistes, photographes, au moins une équipe de télévision. La nouvelle s'était répandue rapidement et le cirque s'était installé en ville.

– Quelque chose à dire, inspecteur Rebus ? lui avait demandé Steve Holly en descendant de sa voiture.

– Seulement que vous m'ennuyez.

Pryde expliquait qu'une promeneuse avait découvert le corps. Parmi des genêts. Pas de véritable tentative de le cacher.

Rebus garda le silence. Deux cadavres jamais retrouvés… l'autre découvert dans l'eau. Maintenant ceci : le flanc d'une colline. Ça ne correspondait pas au reste.

– C'est elle ? demanda-t-il.

– Compte tenu du T-shirt Versace, je dirais que oui.

Rebus s'arrêta et regarda autour de lui. La nature sauvage au cœur d'Édimbourg. Arthur's Seat est un volcan éteint entouré d'une réserve d'oiseaux et de lochs.

– Il serait difficile de monter un cadavre jusqu'ici, constata Rebus.

Pryde acquiesça.

– Probablement tuée sur place.

– Attirée là-haut ?

– Ou peut-être simplement en promenade.

Rebus secoua la tête.

– À mon avis, elle n'était pas du genre à marcher.

Ils s'étaient remis en chemin, étaient près maintenant. Groupe de silhouettes accroupies à flanc de colline, combinaisons et capuches blanches : très facile de contaminer les lieux d'un crime. Rebus reconnut Gates, le visage rouge à cause de l'ascension. Gill Templer, près de lui, silencieuse, se contentait d'écouter et de regarder. Les spécialistes de la police scientifique fouillaient grossièrement les environs… plus tard, quand le corps aurait été évacué, ils effectueraient des recherches plus précises avec l'aide d'agents en tenue. Ça ne serait pas facile : l'herbe était haute et fournie. Un photographe de la police réglait son objectif.

– Il vaut mieux ne pas aller plus loin, dit Pryde, qui demanda ensuite à quelqu'un d'aller chercher des combinaisons.

Quand Rebus passa la sienne sur ses chaussures, le mince tissu craqua et battit sous l'effet de la forte brise.

– Des nouvelles de Siobhan Clarke ? demanda-t-il.

– On a essayé de les contacter, Grant Hood et elle. En vain pour le moment.

– Ah bon ?

Rebus dut réprimer un sourire.

– Quelque chose que je devrais savoir ? demanda Pryde.

Rebus secoua la tête.

– Triste de mourir dans un endroit comme celui-ci, hein ?

– Ce n'est pas mieux ailleurs.

Pryde tira la fermeture à glissière de sa combinaison et prit la direction du corps.

– Étranglée, indiqua Gill Templer.

– C'est ce qui est le plus probable à ce stade, précisa Gates. Bonjour, John.

Rebus salua également d'un signe de tête.

– Le Dr Curt ne vous a pas accompagné ?

– Il a téléphoné pour dire qu'il était malade. Ça lui arrive souvent depuis quelque temps.

Gates faisait simplement la conversation tout en poursuivant son examen. Le corps était dans une position disgracieuse, bras et jambes formant des angles saillants. Rebus estima que les genêts l'avaient bien caché. Compte tenu des hautes herbes, il fallait être à moins de deux mètres cinquante pour distinguer ce que c'était. Les vêtements contribuaient au camouflage : pantalon de treillis vert clair, T-shirt kaki, veste grise. Les vêtements que portait Flip le jour de sa disparition.

– Les parents sont informés ? demanda-t-il.

Gill acquiesça.

– Ils savent qu'on a trouvé un corps.

Rebus la contourna afin d'avoir un meilleur angle de vision. Le visage était face au côté opposé à celui où il se trouvait. Il y avait des feuilles dans ses cheveux, et la trace miroitante d'une limace. La peau était mauve. Sans doute Gates avait-il légèrement déplacé le corps. Ce que voyait Rebus était la rigidité cadavérique, le sang descendant, après la mort, et colorant les parties du corps en contact avec le sol. Il avait vu des dizaines de cadavres, au fil des années ; ils l'attristaient toujours, le déprimaient toujours. L'animation est l'élément essentiel du vivant, son absence est difficile à accepter. Il avait vu des gens poser la main sur des corps gisant sur les tables de la morgue, les secouer comme si cela pouvait les faire revenir. Philippa Balfour ne reviendrait pas.

– Les doigts ont été rongés, indiqua Gates, davantage à l'attention de son magnétophone qu'à celle de son public. Les animaux sauvages, probablement.

Belettes et renards, supposa Rebus. Événements naturels dont les documentaires de la télé ne parlent pas.

– Un peu emmerdant, poursuivit Gates.

Rebus savait ce qu'il voulait dire : si Philippa Balfour s'était défendue, les bouts de ses doigts auraient pu fournir de nombreuses informations sur son agresseur – lambeaux de peau ou sang sous les ongles.

– Quel gâchis, dit soudain Pryde.

Rebus eut l'impression qu'il ne pensait pas à la mort de Philippa en tant que telle, mais aux efforts déployés depuis sa disparition, aux vérifications effectuées dans les aéroports, les ports et les gares… au travail réalisé en partant du principe qu'elle était peut-être – seulement peut-être – toujours en vie. Et, pendant tout ce temps, elle gisait là, chaque jour les privant d'éléments éventuels, d'indices.

– Heureusement qu'on l'a trouvée aussi vite, commenta Gates, peut-être pour réconforter Pryde.

On avait effectivement découvert le corps d'une autre femme, quelques mois auparavant, dans une autre partie du parc, tout près d'un chemin très fréquenté. Pourtant, le corps y était resté plus d'un mois. Il s'était avéré qu'il s'agissait d'un « domestique », euphémisme bien pratique auquel on recourait quand les gens avaient été tués par leurs proches.

Rebus vit arriver, en contrebas, une des camionnettes grises de la morgue. Le cadavre serait placé dans un sac, puis transporté à Western General, où Gates effectuerait son autopsie.

– Éraflures sur les talons indiquant qu'on l'a traînée, récitait Gates dans le micro de sa machine. Légères. Lividité correspondant à la position du corps : donc, elle était toujours en vie ou venait de mourir quand on l'a traînée jusqu'ici.

Gill Templer regarda autour d'elle.

– Sur quelle distance faut-il étendre les recherches ?

– Sur une cinquantaine de mètres, peut-être une centaine, répondit Gates.

Elle adressa un bref regard à Rebus, qui constata qu'elle n'avait guère d'espoir. Il était peu probable qu'on puisse déterminer l'endroit d'où on l'avait traînée, sauf si un objet lui appartenant était tombé.

– Rien dans les poches ? demanda Rebus.

Gates secoua la tête.

– Des bagues à une main et une montre de luxe.

– Cartier, précisa Gill.

– Au moins, on peut éliminer le vol, marmonna Rebus, et Gates esquissa un sourire.

– Il ne semble pas qu'on ait touché à ses vêtements, indiqua-t-il. Donc, vous pouvez éliminer aussi l'agression sexuelle, pendant que vous y êtes.

– De mieux en mieux. (Il se tourna vers Gill.) C'est du tout cuit.

– Voilà pourquoi je souris d'une oreille à l'autre, contra-t-elle, grave.

St Leonard's, où la nouvelle s'était répandue, bruissait, mais Siobhan n'éprouvait qu'une hébétude paralysante. Comme elle participait au jeu de Quizmaster, ainsi que Philippa l'avait probablement fait, elle se sentait proche de l'étudiante disparue. Désormais il ne s'agissait plus d'une disparition et ses pires craintes s'étaient réalisées…

– C'est ce qu'on croit depuis le début, n'est-ce pas ? dit Grant. Le problème était simplement de savoir quand on trouverait le corps.

Il posa son carnet devant lui, sur le bureau. Trois ou quatre pages étaient couvertes d'anagrammes. Il s'assit et tourna une page, le stylo à la main. George Silvers et Ellen Wylie étaient également dans la pièce.

– J'ai emmené mes gosses à Arthur's Seat le week-end dernier, disait Silvers.

Siobhan demanda qui avait découvert le corps.

– Une femme d'âge mûr, je crois, répondit Wylie, qui faisait sa promenade de santé quotidienne.

– Elle n'est pas près de reprendre ce chemin, marmonna Silvers.

– Flip était-elle là depuis le début ?

Siobhan jeta un coup d'œil sur Grant, qui jonglait avec les lettres. Peut-être avait-il raison de continuer de chercher, mais elle ne put s'empêcher d'éprouver un vague dégoût. Comment pouvait-il rester insensible à la nouvelle ? George Silvers lui-même, à qui le cynisme ne faisait pas défaut, semblait sous le coup de l'émotion.

– Arthur's Seat, répéta-t-il. Le week-end dernier.

Wylie décida de répondre à la question de Siobhan.

– C'est ce que croit la superintendante.

Elle parla sans quitter son bureau des yeux, passa une main dessus comme pour essuyer la poussière.

Ça la fait souffrir, pensa Siobhan... le simple fait de dire « superintendante » lui rappelle la conférence de presse et accentue son ressentiment.

Quand un téléphone sonna, Silvers alla décrocher.

– Non, il n'est pas là, dit-il à son correspondant... Ne quittez pas, je vais vérifier. (Il posa une main sur le micro du combiné.) Ellen, tu sais quand Rebus rentrera ?

Elle secoua la tête. Soudain, Siobhan comprit où il était : il était à Arthur's Seat... alors que Wylie, qui était théoriquement son équipière, ne s'y trouvait pas.

Elle pensa à Gill Templer disant à Rebus que sa présence était nécessaire. Il s'était précipité, abandonnant Wylie. Siobhan y vit une vexation volontaire de la part de Templer. Elle savait exactement ce que Wylie éprouvait.

– Désolé, aucune idée, dit Silvers dans le combiné. Une seconde. La dame veut te parler, dit-il en tendant l'appareil à Siobhan.

Elle traversa la pièce, mima « Qui ? » mais Silvers se contenta de hausser les épaules et de lui donner le combiné.

– Allô, constable Clarke à l'appareil.

– Siobhan ? C'est Jean Burchill.

– Salut, Jean. Qu'est-ce que je peux faire pour vous ?

– Vous l'avez identifiée ?

– Pas à cent pour cent. Comment êtes-vous au courant ?

– John me l'a dit, puis il est parti quatre à quatre.

Les lèvres de Siobhan formèrent silencieusement un O. John Rebus et Jean Burchill… eh bien.

– Vous voulez que je lui dise que vous avez appelé ?

– J'ai essayé son mobile.

– Il l'a peut-être coupé : on n'a pas envie d'être dérangé, sur les lieux.

– Quels lieux ?

– Les lieux du crime.

– Arthur's Seat, n'est-ce pas ? On y est allés hier matin.

Siobhan regarda Silvers. Apparemment, tout le monde était allé récemment à Arthur's Seat. Quand elle se tourna vers Grant, elle s'aperçut qu'il fixait son carnet, comme hypnotisé.

– Vous savez à quel endroit ? demanda Jean.

– De l'autre côté de la route de Dunsapie Loch, un peu plus loin en direction de l'est.

Siobhan n'avait pas cessé de fixer Grant. Les yeux rivés sur elle, il se leva et prit son carnet.

– Où est-ce ?

La question était rhétorique, Jean cherchant simplement à situer l'endroit. Grant tenait le carnet devant lui, mais était trop loin pour que Siobhan puisse distinguer quelque chose : fouillis de lettres et deux mots entourés. Elle plissa les paupières.

– Ah, fit soudain Jean, je vois où c'est. Je crois que ça s'appelle le Bord de l'enfer.

– Le Bord de l'enfer ?

Siobhan veilla à ce que Grant puisse entendre, mais il avait l'esprit ailleurs.

– Une pente très raide, poursuivait Jean, qui pourrait expliquer son nom même si, bien entendu, le folklore préfère les sorcières et le satanisme.

– Oui, fit Siobhan lentement, la tête ailleurs. Écoutez, Jean, il faut que je vous laisse.

Elle fixait les mots entourés du bloc de Grant. Il avait résolu l'anagramme.

« That's a surer » était devenu « Arthur's Seat ». Siobhan raccrocha.

– Il nous conduisait jusqu'à elle, souffla Grant.

– Peut-être.

– Comment ça peut-être ?

– Tu présupposes qu'il savait que Flip était morte. On ne peut pas l'affirmer. Il nous conduisait jusqu'aux endroits où Flip était allée, rien de plus.

– On a découvert son cadavre à cet endroit-là. Qui, hormis Quizmaster, savait qu'elle s'y rendrait ?

– Quelqu'un peut l'avoir suivie, ou l'avoir rencontrée par hasard.

– Tu n'y crois pas, dit Grant, certain d'avoir raison.

– Je me fais l'avocat du diable, Grant, rien de plus.

– Il l'a tuée.

– Dans ce cas, pourquoi aurait-il accepté qu'on joue ?

– Pour nous troubler l'esprit. Non, pour te troubler l'esprit. Et peut-être pas seulement.

– Dans ce cas, il m'aurait déjà tuée.

– Pourquoi ?

– Parce que je n'ai plus besoin de jouer. Je suis arrivée au point où Flip était parvenue.

Il secoua la tête.

– Tu veux dire que s'il t'envoie l'énigme de… Comment s'appelle l'étape suivante ?

– L'Étranglement.

Il acquiesça.

– Oui. S'il te l'envoie, tu ne seras pas tentée ?

– Non.

– Tu mens.

– Désormais, je n'irai nulle part sans soutien et il le sait forcément.

Une idée lui traversa l'esprit.

– L'Étranglement, fit-elle.

– Et alors ?

– Il a envoyé un e-mail à Flip… après sa mort. Qu'est-ce qui aurait bien pu l'amener à faire ça s'il l'avait tuée ?

– C'est un psychopathe, tout bêtement.

– Je ne crois pas.

– On devrait aller en ligne et le lui demander.

– Lui demander si c'est un psychopathe ?

– Lui dire ce qu'on sait.

– Il pourrait tout simplement disparaître. Regarde les choses en face, Grant. On pourrait le croiser dans la rue sans savoir que c'est lui. Ce n'est qu'un nom… et même pas un vrai nom.

Grant abattit le poing sur le bureau.

– Il faut qu'on fasse quelque chose. Il va apprendre la découverte du corps d'une minute à l'autre par la radio ou la télé. Il attendra de nos nouvelles.

– Tu as raison, dit-elle.

Le portable était dans son sac, toujours relié à son téléphone mobile. Elle les sortit et les installa, les brancha sur une prise du plancher afin de les recharger.

Ceci donna à Grant le temps de réfléchir.

– Une minute, dit-il. Il faut qu'on obtienne le feu vert de la superintendante Templer.

Elle le dévisagea.

– Tu en reviens aux règles ?

Il rougit, mais acquiesça.

– C'est important. Il faut qu'on l'avertisse.

Silvers et Wylie, qui écoutaient attentivement depuis le début, avaient compris qu'il s'agissait d'une affaire sérieuse.

– Je suis avec Siobhan, dit Wylie. Battre le fer tant qu'il est chaud et tout ça.

Silvers n'était pas du même avis.

– Vous connaissez l'enjeu : la superintendante va vous allumer si vous agissez derrière son dos.

– On ne fait rien derrière son dos, affirma Siobhan, les yeux fixés sur Wylie.

– Bien sûr que si, dit Grant. C'est une affaire de meurtre maintenant, Siobhan. Ce n'est plus un jeu. Si tu envoies cet e-mail, tu seras seule.

– C'est peut-être ce que je veux, répliqua-t-elle, regrettant les mots aussitôt après les avoir prononcés.

– C'est bien de parler franchement de temps en temps.

– Je suis absolument pour, dit Rebus, posté dans l'encadrement de la porte.

Ellen Wylie se redressa et croisa les bras.

– À propos, je m'excuse, Ellen, j'aurais dû vous téléphoner.

– Sans importance.

Mais toutes les personnes présentes comprirent que c'était important.

Quand Rebus eut écouté Siobhan raconter les événements de la matinée – Grant apportant de temps en temps un commentaire ou une perspective différente –, tous attendirent sa décision. Il passa un doigt sur le haut de l'écran du portable.

– Il faut communiquer tout ce que vous venez de dire à la superintendante Templer, déclara-t-il.

Aux yeux de Siobhan, Grant parut moins soulagé que scandaleusement satisfait de lui-même. Ellen Wylie, pendant ce temps, semblait prête à se disputer avec n'importe qui… à n'importe quel propos. Dans le cadre d'une enquête sur un meurtre, ils ne formaient pas une équipe idéale.

– D'accord, déclara Siobhan, prête à accepter une paix partielle, on ira voir la superintendante.

Et tandis que Rebus hochait la tête, elle ajouta :

– Mais je suis prête à parier que ce n'est pas ce que tu aurais fait.

– Moi ? fit-il. Je n'aurais de toute façon rien compris, Siobhan. Tu sais pourquoi ?

– Pourquoi ?

– Parce que, de mon point de vue, les e-mails sont de la magie noire.

Siobhan sourit, mais une pelote se défaisait dans son esprit : magie noire… cercueils utilisés dans les sorts jetés par les sorcières… mort de Flip sur un flanc de colline appelé le Bord de l'enfer.

Sorcellerie ?

Ils étaient six dans le bureau exigu de Gayfield Square : Gill Templer et Bill Pryde, Rebus et Ellen Wylie, Siobhan et Grant. Seule Templer était assise. Siobhan avait imprimé tous les e-mails et Templer les lisait en silence. Finalement, elle leva la tête.

– Y a-t-il un moyen d'identifier Quizmaster ?

– Pas à ma connaissance, reconnut Siobhan.

– C'est possible, ajouta Grant. Je ne sais pas comment, mais je crois que c'est possible. Regardez les virus, les Américains parviennent toujours à remonter jusqu'à leur origine.

Templer acquiesça.

– C'est exact.

– La police métropolitaine a une brigade spécialisée en informatique, n'est-ce pas ? poursuivit Grant. Elle a peut-être des contacts avec le FBI.

Templer le dévisagea.

– Vous croyez que vous pourriez vous charger de ça, Grant ?

Il secoua la tête.

– J'aime les ordinateurs, mais cela me dépasse complètement. Je pourrais faire la liaison…

– Très bien, coupa Templer, qui se tourna ensuite vers Siobhan. Cet étudiant allemand dont vous parliez…

– Oui ?

– J'aimerais avoir davantage de détails.

– Ça ne devrait pas être compliqué.

Soudain, Templer se tourna vers Wylie.

– Vous pourriez vous en charger, Ellen ?

Wylie parut prise au dépourvu.

– Je suppose.

– Tu nous sépares ? intervint Rebus.

– Sauf si tu peux me donner une bonne raison de ne pas le faire.

– Il y avait une poupée à Falls, maintenant on a le corps. C'est la même structure que précédemment.

– Pas d'après ton menuisier spécialisé dans les cercueils. Il a parlé d'un travail totalement différent, si mes souvenirs sont bons.

– Tu attribues ça à une coïncidence ?

– Je n'attribue ça à rien du tout et s'il se produit quelque chose qui semble lié à ce cercueil, tu pourras reprendre tes recherches. Mais il s'agit désormais d'une affaire de meurtre et ça change tout.

Rebus adressa un bref regard à Wylie. Elle bouillait… le passage de vieilles autopsies poussiéreuses aux recherches sur le décès étrange d'un étudiant n'avait, de son point de vue, rien de passionnant. Mais, en même temps, elle ne soutiendrait pas Rebus… elle entretiendrait sa conviction d'avoir été injustement traitée.

– Très bien, dit Templer dans le silence. Pour le moment, tu vas rejoindre le gros de l'enquête…

Elle réunit les feuilles de papier, parut sur le point de les rendre à Siobhan, dit :

– Vous pouvez rester une minute ?

– Bien sûr, répondit Siobhan.

Les autres sortirent de la pièce, heureux de retrouver

un air moins lourd, plus frais. Rebus, toutefois, s'attarda près de la porte. Il regarda les informations affichées sur le mur opposé : les fax, les photos et le reste. Quelqu'un démantelait le collage, puisqu'il ne s'agissait plus d'une enquête sur une personne disparue. Le rythme semblait s'être déjà ralenti, pas en raison du choc ou du respect dû aux morts, mais parce que la situation avait changé, il était inutile de se dépêcher : on ne pouvait plus sauver une vie…

Dans le bureau, Templer demandait à nouveau à Siobhan si elle voulait prendre le poste d'attachée de presse en considération.

– Merci, répondit Siobhan, mais non.

Templer s'appuya contre le dossier de son fauteuil.

– Vous pouvez me dire pourquoi ?

Siobhan regarda autour d'elle, comme si des phrases pouvaient être cachées sur les murs nus.

– Je ne sais pas au juste, répondit-elle en haussant les épaules. Je n'en ai pas envie pour le moment, c'est tout.

– Je risque de ne pas avoir envie de vous le demander une nouvelle fois.

– Je sais. Je suis trop impliquée dans cette affaire, c'est tout. J'ai envie de continuer.

– Très bien, dit Templer, qui traîna sur le dernier mot. Je crois qu'on n'a plus rien à se dire.

– Bon.

Siobhan tendit la main vers la poignée de la porte, s'efforça de ne pas s'appesantir sur l'interprétation de ces mots.

– Vous pourriez demander à Grant de passer ?

Siobhan, qui avait entrouvert le battant, se figea un instant, puis opina et sortit. Rebus passa la tête dans la pièce.

– Tu as deux minutes, Gill ?

– À peine.

Il entra néanmoins.

– Il y a quelque chose dont j'ai oublié de parler…

– Oublié ? fit-elle avec un sourire ironique.

Il avait un fax de trois pages à la main.

– C'est arrivé de Dublin.

– De Dublin ?

– Envoyé par Declan Macmanus, un contact à qui j'ai téléphoné. Je lui ai demandé des informations sur les Costello.

Penchée sur les feuilles, elle leva la tête.

– Une raison précise ?

– Une simple intuition.

– On s'est déjà renseignés sur la famille.

Il acquiesça.

– Bien sûr, un coup de téléphone rapide et on a la confirmation de l'absence de condamnations. Mais tu sais comme moi que ce n'est souvent que le début de l'histoire.

Et, dans le cas des Costello, l'histoire était longue. Rebus comprit qu'il avait ferré Templer. Quand Grant Hood frappa, elle lui dit de revenir cinq minutes plus tard.

– Plutôt dix, ajouta Rebus, qui adressa un clin d'œil au jeune homme.

Puis il retira les cartons d'archives posés sur une chaise et s'installa confortablement.

Macmanus n'avait rien laissé dans l'ombre. David Costello avait eu une jeunesse turbulente, « conséquence de l'excès d'argent et de l'absence d'affection », selon l'expression de Macmanus. Turbulente signifiait voitures rapides, contraventions pour excès de vitesse, avertissements verbaux alors que les mécréants se seraient retrouvés derrière les barreaux. Il y avait eu des bagarres dans des pubs, des vitres et des cabines téléphoniques brisées, au moins deux épisodes au cours desquels il avait uriné en public… sur O'Connell Bridge au milieu de l'après-midi. Cela avait impressionné Rebus. On racontait que Costello, à dix-huit ans, détenait le record du nombre de pubs dont l'accès lui était interdit : le Stag's Head, le J Grogan's, le Davie Byrnes, l'O'Donoghue's, le Doheny and Nesbitt's, le Shelbourne… onze en tout. L'année précédente, une ex-petite amie avait porté plainte parce qu'il l'avait frappée au visage devant une boîte de nuit des quais de la Liffey. Templer leva la tête quand elle arriva à ce paragraphe.

– Elle avait picolé et ne se souvenait pas du nom de la boîte, dit Rebus. Finalement, elle a laissé tomber.

– Tu crois que de l'argent a changé de mains ?

Il haussa les épaules.

– Continue.

Macmanus reconnaissait que David Costello s'était assagi à partir du moment où, au cours d'une fête à l'occasion d'un dix-huitième anniversaire, un ami avait parié qu'il pouvait sauter d'un toit à un autre, avait échoué et était tombé dans la ruelle qui séparait les deux immeubles.

Il ne s'était pas tué. Mais le cerveau et la colonne vertébrale avaient été touchés… il était pratiquement devenu un légume dont il fallait s'occuper vingt-quatre heures sur vingt-quatre. Rebus avait pensé à l'appartement de David Costello, à la demi-bouteille de Bell's… pas le genre à boire, s'était-il dit.

« Un vrai choc, à cet âge, avait écrit Macmanus. David a cessé de boire du jour au lendemain, sinon il ne serait pas seulement devenu le fils de son père, mais pire que son père. »

Tel fils tel père. Thomas Costello était parvenu à envoyer huit voitures à la casse sans perdre son permis de conduire. Sa femme, Theresa, avait appelé par deux fois la police face à la fureur de son mari. En ces deux occasions, les agents l'avait trouvée dans la salle de bains, porte verrouillée mais endommagée à l'endroit où Thomas s'y était attaqué à l'aide d'un couteau de cuisine. « Je voulais seulement ouvrir cette foutue saloperie, s'était-il écrié, la première fois, devant les policiers. Je croyais qu'elle voulait se zigouiller. »

« Ce n'est pas moi qu'il faudrait zigouiller ! » avait crié Theresa. Dans la marge du fax, Macmanus avait ajouté à la main que Theresa avait pris par deux fois une surdose et que toute la ville avait pitié d'elle : épouse travailleuse et mari paresseux, violent, fabuleusement riche alors qu'il n'avait jamais levé le petit doigt.

Au Curragh, Thomas avait injurié un touriste et les appariteurs l'avaient expulsé. Il avait menacé de couper le pénis d'un bookmaker après que l'homme lui eut demandé de rembourser des pertes énormes accumulées depuis plusieurs mois.

Et ainsi de suite. Les deux chambres du Caledonian prenaient désormais un sens…

– Une famille très bien, commenta Templer.

– La bonne société de Dublin.

– Et le tout couvert par la police.

– Allons, allons, fit Rebus. Ça n'arriverait pas ici, n'est-ce pas ?

– Grand Dieu, non, répondit-elle avec un sourire ironique. Et qu'est-ce que tu penses de tout ça ?

– Qu'il y a un aspect de la personnalité de David Costello dont nous ignorions tout. Et cela s'applique également à ses parents. Ils sont toujours ici ?

– Ils sont retournés en Irlande il y a deux jours.

– Mais ils vont revenir ?

Elle acquiesça.

– Maintenant qu'on a trouvé Philippa.

– David Costello a-t-il été averti ?

– Il l'a sûrement appris. Si les parents de Philippa ne le lui ont pas dit, les médias l'auront fait.

– J'aurais aimé être présent, marmonna Rebus.

– Tu ne peux pas être partout.

– J'imagine.

– D'accord. Interroge les parents quand ils seront arrivés.

– Et le petit ami ?

Elle acquiesça.

– Mais n'insiste pas… Ça fait mauvais effet quand les gens sont en deuil.

Il sourit.

– Tu gardes toujours les médias présents à l'esprit, hein, Gill ?

Elle le regarda fixement.

– Tu peux m'envoyer Grant, s'il te plaît ?

– Le jeune flic sensible arrive immédiatement.

Il ouvrit la porte. Grant, debout juste derrière, se balançait sur les talons. Rebus garda le silence, se contenta de lui adresser un nouveau clin d'œil en passant devant lui.

Dix minutes plus tard, Siobhan prenait un café à la machine quand Grant la rejoignit.

– Qu'est-ce que voulait Templer ? demanda-t-elle, incapable de s'en empêcher.

– Me proposer le poste d'attaché de presse.

Siobhan continua de tourner consciencieusement son café.

– C'est bien ce que je pensais.

– Je vais passer à la télé.

– Passionnant.

Il la dévisagea.

– Tu pourrais faire un petit effort.

– Tu as raison, je pourrais. Merci de m'avoir aidée à résoudre les énigmes. Je n'y serais pas arrivée sans toi.

Ce ne fut qu'à cet instant qu'il parut comprendre qu'ils ne formaient plus une équipe.

– Oh… ce n'est rien, dit-il. Écoute, Siobhan…

– Oui ?

– Ce qui s'est passé dans le bureau… Je m'excuse sincèrement.

Elle s'autorisa un sourire amer.

– Tu as peur que je te dénonce ?

– Non… ce n'est pas ça.

Mais c'était ça, et ils le savaient tous les deux.

– Coiffeur et costume neuf pendant le week-end, suggéra-t-elle.

Il regarda sa veste.

– Si tu dois passer à la télé : chemise unie, ni lignes ni carreaux. Et, Grant… ?

– Quoi ?

Elle glissa un doigt sous sa cravate.

– Unie, elle aussi. Les personnages de dessin animé ne sont pas drôles.

– C'est ce que la superintendante Templer m'a dit.

Il paraissait étonné, inclina la tête afin d'examiner les petites têtes de Homer Simpson qui ornaient sa cravate.

Le premier passage de Grant Hood à la télévision eut lieu dans l'après-midi. Il était assis près de Gill Templer, qui lut un bref communiqué relatif à la découverte du corps. Ellen Wylie regardait sur un des moniteurs du bureau. Il n'était pas prévu que Hood prenne la parole, mais elle constata, au moment où les journalistes commencèrent à poser des questions, qu'il soufflait des indications à l'oreille de Templer et que la superintendante acquiesçait. Bill Pryde, assis du côté opposé de Templer, répondait à l'essentiel des questions. Tout le monde voulait savoir si le corps était celui de Philippa

Balfour ; tout le monde voulait connaître la cause de la mort.

– Nous ne sommes pas encore en mesure de confirmer l'identité, déclara Pryde, ses mots ponctués de toux sèches.

Il semblait nerveux et Wylie comprit qu'il s'agissait de tics. Elle en avait elle-même été victime, n'avait cessé de s'éclaircir la gorge. Gill Templer adressa un bref regard à Pryde, et Grant parut y voir l'autorisation d'intervenir.

– La cause de la mort n'est pas encore déterminée, dit-il, du fait que l'autopsie est prévue pour la fin de l'après-midi. Comme vous le savez, une nouvelle conférence de presse aura lieu à dix-neuf heures et nous espérons disposer, à cette heure, d'informations.

– Mais on ne considère pas que le décès soit dû à une cause naturelle ? cria un journaliste.

– À ce stade, non, nous n'estimons pas que le décès soit dû à une cause naturelle.

Wylie glissa l'extrémité de son stylo à bille entre ses dents et la mordit. Hood était cool, pas de problème. Il s'était changé : son costume paraissait neuf. Il lui semblait qu'il avait trouvé le temps de se laver les cheveux, en plus.

– Nous ne pouvons pratiquement rien ajouter pour le moment, disait-il aux médias, et vous le comprenez sûrement. Quand l'identification aura été effectuée, si cela arrive, il faudra prendre contact avec la famille en vue de la confirmer.

– Les parents de Philippa Balfour viendront-ils à Édimbourg ?

Hood adressa un regard amer au journaliste.

– Je ne m'abaisserai pas à répondre.

Près de lui, Gill Templer acquiesçait, exprimait également son dégoût.

– Je voudrais demander à l'inspecteur Pryde si l'enquête sur la disparition se poursuit ?

– L'enquête se poursuit, répondit Pryde avec détermination, l'attitude de Hood lui donnant un peu d'assurance.

Wylie eut envie d'éteindre le moniteur, mais d'autres personnes regardaient, aussi gagna-t-elle le couloir, puis la machine à café. Quand elle revint, la conférence de presse se terminait. Quelqu'un éteignit le moniteur et mit un terme à ses souffrances.

– Il passe bien, hein ?

Elle fixa l'agent en tenue qui avait posé la question, mais le propos était apparemment sans méchanceté.

– Oui, confirma-t-elle, il s'en est bien tiré.

– Mieux que d'autres, dit une autre voix.

Elle tourna la tête, mais il y avait trois agents, tous basés à Gayfield. Personne ne regardait dans sa direction. Elle tendit la main vers son café mais ne le prit pas, de peur qu'on s'aperçoive qu'elle tremblait. Elle se pencha donc sur les notes de Siobhan concernant l'étudiant allemand. Il fallait qu'elle commence, qu'elle téléphone, qu'elle s'occupe.

Dès que *mieux que d'autres* cesserait de résonner dans sa tête.

Siobhan envoyait un nouveau message à Quizmaster. Elle avait mis vingt minutes à le composer.

Bord de l'enfer résolu. Le corps de Flip s'y trouvait. Vous voulez parler ?

Il répondit peu après.

Comment avez-vous trouvé ?

Anagramme d'Arthur's Seat. Le Bord de l'enfer est le nom de la pente.

C'est vous qui avez trouvé le corps ?

Non. C'est vous qui l'avez tuée ?

Non.

Mais il y a un lien avec le jeu. Vous ne croyez pas qu'on l'aidait ?

Je ne sais pas. Vous voulez continuer ?

Continuer ?

L'Étranglement est l'étape suivante.

Elle fixa l'écran. La mort de Flip lui était-elle indifférente à ce point ?

Flip est morte. On l'a tuée au Bord de l'enfer. Il faut que vous vous fassiez connaître.

La réponse mit du temps à arriver.

Je ne peux pas vous aider.

Je crois que vous pouvez, Quizmaster.

Franchissez l'Étranglement. On pourra peut-être s'y retrouver.

Elle réfléchit pendant quelques instants.

Quel est le but du jeu ? Quand se termine-t-il ?

Il n'y eut pas de réponse. Elle s'aperçut que quelqu'un se tenait derrière elle : Rebus.

– Que dit l'amoureux ?

– L'amoureux ?

– Vous passez beaucoup de temps ensemble.

– C'est le boulot.

– Je suppose. Alors, qu'est-ce qu'il dit ?

– Il veut que je continue de jouer.

– Dis-lui d'aller se faire voir. Tu n'as plus besoin de lui.

– Ah bon ?

Le téléphone sonna ; Siobhan décrocha.

– Oui… pas de problème… bien sûr.

Elle regarda Rebus, mais il resta. Quand elle eut raccroché, il leva un sourcil interrogateur.

– La superintendante, expliqua-t-elle. Comme Grant est maintenant chargé du service de presse, il faut que je m'occupe de l'aspect informatique.

– À savoir ?

– À savoir déterminer s'il existe un moyen de remonter jusqu'à Quizmaster. Qu'est-ce que tu en penses ? La Crime Squad ?

– Je serais étonné que ces types soient capables d'écrire « modem », alors en utiliser un…

– Mais ils ont des contacts au sein de la Special Branch.

Rebus admit cela d'un haussement d'épaules.

– Il faut aussi que j'interroge à nouveau les amis et la famille de Flip.

– Pourquoi ?

– Parce que je ne serais pas parvenue seule au Bord de l'enfer.

Rebus hocha la tête.

– Et tu crois qu'elle non plus.

– Il aurait fallu qu'elle connaisse les lignes de métro de Londres, la géographie et la langue écossaises, Rosslyn Chapel et les mots croisés.

– C'est beaucoup ?

– Je le crois.

– Il fallait que Quizmaster connaisse toutes ces choses, lui aussi.

– D'accord.

– Et qu'il sache qu'elle aurait au moins une petite chance de résoudre les énigmes ?

– Je crois qu'il y avait peut-être d'autres joueurs… pas dans mon cas, mais quand Flip participait. Ainsi, ils ne jouaient pas seulement contre la montre, mais les uns contre les autres.

– Quizmaster refuse de te le dire ?

– Oui.

– Je me demande pourquoi.

Siobhan haussa les épaules.

– Je suis sûre qu'il a ses raisons.

Rebus posa les mains sur le bureau.

– J'avais tort. On a besoin de lui, finalement, n'est-ce pas ?

– On ?

Il leva les mains.

– Je voulais simplement dire que l'enquête a besoin de lui.

– Bien, parce que si j'avais l'impression que tu recommençais ton numéro…

– À savoir ?

– Piquer toutes les pistes et dire qu'elles t'appartiennent.

– Loin de moi cette pensée, Siobhan. Mais si tu as l'intention de voir ses amis…

– Oui ?

– Cela inclurait David Costello ?

– On l'a déjà interrogé. Il a dit qu'il ignorait tout du jeu.

– Mais tu as tout de même prévu de le voir.

Elle esquissa un sourire.

– Suis-je si transparente ?

– Je pourrais peut-être t'accompagner. J'ai quelques questions supplémentaires à lui poser.

– Quelles questions ?

– Je t'invite à boire un café et je te le dirai…

Ce soir-là John Balfour, accompagné d'un proche, identifia officiellement sa fille, Philippa. Sa femme l'attendit sur la banquette arrière de la Jaguar de la banque, que conduisait Ranald Marr. Au lieu de rester sur le parking, Marr roula dans les rues avoisinantes et revint vingt minutes plus tard… délai indiqué par Bill Pryde, chargé de guider M. Balfour sur le trajet difficile de la salle d'identification.

Deux journalistes opiniâtres étaient présents, mais il

n'y avait pas de photographe : la presse écossaise respectait encore un ou deux principes. Personne n'interrogerait les membres de la famille endeuillée : ils voulaient simplement de quoi étoffer leurs articles. Quand ce fut terminé, Pryde appela Rebus sur son mobile et l'avertit.

– C'est bien pour nous, dit Rebus.

Il était à l'Oxford Bar en compagnie de Siobhan, d'Ellen Wylie et de Donald Devlin. Grant Hood avait refusé l'invitation à boire un verre, expliqué qu'il devait suivre un cours accéléré de relations avec les journaux… les noms et les visages. La conférence de presse aurait désormais lieu à vingt et une heures, heure à laquelle on espérait que l'autopsie serait terminée et les conclusions tirées.

– Grand Dieu, dit Devlin, qui avait enlevé sa veste et fourra les mains dans les poches d'un ample gilet, quelle horreur !

– Désolée d'être en retard, dit Jean Burchill, qui fit glisser son manteau sur ses épaules en approchant.

Rebus se leva, prit le manteau, lui demanda ce qu'elle voulait boire.

– Je vais offrir une tournée, dit-elle, mais il secoua la tête.

– Je suis à l'origine de l'invitation. Donc, il est de mon devoir de payer au moins la première.

Ils avaient investi la table principale de l'arrière-salle. Il n'y avait pas beaucoup de monde et la télé était allumée, dans le coin opposé, si bien qu'on ne risquait pas d'entendre ce qu'ils diraient.

– Un pow-wow ? s'enquit Jean quand Rebus se fut éloigné.

– Ou une veillée funèbre, dit Ellen Wylie.

– Alors c'est elle ? demanda Jean.

Leur silence lui apporta la réponse à sa question.

– Vous travaillez sur la sorcellerie et ce genre de truc, n'est-ce pas ? demanda Siobhan à Jean.

– Sur les systèmes de croyance, rectifia Jean. Mais la sorcellerie en fait partie.

– C'est à cause des cercueils et du fait qu'on a découvert le corps de Flip dans un endroit nommé le Bord de l'enfer… Vous avez dit vous-même qu'il y avait peut-être un lien avec la sorcellerie.

Jean acquiesça.

– Il est vrai que c'est peut-être l'origine du nom de cet endroit.

– Et vrai aussi qu'il y a peut-être un lien entre les petits cercueils d'Arthur's Seat et la sorcellerie ?

Jean se tourna vers Donald Devlin, qui suivait la conversation avec une grande attention. Elle hésitait encore sur la réponse à donner quand Devlin prit la parole.

– Je doute fort qu'il y ait un lien entre la sorcellerie et les cercueils d'Arthur's Seat. Mais vous avancez une hypothèse intéressante, laquelle montre que, même si nous croyons être éclairés, nous sommes toujours prêts à accepter ce type de superstition. (Il adressa un sourire à Siobhan.) Je suis étonné qu'une détective puisse prendre cela en considération.

– Je n'ai pas dit que je le faisais, répliqua-t-elle sèchement.

– Dans ce cas peut-être êtes-vous pratiquement à court d'idées ?

Quand Rebus revint avec le soda de Jean, il ne put éviter de constater le silence qui s'était abattu sur la table.

– Bon, dit Wylie, impatiente, maintenant que nous sommes tous là…

– Maintenant que nous sommes tous là…, répéta Rebus en levant sa pinte, santé !

Il attendit que les autres aient également levé leur verre avant de porter le sien à ses lèvres. L'Écosse : il est impossible de refuser un toast.

– Bien, dit-il en posant sa bière sur la table, il y a un meurtre à élucider, et il faut que je sache où nous en sommes.

– Ce n'est pas à ça que sert la conférence du matin ?

Il se tourna vers Wylie.

– Disons que c'est une conférence informelle.

– Et l'alcool est notre rétribution ?

– J'ai toujours été favorable aux stimulations, dit-il, lui arrachant un sourire. Voilà où, d'après moi, on en est. Il y a Burke et Hare – si on prend les choses chronologiquement – et, peu après, il y a ces petits cercueils découverts sur Arthur's Seat.

Il se tourna vers Jean, constata qu'elle avait tiré une chaise appartenant à la table voisine et s'était installée près de Siobhan alors qu'il y avait de la place, sur le banc, près de Devlin.

– Puis, qu'il y ait ou non un lien, nous avons une série de cercueils similaires découverts près d'endroits où des femmes ont disparu ou dont on a trouvé le cadavre. On a déposé un tel cercueil à Falls, après la disparition de Philippa Balfour. Ensuite, on a découvert son cadavre sur Arthur's Seat, où se trouvaient les premiers cercueils.

– Ce qui est très loin de Falls, se sentit obligée de faire remarquer Siobhan. Les cercueils que tu as ont été trouvés pratiquement sur les lieux, n'est-ce pas ?

– Et le cercueil de Falls était différent des autres, ajouta Ellen Wylie.

– Je ne dis pas le contraire, coupa Rebus. J'essaie simplement d'établir si je suis seul à voir l'éventualité de liens.

Ils se regardèrent ; tous restèrent silencieux jusqu'au moment où Ellen Wylie leva son bloody mary et, les yeux fixés sur sa surface rouge, mentionna l'étudiant allemand.

– Glaive et Sorcellerie, jeu de rôle, meurt sur le flanc d'une colline d'Écosse.

– Exactement.

– Mais, poursuivit Wylie, d'un ton qui parut convaincre Devlin, il est difficile de le lier à vos disparitions et à vos noyades. En outre, à l'époque, les noyades ont été attribuées à des causes accidentelles et l'examen des éléments pertinents, que j'ai effectué, ne me persuade pas du contraire.

Il avait sorti les mains de ses poches ; elles reposaient désormais sur les genoux luisants de son pantalon gris trop large.

– Bien, dit Rebus, dans ce cas, il n'y a que moi qui suis vaguement convaincu ?

Cette fois, Ellen Wylie elle-même garda le silence. Rebus but une longue gorgée de bière.

– Bon, dit-il, merci de votre confiance.

– Qu'est-ce qu'on fait ici ? demanda Wylie, qui posa les mains sur la table. Vous essayez de nous convaincre de travailler en équipe ?

– Je dis seulement qu'on finira peut-être par constater que tous ces petits détails appartiennent à la même histoire.

– De Burke et Hare à la chasse au trésor de Quizmaster ?

– Oui, fit Rebus, qui semblait lui-même de moins en moins y croire. Bon sang, je ne sais pas…, ajouta-t-il en se passant une main sur la tête.

– Écoutez, merci pour le bloody mary…

Le verre d'Ellen Wylie était vide. Elle prit son sac à main posé sur le banc et se leva.

– Ellen…

Elle le fixa.

– Grosse journée demain, John. La première d'une enquête sur un meurtre.

– Ce ne sera officiellement une enquête sur un meurtre que lorsque le légiste l'aura annoncé, lui rappela-t-il.

Elle parut sur le point de dire quelque chose, mais ne lui accorda qu'un sourire glacial. Puis elle se glissa entre deux chaises, dit au revoir et s'en alla.

– Il y a un rapport, souffla Rebus, presque pour lui-même. Je suis absolument incapable d'imaginer lequel, mais il y en a un…

– Laisser une affaire devenir une obsession, déclara Devlin, est souvent nuisible. Nuisible à l'affaire et à soi-même.

Rebus tenta de lui adresser un sourire identique à celui d'Ellen Wylie.

– Je crois que c'est votre tournée, dit-il.

Devlin jeta un coup d'œil sur sa montre.

– En réalité, il ne faut pas que je tarde.

Il parut avoir un peu de mal à se lever.

– Je suppose qu'aucune de ces jeunes femmes ne peut me raccompagner ?

– Vous êtes sur le chemin de chez moi, finit par concéder Siobhan.

Rebus se sentit un peu moins abandonné quand il la vit regarder brièvement Jean : elle les laissait seuls, voilà tout.

– Mais j'offre une tournée avant de partir, ajouta Siobhan.

– Peut-être la prochaine fois, dit Rebus, qui lui adressa un clin d'œil.

Jean et lui restèrent silencieux, tandis qu'ils s'éloignaient, et il était sur le point de prendre la parole quand Devlin revint d'un pas traînant.

– Ai-je raison de supposer, dit-il, que je ne puis plus vous être utile ?

Rebus acquiesça.

– Dans ce cas, les dossiers seront-ils renvoyés dans leurs archives d'origine ?

– Je demanderai au sergent Wylie de s'en occuper, promit Rebus.

– Eh bien, mille mercis.

Le sourire de Devlin était adressé à Jean.

– Et je suis ravi d'avoir fait votre connaissance.

– Moi de même, dit-elle.

– Il est possible que je passe au musée, un de ces jours. Peut-être me ferez vous l'honneur de m'y guider…

– Volontiers.

Devlin inclina la tête, puis reprit le chemin de la sortie.

– J'espère qu'il ne viendra pas, marmonna-t-elle après son départ.

– Pourquoi ?

– Il me donne la chair de poule.

Rebus jeta un coup d'œil par-dessus l'épaule, comme si un dernier regard sur Devlin pouvait le persuader qu'elle avait raison. Il se tourna ensuite à nouveau vers elle.

– Tu n'es pas la première à le dire. Mais ne t'inquiète pas ; avec moi, tu ne risques absolument rien.

– J'espère bien que non, répondit-elle, et ses yeux pétillèrent au-dessus de son verre.

Ils étaient au lit quand la nouvelle arriva. Rebus prit l'appel, assis nu sur le bord, désagréablement conscient du spectacle qu'il offrait à Jean : probablement deux roues de secours autour de la taille, bras et épaules plus gras que musclés. Mais il y avait un avantage : c'était pire sur l'autre face…

– Strangulation, annonça-t-il en se glissant à nouveau sous le drap.

– Donc ç'a été rapide ?

– Absolument. Le cou est meurtri exactement sur la carotide. Il est probable qu'elle s'est évanouie et qu'il l'a étranglée ensuite.

– Pourquoi agir ainsi ?

– Il est plus facile de tuer quand les gens collaborent. Ils ne se débattent pas.

– Tu es un vrai spécialiste, n'est-ce pas ? Tu as déjà tué quelqu'un, John ?

– Pas vraiment.

– C'est un mensonge, n'est-ce pas ?

Il la regarda dans les yeux et acquiesça. Elle se pencha et lui embrassa l'épaule.

– Tu ne veux pas en parler. Pas de problème.

Il la prit sans ses bras, embrassa ses cheveux. Il y avait un miroir, dans la chambre, un de ces modèles en pied où on peut se voir en entier. Il tournait le dos au lit. Rebus se demandait si c'était intentionnel, mais n'avait pas l'intention de poser la question.

– Où est la carotide ? demanda-t-elle.

Il posa un doigt sur son cou.

– Quand on appuie dessus, la personne perd connaissance en quelques secondes.

Elle explora son cou jusqu'au moment où elle la trouva.

– Intéressant, fit-elle. Est-ce que tout le monde le sait sauf moi ?

– Sait quoi ?

– Où elle est, ce qu'elle permet de faire.

– Non, je ne crois pas. Où veux-tu en venir ?

– Logiquement, la personne qui l'a tuée était au courant.

– Les flics savent, reconnut-il. On ne pratique plus ça, aujourd'hui, évidemment. Mais, autrefois, ça permettait de calmer les détenus rebelles. On appelait ça le coup du Vulcain.

Elle sourit.

– Le coup du quoi ?

– Tu sais, Spock, dans *Star Trek*.

Il lui pinça l'omoplate. Elle se dégagea, lui donna une claque sur la poitrine, où elle laissa ensuite sa main. Rebus se souvenait de sa formation militaire, au cours de laquelle on lui avait enseigné les techniques de combat, y compris la pression sur la carotide…

– Les médecins sont-ils au courant ? demanda Jean.

– Sans doute toutes les personnes qui ont une formation médicale.

Elle réfléchit.

– Pourquoi ? finit-il pas demander.

– À cause de quelque chose que j'ai lu dans le journal. Une des amies que Philippa devait voir ce soir-là n'était-elle pas étudiante en médecine ?…

10

Il s'appelait Albert Winfield – ses amis l'appelaient « Albie ». Il parut étonné que la police veuille l'interroger à nouveau, mais il se présenta à St Leonard's le lendemain matin, à l'heure dite. Rebus et Siobhan le firent attendre un quart d'heure, tandis qu'ils effectuaient d'autres travaux, puis s'arrangèrent pour que deux colosses en tenue le conduisent dans la salle d'interrogatoire, où il attendit un quart d'heure supplémentaire. Devant la porte de la pièce, Siobhan et Rebus se regardèrent dans les yeux et s'adressèrent un signe de tête. Puis Rebus ouvrit la porte à la volée.

– Merci d'être venu, monsieur Winfield, dit-il sèchement.

Le jeune homme faillit se lever d'un bond. La fenêtre était fermée, la pièce étouffante. Trois chaises – deux d'un côté de la table étroite, une de l'autre. Winfield faisait face aux deux chaises vides. Des magnétophones étaient fixés au mur à l'endroit où la table le touchait. Des noms étaient gravés sur le plateau, preuves du passage d'occupants nommés Shug, Jazz et Bomber. Au mur, un panneau, défiguré au stylo à bille, indiquant qu'il était interdit de fumer et une caméra vidéo sous le plafond, au cas où on aurait estimé nécessaire de filmer les événements.

Rebus veilla à ce que les pieds de sa chaise fassent le plus de bruit possible, sur le plancher, quand il l'approcha de la table. Il y avait laissé tomber un dossier volumineux : pas de nom sur la chemise. Winfield parut hypnotisé. Il ne pouvait savoir qu'il s'agissait de feuilles vierges provenant d'une des photocopieuses.

Rebus posa les mains sur le dossier et sourit à Winfield.

– Ça a dû être un choc terrible.

Voix douce, apaisante, compatissante… Siobhan s'assit près de son collègue brutal.

– Je suis la constable Clarke, ajouta-t-elle, et voici l'inspecteur Rebus.

– Quoi ? fit le jeune homme.

La transpiration faisait briller son front. Ses courts cheveux châtains y formaient une pointe. Il avait de l'acné sur le menton.

– La nouvelle de la mort de Flip, poursuivit Siobhan. Ça a dû vous faire un choc.

– Oui… absolument.

À sa façon de parler, on aurait pu croire qu'il était anglais, mais Rebus savait qu'il ne l'était pas. Une école privée, au sud de la frontière, avait effacé toute trace de ses racines écossaises. Son père, homme d'affaires rentré de Hongkong trois ans auparavant, était divorcé de sa mère, qui vivait dans le Perthshire.

– Vous la connaissiez bien ?

Le regard de Winfield resta fixé sur Siobhan.

– Plus ou moins. En fait, c'était l'amie de Camille.

– Camille est votre amie ? demanda Siobhan.

– Étrangère, hein ? aboya Rebus.

– Non… dit-il en se tournant vers Rebus, mais seulement un instant. Elle est du Staffordshire.

– C'est ce que je disais : étrangère.

Siobhan regarda Rebus, inquiète parce qu'il semblait tirer tout le profit possible de son rôle. Tandis que Winfield fixait le plateau de la table, Rebus adressa un clin d'œil rassurant à Siobhan.

– Il fait très chaud, ici, hein, Albert, reprit Siobhan, puis elle demanda : Je peux vous appeler Albert ?

– Oui… bien sûr.

Il la regarda à nouveau, brièvement, mais chaque fois qu'il le faisait, son regard était attiré par son voisin.

– Vous voulez que j'ouvre la fenêtre ?

– Oui, formidable.

Siobhan se tourna vers Rebus, qui poussa sa chaise en faisant le plus de bruit possible. Les fenêtres étaient étroites, placées haut dans le mur donnant sur l'extérieur. Rebus se dressa sur la pointe des pieds et en entrebâilla une. La brise lui caressa la visage.

– C'est mieux ? demanda Siobhan.

– Oui, merci.

Rebus resta debout à la gauche de Winfield. Il croisa les bras et s'adossa au mur, exactement sous la caméra.

– Nous avons seulement besoin de quelques précisions, en fait, disait Siobhan.

– Bon… bien.

Winfield hocha la tête avec enthousiasme.

– Donc vous ne diriez pas que vous connaissiez bien Flip ?

– On sortait ensemble… enfin, dans un groupe. On dînait parfois ensemble…

– Chez elle ?

– Une ou deux fois. Et chez moi.

– Vous habitez près du jardin botanique ?

– C'est exact.

– Joli quartier.

– L'appartement appartient à mon père.

– Il y vit ?

– Non, il… Enfin, il l'a acheté à mon intention.

Siobhan se tourna vers Rebus.

– Il y en a qui s'en tirent bien, marmonna-t-il, les bras toujours croisés.

– Ce n'est pas ma faute si mon père a de l'argent, protesta Winfield.

– Bien entendu, reconnut Siobhan.

– Et l'ami de Flip ? demanda Rebus.

Winfield fixa les chaussures de Rebus.

– David ? Qu'est-ce que vous voulez savoir ?

Rebus se pencha, agita une main dans la direction de Winfield.

– Je suis en haut, mon garçon.

Winfield soutint son regard pendant trois secondes.

– Je me demandais simplement si vous le considériez comme un ami, dit Rebus.

– C'est un peu gênant maintenant… En fait, c'était gênant. Ils se séparaient et se remettaient ensemble sans arrêt…

– Et vous preniez le parti de Flip ? supputa Siobhan.

– J'étais obligé, à cause de Camille…

– Vous dites qu'ils se séparaient sans cesse. De qui était-ce la faute ?

– Je crois que c'était le choc des personnalités… vous savez, les extrêmes qui s'attirent ? Parfois, c'est l'inverse.

– Je n'ai pas eu la chance de faire des études universitaires, monsieur Winfield, dit Rebus. Vous pourriez peut-être expliquer.

– Je veux simplement dire qu'ils se ressemblaient sur de nombreux plans et que cela rendait leur relation compliquée.

– Ils se disputaient ?

– En fait, ils étaient incapables de mettre un terme à une discussion. Il fallait qu'il y ait un gagnant et un perdant, pas de moyen terme.

– Ces conflits devenaient-ils parfois violents ?

– Non.

– Mais David a la tête près du bonnet ? insista Rebus.

– Pas plus que la moyenne.

Rebus gagna la table. Deux pas suffirent. Il se pencha de telle façon que Winfield se trouva dans son ombre.

– Mais vous l'avez vu perdre la boule ?

– Pas vraiment.

– Non ?

Siobhan s'éclaircit la gorge, indiquant à Rebus qu'il était arrivé au bout d'une impasse.

– Albert, dit-elle d'une voix semblable à un baume, saviez-vous que Flip aimait les jeux sur ordinateur ?

– Non, répondit-il, étonné.

– Vous les pratiquez ?

– J'ai joué à Doom, pendant la première année… au flipper, de temps en temps, au foyer des étudiants.

– Au flipper sur ordinateur ?

– Non, au flipper ordinaire.

– Flip jouait en ligne à une sorte de variante de la chasse au trésor.

Siobhan déplia une feuille de papier, la posa sur la table et demanda :

– Ces énigmes vous disent-elles quelque chose ?

Il lut, le front plissé, souffla.

– Absolument rien.

– Vous étudiez la médecine, n'est-ce pas ? coupa Rebus.

– C'est exact. Je suis en troisième année.

– Je parie que c'est beaucoup de travail, dit Siobhan, qui reprit la feuille.

– Vous n'imaginez pas.

Winfield rit.

– Je crois que si, dit Rebus. Dans notre branche, nous voyons sans cesse des médecins.

Mais, aurait-il pu ajouter, certains d'entre nous font tout ce qu'ils peuvent pour les éviter…

– Vous connaissez sûrement la carotide ? demanda Siobhan.

– Je sais où elle se trouve, reconnut Winfield, troublé.

– Et sa fonction ?

– C'est une artère du cou. En réalité, il y en a deux.

– Elle irrigue le cerveau ? s'enquit Siobhan.

– Il a fallu que je cherche dans le dictionnaire, indiqua Rebus à Winfield. Ça vient du grec et ça signifie sommeil. Vous savez pourquoi ?

– Parce que la compression de la carotide fait perdre connaissance.

Rebus acquiesça.

– C'est juste : un profond sommeil. Et si on continue d'appuyer…

– Mon Dieu, c'est comme ça qu'elle est morte ?

Siobhan secoua la tête.

– Nous croyons qu'on lui a fait perdre connaissance et qu'on l'a ensuite étranglée.

Dans le silence qui suivit, Winfield, très agité, regarda alternativement les deux policiers. Puis il se leva partiellement, les mains crispées sur le bord de la table.

– Bon sang, vous ne croyez pas… ? Vous croyez que c'est moi ?

– Asseyez-vous, ordonna Rebus.

En réalité, Winfield n'était pas vraiment parvenu à se lever ; apparemment, ses genoux tremblaient trop. L'étudiant se laissa retomber sur sa chaise, faillit la renverser.

– On sait que ce n'est pas vous parce que vous avez un alibi : vous étiez au bar avec les autres, ce soir-là, et vous attendiez Flip.

– C'est juste, fit-il, c'est juste.

– Donc vous n'avez pas de raison de vous inquiéter,

dit Rebus, qui s'éloigna de la table. Sauf si vous savez quelque chose.

– Non, je… je…

– Albert, est-ce que d'autres membres de votre groupe jouent ? demanda Siobhan.

– Personne. Enfin, il y a des jeux sur l'ordinateur de Trist, Tomb Raiders, ce genre de chose. Mais tout le monde les a, probablement.

– Probablement, reconnut Siobhan. Quelqu'un d'autre, parmi vos amis, étudie la médecine ?

Winfield secoua la tête, mais Siobhan vit qu'une idée lui traversait l'esprit.

– Il y a Claire, dit-il. Claire Benzie. Je ne l'ai vue qu'une ou deux fois, à l'occasion de fêtes, mais c'était une amie de Flip… elles étaient allées à l'école ensemble, je crois.

– Et elle étudie la médecine ?

– Oui.

– Mais vous ne la connaissez pas vraiment ?

– Elle n'est qu'en deuxième année et dans une spécialité différente. Merde, c'est vrai… Vous n'allez pas me croire, elle veut être légiste.

– Oui, je connais Claire, dit Curt, qui les précédait dans un couloir.

Ils étaient à la faculté de médecine, dans un bâtiment situé derrière McEwan Hall. Rebus y était déjà venu, c'était là que Curt et Gates enseignaient. Mais il n'était jamais allé dans les amphithéâtres. Curt les y conduisait. Rebus lui avait demandé s'il se sentait mieux. Problèmes gastriques, avait répondu Curt.

– Une jeune fille très sympathique, dit-il, et une étudiante sérieuse. J'espère qu'elle restera.

– Comment ça ?

– Elle n'est qu'en deuxième année, elle pourrait changer d'avis.

– Y a-t-il beaucoup de femmes légistes ? demanda Siobhan.

– Non, pas beaucoup… pas dans notre pays.

– C'est une décision étrange, n'est-ce pas ? dit Rebus. Enfin, quand on est aussi jeune.

– Pas vraiment, répondit Curt, songeur. J'aimais disséquer les grenouilles, en biologie. (Il eut un large sourire.) Et j'aime mieux m'occuper des morts que des vivants. Pas d'angoisse du diagnostic, pas de familles pleines d'espoir, peu d'accusations de négligence…

Il s'arrêta devant une porte à double battant, regarda par la partie supérieure vitrée.

– C'est ici.

La salle de cours était petite et démodée : murs lambrissés, bancs en bois incurvés s'élevant en gradins. Curt jeta un coup d'œil sur sa montre.

– Encore une ou deux minutes.

Rebus regarda l'intérieur. Un homme qu'il ne connaissait pas s'adressait à quelques dizaines d'étudiants. Il y avait des croquis au tableau et une estrade sur laquelle le professeur époussetait ses mains tachées de craie.

– Pas un cadavre en vue, fit remarquer Rebus.

– On les réserve en général aux travaux pratiques.

– Et vous êtes toujours obligé d'utiliser le Western General ?

– Oui, et ça nous complique drôlement la vie, à cause de la circulation.

La salle d'autopsie de l'institut médico-légal n'était plus utilisée. Crainte de l'hépatite et système de ventilation trop ancien. Pas de financement d'une salle neuve en vue, si bien qu'un des hôpitaux de la ville se trouvait dans l'obligation de pourvoir aux besoins des légistes.

– Le corps humain est une machine fascinante, disait Curt. On n'en prend vraiment conscience que *post mortem*. Le chirurgien concentre son attention sur une zone précise du corps, mais nous, nous bénéficions du luxe d'un accès illimité.

Siobhan aurait voulu qu'il cesse de se montrer aussi impitoyablement enthousiaste sur le sujet et cela transparut sur son visage.

– L'immeuble est vieux, fit-elle remarquer.

– Pas tellement, en fait, dans le contexte de l'université. Autrefois, la faculté de médecine se trouvait à Old College.

– C'est là-bas que le corps de Burke a été transporté ?

– Oui, après sa pendaison. Un tunnel aboutissait à Old College. C'était par là que les corps passaient… au milieu de la nuit, dans certains cas.

Il se tourna vers Siobhan et expliqua :

– Les résurrectionnistes.

– Ça ferait un joli nom de groupe.

Sa désinvolture lui valut un regard de reproche.

– Les voleurs de cadavres, expliqua-t-il.

– Et on a prélevé la peau du cadavre de Burke, poursuivit Rebus.

– Vous connaissez bien cette histoire.

– Pas depuis longtemps. Le tunnel existe-t-il toujours ?

– En partie.

– J'aimerais le voir, un jour.

– Il faut vous adresser à Devlin.

– Ah bon ?

– Historien non officiel des débuts de la faculté de médecine. Il a écrit des plaquettes sur ce sujet… publiées à compte d'auteur, mais très enrichissantes.

– Je l'ignorais. Je sais qu'il est très bien informé sur

Burke et Hare. D'après lui, c'est le Dr Kennet Lovell qui a déposé les cercueils à Arthur's Seat.

– Ah, ceux dont les journaux parlent depuis quelque temps ? demanda Curt, le front plissé. Lovell ? Bon, qui peut affirmer qu'il n'a pas raison ? Bizarre, en fait, que vous mentionniez Lovell.

– Pourquoi ?

– Parce que Claire m'a récemment dit qu'elle descendait de lui.

Il y eut du bruit et de l'agitation dans la salle de cours.

– Ah, le Dr Easton a terminé. Ils vont sortir par ici ; écartons-nous, sinon nous risquons d'être piétinés.

– Ils sont impatients d'aller au cours suivant ?

– Impatients de retrouver l'air frais, plutôt.

Seuls quelques rares étudiants prirent la peine de jeter un coup d'œil dans leur direction. Ceux qui le firent savaient apparemment qui était Curt, lui adressèrent un signe de la tête, un sourire ou un mot. Finalement, quand la salle fut aux trois quarts vide, Curt se dressa sur la pointe des pieds.

– Claire ? Pourriez-vous m'accorder une minute ?

Elle était de haute taille et blonde, avait les cheveux courts et le nez droit. Ses yeux, dont la forme était presque orientale, évoquaient des amandes inclinées. Elle serrait deux classeurs sous un bras, tenait un téléphone mobile dans une main. Elle le fixait, sur le chemin de la sortie de la salle de cours, regardait peut-être si elle avait des messages. Elle approcha, souriante.

– Bonjour, docteur.

Sa voix fut presque enjouée.

– Claire, ces policiers voudraient vous voir.

– À propos de Flip, n'est-ce pas ?

Son visage s'était figé, dépouillé de toute trace de bonne humeur, et sa voix s'était faite grave.

Siobhan acquiesça.

– Quelques questions supplémentaires.

– Je me disais que ce n'était peut-être pas elle, qu'il y avait peut-être eu une erreur…

Elle se tourna vers le légiste.

– Est-ce que c'est vous… ?

Curt secoua la tête, mais c'était moins une négation que le refus de répondre à la question. Rebus et Siobhan savaient que Curt avait participé à l'autopsie de Philippa Balfour en compagnie du Dr Gates.

Claire Benzie le comprit. Son regard resta fixé sur Curt.

– Est-ce qu'il vous est arrivé… vous savez… sur quelqu'un que vous connaissiez ?

Curt se tourna brièvement vers Rebus, qui comprit qu'il pensait à Conor Leary.

– Ce n'est pas une nécessité, expliqua Curt à son étudiante. Si cela se produisait, on comprendrait très bien que vous refusiez pour des raisons sentimentales.

– Donc nous avons droit aux sentiments ?

– De temps en temps, oui.

Cela la fit sourire, quoique brièvement.

– En quoi puis-je vous aider ? demanda-t-elle à Siobhan.

– Vous savez que nous considérons la mort de Flip comme un homicide ?

– C'est ce qu'on a dit, ce matin, aux informations.

– Bien. Il faudrait simplement que vous éclaircissiez quelques points.

– Vous pouvez utiliser mon bureau, dit Curt.

Tandis qu'ils suivaient le couloir deux par deux, Rebus regarda le dos de Claire Benzie. Elle tenait ses classeurs contre la poitrine, parlait du cours avec le Dr Curt. Siobhan se tourna brièvement vers lui, le front plissé, se demandant ce qu'il pensait. Il secoua la tête : sans importance. Néanmoins, il trouvait Claire Benzie intéressante. Le jour où on vient d'annoncer que son amie a été assassinée, elle est capable d'assister à un cours et d'en parler ensuite, alors que deux policiers se trouvent derrière elle…

Une explication : déplacement affectif. Elle se refusait à penser à Flip, se concentrait sur la routine. S'occupait pour ne pas fondre en larmes.

Autre explication : elle était l'incarnation du contrôle de soi et le décès de Flip une intrusion mineure dans son univers.

Rebus savait quelle version il préférait, mais n'était pas certain que ce fût nécessairement la bonne…

Curt et Gates partageaient une secrétaire. Ils traversèrent le secrétariat : deux portes côte à côte, Curt et Gates. Curt en ouvrit une et les fit entrer.

– J'ai une ou deux petites choses à régler, dit-il. Fermez simplement derrière vous quand vous aurez terminé.

– Merci, fit Rebus.

Mais Curt parut soudain hésiter à laisser son étudiante en compagnie des deux enquêteurs.

– Tout ira bien, docteur, dit Claire, rassurante, comme si elle avait perçu sa réticence.

Curt hocha la tête et sortit. C'était une pièce exiguë qui sentait le renfermé. Une bibliothèque aux portes vitrées occupait un mur. Elle était pleine à craquer. Livres et documents recouvraient toutes les étagères et, alors qu'il y avait sûrement un ordinateur sur le bureau, Rebus ne le voyait pas car il disparaissait sous les dossiers, les chemises, les revues spécialisées, les enveloppes vides…

– Il semblerait qu'il ne jette pas grand-chose, n'est-ce pas ? Ironique quand on pense à ce qu'il fait aux cadavres.

Ces propos, sur un ton parfaitement naturel, firent sursauter Siobhan Clarke.

– Mon Dieu, désolée, dit Claire, qui porta une main à sa bouche. Ces études devraient également comporter un diplôme de mauvais goût.

Rebus pensa aux autopsies : entrailles jetées dans des seaux, organes extraits et placés sur une balance…

Siobhan s'était appuyée contre le bureau. Claire s'était laissée tomber sur la chaise du visiteur, qui évoquait un vestige d'une salle à manger des années 1970. Rebus eut le choix entre rester debout et prendre le fauteuil de Curt. Il opta pour la deuxième solution.

– Alors, dit Claire, qui posa ses classeurs par terre, que voulez-vous savoir ?

– Vous êtes allée à l'école avec Flip ?

– Pendant plusieurs années, oui.

Ils avaient lu les notes relatives à l'interrogatoire de Claire. Deux agents de Gayfield l'avait questionnée et n'avaient pas appris grand-chose.

– Vous vous êtes perdues de vue ?

– Plus ou moins… quelques lettres et e-mails. Puis elle a commencé ses études d'histoire de l'art et j'ai appris que l'université d'Édimbourg m'avait acceptée.

– Vous avez repris contact ?

Claire acquiesça. Elle avait glissé une jambe sous elle et jouait avec le bracelet qu'elle portait au poignet gauche.

– Je lui ai envoyé un e-mail et on s'est rencontrées.

– Vous vous êtes vues souvent ensuite ?

– Pas tellement. Études différentes, obligations différentes.

– Amis différents ?

– Quelques-uns, oui, admit Claire.

– Êtes-vous restée en relation avec d'autres camarades de classe ?

– Une ou deux.
– Et Flip ?
– Pas vraiment.
– Savez-vous comment elle a fait la connaissance de David Costello ?

Rebus connaissait la réponse – ils s'étaient rencontrés à l'occasion d'un dîner – mais se demandait si Claire connaissait bien Costello.

– Je crois qu'elle m'a parlé d'une réception...
– Vous l'appréciez ?
– David ?... Très arrogant, très sûr de lui.

Rebus faillit dire : *Pas du tout comme vous, hein ?* Mais il se tourna vers Siobhan, qui sortit une feuille pliée de la poche de sa veste.

– Claire, dit-elle, Flip participait-elle à des jeux ?
– Des jeux ?
– Des jeux de rôle... ou sur ordinateur... peut-être sur l'Internet ?

Elle réfléchit quelques instants. Très bien, mais Rebus savait qu'un silence peut permettre d'inventer une histoire.

– Il y avait un club Donjons et Dragons, à l'école.
– Vous en faisiez partie.
– Jusqu'au jour où on s'est aperçues que c'était strictement un truc de garçons. (Elle plissa le nez.) À la réflexion, David ne jouait-il pas, lui aussi, à l'école ?

Siobhan lui donna la feuille sur laquelle se trouvaient les énigmes.

– Vous avez déjà vu ça ?
– Qu'est-ce que c'est ?
– C'est un jeu auquel Flip participait. Qu'est-ce qui vous fait sourire ?
– *Seven fins high*... Elle était très satisfaite d'elle-même.

Les yeux de Siobhan se dilatèrent.

– Pardon ?

– Elle s'est précipitée sur moi dans un bar… j'ai oublié lequel. Le Barcelona, peut-être, dit-elle en fixant Siobhan. Un bar de Buccleuch Street.

Siobhan acquiesça.

– Poursuivez.

– Elle… elle riait… et elle a dit ça, poursuivit Claire en montrant la feuille. *Seven fins high is king.* Puis elle m'a demandé si je savais ce que ça signifiait. J'ai répondu que je n'en avais pas la moindre idée. Elle m'a dit : « C'est la Victoria Line. » Elle semblait très satisfaite d'elle-même.

– Elle ne vous a pas dit ce que ça voulait dire ?

– Je viens d'expliquer…

– Qu'il s'agissait d'une partie d'une énigme se rapportant à un jeu ?

Claire secoua la tête.

– J'ai pensé… enfin, je ne sais pas ce que j'ai pensé.

– Il n'y avait personne d'autre ?

– Non, pas au bar. Je prenais des commandes quand elle est arrivée.

– Vous croyez qu'elle en a parlé à quelqu'un d'autre ?

– Pas à ma connaissance.

– Elle n'a pas donné la solution des autres ?

Siobhan montra la feuille. Elle éprouvait une sensation intense de soulagement. « Seven fins… » signifiait qu'elle avait travaillé sur les mêmes énigmes que Flip. Quelque chose en elle s'était demandé avec inquiétude si Quizmaster lui posait de nouvelles questions, des questions qui lui étaient spécifiquement destinées. Elle se sentit plus que jamais proche de Flip…

– Est-ce qu'il y a un lien entre ce jeu et sa mort ? demanda Claire.

– Pour le moment on ne sait pas, répondit Rebus.

– Et vous n'avez pas de suspects, pas de… pistes ?

– Nous avons plein de pistes, s'empressa d'affirmer Rebus. Vous avez dit que vous trouviez David Costello arrogant. Est-ce que c'est allé au-delà ?

– Comment ça ?

– Il paraît que Flip et lui avaient de violentes disputes.

– Flip était parfaitement capable de se défendre.

Elle s'interrompit et, une fois de plus, Rebus regretta de ne pouvoir lire les pensées.

– Elle a été étranglée, n'est-ce pas ?

– Oui.

– D'après ce que j'ai appris en cours, les victimes se débattent. Elles griffent, donnent des coups de pied, mordent.

– Pas si elles ont perdu connaissance, dit Rebus d'une voix contenue.

Claire ferma les yeux. Quand elle les rouvrit, des larmes y brillaient.

– Compression de la carotide, expliqua Rebus.

– Avec une ecchymose *ante mortem* ?

L'expression sortait tout droit d'un ouvrage de référence. Siobhan acquiesça.

– J'ai l'impression que c'était hier qu'on allait en classe ensemble…

– À Édimbourg ? demanda Rebus, qui attendit que Claire ait répondu d'un hochement de tête ; le premier interrogatoire n'avait pas exploré son passé, hormis en ce qui concernait Flip. C'est là que vit votre famille ?

– Aujourd'hui, oui. Mais, à cette époque, on habitait Causland.

Rebus plissa le front.

– Causland ?

Il connaissait ce nom.

– C'est un village… un hameau plutôt. À deux kilomètres de Falls.

Rebus s'aperçut que ses mains s'étaient crispées sur les bras du fauteuil de Curt.

– Donc vous connaissez Falls ?

– Je connaissais.

– Et Les Genévriers, le manoir des Balfour ?

Elle acquiesça.

– Il y a eu une période où j'y étais davantage en séjour qu'en visite.

– Puis votre famille a déménagé ?

– Oui.

– Pourquoi ?

– Mon père… Il a fallu qu'on déménage à cause de son travail.

Rebus et Siobhan se regardèrent : ce n'était pas ce qu'elle avait l'intention de dire.

– Alliez-vous au bord de la cascade, Flip et vous ?

– Vous la connaissez ?

– J'y suis allé deux fois.

Elle souriait, son regard s'était fait vague.

– On y jouait. C'était notre royaume magique. On l'appelait : la Vie éternelle. Si on avait su…

Elle fondit en larmes et Siobhan alla la réconforter. Rebus sortit du bureau et demanda un verre d'eau à la secrétaire. Mais, quand il l'apporta, Claire s'était reprise. Siobhan était accroupie près de sa chaise, une main sur une de ses épaules. Rebus tendit le verre. Claire se frotta le nez avec un mouchoir en papier.

– Merci, dit-elle, ne prononçant qu'une seule syllabe : *ci*.

– Je crois que cela fait beaucoup de matière, disait Siobhan.

Rebus, qui n'était au fond pas d'accord, manifesta son assentiment.

– Vous nous avez beaucoup aidés, Claire, ajouta Siobhan.

– Vraiment ?

– Absolument. Nous vous contacterons peut-être à nouveau, si cela ne vous ennuie pas.

– Non, comme vous voulez.

Siobhan lui donna sa carte.

– Si je ne suis pas au bureau, vous pourrez me joindre grâce à mon pager.

– D'accord.

Claire glissa la carte dans un de ses classeurs.

– Vous êtes sûre que ça va ?

Claire acquiesça et se leva, serrant ses classeurs contre sa poitrine.

– J'ai un autre cours, dit-elle. Il ne faut pas que je le manque.

– D'après le Dr Curt, vous avez des liens familiaux avec Kennet Lovell ?

Elle se tourna vers lui.

– Du côté de ma mère.

Elle se tut, comme si elle attendait une autre question, mais Rebus garda le silence.

– Merci encore, dit Siobhan.

Ils la regardèrent se diriger vers la porte. Rebus maintenait le battant ouvert.

– Encore une petite chose, Claire ?

Elle s'immobilisa près de lui, leva la tête.

– Oui ?

– Vous nous avez dit que vous connaissiez Falls, dit Rebus, qui attendit qu'elle ait acquiescé, pour demander : Cela signifie-t-il que vous n'y êtes pas allée récemment ?

– J'y suis peut-être passée.

Il accepta cette réponse d'un hochement de tête. Elle s'éloigna.

– Mais vous connaissez Beverly Dodds ?

– Qui ?

– Je crois qu'elle a confectionné le bracelet que vous portez.

Claire leva le poignet.

– Ça ?

Il ressemblait beaucoup à celui que Jean avait acheté : pierres polies et montées sur un fil.

– Flip me l'a offert. Elle m'a dit qu'il portait bonheur. Mais je n'y crois pas, évidemment…

Rebus la regarda s'en aller, puis ferma la porte.

– Qu'est-ce que tu en penses ? demanda-t-il.

– Je ne sais pas, répondit Siobhan.

– Un peu de comédie ?

– Les larmes semblaient très sincères.

– Ce n'est pas l'essence de la comédie ?

Siobhan prit place sur la chaise de Claire.

– S'il y a une meurtrière quelque part, elle est très profondément enfouie.

– « Seven fins high… » Supposons que Flip ne l'a pas rejointe dans le bar. Supposons que Claire savait ce que ça voulait dire.

– Parce qu'elle est Quizmaster ?

Siobhan, dubitative, secoua la tête.

– Ou une joueuse, dit Rebus.

– Dans ce cas, pourquoi prendre la peine de nous dire quoi que ce soit ?

– Parce que…

Mais Rebus ne trouva pas de réponse à cette question.

– Je vais te dire ce qui m'intrigue.

– Son père ? suggéra Rebus.

Siobhan acquiesça.

– Elle cachait quelque chose.

– Donc pourquoi la famille a-t-elle déménagé ?

Siobhan réfléchit mais ne trouva pas immédiatement une réponse.

– L'école qu'elle a fréquentée pourrait peut-être nous renseigner, dit Rebus.

Tandis que Siobhan allait demander l'annuaire à la secrétaire, Rebus appela Bev Dodds. Elle décrocha à la sixième sonnerie.

– Inspecteur Rebus à l'appareil, dit-il.

– Inspecteur, je suis un peu débordée en ce moment…

Il entendait d'autres voix. Des touristes, supposa-t-il, qui décidaient sans doute de ce qu'ils allaient acheter.

– Je crois, dit-il, que je ne vous ai pas demandé si vous connaissiez Philippa Balfour.

– Vraiment ?

– Puis-je vous le demander maintenant ?

– Bien sûr. La réponse est non.

– Vous ne l'avez jamais rencontrée ?

– Jamais. Pourquoi cette question ?

– Une de ses amies porte un bracelet que Philippa lui a offert. Il me semble que c'est l'un des vôtres.

– C'est tout à fait possible.

– Mais vous ne l'avez pas vendu à Philippa ?

– Si c'est un des miens, il est vraisemblable qu'elle l'a acheté dans une boutique. Deux boutiques d'artisanat commercialisent mon travail, la première à Haddington et la deuxième à Édimbourg.

– Comment s'appelle celle d'Édimbourg ?

– Wiccan Crafts. Dans Jeffrey Street, si vous tenez à le savoir. Maintenant, si vous voulez bien…

Mais Rebus avait déjà raccroché. Siobhan revint avec le numéro de l'école de Flip. Rebus appela, alluma le haut-parleur pour que Siobhan puisse écouter. La directrice était institutrice à l'époque où Flip et Claire fréquentaient l'école.

– Pauvre Philippa, c'est une nouvelle horrible… Et sa famille doit être dans tous ses états.

– Je suis sûr qu'elle a tout le soutien nécessaire, compatit Rebus sur un ton aussi sincère que possible.

Il y eut un long soupir au bout du fil.

– Mais, en réalité, c'est à propos de Claire que j'appelle.

– De Claire ?

– Claire Benzie. Je m'efforce de reconstituer autant que possible la vie de Philippa. Il paraît que Claire et elles étaient amies, autrefois.

– Très bonnes amies, oui.

– Elles étaient pratiquement voisines ?

– C'est exact. Elles habitaient l'East Lothian.

Rebus eut une idée.

– Comment venaient-elles à l'école ?

– En général, le père de Claire les conduisait en voiture. Ou bien la mère de Philippa. Une femme très bien, j'ai beaucoup de peine pour…

– Donc le père de Claire travaillait à Édimbourg ?

– Oui. Avocat, quelque chose comme ça.

– Est-ce pour cette raison que la famille a déménagé ? Y avait-il un lien avec son travail ?

– Grand Dieu non. Je crois qu'ils ont été expulsés.

– Expulsés ?

– Il ne faut pas colporter les rumeurs mais, comme il est décédé, ça n'a sûrement plus d'importance.

– Nous garderons tout cela scrupuleusement pour nous, dit Rebus, qui se tourna vers Siobhan.

– Le malheureux a fait de mauvais investissements, voilà tout. Je crois qu'il a toujours aimé jouer et, apparemment, cette fois-là, il était allé un peu trop loin, il a perdu des milliers de livres… sa maison… tout.

– Comment est-il mort ?

– Je crois que vous avez deviné. Il a pris une chambre dans un hôtel du bord de mer, peu après, et avalé une surdose de cachets quelconques. Quelle dégringolade, après tout, n'est-ce pas, de se retrouver sans rien quand on a été avocat…

– Effectivement, reconnut Rebus. Je vous remercie.

– Il faudrait que je vous laisse. Je dois assister à une réunion.

Le ton de sa voix indiqua que cela se produisait à intervalles réguliers et qu'elle n'appréciait guère.

– Quel malheur, ajouta-t-elle, deux familles frappées par la tragédie.

– Eh bien au revoir, dit Rebus, qui raccrocha, puis se tourna vers Siobhan.

– Des investissements ? fit-elle.

– Et à qui ferait-il confiance, sinon au père de la meilleure amie de sa fille ?

Siobhan acquiesça.

– John Balfour est sur le point d'enterrer sa fille, lui rappela-t-elle.

– Nous verrons un autre responsable de la banque.

Siobhan sourit.

– Je connais l'homme qu'il nous faut.

Ranald Marr était aux Genévriers, aussi se rendirent-ils à Falls. Siobhan demanda s'ils pouvaient passer voir la cascade. Un couple de touristes faisait la même chose. L'homme prenait sa femme en photo. Il demanda à Rebus s'il accepterait de les photographier ensemble. Il avait l'accent d'Édimbourg.

– Qu'est-ce qui vous amène ici ? demanda Rebus, feignant l'innocence.

– La même chose que vous, sûrement, répondit l'homme en prenant position près de sa femme. Veillez à cadrer la petite cascade.

– Vous voulez dire que vous êtes venu à cause du cercueil ? demanda Rebus, l'œil contre le viseur.

– Oui, elle est morte maintenant, n'est-ce pas ?

– Aucun doute, dit Rebus.

– Vous êtes sûr que vous nous cadrez bien ? demanda l'homme, inquiet.

– Parfaitement, dit Rebus, qui appuya sur le déclencheur.

Quand la pellicule serait développée, il n'y aurait que le ciel et les arbres sur le cliché.

– Un petit tuyau, dit l'homme en reprenant son appareil. C'est elle qui a trouvé le cercueil.

Il montrait un arbre. Rebus regarda. Une pancarte grossière, clouée sur le tronc, annonçait « Bev Dodds, poterie ». Un plan indiquait le chemin de la maison. On avait également ajouté : « Thé et café ». Elle se diversifiait.

– Vous l'a-t-elle montré ? demanda Rebus, alors qu'il connaissait la réponse – le cercueil était sous clé à St Leonard's, avec les autres.

Le touriste, déçu, secoua la tête.

– La police l'a gardé.

Rebus hocha la tête.

– Où allez-vous maintenant ?

– On envisageait d'aller voir Les Genévriers, répondit la femme. À supposer qu'on puisse trouver. Il nous a fallu une demi-heure pour arriver jusqu'ici. Les panneaux indicateurs ne sont pas leur fort, par ici, n'est-ce pas ?

– Je sais où se trouvent Les Genévriers, dit Rebus sur un ton plein d'assurance. Regagnez la route, prenez à gauche et traversez le village. Il y a une cité, sur la droite, qui s'appelle Meadowside. Le manoir est juste derrière.

L'homme eut un large sourire.

– Magique, merci beaucoup.

– De rien, répondit Rebus.

Les touristes firent au revoir de la main, pressés de reprendre la piste.

Siobhan s'approcha de Rebus.

– Complètement faux ?

– Ils auront de la chance s'ils ont encore quatre pneus en quittant Meadowside, dit-il avec un sourire. Ma bonne action de la journée.

De retour dans la voiture, Rebus se tourna vers Siobhan.

– Comment tu veux procéder ?

– En premier lieu, je veux savoir si Marr est franc-maçon.

Rebus hocha la tête.

– Je m'en occuperai.

– Ensuite, je crois qu'il faut passer directement à Hugo Benzie.

Rebus manifesta son assentiment.

– Qui posera les questions, toi ou moi ?

– Restons souples. On verra lequel d'entre nous Marr préfère.

Rebus se tourna vers elle.

– Tu n'es pas d'accord ? demanda-t-elle.

Il secoua la tête.

– Ce n'est pas ça.

– Alors qu'est-ce qu'il y a ?

– C'est presque exactement ce que j'aurais dit, voilà tout.

Elle se tourna vers lui, le regarda dans les yeux.

– C'est bien ou ce n'est pas bien ?

Un sourire éclaira le visage de Rebus.

– Je ne sais pas encore, répondit-il en tournant la clé de contact.

Deux agents en tenue, dont Nicola Campbell, qu'il avait vue lors de sa première visite, gardaient le portail des Genévriers. Un journaliste solitaire avait garé sa voiture sur l'accotement, du côté opposé de la chaussée. Il buvait le contenu d'une flasque. Il regarda Rebus et

Siobhan s'arrêter devant le portail, puis reprit ses mots croisés. Rebus baissa sa vitre.

– Plus d'écoutes téléphoniques ? demanda-t-il.

– Plus maintenant, puisque ce n'est pas un enlèvement, répondit Campbell.

– Qu'est devenu Futé ?

– Il est retourné au siège ; une autre affaire.

– Il n'y a qu'un vautour – Rebus faisait allusion au journaliste –, des voyeurs ?

– Quelques-uns.

– Un couple risque d'arriver. Qui y a-t-il, là-bas ?

Rebus montra le parc.

– La superintendante Templer et le constable Hood.

– Ils préparent la prochaine conférence de presse, supposa Siobhan.

– Qui d'autre ? demanda Rebus à Campbell.

– Les parents, répondit-elle, les domestiques… un employé des pompes funèbres. Et un ami de la famille…

Rebus se tourna vers Siobhan.

– Je me demande si on a interrogé les domestiques : parfois, ils voient et entendent des choses…

Campbell ouvrait le portail.

– Le sergent Dickie l'a fait, dit Siobhan.

– Dickie ? répéta Rebus qui passa la première, entra lentement dans la propriété. Ce petit crétin qui regarde sans arrêt sa montre ?

Elle se tourna vers lui.

– Tu veux tout faire toi-même, hein ?

– Parce que je ne suis pas sûr que les autres le feront bien.

– Merci.

Il quitta le pare-brise des yeux.

– Il y a des exceptions, dit-il.

Quatre voitures étaient garées devant le manoir, là où

Jacqueline Balfour avait trébuché, prenant Rebus pour le ravisseur de sa fille.

– L'Alfa de Grant, constata Siobhan.

– Il conduit la patronne.

Rebus supposa que la Volvo S40 noire appartenait aux pompes funèbres, ce qui laissait une Maserati mordorée et une Aston Martin DB7 verte. Il ne put déterminer laquelle appartenait à Ranald Marr et laquelle était la voiture des Balfour, et il le dit.

– L'Aston appartient à John Balfour, indiqua Siobhan.

Il se tourna vers elle.

– C'est une supposition ?

– C'est dans les notes.

– Bientôt, tu me diras quelle est sa pointure.

Une femme de chambre ouvrit la porte. Ils montrèrent leur carte et furent introduits dans le hall d'entrée. La femme de chambre s'en alla sans un mot. Ce fut la première fois que Rebus vit quelqu'un marcher vraiment sur la pointe des pieds. Il n'y avait aucun bruit de voix.

– Cet endroit semble sorti tout droit du Cluedo, souffla Siobhan, qui examina les lambris, les tableaux du passé des Balfour.

Il y avait même une armure au pied de l'escalier. Le courrier, intact, s'entassait sur une table située près d'elle. La porte derrière laquelle la femme de chambre avait disparu s'ouvrit. Une femme d'âge mûr, de haute taille et respirant l'efficacité, se dirigea vers eux. Son visage était calme, mais fermé.

– Je suis l'assistante de M. Balfour, dit-elle presque dans un murmure.

– Nous espérions pouvoir voir M. Marr.

Elle inclina la tête, indiquant par ce geste qu'elle avait compris.

– Mais il faut que vous teniez compte du fait que c'est une période extrêmement difficile…

– Il refuse de nous recevoir ?

– Il ne s'agit pas de « refuser ».

Elle était visiblement irritée. Rebus hocha lentement la tête.

– Écoutez, fit-il, je vais simplement aller dire à la superintendante Templer que M. Marr entrave l'enquête sur le meurtre de Mlle Balfour. Si vous pouvez me conduire jusqu'à elle…

Elle le foudroya du regard, mais Rebus n'avait pas l'intention de baisser les yeux, moins encore de reculer.

– Veuillez attendre ici, dit-elle enfin.

Quand elle parla, Rebus vit ses dents pour la première fois. Il se força à remercier poliment tandis qu'elle regagnait la porte.

– Impressionnant, commenta Siobhan.

– Elle ou moi ?

– Le combat en général.

Il hocha la tête.

– Deux minutes de plus et j'enfilais l'armure.

Siobhan gagna la table, prit le courrier et jeta un coup d'œil dessus. Rebus la rejoignit.

– Je croyais que les collègues l'ouvriraient, dit-il, à la recherche d'une demande de rançon.

– Ils l'ont probablement fait, répondit Siobhan, qui regardait les oblitérations. Mais tout date d'hier ou d'aujourd'hui.

Plusieurs enveloppes étaient de la taille d'une carte de visite et bordées de noir.

– De quoi occuper le facteur. J'espère que c'est l'assistante qui les ouvre.

Siobhan hocha la tête. Encore des voyeurs, chez qui la mort d'une personnalité suscitait une obsession. On ne savait jamais qui risquait d'envoyer une carte de condoléances.

– On devrait les ouvrir.

– Absolument.

Après tout le meurtrier était peut-être aussi un voyeur.

La porte s'ouvrit à nouveau. Cette fois, Ranald Marr, en costume et cravate noirs, se dirigea vers eux à grands pas, visiblement contrarié d'avoir été dérangé.

– Qu'est-ce qu'il y a, cette fois ? demanda-t-il à Siobhan.

– Monsieur Marr ?

Rebus tendit la main.

– Inspecteur Rebus. Je tiens à vous dire que nous regrettons beaucoup de devoir nous imposer.

Marr accepta les excuses et, de ce fait, la main de Rebus. Rebus n'était pas entré au sein de la « confrérie », mais son père lui avait enseigné la poignée de main, un soir d'ivresse, quand il était adolescent.

– Du moment qu'il n'y en a pas pour longtemps, dit Marr, cherchant à prendre le contrôle de la situation.

– Y a-t-il un endroit où nous pourrions parler ?

– Par ici.

Marr les précéda dans un des deux couloirs. Le regard de Rebus croisa celui de Siobhan et il répondit à sa question d'un hochement de tête. Marr était franc-maçon. Elle serra les lèvres, songeuse.

Marr avait ouvert une porte donnant sur une vaste pièce où se trouvaient une bibliothèque, qui occupait un mur, et un billard. Quand il alluma – tous les rideaux étaient tirés en signe de deuil –, le feutre vert fut illuminé. Il y avait deux fauteuils contre un mur et, entre eux, une petite table. Une carafe de whisky et des verres en cristal, sur un plateau en argent, étaient posés sur la table. Marr s'assit et se servit à boire. Il adressa un signe de la main à Rebus, qui refusa, de même que Siobhan. Marr leva son verre.

– À Philippa, puisse Dieu accorder le repos à son âme.

Puis il but une longue gorgée d'alcool. Rebus avait constaté que son haleine sentait le whisky, savait que ce n'était pas le premier verre de la journée. Probablement pas la première fois qu'il portait ce toast. S'ils avaient été seuls, sans doute auraient-ils évoqué leurs loges respectives – et Rebus se serait trouvé en difficulté – mais en présence de Siobhan il ne risquait rien. Il fit rouler, sur le tapis, une boule rouge qui rebondit contre une bande.

– Alors, dit Marr, qu'est-ce que vous voulez, cette fois ?

– Hugo Benzie, répondit Rebus.

Le nom prit Marr au dépourvu. Il leva les sourcils et but une nouvelle gorgée d'alcool.

– Vous le connaissiez ? supputa Rebus.

– Pas très bien. Sa fille allait en classe avec Philippa.

– Avait-il un compte chez vous ?

– Vous savez que je ne peux pas parler de la banque. Ce serait contraire à la déontologie.

– Vous n'êtes pas médecin, répondit Rebus. Vous gardez simplement l'argent des gens.

Marr plissa les paupières.

– On ne se contente pas vraiment de ça.

– Ah bon ? Vous voulez dire que vous perdez aussi leur argent ?

Marr se leva d'un bond.

– Quel est le rapport avec le meurtre de Philippa ?

– Contentez-vous de répondre à la question : Hugo Benzie avait-il investi de l'argent chez vous ?

– Pas chez nous, par notre intermédiaire.

– Vous le conseilliez ?

Marr se servit un deuxième verre. Rebus adressa un bref regard à Siobhan. Elle savait quel rôle elle devait jouer, gardait le silence, se tenait dans l'ombre, près du billard.

– Vous le conseilliez ? répéta Rebus.

– Nous lui conseillions de ne pas prendre de risques.

– Mais il ne vous écoutait pas ?

– Qu'est-ce que la vie si on ne risque rien, telle était la philosophie de Hugo. Il a joué... et il a perdu.

– En tenait-il la banque Balfour pour responsable ?

Marr secoua la tête.

– Je ne crois pas. Le malheureux s'est suicidé, c'est tout.

– Et sa femme et sa fille ?

– Qu'est-ce que vous voulez dire ?

– Vous en ont-elles voulu ?

Il secoua une nouvelle fois la tête.

– Elles le connaissaient.

Il posa son verre sur le bord du billard, demanda :

– Mais quel rapport ?... Ah, vous cherchez un mobile... et vous croyez qu'un mort est sorti de sa tombe pour se venger de la banque Balfour ?

Rebus poussa une autre boule sur le billard.

– On a vu plus bizarre.

Siobhan avança, donna une feuille de papier à Marr.

– Vous vous souvenez que je vous ai interrogé sur les jeux ?

– Oui.

Elle montra l'énigme relative à Rosslyn Chapel et demanda :

– Qu'est-ce que ça vous inspire ?

Il plissa les paupières, concentré.

– Rien du tout, répondit-il en rendant la feuille.

– Puis-je vous demander si vous appartenez à une loge maçonnique, monsieur ?

Marr la foudroya du regard. Puis il se tourna brièvement vers Rebus.

– Cette question n'est pas digne d'une réponse.

– Voyez-vous, on a proposé cette énigme à Philippa ainsi qu'à moi. Et j'ai dû demander à un membre d'une loge ce que signifiaient les mots « mason's dream ».

– Que signifient-ils ?

– C'est sans importance. Mais Philippa a peut-être cherché à se faire aider et ça c'est important.

– Je vous ai déjà dit que j'ignorais tout de cela.

– Mais elle aurait pu y faire allusion au cours d'une conversation…

– Ça n'est pas arrivé.

– Connaissait-elle d'autres maçons, monsieur ? demanda Rebus.

– Je l'ignore. Écoutez, je crois sincèrement que je vous ai consacré assez de temps… surtout aujourd'hui.

– Oui, monsieur, dit Rebus. Merci de nous avoir reçus.

Il tendit une nouvelle fois la main, mais Marr ne l'accepta pas. Il gagna la porte en silence, l'ouvrit et sortit. Rebus et Siobhan retournèrent dans le hall d'entrée. Templer et Hood s'y trouvaient. Marr passa devant eux sans un mot, puis disparut derrière une porte.

– Qu'est-ce que vous foutez ici ? demanda Templer à voix basse.

– On essaie d'arrêter un meurtrier, répondit Rebus. Et vous ?

– Tu passes bien à la télé, dit Siobhan à Hood.

– Merci.

– Oui, Grant s'en est très bien sorti, affirma Templer, qui cessa de s'intéresser à Rebus et se tourna vers Siobhan. Je suis absolument satisfaite.

– Moi aussi, répondit Siobhan, souriante.

Ils sortirent du manoir et gagnèrent leurs voitures respectives. Dernière réplique assassine de Templer :

– Il me faut un rapport expliquant votre présence ici. Et, John ? Le médecin attend…

– Le médecin ? demanda Siobhan en bouclant sa ceinture.

– Ce n'est rien, répondit Rebus, qui tourna la clé de contact.

– Est-ce qu'elle t'en veut comme elle m'en veut ?

Rebus se tourna vers elle.

– Gill voulait que tu travailles avec elle, Siobhan. Tu as refusé.

– Je n'étais pas prête. Tu sais, ça va te paraître stupide, mais je crois qu'elle est jalouse, ajouta-t-elle après un silence.

– De toi ?

Siobhan secoua la tête.

– Non, de toi.

– De moi ? fit Rebus en riant. Pourquoi serait-elle jalouse de moi ?

– Parce que tu ne respectes pas les règles et qu'elle est obligée de le faire. Parce que tu réussis toujours à persuader les gens de travailler pour toi, même quand ils ne sont pas d'accord avec ce que tu leur demandes de faire.

– Je dois être plus fort que je crois.

Elle lui adressa un regard malicieux.

– Oh, à mon avis, tu sais que tu es très fort. En tout cas tu le crois.

Il lui rendit son regard.

– Ça cache une insulte, mais je ne vois pas laquelle.

Siobhan s'appuya contre le dossier de son siège.

– Et maintenant ?

– On rentre à Édimbourg.

– Et ?

Rebus réfléchit tout en s'engageant sur le chemin du portail.

– Je ne sais pas, dit-il. On aurait presque pu croire que Marr venait de perdre sa fille…

– Tu ne veux pas dire… ?

– Est-ce qu'il y avait une ressemblance ? C'est le genre de chose que je ne vois jamais.

Siobhan réfléchit en se mordillant la lèvre.

– Pour moi, tous les riches se ressemblent. Tu crois que Marr et Mme Balfour auraient pu avoir une liaison ?

Rebus haussa les épaules.

– Difficile à prouver sans analyse de sang. Il faut veiller à ce que Gates et Curt en conservent un échantillon.

– Et Claire Benzie ?

Rebus adressa un signe de la main à Campbell.

– Claire est intéressante, mais il ne faut pas la bousculer.

– Pourquoi ?

– Parce qu'elle sera peut-être notre gentille légiste dans quelques années. Je ne serai peut-être plus là, mais toi oui et il ne faut en aucun cas qu'il y ait…

– Une vendetta ? fit Siobhan avec un sourire.

– Une vendetta, confirma Rebus.

Siobhan réfléchit.

– Mais, quel que soit le point de vue où on se place, elle a absolument le droit d'avoir les Balfour dans le nez.

– Dans ce cas pourquoi était-elle toujours amie avec Flip ?

– Peut-être qu'elle jouait, elle aussi.

Tandis qu'ils suivaient la petite route, elle chercha les touristes des yeux, mais ne les vit pas.

– Est-ce qu'on devrait passer à Meadowside, voir s'il ne leur est rien arrivé ?

Rebus secoua la tête. Ils gardèrent le silence jusqu'à la sortie de Falls.

– Marr est franc-maçon, dit finalement Siobhan. Et il aime les jeux.

– Donc, maintenant, c'est lui Quizmaster, pas Claire Benzie ?

– Ça me semble plus vraisemblable que le rôle du père de Flip.

– J'aurais mieux fait de me taire.

Rebus pensait à Hugo Benzie. Avant de prendre la route de Falls, il avait téléphoné à un avocat de ses amis et avait obtenu des informations. Benzie était spécialisé dans les testaments et les constitutions de rentes, un juriste discret et efficace qui travaillait au sein d'un gros cabinet de la ville. Son goût du jeu restait secret et n'avait jamais influencé son travail. On racontait qu'il avait placé de l'argent dans des start-up d'Extrême-Orient, sur la foi des pages financières de son quotidien préféré. Si c'était vrai, Rebus ne pouvait considérer la banque Balfour comme coupable. Elle s'était probablement contentée de virer l'argent selon ses instructions, puis de siffler la fin du match quand il avait coulé dans le Yangzi. Benzie n'avait pas seulement perdu son argent – en tant qu'avocat, il pouvait toujours en gagner à nouveau. Aux yeux de Rebus, il avait perdu quelque chose de plus essentiel : sa confiance en lui-même. Comme il avait cessé de croire en lui, sans doute lui avait-il été facile de commencer à croire que le suicide était une solution puis, un peu plus tard, une nécessité. Rebus était passé deux ou trois fois par là, avec la bouteille et les ténèbres pour seule compagnie. Il ne pouvait se jeter dans le vide : il avait le vertige depuis l'époque où, à l'armée, on l'avait fait sauter d'un hélicoptère. Bain chaud et coups de rasoir sur les poignets… le problème, dans ce cas, était le spectacle, l'idée que quelqu'un, ami ou inconnu, serait confronté à cette scène. L'alcool et les cachets… il en revenait toujours à ces produits essentiels. Pas chez lui, mais dans une chambre d'hôtel anonyme où le personnel le trouverait. Un cadavre solitaire parmi d'autres.

Des pensées vagabondes. Mais à la place de Benzie… avec une femme et une fille… il ne croyait pas qu'il aurait pu le faire, laisser derrière lui une famille détruite. Et maintenant, Claire voulait être légiste, carrière faite de cadavres, de pièces climatisées, sans fenêtres. Tous les corps seraient-ils l'image de son père ?…

– À quoi tu penses ? demanda Siobhan.

– À rien, répondit Rebus sans quitter la route des yeux.

– Souris, dit « Hi-Ho » Silvers. C'est vendredi après-midi.

– Et alors ?

Il fixa Ellen Wylie.

– Ne me dis pas que tu n'as pas un rendez-vous.

– Un rendez-vous ?

– Tu sais, un dîner, une boîte où on danse et retour chez lui.

Il ondula des hanches.

Wylie grimaça.

– J'ai déjà du mal à ne pas vomir mon repas.

Restes de sandwich sur son bureau : thon, mayonnaise et maïs. Le poisson picotait légèrement et, maintenant, son estomac lui adressait des signaux. Mais, logiquement, Silvers ne s'apercevait de rien.

– Mais tu as bien un ami, Ellen ?

– Je te téléphonerai quand je n'en pourrai plus.

– Du moment que ce n'est pas vendredi ou samedi soir : ce sont les soirées où je bois.

– Je n'oublierai pas, George.

– Et pas le dimanche après-midi, évidemment.

– Évidemment.

Wylie ne put s'empêcher de penser que cette organisation convenait sans doute parfaitement à Mme Silvers.

– Sauf si on a des heures supplémentaires, ajouta Silvers, dont l'esprit négocia l'aiguillage. Il y a des chances, à ton avis ?

– Ça dépend, hein ?

Et elle savait de quoi ça dépendait : de la pression des médias forçant les pontes à aboutir rapidement à un résultat. Ou peut-être de John Balfour, qui risquait de demander un nouveau service, d'imposer sa volonté. Il y avait eu une époque où, en cas de grosse affaire, le CID fonctionnait sept jours sur sept et vingt-quatre heures sur vingt-quatre, où tout le monde était rémunéré en conséquence. Mais, désormais, les budgets étaient plus serrés et le personnel moins nombreux. Jamais les flics n'avaient été aussi heureux que lorsque la réunion des chefs de gouvernement du Commonwealth s'était déroulée à Édimbourg, suscitant une avalanche d'heures supplémentaires. Mais cela datait de plusieurs années. Cependant certains collègues, dont Silvers, psalmodiaient encore RCGC à voix basse, comme s'il s'agissait d'une formule magique. Tandis que Silvers haussait les épaules et s'éloignait, songeant sans doute aux heures supplémentaires, Wylie reporta son attention sur l'histoire de l'étudiant allemand, Jürgen Becker. Elle pensa à Boris Becker, qui avait été son tennisman préféré, et se demanda vaguement si Jürgen appartenait à la même famille. Elle en doutait : un parent célèbre aurait fait tomber toutes les barrières, comme dans le cas de Philippa Balfour.

Pourtant, en quoi avait-on progressé ? On n'était pas plus avancé que le premier jour de l'enquête sur la disparition. Rebus avait beaucoup d'idées, mais elles n'avaient pas de ligne directrice. C'était comme s'il tendait la main et cueillait les possibilités sur un arbre ou un arbuste, dans l'espoir que les gens les avaleraient. L'affaire sur laquelle elle avait travaillé avec lui – un cadavre découvert dans Queensberry House au moment où on s'apprêtait à en démolir l'essentiel pour construire le nouveau parlement – était restée sans résultat. Il s'était pratiquement débarrassé d'elle, avait refusé, par la suite, de parler de l'affaire. Il n'y avait pas eu de procès.

Pourtant… elle aimait mieux appartenir à l'équipe de Rebus qu'à une autre. Elle savait qu'elle avait coupé les ponts avec Gill Templer, quoi qu'en dise Rebus, et elle savait que c'était sa faute. Elle avait trop insisté, avait pratiquement harcelé Templer. Chercher à se faire remarquer à tout prix dans l'espoir que l'avancement suivrait était une forme de paresse. Et elle savait que Templer l'avait rejetée parce qu'elle avait compris cela. Gill Templer n'était pas arrivée au sommet de cette façon : elle avait travaillé très dur d'un bout à l'autre, lutté contre un préjugé hostile aux femmes policiers, préjugé dont on ne parlait jamais, qu'on ne reconnaissait pas. Mais qui existait bel et bien.

Wylie comprit qu'elle aurait dû garder la tête baissée et la bouche fermée. C'était ainsi que fonctionnait Siobhan Clarke ; elle n'insistait jamais, même si elle était tout aussi carriériste… même si c'était une rivale – Wylie ne pouvait s'empêcher de la considérer ainsi. La préférée de Templer depuis le début, et c'était précisément pourquoi elle – Ellen Wylie – avait entrepris de faire campagne ouvertement et, s'était-il avéré, trop opiniâtrement. Si bien qu'elle était désormais isolée, chargée de cette connerie d'enquête sur Jürgen Becker. Un vendredi après-midi, alors que, selon toute probabilité, personne ne répondrait à ses coups de téléphone, à ses questions. C'était du temps à tuer, voilà tout.

Du temps à tuer.

Grant Hood devait organiser une nouvelle conférence de presse. Il savait quels noms correspondaient à quels visages, avait brièvement rencontré les journalistes les plus sérieux, spécialistes des faits divers depuis de nombreuses années.

– En fait, Grant, lui avait confié la superintendante Templer, il y a des pisse-copie dont on peut considérer qu'ils nous appartiennent parce qu'ils sont malléables. Ils ne franchissent pas la ligne blanche, passent un papier qui nous arrange quand et si on le leur demande, ne publient pas ce qu'on veut garder pour nous. Il y a là un socle de confiance, mais ça marche dans les deux sens. Il faut que nous leur donnions de bonnes infos et il faut les leur donner une ou deux heures avant l'opposition.

– L'opposition, madame ?

– Exactement. Ils forment une masse compacte, quand ils sont réunis dans la même salle, mais ce n'est pas ce qu'ils sont. Il y a des moments où ils coopèrent... chargent l'un d'entre eux d'une planque ingrate. Celui-là partage ensuite le résultat éventuel avec les autres. Ils le font à tour de rôle.

Grant acquiesça.

– Mais, sur d'autres plans, ils se dévorent entre eux. Ceux qui ne sont pas dans le circuit sont les plus acharnés et n'ont généralement pas de scrupules. Ils sortent le chéquier quand ça les arrange et ils essaient de vous gagner à leur cause. Pas forcément avec de l'argent, mais grâce à un verre ou un dîner. Ils s'arrangent pour que vous ayez l'impression d'être l'un d'entre eux et vous commencez à vous dire : en fait, ils ne sont pas si mauvais. C'est à ce moment-là que vos ennuis commencent, parce qu'ils n'ont pas cessé de vous tirer les vers du nez sans que vous vous en aperceviez. Vous risquez de laisser échapper une allusion, ou une bribe d'information, simplement pour montrer que vous êtes dans le secret. Et quoi que vous ayez dit, ils s'empresseront de l'imprimer. Vous serez « une source policière » ou « une source anonyme proche de l'enquête » – enfin, s'ils ont envie d'être gentils. Et s'ils apprennent quelque chose sur vous, ils s'en serviront. Il faudra tout leur dire, sinon ils vous laisseront sur le chevalet.

Elle lui avait donné une tape sur l'épaule et avait conclu :

– À bon entendeur salut.

– Oui, madame. Merci, madame.

– On peut être en bons termes avec eux et vous devriez vous présenter à ceux qui comptent, mais n'oubliez jamais dans quel camp vous êtes… ni qu'il y a deux camps. D'accord ?

Il avait acquiescé. Puis elle lui avait donné la liste de ceux qui « comptaient ».

Il s'était contenté de jus d'orange, pendant les entrevues, et avait constaté avec soulagement que les journalistes faisaient de même.

– Vous constaterez peut-être que les anciens marchent au whisky et au gin, avait dit un jeune reporter, mais pas nous.

Il avait ensuite rencontré un « ancien » qui comptait au nombre des plus respectés. Il n'avait accepté qu'un verre d'eau.

– Les jeunes boivent comme des trous, mais je ne peux plus. Quel est votre carburant préféré, officier ?

– Ce n'est pas une rencontre officielle, monsieur Gillies. Je vous en prie, appelez-moi Grant.

– Dans ce cas, il faut que vous m'appeliez Allan…

Cependant Grant ne pouvait chasser les avertissements de Templer de ses pensées. En conséquence, il eut l'impression d'avoir été raide et maladroit lors de chaque entrevue. Toutefois Templer lui avait fait attribuer un bureau au siège, Fettes, du moins pour la durée de l'enquête, et c'était manifestement un plus. C'était « prudent », d'après elle, parce qu'il s'entretiendrait quotidiennement avec des journalistes et qu'il était préférable de les maintenir éloignés du cœur de l'enquête. S'ils débarquaient à Gayfield ou à St Leonard's pour un briefing, ou même un bref entretien, on ne pouvait prévoir ce qu'ils entendraient ou remarqueraient.

– Absolument, avait-il dit en hochant la tête.

– Même chose en ce qui concerne les coups de téléphone, avait poursuivi Templer. Si vous voulez appeler un journaliste, faites-le de votre bureau, porte fermée. Ainsi, il ne risquera pas d'entendre quelque chose. Si l'un d'entre eux vous téléphone et que vous vous trouvez au CID, dites que vous rappellerez.

Il avait une nouvelle fois acquiescé.

À la réflexion, il lui avait sûrement fait l'effet d'un de ces chiens qui hochent inlassablement la tête sur la lunette arrière de voitures nulles. Il s'efforça de chasser cette image, se concentra sur son écran. Il préparait un communiqué dont il transmettrait la copie à Bill Pryde, Gill Templer et Carswell, le directeur adjoint, afin qu'ils y apportent les modifications qu'ils jugeraient nécessaires et l'approuvent.

Carswell occupait un bureau dans le même immeuble, à un autre étage. Il avait frappé à la porte de Grant et lui avait souhaité bonne chance. Quand Grant avait annoncé qu'il était le constable Hood, Carswell avait hoché lentement la tête, son regard évoquant celui d'un examinateur.

– Bien, avait-il dit, s'il n'y a pas de merdes, dans cette

affaire, et s'il y a des résultats, il faudra qu'on fasse quelque chose pour vous, hein ?

Ce qui signifiait qu'il serait nommé sergent. Hood savait, en plus, que Carswell avait la possibilité de le faire. Il avait pris un jeune officier du CID sous son aile… l'inspecteur Derek Linford. Le problème était que Linford et Carswell n'appréciaient pas Rebus, aussi Hood devrait-il se montrer prudent. Il avait refusé un verre en compagnie de Rebus et du reste de l'équipe, mais n'oubliait pas qu'il était tout récemment allé dans un bar avec lui. C'était le genre de chose, si Carswell l'apprenait, qui risquait de bloquer la mécanique. Il songea une fois de plus aux propos de Templer : *S'ils apprennent quelque chose sur vous, ils s'en serviront…* Une autre image lui traversa l'esprit, l'accrochage avec Siobhan. Il faudrait désormais qu'il soit prudent, qu'il veille à ne pas parler à n'importe qui et à ne pas dire n'importe quoi, qu'il veille à ne pas sortir avec n'importe qui, qu'il se surveille.

Qu'il veille à ne pas se faire d'ennemis.

On frappa une nouvelle fois à la porte. C'était une employée administrative.

– Quelque chose pour vous, dit-elle en lui donnant un sac en plastique.

Puis elle sourit et sortit. Il l'ouvrit. Une bouteille : José Cuervo Gold. Et une petite carte :

Ceci pour vous souhaiter bonne chance dans vos nouvelles fonctions. Considérez-nous comme des enfants qui ont sommeil et ont besoin de leur histoire quotidienne.

Vos nouveaux amis, le quatrième pouvoir.

Grant sourit. Il crut percevoir le style d'Allan Gillies. Puis il se souvint soudain : il n'avait pas répondu à la question de Gillies sur sa boisson préférée… mais Gillies était tombé juste. Il ne pouvait pas avoir deviné ;

quelqu'un avait parlé. La tequila n'était pas seulement un cadeau, c'était aussi une démonstration de force. À cet instant son mobile sonna. Il le sortit de sa poche.

– Allô ?

– Constable Hood ?

– Lui-même.

– Je me suis dit que j'allais me présenter, puisque je n'ai apparemment pas été invité à le faire.

– Qui est à l'appareil ?

– Je m'appelle Steve Holly. Vous avez sûrement vu mon nom.

– C'est juste.

Holly ne figurait assurément pas sur la liste des gens qui, selon Templer, « comptaient ». Sa brève description de lui : « une ordure ».

– On se verra pendant les conférences de presse et les trucs du genre, mais j'ai pensé qu'il fallait que je commence par prendre contact. Vous avez reçu la bouteille ?

Grant garda le silence et Holly rit.

– Il fait toujours ça, Allan. Il croit que c'est futé, mais on sait, vous et moi, que ce n'est qu'un miroir aux alouettes.

– Ah bon ?

– Ce genre de connerie ne m'intéresse pas, comme vous l'aurez sans doute constaté.

– Constaté ?

Grant plissa le front.

– Réfléchissez, constable Hood.

Et Holly raccrocha. Grant fixa le téléphone, et comprit. Les journalistes n'avaient obtenu de lui que son téléphone professionnel, son fax et son pager. Il réfléchit intensément et acquit la certitude qu'il n'avait pas donné le numéro de son mobile. Un des conseils de Templer :

– Quand vous les connaîtrez, il y en aura un ou deux

avec qui vous aurez des atomes crochus… Ce ne sont jamais les mêmes, cela dépend de l'attaché de presse. Il faudra peut-être que vous leur donniez votre numéro de mobile. C'est une marque de confiance. En ce qui concerne les autres, laissez tomber, sinon votre vie ne vous appartiendra plus… et, comme ils occuperont sans cesse la ligne, comment vos collègues pourront-ils vous joindre ? Nous et eux, Grant, nous et eux…

Et maintenant, l'un d'entre « eux » avait le numéro de son mobile. Il n'y avait qu'une solution : le faire changer.

Quant à la tequila, il l'emporterait à la conférence de presse. Il la rendrait à Allan Gillies, dirait qu'il ne buvait pas d'alcool en ce moment.

Il commençait à penser que ce n'était peut-être pas très éloigné de la vérité. Il lui faudrait changer beaucoup de choses s'il voulait rester sur les rails.

Il lui sembla qu'il était prêt.

Le CID de St Leonard's se vidait. Les policiers qui ne travaillaient pas sur le meurtre partaient pour le week-end. Quelques-uns d'entre eux travailleraient le samedi si on le leur proposait. D'autres seraient de permanence, au cas où une nouvelle affaire se présenterait. Mais, pour l'immense majorité, le week-end commençait. Leur démarche était légère ; ils chantaient de vieilles chansons pop en chœur. La ville était calme, depuis quelque temps. Quelques cas de violence conjugale, une ou deux affaires de drogue. Mais la brigade des stupéfiants évitait de se faire remarquer après une descente effectuée sur la foi d'un tuyau : une maison de Gracemount, une couverture de survie derrière une fenêtre de l'étage, qui restait fermée jour et nuit. Elle s'était précipitée, décidée à démanteler un nouveau réseau de trafic de cannabis, et avait trouvé une chambre d'adolescent récemment refaite. La mère avait remplacé les rideaux par une couverture de survie, trouvant cela très mode…

– Connerie de *Changing Rooms* [1], avait marmonné un membre de la brigade des stupéfiants.

Il y avait d'autres incidents, mais ils étaient isolés, ne pouvaient en aucun cas constituer une vague de délinquance. Siobhan jeta un coup d'œil sur sa montre. Elle avait appelé la Crime Squad et s'était renseignée sur les ordinateurs. Elle n'était pas arrivée à la moitié de ses explications quand Claverhouse avait dit :

– Il y a déjà quelqu'un dessus. On vous l'envoie.

Et maintenant elle attendait. Elle avait tenté de rappeler Claverhouse : pas de réponse. Il était probablement chez lui ou au pub. Peut-être n'enverrait-il quelqu'un que lundi. Elle décida de rester encore dix minutes. Après tout elle avait sa vie, n'est-ce pas ? Football demain, si elle en avait envie, même si c'était un match à l'extérieur. Dimanche, elle pourrait faire un tour en voiture : il y avait des endroits qu'elle ne connaissait pas… Linlithgow Palace, Falkland Palace, Traquair. Une amie qu'elle n'avait pas vue depuis des mois l'avait invitée à un anniversaire samedi soir. Elle ne croyait pas qu'elle irait, mais c'était une possibilité…

– Êtes-vous la constable Clarke ?

Il avait une serviette, qu'il posa par terre. Pendant un instant, il lui fit penser à un représentant. Quand il se redressa, elle s'aperçut qu'il était un peu gros, surtout au niveau de la taille. Cheveux courts, une mèche dressée sur l'arrière du crâne. Il se présenta : Eric Bain.

– J'ai entendu parler de vous, reconnut Siobhan. On vous surnomme Futé, c'est ça ?

– Parfois mais, franchement, je préfère Eric.

---

1. Émission de la BBC où des candidats disposent de 500 livres pour réaménager une maison.

– Va pour Eric. Installez-vous.

Bain approcha une chaise. Quand il s'assit, le tissu de sa chemise bleu pâle se tendit, bâilla entre les boutons, dévoila des losanges de peau pâle et rose.

– Alors, dit-il, qu'est-ce qui se passe ?

Siobhan expliqua et Bain lui accorda toute son attention, les yeux rivés sur elle. Elle s'aperçut que sa respiration était précipitée et sifflante, se demanda s'il y avait un inhalateur dans une de ses poches.

Elle tenta de le regarder dans les yeux, tenta de se détendre, mais sa masse et sa proximité la mettaient mal à l'aise. Il avait des doigts grassouillets et ne portait pas de bague. Sa montre comportait de trop nombreux boutons. Il restait, sous son menton, des poils qui avaient échappé au rasoir.

Il ne posa pas une seule question pendant son exposé. Quand elle eut terminé, il voulut voir les e-mails.

– À l'écran ou imprimés ?

– L'un ou l'autre.

Elle sortit les feuilles de son sac à main. Bain approcha sa chaise afin de pouvoir les étaler sur le bureau. Il les disposa dans l'ordre chronologique grâce à la date indiquée en haut de chacune d'entre elles.

– Il n'y a que les énigmes, constata-t-il.

– Oui.

– J'ai besoin de tous les e-mails.

Siobhan alluma l'ordinateur, y relia son mobile pendant qu'elle y était.

– Est-ce que je regarde s'il y a de nouveaux messages ?

– Pourquoi pas ?

Il y en avait deux émanant de Quizmaster.

Le temps imparti passe. Voulez-vous continuer, Chercheuse ?

Une heure plus tard, cela avait été suivi par :

Communication ou cessation ?

– Elle n'a pas de problèmes de vocabulaire, hein ? dit Bain.

Siobhan leva la tête.

– Vous dites toujours « il », expliqua-t-il. Je pensais qu'on aurait peut-être intérêt à garder l'esprit ouvert si on...

– Très bien, dit-elle. Peu importe.

– Voulez-vous répondre ?

Elle commença par secouer la tête, puis haussa les épaules.

– Je ne sais pas vraiment quoi dire.

– Il serait plus facile de remonter jusqu'à elle si elle restait sur le réseau.

Elle regarda Bain, puis tapa une réponse : *J'y réfléchis,* et cliqua sur Envoyer.

– Vous croyez que ça ira ? demanda-t-elle.

– Ça entre manifestement dans la catégorie de la « communication », acquiesça Bain avec un sourire. Maintenant, voyons les autres messages.

Elle brancha une imprimante, mais s'aperçut qu'il n'y avait pas de papier.

– Merde, cracha-t-elle.

Le placard des fournitures était verrouillé et elle ignorait où se trouvait la clé. Puis elle se souvint du dossier que Rebus avait emporté lorsqu'ils avaient interrogé Albie, l'étudiant en médecine. Il lui avait conféré une épaisseur impressionnante en l'emplissant de feuilles provenant de la photocopieuse. Siobhan gagna le bureau de Rebus, ouvrit les tiroirs. Gagné : le dossier s'y trouvait, une demi-ramette à l'intérieur. Deux minutes plus tard, la correspondance de Quizmaster était imprimée. Bain disposa les feuilles sur le bureau de Siobhan, dont elles occupèrent pratiquement toute la surface.

– Vous voyez ça ? demanda-t-il en montrant la moitié

inférieure de plusieurs pages. Vous ne le regardez jamais, n'est-ce pas ?

Siobhan fut obligée de l'admettre. Sous le mot « Headers » se trouvaient plus d'une douzaine de lignes d'informations supplémentaires : Return Path, Message-ID, X-Mailer… De son point de vue, ça ne signifiait pas grand-chose.

– Ceci, dit Bain, qui se passa la langue sur les lèvres, est la partie la plus juteuse.

– Est-ce qu'elle permet d'identifier Quizmaster ?

– Pas directement, mais c'est un début.

– Comment se fait-il que certains messages n'ont pas de « Headers » ? demanda Siobhan.

– Ça, répondit Bain, c'est la mauvaise nouvelle. Quand un message ne comporte pas de « Headers », ça signifie que celui qui l'envoie utilise le même serveur que celui qui le reçoit.

– Mais…

Bain hochait la tête.

– Quizmaster a plus d'un compte.

– Il change de serveur ?

– C'est relativement fréquent. J'ai un ami qui se refuse à payer l'accès à l'Internet. Avant l'apparition des serveurs gratuits, il en changeait tous les mois. Ainsi, il tirait profit de toutes les publicités qui offraient le premier mois gratuitement. Au terme de l'essai, il annulait et allait voir ailleurs. Pendant une année entière, il n'a pas payé un centime. Ce que fait Quizmaster est le prolongement de cela.

Bain passa le doigt sur les listes des « Headers », s'arrêta à la quatrième ligne.

– Voilà son fournisseur, voyez ? Trois comptes différents.

– Donc il est plus difficile de l'identifier.

– Plus difficile, oui. Mais il a sûrement prévu un…

Il remarqua l'expression du visage de Siobhan.

– Qu'est-ce qu'il y a ? demanda-t-il.

– Vous avez dit « il ».

– Ah bon ?

– Ça ne serait pas plus simple si on s'en tenait à ça ? Même si je trouve que garder l'esprit ouvert est une bonne idée.

Bain réfléchit.

– Très bien, fit-il. Donc je disais qu'il – ou elle – a dû ouvrir un compte chez chacun d'entre eux. Enfin, je le crois. Même dans le cas d'un essai d'un mois, ils demandent des informations, y compris un numéro de carte ou de compte bancaires.

– Pour pouvoir faire payer le moment venu ?

Bain acquiesça.

– Les gens laissent tous des traces, dit-il songeur, les yeux fixés sur les feuilles, mais ils croient qu'ils n'en laissent pas.

– C'est comme la police scientifique, n'est-ce pas ? Un cheveu, un morceau de peau minuscule…

– Exactement.

Bain souriait à nouveau.

– Donc il faut qu'on contacte les serveurs, qu'on leur demande de nous communiquer les informations dont ils disposent.

– S'ils acceptent.

– C'est une enquête sur un meurtre, dit Siobhan. Ils sont obligés de le faire.

Il lui adressa un bref regard.

– Il y a des circuits, Siobhan.

– Des circuits ?

– Il y a une unité de la Special Branch spécialisée dans la criminalité technologique. Elle s'occupe principalement de pornographie, traque les pédophiles, ce genre de chose. Ce que les gars racontent est incroyable :

disques durs cachés dans d'autres disques durs, économiseurs d'écran qui dissimulent des images pornographiques…

– On a besoin de leur autorisation ?

Bain secoua la tête.

– On a besoin de leur aide. Et ce soir, il est trop tard.

– Pourquoi ?

– Parce que c'est aussi vendredi après-midi à Londres. Je vous offre un verre ? ajouta-t-il en se tournant vers elle.

Elle n'avait pas l'intention d'accepter : des tas de prétextes tout prêts. Mais, bizarrement, elle ne put refuser et ils se retrouvèrent au Maltings, de l'autre côté de la rue. Une nouvelle fois, au bar, il posa sa serviette à ses pieds.

– Qu'est-ce qu'il y a dedans ? demanda-t-elle.

– À votre avis ?

Elle haussa les épaules.

– Portable, téléphone mobile… gadgets et disquettes… Je ne sais pas.

– C'est ce que vous êtes censée croire.

Il posa la serviette sur le bar et il était sur le point de l'ouvrir quand il s'immobilisa et secoua la tête.

– Non, dit-il. Peut-être quand on se connaîtra un peu mieux.

Il la remit à ses pieds.

– Vous me cachez des choses ? dit Siobhan. Excellente façon de débuter une relation !

Ils sourirent quand on leur apporta leurs consommations : bière en bouteille pour elle et pinte pour lui. Il n'y avait pas de table libre.

– Alors, comment ça se passe à St Leonard's ? demanda Bain.

– Comme dans les autres postes de police, je suppose.

– Tous les postes de police n'ont pas John Rebus.

Elle le dévisagea.

– Comment ça ?

Il haussa les épaules.

– D'après Claverhouse, vous êtes l'apprentie de Rebus.

– L'apprentie !

La stéréo hurlait, néanmoins des têtes se tournèrent vers elle.

– Quel putain de culot !

– Du calme, du calme, dit Bain. C'est une idée de Claverhouse, c'est tout.

– Vous pouvez lui dire qu'il peut se la carrer dans le cul.

Bain éclata de rire.

– Je ne blague pas, dit-elle.

Mais elle se mit à rire, elle aussi.

Après deux verres supplémentaires, Bain dit qu'il avait la dalle et proposa d'aller voir s'il y avait une table au Howie's. Elle n'avait pas l'intention d'accepter – elle n'avait pas vraiment faim, parce qu'elle avait bu de la bière – mais, bizarrement, elle fut incapable de refuser.

Il était tard, mais Jean Burchill se trouvait au musée et travaillait. Depuis que le Pr Devlin avait mentionné le Dr Kennet Lovell, Jean était intriguée. Elle avait décidé de faire quelques recherches, de voir s'il était possible d'étayer la théorie du légiste. Elle savait qu'elle pouvait gagner du temps en s'entretenant avec Devlin, mais quelque chose l'en empêchait. Elle imaginait que sa peau sentait toujours le formol et percevait la caresse froide de la chair morte quand elle lui serrait la main. Ses recherches historiques ne la mettaient en contact qu'avec des gens décédés depuis longtemps, et en général seulement dans des ouvrages ou par des objets provenant de fouilles. Après la mort de son mari, le rapport d'autopsie avait constitué une lecture lugubre mais son auteur avait éprouvé du plaisir à le rédiger, s'était étendu sur les anomalies du foie, sa dilatation et son usure. « Usure » était le mot qu'il avait employé. Très facile, supposait-elle, de diagnostiquer l'alcoolisme après la mort.

Elle pensa au penchant de John Rebus pour la boisson. Il ne ressemblait pas à celui de Bill. Bill touchait à peine à son petit déjeuner, puis gagnait le garage, où il cachait une bouteille. Deux bonnes lampées dans l'estomac avant de prendre le volant. Elle trouvait sans cesse des indices : bouteilles de bourbon vides dans la cave et au fond de l'étagère du haut de son placard. Elle n'en avait jamais parlé. Bill était resté « plein de vie », « stable et digne de confiance », « un chic type » jusqu'au jour où la maladie l'avait contraint à cesser de travailler et à entrer à l'hôpital.

Elle ne croyait pas que Rebus buvait en secret de cette façon. Il aimait boire, voilà tout. S'il le faisait seul, c'était parce qu'il n'avait pas beaucoup d'amis. Un jour, elle avait demandé à Bill pourquoi il buvait et il avait été incapable de le lui expliquer. À son avis, John Rebus savait pourquoi, même s'il se refuserait probablement à le dire. Il s'agissait sûrement d'éliminer le monde, de purger son esprit des problèmes et des questions qui s'y trouvaient.

Tout cela ne faisait pas de lui un ivrogne plus agréable que Bill, mais elle n'avait jamais vu Rebus ivre. Elle avait l'impression que c'était un dormeur : il buvait jusqu'au moment où il perdait connaissance à l'endroit où il se trouvait.

Quand le téléphone sonna, elle ne décrocha pas immédiatement.

– Jean ?

C'était la voix de Rebus.

– Bonsoir, John.

– Je pensais que tu serais partie.

– Je travaille tard.
– Je me demandais si tu…
– Pas ce soir, John. J'ai beaucoup à faire.
Elle se pinça l'arête du nez.
– Très bien.
Il ne put empêcher la déception de transparaître dans sa voix.
– Tu as des projets pour le week-end ?
– Il y avait une chose dont je voulais te parler…
– Laquelle ?
– Lou Reed au Playhouse demain soir. J'ai deux billets.
– Lou Reed ?
– Il peut être formidable et il peut être mauvais. Il n'y a qu'un moyen de le savoir.
– Il y a des années que je ne l'ai pas écouté.
– Je doute qu'il ait appris à chanter dans l'intervalle.
– Non, probablement pas. Très bien, allons-y.
– Où se retrouve-t-on ?
– J'ai des courses à faire dans la matinée… pour déjeuner ?
– Formidable.
– Si tu n'as rien d'autre, on pourrait passer le week-end ensemble.
– Ça me plairait.
– À moi aussi. Je ferai des courses en ville… on pourrait peut-être réserver au Café Saint-Honoré ?
– C'est à côté de l'Oxford Bar ?
– Oui, dit-elle, souriante.
Elle se représentait Édimbourg en termes de restaurants, Rebus de pubs.
– Je réserverai par téléphone.
– Pour treize heures. S'il n'y a pas de place, rappelle-moi.
– Il y aura de la place. Le chef est un habitué de l'Ox.

Elle lui demanda si l'enquête progressait. Il se montra réticent jusqu'au moment où il se souvint de quelque chose.

– L'anatomiste du Pr Devlin, tu sais ?

– Qui ? Kennet Lovell ?

– Oui. Il a fallu que j'interroge une étudiante en médecine, une amie de Philippa. Il s'avère que c'est une de ses descendantes.

– Vraiment ? fit Jean, qui s'efforça de ne pas paraître trop intriguée. Même nom ?

– Non : Claire Benzie. Elle lui est apparentée du côté de sa mère.

Ils bavardèrent pendant deux minutes supplémentaires. Quand Jean eut raccroché, elle regarda autour d'elle. Son « bureau » était une petite pièce meublée d'une table de travail, d'un fauteuil, d'un classeur et d'une bibliothèque. Elle avait collé des cartes postales sur la porte, dont une qui provenait de la boutique du musée : les cercueils d'Arthur's Seat. Le secrétariat et le reste du personnel partageaient un bureau plus vaste, au-delà de la porte, mais il n'y avait plus personne. Il restait des femmes de ménage dans l'immeuble, et un vigile faisant des rondes. Elle avait souvent parcouru le musée, pendant la nuit, et n'avait jamais eu peur. Le vieux musée lui-même, avec ses expositions d'animaux empaillés, l'apaisait. C'était vendredi soir et elle savait qu'il y aurait beaucoup de monde au restaurant du dernier étage. Il disposait d'un ascenseur et, à la porte, quelqu'un était chargé de veiller à ce que les dîneurs le prennent immédiatement, n'aillent pas se promener dans le musée.

Elle se souvint du jour où elle avait fait la connaissance de Siobhan, de l'histoire de la « mauvaise expérience ». Il ne pouvait s'agir de la cuisine, même si la note était parfois salée. Elle se demanda si elle s'accorderait ce plaisir, plus tard. Le prix du dîner baissait, après vingt-deux heures ; peut-être pourrait-on lui trouver une table. Elle posa une main sur son estomac. Déjeuner demain… il serait peut-être bon qu'elle se passe de dîner. En outre, elle n'était pas sûre qu'elle serait toujours là à vingt-deux heures. Son enquête sur la vie de Kennet Lovell n'avait pas apporté une surabondance d'informations.

Kennet : elle avait tout d'abord cru qu'il s'agissait d'une erreur d'impression, mais ce prénom revenait sans cesse. Kennet, pas Kenneth. Né en 1807 à Coylton, dans l'Ayrshire, soit vingt et un ans lors de l'exécution de Burke. Ses parents étaient agriculteurs, son père ayant un temps employé le père de Robert Burns. Kennet avait reçu un enseignement sur place, avec l'aide du pasteur local, le révérend Kirkpatrick…

Il y avait une bouilloire dans le secrétariat. Elle se leva, sortit de son bureau. Laissa la porte ouverte, de sorte que son ombre la précéda sur le plancher. Elle ne prit pas la peine d'allumer. Brancha la bouilloire et rinça une tasse au robinet. Sachet de thé, lait en poudre. Elle resta immobile dans l'obscurité, appuyée contre le plan de travail, les bras croisés. Elle voyait, au-delà de la porte, son bureau et les photocopies, tout ce qu'elle était parvenue jusqu'ici à réunir sur le Dr Kennet Lovell, qui avait assisté à l'autopsie du meurtrier, avait participé au prélèvement de la peau de William Burke. L'examen *post mortem* initial avait été réalisé par le Dr Monro, en présence d'un public trié sur le volet, dont un phrénologue et un sculpteur, ainsi que Sir William Hamilton, le philosophe, et Robert Liston, le chirurgien. Il y avait eu ensuite la dissection publique dans l'amphithéâtre bondé de la faculté de médecine, étudiants bruyants rassemblés comme autant de vautours, assoiffés de savoir, tandis que ceux qui n'avaient pas pu entrer tambourinaient aux portes et affrontaient la police.

Elle se basait sur des ouvrages historiques consacrés à l'affaire Burke et Hare ainsi qu'à l'histoire de la médecine en Écosse. La salle Édimbourg de la bibliothèque centrale s'était révélée aussi utile que de coutume, ainsi qu'un contact à la Bibliothèque nationale. Les deux avaient effectué des photocopies à son intention. Elle était également allée à Surgeons' Hall, en avait utilisé la bibliothèque et la base de données. N'avait rien dit de tout ceci à Rebus. Elle savait pourquoi : parce qu'elle était inquiète. Il lui semblait que l'affaire d'Arthur's Seat était une impasse où John, qui avait besoin de réponses, risquait de s'engager tête baissée. Le Pr Devlin avait raison sur un point : l'obsession est un piège dans lequel on risque toujours de tomber. Il s'agissait d'histoire… d'histoire antique comparativement à l'affaire Balfour. Peu importait que le meurtrier connaisse ou non l'existence des cercueils d'Arthur's Seat. Il était de toute façon impossible de s'en assurer. Elle effectuait ses recherches pour satisfaire sa curiosité ; ne voulait pas que John y voie autre chose. Il était déjà bien assez occupé.

Il y eut du bruit dans le couloir. Quand la bouilloire s'éteignit, elle l'oublia. Versa de l'eau dans sa tasse, y plongea trois ou quatre fois le sachet de thé, qu'elle mit ensuite dans la poubelle. Emporta la tasse dans son bureau et laissa la porte ouverte.

Kennet Lovell était arrivé à Édimbourg en 1822, alors qu'il avait à peine quinze ans. Elle n'avait pu déterminer s'il avait pris la diligence ou s'il était venu à pied. Il n'était pas rare de parcourir de telles distances, à cette époque, surtout si l'argent manquait. D'après l'auteur d'un livre sur Burke et Hare, le révérend Kirkpatrick avait financé le voyage de Lovell et lui avait remis une lettre d'introduction à l'intention d'un ami, le Dr Knox, récemment rentré de l'étranger, où il avait été chirurgien militaire à Waterloo puis avait étudié en Afrique ainsi qu'à Paris. Knox avait hébergé Lovell pendant la première année de son séjour à Édimbourg. Mais quand Lovell était entré à l'université, les deux hommes s'étaient apparemment éloignés l'un de l'autre et Lovell avait trouvé un logement à West Port...

Jean but une gorgée de thé et feuilleta les photocopies : ni notes ni index, rien qui puisse établir l'origine de ces « faits ». Spécialiste des croyances et des superstitions, elle savait à quel point il est parfois difficile de distinguer les vérités objectives des scories de l'histoire. Les rumeurs et les ouï-dire se frayaient un chemin jusque dans les livres. Les erreurs, parfois volontaires, s'y insinuaient. Elle regretta amèrement de ne rien pouvoir vérifier, de devoir s'en tenir provisoirement aux commentaires. L'affaire Burke et Hare avait suscité un nombre incalculable de « spécialistes » contemporains qui, tous, croyaient que leur témoignage était le seul qui fût vrai et digne de confiance.

Cela ne signifiait pas qu'elle était obligée de les croire.

Plus contrariant encore : Kennet Lovell ne tenait qu'un petit rôle dans l'histoire de Burke et Hare, n'existait qu'à l'occasion de cette scène horrible, tandis que, dans l'histoire de la médecine à Édimbourg, son rôle était plus négligeable encore. Il y avait de gros trous dans sa biographie. Au terme de sa lecture, elle savait qu'il avait terminé ses études, s'était ensuite consacré à l'enseignement ainsi qu'à la pratique de la médecine. Il avait assisté à l'autopsie de Burke. Mais, trois ans plus tard, il était apparemment en Afrique où il associait l'exercice éminemment nécessaire de la médecine à l'œuvre missionnaire. Elle ne pouvait établir pendant combien de temps il y était resté. Il était réapparu en

Écosse à la fin des années 1840. Il avait ouvert un cabinet dans New Town, sa clientèle reflétant vraisemblablement l'opulence de cette enclave. Un historien supposait qu'il avait hérité de l'essentiel de la fortune du révérend Kirkpatrick, étant « resté dans ses bonnes grâces du fait qu'il n'avait jamais renoncé à correspondre avec lui ». Jean aurait aimé voir ces lettres, mais personne ne les citait dans les ouvrages dont elle disposait. Elle se promit de les rechercher. La paroisse d'Ayrshire disposait peut-être d'archives ou bien quelqu'un, à Surgeon's Hall, serait peut-être au courant. Il y avait de fortes chances qu'on ne puisse mettre la main dessus, soit parce qu'elles avaient disparu – avaient été jetées, avec les affaires de Lovell, après sa mort –, soit parce qu'elles étaient parties pour l'étranger. Une quantité énorme de documents historiques se trouvait dans des collections étrangères, principalement au Canada et aux États-Unis, et ces collections étaient souvent privées, si bien qu'on connaissait mal leur contenu.

Elle avait vu de nombreuses pistes disparaître, parce qu'il lui était impossible d'établir si tel ou tel lettre ou document existait encore. Puis elle se souvint du Pr Devlin, dont la table de salle à manger avait été fabriquée par Lovell. Lovell qui, d'après Devlin, était menuisier amateur… Elle parcourut une nouvelle fois les documents, certaine que ce hobby n'y était pas mentionné. Soit Devlin avait un livre, un indice qu'elle n'avait pas trouvé, soit il affabulait. C'était également une chose qu'elle voyait sans cesse : des gens qui « savaient » que le meuble qu'ils possédaient avait appartenu à Bonnie Prince Charlie ou à Sir Walter Scott. S'il s'avérait que le goût de Lovell pour le travail du bois ne reposait que sur la parole de Devlin, la théorie selon laquelle il avait fabriqué les cercueils d'Arthur's Seat s'effondrerait. Elle s'appuya contre le dossier de son fauteuil, mécontente d'elle-même. Elle travaillait sur la base d'une supposition qui risquait de se révéler fausse. Lovell avait quitté Édimbourg en 1832 ; les jeunes garçons avaient trouvé la caverne contenant les cercueils en juin 1836. Pouvaient-ils être passés aussi longtemps inaperçus ?

Elle saisit quelque chose sur son bureau. C'était une photo Polaroid qu'elle avait prise à Surgeons' Hall : le portrait de Lovell. Il ne semblait pas avoir été affecté par l'Afrique. Sa peau était pâle et lisse, son visage juvénile. Elle avait indiqué le nom du peintre au dos. Elle se leva et sortit une nouvelle fois de la pièce, ouvrit la porte du bureau du patron et alluma. Parmi les ouvrages de référence alignés sur une étagère, elle trouva celui qu'elle cherchait, puis le nom du peintre : J. Scott Jauncey. « Actif à Édimbourg de 1825 à 1835, lut-elle, principalement des paysages, mais aussi quelques portraits. » Ensuite, il était parti pour l'Europe avant de s'installer à Hove. Donc, Lovell avait posé au début de son séjour à Édimbourg, avant de partir. Elle se demanda s'il s'agissait effectivement d'un luxe que seules les personnes aisées pouvaient s'offrir. Puis elle pensa au révérend Kirkpatrick… peut-être le portrait avait-il été réalisé à sa demande, afin d'être envoyé dans la paroisse d'Ayrshire, pour que le pasteur n'oublie pas son protégé.

Une fois de plus, peut-être y avait-il un indice dans les profondeurs de Surgeon's Hall, des indications sur l'histoire du portrait avant son arrivée au sein de cette institution.

– Lundi, dit-elle.

Ça pouvait attendre lundi. Il y avait la promesse du week-end… et il lui faudrait survivre au concert de Lou Reed.

Elle éteignit la lumière du patron et entendit un autre bruit, beaucoup plus proche. La porte du secrétariat s'ouvrit et les lampes s'allumèrent. Jean esquissa un pas en arrière, s'aperçut que c'était une femme de ménage.

– Vous m'avez fait peur, dit-elle, une main sur la poitrine.

La femme de ménage se contenta de sourire, posa son seau, repartit chercher l'aspirateur dans le couloir.

– Je peux y aller ? demanda-t-elle.

– Pas de problème, répondit Jean. J'ai terminé.

Tout en rangeant sa table de travail, elle constata que son cœur battait encore très vite, que ses mains tremblaient légèrement. Elle s'était très souvent promenée de nuit dans le musée et c'était la première fois qu'elle avait eu peur. Le portrait de Kennet Lovell, sur le Polaroid, la fixait. Il lui sembla que Jauncey n'avait pas flatté son sujet. Lovell faisait jeune, oui, mais le regard était froid et les lèvres serrées, l'expression calculatrice.

– Vous rentrez directement chez vous ? demanda la femme de ménage, qui vint prendre la poubelle afin de la vider.

– Je vais peut-être faire un arrêt ravitaillement à la boutique d'alcool.

– Le mal par le mal, hein ? fit la femme de ménage.

– Quelque chose comme ça, répondit Jean, tandis qu'une image de son mari traversait son esprit, contre sa volonté.

Puis elle pensa à quelque chose et regagna sa table de travail. Elle prit son stylo et ajouta un nom à ses notes.

Claire Benzie.

11

– Bon sang, sacrée sono, dit Rebus.

Ils étaient sur le trottoir, devant le Playhouse, et le ciel, clair à leur arrivée, était maintenant sombre.

– Donc tu ne fais pas ça souvent ? demanda-t-elle.

Ses oreilles bourdonnaient. Elle savait qu'elle parlait trop fort, compensait.

– Il y avait un bon moment, reconnut-il.

Le public était un mélange d'adolescents, de vieux punks et de gens de l'âge de Rebus… même un peu plus âgés. Reed avait chanté beaucoup de nouvelles chansons, des trucs que Rebus ne connaissait pas, agrémentés de quelques classiques. Le Playhouse : la dernière fois qu'il y était venu, c'était pour UB40, probablement à l'époque de leur deuxième album. Il n'avait pas envie de chercher quand exactement.

– On boit un verre ? proposa Jean.

Ils avaient bu à plusieurs reprises pendant l'après-midi et la soirée : du vin au déjeuner, puis un verre rapide à l'Ox. Une longue promenade jusqu'à Dean Village et au bord de Water of Leith. Puis ils étaient allés jusqu'à Leith, s'asseyant de temps en temps sur un banc pour bavarder. Deux verres supplémentaires dans un pub de The Shore. Ils avaient envisagé de dîner tôt, mais les effets du déjeuner du Café Saint-Honoré se faisaient toujours sentir. Ils avaient pris Leith Walk jusqu'au Playhouse. Comme ils étaient en avance, ils étaient allés boire un verre au Conan Doyle, puis un autre au bar du Playhouse.

À un moment donné, Rebus avait dit :

– J'aurais cru que tu ne toucherais pas à l'alcool.

Il avait aussitôt regretté. Mais Jean s'était contentée de hausser les épaules.

– À cause de Bill ? Ça ne marche pas comme ça. Peut-être chez certaines personnes, qui deviennent elles-mêmes des ivrognes ou se promettent de ne plus jamais boire. Mais ce n'est pas l'alcool qui est responsable, c'est la personne qui y recourt. Le problème de Bill ne m'a pas empêchée d'en consommer. Je ne lui ai jamais fait la leçon. Et je ne me suis pas privée de boire… parce que je sais que, pour moi, ça ne compte pas beaucoup. Et toi ?

– Moi ? fit Rebus qui, à son tour, haussa les épaules, je bois pour être sociable, c'est tout.

– Et ça commence à faire effet à quel moment ?

Cela les fit rire et ils abandonnèrent le sujet. À présent, un peu après vingt-trois heures un samedi soir, l'alcool rendait la rue bruyante.

– Qu'est-ce que tu proposes ? demanda Jean.

Rebus jeta ostensiblement un coup d'œil sur sa montre. Il connaissait des tas de pubs, mais ce n'étaient pas des endroits qu'il avait envie de montrer à Jean.

– Tu supporterais encore un peu de musique ?

Elle haussa les épaules.

– Quel genre ?

– Acoustique. Il n'y aurait pas de places assises.

Elle réfléchit.

– C'est entre ici et chez toi ?

Il acquiesça.

– Tu sais que l'appartement est un peu…

– Je l'ai vu, coupa-t-elle en le regardant dans les yeux. Alors… tu vas me le demander ?

– Tu veux y dormir ?

– Je le veux si tu me le demandes.

– Ce n'est qu'un matelas posé par terre.

Elle rit, lui serra la main.

– Tu le fais exprès ?

– Quoi ?

– D'essayer de me décourager.

– Non, c'est seulement… Je ne voudrais pas que tu…

Elle l'interrompit d'un baiser.

– Ça n'arrivera pas, dit-elle.

Il passa une main sur son bras, l'immobilisa sur son épaule.

– Tu as toujours envie de boire un verre avant ?

– Je crois. C'est loin ?

– En haut de The Bridges. Le pub s'appelle le Royal Oak.

– Eh bien je te suis.

Ils marchèrent main dans la main, Rebus faisant tout son possible pour ne pas paraître gêné. Cependant, il scruta les visages qu'ils croisaient, afin de voir s'il les connaissait : collègues ou ex-taulards, il ne savait pas lesquels il avait le moins envie de rencontrer.

– Tu ne te détends jamais ? demanda Jean à un moment donné.

– Je croyais que mon imitation était très bonne.

– J'ai senti, pendant le concert, que tu n'étais pas totalement là.

– C'est le métier qui veut ça.

– Je ne crois pas. Gill réussit à l'oublier. Je crois que la majorité des autres membres du CID aussi.

– Peut-être pas autant que tu penses.

Il songea à Siobhan, l'imagina chez elle, assise, les yeux rivés sur le portable… à Ellen Wylie rageant quelque part… à Grant Hood, des documents couvrant son lit, mémorisant des noms et des visages. Et le

Paysan, que faisait-il ? Passait-il lentement un chiffon sur des surfaces propres ? Il avait des collègues – « Hi-Ho » Silvers, Joe Dickie – qui ne s'intéressaient pas à leur travail même lorsqu'ils étaient en service, alors une fois la journée terminée… D'autres, comme Bill Pryde et Bobby Hogan, travaillaient dur, mais laissaient le boulot au bureau, connaissaient la magie permettant de séparer la vie personnelle de la carrière.

Puis il y avait Rebus, qui faisait passer le travail en premier depuis très longtemps… parce que cela lui évitait d'affronter des vérités.

Une question de Jean interrompit sa rêverie.

– Est-ce qu'il y a une boutique ouverte la nuit sur le trajet ?

– Plus d'une. Pourquoi ?

– À cause du petit déjeuner. Quelque chose me dit que ton frigo n'a rien à voir avec la caverne d'Ali Baba.

Le lundi matin, Ellen Wylie était de retour à son bureau du poste de police de Torphichen Street, que tout le monde surnommait le West End. Elle s'était dit qu'elle y travaillerait plus tranquillement, parce que la place ne posait pas vraiment de problème. Deux bagarres à coups de couteau pendant le week-end, une agression, trois cas de violence domestique et un incendie volontaire… tout cela occupait ses collègues. Quand ils passaient près d'elle, ils l'interrogeaient sur l'affaire Balfour. Elle s'attendait principalement à ce que Reynolds et Shug Davidson – qui avaient mis au point un numéro redoutable – lui parlent de son passage à la télé, mais ils ne le firent pas. Peut-être avaient-ils pitié des affligés ; ils manifestaient plus vraisemblablement leur solidarité. Édimbourg n'était pas une grande ville, pourtant les postes de police étaient, dans une certaine mesure, rivaux. Si l'enquête sur Philippa Balfour chiait sur Ellen Wylie, elle se foutait du West End.

– Changement d'affectation ? demanda Shug Davidson.

Elle secoua la tête :

– Je travaille sur une piste. Je peux aussi bien le faire ici que là-bas.

– Oui, mais tu es loin du prestige de la traque.

– Du quoi ?

Il sourit.

– De la lumière des projecteurs, de l'enquête juteuse, du centre de tout.

– Je suis au centre du West End, répondit-elle, et ça me suffit.

Cela lui valut un clin d'œil de Davidson et les applaudissements de Reynolds. Elle sourit : elle était chez elle.

Pendant tout le week-end, elle s'était interrogée sur la façon dont elle avait été écartée… débarquée du service de presse et poussée dans le *no man's land* où travaillait l'inspecteur John Rebus. Et ceci – le suicide, datant de plusieurs années, d'un touriste – lui faisait l'effet d'une nouvelle humiliation.

Elle était parvenue à une conclusion : s'ils n'avaient pas besoin d'elle, elle n'avait pas besoin d'eux. Retour au West End. Elle avait pris toutes ses notes. Elles se trouvaient sur son bureau, un bureau qu'elle n'avait pas besoin de partager avec une demi-douzaine de personnes. Le téléphone ne sonnait pas sans discontinuer, Bill Pryde ne passait pas sans arrêt, avec sa planche à pince et son chewing-gum à la nicotine. Elle était tranquille et elle pouvait tranquillement se dire qu'on l'avait une nouvelle fois envoyée à la chasse au dahu.

Il ne restait plus qu'à le démontrer et à en convaincre Gill Templer.

Et ça avançait. Elle avait appelé le poste de police de

Fort William et s'était entretenue avec un sergent très coopératif, Donald Maclay, qui se souvenait bien de l'affaire.

– Pas loin du sommet du Ben Dorchory, dit-il. Le corps s'y trouvait depuis deux ou trois mois. C'est un endroit isolé. Un jeune gars l'a découvert par hasard ; sinon, il aurait pu rester là pendant des années. On a appliqué la procédure. Aucune pièce d'identité sur le corps. Rien dans les poches.

– Pas d'argent ?

– On n'en a pas trouvé. Les étiquettes de la veste, de la chemise et du reste ne nous ont rien apporté. On a fait les B&B et les hôtels, étudié les listes de personnes disparues.

– Et l'arme ?

– Oui ?

– Avez-vous relevé des empreintes ?

– Après tout ce temps ? Non, on n'en a pas trouvé.

– Mais vous les avez recherchées.

– Oh, oui.

Wylie notait tout, abrégeait pratiquement tous les mots.

– Des traces de poudre ?

– Pardon ?

– Sur la peau ? Il a reçu une balle dans la tête ?

– C'est exact. D'après le légiste, il n'y avait pas de traces de brûlure sur le crâne.

– Ce n'est pas bizarre ?

– Pas quand la moitié de la tête a été emportée et que les animaux sauvages se sont servis.

Wylie cessa d'écrire.

– Je vois le tableau, dit-elle.

– En fait, ça ne ressemblait pas vraiment à un cadavre, plutôt à un épouvantail. La peau était comme du parchemin. Il y a un vent infernal, sur cette montagne.

– Vous n'avez pas envisagé un meurtre ?

– On s'est basés sur les conclusions de l'autopsie.

– Vous pourriez m'envoyer le dossier ?

– Bien sûr, si on a une demande écrite.

– Merci, dit-elle en tapotant sur son bureau de l'extrémité de son stylo. L'arme se trouvait à quelle distance ?

– Environ à six mètres.

– Vous croyez qu'un animal l'a déplacée.

– Oui. Ou bien c'était un réflexe. Quand on place un pistolet contre sa tempe et qu'on appuie sur la détente, il y a forcement du recul, n'est-ce pas ?

– Je suppose. Que s'est-il passé ensuite ?

– On a finalement effectué une reconstitution du visage et publié un portrait-robot.

– Et ?

– Et pas grand-chose. Le problème est qu'on le croyait beaucoup plus âgé… la quarantaine, peut-être, et le portrait-robot le confirmait. Dieu sait comment ces Allemands en ont entendu parler.

– La mère et le père ?

– C'est exact. Leur fils avait disparu depuis presque un an… peut-être un peu plus. Et puis on a reçu un appel de Munich, auquel on n'a pas compris grand-chose. Ensuite, ils sont arrivés au poste de police avec un interprète. On leur a montré les vêtements et ils ont reconnu deux ou trois choses… la veste, la montre.

– Vous ne semblez pas convaincu.

– Franchement, je ne le suis pas. Ils le recherchaient depuis un an et ils perdaient la tête. La veste était un truc vert ordinaire, sans rien de spécial. Même chose pour la montre.

– Vous croyez qu'ils sont parvenus à se convaincre parce qu'ils voulaient croire ?

– Ils voulaient que ce soit lui. Mais leur fils avait à peine vingt ans… d'après les spécialistes, les restes étaient ceux d'un homme deux fois plus âgé. Ensuite, ces saloperies de journaux ont tout de même publié l'histoire.

– Comment tous ces trucs de Glaive et Sorcellerie ont-ils fait leur apparition ?

– Accordez-moi une minute, voulez-vous ?

Elle entendit Maclay poser le combiné près de son téléphone. Il donna des instructions à quelqu'un :

– Juste après les casiers… il y a une cabane qu'Aly utilise quand il loue son bateau…

Elle imagina Fort William : tranquille et en bord de mer, les îles à l'ouest. Pêcheurs et touristes, mouettes dans le ciel et odeur d'algues.

– Désolé, dit Maclay.

– Beaucoup à faire ?

– Oh, c'est toujours la panique, ici, répondit-il en riant.

Elle regretta de ne pas être là-bas. Après leur conversation, elle aurait pu aller jusqu'au port, passer devant ces casiers…

– Où en étions-nous ? dit-il.

– Glaive et Sorcellerie.

– On l'a appris quand les journaux en ont parlé. À nouveau les parents, qui avaient rencontré un journaliste.

Wylie avait une photocopie devant elle. Le titre : « Les jeux de rôle ont-ils tué dans les Highlands ? » Le journaliste s'appelait Steve Holly.

Jürgen Becker était un étudiant de vingt ans qui vivait chez ses parents dans la banlieue de Munich. Il étudiait la psychologie à l'université. Il aimait les jeux de rôle et faisait partie d'une équipe qui participait à une compétition interuniversités sur l'Internet. D'après ses camarades, il était « inquiet et troublé » dans la semaine précédant sa disparition. Quand il était parti de chez lui pour la dernière fois, il avait pris un sac à dos. À l'intérieur, d'après ses parents, se trouvaient son passeport, des vêtements de rechange, son appareil photo, un lecteur de CD portable et une douzaine de disques.

Les parents étaient des gens bien installés – père architecte, mère professeur d'université – mais ils avaient cessé de travailler pour rechercher leur fils. Le dernier paragraphe de l'article était en gras : « Désormais, les parents en deuil savent qu'ils ont retrouvé leur fils. Pourtant, de leur point de vue, le mystère reste entier. Comment Jürgen a-t-il trouvé la mort au sommet d'une colline désolée d'Écosse ? Qui l'accompagnait ? À qui appartenait l'arme… et qui s'en est servi pour abattre l'étudiant ? »

– On n'a pas retrouvé le sac à dos et ce qu'il contenait ? demanda Wylie.

– Non. Mais c'est logique si ce n'était pas lui.

Elle sourit.

– Vous m'avez vraiment beaucoup aidée, sergent Maclay.

– Envoyez votre demande écrite et je vous ferai parvenir le texte intégral.

– Merci, je n'y manquerai pas. Il y a un Maclay au CID d'Édimbourg, affecté à Craigmillar…

– Oui, c'est un cousin. Je l'ai vu aux mariages et aux enterrements. Craigmillar est un quartier chic ?

– C'est ce qu'il vous a dit ?

– Il m'a fait marcher ?

– Venez voir un jour.

Wylie riait, quand elle raccrocha, et dut expliquer pourquoi à Shug Davidson. Il gagna son bureau. La salle du CID n'était pas grande : quatre tables de travail, des portes donnant sur des placards où ils classaient les dossiers. Davidson prit la photocopie de l'article, la lut.

– À mon avis, Holly a inventé ça de toutes pièces.

– Tu le connais ?

– On a eu des mots. La spécialité de Holly consiste à gonfler les faits.

Elle reprit l'article. Bien entendu, tout ce qui concernait les jeux de rôle restait ambigu et le texte était parsemé de conditionnels : « pourrait avoir », « peut-être », « si, comme on le croit »…

– Il faut que je lui parle, dit-elle en décrochant le téléphone. Tu as son numéro ?

– Non, mais il travaille au bureau d'Édimbourg du journal. (Davidson reprit le chemin de son bureau.) Tu le trouveras dans les Pages jaunes, à la rubrique « léproserie »…

Steve Holly était sur le chemin de son bureau quand son mobile sonna. Il habitait New Town, à trois rues de ce que la presse surnommait désormais « l'appartement tragique ». Mais son logement était sans commune mesure avec celui de Flip Balfour. Il était au dernier étage d'un immeuble ancien… un des rares de New Town qui n'eût pas encore été rénové. Et sa rue n'avait pas le cachet de l'adresse de Flip. Cependant il voyait la valeur de son appartement augmenter à vue d'œil sur le papier. Quatre ans auparavant, il avait décidé qu'il voulait vivre dans cette partie de la ville. Mais, même alors, cela paraissait au-dessus de ses moyens, jusqu'au moment où il entreprit de lire les avis de décès des quotidiens du matin et du soir. Quand il y trouvait une adresse à New Town, il s'y rendait avec une enveloppe adressée au « propriétaire », sur laquelle était indiqué « urgent ». La lettre qu'elle contenait était brève. Il y expliquait qu'il était né et avait passé son enfance dans la rue en question, mais que sa famille avait déménagé puis rencontré le malheur. Comme ses parents étaient décédés, il avait envie de retrouver la rue où il avait de si bons souvenirs. Il se demandait si le propriétaire envisageait de vendre…

Et, nom de Dieu, ça avait marché. Une vieille femme, qui n'était pas sortie de chez elle pendant plus de dix ans, était décédée. Et sa nièce, qui était sa parente en vie la plus proche, avait lu la lettre de Holly et lui avait téléphoné dans l'après-midi. Il était allé voir l'appartement… trois chambres, un peu malodorant et sombre, mais il savait que cela pouvait s'arranger. Il avait failli se tirer une balle dans le pied quand la nièce lui avait demandé à quel numéro habitaient ses parents, mais il était parvenu à l'abuser. Puis son boniment : les agents immobiliers et les notaires prenaient leur part… il valait mieux qu'ils se mettent d'accord entre eux sur un prix convenable, qu'ils se passent des intermédiaires.

La nièce habitait The Borders, ne semblait pas connaître les prix de l'immobilier à Édimbourg. Elle lui avait même laissé une bonne partie du mobilier de la vieille dame, et il l'avait abondamment remerciée, avant de se débarrasser de tout ce fourbi pendant le premier week-end passé dans l'appartement.

S'il vendait maintenant, il aurait cent mille livres en poche, un joli paquet. En réalité, en début de matinée, il avait envisagé de faire le même coup aux Balfour… mais il était convaincu qu'ils connaissaient, au centime près, la valeur de l'appartement de Flip. Il s'arrêta au milieu de la côte de Dundas Street et répondit.

– Steve Holly à l'appareil.

– Monsieur Holly, ici le sergent Wylie, du CID de Lothian and Borders.

Wylie ? Il tenta de la situer. Bien sûr ! La formidable conférence de presse !

– Oui, sergent, en quoi puis-je vous être utile ?

– C'est à propos d'un article que vous avez écrit il y a trois ans… l'étudiant allemand.

– S'agit-il de l'étudiant qui avait un bras de six mètres ? demanda-t-il avec un sourire ironique.

Il se trouvait devant une petite galerie d'art, scrutait la vitrine, s'intéressait d'abord aux prix et ensuite aux tableaux.

– Oui.

– Ne me dites pas que vous avez arrêté le meurtrier ?

– Non.

– Qu'est-ce qu'il y a, dans ce cas ?

Elle hésita ; concentré, il plissa le front.

– Il est possible que des éléments nouveaux soient apparus…

– Quels éléments nouveaux ?

– Pour le moment, malheureusement, je ne peux divulguer…

– Ouais, ouais, dites-moi quelque chose que je n'entends pas un jour sur deux. Vous, les flics, vous voulez toujours des informations sans rien donner en échange.

– Et pas vous, les journalistes ?

Il tourna le dos à la vitrine, vit une Aston démarrer en trombe au feu vert : il n'y en avait pas beaucoup, sans doute s'agissait-il du père en deuil…

– Quel rapport avec Philippa Balfour ? demanda-t-il.

Silence.

– Pardon ?

– Ce n'est pas une réponse susceptible de convenir, sergent Wylie. La dernière fois que je vous ai vue, vous travailliez sur l'affaire Balfour. Et vous prétendez maintenant être sur un cas qui ne dépend même pas de la juridiction de Lothian and Borders ?

– Je…

– Vous n'êtes probablement pas autorisée à me le dire, c'est ça ? Moi, en revanche, je peux dire tout ce que je veux.

– Notamment la façon dont vous avez inventé cette affaire de Glaive et Sorcellerie ?

– Je ne l'ai pas inventée. Ses parents me l'ont dit.

– Son goût pour les jeux de rôle, oui ; mais l'idée que c'était un jeu qui l'avait conduit en Écosse ?...

– Supposition fondée sur les indices existants.

– Mais il n'y avait aucun indice d'un tel jeu, n'est-ce pas ?

– Les Highlands, toutes ces conneries celtes... Exactement l'endroit qui correspond à un type comme Jürgen. On le charge d'une quête quelconque mais c'est un pistolet qui l'attend quand il arrive.

– Oui, j'ai lu votre article.

– Et il y a un lien avec Philippa Balfour, mais vous refusez de me dire lequel.

Holly se passa la langue sur les lèvres ; il s'amusait.

– C'est exact, dit Wylie.

– Ça a dû être dur.

Sa voix fut presque compatissante.

– Quoi ?

– Quand on vous a retiré le service de presse. Pas votre faute, n'est-ce pas ? Parfois, on est de vrais sauvages. Il aurait fallu que vous soyez préparée. Merde, Gill Templer a passé un siècle au service de presse... Elle savait sûrement ce qui vous attendait.

Nouveau silence. Holly baissa la voix.

– Et puis ils le donnent à un simple constable. Grant Hood. Quel exemple ! Et s'il y a un petit salaud sûr de lui, c'est bien lui. Comme je l'ai dit, ça a dû être dur. Et qu'est-ce que vous êtes devenue, sergent Wylie ? Vous êtes coincée sur le flanc d'une montagne écossaise et vous essayez de persuader un journaliste – un ennemi – de collaborer avec vous.

Il crut qu'elle avait raccroché, mais entendit quelque chose comme un soupir.

Oh, tu es bon, mon petit Stevie, pensa-t-il. Tu auras une bonne adresse, un jour, et, aux murs, des œuvres d'art que les gens lorgneront…

– Sergent Wylie ? dit-il.

– Qu'est-ce qu'il y a ?

– Désolé d'avoir rouvert la plaie. Mais, écoutez, on pourrait peut-être se rencontrer. En fait, je crois que je pourrais peut-être vous aider, même si ce n'est qu'un peu.

– Comment ?

– En tête à tête.

– Non.

La voix se durcit.

– Dites-le-moi maintenant.

– Eh bien…, fit Holly, qui leva le visage vers le soleil, dites-moi… ce sur quoi vous travaillez… c'est confidentiel, exact ?… Ne répondez pas. On le sait. Mais supposons que quelqu'un… un journaliste, par exemple, mais ce n'est qu'une hypothèse… apprenne cette histoire. On chercherait à savoir d'où il la tient et, d'après vous, vers qui se tournerait-on ?

– Vers qui ?

– Le responsable du service de presse, le constable Grant Hood. C'est lui qui est en contact avec les médias. Et si un journaliste – celui qui est en possession de la fuite – venait à … eh bien, indiquer que sa source n'est pas à des milliers de kilomètres du responsable du service de presse… je regrette, ça doit vous sembler mesquin. Vous ne voulez sûrement pas que la chemise neuve amidonnée de Hood soit tachée de boue ou que la superintendante Templer soit dans les ennuis jusqu'au cou. Mais, parfois, quand je commence à réfléchir à quelque chose, il faut que j'aille jusqu'au bout. Vous me suivez ?

– Oui.

– Mais on pourrait tout de même se rencontrer. Je suis

libre toute la matinée. Je vous ai dit ce que je sais sur le jeune montagnard, mais on pourrait tout de même bavarder…

Rebus se tenait depuis une demi-minute devant le bureau d'Ellen Wylie quand elle prit conscience de sa présence. Elle fixait les documents posés devant elle, mais Rebus était persuadé qu'elle ne les voyait pas. Puis Shug Davidson passa, donna une claque dans le dos de Rebus, dit « Bonjour John » et Wylie leva la tête.

– Très mauvais week-end, c'est ça ? demanda Rebus.

– Qu'est-ce que vous faites ici ?

– Je vous cherche, mais je commence à me demander pourquoi je me suis donné cette peine.

Elle parut se reprendre, passa une main sur sa tête, marmonna quelque chose qui ressemblait à des excuses.

– Alors c'est ça, un mauvais week-end ?

Davidson revenait, des feuilles de papier à la main ; il s'arrêta.

– Elle allait bien il y a encore dix minutes. C'est ce branleur de Holly ?

– Non, répondit Wylie.

– Je parie que si, fit Davidson, qui s'éloigna.

– Steve Holly ? supputa Rebus.

Wylie tapota l'article du bout du doigt.

– Il fallait que je lui parle.

Rebus acquiesça.

– Méfiez-vous de lui, Ellen.

– Je ne me laisserai pas faire, ne vous inquiétez pas.

Il n'avait pas cessé de hocher la tête.

– J'aime mieux ça. Est-ce que vous accepteriez de me rendre un service ?

– Tout dépend de ce que c'est.

– J'ai eu l'impression que cette histoire d'étudiant

allemand vous ferait perdre la boule… C'est pour ça que vous êtes retournée à West End ?

– J'ai pensé que je travaillerais plus tranquillement ici, c'est tout, dit-elle, puis elle jeta son stylo sur le bureau. Apparemment, je me trompais.

– Je suis venu vous proposer un break. Il faut que j'interroge deux personnes et j'ai besoin d'un équipier.

– Qui allez-vous interroger ?

– David Costello et son père.

– Pourquoi moi ?

– Je crois que je viens de l'expliquer.

– Votre B.A. de la journée ?

Rebus soupira.

– Bon sang, Ellen, il y a des moments où vous êtes vraiment très difficile.

Elle jeta un coup d'œil sur sa montre.

– J'ai un rendez-vous à onze heures et demie.

– Moi aussi, chez le médecin. Mais ça ne sera pas long. Écoutez, si vous ne voulez pas…

– D'accord, dit-elle, la tête baissée. Vous avez peut-être raison.

Trop tard, Rebus hésitait. C'était comme si elle n'avait plus envie de se battre. Il croyait savoir pourquoi, mais il savait aussi qu'il ne pouvait pratiquement rien faire.

– Formidable, dit-il.

Reynolds et Davidson, installés à un autre bureau, les regardaient.

– Regarde, Shug, dit Reynolds, c'est le Dynamic Duo [1].

Ellen Wylie parut faire un effort pour se lever.

---

1. Album de Wes Montgomery et Jimmy Smith.

Il lui donna des explications dans la voiture. Elle ne posa pas beaucoup de questions, parut s'intéresser davantage au défilé des piétons. Rebus laissa la Saab sur le parking du Caledonian et entra dans l'immeuble, Wylie deux pas derrière lui.

Le « Caley » était une institution d'Édimbourg, monolithe de pierre rouge à l'extrémité ouest de Princes Street. Rebus ignorait totalement ce que coûtait une chambre. Il avait dîné une fois au restaurant, avec sa femme et un couple de ses amis qui passaient leur lune de miel en ville. Les amis avaient insisté pour que l'addition soit portée sur celle de leur chambre, aussi Rebus en ignorait-il le montant. Il avait été mal à l'aise pendant toute la soirée, au beau milieu d'une affaire et désireux de s'y remettre. Rhona l'avait compris, en plus, et l'avait exclu de la conversation, qu'elle avait maintenue sur les souvenirs qu'elle partageait avec ses amis. Les jeunes mariés se tenaient par la main entre les plats et même, parfois, en mangeant. Rebus et Rhona étaient presque étrangers l'un à l'autre, leur mariage battant de l'aile…

– Voilà comment vit l'autre moitié, dit-il à Wylie tandis qu'ils attendaient que la réceptionniste ait appelé la chambre de Costello.

Rebus, n'ayant pas obtenu de réponse quand il avait téléphoné chez David Costello, avait interrogé ses collègues et appris que ses parents étaient arrivés dimanche soir et que leur fils passait la journée avec eux.

– Je crois que je n'étais jamais entrée, répondit Wylie. Ce n'est qu'un hôtel, après tout.

– Je suis sûr que ça leur ferait plaisir.

– C'est vrai, non ?

Rebus eut l'impression qu'elle ne réfléchissait pas à ce qu'elle disait. Elle avait l'esprit ailleurs, les mots ne faisant que combler les vides.

La réceptionniste leur adressa un sourire.

– M. Costello vous attend.

Elle leur donna le numéro de la chambre et leur indiqua les ascenseurs. Un porteur en livrée se tenait près d'eux, mais un regard sur Rebus lui permit de constater qu'il ne pouvait attendre aucun travail de ce client-là. Tandis que l'ascenseur montait, Rebus tenta de chasser *Bell-Boy* de sa tête, les grondements et les gémissements de Keith Moon.

– Qu'est-ce que vous sifflez ? demanda Wylie.

– Du Mozart, mentit Rebus.

Elle acquiesça comme si elle avait reconnu l'air…

Ce n'était pas une chambre, en fait, mais une suite qu'une porte reliait à sa voisine. Rebus aperçut brièvement Theresa Costello avant que son mari tire le battant. Le séjour était fonctionnel : canapé, fauteuil, table, télé… Une chambre communicante et la salle de bains dans le couloir. Rebus perçut des parfums de savon et de shampoing ainsi que, derrière eux, cette odeur de renfermé qu'on rencontre parfois dans les chambres d'hôtel. Il y avait une corbeille de fruits sur la table et David Costello, assis, venait de prendre une pomme. Il s'était rasé, mais ses cheveux étaient sales et gras. Son T-shirt gris semblait neuf, ainsi que son jean noir. Les lacets de ses chaussures de sport étaient dénoués, intentionnellement ou pas.

Thomas Costello, pas aussi grand que Rebus l'avait imaginé, roulait les épaules comme un boxeur quand il marchait. Le col de sa chemise mauve était ouvert et des bretelles roses retenaient son pantalon.

– Entrez, entrez, dit-il, asseyez-vous.

Il montra le canapé. Rebus, cependant, prit le fauteuil tandis que Wylie restait debout. Le père n'eut plus qu'à s'installer sur le canapé, et tendit les bras de part et d'autre de lui sur le dossier. Mais, une fraction de seconde plus tard, il les referma, frappa dans ses mains et déclara qu'ils avaient besoin d'un verre.

– Pas pour nous, monsieur, dit Rebus.

– Vous en êtes sûrs ?

Costello se tourna vers Ellen Wylie, qui se força à hocher lentement la tête.

– Très bien, dit le père, qui écarta une nouvelle fois les bras. Que pouvons-nous faire pour vous ?

– Monsieur, je regrette de devoir vous déranger dans de telles circonstances.

Rebus jeta un coup d'œil sur David qui, tout comme Wylie, ne semblait pas s'intéresser à ce qui se passait.

– Nous comprenons parfaitement, inspecteur. Vous avez une tâche à accomplir et nous voulons tous l'arrestation du salaud qui a fait cela à Philippa.

Costello ferma les poings, montrant qu'il était prêt à s'occuper personnellement du coupable. Son visage était presque plus large que long, ses cheveux courts et coiffés en arrière. Comme il plissait légèrement les paupières, Rebus supposa qu'il portait des lentilles de contact et craignait qu'elles tombent.

– Nous n'avons que quelques questions complémentaires, monsieur...

– Et ma présence vous gêne ?

– Pas du tout. En réalité, vous pourriez même peut-être nous aider.

– Eh bien allez-y.

Il tourna la tête avec brusquerie.

– Davey ! Tu écoutes ?

David Costello acquiesça, mordit dans sa pomme.

– Prenez les rênes, inspecteur, dit le père.

– Je pourrais peut-être commencer par demander deux ou trois précisions à David.

Rebus sortit ostensiblement son carnet de sa poche, alors qu'il connaissait les questions et ne croyait pas qu'il aurait besoin de prendre des notes. Mais la présence du carnet avait parfois un effet magique. Les interrogés faisaient apparemment confiance à l'écrit : ce qui se trouvait dans le carnet était probablement confirmé. En outre, s'ils croyaient que leurs réponses seraient notées, ils réfléchissaient à leurs propos ou bien se troublaient et laissaient échapper la vérité.

– Vous êtes sûre que vous ne voulez pas vous asseoir ? demanda le père à Wylie en tapotant le canapé.

– Ça va, répondit-elle froidement.

L'échange avait rompu le charme ; le carnet ne semblait pas du tout gêner David Costello.

– Allez-y, dit-il à Rebus.

Rebus y alla.

– David, nous vous avons interrogé à propos du jeu sur l'Internet auquel Philippa, croyons-nous, participait…

– Oui.

– Et vous avez répondu que vous en ignoriez tout, que vous ne vous intéressiez pas beaucoup aux jeux sur ordinateur.

– Oui.

– Mais nous avons appris que, lorsque vous étiez au lycée, vous étiez une sorte de sorcier de Donjons et Dragons.

– Je m'en souviens, intervint Thomas Costello. Toi et tes copains, dans ta chambre pendant toute la journée et toute la nuit. Toute la nuit, inspecteur, vous vous rendez compte ?

– Il paraît que certains adultes font la même chose, dit Rebus. Quelques tours de poker et un gros pot…

Costello concéda cela avec un sourire : entre joueurs…

– Qui vous a dit que j'étais un « sorcier » ? demanda David.

– Sans importance, fit Rebus avec un haussement d'épaules.

– C'est faux. Et cette folie a duré à peu près un mois.

– Flip y jouait, elle aussi, au lycée, le saviez-vous ?

– Je n'en suis pas certain.

– Mais elle vous l'a sûrement dit… vous vous y intéressiez tous les deux.

– Pas à l'époque où on s'est rencontrés. Je ne crois pas qu'on ait abordé le sujet.

Rebus regarda David Costello dans les yeux. Ils étaient bordés de rouge et injectés de sang.

– Dans ce cas, comment Claire, l'amie de Flip, en a-t-elle entendu parler ?

Le jeune homme eut un bref rire ironique.

– C'est elle qui vous l'a dit ? Claire la vache ?

Thomas Costello lui adressa un regard de reproche.

– C'est ce qu'elle est, insista son fils. Elle essayait sans cesse de nous amener à rompre, tout en prétendant être une amie.

– Elle ne vous aimait pas ?

David réfléchit.

– Je crois plutôt qu'elle ne supportait pas que Flip soit heureuse. Quand je l'ai dit à Flip, elle s'est moquée de moi. Elle ne s'en rendait pas compte. Il y avait une histoire entre sa famille et celle de Claire et je crois que Flip se sentait coupable. Claire était vraiment une part d'ombre…

– Pourquoi ne nous avez-vous pas dit ça ?

David le dévisagea et rit.

– Parce que Claire n'a pas tué Flip.

– Non ?

– Bon sang, vous ne prétendez pas… (Il secoua la tête.) Enfin, quand je dis que Claire était méchante, il ne s'agissait que de choses abstraites… de mots. Mais c'était peut-être aussi ce qu'était le jeu… des mots. C'est ce que vous pensez ?

– Nous n'écartons rien, répondit Rebus.

– Bon sang, Davey, dit le père, si tu as quelque chose à dire aux policiers, soulage ta conscience.

– Je m'appelle David, cracha le jeune homme.

La colère du père fut visible, mais il garda le silence.

– Je ne crois toujours pas que ce soit Claire, ajouta David à l'intention de Rebus.

– Et la mère de Flip ? demanda Rebus sur un ton neutre. Comment vous entendiez-vous avec elle ?

– Bien.

Rebus laissa le silence s'installer, puis répéta le mot, sous forme de question.

– Vous savez comment sont les mères vis-à-vis de leurs filles, dit David. Protectrices et tout.

– À juste titre, hein ?

Thomas Costello adressa un clin d'œil à Rebus, qui regarda brièvement Ellen Wylie, se demandant si cela la réveillerait. Mais elle regardait par la fenêtre.

– Le problème, David, dit Rebus, est que nous avons des raisons de croire qu'il y a eu quelques frictions.

– Comment ça ? demanda Thomas Costello.

– David pourrait peut-être répondre, lui dit Rebus.

– Alors, David ? demanda Costello à son fils.

– J'ignore totalement ce qu'il veut dire.

– Je veux dire, expliqua Rebus en feignant de regarder ses notes, que Mme Balfour est persuadée que vous exerciez une mauvaise influence sur Flip.

– Vous avez sûrement mal compris, dit Thomas Costello.

Il avait à nouveau serré les poings.

– Je ne crois pas, monsieur.

– Elle a été soumise à de très fortes tensions… ne sait pas ce qu'elle dit.

– Je crois qu'elle savait ce qu'elle disait.

Rebus n'avait pas quitté David des yeux.

– C'est tout à fait vrai, dit-il.

Il s'était désintéressé de la pomme. Il la tenait mollement dans sa main et la chair blanche commençait à changer de couleur. Son père lui adressa un regard interrogateur.

– Jacqueline croyait que je donnais des idées à Flip.

– Quelles idées ?

– Qu'elle n'avait pas eu une enfance heureuse. Que la façon dont elle s'en souvenait était faussée.

– Et vous croyez que c'était le cas ?

– Flip, pas moi, affirma David. Elle faisait un rêve. Elle était de retour à Londres, dans la maison, elle montait et descendait l'escalier en courant pour échapper à quelque chose. Le même rêve, presque toutes les nuits pendant deux semaines.

– Qu'est-ce que vous avez fait ?

– J'ai fait des recherches dans des ouvrages de référence, lui ai dit que c'était peut-être lié à des souvenirs refoulés.

– Je n'y comprends plus rien, reconnut Thomas Costello.

Son fils se tourna vers lui.

– Une chose grave qu'on parvient à chasser de ses pensées. En réalité, j'étais très jaloux.

Ils se regardèrent dans les yeux. Rebus crut comprendre ce que voulait dire David : grandir avec Thomas Costello n'avait sûrement pas été facile. Peut-être cela expliquait-il l'adolescence du jeune homme...

– Elle n'a pas dit de quoi il pouvait s'agir ?

David secoua la tête.

– Ce n'était probablement rien ; les rêves peuvent avoir toutes sortes de significations.

– Mais Flip y a cru ?

– Pendant un petit moment, oui.

– Et elle l'a dit à sa mère ?

– Qui m'a ensuite rendu responsable de tout.

– Fichue bonne femme, cracha Thomas Costello, puis il se frotta le front. Mais elle a été soumise à de très fortes tensions, de très fortes tensions…

– C'était avant la disparition de Flip, lui rappela Rebus.

– Ce n'est pas ce que je veux dire. Je pense à la banque Balfour, gronda Costello.

La mise en cause de son fils était encore fraîche.

Rebus plissa le front.

– La banque ?

– Il y a des tas de financiers, à Dublin. Il y a des rumeurs.

– À propos de la banque Balfour ?

– Je ne comprends pas tout : éparpillement… ratio de liquidités… des mots pour moi.

– Vous voulez dire que la banque Balfour a des difficultés ?

Costello secoua la tête.

– On raconte simplement que ça pourrait arriver si elle ne renverse pas la vapeur. Le problème est que la banque repose sur la confiance, n'est-ce pas ? Quelques rumeurs alarmistes provoquent parfois beaucoup de dégâts…

Rebus eut l'impression que Costello n'aurait rien dit, mais que la mise en accusation de son fils par Jacqueline Balfour avait changé la donne. Il prit la première note de l'interrogatoire : « se renseigner sur la banque Balfour ».

Il avait, au départ, une idée : aborder les frasques du père et du fils à Dublin. Mais David semblait calme ; son adolescence appartenait au passé. En ce qui concernait le père, Rebus avait pu constater qu'il était colérique. Il n'avait pas besoin de le confirmer.

Le silence se fit une nouvelle fois dans la pièce.

– En avez-vous terminé pour le moment, inspecteur ? demanda Costello, qui glissa ostensiblement une main dans la poche de son pantalon, en sortit un oignon qu'il ouvrit, puis ferma.

– Pratiquement, reconnut Rebus. Savez-vous quand auront lieu les funérailles ?

– Mercredi, répondit Costello.

Parfois, dans l'enquête sur un meurtre, on conservait la victime aussi longtemps que possible, au cas où des éléments nouveaux apparaîtraient. Rebus supposa qu'on avait tiré des ficelles : John Balfour obtenant une nouvelle fois ce qu'il voulait.

– Elle sera enterrée ?

Costello acquiesça. L'enterrement était préférable. Dans le cas d'une crémation, il était impossible d'exhumer le corps en cas de nécessité…

– Bien, dit-il, si vous n'avez rien à ajouter… ?

C'était le cas. Rebus se leva.

– Sergent Wylie ? dit-il.

Ce fut comme s'il la réveillait.

Costello tint à les accompagner jusqu'à la porte, leur serra la main. David ne quitta pas son fauteuil. Il portait la pomme à sa bouche lorsque Rebus dit au revoir.

Dehors, la serrure cliqueta quand la porte se ferma derrière eux. Rebus resta quelques instants immobile, mais n'entendit pas d'éclats de voix à l'intérieur. Il s'aperçut que la porte voisine était entrebâillée et que Theresa Costello regardait le couloir.

– Tout va bien ? demanda-t-elle à Wylie.

– Tout va bien, madame.

La porte s'était refermée quand Rebus arriva. Il se demanda si Theresa Costello se sentait aussi prise au piège que le laissait supposer l'expression de son visage…

Dans l'ascenseur, il proposa à Wylie de la déposer.

– Inutile, répondit-elle. Je rentrerai à pied.

– Vraiment ?

Elle acquiesça et il jeta un coup d'œil sur sa montre.

– Votre rendez-vous de onze heures et demie ? supposa-t-il.

– C'est exact.

Sa voix mourut.

– Eh bien, merci de votre aide.

Elle battit des paupières, comme si elle avait du mal à assimiler les mots. Il s'immobilisa dans le hall d'entrée et la regarda gagner la porte à tambour. Quelques instants plus tard il la suivit dehors. Elle traversait Princes Street, serrant son sac à main contre sa poitrine, courant presque. Elle passa devant Fraser's, en direction de Charlotte Square, où se trouvait le siège de la banque Balfour. Il se demanda où elle allait : George Street, ou peut-être Queen Street ? À New Town ? Le seul moyen de savoir consistait à la suivre, mais il était persuadé qu'elle n'apprécierait pas.

– Et puis merde, marmonna-t-il en gagnant le passage clouté.

Il dut attendre que la circulation s'arrête et ne la revit que lorsqu'il atteignit Charlotte Square : elle était du côté opposé et marchait d'un pas vif. Quand il arriva à George Street, il l'avait perdue de vue. Il sourit intérieurement : quel détective ! Il alla jusqu'à Castle Street, puis revint sur ses pas. Elle était peut-être dans une boutique ou un café. Sans importance. Il déverrouilla la portière de la Saab et sortit du parking de l'hôtel.

Il y a des gens qui vivent avec leurs démons. Il avait l'impression qu'Ellen Wylie en faisait partie. En matière de personnalités, il était bon juge. L'expérience est toujours très utile.

De retour à St Leonard's, il téléphona à un contact

responsable des pages économiques d'un journal du dimanche.

– Balfour se porte bien ? demanda-t-il sans préambule.

– Je suppose que tu veux parler de la banque ?

– Oui.

– Qu'est-ce que tu sais ?

– Qu'il y a des rumeurs à Dublin.

Le journaliste eut un rire étouffé.

– Ah, les rumeurs, qu'est-ce qu'on deviendrait sans elles ?

– Donc il n'y a pas de problème ?

– Je n'ai pas dit ça. Sur le papier, Balfour tourne comme une horloge. Mais il y a toujours des marges où on peut enterrer des chiffres.

– Et ?

– Et les prévisions semestrielles ont été révisées à la baisse ; pas assez pour que les gros investisseurs aient les jetons, mais Balfour regroupe des investisseurs moyens. Ils ont une propension à l'hypocondrie.

– En bref, Terry ?

– La banque Balfour devrait survivre, sauf agression extérieure. Mais si le bilan n'est pas clair à la fin de l'année, il risque d'y avoir une ou deux décapitations rituelles.

Rebus réfléchit.

– Qui partirait ?

– Ranald Marr, à mon avis, ne serait-ce que pour montrer que Balfour est aussi impitoyable que l'exige l'époque.

– Pas de place pour les vieilles amitiés ?

– À la vérité, il n'y en a jamais eu.

– Merci, Terry. Un grand Gand Talisker t'attendra au bar de l'Ox.

– Il risque d'attendre longtemps.

– Tu ne picoles plus ?

– Les ordres du toubib. On disparaît un par un, John.

Rebus compatit pendant deux minutes, pensa à son rendez-vous chez le médecin, celui qu'il était en train de manquer en donnant ce coup de téléphone. Quand il posa le combiné, il griffonna Marr sur son bloc et l'entoura. Ranald Marr, avec sa Maserati et ses soldats de plomb. *On aurait presque pu croire qu'il avait perdu sa fille...* Rebus commençait à réviser son opinion. Il se demanda si Marr savait que son poste était précaire, savait que les investisseurs, à l'idée que leurs économies risquaient de prendre froid, exigeraient un sacrifice...

Il passa ensuite à Thomas Costello, qui n'avait jamais dû travailler. Quel effet cela pouvait-il bien faire ? Rebus l'ignorait totalement. Ses parents avaient toujours été pauvres, n'avaient jamais été propriétaires de leur maison. À sa mort, son père avait laissé quatre cents livres, que Rebus et son frère s'étaient partagées. Un contrat d'assurance avait payé l'enterrement. À cette époque, prenant sa part de billets dans le bureau du directeur de la banque, il s'était dit... que la moitié des économies de ses parents représentait une semaine de son salaire.

Désormais, il avait de l'argent en banque, ne faisait pratiquement rien de son salaire mensuel. L'appartement était payé ; Rhona et Samantha ne lui demandaient rien. La nourriture et la boisson, les factures d'entretien de la Saab. Il ne partait pas en vacances, achetait deux disques ou CD par semaine. Deux mois auparavant, il avait envisagé d'acheter une stéréo Linn, mais la boutique lui en avait coupé l'envie ; on lui avait dit qu'il n'y avait rien en stock et qu'on lui téléphonerait quand il y aurait quelque chose. On ne l'avait pas appelé. Les billets du concert de Lou Reed ne l'avaient pas obligé à faire les fonds de tiroirs : Jean avait tenu à payer le sien… et avait préparé le petit déjeuner, le lendemain matin, en plus.

– C'est le policier qui rit ! cria Siobhan, qui se trouvait du côté opposé du bureau.

Elle était à sa table de travail en compagnie de Bain, de Fettes. Rebus s'aperçut qu'il avait un large sourire aux lèvres. Il se leva et traversa la pièce.

– Je retire, s'empressa de dire Siobhan, qui leva les mains en un geste de capitulation.

– Salut, Futé, dit Rebus.

– Il s'appelle Bain, rectifia Siobhan. Il aime qu'on l'appelle Eric.

Rebus n'en tint aucun compte.

– On dirait la passerelle de l'*Enterprise*.

Il regardait les ordinateurs et les connexions : deux portables, deux PC. Il savait qu'un des PC était celui de Siobhan, l'autre celui de Flip Balfour.

– Dis-moi, demanda-t-il, qu'est-ce qu'on sait sur l'enfance de Philippa à Londres ?

Elle plissa le nez, réfléchit.

– Pas grand-chose. Pourquoi ?

– Parce que, d'après son petit ami, elle faisait des cauchemars, rêvait que quelque chose la poursuivait dans la maison.

– Il est sûr qu'il s'agit de la maison de Londres ?

– Qu'est-ce que tu veux dire ?

Elle haussa les épaules.

– Seulement que Les Genévriers m'ont fichu la frousse : armures et salles de billard poussiéreuses… Grandir là-dedans, tu imagines ?

– Transfert ? suggéra Bain.

Ils se tournèrent vers lui.

– Ce n'était qu'une idée, ajouta-t-il.

– Donc, en réalité, c'est le manoir qui lui faisait peur ? demanda Rebus.

– Allons chercher un guéridon et on lui posera la question.

Siobhan prit conscience de ce qu'elle venait de dire et ajouta :

– Le comble du mauvais goût, désolée.

– J'ai entendu pire, dit Rebus.

C'était vrai, en plus. Sur les lieux du crime, on avait entendu un des uniformes chargés de maintenir les curieux à distance dire à un de ses potes : « À force de se pencher au bord de l'enfer, elle est tombée dedans. Tu piges ? »

– C'est un peu du sous-Hitchcock, hein ? dit Bain. Vous savez, *Marnie*, ce genre de chose…

Rebus pensa au recueil de poèmes de l'appartement de David Costello : *I Dream of Alfred Hitchcock.*

On ne meurt pas parce qu'on est mauvais, on meurt
Parce qu'on est disponible...

– Vous avez probablement raison, dit-il.

Siobhan interpréta le ton de sa voix.

– Mais tu voudrais tout de même tout savoir sur les années que Flip a passées à Londres ?

Il hocha la tête, puis la secoua.

– Non, dit-il, vous avez raison… Il ne peut pas y avoir de rapport.

Tandis qu'il s'éloignait, Siobhan se tourna vers Bain.

– En général c'est exactement dans ses cordes, souffla-t-elle. Moins il y a de rapports, plus ça lui plaît.

Bain sourit. Il avait toujours sa serviette, ne l'avait toujours pas ouverte. Après le dîner, le vendredi soir, ils s'étaient dit au revoir. Samedi matin, Siobhan avait pris sa voiture et la direction du nord pour voir un match de football. N'avait pas pris la peine de proposer à quelqu'un de l'emmener : elle avait emporté un sac de voyage. Avait trouvé une auberge. Les Hibs avaient gagné dans l'après-midi, puis elle avait visité le coin et dîné. Elle avait emporté son Walkman, une demi-douzaine de cassettes et deux livres, laissé le portable chez elle. Un week-end sans Quizmaster : exactement ce dont elle avait besoin. Mais elle n'avait pas pu s'empêcher de penser à lui, de se demander s'il lui avait envoyé un message. Elle avait veillé à rentrer tard, le dimanche soir, et s'était occupée de la lessive.

Maintenant, le portable était sur son bureau. Elle redoutait presque de le toucher, de céder au désir...

– Bon week-end ? demanda Bain.

– Pas mauvais. Et toi ?

– Tranquille. Le dîner de vendredi soir en a pratiquement été le point culminant.

Elle sourit, accepta le compliment.

– Qu'est-ce qu'on fait maintenant ? On sonne la Special Branch ?

– On s'adresse à la Crime Squad. Elle transmet notre demande.

– On ne peut pas court-circuiter l'intermédiaire ?

– Ça ne lui plairait pas.

Siobhan pensa à Claverhouse : Bain avait probablement raison.

– Vas-y, dit-elle.

Bain décrocha le téléphone et eut une longue conversation avec Claverhouse, du siège. Siobhan passa les doigts sur le clavier du portable. Il était connecté à son mobile. Un message téléphonique l'attendait, chez elle, dimanche soir : la société de téléphone mobile qui se demandait si elle savait que le volume de ses communications avait brusquement augmenté. Oui, elle était au courant, pas de problème. Tandis que Bain donnait des explications à Claverhouse, elle décida d'aller sur le Net, simplement pour faire quelque chose...

Il y avait trois messages de Quizmaster. Le premier

datait de vendredi soir, à peu près à l'heure où elle était rentrée chez elle.

Chercheuse – Ma patience a des limites. En ce qui vous concerne, la quête est sur le point d'arriver à son terme. Une réponse immédiate est exigée.

Le deuxième datait de samedi après-midi :

Siobhan ? Vous me décevez. Jusqu'ici, vos temps ont été excellents. La partie est maintenant terminée.

Terminé ou pas, il avait réapparu dimanche à minuit :

Vous cherchez à me localiser, c'est ça ? Voulez-vous toujours qu'on se rencontre ?

Bain conclut sa conversation et raccrocha. Il fixa l'écran.

– Tu l'as déstabilisé, constata-t-il.

– Nouveau serveur ? demanda Siobhan.

Bain lut les « Headers » et acquiesça.

– Nom nouveau, tout nouveau. Mais il commence à se dire qu'il n'est pas impossible de remonter jusqu'à lui.

– Dans ce cas, pourquoi ne cesse-t-il pas ?

– Je ne sais pas.

– Tu crois vraiment que la partie est terminée ?

– Il n'y a qu'un moyen de savoir…

Siobhan se pencha sur le clavier :

Je suis partie en week-end, c'est tout. L'enquête est en cours. Mais, oui, je voudrais qu'on se rencontre.

Elle envoya le message. Ils allèrent chercher du café mais, quand ils revinrent, il n'y avait pas de réponse.

– Il boude ? demanda Siobhan.

– Ou il n'est pas près de sa machine.

Elle se tourna vers lui.

– Ta chambre est pleine de matériel informatique ?

– Tu cherches à te faire inviter dans ma chambre ?

Elle sourit.

– Non, je m'interrogeais, c'est tout. Il y a des gens qui

peuvent passer leurs journées et leurs nuits devant un moniteur, hein ?

– Absolument. Mais je n'en fais pas partie. Je participe régulièrement à trois chats et je surfe peut-être une heure ou deux quand je m'ennuie.

– Quels sont les chats ?

– Des trucs techniques, répondit-il en approchant sa chaise du bureau. Pendant qu'on attend, on devrait peut-être jeter un coup d'œil sur les dossiers que Mlle Balfour a effacés.

Voyant l'expression du visage de Siobhan, il ajouta :

– Tu sais qu'on peut restaurer les dossiers ?

– Oui. On a lu sa correspondance.

– Mais as-tu vu ses e-mails ?

Siobhan fut contrainte de reconnaître qu'elle ne l'avait pas fait. Ou, plutôt, que Grant ne savait pas que c'était possible.

Bain soupira et se mit au travail sur le PC de Flip. Il n'en eut pas pour longtemps. Bientôt, une liste de messages envoyés et reçus par Flip fut affichée.

– De quand datent les premiers ? demanda Siobhan.

– D'un peu plus de deux ans. Quand a-t-elle acheté l'ordinateur ?

– C'était le cadeau d'anniversaire de ses dix-huit ans, répondit Siobhan.

– Il y en a qui ont de la chance.

Siobhan acquiesça.

– Elle a aussi eu un appartement.

Bain se tourna vers elle et secoua lentement la tête, incrédule.

– Moi, j'ai eu une montre et un appareil photo.

– C'est celle-ci ? demanda Siobhan en montrant son poignet.

Mais Bain avait l'esprit ailleurs.

– Donc, on a ses e-mails depuis le début.

Il cliqua sur le plus ancien, mais l'ordinateur lui dit qu'il ne pouvait pas l'ouvrir.

– Il faut le convertir, le disque dur l'a probablement compressé.

Siobhan tenta de suivre ce qu'il faisait, mais il allait trop vite. Un instant plus tard, ils lurent le premier e-mail envoyé par Flip. Il était destiné à son père à son bureau :

Simple essai. J'espère que tu le recevras. Le PC est super ! À ce soir. Flip.

– Je suppose qu'il faut tous les lire ? fit Bain.

– Je suppose, admit Siobhan. Ce qui signifie qu'il faut les convertir un par un ?

– Pas nécessairement. Si tu peux aller me chercher du thé – lait, pas de sucre –, je verrai ce que je peux faire.

Quand elle revint avec les gobelets, il imprimait des messages.

– Comme ça, dit-il, tu peux les lire pendant que je prépare la fournée suivante.

Siobhan commença dans l'ordre chronologique et ne tarda pas à trouver quelque chose de plus intéressant que les bavardages entre Flip et ses amies.

– Regarde, dit-elle à Bain.

Il lut l'e-mail.

– Il vient de la banque Balfour, dit-il. De quelqu'un qui s'appelle RAM.

– Je suis prêt à parier que c'est Ranald Marr.

Siobhan reprit le mot.

Flip, formidable que tu fasses enfin partie du monde virtuel ! J'espère qu'il t'amusera beaucoup. Tu verras aussi que l'Internet est un merveilleux outil de recherche, donc j'espère qu'il te servira dans tes études… Oui, tu as raison, on peut effacer les messages – ça libère de l'espace en mémoire et permet à ton ordinateur de fonctionner plus rapidement. Mais n'oublie pas qu'il est possible de restaurer les messages effacés si tu ne prends pas certaines mesures. Voici comment effacer complètement quelque chose.

L'auteur exposait ensuite le procédé. À la fin, il signait R. Bain passa un doigt sur un bord de l'écran.

– Ça explique pourquoi il y a des trous, dit-il. Après avoir lu les explications, elle s'est mise à effacer complètement.

– Cela explique aussi pourquoi les messages qu'elle a envoyés à Quizmaster ou reçus de lui ont disparu. (Siobhan jeta un coup d'œil rapide sur les feuilles.) Il n'y a même pas le premier message adressé à RAM.

– Et il n'y en a pas un seul ensuite.

Siobhan se frotta les tempes.

– De toute façon, pourquoi voulait-elle tout effacer ?

– Je ne sais pas. La majorité des utilisateurs ne pense pas à le faire.

– Pousse-toi, dit Siobhan, qui déplaça sa chaise.

Ensuite elle rédigea un e-mail adressé à RAM, à la banque Balfour.

Ici le constable Clarke. Contactez-moi de toute urgence.

Elle ajouta le numéro de St Leonard's, puis décrocha le téléphone et appela la banque.

– M. Marr, s'il vous plaît. (On lui passa la secrétaire de Marr.) M. Marr est-il là ? demanda-t-elle, les yeux fixés sur Bain, qui buvait son thé à petites gorgées. Vous pouvez peut-être m'aider, je suis la constable Clarke, du CID de St Leonard's, je viens d'envoyer un e-mail à M. Marr et je me demande s'il l'a reçu. Il semblerait qu'il y ait un problème de notre côté… (Elle se tut tandis que la secrétaire vérifiait.) Ah, il est absent, pouvez-vous me dire où il est ?… En réalité, c'est très important. Prestonfield House ? Ce n'est pas loin d'ici. Serait-il possible de lui transmettre un message, de lui demander de s'arrêter à St Leonard's après sa réunion ? Ça ne prendra que cinq minutes. Nous pourrions passer à son bureau, mais il est sûrement préférable qu'il vienne…

Elle écouta à nouveau, conclut :

– Merci. Et l'e-mail est passé ? Formidable, merci.

Elle raccrocha. Bain, qui avait vidé son gobelet et l'avait jeté à la poubelle, applaudit en silence.

Quarante minutes plus tard, Marr arriva au poste de police. Siobhan chargea un agent en tenue d'aller le chercher et de l'accompagner au CID. Rebus n'était plus là, mais le bureau bourdonnait d'activité. L'agent conduisit Marr jusqu'à la table de travail de Siobhan. Elle remercia d'un signe de tête et dit au banquier de s'asseoir. Marr regarda autour de lui : il n'y avait pas de chaise libre. Des yeux le scrutaient, les policiers se demandant qui il était. Vêtu d'un élégant costume à fines rayures, d'une chemise blanche et d'une cravate jaune pâle, il évoquait davantage un avocat de luxe que les visiteurs habituels du poste de police.

Bain se leva et tira sa chaise du côté opposé de la table de travail afin que Marr puisse s'asseoir.

– Mon chauffeur est garé en stationnement interdit, dit Marr, qui regarda ostensiblement sa montre.

– Ça ne sera pas long, monsieur, indiqua Siobhan, qui posa une main sur l'ordinateur et demanda : vous connaissez cette machine ?

– Pardon ?

– Elle appartenait à Philippa.

– Vraiment ? Je l'ignorais.

– Possible. Mais vous échangiez des e-mails.

– Pardon ?

– RAM… c'est vous, n'est-ce pas ?

– Et alors ?

Bain avança, tendit une feuille de papier à Marr.

– Dans ce cas, vous lui avez envoyé ceci, dit-il, et il semblerait que Mlle Balfour ait appliqué vos indications.

Marr, penché sur le message, leva la tête, les yeux fixés sur Siobhan plutôt que sur Bain. Elle avait grimacé lors de l'intervention de Bain, et Marr s'en était aperçu.

Grosse erreur, Eric ! avait-elle envie de crier. Parce que Marr savait désormais qu'ils ne possédaient pas d'autres e-mails appartenant à sa correspondance avec Flip. S'il ne le lui avait pas montré, elle aurait pu induire le banquier en erreur, lui faire croire qu'ils en avaient d'autres, voir si cela l'inquiétait.

– Alors ? demanda simplement Marr après avoir lu le message.

– Il est curieux, dit Siobhan, que le premier e-mail que vous lui avez envoyé concerne la façon d'effacer les e-mails.

– Philippa était très secrète sur de nombreux plans, expliqua Marr. Elle tenait à son intimité. La première chose qu'elle m'a demandée a été la façon d'effacer les documents. Je lui ai donc répondu. L'idée que n'importe qui puisse lire ce qu'elle écrivait lui déplaisait.

– Pourquoi ?

Marr haussa les épaules.

– Nous avons tous des personnalités différentes, n'est-ce pas ? Le « moi » qui écrit à un parent âgé n'est pas le « moi » qui écrit à un ami proche. Je sais que, lorsque j'écris à un autre amateur de jeux de guerre, je n'ai pas nécessairement envie que ma secrétaire lise le message. Elle y verrait un « moi » très différent de la personne avec qui elle travaille.

Siobhan hocha la tête.

– Je crois que je comprends.

– C'est également le cas dans ma profession où la confidentialité, le secret si vous voulez, est essentielle. L'espionnage commercial est toujours un problème. Nous broyons les documents dont nous n'avons plus besoin, nous effaçons les e-mails et ainsi de suite, afin de nous protéger et de protéger nos clients. Donc, quand Flip a parlé du bouton de suppression, cette idée était très présente à mon esprit.

Il s'interrompit, regarda alternativement Siobhan et Bain.

– C'est ce que vous vouliez savoir ?

– De quoi parliez-vous dans vos e-mails ?

– Nous n'avons pas correspondu longtemps. Flip testait la température de l'eau. Elle avait mon adresse e-mail et je suis un vieux briscard dans ce domaine. Au début, elle m'a posé beaucoup de questions, mais elle apprenait vite.

– Nous recherchons les messages supprimés sur sa machine, dit Siobhan avec entrain. Vous souvenez-vous de quand date le dernier message que vous lui avez envoyé ou que vous avez reçu d'elle ?

– Probablement de plus d'un an, répondit Marr en se levant. Maintenant, si nous en avons terminé, il faut vraiment que je…

– Si vous ne lui aviez pas appris à effacer, nous le tiendrions peut-être.

– Qui ?

– Quizmaster.

– La personne contre qui elle jouait ? Vous croyez toujours qu'il y a un lien avec sa mort ?

– J'aimerais le savoir.

Marr, debout, lissait sa veste.

– Est-ce possible sans l'aide de ce… Quizmaster ?

Siobhan se tourna vers Bain, qui comprit qu'elle lui demandait de prendre le relais.

– Oh, oui, dit-il avec assurance. Ça prendra un peu plus longtemps, mais on remontera jusqu'à lui. Il a laissé assez d'indices.

Marr regarda alternativement les deux enquêteurs.

– Formidable, dit-il avec un sourire. Eh bien, si je ne peux pas vous aider davantage…

– Vous nous avez déjà énormément aidés, monsieur, dit Siobhan, les yeux rivés sur lui. Je vais demander à un agent de vous raccompagner…

Après son départ, Bain alla chercher sa chaise et s'assit près de Siobhan.

– Tu crois que c'est lui, hein ? demanda-t-il à voix basse.

Elle acquiesça, les yeux fixés sur la porte par laquelle Marr venait de sortir. Puis ses épaules s'arrondirent. Elle ferma les yeux, les frotta.

– En fait, je n'en sais rien.

– Et tu n'as aucune preuve.

Elle hocha la tête, les yeux toujours fermés.

– L'intuition ? supputa-t-il.

Elle ouvrit les yeux.

– Je sais qu'il ne faut pas lui faire confiance.

– Heureux de l'entendre, acquiesça-t-il en souriant. Une preuve serait une bonne chose, n'est-ce pas ?

Quand le téléphone sonna, Siobhan semblait perdue dans une rêverie, ce fut Bain qui décrocha. C'était un membre de la Special Branch nommé Black. Il voulut s'assurer qu'il parlait à la bonne personne. Quand ce fut fait, Black demanda à Bain s'il connaissait bien les ordinateurs.

– Un peu.

– Bon. Le PC est-il devant vous ?

Quand Bain eut dit qu'il s'y trouvait, Black lui expliqua ce qu'il voulait. Lorsque Bain raccrocha, cinq minutes plus tard, il gonfla les joues et souffla bruyamment.

– Je ne sais pas comment la Special Branch s'y prend, dit-il, mais j'ai toujours l'impression d'avoir cinq ans et que c'est mon premier jour d'école.

– Je n'ai rien remarqué, affirma Siobhan, rassurante. De quoi ont-ils besoin ?

– Des copies de tous les e-mails que tu as échangés avec Quizmaster, du compte de Philippa Balfour et de ses pseudonymes, plus la même chose en ce qui te concerne.

– Mais c'est la machine de Grant, dit Siobhan, qui toucha le portable.

– Son compte, dans ce cas. Black a demandé si on avait des suspects.

– Tu ne lui as rien dit ?

Il secoua la tête.

– Mais on pourrait toujours lui envoyer le nom de Marr. On pourrait même lui fournir son adresse e-mail.

– Ça servirait à quelque chose ?

– Peut-être. Tu sais que les Américains peuvent lire les e-mails grâce aux satellites ? N'importe quel e-mail dans le monde entier…

Elle se contenta de le fixer et il rit.

– Je ne dis pas que la Special Branch dispose de cette technologie, mais on ne sait jamais, hein ?

Siobhan réfléchit.

– Dans ce cas, donne-leur ce qu'on a. Donne-leur Ranald Marr.

Le portable annonça qu'ils avaient un message. Siobhan l'ouvrit. Quizmaster.

Chercheuse… nous nous rencontrons après la résolution de l'Étranglement. Acceptable ?

– Ooh, fit Bain. Il te pose la question.

Donc la partie n'est pas terminée ? tapa Siobhan.

Dispense exceptionnelle.

Elle tapa un nouveau message : *Il y a des questions qui ont besoin de réponses immédiates.*

Il réagit aussitôt : *Posez, Chercheuse.*

Donc elle demanda : *Hormis Flip, d'autres personnes jouaient ?*

Ils attendirent la réponse pendant une minute.

Oui.

Elle se tourna vers Bain.

– Précédemment, il a dit non.

– Il mentait à ce moment-là ou bien il ment maintenant. Comme tu as posé une nouvelle fois la question, j'en déduis que tu ne l'avais pas cru.

Combien ? tapa Siobhan.

Trois.

Les uns contre les autres ? Étaient-ils au courant ?

Ils étaient au courant.

Savaient-ils contre qui ils jouaient ?

Une attente de trente secondes.

Absolument pas.

– Vérité ou mensonge ? demanda Siobhan à Bain.

– Je suis en train de me demander si M. Marr a eu le temps de regagner son bureau.

– Compte tenu de sa profession, je ne serais pas étonnée qu'il ait un portable et un mobile dans sa voiture, simplement pour ne pas risquer de se retrouver hors jeu.

Cette blague involontaire la fit rire.

– Je pourrais appeler son bureau…

Bain tendait la main vers le téléphone. Siobhan récita le numéro de la banque.

– M. Marr, s'il vous plaît, dit Bain dans le combiné, puis : C'est l'assistante de M. Marr ? Ici le sergent Bain, de la police de Lothian… Il sera de retour dans une minute ? Merci.

Puis, une idée lui ayant traversé l'esprit, il demanda en regardant Siobhan :

– Oh, serait-il possible de le joindre dans sa voiture ? Il n'a pas accès aux e-mails quand il s'y trouve, n'est-ce pas ?... Non, ce n'est pas la peine, merci. Je le rappellerai.

Il raccrocha.

– Pas d'e-mails dans la voiture, lança-t-il.

– À la connaissance de l'assistante, souffla Siobhan. Aujourd'hui, il suffit d'un téléphone.

Elle pensait à un téléphone WAP semblable à celui de Grant. Bizarrement, son esprit revint à la matinée au cours de laquelle ils se trouvaient à l'Elephant House... Grant penché sur des mots croisés qu'il avait déjà faits, tentant d'impressionner la femme de la table voisine... Elle se consacra au message suivant.

Pouvez-vous me dire de qui il s'agissait ? Savez-vous de qui il s'agissait ?

La réponse fut immédiate.

Non.

Vous ne pouvez pas ou vous ne savez pas ?

Non aux deux questions. L'Étranglement attend.

Une dernière chose, Quizmaster. Comment avez-vous choisi Flip ?

Elle est venue à moi, comme vous.

Mais comment a-t-elle appris votre existence ?

L'énigme de l'Étranglement arrive.

– Je crois qu'il en a assez, dit Bain. Ses esclaves n'ont probablement pas l'habitude de lui répliquer.

Siobhan envisagea de tenter de poursuivre le dialogue, puis manifesta son accord d'un hochement de tête.

– Je crois que je ne suis pas tout à fait à la hauteur de Grant Hood, lâcha Bain.

Elle le regarda sans comprendre et il expliqua :

– Dans le domaine de la résolution des énigmes.

– On verra ça le moment venu.

– En attendant, je peux envoyer ce truc en PJ à la SB.

– Super, répondit Siobhan avec un sourire.

Elle pensait à nouveau à Grant. Elle ne serait pas allée

aussi loin sans lui. Pourtant, depuis sa mutation, il n'avait pas manifesté la moindre curiosité, n'avait même pas téléphoné, au cas où il aurait fallu résoudre une nouvelle énigme… Elle s'interrogea sur son aptitude à changer totalement de centre d'intérêt. Le Grant qu'elle avait vu à la télé était radicalement différent de celui qui faisait les cent pas chez elle à minuit, de celui qui avait craqué au sommet de Hart Fell. Elle savait lequel elle préférait ; ne croyait pas qu'il s'agissait simplement de jalousie professionnelle. Elle croyait désormais avoir compris un aspect de la personnalité de Gill Templer. Gill avait peur, la terreur que lui inspirait son autorité toute récente l'amenant à la rejeter sur ses subordonnés. Elle s'en prenait à ceux qui étaient zélés et sûrs d'eux-mêmes, peut-être parce qu'elle manquait d'assurance. Siobhan espéra que ce n'était qu'une période. Pria pour que ça ne soit que ça.

Elle espéra que Grant pourrait accorder quelques minutes à son ancienne équipière, après l'arrivée de l'énigme de l'Étranglement, que ça plaise ou non à sa nouvelle patronne.

Grant Hood avait consacré toute la matinée à la presse, travaillé le communiqué quotidien qui serait diffusé dans la journée – qui, cette fois, espérait-il, conviendrait à la superintendante Templer et à Carswell, le directeur adjoint – et pris les communications téléphoniques du père, furieux parce que les appels à témoins n'étaient pas plus largement diffusés.

– Et *Crimewatch* ? avait-il demandé à plusieurs reprises.

En son for intérieur, Grant estimait que *Crimewatch* était une excellente idée, aussi avait-il téléphoné au bureau de la BBC à Édimbourg, où on lui avait donné un numéro à Glasgow. Glasgow lui avait communiqué un numéro à Londres où le standard lui avait passé un documentaliste qui lui avait indiqué – sur un ton montrant clairement qu'un attaché de presse digne de ce nom serait déjà au courant – que la saison de *Crimewatch* était terminée et ne reprendrait que dans plusieurs mois.

– Ah, oui, merci, avait répondu Grant avant de raccrocher.

Il n'avait pas eu le temps de manger et le petit déjeuner s'était résumé à un sandwich au bacon à la cantine, six heures auparavant. Il était conscient de vivre au cœur de la politique… la politique du siège de la police. Carswell et Templer s'entendaient sur certains points, mais jamais sur tout et il se situait entre eux, s'efforçait de ne pas tomber mortellement dans l'un ou l'autre camp. Carswell incarnait la réalité du pouvoir, mais Templer était sa patronne, pouvait le renvoyer dans la jungle. Sa tâche consistait à ne lui en fournir ni la possibilité ni l'occasion.

Il savait qu'il s'en sortait, jusqu'ici, mais seulement parce qu'il renonçait aux repas, au sommeil et aux loisirs. Dans la colonne des plus, l'affaire suscitait l'intérêt des médias non seulement à Londres mais aussi à New York, Sydney, Singapour et Toronto. Les agences de presse internationales voulaient clarifier les éléments dont elles disposaient. On envisageait d'envoyer des correspondants à Édimbourg et peut-être le constable Hood pourrait-il accorder une interview en direct ?

Dans tous les cas, Grant put répondre par l'affirmative. Il veilla à noter tout ce qui concernait les journalistes, notamment les numéros où il était possible de les joindre, et même le décalage horaire.

– Inutile de m'envoyer vos fax au milieu de la nuit, avait-il dit à un rédacteur en chef néo-zélandais.

– Je préfère les e-mails, mon pote.

Donc Grant avait également noté ces informations. Il

se dit qu'il fallait que Siobhan lui rende son portable. Ou bien qu'il investisse dans une machine plus moderne. L'affaire justifiait la création d'un site web. Il enverrait un mémo à Carswell, copie à Templer, où il exposerait ses arguments.

S'il en avait le temps…

Siobhan et son portable : en deux jours, il n'avait pas une seule fois pensé à elle. Il n'avait pas été longtemps « amoureux » d'elle. En réalité, il était préférable qu'ils ne soient pas allés plus loin : son nouveau poste les aurait éloignés l'un de l'autre. Il était convaincu qu'ils pouvaient refuser d'accorder la moindre importance à ce baiser jusqu'au moment où il semblerait ne pas avoir existé. Rebus était le seul témoin mais s'ils niaient tous les deux, le traitaient de menteur, il oublierait lui aussi.

Grant était désormais sûr de deux choses : il voulait rester au service de presse et c'était un domaine où il était fort.

Il fêta cela avec sa sixième tasse de café, salua des inconnus d'un signe de tête dans les couloirs et l'escalier. Ils semblaient savoir qui il était, voulaient le connaître et qu'il les connaisse. Son téléphone sonnait à nouveau quand il poussa sa porte… Le bureau était petit, pas plus grand que les placards de certains postes de police, et ne bénéficiait pas de la lumière naturelle. Néanmoins c'était son fief. Il s'appuya contre le dossier de son fauteuil, le combiné à la main.

– Constable Hood.

– Vous avez l'air heureux.

– Qui est à l'appareil ?

– Steve Holly. Vous vous souvenez de moi ?

– Bien sûr, Steve, qu'est-ce que je peux faire pour vous ?

Mais le ton fut immédiatement plus professionnel.

– Eh bien… Grant, dit Holly, qui parvint à rendre le

mot sarcastique, je voudrais simplement une citation destinée au papier que je prépare.

– Oui ?

Grant se pencha en avant, plus tout à fait aussi détendu.

– Disparitions de femmes dans toute l'Écosse… poupées trouvées sur les lieux… jeux sur l'Internet… cadavres d'étudiants à flanc de montagne. Ça vous dit quelque chose ?

Grant eut l'impression qu'il allait écraser le combiné dans son poing. Le bureau, les murs… tout était devenu flou. Il secoua la tête, tenta de s'éclaircir les idées.

– Dans une affaire comme celle-ci, Steve, dit-il sur un ton qu'il s'efforça de rendre léger, les journalistes entendent dire toutes sortes de trucs.

– Il paraît, Grant, que vous auriez résolu personnellement des énigmes envoyées par l'Internet. Alors, votre avis ? Il y a forcément un lien avec le meurtre, hein ?

– Je ne ferai aucun commentaire là-dessus, monsieur. Écoutez, même si vous croyez savoir quelque chose, il faut que vous compreniez que les informations – vraies ou fausses – risquent de porter un préjudice irrémédiable à l'enquête, surtout à ce stade crucial.

– L'enquête est-elle parvenue à un stade crucial ? Je ne savais pas que…

– Je tente simplement de vous faire comprendre que…

– Écoutez, Grant, reconnaissez-le : vous avez déconné, pardonnez mon vocabulaire. La meilleure solution consiste à me donner toutes les informations.

– Je ne suis pas de cet avis.

– Vous en êtes bien sûr ? Un nouveau poste très agréable que vous avez là… Je ne voudrais pas vous voir descendre en flammes.

– Quelque chose me dit que ça vous plairait, Holly.

Le journaliste rit.

– Steve, puis M. Holly et Holly… vous allez finir par m'injurier, Grant.

– Qui vous a renseigné ?

– Dans les grosses affaires il y a toujours des fuites.

– Qui a percé la canalisation ?

– Une confidence ici, une confidence là… vous savez ce que c'est. Oh, non, c'est vrai… vous ne savez pas ce que c'est. J'oublie que vous ne faites ce boulot que depuis cinq putains de minutes et que vous vous croyez déjà tout permis vis-à-vis des gens comme moi.

– Je ne vois pas ce que…

– Ces petits briefings individuels, seulement vous et vos caniches préférés. Foutez-vous ça où je pense, Grant. Ce sont les types comme moi que vous devriez fréquenter. Et prenez ça comme ça vous chante.

– Merci, c'est ce que je ferai. Quand imprimez-vous ?

– Vous allez me coller un *two-eye*[1] sur le dos ? (Comme Grant gardait le silence, Holly rit à nouveau.) Vous ne connaissez même pas le jargon ! ironisa-t-il.

Mais Grant apprenait vite.

– C'est une interdiction provisoire, dit-il, certain d'avoir raison.

« Deux i » : décision judiciaire destinée à empêcher une publication.

– Écoutez, poursuivit-il en se pinçant l'arête du nez, officiellement, nous ne savons pas s'il y a un lien entre l'affaire et ce que vous avez mentionné.

– C'est tout de même des informations.

– Peut-être préjudiciables.

– Assignez-moi.

– Quand on joue ce jeu dégueulasse, je n'oublie pas.

---

1. Littéralement, *deux-œil* mais en réalité deux i, sigle d'une décision de justice : *Interim Interdict*.

– Mettez-vous au bout de la putain de file d'attente.

Grant était sur le point de raccrocher, mais Holly fut plus rapide. Il se leva et donna un coup de pied dans le bureau, puis un autre et ce fut ensuite au tour de la corbeille à papier, de sa serviette – achetée pendant le week-end –, du coin où deux murs se rencontraient. Il posa la tête contre la cloison.

Il faut que je parle de ça à Carswell, il faut que j'avertisse Gill Templer !

Templer d'abord… la voie hiérarchique. Ensuite, il faudrait qu'elle annonce la nouvelle au directeur adjoint, qui serait vraisemblablement obligé de troubler la routine quotidienne du directeur. Le milieu de l'après-midi… Grant se demanda combien de temps il pouvait attendre. Peut-être Holly appellerait-il Templer ou Carswell. Si Grant gardait ça pour lui jusqu'à la fin de la journée, il aurait des problèmes. Peut-être était-il encore possible d'obtenir un arrêt d'interdiction.

Il décrocha le téléphone, ferma les yeux mais, cette fois, en une prière silencieuse.

Appela.

C'était la fin de l'après-midi et Rebus fixait les cercueils depuis cinq bonnes minutes. De temps en temps il en prenait un, examinait le travail, le comparait à celui des autres. Sa dernière idée : demander l'avis d'un anthropologue. Les outils avaient sûrement laissé des traces et des incisions minuscules qu'un spécialiste pourrait identifier et explorer. Peut-être était-il possible de prouver que le même ciseau avait été utilisé. Peut-être y avait-il des fibres, des empreintes… les lambeaux de tissu : était-il possible d'en remonter la piste ? Il fit glisser la liste des victimes sur le bureau jusqu'au moment où elle se trouva exactement devant lui : 1972… 77… 82… et 95. La première victime, Caroline Farmer, était de loin la plus jeune ; les autres avaient un peu plus de vingt ans ou un peu plus de trente, des femmes dans la force de l'âge. Noyades et disparitions. Quand il n'y avait pas de cadavre, il était pratiquement impossible de prouver qu'un crime avait été commis. Et la noyade... les légistes pouvaient déterminer si la personne était vivante ou morte au moment de l'immersion, mais c'était pratiquement tout... Supposons qu'on assomme quelqu'un et qu'on le pousse dans l'eau : même si l'affaire était jugée, il serait possible de discuter, d'obtenir que la qualification de meurtre soit réduite à celle d'homicide. Rebus se souvint qu'un pompier lui avait autrefois expliqué comment commettre le crime parfait : soûler quelqu'un dans sa cuisine, puis allumer le gaz sous la friteuse.

Simple et futé.

Rebus ne savait toujours pas si son adversaire avait été futé. Fife, Nairn, Glasgow et Perth – de toute évidence il n'était pas sédentaire. Quelqu'un qui voyageait. Il pensa à Quizmaster et aux déplacements effectués jusqu'ici par Siobhan. Était-il possible d'établir un lien entre Quizmaster et la personne qui avait laissé les cercueils ? Rebus, qui avait griffonné « légiste » sur son bloc, ajouta : « profileur ». Il y avait, à l'université, des psychologues dont c'était la spécialité, qui étaient capables de déduire des aspects de la personnalité du coupable à partir de la façon dont il procédait. Rebus n'y avait jamais vraiment cru, mais il avait l'impression de frapper à coups de poing contre une porte fermée à clé qu'il ne parviendrait pas à enfoncer sans aide.

Quand Gill Templer passa dans le couloir au pas de charge, devant l'entrée du CID, Rebus crut qu'elle ne l'avait pas vu. Mais elle se dirigea droit sur lui, le visage exprimant la fureur.

– Je croyais, dit-elle, te l'avoir dit.

– Dit quoi ? demanda-t-il innocemment.

Elle montra les cercueils.

– Que c'était une perte de temps.

Sa voix tremblait de colère. Son corps tout entier était crispé.

– Bon sang, Gill, qu'est-ce qui s'est passé ?

Elle ne répondit pas, se contenta de passer le bras sur le bureau, d'envoyer promener les cercueils. Rebus se leva précipitamment, les ramassa, s'assura qu'ils n'étaient pas endommagés. Quand il tourna la tête, Gill était à nouveau sur le chemin de la porte, mais elle s'immobilisa, se retourna partiellement.

– Tu verras demain, dit-elle avant de sortir.

Rebus jeta un regard circulaire dans la pièce. « Hi-Ho » Silvers et un membre du personnel administratif avaient interrompu leur conversation.

– Elle craque, commenta Silvers.

– Qu'est-ce que c'est que cette histoire à propos de demain ? demanda Rebus, mais Silvers se contenta de hausser les épaules.

– Elle craque, répéta-t-il.

Peut-être avait-il raison.

Rebus reprit place à son bureau et réfléchit à l'expression : il y a des tas de façons de « craquer ». Il comprit qu'il risquait lui aussi de craquer… quoi que cela signifie.

Pendant presque toute la journée, Jean Burchill avait tenté de localiser la correspondance entre Kennet Lovell et le révérend Kirkpatrick. Elle s'était entretenue avec des gens à Alloway et Ayr – le pasteur de la paroisse, un historien local, un descendant de Kirkpatrick. Elle avait été en communication téléphonique avec la bibliothèque Mitchell de Glasgow pendant plus d'une heure. Elle était allée à pied à la Bibliothèque nationale, située près du musée, puis à la Faculty of Advocates. Finalement, elle avait pris Chambers Street et la direction de Surgeons' Hall. Dans le musée, elle avait longuement et attentivement regardé le portrait de Kennet Lovell par J. Scott Jauncey. Lovell était un beau jeune homme. Souvent, dans les portraits, les peintres glissent des indices sur la personnalité du personnage : profession, famille, violon d'Ingres… Mais celui-ci était tout simple : tête et torse. Le fond, noir uni, contrastait avec le jaune vif et le rose du visage de Lovell. Les autres portraits de Surgeons' Hall présentaient généralement leur sujet avec un ouvrage de référence, ou bien du papier et une plume. Parfois debout dans leur bibliothèque ou accompagnés d'accessoires révélateurs – fémur, crâne, planche anatomique. Le dépouillement même du portrait de Lovell la troublait. Soit la commande ne suscitait pas l'enthousiasme du peintre, soit le sujet tenait à se dévoiler le moins possible. Elle pensa au révérend Kirkpatrick, l'imagina payant les honoraires du peintre, puis recevant cet objet insipide. Elle se demanda s'il ne représentait pas, en fait, un idéal du sujet, ou si c'était l'équivalent d'une carte postale, d'une simple publicité pour Lovell. Ce jeune homme, à peine sorti de l'adolescence, avait assisté à l'autopsie de Burke. Selon un témoignage de l'époque, « la quantité de sang qui jaillit fut énorme et, à la fin du cours, l'amphithéâtre évoquait un abattoir, du fait qu'il s'était écoulé sur le sol et avait été piétiné ». Le récit lui avait donné la nausée quand elle l'avait lu. Le sort des victimes de Burke, enivrées puis étouffées, était nettement préférable. Jean regarda une nouvelle fois les yeux de Kennet Lovell. Les pupilles noires semblaient lumineuses, malgré les horreurs qu'elles avaient contemplées.

Ou, ne pouvait-elle s'empêcher de se demander, à cause d'elles ?

Le conservateur ne pouvant répondre à ses questions, elle demanda s'il était possible de voir l'intendant. Mais le major Bruce Cawdor, quoique affable et plein de bonne volonté, ne put ajouter grand-chose à ce que Jean savait.

– Nous n'avons pas d'archives, dit-il quand ils furent installés dans son bureau, susceptibles d'indiquer comment le portrait de Lovell est devenu la propriété de l'Université. Je suppose que c'était un cadeau, peut-être destiné à régler une partie des droits de succession.

Il était de petite taille mais distingué, bien habillé, et son visage respirait la santé. Il lui avait proposé du thé, qu'elle avait accepté. C'était du Darjeeling, chaque tasse disposant de sa petite passoire en argent.

– La correspondance de Lovell m'intéresse également.

– Oui, nous aussi.

– Vous n'avez rien ?

Elle était étonnée.

L'intendant secoua la tête.

– Soit le Dr Lovell n'était pas porté sur la plume, soit elle a disparu ou échoué dans une collection obscure. Quel dommage, nous ne savons pratiquement rien de son séjour en Afrique…

– Ni des années qu'il a passées à Édimbourg, en fait.

– Il est enterré ici. Je suppose que la tombe ne vous intéresse guère.

– Où se trouve-t-elle ?

– À Calton Cemetery. Elle n'est pas loin de celle de David Hume.

– Je devrais peut-être aller y jeter un coup d'œil.

– Je regrette de ne pas pouvoir vous aider davantage. (Il réfléchit pendant quelques instants, puis son visage s'éclaira.) Donald Devlin affirme qu'il a une table fabriquée par Lovell.

– Oui, je sais, mais rien, dans les textes, n'indique qu'il s'intéressait à la menuiserie.

– Je suis sûr que cela apparaît quelque part ; il me semble que j'ai lu quelque chose…

Malgré ses efforts, le major Cawdor ne parvint à se rappeler ni quoi ni où.

Ce soir-là, John Rebus resta chez elle, à Portobello. Ils mangèrent des plats chinois qu'elle arrosa de chardonnay glacé et lui de bière en bouteille. Musique sur la hi-fi : Nick Drake, Janis Ian, *Meddle* des Pink Floyd. Il semblait plongé dans ses pensées, mais elle aurait été mal placée pour s'en plaindre. Après dîner, ils sortirent sur la promenade. Gamins sur des planches à roulettes, allure américaine mais pur accent écossais, jurant comme des sapeurs. Un *fish and chips* ouvert : parfum de graisse chaude et de vinaigre rappelant l'enfance. Ils ne parlaient pratiquement pas, aussi n'étaient-ils guère différents des couples qu'ils croisaient. La réserve est une tradition à Édimbourg. On garde ses sentiments pour soi et on s'occupe de ses affaires. Certaines personnes attribuent cela à l'Église et à des personnalités telles que John Knox… elle avait appris que des gens de l'extérieur surnommaient la ville « Fort Knox ». Mais, du point de vue de Jean, c'était davantage lié à la géographie d'Édimbourg, à ses falaises rocheuses étouffantes et à son ciel noir, au vent violent de la mer du Nord qui s'engouffrait dans les rues évoquant des canyons. On avait partout l'impression d'être dominé et bousculé par l'environnement. Le trajet entre Portobello et la ville suffisait à lui faire prendre conscience de la nature meurtrissante et meurtrie de l'endroit.

John Rebus, lui aussi, pensait à Édimbourg. Quand il quitterait son appartement, où s'installerait-il ? Y avait-il un quartier qu'il préférait aux autres ? Portobello était agréable, très détendu. Quelques-uns de ses collègues habitaient Falkirk et Linlithgow. Il n'était pas certain d'avoir envie de faire quotidiennement un aussi long trajet. Mais Portobello convenait. Il n'y avait qu'un problème : tandis qu'ils marchaient sur la promenade, la plage attirait sans cesse son regard, comme s'il s'attendait à y voir un petit cercueil semblable à celui qui avait été découvert à Nairn. Où qu'il aille, sa tête l'accompagnerait et influencerait son environnement. Le cercueil de Falls le rongeait maintenant. Seule la parole de l'ébéniste garantissait qu'il n'avait pas été fabriqué par la personne qui avait confectionné les quatre autres. Mais si le meurtrier était vraiment futé, n'aurait-il pas prévu cela, changé de méthode de travail et d'outils pour les amener à…

Bon sang, ça recommençait… toujours la même danse qui tournoyait dans son crâne. Il s'assit sur le muret et Jean lui demanda ce qui lui arrivait.

– J'ai un peu mal à la tête, dit-il.

– Ce n'est pas, théoriquement, la prérogative des femmes ?

Elle souriait, mais il vit qu'elle était contrariée.

– Il vaudrait mieux que je rentre, dit-il. Je ne suis pas drôle, ce soir.

– Tu as envie d'en parler ?

Il leva la tête, leurs regards se croisèrent et elle éclata de rire.

– Désolée, s'excusa-t-elle, question stupide. Tu es écossais et, naturellement, tu n'as pas envie d'en parler.

– Ce n'est pas ça, Jean. C'est seulement que… Au fond, la thérapie ne serait peut-être pas une mauvaise idée, conclut-il avec un haussement d'épaules.

Il tentait d'en blaguer, et elle n'insista pas.

– Rentrons, dit-elle. De toute façon, on gèle ici.

Elle passa le bras sous le sien et ils se remirent en marche.

12

Quand Colin Carswell, le directeur adjoint, arriva au poste de police de Gayfield Square, en ce mardi matin sombre, il voulait du sang.

John Balfour l'avait engueulé ; l'avocat de Balfour s'était montré plus subtilement violent, sa voix ne se départissant jamais de son professionnalisme et de sa bonne éducation. Cependant, Carswell avait l'impression d'être meurtri et avait besoin de se venger. Le directeur gardait ses distances – il fallait à tout prix protéger sa situation, son inexpugnabilité. Le désastre relevait de Carswell, qui avait passé la soirée précédente à l'analyser. Il aurait tout aussi bien pu explorer un paysage d'éclats d'obus et de verre avec une pelle à poussière et une pince à épiler.

Les meilleurs cerveaux du bureau du procureur s'étaient penchés sur le problème et avaient conclu, avec une simplicité et une objectivité irritantes, montrant à Carswell que cela ne leur faisait ni chaud ni froid, qu'il serait vraisemblablement impossible d'empêcher la parution de l'article. Après tout, il était impossible de prouver qu'il existait un lien entre les poupées, l'étudiant allemand et l'affaire Balfour – pratiquement tous les responsables semblaient admettre qu'il était dans le meilleur des cas improbable –, si bien qu'il serait difficile de convaincre un juge que les informations de Holly, une fois publiées, risquaient de nuire à l'enquête.

Balfour et son avocat, quant à eux, voulaient savoir pourquoi la police n'avait pas estimé utile de leur parler des poupées, de l'étudiant allemand et du jeu sur l'Internet.

Le directeur voulait savoir ce que Carswell avait l'intention de faire.

Et Carswell voulait du sang.

Sa voiture de fonction, conduite par son acolyte l'inspecteur Derek Linford, s'arrêta devant le poste, où les policiers se pressaient déjà. On avait « demandé » à tous ceux qui avaient travaillé ou travaillaient sur l'affaire Balfour – simples agents, membres du CID et même l'équipe de la police scientifique de Howdenhall – d'assister à la réunion. En conséquence, la salle de conférences était bondée et étouffante. Dehors, la matinée n'avait pas récupéré de la neige fondue de la nuit : trottoir mouillé et glacé sous les semelles en cuir de Carswell, qui le traversa au pas de charge.

– Le voilà, dit quelqu'un, qui avait vu Linford ouvrir la portière de Carswell, puis la fermer et, en boitant légèrement, contourner le véhicule, reprendre le volant.

Il y eut un bruissement de papier tandis que les tabloïds – le même titre sur tous, tous ouverts à la même page – étaient refermés et cachés. La superintendante Templer, apparemment en tenue de deuil et des cernes sous les yeux, entra dans la salle. Elle souffla quelque chose à l'oreille de Bill Pryde, qui acquiesça, déchira un coin de feuille de bloc et y cracha le chewing-gum qu'il mâchait depuis une demi-heure. Quand Carswell entra, une légère vague d'agitation se propagea, les policiers rectifiant machinalement la position ou bien s'assurant que leur tenue était irréprochable.

– Tout le monde est là ? demanda Carswell d'une voix forte.

Ni « bonjour » ni « merci d'être venu » : impasse sur

le protocole habituel. Templer lui communiqua quelques noms – maladies et affections mineures. Carswell acquiesça, apparemment indifférent à ce qu'on lui disait, et n'attendit pas qu'elle ait terminé l'appel.

– Il y a une taupe parmi nous, gueula-t-il si fort qu'on l'entendit sûrement dans le couloir.

Il hocha lentement la tête, son regard tentant de capturer tous les visages qui se trouvaient devant lui. Quand il se rendit compte qu'il y avait des gens au fond, hors de portée de ses yeux, il s'engagea dans l'allée qui séparait les bureaux. Les policiers durent se déplacer pour le laisser passer, veillèrent à s'écarter de telle façon qu'il lui soit impossible de les frôler.

– La taupe est une petite créature laide. La vision lui fait défaut. Parfois, elle a de grosses pattes avides. Elle n'aime pas être exposée à la lumière.

Il y avait de petits points de salive au coin de ses lèvres.

– Quand je m'aperçois qu'il y a une taupe dans mon jardin, poursuivit-il, j'y répands du poison. On pourra dire que les taupes n'y peuvent rien. Qu'elles ne savent pas qu'elles sont dans un jardin, un endroit où règnent l'ordre et le calme. Qu'elles ne savent pas qu'elles enlaidissent tout. Mais c'est ce qu'elles font, qu'elles s'en rendent compte ou pas. Et c'est pour cette raison qu'il faut les éradiquer.

Il s'interrompit et le silence se prolongea tandis qu'il faisait les cent pas dans l'allée. Derek Linford était entré dans la pièce comme en catimini et se tenait près de la porte, cherchait Rebus des yeux parce qu'ils étaient récemment devenus ennemis…

La présence de Linford parut pousser Carswell à aller plus loin. Il pivota sur les talons, fit à nouveau face à ses sujets.

– Il s'agissait peut-être d'une erreur. Tout le monde

peut se tromper, c'est inévitable. Mais, bon sang, beaucoup d'informations ont apparemment été amenées à la surface ! Il s'agissait peut-être d'un chantage. (Haussement d'épaules, puis :) Les types comme Steven Holly sont plus bas que la taupe sur l'échelle de l'évolution. C'est la faune des mares. C'est le limon qu'on y trouve parfois.

Il agita lentement les mains devant lui, comme s'il les passait à la surface de l'eau.

– Il croit qu'il nous a salis, mais il se trompe. La partie est loin d'être terminée et nous le savons tous. Nous formons une équipe. C'est notre façon de travailler ! Ceux qui ne s'en accommodent pas peuvent toujours demander à retourner aux tâches ordinaires. C'est aussi simple que ça, mesdames et messieurs. Mais prenez la peine de réfléchir.

Il baissa la voix.

– Pensez à la victime, pensez à sa famille. Imaginez comme elle sera bouleversée. C'est pour elles que nous nous sortons les tripes, pas pour les lecteurs des journaux ni pour les scribes qui leur fournissent leur brouet quotidien. Il est possible que vous ayez quelque chose contre moi, ou contre un autre membre de l'équipe, mais merde, pourquoi vous en prendre à eux – la famille, les amis, qui préparent l'enterrement prévu pour demain –, pourquoi leur faire ça ?

Il laissa la question en suspens, vit les têtes se baisser sous l'effet de la honte collective. Inspira profondément et reprit d'une voix redevenue forte :

– Je trouverai le responsable. Ne croyez pas que je n'y parviendrai pas. Ne croyez pas que vous pouvez compter sur la protection de M. Steven Holly. Il se fout complètement de vous. Si vous voulez rester sous terre, il faudra lui fournir d'autres informations, et d'autres encore ! Il ne vous laissera pas regagner le monde d'où vous venez. Vous êtes différent maintenant. Vous êtes une taupe. Sa taupe. Et il ne vous lâchera pas, ne vous permettra jamais de l'oublier.

Un bref regard en direction de Gill Templer. Elle se tenait près de la cloison, les bras croisés, et scrutait les visages.

– Je sais que cela ressemble probablement à l'avertissement d'un surveillant général. Des élèves ont cassé une vitre ou graffité le garage à vélos. Je m'adresse à vous de cette façon parce qu'il faut que l'enjeu soit clair. Les paroles ne tuent pas forcément, mais ce n'est pas une raison pour les gaspiller. Faites attention à ce que vous dites et à qui vous le dites. Si la personne responsable veut se dénoncer, très bien. Elle peut le faire maintenant ou plus tard. Je resterai à peu près une heure ici et il est toujours possible de me joindre à mon bureau. Pensez à l'enjeu, si vous ne le faites pas. Vous n'appartiendrez plus à l'équipe, vous ne serez plus dans le camp des anges. Mais dans la poche d'un journaliste. Aussi longtemps que ça lui plaira.

Cette ultime pause parut durer une éternité ; personne ne toussa ni ne s'éclaircit la gorge. Carswell mit les mains dans les poches, la tête inclinée comme s'il examinait ses chaussures.

– Superintendante Templer ? dit-il.

Gill Templer avança et la tension céda un peu de terrain.

– Ne croyez pas que vous soyez sortis de l'auberge ! dit-elle d'une voix forte. Bon, il y a eu une fuite et il faut maintenant limiter les dégâts. Personne ne parle sans mon autorisation, compris ?

Il y eut un murmure d'assentiment.

Templer poursuivit, mais Rebus n'écouta pas. Il n'avait pas davantage eu envie d'écouter Carswell, mais il s'était révélé difficile de ne pas l'entendre. Impressionnant, en fait. Le directeur adjoint avait même un peu réfléchi à la métaphore de la taupe dans le jardin, était presque parvenu à la faire fonctionner en évitant qu'elle devienne risible.

Mais Rebus s'était principalement intéressé aux gens qui l'entouraient. Gill et Bill Pryde étaient des silhouettes, au loin, si bien qu'il pouvait presque ignorer leur gêne. L'occasion de briller pour Bill ; la première grosse affaire en qualité de superintendante pour Gill. Sûrement pas ce qu'ils espéraient…

Et ce qui comptait vraiment : Siobhan, attentive aux propos du directeur adjoint, en tirant peut-être une leçon. Elle cherchait toujours à apprendre. Grant Hood, qui avait également tout à perdre, le visage et les épaules trahissant le découragement, la façon dont il avait posé les bras sur la poitrine et l'estomac, comme pour amortir des coups. Rebus savait que Grant était dans une situation difficile. En cas de fuite, on se tournait d'abord vers l'attaché de presse. C'était lui qui avait les contacts : un mot de trop, une conversation amicale à la fin d'un repas bien arrosé. Même s'il n'avait rien à se reprocher, peut-être Gill Templer aurait-elle simplement besoin, pour « limiter les dégâts », d'un bon attaché de presse. Grâce à l'expérience, on peut imposer sa volonté à un journaliste, même si cela exige un pot-de-vin : l'exclusivité d'une information sur une ou des enquêtes à venir…

Rebus se demanda quelle était l'étendue des dégâts. Quizmaster serait désormais sûr de ce qu'il soupçonnait vraisemblablement : ce n'était pas seulement lui et Siobhan, elle tenait ses collègues informés. Le visage de la jeune femme ne trahissait rien, mais Rebus savait qu'elle se demandait comment gérer la situation, comment formuler le courrier qu'elle adresserait à Quizmaster, à supposer qu'elle veuille continuer de jouer… Le lien avec les cercueils d'Arthur's Seat le contrariait uniquement parce que l'article consacré à l'affaire mentionnait Jean, présentée comme « la spécialiste du musée ». Il se souvint que Holly avait lourdement insisté, laissé des messages à Jean, demandé à lui parler. Lui avait-elle dit quelque chose sans s'en rendre compte ? Il ne le croyait pas.

Non, il avait la coupable dans le collimateur. Ellen Wylie semblait lessivée. Il y avait des nœuds dans ses cheveux, parce qu'elle était distraite quand elle les avait brossés. Ses yeux avaient une expression résignée. Elle avait fixé le plancher, pendant l'intervention de Carswell, et n'avait pas levé la tête ensuite. Elle fixait toujours le sol, tentait de trouver le courage de faire autre chose. Rebus savait qu'elle avait eu Holly au bout du fil la veille, dans la matinée. C'était à propos de l'étudiant allemand mais elle avait semblé, ensuite, sans vie. Rebus avait cru que c'était parce qu'elle travaillait une nouvelle fois sur une impasse. Il savait maintenant que ce n'était pas ça. Après avoir quitté le Caledonian, elle était allée au bureau de Holly, ou bien l'avait retrouvé dans un bar ou un café du quartier.

Il était parvenu à l'influencer.

Peut-être Shug Davidson parviendrait-il à cette conclusion ; peut-être ses collègues du West End se souviendraient-ils qu'elle était différente après le coup de téléphone. Mais Rebus savait qu'ils ne cafarderaient pas. Ça ne se faisait pas. Pas à une collègue, une copine.

Wylie s'enfonçait depuis des jours. Il l'avait entraînée dans l'affaire des cercueils dans l'espoir de pouvoir, peut-être, l'aider. Mais peut-être avait-elle raison… peut-être l'avait-il traitée comme une « infirme », quelqu'un à qui il pouvait également imposer sa volonté, confier le boulot rébarbatif d'une affaire qui resterait toujours la sienne.

Peut-être avait-il des motivations cachées.

Wylie y avait probablement vu le moyen de se venger de tout le monde : de Gill Templer, responsable de son humiliation publique, de Siobhan, sur qui Templer fondait de grands espoirs, de Grant Hood, le golden boy qui réussissait là où elle avait échoué… et aussi de Rebus, le manipulateur, le profiteur, qui l'exploitait.

Elle n'avait donc, d'après lui, qu'une alternative : vider son sac ou exploser sous l'effet de la frustration et de la colère. S'il avait accepté de boire un verre avec elle, l'autre soir… peut-être se serait-elle confiée et aurait-il écouté. C'était peut-être tout ce dont elle avait besoin. Mais il n'avait pas tenu compte d'elle. Il était allé seul au pub.

Joli, John. Très bien joué. Bizarrement, une image lui traversa l'esprit : un vieux de la vieille du blues chantant *Ellen Wylie's blues*. John Lee Hooker ou B. B. King… Il se reprit, chassa cette idée. Il avait failli se réfugier dans la musique, était presque allé jusqu'à des paroles capables de l'apaiser.

Mais Carswell lisait maintenant une liste de noms et Rebus entendit le sien au moment où le directeur adjoint le prononçait sèchement. Constable Hood… constable Clarke… sergent Wylie… Les cercueils, l'étudiant allemand – ils avaient travaillé sur ces affaires et Carswell voulait les voir. Les visages se tournèrent vers eux, curieux. Carswell annonçait qu'il les recevrait dans le « bureau du patron », à savoir celui du responsable du poste, qu'il avait réquisitionné.

Rebus chercha le regard de Bill Pryde, tandis qu'ils sortaient, mais, Carswell ayant déjà quitté la pièce, Bill fouillait dans ses poches à la recherche de chewing-gum et cherchait sa planche à pince des yeux. Rebus était à la queue de ce serpent léthargique, Hood devant lui, puis Wylie et Siobhan. Templer et Carswell occupaient la tête. Derek Linford, debout près de l'entrée du bureau du responsable, ouvrit la porte et s'effaça. Il tenta de contraindre Rebus à baisser les yeux, mais Rebus s'y refusa. Ils s'affrontaient toujours quand Gill Templer poussa le battant et rompit le charme.

Carswell tirait son fauteuil jusqu'à la table de travail.

– Vous avez entendu ce que j'avais à dire, commença-t-il, donc je ne me répéterai pas. S'il y a eu fuite, l'un d'entre vous en est responsable. Ce petit merdeux de Holly était trop bien informé.

Quand il eut fermé la bouche, lèvres crispées, il leva la tête et les dévisagea.

– Monsieur, dit Grant Hood, qui fit un petit pas en avant, les mains croisées dans le dos, en tant qu'attaché de presse, j'aurais dû empêcher la publication de l'article. Je tiens à m'excuser publiquement…

– Oui, oui, mon gars, vous m'avez expliqué tout ça hier soir. Ce qu'il me faut maintenant c'est un aveu.

– Si vous permettez, monsieur, dit Siobhan Clarke, nous ne sommes pas des délinquants. Il nous a fallu poser des questions, tâter le terrain. Il est possible que Holly ait simplement ajouté deux et deux…

Carswell se contenta de la regarder fixement, puis dit :

– Superintendante Templer ?

– Steve Holly, commença-t-elle, ne travaille pas de cette façon quand il peut éviter de le faire. Ce n'est pas un aigle, mais il est particulièrement sournois, et impitoyable en plus.

Ses propos permirent à Siobhan de déduire que ce sujet avait déjà été abordé.

– Il y a effectivement des journalistes, poursuivit Templer, capables de tirer quelque chose de ce qui est dans le domaine public, mais pas Holly.

– Cependant il a travaillé sur l'affaire de l'étudiant allemand, insista Siobhan.

– Mais il aurait dû tout ignorer du jeu, répondit Templer, presque machinalement, ce qui montra une nouvelle fois que les responsables avaient réfléchi collectivement au problème.

– La nuit a été longue, croyez-moi, dit Carswell. Nous avons tout examiné à plusieurs reprises. Et on en revient toujours à vous quatre.

– Des gens de l'extérieur ont apporté leur contribution, argumenta Grant Hood. Une conservatrice du musée, un légiste à la retraite…

Rebus posa une main sur le bras de Hood, le fit taire.

– C'est moi, dit-il, et toutes les têtes se tournèrent vers lui. Je crois que c'est probablement moi.

Il veilla à ne pas se tourner vers Ellen Wylie, mais sentit son regard brûlant posé sur lui.

– Il y a quelque temps, je suis allé à Falls et j'ai interrogé une nommée Bev Dodds. Elle avait trouvé un cercueil près de la cascade. Steve Holly fouinait déjà dans le coin et elle lui avait raconté l'histoire…

– Et ?

– Et j'ai eu l'imprudence de dire qu'il y avait d'autres cercueils… enfin, de le dire à cette femme.

Il se souvint de cette imprudence – une imprudence imputable, en fait, à Jean.

– Si elle a parlé à Steve Holly, ça a dû le mettre sur la piste. J'étais en compagnie de Jean Burchill… la conservatrice. Cela a pu lui permettre d'établir le lien avec Arthur's Seat…

Carswell le fixait froidement.

– Et le jeu sur l'Internet ?

Rebus secoua la tête.

– Ça, je ne peux pas l'expliquer, mais on ne peut pas dire que ce soit un secret bien gardé. On a montré les énigmes à tous les amis de la victime en leur demandant si elle avait tenté d'obtenir leur aide… n'importe lequel d'entre eux peut avoir averti Holly.

Carswell le fixait toujours.

– Vous portez le chapeau dans cette affaire ?

– Je dis simplement que ça peut être ma faute. Une simple imprudence…

Il se tourna vers les autres et ajouta :

– Je ne saurais vous dire à quel point je regrette. Je vous ai tous laissés tomber.

Son regard contourna le visage de Wylie, resta sur ses cheveux.

– Monsieur, dit Siobhan Clarke, ce que l'inspecteur Rebus vient de reconnaître pourrait être valable pour n'importe lequel d'entre nous. Je suis sûre qu'il m'est arrivé de parler un peu trop…

Carswell agita une main afin de la faire taire.

– Inspecteur Rebus, dit-il, je vous suspends en attendant que les informations indispensables aient été réunies.

– Vous ne pouvez pas faire ça ! s'écria Ellen Wylie.

– Fermez-la, Wylie ! cracha Gill Templer.

– L'inspecteur Rebus connaît les conséquences, disait Carswell.

Rebus acquiesça.

– Il faut que quelqu'un soit puni… Dans l'intérêt de l'équipe.

– C'est exact, dit Carswell. Sinon la méfiance commence à exercer son influence corrosive. Ce n'est pas ce que nous voulons, n'est-ce pas ?

– Non, monsieur.

La voix de Grant Wood resta isolée.

– Rentrez chez vous, inspecteur Rebus. Rédigez votre version des faits, sans rien omettre. Nous nous verrons plus tard.

– Bien, monsieur, dit Rebus, qui pivota sur lui-même et ouvrit la porte.

Linford se tenait derrière et avait un sourire en coin.

Rebus fut convaincu qu'il avait écouté. Il songea soudain que Carswell et Linford risquaient de s'associer pour aggraver, dans toute la mesure du possible, les charges qui pesaient contre lui.

Il venait de leur fournir l'occasion de se débarrasser de lui une fois pour toutes.

Son appartement pouvait désormais être mis en vente. Il appela la notaire et le lui annonça.

– Visites le jeudi soir et le dimanche après-midi ? demanda-t-elle.

– J'imagine.

Il était dans son fauteuil, regardait fixement par la fenêtre.

– Est-ce qu'il serait possible que… que je ne sois pas présent ?

– Vous voulez qu'on fasse visiter l'appartement à votre place ?

– Oui.

– Nous avons des gens qui font ça en échange d'une modeste rémunération.

– Bien.

Il n'avait pas envie d'être chez lui quand des inconnus ouvriraient les portes, toucheraient les meubles… il ne croyait pas qu'il serait un bon vendeur.

– Nous avons une photo, disait la notaire, donc nous devrions pouvoir vous inclure dans la brochure dès jeudi prochain.

– Pas après-demain ?

– Non, je ne crois pas…

Après avoir raccroché, il passa dans le couloir. Nouveaux interrupteurs, nouvelles prises. Il était beaucoup plus clair, grâce à la peinture neuve. Pas de désordre… il était allé à trois reprises à la déchetterie d'Old Dalkeith Road : un portemanteau hérité il ne savait d'où, des cartons de vieilles revues et journaux, un radiateur électrique à deux résistances au fil effiloché, la commode de la chambre de Samantha, toujours ornée d'autocollants de pop-stars des années 1980… La moquette avait été remise en place. Un de ses compagnons de beuverie du Swany's Bar l'avait aidé, lui avait demandé s'il voulait clouer les bords. Rebus n'en avait pas vu l'utilité.

– De toute façon, les nouveaux propriétaires la ficheront en l'air.

– Tu devrais faire poncer le parquet, John. Il serait magnifique…

Rebus s'étant débarrassé de beaucoup de choses, ce qui lui restait aurait à peine meublé un deux-pièces, moins encore les quatre qu'il occupait actuellement. Mais il n'avait pas de point de chute. Il connaissait le marché à Édimbourg. Si l'appartement d'Arden Street était mis en vente le jeudi suivant, l'affaire pourrait parfaitement être conclue une semaine plus tard. Dans deux semaines, il risquait de se retrouver sans logis.

Et, en plus, sans emploi.

Il attendait des coups de téléphone et, finalement, il en eut un. C'était Gill Templer.

Son premier mot :

– Crétin.

– Bonjour, Gill.

– Tu aurais pu fermer ta gueule.

– Sûrement.

– Toujours prêt à te sacrifier, hein, John ?

Elle semblait furieuse, fatiguée et sous pression. Il pouvait comprendre.

– J'ai simplement dit la vérité, affirma-t-il.

– Ça serait bien la première fois… même si je n'y crois pas une minute.

– Ah bon ?

– Allons, John. « Coupable » était pratiquement écrit sur le front d'Ellen Wylie.

– Tu crois que je la protégeais ?

– Je ne crois pas que tu sois Galaad. Tu as des raisons personnelles. Tu voulais peut-être simplement emmerder Carswell ; tu sais qu'il te hait.

Rebus n'avait pas l'intention de reconnaître qu'elle avait peut-être raison.

– Comment marche le reste ? demanda-t-il.

Sa colère était tombée.

– Le service de presse est débordé. J'aide.

Rebus était prêt à parier qu'elle était très occupée, les autres journaux et les médias tentant de revenir à la hauteur de Steve Holly.

– Et toi ? demanda-t-elle.

– Quoi moi ?

– Qu'est-ce que tu vas faire ?

– Je n'y ai pas vraiment réfléchi.

– Eh bien…

– Il vaut mieux que je te laisse reprendre le travail, Gill. Merci d'avoir appelé.

– Au revoir, John.

Quand il raccrocha, le téléphone se remit à sonner. Grant Hood, cette fois.

– Je voulais simplement vous remercier de nous avoir tirés d'affaire.

– Vous ne risquiez rien, Grant.

– Oh si, croyez-moi.

– Il paraît que vous êtes très occupé ?

– Comment… ? Ah, Mme Templer vous a téléphoné.

– Elle vous aide ou elle prend la direction des opérations ?

– Difficile à dire pour le moment.

– Elle n'est pas près de vous, n'est-ce pas ?

– Non, elle est dans son bureau. À la fin de la réunion

avec le directeur adjoint... c'était elle qui semblait le plus soulagée.

– Peut-être parce que c'était elle qui avait le plus à perdre, Grant. Vous ne vous en rendez probablement pas compte en ce moment, mais c'est vrai.

– Je suis sûr que vous avez raison.

Mais il ne semblait pas convaincu que sa survie ne soit pas plus importante.

– Remettez-vous au travail, Grant, et merci d'avoir pris le temps de téléphoner.

– À un de ces jours.

– Vous aurez peut-être de la chance...

Rebus raccrocha et attendit, les yeux rivés sur l'appareil. Mais il n'y eut pas de nouvel appel. Il gagna la cuisine dans l'intention de préparer une tasse de thé, constata qu'il n'avait plus ni sachets ni lait. Sans prendre la peine d'enfiler une veste, il descendit à l'épicerie du coin, où il acheta également du jambon, des petits pains et de la moutarde. Quand il arriva devant la porte de l'immeuble, quelqu'un sonnait à un Interphone.

– Allez, je sais que tu es là...

– Salut, Siobhan.

Elle se tourna vers lui.

– Bon sang, tu m'as fait...

Elle posa une main sur sa gorge. Rebus tendit le bras et déverrouilla le portail.

– Parce que je suis arrivé par surprise ou bien parce que tu croyais que je m'étais ouvert les veines, là-haut ?

Il poussa le battant et le maintint ouvert.

– Quoi ? Non, ce n'est pas ce que je pensais.

Mais ses joues rougissaient.

– Cesse de te faire du souci, si jamais je me bute ce sera avec plein d'alcool et des cachets. Et quand je dis « plein », cela signifie que je boirai pendant deux ou trois jours, donc tu auras le temps d'aviser.

Il la précéda dans l'escalier, ouvrit la porte de l'appartement.

– C'est ton jour de chance, dit-il. Non seulement je ne suis pas mort, mais je peux t'offrir du thé, des petits pains, du jambon et de la moutarde.

– Seulement du thé, merci, dit-elle, retrouvant enfin son aplomb. Hé, le couloir est formidable !

– Visite. Autant que je m'y habitue.

– Tu veux dire qu'il est en vente ?

– À partir de la semaine prochaine.

Elle ouvrit la porte d'une chambre, y passa la tête.

– Variateur de lumière, constata-t-elle en essayant l'interrupteur.

Rebus alla dans la cuisine et alluma la bouilloire, sortit deux tasses propres du placard. Sur l'une d'entre elles on lisait : « Champion du monde des papas ». Elle ne lui appartenait pas ; sans doute un électricien l'avait-il oubliée. Il décida qu'elle conviendrait à Siobhan et qu'il prendrait l'autre, ornée de pavots, au bord ébréché.

– Tu n'as pas fait repeindre le séjour, dit-elle en entrant dans la cuisine.

– Il a été refait il n'y a pas si longtemps.

Elle acquiesça. Il y avait quelque chose qu'il ne disait pas, mais elle n'avait pas l'intention d'insister.

– Vous être toujours ensemble, Grant et toi ? demanda-t-il.

– On ne l'était pas. Et le sujet est clos.

Il sortit le lait du réfrigérateur.

– Tu as intérêt à être prudente, ça finira par se remarquer.

– Pardon ?

– Des hommes qui ne conviennent pas. L'un d'entre eux m'a foudroyé du regard pendant toute la matinée.

– Bon sang, Derek Linford, fit-elle, songeuse. Il est horrible, hein ?

– Comme toujours. Alors, tu es venue voir si je tenais le coup ou me remercier d'avoir pris des risques ?

– Je n'ai pas l'intention de te remercier pour ça. Tu aurais pu te taire et tu le sais. Si tu as avoué, c'est parce que tu le voulais.

Elle s'interrompit.

– Et ? l'encouragea-t-il.

– Et tu as quelque chose derrière la tête.

– En fait non… pas particulièrement.

– Dans ce cas pourquoi l'as-tu fait ?

– C'était le moyen le plus rapide, le plus simple. Si j'avais pris la peine de réfléchir un instant… je l'aurais peut-être fermée.

Il versa de l'eau sur les sachets dans les tasses, en tendit une à la jeune femme. Siobhan regarda le sachet qui flottait à la surface.

– Retire-le quand il sera assez fort, suggéra-t-il.

– Miam-miam !

– Tu es sûre que tu ne veux pas un sandwich au jambon ?

Elle secoua la tête.

– Ne t'occupe pas de moi.

– Plus tard, peut-être, dit-il en gagnant le séjour. Tout est calme au camp de base ?

– Tu peux dire ce que tu veux sur Carswell, mais il sait très bien motiver les gens. Tout le monde croit que c'est à cause de ce qu'il a dit que tu t'es senti coupable.

– Et ils travaillent plus dur que jamais ?

Il attendit qu'elle ait acquiescé avant de poursuivre :

– Une équipe de joyeux jardiniers que les méchantes taupes ne viennent pas déranger.

Siobhan sourit.

– C'était vachement rebattu, hein ?

Elle regarda autour d'elle et demanda :

– Qu'est-ce que tu vas faire quand tu auras vendu ?

– Tu as une chambre d'amis, non ?

– Tout dépend pour combien de temps.

– Je plaisante, Siobhan. Je me débrouillerai. Alors, pourquoi es-tu venue ?

– Tu veux dire à part pour voir comment tu vas ?

– Je suis persuadé que ce n'est pas la seule raison.

Elle se pencha et posa sa tasse par terre.

– J'ai reçu un nouveau message.

– De Quizmaster ?

Elle acquiesça.

– Qu'est-ce qu'il dit au juste ?

Elle sortit des feuilles de sa poche, les déplia et les lui tendit. Leurs doigts se touchèrent quand il les prit. La première était un e-mail de Siobhan :

J'attends toujours l'Étranglement.

– Je l'ai envoyé en début de matinée, dit-elle. J'ai pensé qu'il ne serait peut-être pas au courant.

Rebus passa à la deuxième feuille. Le message émanait de Quizmaster.

Vous me décevez, Siobhan. Je reprends mes billes maintenant.

Puis Siobhan :

Ne croyez pas tout ce que vous lisez. Je veux toujours jouer.

Quizmaster :

Et cafarder à vos chefs ?

Siobhan :

Vous et moi, cette fois, promis.

Quizmaster :

Pourquoi vous ferais-je confiance ?

Siobhan :

Je vous ai fait confiance, n'est-ce pas ? Et vous savez où me trouver. J'ignore toujours tout de vous.

– Ensuite, il a fallu que j'attende. Le dernier message

est arrivé – elle jeta un coup d'œil sur sa montre – il y a environ quarante minutes.

– Et tu es venue directement ici ?

Elle haussa les épaules.

– Plus ou moins.

– Tu n'as pas montré ça au Futé ?

– La Crime Squad l'a chargé de quelque chose.

– À quelqu'un d'autre ?

Elle secoua la tête.

– Pourquoi à moi ?

– Maintenant que je suis ici, dit-elle, je ne sais pas vraiment.

– C'est Grant le spécialiste des énigmes.

– Pour le moment, il est trop occupé à chercher le moyen de garder son boulot.

Rebus acquiesça et relut le dernier message :

Add Camus to ME Smith, they're boxing where the sun don't shine, and Frank Finlay's the referee [1].

– Bon, dit-il, tu me l'as montré… et pour moi, ça n'a aucun sens, fit-il en lui tendant les feuilles.

– Vraiment ?

Il secoua la tête.

– Frank Finlay était un acteur… est peut-être même toujours en activité. Il a joué Casanova à la télé et il a participé à un truc qui s'appelait *Barbed Wire and Bouquets*… quelque chose comme ça.

– *Bouquet of Barbed Wire* [2] ?

– Possible, dit-il en jetant un dernier coup d'œil sur l'énigme. Camus était un écrivain français. J'ai cru que

1. Ajoutez Camus à ME Smith, ils boxent là où le soleil ne brille pas, et Frank Finlay est l'arbitre.

2. « Un bouquet de fil barbelé », série télévisée basée sur un roman d'Andrea Newman.

son nom se prononçait « came as » jusqu'au jour où j'ai entendu parler de lui à la radio ou à la télé.

– La boxe… Ça tu connais.

– Marciano, Dempsey, Cassius Clay avant qu'il devienne Ali…

Il haussa les épaules.

– *Where the sun don't shine*, dit Siobhan, c'est une expression américaine, n'est-ce pas ?

– Ça veut dire dans le cul, confirma Rebus. Tu crois, tout d'un coup, que Quizmaster est américain ?

Elle sourit, mais sans humour.

– Écoute, Siobhan, donne ça à la Crime Squad, à la Special Branch ou à ceux qui sont censés remonter jusqu'à ce trou du cul. Ou écris-lui d'aller se faire foutre. Tu as dit qu'il sait où te trouver ?

Elle acquiesça.

– Il connaît mon nom et sait que j'appartiens au CID d'Édimbourg.

– Mais il ignore où tu habites ? Il n'a pas ton numéro de téléphone ?

Elle secoua la tête et Rebus acquiesça, satisfait. Il pensa aux numéros punaisés sur les murs du bureau de Steve Holly.

– Dans ce cas laisse tomber.

– C'est ce que tu ferais ?

– C'est ce que je conseillerais énergiquement.

– Donc tu ne veux pas m'aider.

Il la dévisagea.

– T'aider comment ?

– En copiant l'énigme, en cherchant un peu.

Il rit.

– Tu trouves que je n'ai pas assez de problèmes avec Carswell ?

– Tu as raison, dit-elle. Je n'ai pas réfléchi. Merci pour le thé.

– Termine-le.

Il la regarda se lever.

– Il faut que je parte. Des tas de choses à faire.

– À commencer par transmettre cette énigme ?

Elle le fixa.

– Tu sais que tes conseils comptent toujours beaucoup pour moi.

– Ça signifie oui ou non ?

– Ça signifie exactement peut-être.

Il s'était également levé.

– Merci d'être venue, Siobhan.

Elle se tourna vers la porte.

– Linford veut ta peau, hein ? Lui et Carswell ?

– Attends un peu avant de te réjouir.

– Mais Linford est de plus en plus fort. Il sera nommé inspecteur en chef d'un jour à l'autre.

– Je deviens peut-être aussi de plus en plus fort.

Elle tourna la tête et le dévisagea, mais garda le silence, n'eut pas besoin de parler. Il la suivit dans le couloir, ouvrit la porte.

Elle était dans l'escalier quand elle reprit :

– Tu sais ce qu'Ellen Wylie a dit, après la réunion avec Carswell ?

– Non.

– Rien, dit-elle, tournée vers lui, une main sur la rampe. C'est bizarre. Je m'attendais à un long discours sur ton complexe du martyre…

De retour dans l'appartement, Rebus resta immobile dans le couloir, écouta le bruit des pas de Siobhan s'estomper. Puis il alla à la fenêtre du séjour, se dressa sur la pointe des pieds, tendit le cou et la regarda sortir de l'immeuble, le portail claquant derrière elle. Elle était venue demander quelque chose et il le lui avait refusé. Comment aurait-il pu lui expliquer qu'il voulait éviter qu'elle souffre comme de très nombreuses personnes proches de lui avaient souffert par le passé ? Comment lui dire qu'elle devait faire ses propres expériences et qu'elle serait ainsi meilleure, en tant que flic et en tant que personne, au bout du compte ?

Il revint au centre de la pièce. Les fantômes étaient pâles mais visibles. Les gens qu'il avait fait souffrir et qui l'avaient fait souffrir, ceux qui avaient connu une mort douloureuse, inutile. Il n'y en avait plus pour longtemps. Dans deux semaines, il serait peut-être débarrassé d'eux. Il savait que le téléphone ne sonnerait pas et qu'Ellen Wylie ne lui rendrait pas visite. Ils se comprenaient si bien que ce contact n'était pas nécessaire. Un jour peut-être, dans l'avenir, ils en parleraient. Mais peut-être ne lui adresserait-elle plus jamais la parole. Il lui avait volé l'instant et elle n'avait pas réagi. La défaite, une fois de plus, alors qu'elle tenait sa victoire. Il se demanda si elle resterait dans la poche de Steve Holly... se demanda dans quelle mesure cette poche était profonde et ténébreuse.

Il gagna la cuisine, versa le reste du thé de Siobhan dans l'évier. Deux centimètres et demi de pur malt dans un verre propre et une bouteille d'IPA prise dans le placard. De retour dans le séjour, il s'assit dans son fauteuil, sortit un carnet et un stylo de sa poche, nota l'énigme telle qu'il s'en souvenait...

La matinée de Jean Burchill avait été occupée par des réunions, dont un débat houleux sur les niveaux de financement qui avait failli tourner à la violence, un conservateur sortant en claquant la porte et un autre éclatant presque en sanglots.

À l'heure du déjeuner, elle se sentait épuisée, l'étroitesse de son bureau accentuant sa migraine. Steve Holly avait laissé deux nouveaux messages à son intention et elle comprit que le téléphone se remettrait à sonner si elle mangeait un sandwich à sa table de travail. Donc elle sortit, se joignit à la foule d'employés remis en liberté le temps de faire la queue à la boulangerie pour acheter un petit pain ou un pâté à la viande. Les Écossais détiennent le record peu enviable des maladies cardiaques et des caries dentaires en raison du régime alimentaire national : graisses saturées, sel et sucre. Elle se demanda ce qui amenait les Écossais à désirer les produits réconfortants : le chocolat, les chips et les boissons gazeuses. Était-ce le climat ? Ou bien la réponse était-elle plus profondément ancrée dans la personnalité de la nation ? Jean décida de résister à la tendance, acheta des fruits et un carton de jus d'orange. Elle se dirigea vers le centre. Il n'y avait que des boutiques de vêtements bon marché et des restaurants de plats à emporter, des files de bus et de camions jusqu'aux feux de Tron Kirk. Des mendiants, assis dans les entrées d'immeuble, regardaient le défilé de pieds. Jean s'arrêta à un feu, regarda High Street à droite et à gauche, imagina l'endroit tel qu'il devait être avant Princes Street : marchands ambulants vantant leur marchandise, boutiques mal éclairées où on traitait des affaires, la guérite du péage et le portail qu'on fermait à la tombée de la nuit, isolant la ville du reste du monde… Elle se demanda si quelqu'un ayant vécu dans les années 1770, transporté dans le présent, trouverait cette partie de la ville très différente. La lumière et les voitures le choqueraient peut-être, mais pas l'atmosphère.

Elle s'arrêta une nouvelle fois sur North Bridge, se tourna vers l'est où le chantier du nouveau parlement n'avait apparemment pas avancé. Le *Scotsman* s'était récemment installé dans un immeuble flambant neuf de Holyrood Road, juste en face du parlement. Elle s'y était rendue à l'occasion d'une réception et, depuis un vaste balcon situé sur l'arrière, avait contemplé l'immensité des Salisbury Crags. Derrière elle, on démolissait l'ancien immeuble du *Scotsman* : un nouvel hôtel en perspective. Plus loin, à l'endroit où North Bridge rejoint Princes Street, se dressait la poste centrale, poussiéreuse et vide, son avenir apparemment encore indécis – un hôtel de plus, selon la rumeur. Elle prit Waterloo Place à droite, mangeant sa deuxième pomme et s'efforçant de ne pas penser aux Kit-Kats et aux chips. Elle savait où elle allait : à Calton Cemetery. Quand elle franchit le portail en fer forgé, elle se trouva face à l'obélisque, baptisé Martyrs' Memorial, érigé à la mémoire de cinq hommes, « les amis du peuple », qui avaient eu le courage, dans les années 1790, de proposer une réforme parlementaire. À une époque où moins de quarante habitants d'Édimbourg avaient le droit de vote. Ils avaient été condamnés à la déportation : un aller simple pour l'Australie. Jean regarda la pomme qu'elle mangeait. Elle venait de retirer le petit autocollant indiquant qu'elle venait de Nouvelle-Zélande. Elle pensa aux cinq forçats, à la vie qu'ils avaient dû mener. Mais l'influence de la Révolution française ne se ferait pas sentir en Écosse, pas dans les années 1790.

Elle se souvint qu'un dirigeant et penseur communiste – était-ce Marx en personne ? – avait prédit que la révolution, en Europe occidentale, débuterait en Écosse. Encore un rêve…

Jean ne savait pas grand-chose sur David Hume, mais elle s'immobilisa devant son tombeau quand elle attaqua son carton de jus d'orange. Philosophe et essayiste… un ami lui avait expliqué que le grand mérite de Hume avait consisté à rendre la philosophie de John Locke compréhensible, mais elle ne savait pas grand-chose sur Locke.

Il y avait d'autres tombes : Blackwood et Constable, des éditeurs, et un des dirigeants de la *« Disruption »*, qui avait conduit à la fondation de l'Église libre d'Écosse. À l'est, une petite tour crénelée était visible au-dessus du mur. Elle savait que c'était tout ce qui restait de Calton Prison. Elle connaissait des dessins la représentant, vue depuis Calton Hill située en face : les amis et les familles des détenus s'y rassemblaient, criaient des messages et des encouragements. Fermant les yeux, elle parvint presque à remplacer le bruit de la circulation par les cris et les appels, les dialogues résonnant jusqu'à Waterloo Place…

Quand elle rouvrit les yeux, elle vit ce qu'elle espérait trouver : la tombe du Dr Lovell. La partie verticale de la pierre tombale, scellée dans le mur est du cimetière, était fissurée et noircie, ses bords effondrés dévoilant le grès situé dessous. Elle était petite et basse. « Dr Kennet Anderson Lovell, lut Jean, médecin éminent de notre ville ». Il était mort en 1863, à cinquante-six ans. De mauvaises herbes cachaient l'essentiel de l'inscription. Jean s'accroupit et entreprit de les arracher, trouva un préservatif usagé qu'elle écarta avec une feuille de patience. Elle savait que des gens fréquentaient Calton Hill pendant la nuit, les imagina s'accouplant contre le mur, pesant sur les os du Dr Lovell. Qu'est-ce que Lovell en penserait ? Pendant un instant, elle se représenta un autre accouplement : elle et John Rebus. Pas du tout son type, en réalité. Elle était sortie avec des chercheurs, des professeurs d'université. Une brève aventure avec un sculpteur… un homme marié. Il l'emmenait dans les cimetières, qui étaient ses endroits préférés. John Rebus, lui aussi, aimait probablement les cimetières. Quand ils avaient fait connaissance, elle avait vu en lui un défi et une curiosité. Aujourd'hui encore, elle avait du mal à ne pas le considérer comme un objet exposé. Il y avait tant de secrets, une si grande part de lui-même qu'il se refusait à dévoiler ! Elle savait qu'il faudrait encore creuser…

En arrachant les mauvaises herbes, elle constata que Lovell avait été marié trois fois et que ses trois épouses étaient décédées avant lui. Apparemment pas d'enfants... elle se demanda si sa progéniture était enterrée ailleurs. Peut-être n'avait-il pas eu d'enfants. Mais John n'avait-il pas parlé d'un descendant ?... En examinant les dates, elle s'aperçut que les épouses étaient mortes jeunes et une autre idée lui traversa l'esprit : peut-être étaient-elles mortes en couches.

Première épouse : Beatrice, née Alexander. Vingt-neuf ans.

Deuxième épouse : Alice, née Baxter. Trente-trois ans.

Troisième épouse : Patricia, née Addison. Vingt-six ans.

Une inscription indiquait : *Décédées, tendrement rejointes plus tard dans le royaume du Seigneur*.

Jean ne put s'empêcher de penser que les retrouvailles de Lovell avec ses trois épouses avaient dû être quelque chose. Elle avait un stylo dans la poche, mais ni bloc ni papier. Elle regarda autour d'elle, trouva une vieille enveloppe déchirée en deux. Elle enleva la poussière et nota les informations.

De retour à sa table de travail, Siobhan tentait d'élaborer des anagrammes à partir des lettres de « Camus » et de « ME Smith » quand Eric Bain entra dans le bureau.

– Ça va ? demanda-t-il.

– Je survivrai.

– Si bien que ça, hein ?

Il posa sa serviette par terre, se redressa, regarda autour de lui et demanda :

– Tu as des nouvelles de la Special Branch ?

– Pas à ma connaissance.

Elle soulignait les lettres. Il n'y avait pas d'espace entre le M et le E. Quizmaster voulait-il dire qu'il fallait lire « me » [1] ? Indiquait-il qu'il s'appelait Smith ? ME [2] était également une maladie. Elle avait oublié ce que les lettres représentaient… se souvenait que les journaux surnommaient ça « le rhume du yuppie ». Bain avait filé au fax et pris des feuilles, qu'il parcourait.

– Tu penses à vérifier de temps en temps ? demanda-t-il en sortant deux feuilles et en reposant le reste près de la machine.

Siobhan leva la tête.

– Qu'est-ce que c'est ?

Il lisait en la rejoignant.

– Formidable, s'écria-t-il. Ne me demande pas comment ils ont fait, mais ils y sont arrivés.

– À quoi ?

– Ils sont remontés jusqu'à un des comptes.

Le fauteuil de Siobhan bascula quand elle se leva et saisit le fax. Bain le lâcha et lui posa une question :

– Qui est Claire Benzie ?

– Vous n'êtes pas en garde à vue, Claire, dit Siobhan, et si vous voulez un avocat, c'est votre décision. Mais je voudrais que vous m'autorisiez à enregistrer.

– Ça a l'air grave, fit Claire Benzie.

Ils étaient allés la chercher chez elle, à Bruntsfield, l'avaient conduite à St Leonard's. Elle s'était montrée docile, n'avait pas posé de questions. Elle portait un jean et un pull à col roulé rose pâle. Elle n'était pas maquillée.

---

1. Moi.

2. *Myalgic Encephalomyelitis* : encéphalomyélite myalgique, généralement nommée syndrome de fatigue chronique d'où, ironiquement, « le rhume du yuppie ».

Assise dans la salle d'interrogatoire, elle croisa les bras tandis que Bain plaçait des cassettes dans les machines.

– Il y en aura une pour vous et une pour nous, expliqua Siobhan. D'accord ?

Benzie se contenta de hausser les épaules. Bain dit :

– O.K., c'est bon.

Puis il mit les appareils en marche et s'assit près de Siobhan. Celle-ci s'identifia, ainsi que Bain, puis indiqua l'heure et le lieu de l'interrogatoire.

– Voulez-vous donner votre nom complet, Claire ? demanda-t-elle.

Claire Benzie obéit, ajouta son adresse à Bruntsfield. Siobhan s'appuya contre le dossier de sa chaise, rassembla ses idées, puis se pencha, les coudes posés au bord de la table étroite.

– Claire, vous souvenez-vous de notre entretien ? J'étais en compagnie d'un collègue dans le bureau du Dr Curt.

– Oui, je m'en souviens.

– Je vous demandais ce que vous saviez sur le jeu auquel Philippa Balfour participait ?

– Elle sera enterrée demain.

Siobhan acquiesça.

– Vous vous en souvenez ?

– *Seven fins high is king*, dit Benzie. Je vous en ai parlé.

– C'est exact. Vous avez dit que Philippa vous a rencontrée dans un bar…

– Oui.

– … et vous a expliqué ce que ça signifiait.

– Oui.

– Mais que vous ignoriez tout du jeu lui-même.

– Oui. C'est vous qui m'avez appris de quoi il s'agissait.

Siobhan s'appuya à nouveau contre le dossier de sa

chaise et croisa les bras, adoptant une attitude presque identique à celle de Claire Benzie.

– Dans ce cas, comment se fait-il que la personne qui envoyait ces messages à Flip utilisait votre compte Internet ?

Benzie la fixa. Siobhan lui rendit son regard. Eric Bain se gratta le nez avec le pouce.

– Je veux un avocat, dit Benzie.

Siobhan hocha la tête.

– Quinze heures douze, fin de l'interrogatoire.

Bain éteignit les magnétophones et Siobhan demanda à Claire si elle pensait à quelqu'un.

– L'avocat de la famille, je suppose, répondit l'étudiante.

– Qui est-ce ?

– Mon père.

Quand elle vit l'expression étonnée de Siobhan, elle esquissa un sourire.

– Enfin, mon beau-père, constable Clarke. Ne vous inquiétez pas, je ne vais pas demander aux fantômes de se ranger dans mon camp…

La nouvelle s'était répandue et c'était la cohue dans le couloir quand Siobhan sortit de la salle d'interrogatoire à l'instant où l'agente en tenue qu'elle avait demandée y entrait. Il y eut un déluge de questions posées à voix basse.

– Alors ?

– C'est elle ?

– Qu'est-ce qu'elle dit ?

– Elle est coupable ?

Siobhan ne tint compte de personne, hormis de Gill Templer.

– Elle veut un avocat et, comme par hasard, il y en a un dans sa famille.

– C'est pratique.

Siobhan hocha la tête et se fraya un chemin jusqu'au CID, où elle s'empara du premier téléphone qui lui tomba sous la main.

– Elle veut aussi un soda, Pepsi Light de préférence.

Templer jeta un coup d'œil autour d'elle et son regard s'arrêta sur George Silvers.

– Vous avez entendu, George ?

– Oui, madame.

Silvers parut peu décidé à partir, aussi le poussa-t-elle en direction de la porte.

– Alors ?

Gill se tenait à présent devant Siobhan.

– Il faut qu'elle donne des explications, dit Siobhan. Ça ne fait pas d'elle une meurtrière.

– Mais ça serait bien, fit quelqu'un.

Siobhan se souvint de ce que Rebus avait dit à propos de Claire Benzie. Elle soutint le regard de Gill Templer.

– Dans deux ou trois ans, dit-elle, si elle poursuit ses études d'anatomo-pathologie, on pourrait travailler avec elle. Je crois qu'on ne peut pas se permettre de la bousculer.

Elle n'était pas certaine de citer les propos de Rebus mot à mot, mais elle était sûre d'en être très proche. Gill lui adressa un regard approbateur et hocha lentement la tête.

– Clarke a raison, dit-elle aux visages réunis autour d'elle.

Puis elle s'écarta afin de permettre à Siobhan de passer, souffla quelque chose comme « Bien joué, Siobhan » quand elles furent côte à côte.

De retour dans la salle d'interrogatoire, Siobhan brancha le téléphone et dit à Claire qu'il fallait composer le 9 pour obtenir l'extérieur.

– Je ne l'ai pas tuée, dit l'étudiante sur un ton d'assurance tranquille.

– Dans ce cas, tout se passera bien. Il faut simplement que nous sachions ce qui est arrivé.

Claire acquiesça, prit le combiné. Siobhan adressa un signe de la main à Bain et ils sortirent de la pièce, confiant la surveillance de la jeune femme à l'agente en tenue.

Dans le couloir, la cohue avait disparu mais, dans la salle du CID, on parlait fort et on s'enthousiasmait.

– Admettons que ça ne soit pas elle, dit Siobhan à l'oreille de Bain.

– D'accord, dit-il.

– Dans ce cas, comment Quizmaster a-t-il pu se servir de son compte Internet ?

Il secoua la tête.

– Je ne sais pas. En réalité, je suppose que c'est possible, mais c'est aussi hautement improbable.

Siobhan le dévisagea.

– Donc tu crois que c'est elle ?

Il haussa les épaules.

– Il faudrait savoir qui sont les titulaires des autres comptes.

– La Special Branch a dit combien de temps ça prendrait ?

– Elle fournira une réponse dans la journée ou demain.

Quelqu'un passa près d'eux, leur donna des tapes amicales sur les épaules, leva les pouces et s'éloigna d'une démarche énergique.

– Ils croient qu'on a trouvé la solution, dit Bain.

– Stupide de leur part.

– Elle a un mobile, tu l'as dit toi-même.

Siobhan acquiesça. Elle pensait à l'énigme de l'Étranglement, tentait d'imaginer qu'une femme puisse l'avoir composée. Oui, c'était possible ; c'était possible, bien entendu. Dans le monde virtuel, on pouvait être qui on voulait, choisir son sexe et son âge. Les journaux avaient publié des tas d'articles sur des pédophiles d'âge mûr s'étant introduits dans des chats d'enfants en se faisant passer pour des adolescents ou des préadolescents. C'était l'anonymat du Net qui y attirait les gens. Elle songea à Claire Benzie, à la longue et précise préparation nécessaire, à la colère qui fermentait depuis le suicide de son père. Peut-être, au début, avait-elle simplement voulu renouer avec Flip, l'apprécier et lui pardonner, mais s'était-elle aperçue ensuite que sa haine grandissait, qu'elle détestait l'univers de facilité de Flip, ses amis avec leurs voitures rapides, les bars, les boîtes de nuit et les dîners, ce mode de vie dont jouissaient des gens qui n'avaient jamais connu la souffrance, qui n'avaient rien perdu qu'il fût impossible d'acheter à nouveau.

– Je ne sais pas, dit-elle, passant les deux mains dans ses cheveux, tirant si fort que son cuir chevelu la fit souffrir. Je ne sais pas.

– C'est bien, dit Bain. Aborder l'interrogatoire l'esprit ouvert : c'est la théorie.

Elle eut un sourire las, saisit sa main et la serra.

– Merci, Eric.

– Tu t'en tireras, dit-il.

Elle espéra qu'il avait raison.

Peut-être Rebus était-il à sa place à la bibliothèque centrale. Il semblait que tous ceux qui s'y étaient réunis fussent démunis, fatigués, inemployables. Quelques-uns dormaient dans les fauteuils les plus confortables, les livres posés sur leurs genoux constituant de simples accessoires. Un vieillard, bouche édentée ouverte, assis au bureau proche des annuaires téléphoniques, suivait lentement les colonnes du doigt. Rebus avait interrogé un membre du personnel sur lui.

– Il vient depuis des années, ne lit que ça, lui indiqua-t-on.

– Il pourrait trouver du boulot aux renseignements.

– C'est peut-être de là qu'il s'est fait virer.

Rebus admit que c'était possible et reprit ses recherches. Jusqu'ici, il avait établi que Camus était un romancier et penseur français, auteur de romans tels que *La Chute* et *La Peste*. Il avait reçu le prix Nobel et était mort à moins de cinquante ans. La bibliothécaire avait effectué des recherches, mais il n'y avait pas d'autre Camus notable.

– Sauf, bien entendu, si les noms de rues vous intéressent.

– Comment ?

– Les noms de rues d'Édimbourg.

Et il apparut que la ville pouvait s'enorgueillir d'une Camus Road, ainsi que de Camus Avenue, Park et Place. Personne ne semblait savoir si elles portaient effectivement le nom de l'écrivain français : Rebus estima que c'était probable. Il chercha Camus dans l'annuaire – heureusement, le vieillard ne le monopolisait plus – et n'en trouva qu'un. Décidant de prendre un peu de repos, il envisagea d'aller chez lui, de prendre sa voiture et d'aller faire un tour à Camus Road, mais un taxi passa et il l'arrêta. Il s'avéra que Camus Road, Avenue, Park et Place constituaient un petit quartier de rues résidentielles tranquilles proche de Comiston Road, à Fairmilehead. Le chauffeur parut ébahi quand Rebus lui demanda de reprendre la direction de George-IV Bridge. Quand ils tombèrent sur un embouteillage, à Greyfriars, Rebus paya et descendit. Il alla tout droit au Sandy Bell's, où les employés buvant un verre après le travail n'étaient pas encore venus grossir la foule de l'après-midi. Une pinte et un whisky. Le barman le connaissait, blagua. Il dit qu'il perdrait la moitié de sa clientèle quand l'hôpital serait transféré à Petty France. Pas les médecins et les infirmières, mais les malades.

– En pyjama et en pantoufles, et je ne plaisante pas : ils viennent directement de leur chambre jusqu'ici. Il y avait même un type qui avait encore des tubes accrochés aux bras.

Rebus sourit, vida ses verres. Greyfriars Kirkyard était tout proche, et il alla y faire un tour. Il se dit que les fantômes des partisans du Covenant [1] seraient sûrement désespérés s'ils savaient que l'endroit tenait sa célébrité davantage d'un modeste chien [2] que d'eux. Des visites étaient organisées de nuit et on parlait de mains glacées se refermant soudain sur les épaules. Il se souvint que Rhonda, son ex, avait tenu à se marier dans cette église. Il regarda les tombes couvertes de grilles métalliques destinées à protéger les défunts des Résurrectionnistes. Édimbourg semblait s'être nourri de cruauté, ses siècles de barbarie masqués sous une apparence tour à tour sobre et rigide…

Étranglement… il se demanda quel était le lien entre ce mot et l'énigme. Il connaissait le sens du mot, mais n'en avait-il pas un autre, plus proche de l'étroitesse d'esprit qu'on associe à la rigidité ? Il sortit du cimetière, prit George-IV Bridge et regagna la bibliothèque. La même bibliothécaire était de service.

– Les dictionnaires ? demanda-t-il.

Elle lui indiqua les rayonnages dont il avait besoin.

---

1. First Covenant (1557), conduisant à l'abolition de la juridiction de l'Église catholique romaine d'Écosse par le Parlement en 1560.

2. Bobby, chien d'un pompier décédé, qui a veillé quatorze ans sur la tombe de son maître. On lui a érigé une statue.

– J'ai fait les vérifications que vous m'avez demandées, ajouta-t-elle. Il y a des livres dont l'auteur est un certain Mark Smith, mais pas un seul par M. E. Smith.

– Merci tout de même.

Il s'éloigna.

– J'ai également imprimé la liste des ouvrages de Camus dont nous disposons.

Il prit la feuille.

– C'est formidable. Merci beaucoup.

Elle sourit, comme si elle n'avait pas l'habitude des compliments, puis parut hésiter quand elle s'aperçut que son haleine sentait l'alcool. Sur le chemin des rayonnages, il s'aperçut que la table de travail proche des annuaires était vide. Il se demanda si le vieux type avait fini sa journée ; peut-être était-ce, pour lui, un boulot ordinaire. Il prit le premier dictionnaire qui lui tomba sous la main, chercha « étranglement » : cela signifiait resserrement, rétrécissement, constriction. « Constriction » lui fit penser à la violence, à quelqu'un qu'on attachait, qu'on immobilisait…

Quelqu'un, derrière lui, s'éclaircit la gorge. C'était la bibliothécaire.

– C'est l'heure de la fermeture ? supposa-t-il.

– Pas tout à fait.

Elle montra son bureau, près duquel un autre membre du personnel se tenait, les yeux fixés sur eux.

– Mon collègue… Kenny… il croit savoir qui est M. Smith.

– Monsieur qui ?

Rebus regarda Kenny : tout juste un peu plus de vingt ans, lunettes rondes à monture métallique, T-shirt noir.

– M. E. Smith, dit la bibliothécaire, de sorte que Rebus la suivit et salua Kenny de la tête.

– C'est un chanteur, dit le jeune homme sans préambule. Enfin, si c'est celui à qui je pense : Mark E. Smith. Et tout le monde ne serait pas d'accord pour le qualifier de « chanteur ».

La bibliothécaire avait contourné le bureau.

– Je dois reconnaître que je n'ai jamais entendu parler de lui, avoua-t-elle.

– Il faut que tu élargisses ton horizon, Bridget, dit Kenny.

Puis il se tourna vers Rebus, se demandant ce que signifiaient son regard fixe et ses yeux ronds.

– Le chanteur de The Fall ? souffla Rebus, presque pour lui-même.

– Vous le connaissez ?

Kenny parut étonné qu'une personne de l'âge de Rebus puisse savoir cela.

– Je les ai vus il y a vingt ans. Dans un club d'Abbey-hill.

– Des vrais marchands de bruit, hein ? fit Kenny.

Rebus acquiesça distraitement. L'autre bibliothécaire, Bridget, exprima ses pensées.

– C'est très bizarre, fit-elle en montrant la feuille de papier que Rebus avait à la main. Le titre anglais du roman de Camus, *La Chute*, est *The Fall*. Nous l'avons, si vous voulez…

Il s'avéra que le beau-père de Claire Benzie était Jack McCoist, un des avocats les plus compétents d'Édimbourg. Il demanda à disposer de dix minutes en compagnie de la jeune femme avant l'interrogatoire. Ensuite, Siobhan entra à nouveau dans la pièce accompagnée de Gill Templer, qui avait éliminé Eric Bain, lequel n'avait pas caché sa contrariété.

La boîte de soda de Claire était vide. Il y avait une demi-tasse de thé tiède devant McCoist.

– Je ne crois pas qu'il soit nécessaire de procéder à un

enregistrement, déclara McCoist. Discutons, voyons où ça nous conduit. D'accord ?

Il fixa Gill Templer, qui finit par acquiescer.

– Quand vous voulez, constable Clarke, dit Templer.

Siobhan tenta de regarder Claire dans les yeux, mais la jeune femme fixait la boîte de Pepsi, qu'elle faisait tourner entre ses doigts.

– Claire, dit-elle, une des énigmes que Flip recevait provenait de votre adresse e-mail.

McCoist avait un bloc de format A4 ; il en avait déjà noirci plusieurs pages d'une écriture si mauvaise qu'elle pouvait tenir lieu de code. Il passa à une page blanche.

– Puis-je vous demander comment vous vous êtes procuré ces e-mails ?

– Ils... Ça ne s'est pas passé comme ça. Un nommé Quizmaster a envoyé un message à Flip Balfour et il m'est arrivé.

– Comment ?

McCoist n'avait pas levé la tête. Elle ne voyait que les épaules de son costume à fines rayures et le sommet de son crâne : cheveux noirs clairsemés qui ne cachaient guère la peau.

– Eh bien, je fouillais l'ordinateur de Mlle Balfour dans l'espoir d'y trouver des indices sur sa disparition.

– Donc c'était après sa disparition ?

Il leva la tête : lunettes à large monture noire et bouche qui, lorsqu'elle n'était pas ouverte, se résumait à une mince ligne sceptique.

– Oui, reconnut Siobhan.

– Et c'est ce message qui vous a permis de remonter jusqu'à l'ordinateur de ma cliente ?

– Jusqu'à son compte Internet, oui.

Siobhan s'aperçut que Claire venait de lever la tête : c'était à cause de « ma cliente ». Claire fixait son beau-père, le dévisageait. Sans doute était-ce la première fois qu'elle le voyait dans l'exercice de sa profession.

– Il s'agit de l'entreprise qui lui fournit son accès à l'Internet ?

Siobhan acquiesça. McCoist établissait qu'il connaissait le jargon.

– Y a-t-il eu d'autres messages ?

– Oui.

– Et proviennent-ils de la même adresse ?

– Nous ne savons pas encore.

Siobhan estima qu'il n'avait pas besoin de savoir qu'il y avait plusieurs adresses.

– Très bien.

McCoist planta un point sur sa feuille puis, songeur, s'appuya contre le dossier de sa chaise.

– Puis-je maintenant poser une question à Claire ? demanda Siobhan.

McCoist la fixa par-dessus la monture de ses lunettes.

– Ma cliente préférerait faire, d'abord, une brève déclaration.

Claire sortit de la poche de son jean et déplia une feuille qui provenait visiblement du bloc posé sur la table. L'écriture n'était pas celle de McCoist, mais Siobhan constata que des mots étaient barrés aux endroits où l'avocat avait suggéré des changements.

Claire s'éclaircit la gorge.

– Une quinzaine de jours avant la disparition de Flip, je lui ai prêté mon ordinateur portable. Elle devait rédiger un essai et j'ai pensé qu'il pouvait lui être utile. Je savais qu'elle n'avait pas de portable. Je n'ai pas eu l'occasion de lui demander de me le rendre. J'attendais que l'enterrement soit passé pour demander à la famille si je pouvais aller le chercher chez elle.

– Ce portable est-il votre seul ordinateur ? coupa Siobhan.

Claire secoua la tête.

– Non, mais il est relié au même compte Internet que mon PC.

Siobhan la fixa, mais elle refusait toujours de soutenir son regard.

– Il n'y avait pas de portable chez Philippa Balfour, dit-elle.

Elle accepta enfin de la regarder dans les yeux.

– Dans ce cas où est-il ? demanda Claire.

– Je suppose que vous avez toujours la preuve de son achat ?

McCoist prit la parole.

– Accusez-vous ma fille de mensonge ?

Ce n'était plus « ma cliente »…

– Je veux simplement dire que Claire aurait dû nous parler de cela plus tôt.

– Je ne savais pas que c'était…, commença Claire.

– Superintendante Templer, dit McCoist, hautain, j'ignorais que la police de Lothian and Borders avait pour habitude d'accuser les témoins de duplicité.

– Pour le moment, répliqua Templer, votre belle-fille est plus suspecte que témoin.

– Suspecte de quoi, au juste ? De diriger un jeu ? Depuis quand est-ce un délit ?

Gill ne trouva rien à répondre. Elle se tourna vers Siobhan, qui crut deviner au moins une partie des pensées de sa patronne. *Il a raison… Nous ne sommes pas absolument sûrs que Quizmaster joue un rôle dans cette affaire… C'est votre intuition que j'appuie, n'oubliez pas…*

McCoist sentit que le regard que les deux femmes échangeaient était lourd de sens. Il décida de pousser son avantage.

– Je ne pense pas que vous puissiez présenter cela au

procureur. Vous seriez la risée de votre personnel… superintendante Templer.

Il insista sur le titre. Il savait qu'elle venait d'être promue, qu'elle devait encore faire ses preuves…

Gill s'était reprise.

– Il faut que Claire nous fournisse des réponses précises, maître, sinon son récit semblera faible et nous devrons obtenir des informations supplémentaires.

McCoist réfléchit. Siobhan, pendant ce temps, dressa intérieurement une liste. Claire Benzie avait un mobile, pas de problème : le rôle de la banque Balfour dans le suicide de son père. Le jeu lui avait fourni le moyen, et attirer Flip sur Arthur's Seat aurait pu lui apporter l'occasion de la tuer. Maintenant, elle inventait soudain le portable prêté qui, comme par hasard, avait disparu… Siobhan établit une autre liste, consacrée cette fois à Ranald Marr qui, dès le début, avait indiqué à Flip comment effacer les e-mails. Ranald Marr et ses soldats de plomb, second de la banque. Mais elle ne vit pas davantage ce que la mort de Flip aurait apporté à Marr…

– Claire, dit-elle, quand vous alliez aux Genévriers, y rencontriez-vous Ranald Marr ?

– Je ne vois pas ce que…

Mais Claire interrompit son beau-père.

– Ranald Marr, oui. Je n'ai jamais vraiment compris ce qu'elle lui trouvait.

– Qui ?

– Flip. Elle était folle de Ranald. Des trucs de lycéenne, je suppose…

– Était-ce réciproque ? Est-ce allé plus loin ?

– Je crois, intervint McCoist, que nous nous éloignons légèrement de…

Mais Claire souriait à Siobhan.

– Plus tard, dit-elle.

– Quand ?

– Je crois qu'elle l'a beaucoup vu jusqu'au moment où elle a disparu…

– Pourquoi toute cette agitation ? demanda Rebus.

Bain, qui travaillait, penché sur le bureau, leva la tête.

– On a amené Claire Benzie ici pour l'interroger.

– Pourquoi ?

Rebus se pencha, plongea la main dans un tiroir.

– Désolé, dit Bain, c'est votre… ?

Il voulut se lever, mais Rebus l'en empêcha.

– Je suis suspendu, vous vous souvenez ? Gardez-le au chaud jusqu'à mon retour.

Il ferma le tiroir, où il n'avait rien trouvé, demanda :

– Alors qu'est-ce que Benzie fait ici ?

– La Special Branch est remontée jusqu'à l'origine d'un des e-mails.

Rebus siffla.

– Claire Benzie l'a envoyé ?

– Il a été envoyé par l'intermédiaire de son compte Internet.

Rebus réfléchit.

– Ce n'est pas tout à fait la même chose ?

– Le scepticisme est la spécialité de Siobhan.

– Elle est avec Benzie ?

Rebus attendit que Bain ait acquiescé et demanda :

– Mais vous êtes ici ?

– La superintendante Templer.

– Ah, fit Rebus, aucune explication supplémentaire n'étant nécessaire.

Gill Templer entra au pas de charge dans le bureau du CID.

– Il faut aller chercher Ranald Marr. Qui veut s'en charger ?

Elle eut immédiatement deux volontaires, « Hi-Ho » Silvers et Tommy Fleming. Les autres se demandaient de qui il s'agissait, quel rapport cela présentait avec Claire Benzie et Quizmaster. Quand Gill pivota sur elle-même, Siobhan se tenait derrière elle.

– Bon travail.

– Vraiment ? demanda Siobhan. Je n'en suis pas certaine.

– Comment ça ?

– Quand je parle avec elle, j'ai l'impression de lui demander ce qu'elle a envie que je lui demande. Comme si elle contrôlait la situation.

– Ça ne m'a pas frappée, dit Gill qui posa brièvement une main sur l'épaule de Siobhan. Faites une pause. Quelqu'un d'autre interrogera Ranald Marr. (Elle jeta un coup d'œil circulaire dans la pièce.) Vous autres, remettez-vous au travail. (Puis son regard croisa celui de John Rebus.) Qu'est-ce que tu fiches ici ?

Rebus ouvrit un autre tiroir, en sortit un paquet de cigarettes, qu'il secoua.

– Je suis seulement venu chercher quelques affaires personnelles, madame.

Gill crispa les lèvres, puis sortit de la pièce, toujours au pas de charge. McCoist était dans le couloir en compagnie de Claire. Elle s'entretint brièvement avec eux. Siobhan vint s'immobiliser près de Rebus.

– Qu'est-ce que tu fous ici ?

– Tu as l'air claquée.

– Je vois que tu sais toujours trouver les mots qui font plaisir.

– La patronne t'a dit de faire une pause et, comme par hasard, je paie. Pendant que tu terrorisais les petites jeunes filles, je faisais des choses importantes…

Siobhan s'en tenait au jus d'orange et tripotait sans cesse son mobile : Bain était chargé de l'appeler s'il y avait du nouveau, dès qu'il y en aurait.

– Il faut que je retourne au bureau, dit-elle une fois de plus.

Puis elle regarda à nouveau l'écran de son mobile, s'assura que la batterie n'était pas déchargée et qu'il recevait toujours le réseau.

– Tu as mangé ? demanda Rebus.

Elle secoua la tête et il alla au bar chercher deux paquets de Scampi Fries, qu'elle était en train de dévorer quand elle l'entendit dire :

– C'est à ce moment-là que ça m'a frappé.

– Qu'est-ce qui t'a frappé ?

– Merde, Siobhan, réveille-toi.

– John, j'ai l'impression que ma tête va exploser. Je pense sincèrement que ça risque d'arriver.

– Tu ne crois pas que Claire Benzie soit coupable, ce que je comprends. Et elle dit maintenant que Flip Balfour avait une aventure avec Ranald Marr.

– Tu y crois ?

Il alluma une nouvelle cigarette, agita la main pour éloigner la fumée de Siobhan.

– Je n'ai pas le droit d'avoir une opinion : je suis suspendu jusqu'à nouvel ordre.

Elle le foudroya du regard, leva son verre.

– Ça sera une sacrée conversation, hein ? demanda Rebus.

– Quoi ?

– Quand Balfour demandera à son fidèle *compadre* pourquoi les flics voulaient le voir.

– Tu crois que Marr le lui dira ?

– S'il ne le fait pas, Balfour l'apprendra de toute façon. Il y aura de la joie, demain, à l'enterrement.

Il souffla de la fumée en direction du plafond, demanda :

– Tu iras ?

– J'y réfléchis. Templer, Carswell, quelques autres… ils iront.

– Ils seront peut-être utiles s'il y a de la bagarre.

Elle jeta un coup d'œil sur sa montre.

– Il faudrait que je retourne au bureau, que je voie ce que raconte Marr.

– On t'a dit de faire une pause.

– Je l'ai faite.

– Téléphone, s'il le faut vraiment.

– Je vais peut-être le faire.

Elle s'aperçut que son mobile était toujours relié au connecteur qui lui permettait, par l'intermédiaire du portable, d'accéder au Net. Elle le fixa, puis regarda Rebus.

– Qu'est-ce que tu disais ?

– À quel propos ?

– À propos de l'Étranglement.

Le sourire de Rebus s'élargit.

– Heureux de te revoir parmi nous. Je disais que j'ai passé l'après-midi à la bibliothèque et que j'ai résolu la première partie de l'énigme.

– Déjà ?

– Tu es confrontée à de la qualité, Siobhan. Alors, tu veux savoir ?

– Évidemment.

Elle constata que le verre de Rebus était vide, demanda :

– Est-ce que tu veux… ?

– Écoute d'abord.

Il la fit rasseoir. Le pub était à moitié plein et les consommateurs semblaient être en majorité des étudiants. Rebus se dit qu'il était probablement le doyen de l'établissement. S'il avait été debout au bar, on aurait pu le prendre pour le propriétaire. Assis à une table de coin en compagnie de Siobhan, il évoquait probablement un patron minable tentant d'enivrer sa secrétaire.

– Je suis tout ouïe, dit-elle.

– Albert Camus, commença-t-il, a écrit un livre intitulé, en anglais, *The Fall*.

Il en sortit une édition de poche de sa veste, la mit sur la table, posa l'index dessus. Elle ne provenait pas de la bibliothèque ; il l'avait trouvée à Thin's Bookshop, sur le chemin de St Leonard's.

– Mark E. Smith, reprit-il, est le chanteur d'un groupe qui s'appelle The Fall.

Siobhan plissa le front.

– Je crois que j'ai eu un de leurs singles.

– Donc, dit Rebus, on a *The Fall* et The Fall. Si on les ajoute, on obtient…

– Falls ?

Rebus acquiesça. Elle prit le livre, en examina la couverture, puis le retourna et lut le texte imprimé au dos.

– Tu crois que c'est là que Quizmaster voudrait qu'on se rencontre ?

– Je crois qu'il y a un rapport avec l'énigme suivante.

– Mais le reste, le match de boxe et Frank Finlay ?

Rebus haussa les épaules.

– Contrairement à Simple Minds, je ne te promets pas de miracle.

– Non… En réalité, je ne croyais pas que ça t'intéressait.

– J'ai changé d'avis.

– Pourquoi ?

– Tu es déjà restée seule chez toi à regarder la peinture sécher ?

– C'est parfois préférable à certains rendez-vous.

– Dans ce cas, tu vois peut-être ce que je veux dire.

Elle hocha la tête, feuilleta le livre. Puis elle plissa le front, cessa de tourner les pages, le dévisagea une nouvelle fois.

– En réalité, dit-elle, je ne vois absolument pas ce que tu veux dire.

– Bien. Ça signifie que tu apprends.

– Que j'apprends quoi ?

– L'existentialisme breveté par John Rebus, répondit-il en agitant l'index. C'est un mot que j'ai appris aujourd'hui et je dois te remercier.

– Alors qu'est-ce que ça signifie ?

– Je n'ai pas dit que je sais ce que ça signifie, mais je crois que c'est très étroitement lié à décider de ne pas regarder la peinture sécher…

Ils regagnèrent St Leonard's, mais il n'y avait rien de nouveau. Les flics se cognaient pratiquement la tête contre les murs. Ils avaient besoin de progresser. Ils avaient besoin de repos. Il fallut interrompre une bagarre dans les toilettes : deux agents en tenue qui furent incapables de dire ce qui l'avait provoquée. Rebus regarda Siobhan pendant quelques minutes. Elle allait de groupe en groupe, cherchant désespérément des informations. Il s'aperçut qu'elle avait du mal à se contenir : tête pleine de théories et de rêveries. Elle avait, elle aussi, besoin de progresser, besoin de repos. Il la rejoignit. Ses yeux brillaient. Rebus la prit par le bras, l'entraîna dehors. Au début, elle résista.

– Il y a combien de temps que tu n'as pas mangé ? demanda-t-il.

– Tu m'as offert les Scampi Fries.

– Je veux dire un repas chaud.

– J'ai l'impression d'entendre ma mère…

Un bref trajet à pied les conduisit dans un restaurant indien de Nicolson Street. Il était sombre, au premier étage, et presque désert. Le mardi était devenu le nouveau lundi : une soirée morte. Le week-end commençait le jeudi, quand on se demandait comment on dépenserait sa paie, et se terminait par une pinte rapide le lundi, afin de profiter une dernière fois des plaisirs passés. Le mardi, la solution intelligente consistait à rester chez soi, à garder son argent.

– Tu connais Falls mieux que moi, dit-elle. Qu'est-ce qu'il y a de remarquable ?

– La cascade, évidemment, tu l'as vue, et peut-être Les Genévriers… où tu es allée. C'est tout.

– Il y a une cité ouvrière, exact ?

Il acquiesça.

– Meadowside. Et il y a une station-service à la sortie du village. Plus la maison de Bev Dodds et quelques dizaines de personnes qui travaillent à Édimbourg. Ni église ni bureau de poste.

– Donc pas de ring de boxe ?

Rebus secoua la tête.

– Et pas de bouquets, pas de fil de fer barbelé, pas de maison de Frank Finlay.

Siobhan parut se désintéresser de sa nourriture. Rebus ne s'inquiéta pas : elle avait mangé un tandoori en entrée et l'essentiel de son biryani. Elle sortit son téléphone et appela une nouvelle fois le poste de police. Elle l'avait fait quelques instants plus tôt : personne n'avait décroché. Cette fois, elle eut quelqu'un.

– Eric ? C'est Siobhan. Qu'est-ce qui se passe ? Est-ce qu'on tient Marr ? Qu'est-ce qu'il dit ?

Elle écouta, puis regarda Rebus dans les yeux.

– Vraiment ?

Sa voix s'était faite légèrement plus aiguë.

– C'était un peu stupide, hein ?

Pendant une seconde, Rebus pensa au suicide. Il passa un doigt sur sa gorge, mais Siobhan secoua la tête.

– D'accord, Eric. Merci. À tout à l'heure.

Elle coupa la communication, remit sans se presser le téléphone dans son sac à main.

– Crache le morceau, dit Rebus.

Elle plongea sa fourchette dans la nourriture.

– Tu es suspendu, tu te souviens ? Tu ne travailles plus sur l'affaire.

– Je vais te suspendre au plafond si tu n'accouches pas.

Elle sourit, posa sa fourchette sans avoir touché à la nourriture. Le serveur avança, dans l'intention de débarrasser la table, mais Rebus le renvoya d'un geste de la main.

– Bon, dit Siobhan, on est allé chercher M. Marr dans sa villa de The Grange, mais il n'y était pas.

– Et ?

– Il n'y était pas parce qu'il avait été averti. Gill Templer a appelé le directeur adjoint, lui a annoncé qu'ils allaient chercher Marr pour l'interroger. Le directeur adjoint a « suggéré » de téléphoner à Marr avant, « par correction ».

Elle prit la carafe d'eau, versa le peu qu'elle contenait encore dans son verre. Le serveur avança, dans l'intention de la remplacer, mais Rebus le renvoya une nouvelle fois d'un geste de la main.

– Donc Marr a mis les bouts ?

Siobhan acquiesça.

– Apparemment. D'après sa femme, il a pris l'appel et deux minutes plus tard, quand elle a voulu le rejoindre, il avait disparu et la Maserati aussi.

– Tu devrais prendre des serviettes en papier, suggéra Rebus. J'ai l'impression que Carswell risque d'avoir de l'œuf sur la figure.

– J'imagine qu'il va avoir du mal à expliquer ça au directeur, admit Siobhan.

Puis elle s'aperçut qu'un sourire éclairait le visage de Rebus.

– Exactement ce dont tu avais besoin ? demanda-t-elle.

– Ça pourrait contribuer à me donner un peu d'air.

– Parce que Carswell sera trop occupé à garer son cul pour botter le tien ?

– Quelle éloquence.

– C'est à cause des études universitaires.

– Qu'est-ce que vous allez faire à propos de Marr ?

Rebus adressa un signe de tête au serveur qui avança d'un pas, hésitant, se demandant s'il allait être une nouvelle fois chassé.

– Deux cafés, dit Rebus.

L'homme s'inclina légèrement et s'éloigna.

– Je ne sais pas, reconnut Siobhan.

– La veille de l'enterrement, ça pourrait être gênant.

– Poursuite en voiture à grande vitesse… arrestation…

Siobhan imagina le scénario.

– Parents en deuil se demandant pourquoi leur meilleur ami est soudain en garde à vue…

– Si Carswell a la tête sur les épaules, il ne fera rien avant la fin de l'enterrement. Il est même possible que Marr y assiste.

– Pour dire adieu à sa maîtresse secrète ?

– Si Claire Benzie dit la vérité.

– Pour quelle autre raison prendrait-il la fuite ?

Rebus la dévisagea.

– Je crois que tu connais la réponse à cette question.

– Tu veux dire si Marr l'a tuée ?

– Je croyais que c'était une des possibilités.

Elle réfléchit.

– C'en était une avant. Je ne crois pas que Quizmaster prendrait la fuite.

– Peut-être Quizmaster n'a-t-il pas tué Flip Balfour.

Siobhan acquiesça.

– C'est ce que je veux dire. Marr était une des identités possibles de Quizmaster.

– Ce qui signifie qu'elle a été tuée par quelqu'un d'autre ?

Les cafés arrivèrent, accompagnés des incontournables chocolats à la menthe. Siobhan trempa le sien dans le liquide brûlant et le porta rapidement à sa bouche. Le serveur, de son propre chef, avait également apporté l'addition.

– Moitié moitié ? proposa Siobhan.

Rebus acquiesça, sortit trois billets de cinq livres de sa poche.

Dehors, il lui demanda comment elle rentrerait chez elle.

– Ma voiture est à St Leonard's. Tu veux que je te dépose ?

– Belle soirée pour une promenade à pied, répondit-il en regardant les nuages. Promets-moi seulement que tu vas rentrer chez toi, te reposer…

– Promis, maman.

– Et maintenant que tu es convaincue que Quizmaster n'a pas tué Flip…

– Oui ?

– Tu n'as plus besoin de participer au jeu, hein ?

Elle battit des paupières, admit qu'il avait probablement raison. Mais il vit qu'elle n'était pas convaincue. Le jeu était la partie de l'affaire qui lui appartenait. Elle ne pouvait pas y renoncer… Il savait qu'il aurait ressenti la même chose.

Ils se séparèrent sur le trottoir et Rebus reprit le chemin de chez lui. Une fois arrivé il appela Jean, mais elle était absente. Peut-être travaillait-elle une nouvelle fois tard, mais elle ne répondit pas davantage au musée. Il resta immobile près de la table de la salle à manger, les yeux fixés sur les notes qui s'y trouvaient. Il avait punaisé au mur des feuilles sur lesquelles étaient indiquées les caractéristiques des femmes : Jesperson,

Gibbs, Gearing et Farmer. Il tentait de répondre à une question : pourquoi le meurtrier laissait-il des cercueils ? C'était sa « signature », d'accord, mais cette signature était passée inaperçue. Il s'était écoulé pratiquement trente ans avant que quelqu'un s'aperçoive qu'il y avait une signature. Si le meurtrier espérait être associé à ses crimes, n'aurait-il pas recommencé ou recouru à une autre méthode : une lettre aux médias ou à la police ? Donc supposons qu'il ne s'agisse pas de signatures ; supposons que sa motivation fût… Quoi ? Rebus les considérait comme des souvenirs n'ayant de sens que pour la personne qui les avait laissés. Et ne pouvait-on pas dire la même chose des cercueils d'Arthur's Seat ? Pourquoi la personne responsable ne s'était-elle pas fait connaître d'une façon ou d'une autre ? Réponse : parce que les cercueils perdaient, une fois découverts, tout sens aux yeux de leur créateur. Il s'agissait de souvenirs qu'on ne devait ni trouver ni associer aux meurtres commis par Burke et Hare…

Oui, il y avait des liens entre ces cercueils et ceux que Jean avait découverts. Rebus hésitait à ajouter celui de Falls à la liste, mais il avait l'impression qu'il y avait un lien, là aussi… plus lâche, sûrement, mais solide.

Il avait écouté son répondeur : un seul message, sa notaire à propos d'un couple de retraités qui feraient visiter son appartement aux acheteurs potentiels, le déchargeant de ce fardeau. Il comprit qu'il lui faudrait retirer son collage, tout cacher, faire un peu de ménage…

Il appela une nouvelle fois Jean, en vain. Mit un album de Steve Earle : *The Hard Way*. À la dure.

Rebus ne connaissait rien d'autre…

– Vous avez de la chance que je n'aie pas changé de nom, dit Jan Benzie.

Jean venait d'expliquer qu'elle avait appelé tous les Benzie de l'annuaire.

– Je suis mariée avec Jack McCoist, en ce moment, ajouta la femme.

Elles étaient dans le salon d'une maison de deux étages de l'ouest de la ville, tout près de Palmerston Place. Jan Benzie était grande et mince, portait une robe noire ornée d'une broche scintillante au-dessus du sein droit. La pièce reflétait son élégance : antiquités et surfaces cirées, murs et planchers épais étouffant les sons.

– Merci de me recevoir aussi rapidement.

– Je ne peux pas ajouter grand-chose à ce que je vous ai dit au téléphone.

Jan Benzie semblait distraite, comme si une partie d'elle-même était ailleurs. Peut-être était-ce pour cette raison qu'elle avait accepté le rendez-vous…

– La journée a été plutôt bizarre, madame Burchill, dit-elle.

– Ah ?

Mais Jan Benzie se contenta de hausser une épaule, puis demanda une nouvelle fois à Jean si elle voulait boire quelque chose.

– Je ne veux pas vous déranger longtemps. Vous avez dit que Patricia Lovell appartenait à votre famille ?

– Arrière-arrière-grand-mère, quelque chose comme ça.

– Elle est morte très jeune, n'est-ce pas ?

– Vous la connaissez sûrement mieux que moi. J'ignorais qu'elle était enterrée à Calton Hill.

– Combien d'enfants a-t-elle eus ?

– Un seul, une fille.

– Savez-vous si elle est morte en couches ?

L'absurdité de la question fit rire Jan Benzie.

– Je l'ignore.

– Je suis désolée, dit Jean. Je sais que ça doit vous sembler un peu macabre…

– Un peu. Vous dites que vous faites des recherches sur Kennet Lovell ?

Jean acquiesça.

– Votre famille possède-t-elle des documents lui ayant appartenu ?

Jan Benzie secoua la tête.

– Aucun.

– Vous n'avez pas de parents susceptibles…

– Je ne crois pas, non.

Elle tendit la main vers une table basse qui se trouvait près de son fauteuil, prit un paquet de cigarettes et en sortit une.

– Est-ce que vous… ?

Jean secoua la tête et regarda Jan Benzie allumer une cigarette avec un mince briquet en or. La femme semblait tout faire au ralenti. C'était comme regarder un film à la mauvaise vitesse.

– Je recherche la correspondance échangée entre le Dr Lovell et son bienfaiteur.

– J'ignorais même qu'il y en eût un.

– Un pasteur d'Ayrshire.

– Vraiment ? fit Jan Benzie, mais Jean vit que cela ne l'intéressait pas ; pour le moment, la cigarette qu'elle tenait entre les doigts était, de son point de vue, ce qui comptait le plus.

Jean décida de poursuivre tout de même.

– Il y a un portrait du Dr Lovell à Surgeons' Hall. Je crois qu'il a peut-être été réalisé à la demande du pasteur.

– Vraiment ?

– L'avez-vous vu ?

– Non.

– Il a eu plusieurs épouses, le Dr Lovell, le saviez-vous ?

– Trois, n'est-ce pas ? Pas tellement, au bout du compte. J'en suis à mon deuxième mari… qui peut affirmer que j'en resterai là ?

Elle examina la cendre de sa cigarette et ajouta :

– Mon premier mari s'est suicidé, vous savez.

– Je l'ignorais.

– Bien entendu. Je suppose qu'on ne peut pas espérer la même chose de Jack.

Jean se demanda ce qu'elle voulait dire, mais Jan Benzie la dévisageait, semblant attendre une réponse.

– J'imagine, dit Jean, que perdre deux maris risquerait de susciter des soupçons.

– Et Kennet Lovell a perdu trois épouses ?…

Exactement ce que Jean pensait…

Jan Benzie s'était levée, s'approchait de la fenêtre. Jean jeta un nouveau coup d'œil dans la pièce. Les objets d'art, les tableaux et les photos encadrés, les chandeliers et les cendriers en cristal… elle eut l'impression que rien de tout cela n'appartenait à Benzie. Elle le tenait de son mariage avec Jack McCoist, c'était une partie des bagages qu'il avait apportés.

– Bien, dit-elle, je vais vous laisser. Excusez-moi encore d'avoir…

– Pas de problème, dit Benzie. J'espère que vous trouverez ce que vous cherchez.

Soudain des voix résonnèrent dans l'entrée et la porte claqua. Les voix gravirent l'escalier.

– Claire et mon mari, dit Jan, qui se rassit, prit une attitude de modèle de peintre.

La porte s'ouvrit à la volée et Claire Benzie entra dans la pièce au pas de charge. Jean eut l'impression qu'elle ne ressemblait pas du tout à sa mère, physiquement, mais ce fut peut-être partiellement dû à son entrée, à sa façon d'être débordante d'énergie.

– Je m'en fous, disait-elle. Ils peuvent m'enfermer, s'ils veulent, et jeter cette saloperie de clé !

Elle faisait les cent pas dans la pièce quand Jack McCoist arriva. Ses mouvements étaient lents, comme ceux de sa femme, mais simplement, semblait-il, en raison de l'épuisement.

– Claire, je dis simplement…

Il se pencha, embrassa sa femme sur la joue et poursuivit :

– Nous avons passé un moment horrible. Les flics se jetaient sur Claire comme des chiens affamés. Tu ne peux vraiment pas contrôler ta fille, chérie ?

Il se tut quand il se redressa et vit la visiteuse. Jean se levait.

– Il faut que je m'en aille, dit-elle.

– Qui c'est ? gronda Claire.

– Mme Burchill, du musée, expliqua Jean. Nous parlions de Kennet Lovell.

– Merde, pas elle aussi !

Claire rejeta la tête en arrière, puis se laissa tomber sur un des deux canapés de la pièce.

– Je fais des recherches sur sa vie, expliqua Jean à l'intention de McCoist, qui se servait un whisky.

– À cette heure ? se contenta-t-il de dire.

– Il y a un portrait de lui quelque part, annonça Jan Benzie à sa fille. Tu le savais ?

– Évidemment ! Il est au musée de Surgeons' Hall.

Elle se tourna vers Jean et demanda :

– C'est là que vous travaillez ?

– Non, en fait…

– Peu importe. De toute façon pourquoi vous n'y retournez pas, hein ? J'ai été détenue par la police et…

– Je t'interdis de parler de cette façon à une invitée ! s'écria Jan Benzie, qui se leva d'un bond. Jack, dis-le-lui.

– Écoutez, il faudrait vraiment…

Le début d'une dispute couvrit les propos de Jean. Elle gagna la porte à reculons.

– Tu n'as pas le droit…

– Merde, on pourrait croire que c'est toi qu'on a interrogée.

– Ça n'excuse pas…

– Un verre dans le calme, est-ce que c'est trop…

Ils ne virent apparemment pas Jean ouvrir la porte puis la fermer derrière elle. Elle descendit l'escalier moquetté sur la pointe des pieds, ouvrit la porte aussi silencieusement que possible et sortit dans la rue, où elle poussa un profond soupir de soulagement. En s'éloignant, elle jeta un coup d'œil sur la fenêtre du salon, mais ne vit rien. Les maisons avaient des murs si épais qu'elles auraient pu tenir lieu de cellules capitonnées, et elle eut l'impression que c'était de l'une d'entre elles qu'elle venait de sortir.

La colère de Claire Benzie avait été spectaculaire.

13

Mercredi matin, Ranald Marr n'avait pas réapparu. Sa femme, Dorothy, avait téléphoné aux Genévriers et l'assistante de John Balfour avait pris la communication. Elle s'était entendu rappeler sèchement que la famille se préparait à un enterrement et que l'assistante ne pouvait déranger M. ou Mme Balfour pour le moment.

– Ils ont perdu leur fille, vous savez, dit l'assistante, hautaine.

– Et j'ai perdu mon mari, salope ! cracha Dorothy Marr, qui se tassa légèrement sur elle-même quand elle se rendit compte que c'était probablement la première fois qu'elle employait un gros mot depuis qu'elle avait atteint l'âge adulte.

Mais elle ne pouvait plus s'excuser : l'assistante avait raccroché et indiquait à une collaboratrice qu'il ne fallait plus accepter les appels de Mme Marr.

Il y avait beaucoup de gens aux Genévriers : les membres de la famille et les amis s'y rassemblaient. Quelques personnes, qui venaient de loin, y avaient passé la nuit et erraient dans les couloirs en quête de petit déjeuner. La cuisinière, Mme Dolan, avait décidé qu'un repas chaud ne serait pas convenable en une telle journée, aussi n'était-il pas possible de remonter la piste habituelle des parfums de saucisse, de bacon et d'œufs, ou bien de *kedgeree* [1] savoureux. Il y avait, sur la table de la salle à manger, des paquets de céréales et des pots de confiture, faite maison, mais n'incluant pas celle au cassis et à la pomme, qui était la préférée de Flip depuis l'enfance. Ce pot était resté dans le garde-manger. Flip en personne avait été la dernière à en manger à l'occasion d'une de ses rares visites.

C'était ce que Mme Dolan expliquait à sa fille, Catriona, tandis que cette dernière la réconfortait et lui donnait un nouveau mouchoir en papier. Un invité, chargé d'aller voir s'il était possible d'avoir du café et du lait froid, passa la tête dans l'encadrement de la porte de la cuisine, mais la retira aussitôt, gêné d'avoir surpris l'indomptable Mme Dolan ainsi effondrée.

Dans la bibliothèque, John Balfour disait à sa femme qu'il ne voulait pas que « ces foutus crétins de la police » aillent au cimetière.

– Mais, John, ils ont travaillé très dur, disait sa femme, et ils ont demandé à y venir. Ils y seront sûrement autant à leur place que…

Elle ne termina pas.

– Que qui ?

La voix de John Balfour fut soudain moins chargée de colère, mais beaucoup plus sèche.

– Que tous ces gens que nous ne connaissons pas, dit sa femme.

– Tu veux dire les gens que je connais ? Bon sang, Jackie, tu les as rencontrés dans des réceptions et ils veulent manifester leur solidarité.

Sa femme hocha la tête et garda le silence. Après l'enterrement, une réception était prévue aux Genévriers, à l'intention non seulement de la famille proche mais aussi des associés et relations de son mari, en tout

---

1. Mélange de riz, de poisson, d'œufs durs, de crème.

presque soixante-dix personnes. Jacqueline aurait préféré quelque chose de beaucoup plus intime, qui aurait pu se dérouler dans la salle à manger. Mais, compte tenu de la situation, il avait fallu commander une grande tente, qui était installée sur la pelouse de derrière. Une société d'Édimbourg – sûrement dirigée elle aussi par une cliente de son mari – s'occupait de la restauration. La propriétaire, dehors, supervisait le déchargement des tables et des nappes, de la vaisselle et des couverts apportés par une succession apparemment interminable de petits camions. La seule victoire de Jacqueline, pour le moment, avait consisté à étendre le cercle des invités aux amis de Flip, même si cela n'était pas allé sans quelques instants gênants. Il avait notamment fallu inviter David Costello et ses parents, alors qu'elle n'aimait pas David et croyait qu'il méprisait un peu la famille. Elle espérait qu'ils ne viendraient pas ou qu'ils ne s'attarderaient pas.

– Une occasion, d'une certaine façon, poursuivait John, à peine conscient de la présence de sa femme dans la pièce. Un événement tel que celui-ci les lie à la banque Balfour, si bien qu'il leur est plus difficile d'aller voir ailleurs…

Jacqueline se leva, instable sur ses jambes.

– On enterre notre fille, John ! Ça n'a rien à voir avec ta saloperie de banque. Flip n'est pas un élément d'une… transaction commerciale.

Balfour jeta un coup d'œil sur la porte, s'assura qu'elle était fermée.

– Moins fort, femme. Ce n'était qu'une… je ne voulais pas…

Il se tassa soudain sur lui-même, le visage dans les mains.

– Tu as raison, je ne savais pas ce que je disais… Dieu me pardonne.

Sa femme s'assit près de lui, lui prit les mains, les éloigna de son visage.

– Dieu nous pardonne, John, dit-elle.

Steve Holly était parvenu à convaincre son patron, au siège du journal à Glasgow, qu'il devait être sur les lieux le plus tôt possible. Il était également parvenu, connaissant l'ignorance géographique endémique en Écosse, à le persuader que Falls se trouvait beaucoup plus loin d'Édimbourg qu'il l'était en réalité et que l'hôtel Greywalls était idéalement placé. Il n'avait pas pris la peine d'expliquer que le Greywalls se trouvait à Gullane, et par conséquent à un peu plus d'une demi-heure d'Édimbourg en voiture, ni que Gullane ne se trouvait pas exactement entre Falls et Édimbourg. Mais quelle importance ? Il avait eu sa nuit à l'hôtel en compagnie de sa petite amie, Gina, qui n'était pas vraiment sa petite amie, mais une jeune femme qu'il voyait de temps en temps depuis trois mois. Gina avait été enthousiaste, mais s'était inquiétée, parce qu'elle devait aller travailler le lendemain matin, aussi Steve avait-il réservé un taxi à son intention. Il savait, en plus, comment il s'y prendrait : il dirait que sa voiture était tombée en panne et qu'il avait dû rentrer en ville en taxi…

Après un dîner fabuleux et une promenade dans le jardin – apparemment conçu par un nommé Jekyll –, Steve et Gina avaient amplement profité de leur vaste lit avant de dormir comme des souches. Aussi le taxi était-il arrivé quand ils se réveillèrent et Steve dut prendre le petit déjeuner seul, ce qui était de toute façon ce qu'il voulait. Mais il dut faire face à une déception : il n'y avait que des journaux de format normal, pas un seul tabloïd. Il s'était arrêté à Gullane, sur le chemin de Falls, et avait acheté la concurrence, qu'il avait posée sur le siège du passager et feuilletait tout en conduisant, les autres automobilistes lui faisant des appels de phares et klaxonnant parce qu'il occupait plus que sa part de la route.

– Connards ! cria-t-il par la vitre, montrant le doigt aux bouseux et péquenots tout en sortant son mobile, parce qu'il voulait être certain que Tony, le photographe, serait à l'heure au cimetière.

Il savait que Tony était allé plusieurs fois voir Bev, la « potière paumée » comme la surnommait Steve, à Falls. Tony pensait avoir toutes ses chances. Le conseil qu'il lui avait donné avait été simple : « Elle est barge, mon pote… tu pourras peut-être la sauter mais tu risques de t'apercevoir en te réveillant qu'elle t'a coupé ton truc et qu'elle l'a posé près de toi sur l'oreiller. » Tony avait éclaté de rire et dit qu'il voulait seulement convaincre Bev de poser pour des photos « artistiques » destinées à son « book ». Donc, quand Steve eut Tony au bout du fil ce matin-là, ses premiers mots, comme d'habitude, furent : « Alors, mon pote, tu as réussi à la mettre sur ton tour de potier ? »

Puis, également comme d'habitude, il se mit à rire et c'était ce qu'il faisait quand il jeta un coup d'œil dans le rétroviseur et vit la voiture de flic collée à son cul, gyrophare allumé. Impossible de savoir depuis combien de temps elle était là.

– Il faudra que je te rappelle, Tony, dit-il en freinant et en s'arrêtant sur le bas-côté. Mais sois à l'heure à l'église. Bonjour, messieurs les agents, dit-il en descendant de voiture.

– Bonjour, monsieur, répondit un des agents en tenue.

Ce fut à cet instant que Steve Holly se souvint qu'il n'était pas exactement l'homme du mois au sein de la police de Lothian and Borders.

Dix minutes plus tard, il avait repris la route, les flics le suivant afin de prévenir « de nouvelles infractions », comme ils avaient dit. Quand son mobile sonna, il envisagea de ne pas répondre, mais comme c'était Glasgow, il mit son clignotant et s'arrêta une nouvelle fois sur le bas-côté, la voiture des flics stoppant dix mètres derrière lui.

– Oui ? dit-il.

– Tu te crois vachement malin, hein, mon petit Stevie ?

Son patron.

– Non, pas en ce moment, répondit Steve Holly.

– Un de mes amis joue au golf à Gullane. C'est pratiquement dans Édimbourg, petit merdeux. Et même chose pour Falls. Donc si tu avais l'intention de faire passer ce petit voyage en note de frais, c'est une idée que tu peux te carrer dans le cul.

– Pas de problème.

– Où tu es ?

Holly regarda les prés et les murets de pierres sèches. On entendait, au loin, le grondement d'un tracteur.

– Je repère le cimetière et j'attends Tony. J'irai aux Genévriers dans deux minutes et je les suivrai jusqu'à l'église.

– Ah oui ? Tu peux confirmer ?

– Confirmer quoi ?

– Le putain de mensonge que tu viens juste de dire.

Holly se passa la langue sur les lèvres.

– Je ne comprends pas.

Qu'est-ce qui se passait ? Est-ce que le journal avait posé un mouchard sur sa voiture ?

– Tony a téléphoné au chef du service photo il n'y a pas cinq minutes. Au chef du service photo qui se trouvait par hasard près de mon putain de bureau. Devine d'où appelait le photographe que tu attends.

Holly garda le silence.

– Allez, réponds un truc au hasard, parce que c'est là que je t'enverrai la prochaine fois que je te verrai.

– Du cimetière ? dit Holly.

– C'est ton dernier mot ? Il faut peut-être que tu téléphones à un ami ?

La colère s'empara de Holly : la meilleure défense est l'attaque, exact ?

– Écoutez, dit-il, je viens de fournir l'article de l'année à votre journal, j'ai grillé tous vos concurrents sans exception. Et c'est comme ça que vous me traitez ? Allez vous faire foutre, vous et votre canard minable. Envoyez quelqu'un couvrir l'enterrement, quelqu'un qui connaisse l'affaire aussi bien que moi. Pendant ce temps, je crois que je vais donner deux ou trois coups de fil à la concurrence… sur mon temps et sur ma facture de téléphone. Si c'est ce que vous voulez, vieux magouilleur de merde. Et si vous avez envie de savoir pourquoi je ne suis pas au cimetière, je vais vous le dire. C'est parce que des flics de Lothian m'ont arrêté. Ils ne me quittent pas d'une semelle parce que je leur ai chié dessus dans nos colonnes. Vous voulez le numéro d'immatriculation de la voiture de patrouille ? Donnez-moi une seconde, peut-être qu'ils accepteront de vous parler !

Holly se tut mais veilla à respirer fort.

– Pour une fois, dit finalement la voix de Glasgow, et il faudra peut-être le faire graver sur ma pierre tombale, je crois que j'ai effectivement entendu Steve Holly dire la vérité.

Il y eut un nouveau silence, puis un rire étouffé.

– On leur a fait peur, hein ?

On… Steve Holly comprit qu'il était tiré d'affaire.

– J'ai quelque chose comme une escorte permanente, au cas où j'envisagerais de ne tenir le volant que d'une main pour me curer le nez de l'autre.

– Donc, tu ne roules pas en ce moment.

– Sur l'accotement, feux de détresse allumés. Si vous permettez, patron, je viens encore de perdre cinq minutes à discuter avec vous… même si j'apprécie toujours nos petits tête-à-tête.

Nouveau rire étouffé.

– Et merde, il faut lâcher la vapeur de temps en temps, hein ? Écoute, mets cette chambre d'hôtel sur ta note de frais, d'accord ?

– D'accord, patron.

– Et reprends la route.

– Bien reçu, patron.

Le glaive scintillant de la vérité raccrocha.

Holly coupa la communication, poussa un profond soupir, puis fit ce qu'on lui avait dit de faire : il reprit la route…

Le village de Falls n'avait ni église ni cimetière, mais il y avait une chapelle rarement utilisée située au bord de la route reliant Falls à Causeland. La famille de Flip avait choisi cet endroit et tout organisé mais, au fond d'eux-mêmes, les amis de Flip qui avaient pu assister à la cérémonie trouvaient que le calme et l'isolement ne correspondaient pas à la personnalité de la disparue. Ils ne pouvaient s'empêcher de penser qu'elle aurait préféré quelque chose de plus animé, un endroit situé dans la ville, où les gens promenaient leur chien et faisaient un tour le dimanche, où, dans l'obscurité, les motards faisaient la fête et des accouplements furtifs se produisaient.

Le cimetière, ici, était trop propre et étroit, les tombes trop vieilles et bien entretenues. Flip aurait aimé des plantes grimpantes sauvages et luxuriantes, des mousses, des bruyères et de hautes herbes mouillées. Mais, à la réflexion, ils s'apercevaient qu'elle s'en fichait de toute façon, parce qu'elle était morte, voilà tout. À ce moment, peut-être pour la première fois, ils furent en mesure de distinguer le chagrin du choc, d'éprouver la douleur d'une vie restée inachevée.

Il y avait trop de monde dans l'église. On laissa les portes ouvertes, afin que la brève cérémonie puisse être entendue à l'extérieur. La journée était fraîche, le sol trempé de rosée. Les oiseaux jouaient dans les arbres, que seule cette invasion agitait. Les voitures étaient garées le long de la rue principale, le fourgon mortuaire s'étant éloigné discrètement, ayant repris la route d'Édimbourg. Des chauffeurs en livrée se tenaient près de plusieurs véhicules, cigarette à la main. Rolls, Mercedes, Jaguar…

Les Balfour fréquentaient théoriquement une église de la ville, mais le pasteur s'était laissé convaincre de célébrer la cérémonie ici, même s'il ne voyait les Balfour qu'à Noël, et encore, pas ces deux ou trois dernières années. C'était un homme rigoureux, qui avait préparé son intervention avec l'assistance du père et de la mère, posant méticuleusement les questions permettant d'étoffer la biographie de Flip, mais qui fut également ébahi par l'intérêt des médias. Habitué à ne rencontrer les caméras que lors des mariages et des baptêmes, il eut un large sourire lorsque l'une d'entre elles fut braquée sur lui, ne comprit qu'ensuite que son attitude avait été déplacée. Il ne s'agissait pas de parents en deuil mais de journalistes, qui restaient à bonne distance de la cérémonie solennelle, dont les objectifs étaient strictement contrôlés. Le cimetière était nettement visible de la route, mais il n'y aurait pas de photo du cercueil descendant dans la fosse, ni des parents au bord de la tombe. Un seul cliché avait été autorisé : le cercueil sortant de l'église.

Bien entendu, quand les gens auraient quitté l'enceinte de l'église, tout serait à nouveau permis.

– Des parasites, avait craché un invité, vieux client de la banque Balfour ; néanmoins il savait qu'il n'achèterait pas qu'un seul journal, le lendemain matin, afin de voir s'il figurait sur une photo.

Comme les prie-Dieu et les allées latérales étaient bondés, les policiers présents restèrent également à distance, à l'arrière de la foule massée devant le portail de l'église. Colin Carswell, le directeur adjoint, était debout, les mains croisées devant lui, la tête légèrement inclinée. La superintendante Gill Templer se tenait, en compagnie de l'inspecteur Bill Pryde, derrière Carswell. D'autres policiers étaient plus loin, patrouillaient dans les environs. Le meurtrier de Flip était toujours en liberté, ainsi que Ranald Marr, à supposer qu'il soit possible de les distinguer. Dans l'église, John Balfour tournait sans cesse la tête, scrutait les visages comme s'il cherchait quelqu'un. Seuls ceux qui savaient comment fonctionnait la banque Balfour pouvaient deviner quel était ce visage manquant…

John Rebus était debout près du mur du fond, vêtu de son bon costume et d'un long imperméable vert au col relevé. Il se disait et se répétait que l'environnement était très morne : flanc de colline nu typique, parsemé de moutons ; bouquets d'ajoncs jaune terne. Il avait lu le panneau fixé juste derrière la barrière du cimetière. Il indiquait que le bâtiment datait du XVIIe siècle et que les fermiers de la région avaient réuni les fonds nécessaires à sa construction. On avait découvert au moins une tombe de templier, dans le périmètre clos par un mur bas. Les historiens en déduisaient qu'il y avait vraisemblablement eu une chapelle et un cimetière antérieurs sur les lieux.

« La pierre tombale de ce caveau de templier, avait-il lu, se trouve désormais au Museum of Scotland. »

Il avait alors pensé à Jean qui, dans un endroit tel que

celui-ci, remarquerait des choses qu'il ne verrait pas, des indices révélateurs du passé. Mais Gill se dirigea vers lui, le visage fermé, les mains dans les poches, et lui demanda ce qu'il fichait ici.

– Je suis venu rendre un dernier hommage.

Il avait vu Carswell bouger légèrement la tête quand il avait constaté sa présence.

– Sauf si c'est interdit par la loi, avait-il ajouté avant de s'éloigner.

Siobhan était à une cinquantaine de mètres de lui, mais s'était contentée jusqu'ici de lui adresser un signe de sa main gantée. Elle fixait le flanc de la colline, comme si elle croyait que le meurtrier allait y apparaître. Rebus en doutait. Au terme de la cérémonie, on sortit le cercueil et les appareils photo se mirent au travail. Les journalistes présents regardaient attentivement la scène, notaient mentalement des paragraphes ou parlaient très bas dans leur téléphone mobile. Vaguement, Rebus se demanda quel opérateur ils utilisaient : le sien ne captait pas le réseau à cet endroit.

Les caméras de télévision, qui avaient filmé la sortie du cercueil sur les épaules des porteurs, étaient éteintes et baissées. Le silence s'était fait hors de l'enceinte du cimetière comme à l'intérieur, rompu par le crissement des pieds sur les graviers et, de temps en temps, par un sanglot.

John Balfour tenait sa femme par les épaules. Quelques-uns des amis de Flip se serraient dans les bras les uns des autres, visages cachés contre les épaules ou les poitrines. Il en reconnut quelques-uns : Tristram et Tina, Albert et Camille… Pas trace de Claire Benzie. Il vit également quelques voisins de Flip, dont le Pr Devlin, qui était venu lui parler, l'avait interrogé sur les cercueils, lui avait demandé s'il y avait du nouveau. Quand

Rebus avait secoué la tête, Devlin lui avait demandé comment il allait.

– Je perçois une certaine frustration, avait dit le vieillard.

– C'est parfois comme ça.

Devlin l'avait dévisagé.

– Vous ne me faisiez pas l'effet d'être pragmatique, inspecteur, avait dit le vieillard.

– Le pessimisme m'a toujours semblé très réconfortant, avait répliqué Rebus avant de s'éloigner.

Rebus regarda le reste de la procession. Il y avait quelques personnalités politiques, dont Seona Grieve, membre du Parlement écossais. David Costello précéda ses parents hors de l'église, battit des paupières à cause de la lumière, sortit des lunettes de soleil de sa poche poitrine et les mit.

Les yeux des victimes capturant l'image du meurtrier...

Ceux qui regarderaient David Costello ne verraient que leur reflet. Était-ce précisément ce que Costello voulait ? Derrière lui, ses parents avançaient chacun de leur côté, d'un pas différent, évoquant davantage des relations que des époux. Quand la foule se dispersa, David se retrouva près de Devlin. Devlin tendit la main à David, mais le jeune homme se contenta de la fixer, jusqu'au moment où Devlin lui donna de petites tapes sur l'avant-bras.

Cependant il se passa quelque chose... Une voiture arriva, une portière claqua et un homme en tenue de tous les jours – pull gris à col en V, pantalon gris – se dirigea vers le cimetière en courant et y entra. Rebus reconnut Ranald Marr, barbu et les yeux rouges, devina aussitôt qu'il avait dormi dans sa Maserati, vit Steve Holly sourire en se demandant ce qui se passait. La procession venait d'arriver au bord de la tombe quand Marr la rejoignit. Il en gagna directement la tête, s'immobilisa devant John et Jacqueline Balfour. Balfour lâcha sa femme, donna l'accolade à Marr, qui la lui rendit. Templer et Pryde regardaient Colin Carswell, qui baissa les mains, paumes dirigées vers le sol. Du calme, disait-il. Restons calmes.

Selon Rebus, les journalistes n'avaient pas remarqué le geste de Carswell : ils étaient trop occupés à tenter d'interpréter cette étrange interruption. Puis il s'aperçut que Siobhan fixait la fosse, ses yeux allant d'elle au cercueil, comme si elle y voyait quelque chose. Tout d'un coup, elle tourna le dos à la cérémonie et s'éloigna entre les tombes, comme si elle avait perdu quelque chose et le cherchait.

– Car je suis la résurrection et la vie, dit le pasteur.

Marr se tenait à présent près de John Balfour, les yeux rivés sur le cercueil. À quelque distance, Siobhan marchait toujours entre les tombes. Rebus pensa que les journalistes ne pouvaient sûrement pas la voir : les gens formaient une barrière entre elle et eux. Elle s'accroupit devant une tombe de petite taille, parut en lire l'inscription. Puis elle se redressa et s'éloigna, mais plus lentement, sans impatience. Quand elle se retourna, elle s'aperçut que Rebus la regardait. Elle lui adressa un bref regard qui, bizarrement, ne le rassura pas. Puis elle se remit en marche, contourna l'arrière de la foule et disparut.

Carswell parlait à l'oreille de Gill Templer : des instructions relatives à Marr. Rebus savait qu'ils le laisseraient probablement quitter le cimetière, mais qu'ils exigeraient qu'il les accompagne aussitôt après. Peut-être iraient-ils aux Genévriers pour l'y interroger ; mais il était plus probable qu'il ne verrait ni la tente ni le buffet. Ce serait plutôt une salle d'interrogatoire à Gayfield et une tasse de thé grisâtre.

– La cendre à la cendre…

Rebus ne put s'en empêcher ; les premières mesures de la chanson de Bowie résonnèrent dans sa tête.

Plusieurs journalistes se préparaient à partir, soit pour retourner en ville, soit pour se rendre aux Genévriers, où ils dresseraient la liste des invités. Rebus glissa les mains dans les poches de son imperméable, entreprit de faire lentement le tour du cimetière. La terre tombait en pluie sur le cercueil de Philippa Balfour, dernière pluie qui s'abattrait sur le bois verni. Sa mère poussa un cri, le visage levé vers le ciel. La brise l'emporta parmi les collines voisines.

Rebus s'était immobilisé devant la petite pierre tombale. Son propriétaire avait vécu de 1876 à 1937. Pas tout à fait soixante et un ans à sa mort, échappant au pire du nazisme et peut-être trop âgé pour avoir combattu pendant la Première Guerre mondiale. Il avait été charpentier, avait probablement travaillé pour les fermes des environs. Pendant une seconde, Rebus se souvint du menuisier fabricant de cercueils. Puis il revint au nom gravé sur la tombe – Francis Campbell Finlay – et dut réprimer un sourire. Siobhan avait vu la caisse contenant le corps de Flip Balfour et elle avait pensé « boxing [1] ». Puis elle avait regardé la fosse et avait compris que c'était un endroit où le soleil ne brille pas. L'énigme de Quizmaster l'avait conduite ici, mais il ne lui avait été possible de la résoudre qu'une fois sur les lieux. Elle s'était mise en quête de Frank Finlay et l'avait localisé. Rebus se demanda ce qu'elle avait trouvé d'autre quand elle s'était accroupie devant la tombe. Il jeta un coup d'œil sur les gens qui quittaient le cimetière, les chauffeurs écrasant leurs cigarettes et se préparant à ouvrir les portières. Il ne vit pas Siobhan, mais Carswell

1. Placer dans une boîte (*box*).

avait entraîné Ranald Marr à l'écart et s'entretenait avec lui, Carswell parlant et Marr acquiesçant d'un air résigné. Quand Carswell tendit la main, Marr y laissa tomber les clés de sa voiture.

Rebus partit le dernier. Plusieurs véhicules manœuvraient pour faire demi-tour. Un semi-remorque attendait de pouvoir passer. Rebus ne reconnut pas le chauffeur. Siobhan se tenait sur l'accotement, les bras posés sur le toit de sa voiture, pas pressée. Rebus traversa la route, la salua d'un signe de tête.

– Je pensais bien que tu viendrais, dit-elle simplement.

Rebus posa également les bras sur le toit.

– Tu as eu droit à une engueulade, hein ? demanda-t-elle.

– Comme j'ai dit à Gill, ce n'est pas interdit par la loi.

– Tu as vu Marr arriver ?

Rebus acquiesça.

– Carswell le conduit au manoir, dit-elle. Marr veut s'expliquer avec Balfour.

– Expliquer quoi ?

– On le saura ensuite.

– Je n'ai pas l'impression qu'il soit sur le point d'avouer un meurtre.

– Non, reconnut-elle.

– Je me demandais…

Rebus ne poursuivit pas.

Elle se força à ne plus regarder Carswell, qui tentait de manœuvrer la Maserati afin de lui faire faire demi-tour.

– Oui ?

– La dernière énigme, l'Étranglement. De nouvelles idées ?

Étranglement, pensait-il, comme constriction. On ne peut pas être plus à l'étroit que dans un cercueil…

Elle battit deux ou trois fois des paupières, puis secoua la tête.

– Et toi ?

– Je me demandais si « boxing » ne signifiait pas mettre des choses dans des boîtes.

– Mmmm, fit-elle, songeuse. Peut-être.

– Tu veux que je continue ?

– Ça pourrait toujours servir.

La Maserati s'éloignait dans un rugissement, Carswell ayant appuyé trop fort sur l'accélérateur.

– Évidemment.

Rebus se tourna à nouveau vers elle et demanda :

– Tu vas aux Genévriers ?

Elle secoua la tête.

– Je retourne à St Leonard's.

– Du travail, hein ?

Elle cessa d'appuyer les bras sur le toit de la voiture, glissa la main droite dans la poche de sa veste Barbour noire.

– Du travail, admit-elle.

Rebus remarqua qu'elle avait ses clés dans la main gauche. Il se demanda ce qui se trouvait dans la poche droite.

– Bon, tranquille, hein ? dit-il.

– On se reverra au ranch.

– Je suis toujours sur la liste noire, tu te souviens ?

Elle sortit la main de sa poche, ouvrit la portière de sa voiture.

– Exact, dit-elle en s'installant au volant.

Il se pencha, la regarda à travers la vitre. Elle lui accorda un bref sourire, rien de plus. Il recula quand le moteur démarra, les roues patinant avant d'atteindre le goudron.

Elle avait fait exactement ce qu'il aurait fait : gardé ce

qu'elle avait trouvé pour elle. Rebus gagna sa voiture en petites foulées et se prépara à la suivre.

En traversant une nouvelle fois Falls, il ralentit légèrement devant chez Bev Dodds. Il s'était vaguement attendu à la voir à l'enterrement. La cérémonie avait attiré de nombreux curieux, même si les voitures de police postées aux deux extrémités de la rue avaient dissuadé les intrus. Mais les places de stationnement étaient chères, au village, même s'il soupçonnait que tel n'était sûrement pas le cas le mercredi. L'enseigne avait cédé la place à une autre, plus accrocheuse et plus professionnelle. Rebus appuya un peu plus fort sur l'accélérateur, afin de ne pas perdre de vue la voiture de Siobhan. Les cercueils étaient toujours dans le tiroir du bas de son bureau. Il savait que Dodds voulait récupérer celui de Falls. Peut-être serait-il charitable, irait-il le chercher dans l'après-midi, le lui apporterait-il jeudi ou vendredi. Un prétexte de plus de passer au ranch, où il pourrait peut-être tenter une nouvelle fois de faire parler Siobhan… à supposer que ce soit bien sa destination…

Il se souvint qu'il y avait une demi-bouteille de whisky sous le siège du conducteur. Il avait vraiment envie d'un verre – c'est ce qu'on fait après les enterrements. L'alcool emporte le caractère inévitable de la mort. « Tentant », se dit-il en enfonçant une cassette dans le lecteur. Alex Harvey à ses débuts : *The Faith Healer*. Le problème était que l'Alex Harvey des débuts n'était guère différent de l'Alex Harvey de la fin. Il se demanda quel rôle l'alcool avait joué dans la disparition du chanteur de Glasgow. Si on commence à dresser la liste des décès dus à l'alcool, on ne peut plus s'arrêter…

– Vous croyez que je l'ai tuée, n'est-ce pas ?

Ils étaient trois dans la salle d'interrogatoire. Silence exceptionnel, derrière la porte : murmures, déplacements sur la pointe des pieds, téléphones décrochés dès le début de la première sonnerie. Gill Templer, Bill Pryde, Ranald Marr.

– Ne concluons pas hâtivement, monsieur Marr, dit Gill.

– N'est-ce pas ce que vous faites ?

– Simplement quelques précisions, monsieur, intervint Pryde.

Marr eut un bref rire ironique, ne jugeant pas utile d'accorder davantage à cette remarque.

– Depuis combien de temps connaissez-vous Philippa Balfour, monsieur ?

Il se tourna vers Gill Templer.

– Depuis sa naissance. Je suis son parrain.

Gill nota cela mentalement.

– Et quand avez-vous été attirés physiquement l'un par l'autre ?

– Qui prétend que c'était le cas ?

– Pourquoi êtes-vous parti de chez vous de cette façon, monsieur ?

– La période est très stressante, répondit Marr, qui changea de position sur sa chaise. Écoutez, faudrait-il que mon avocat soit présent, selon vous ?

– Comme on vous l'a expliqué, c'est à vous de décider.

Marr réfléchit, puis haussa les épaules.

– Poursuivez, dit-il.

– Entreteniez-vous une relation avec Philippa Balfour ?

– Quel type de relation ?

La voix de Pryde fut semblable au grondement d'un ours.

– Le type de relation susceptible d'amener son père à vous pendre par les couilles.

– Je crois que je vois ce que vous voulez dire, fit Marr

qui parut réfléchir à sa réponse. Voici ce que j'ai à déclarer : je me suis entretenu avec John Balfour, qui a adopté une attitude responsable vis-à-vis de notre conversation. Ce que nous nous sommes dit n'exerce aucune influence sur cette affaire. Voilà.

Il s'appuya contre le dossier de sa chaise.

– Sauter votre filleule ! s'écria Bill Pryde, écœuré.

– Inspecteur Pryde ! dit Gill Templer sur un ton de reproche, puis, s'adressant à Marr : Veuillez excuser mon collègue, il s'est laissé emporter.

– J'accepte les excuses.

– Mais il a simplement davantage de mal que moi à cacher son dégoût et son mépris.

Marr faillit sourire.

– Et en ce qui concerne ce qui peut ou non « exercer une influence » sur l'affaire, c'est à nous d'en décider, n'est-ce pas, monsieur ?

Les joues de Marr rougirent, mais il n'avait aucune intention de mordre à l'appât. Il se contenta de hausser les épaules et croisa les bras, leur signifiant que, de son point de vue, la conversation était terminée.

– Voulez-vous m'accorder un instant, inspecteur Pryde, dit Gill, qui montra la porte de la tête.

Quand ils sortirent de la pièce, deux agents en tenue y entrèrent. Voyant des collègues se diriger vers eux, Gill fit franchir à Pryde une porte marquée « Dames », puis s'adossa au battant afin de décourager les curieux.

– Alors ? demanda-t-elle.

– Chouette, dit Pryde, qui regarda autour de lui.

Il gagna le lavabo, prit la poubelle qui se trouvait dessous, y cracha son chewing-gum, et sortit deux barres neuves de son paquet.

– Ils se sont arrangés, dit-il finalement, admirant son visage dans le miroir.

– Oui, admit Gill. On aurait dû le conduire directement ici.

– Carswell a gaffé, dit Pryde. À nouveau.

Gill acquiesça.

– Vous croyez qu'il a avoué à Balfour ?

– Je crois qu'il a probablement dit quelque chose. Il a eu toute la nuit pour trouver la bonne formulation : « John, c'est arrivé comme ça… c'était il y a longtemps et une seule fois… je regrette vraiment. » C'est ce que disent toujours les maris.

Gill faillit sourire. C'était comme si Pryde parlait par expérience.

– Et Balfour ne l'a pas suspendu par les couilles ?

Pryde secoua la tête, songeur.

– Plus j'en apprends sur John Balfour, moins il me plaît. La banque a l'air d'être sur la pente descendante, le manoir est plein de titulaires de compte… son meilleur ami vient carrément lui dire qu'il a été l'amant de sa fille et qu'est-ce que fait Balfour ? Il négocie.

– Ils gardent ça pour eux, l'étouffent ?

Pryde hocha à son tour la tête.

– Parce que l'alternative est le scandale, la démission, un déballage public et l'effondrement de ce qui leur est le plus cher, à savoir le fric.

– Dans ce cas, on aura du mal à obtenir quelque chose de lui.

Pryde la dévisagea :

– Sauf si on insiste vraiment beaucoup.

– Je ne suis pas sûre que ça plairait à Carswell.

– Si vous permettez, madame Templer, Carswell ne saurait pas où est son cul s'il n'était pas signalé par une pancarte indiquant : « insérer la langue ici ».

– Je ne peux pas accepter ce type de langage, dit Gill Templer, qui ne put retenir un sourire.

Quelqu'un poussa le battant et Gill cria à la personne qui se trouvait derrière de cesser.

– J'ai absolument besoin, répondit une voix féminine.

– Moi aussi, dit Bill Pryde, mais il faudrait peut-être que je rejoigne les rivages plus rudimentaires des Messieurs.

Quand Gill acquiesça et ouvrit la porte, il jeta un dernier regard, empreint d'un vague regret, autour de lui et ajouta :

– Mais, désormais, je ne cesserai plus d'y penser, croyez-moi. On pourrait s'habituer à ce type de luxe…

Dans la salle d'interrogatoire, le visage de Marr était celui d'un homme certain qu'il reprendrait bientôt le volant de sa Maserati. Gill, incapable de supporter cette suffisance ostentatoire, décida de jouer sa dernière carte.

– Votre liaison avec Philippa Balfour a duré un bon bout de temps, n'est-ce pas ?

– Bon sang, on en revient là ? fit Marr, qui leva les yeux au ciel.

– Beaucoup de gens étaient au courant, en plus. Philippa a tout raconté à Claire Benzie.

– C'est ce que dit Claire Benzie ? C'est un air connu. Cette petite dame est prête à raconter n'importe quoi pour nuire à la banque Balfour.

Gill secoua la tête.

– Je ne le crois pas parce que, sachant ce qu'elle savait, elle aurait pu s'en servir à n'importe quel moment : un coup de téléphone à John Balfour et il n'y aurait plus eu de secret. Elle ne l'a pas fait, monsieur. Je présume que c'est parce que Claire a des principes.

– Ou qu'elle attendait son heure.

– Peut-être.

– Est-ce que c'est ça, au bout du compte ? Ma parole contre la sienne ?

– Il y a aussi le fait que vous teniez à fournir à Philippa le moyen d'effacer les e-mails.

– Ce que j'ai également expliqué à vos collègues.

– Oui, mais maintenant nous savons vraiment pourquoi vous l'avez fait.

Marr tenta de l'obliger à baisser les yeux, mais ça ne marcherait pas. Il ne pouvait pas savoir que Gill avait interrogé plus d'une douzaine de meurtriers pendant sa carrière au sein du CID. Elle avait soutenu le regard d'yeux de feu, d'yeux déments. Il baissa la tête et ses épaules s'affaissèrent.

– Écoutez, dit-il, il y a une chose…

– Nous attendons, monsieur, dit Pryde, aussi droit sur sa chaise qu'un ecclésiastique.

– Je… Je n'ai pas tout dit sur le jeu auquel Flip participait…

– Vous n'avez tout dit sur rien, coupa Pryde.

Mais Gill le fit taire d'un regard. Peu importait, cependant, car Marr n'avait pas écouté.

– Je ne savais pas que c'était un jeu, dit-il, pas à cette époque. Ce n'était qu'une question… qui provenait peut-être de mots croisés, c'est ce que j'ai cru.

– Donc elle vous a soumis une des énigmes ?

Marr acquiesça.

– Le rêve du maçon. Elle croyait que je saurais peut-être ce qu'elle signifiait.

– Et pour quelle raison ?

Il esquissa l'ombre d'un sourire.

– Elle me surestimait toujours. Elle était… je ne crois pas que vous sachiez vraiment qui était Flip. Je sais ce qu'on voit au premier abord : gamine riche, gâtée, qui consacre ses études universitaires à la contemplation de tableaux, puis obtient son diplôme et épouse quelqu'un qui a davantage encore d'argent. Flip n'était pas du tout comme ça. C'était peut-être un aspect de sa personnalité, mais elle était complexe, toujours capable de surprendre. Comme cette énigme… d'un côté j'ai été stupéfait quand j'en ai entendu parler mais d'un autre… sur de nombreux plans ça ressemblait beaucoup à Flip. Elle s'intéressait soudain à des choses, se prenait de passion pour elles. Pendant des années, elle est allée au zoo une fois par semaine, seule, pratiquement toutes les semaines, et je l'ai appris par hasard, il y a quelques mois. J'avais assisté à une réunion à l'hôtel Posthouse et elle sortait du zoo, qui est à côté.

Il leva la tête, demanda :

– Vous voyez ?

Gill n'en était pas certaine, mais elle acquiesça tout de même.

– Continuez, dit-elle.

Cependant ce fut comme si ses paroles avaient rompu le charme. Marr reprit son souffle, puis parut soudain moins animé.

– Elle était…

Sa bouche s'ouvrit et se ferma, mais il n'émit aucun son. Puis il secoua la tête.

– Je suis fatigué et je veux rentrer chez moi. Il faut que je donne des explications à Dorothy.

– Êtes-vous en état de conduire ? demanda Gill.

– Absolument.

Il prit une profonde inspiration mais quand il se tourna à nouveau vers elle, ses yeux s'étaient emplis de larmes.

– Bon sang, j'ai fichu une sacrée merde, hein ? Mais je recommencerais encore et encore si cela me permettait d'avoir les moments que j'ai passés avec elle.

– Vous répétez ce que vous allez dire à votre dame ? demanda Pryde, glacial.

Ce fut à cet instant que Gill s'aperçut que le récit de Marr n'avait touché qu'elle. Comme pour souligner ses propos, Pryde fit une bulle de chewing-gum, qui explosa dans un claquement sec.

– Bon sang, dit Marr, presque avec un sentiment de crainte respectueuse, j'espère que je n'aurai jamais la peau aussi épaisse que vous et je prie pour que ça n'arrive pas.

– C'est vous qui avez sauté la fille de votre pote pendant toutes ces années. Comparé à moi, monsieur, vous êtes un putain de tatou.

Cette fois, Gill dut prendre son collègue par le bras et l'entraîner hors de la pièce.

Rebus était à St Leonard's comme le fantôme au festin. De l'avis général, entre Marr et Claire Benzie, ils obtiendraient quelque chose. Ils obtiendraient sûrement quelque chose.

– Mais on n'a rien sans rien, marmonna Rebus.

Cependant personne n'écoutait. Il trouva les cercueils dans son tiroir, avec de la paperasserie et un gobelet vide que quelqu'un n'avait pas eu le courage d'aller mettre dans la poubelle et avait laissé là. Il s'installa dans le fauteuil du Paysan, sortit les cercueils et les posa sur son bureau, poussa une autre pile de paperasserie pour leur faire de la place. Il était convaincu qu'un meurtrier lui filait entre les doigts. Seule la découverte d'une victime supplémentaire pouvait lui fournir une nouvelle occasion de l'arrêter, mais il n'était pas sûr d'avoir envie de ça. Les indices qu'il avait emportés chez lui, les notes punaisées au mur… il ne pouvait pas s'abuser, ça ne constituait en rien des preuves. C'était un fatras de coïncidences et de théories, un réseau de fils de la vierge créé pratiquement à partir de rien, le moindre souffle provoquant la rupture de ces fibres tendues. Rien ne permettait d'affirmer qu'Anne Jesperson n'était pas partie avec un amant dont personne ne connaissait l'existence, que

Hazel Gibbs n'avait pas trébuché, ivre, sur la rive de White Cart Water et n'était pas tombée dans l'eau, perdant connaissance au terme de sa chute. Peut-être Paula Gearing avait-elle bien caché sa dépression et s'était-elle volontairement jetée dans la mer. Et Caroline Farmer, la lycéenne, avait peut-être refait sa vie dans une ville anglaise, loin du blues des adolescents d'Écosse.

Quelle importance si quelqu'un avait laissé des cercueils à proximité ? Il n'était même pas certain que ce fût chaque fois la même personne ; il n'avait, sur ce plan, que la parole du menuisier. Et les rapports d'autopsie ne permettaient pas de prouver que des crimes avaient été commis… en tout cas jusqu'au cercueil de Falls. Nouvel accroc dans la structure : Flip Balfour était la première victime à propos de qui on pouvait dire avec certitude qu'elle avait péri sous les coups d'un agresseur.

Il se tenait la tête entre les mains, avait l'impression qu'elle exploserait s'il les retirait. Trop de fantômes, trop de si et trop de mais. Trop de souffrance et de deuil, de chagrin et de culpabilité. Naguère, il aurait apporté tout ça à Conor Leary. Désormais, il ne pouvait apparemment plus se confier à personne…

Mais ce fut un homme qui décrocha le poste de Jean.

– Désolé, dit l'homme, elle est très occupée en ce moment.

– Vous avez beaucoup de travail au musée ?

– Pas particulièrement. Jean a entrepris un de ses petits voyages mystérieux.

– Ah ?

L'homme rit.

– Je ne pense pas à une excursion en autocar ou à ce genre de chose. De temps en temps, elle se lance sur des projets. Si on posait une bombe dans l'immeuble, Jean serait la dernière informée.

L'homme aurait pu parler de lui, Rebus. Mais Jean

n'avait pas dit qu'elle travaillait sur quelque chose en dehors de ses occupations habituelles. Même si ça ne le regardait pas...

– Qu'est-ce qu'elle fabrique, cette fois ?

– Mmm, voyons... Burke et Hare, le Dr Knox et toute cette période.

– Les résurrectionnistes ?

– Un terme bizarre, vous ne trouvez pas ? En fait, il ne s'agissait pas de résurrection telle qu'un bon chrétien la comprendrait, n'est-ce pas ?

– Absolument.

L'homme agaçait Rebus : quelque chose dans sa façon d'être, le ton de sa voix. Il donnait des informations trop facilement et cela aussi l'agaçait. Il n'avait même pas demandé à Rebus qui il était. Si Steve Holly parvenait à contacter ce type, il aurait tous les renseignements dont il avait besoin, probablement jusqu'à l'adresse et le numéro de téléphone personnel de Jean.

– Mais elle semblait s'intéresser surtout à ce médecin qui a réalisé l'autopsie de Burke. Comment s'appelle-t-il déjà ?...

Rebus se souvint du portrait de Surgeons' Hall.

– Kennet Lovell ?

– C'est exact.

L'homme parut légèrement contrarié du fait que Rebus fût au courant, demanda néanmoins :

– Vous aidez Jean ? Vous voulez que je lui laisse un message ?

– Vous ne savez pas où elle est ?

– Elle ne se confie pas toujours à moi.

Elle a bien raison, eut envie de dire Rebus. Mais il répondit à l'homme qu'il n'y avait pas de message et raccrocha. Devlin avait parlé de Kennet Lovell à Jean, lui avait exposé sa théorie selon laquelle il était à l'origine des cercueils déposés à Arthur's Seat. De toute évidence elle suivait cette piste. Néanmoins il se demanda pourquoi elle n'avait rien dit…

Il fixa le bureau qui se trouvait devant lui, celui que Wylie avait utilisé. Les documents s'entassaient dessus. Il plissa les paupières, se leva, le gagna, souleva les piles de papier.

Les rapports des autopsies de Hazel Gibbs et Paula Gearing se trouvaient dessous. Il avait l'intention de les renvoyer. À l'Ox, le Pr Devlin avait indiqué qu'il fallait les renvoyer. Et il avait tout à fait raison. Ils ne servaient plus à rien, risquaient de disparaître définitivement, d'être mal classés ou enfouis sous la paperasserie générée par le meurtre de Flip Balfour.

Rebus les posa sur son bureau, puis transféra les documents inutiles sur une table de travail voisine. Les cercueils retournèrent dans le tiroir du bas, à l'exception de celui de Falls, qu'il mit dans un sac en plastique de chez Haddox's. Il prit une feuille A4 dans le bac de la photocopieuse… seul endroit du CID où on pouvait trouver du papier. Il écrivit dessus : RENVOYER SVP CES DOCUMENTS, DE PRÉFÉRENCE VENDREDI. MERCI, J. R.

Il regarda autour de lui, se rendit soudain compte que Siobhan n'était apparemment pas là, alors qu'il avait suivi sa voiture jusqu'au parking.

– Elle est allée à Gayfield Square, expliqua un collègue.

– Quand ?

– Il y a cinq minutes.

Pendant qu'il téléphonait, écoutait des racontars.

– Merci, dit-il, se précipitant en direction de sa voiture.

Il n'y avait pas de trajet permettant d'atteindre directement Gayfield Square, aussi Rebus prit-il quelques libertés avec les feux et les carrefours. Quand il se gara, il ne vit pas la voiture de Siobhan. Mais lorsqu'il se précipita à l'intérieur, elle était là, parlait avec Grant Hood, apparemment vêtu d'un nouveau costume neuf et étrangement bronzé.

– Tu as pris le soleil, Grant ? demanda Rebus. Je croyais que ton bureau du siège n'avait même pas de fenêtre.

Gêné, Grant porta une main à sa joue.

– Je me suis peut-être un peu exposé. (Ostensiblement, ayant repéré quelqu'un du côté opposé de la pièce, il ajouta :) Désolé, il faut que j'y aille…

Et il s'en alla.

– Grant commence à m'inquiéter un peu, dit Rebus.

– Qu'est-ce que c'est à ton avis ? Du lait bronzant ou des UV ?

Rebus secoua lentement la tête, incapable de décider. Grant leur adressa un bref regard, s'aperçut qu'ils le fixaient, s'imposa dans une conversation comme s'il s'agissait des gens à qui il voulait parler. Rebus s'installa à un bureau.

– Du neuf ? demanda-t-il.

– Ranald Marr a été libéré. On a seulement réussi à lui faire dire que Flip l'avait effectivement interrogé sur l'énigme relative aux francs-maçons.

– Et la raison pour laquelle ils nous ont menti ?…

Elle haussa les épaules.

– Je n'ai pas assisté à la conversation, donc je ne peux rien dire.

Elle semblait nerveuse.

– Tu devrais t'asseoir.

Elle secoua la tête et il demanda :

– Du travail ?

– Exact.

– À savoir ?

– Quoi ?

Il répéta la question. Elle le dévisagea.

– Excuse-moi, dit-elle, mais j'ai l'impression que tu passes beaucoup de temps au bureau alors que tu es suspendu.

– J'avais oublié quelque chose et je suis venu le chercher.

Au moment où il prononça ces mots, il se rendit compte qu'il avait effectivement oublié quelque chose : le cercueil de Falls, resté à St Leonard's dans un sac en plastique.

– Et toi, Siobhan, tu n'as pas oublié quelque chose ?

– C'est-à-dire ?

– Oublié de partager ce que tu as découvert avec le reste de l'équipe.

– Je ne crois pas.

– Donc tu as vraiment trouvé quelque chose ? Près de la tombe de Frank Finlay ?

– John… dit-elle en évitant le regard de Rebus. Tu ne travailles plus sur l'affaire.

– Toi, en revanche, tu travailles sur l'affaire, mais tu marches à côté de tes pompes.

– Tu n'as aucune raison de dire ça.

Elle ne le regardait toujours pas.

– Je crois que j'en ai.

– Prouve-le.

– Inspecteur Rebus !

La voix de l'autorité, celle de Colin Carswell, debout sur le seuil, à vingt mètres :

– Pourriez-vous m'accorder un instant ?

Rebus regarda Siobhan.

– À suivre, dit-il.

Puis il se leva et sortit de la pièce. Carswell l'attendait dans le bureau étroit de Gill Templer. Gill s'y trouvait également, debout, les bras croisés. Carswell s'installa derrière le bureau de la superintendante, son regard exprimant la consternation face au fouillis accumulé depuis sa dernière visite.

– Alors, inspecteur Rebus, que pouvons-nous faire pour vous ? demanda-t-il.

– J'avais besoin de quelque chose.

– Pas d'un service, je présume.

Carswell eut un pâle sourire.

– Elle est bien bonne, monsieur, dit froidement Rebus.

– John, intervint Gill, tu devrais être chez toi.

Il acquiesça.

– Mais c'est difficile, avec tous ces événements passionnants.

Sans quitter Carswell des yeux, il poursuivit :

– Comme avertir Marr de l'arrivée des hommes chargés d'aller le chercher ou, paraît-il, lui accorder dix minutes en compagnie de John Balfour avant de l'interroger. Bravo, monsieur.

– Broutilles, Rebus, dit Carswell.

– Si vous le dites.

– John..., intervint à nouveau Gill Templer, je ne crois pas que cela nous conduira quelque part, n'est-ce pas ?

– Je veux travailler à nouveau sur l'affaire.

Carswell eut un bref rire ironique. Rebus se tourna vers Gill.

– Siobhan joue un jeu dangereux. Je crois qu'elle est à nouveau en contact avec Quizmaster, qu'elle va peut-être le rencontrer.

– Comment es-tu au courant ?

– Disons que c'est une déduction fondée. Et si vous avez l'intention de dire que l'intelligence n'est pas ce qui me caractérise, permettez-moi de vous approuver. Mais, dans ce cas, je crois que j'ai raison.

– Il a transmis quelque chose ?

Gill avait mordu.

– Ce matin, au cimetière.

Elle plissa les paupières.

– Une des personnes qui assistaient à l'enterrement ?

– On a pu l'y placer n'importe quand. Mais Siobhan voulait le rencontrer.

– Et ?

– Et elle traîne dans les bureaux, attend son heure.

Gill, songeuse, hocha la tête.

– Si c'était une énigme, elle est en train d'essayer de la résoudre…

– Une minute, une minute, intervint Carswell. Comment pouvons-nous en être sûrs ? Vous l'avez vue ramasser quelque chose ?

– La dernière énigme l'a conduite jusqu'à une tombe. Elle s'est accroupie devant…

– Et ?

– Et c'est à ce moment-là, d'après moi, qu'elle a pris quelque chose.

– Vous l'avez vue faire ?

– Elle s'est accroupie…

– Mais vous ne l'avez pas vue le faire ?

Sentant qu'une nouvelle confrontation se préparait, Gill intervint :

– Pourquoi ne pas l'envoyer chercher et lui poser la question ?

Rebus acquiesça.

– J'y vais. Avec votre permission, monsieur, ajouta-t-il à l'intention de Carswell.

Carswell soupira.

– Allez-y.

Mais Siobhan n'était pas dans la salle. Rebus arpenta les couloirs, demandant si on l'avait vue. Près de la machine à café, quelqu'un venait de la voir passer. Rebus accéléra le pas, ouvrit les portes donnant sur l'extérieur. Elle n'était pas sur le trottoir ; sa voiture n'était pas là. Il se demanda si elle s'était garée plus loin, regarda à droite et à gauche. D'un côté Leith Walk, en sens unique et, de l'autre, les rues étroites de l'extrémité ouest de New Town. S'il s'engageait dans New Town, l'appartement de Siobhan était à cinq minutes, mais il rentra.

– Elle est partie, annonça-t-il à Gill, et tout en reprenant son souffle, il s'aperçut que Carswell n'était plus là. Où est le directeur adjoint ?

– Convoqué au siège. Je crois que le directeur voulait lui dire deux mots.

– Gill, il faut la retrouver. Envoie des gens, dit-il en montrant de la tête la salle où travaillait le personnel chargé de l'enquête. Je n'ai pas l'impression qu'ils soient débordés de boulot.

– Très bien, John, on la retrouvera, ne t'inquiète pas. Bain sait peut-être où elle est. (Elle décrocha le téléphone.) On va commencer par lui…

Mais Eric Bain semblait aussi insaisissable que Siobhan. Il était au siège, mais personne ne savait exactement où. Pendant ce temps, Rebus appela le fixe et le mobile de Siobhan. Il obtint son répondeur dans le premier cas et, dans le deuxième, une messagerie qui lui indiqua que la ligne était occupée. Quand il fit une nouvelle tentative, cinq minutes plus tard, elle l'était toujours. À ce moment-là, il utilisait son mobile, descendait en direction de la rue de Siobhan. Il sonna à l'Interphone, mais personne ne répondit. Il traversa la rue et fixa sa fenêtre pendant si longtemps que les passants se mirent à regarder, eux aussi, se demandant ce qu'il voyait et qui leur échappait. Sa voiture n'était pas garée contre le trottoir, ni dans les rues voisines.

Gill avait laissé un message sur le pager de Siobhan, lui demandant de rappeler de toute urgence, mais Rebus avait estimé que ce n'était pas suffisant et elle avait fini par accepter : le signalement de sa voiture serait transmis aux patrouilles.

Mais, debout devant chez elle, Rebus comprit soudain qu'elle pouvait être n'importe où, pas seulement dans la ville. Quizmaster l'avait envoyée jusqu'à Hart Fell et Rosslyn Chapel. Impossible de deviner où il lui donnerait rendez-vous. Plus l'endroit serait isolé, plus Siobhan serait en danger. Il eut envie de se gifler : il aurait dû la forcer à l'accompagner à la réunion, pas lui fournir l'occasion de se barrer… Il appela une nouvelle fois son mobile : toujours occupé. Personne ne passe des communications aussi longues sur un mobile, c'est beaucoup trop onéreux. Puis, soudain, il comprit : le mobile était relié au portable de Grant Hood. Peut-être était-elle en train de dire à Quizmaster qu'elle arrivait…

Siobhan avait garé sa voiture. Deux heures jusqu'au moment proposé par Quizmaster. Elle se dit qu'elle pouvait se faire discrète jusque-là. Le message de Gill Templer sur son pager lui avait donné deux informations : Rebus avait tout raconté à Gill et il faudrait qu'elle s'explique si elle ne tenait pas compte de l'ordre de la superintendante.

S'expliquer ? Elle avait du mal à le faire, même vis-à-vis d'elle-même. Sa seule certitude était que le jeu – et elle savait qu'il ne s'agissait pas seulement d'un jeu mais de quelque chose de potentiellement beaucoup plus dangereux – en était venu à l'obséder. Quizmaster, qui que ce fût, l'obnubilait tant qu'elle ne pouvait pratiquement penser à rien d'autre. Les énigmes quotidiennes lui manquaient et elle en aurait accepté d'autres avec joie. Mais, surtout, elle voulait savoir, tout savoir sur Quizmaster et le jeu. L'Étranglement l'avait impressionnée parce que Quizmaster avait forcément prévu qu'elle assisterait à l'enterrement et que l'énigme ne prendrait de sens que sur la tombe de Flip. Étranglement, effectivement… mais elle avait la sensation que le mot s'appliquait aussi à elle parce qu'elle se sentait pressée de toutes parts par le jeu, voulait absolument le poursuivre et identifier son créateur. Et, en même temps, elle avait presque la sensation qu'il l'écrasait. Quizmaster était-il présent à l'enterrement ? Avait-il – ou elle, compte tenu de la remarque de Bain sur la nécessité de garder l'esprit ouvert – vu Siobhan prendre le mot ? Peut-être… Cette idée la fit frissonner. Mais les médias avaient annoncé l'enterrement. Peut-être Quizmaster avait-il été informé ainsi. C'était le cimetière le plus proche de chez Flip ; il était vraisemblable qu'elle y serait enterrée.

Ce qui n'expliquait pas pourquoi elle faisait ce qu'elle faisait, pourquoi elle s'aventurait seule sur cette branche fragile. C'était le genre de comportement stupide qu'elle reprochait régulièrement à Rebus. Mais la décision revenait peut-être à Grant, à Grant qui avait décidé de « jouer le jeu », avec ses costumes et son bronzage, qui présentait bien à la télé – qui était un bon attaché de presse.

Et c'était un jeu auquel elle n'avait pas envie de jouer.

Elle avait franchi la ligne blanche à de nombreuses reprises, mais était toujours revenue dans le droit chemin. Elle enfreignait une ou deux règles, mais rien d'important, rien qui risque de menacer sa carrière, puis elle revenait au sein du troupeau. Contrairement à John Rebus, elle n'était pas fondamentalement marginale, mais elle avait constaté qu'elle aimait bien son côté à lui de la barrière, qu'elle n'avait pas envie de devenir Grant Hood ou Derek Linford… des hommes qui jouaient leur propre jeu, faisait tout ce qu'il fallait pour rester au contact des hommes qui comptaient, d'hommes tels que Colin Carswell.

Il y avait eu une époque où elle avait cru que Gill

Templer pouvait lui apporter quelque chose, mais Gill était devenue exactement comme les autres. Elle devait protéger ses intérêts, quel qu'en soit le prix. Pour s'élever dans la hiérarchie, il fallait qu'elle prenne ce qu'il y avait de pire chez des hommes tels que Carswell et qu'elle enferme ce qu'elle ressentait dans une sorte de coffre-fort.

S'il fallait renoncer à une part de soi-même pour monter en grade, Siobhan n'était pas intéressée. Elle s'en était aperçue lors du dîner au Hadrian, quand Gill avait fait allusion à l'avenir.

C'était peut-être ce qu'elle faisait ici, sur sa branche fragile… peut-être se prouvait-elle quelque chose à elle-même. Peut-être cela concernait-il moins Quizmaster qu'elle.

Elle changea de position sur le siège, afin de faire face au portable. Elle était en ligne depuis l'instant où elle avait pris la voiture. Pas de nouveau message, elle en tapa donc un.

Rencontre acceptée. À tout à l'heure. Siobhan.

Et elle cliqua sur Envoyer.

Ensuite, elle éteignit l'ordinateur, déconnecta le téléphone et le ferma… La batterie commençait, de toute façon, à faiblir. Elle glissa les deux appareils sous le siège du passager, s'assura que les piétons ne pourraient les voir : elle ne voulait pas qu'on force sa voiture. Quand elle fut descendue, elle vérifia que toutes les portières étaient verrouillées et que le petit témoin rouge de l'alarme clignotait.

Un peu moins de deux heures ; un peu de temps à tuer…

Jean Burchill avait tenté en vain d'appeler le Pr Devlin. Elle avait fini par rédiger un mot lui demandant de prendre contact avec elle, puis décidé de le porter personnellement chez lui. Sur la banquette arrière du taxi, elle se demanda pourquoi elle était si pressée, puis se rendit compte que c'était parce qu'elle voulait être débarrassée de Kennet Lovell. Elle était trop préoccupée par lui et, pendant la nuit, il s'était même introduit dans ses rêves, tranchant la chair de cadavres et dévoilant du bois raboté dessous, sous les regards et les applaudissements de ses collègues du musée, l'ensemble devenant une sorte de spectacle.

Pour que ses recherches sur Lovell progressent, il fallait qu'elle établisse qu'il s'intéressait à la menuiserie. Faute de quoi elle se retrouverait dans une impasse. Après avoir payé le chauffeur, elle resta immobile devant l'immeuble du professeur, son mot à la main. Mais il n'y avait pas de boîte aux lettres. Sans doute chaque appartement avait-il la sienne, le facteur appuyant sur les boutons de l'Interphone jusqu'au moment où quelqu'un ouvrait. Elle envisagea de glisser le mot sous la porte, mais se dit qu'il resterait sur le dallage, parmi les prospectus. Elle regarda donc les boutons de l'Interphone. Celui du Pr Devlin indiquait simplement D. Devlin. Il était peut-être rentré. Elle appuya. Comme personne ne répondait, elle regarda les boutons restants, se demanda lequel choisir. Puis l'Interphone crépita.

– Allô ?

– Monsieur Devlin ? C'est Jean Burchill, du musée. Je me demandais si je pourrais vous voir…

– Madame Burchill ? Quelle surprise !

– J'ai essayé de téléphoner…

Mais le bourdonnement indiquant l'ouverture de la porte retentissait déjà.

Devlin l'attendait sur son palier. Il portait une chemise blanche aux manches roulées et de larges bretelles tenaient son pantalon.

– Eh bien, eh bien, dit-il en lui serrant la main.

– Je suis désolée de vous déranger comme ça.

– Pas du tout, chère madame. Entrez donc. Mais, surtout, ne faites pas attention au désordre…

Il la conduisit dans un séjour encombré de cartons et de livres.

– Je sépare le bon grain de l'ivraie, indiqua-t-il.

Elle prit un carton et l'ouvrit. Il contenait des instruments chirurgicaux.

– Vous ne les jetez pas ? Le musée serait peut-être intéressé…

Il acquiesça.

– Je suis en relation avec l'intendant de Surgeons' Hall. D'après lui, deux ou trois pièces trouveraient peut-être leur place dans une exposition.

– Le major Cawdor ?

Devlin leva les sourcils.

– Vous le connaissez ?

– Je lui ai demandé des renseignements sur le portrait de Kennet Lovell.

– Donc vous prenez ma théorie au sérieux ?

– J'ai jugé utile de l'étudier.

– Excellent, fit Devlin, qui joignit les mains. Et qu'avez-vous trouvé ?

– Pas grand-chose. C'est la raison de ma visite. Je ne trouve, dans la littérature, aucune allusion à l'intérêt de Lovell pour l'ébénisterie.

– Oh, cela y figure, je vous l'assure, même s'il y a de nombreuses années que je n'ai rien vu sur le sujet.

– Et où avez-vous vu quelque chose ?

– Dans une monographie ou un essai… je ne m'en souviens pas. Une thèse universitaire, peut-être ?

Jean hocha la tête. S'il s'agissait d'une thèse, seule l'université en possédait un exemplaire ; elle ne serait pas répertoriée dans les autres bibliothèques.

– J'aurais dû y penser, reconnut-elle.

– Mais ne trouvez-vous pas que c'est un personnage remarquable ? demanda Devlin.

– Il a assurément bien vécu... contrairement à ses épouses.

– Vous êtes allée sur sa tombe ?... Évidemment. Et vous avez appris l'existence de ses mariages. Qu'en avez-vous pensé ?

– Rien au début... mais plus tard, quand j'ai réfléchi...

– Vous vous êtes demandé si on ne les avait pas aidées à entreprendre leur dernier voyage. En réalité c'est évident, n'est-ce pas ?

Jean prit conscience de l'odeur qui régnait dans la pièce : sueur froide. Le front de Devlin brillait de transpiration et les verres de ses lunettes étaient sales. Elle se demanda comment il voyait à travers.

– Qui mieux qu'un légiste peut commettre un meurtre sans se faire prendre ?

– Vous dites qu'il les a tuées ?

Il secoua la tête.

– Impossible de l'affirmer après tout ce temps. Ce n'est qu'une supposition.

– Mais pourquoi l'aurait-il fait ?

Devlin haussa les épaules, tira sur ses bretelles.

– Parce qu'il pouvait ? Qu'est-ce que vous en pensez ?

– Je me demandais... Il était très jeune quand il a assisté à l'autopsie de Burke ; jeune et, peut-être, impressionnable. Cela pourrait expliquer pourquoi il est allé chercher refuge en Afrique...

– Et Dieu sait à quelles horreurs il a été confronté, là-bas, ajouta Devlin.

– Sa correspondance serait très utile.

– Ah, les lettres échangées avec le révérend Kirkpatrick ?

– Vous ne sauriez pas où elles sont, par hasard ?

– Condamnées à l'oubli, je suppose. Jetées sur le bûcher par un descendant du bon prélat…

– Et vous faites la même chose.

Devlin regarda le désordre qui régnait dans la pièce.

– Effectivement, dit-il. Je choisis ce qui permettra à l'histoire de prendre la mesure de mes modestes contributions.

Jean prit une photo. Elle représentait une femme d'âge mûr en robe de soirée.

– Votre épouse ? supposa-t-elle.

– Ma chère Anne. Elle est décédée pendant l'été 1972. De causes naturelles, je vous l'assure.

Jean le dévisagea.

– Pourquoi devriez-vous m'en assurer ?

Le sourire de Devlin s'estompa.

– Elle était tout pour moi… plus que tout… Où ai-je la tête ? Puis-je vous offrir quelque chose ? Du thé, peut-être ?

– Du thé serait parfait.

– Je ne peux pas vous promettre que les sachets susciteront votre émerveillement.

Son sourire était figé.

– Ensuite, je pourrai peut-être voir la table de Kennet Lovell ?

– Bien entendu. Elle est dans la salle à manger. Je l'ai achetée chez un antiquaire réputé, mais je dois reconnaître qu'il n'a pas pu se montrer catégorique sur sa provenance – *caveat emptor*, comme on dit, mais il a été très persuasif et j'avais envie de croire.

Il avait ôté ses lunettes et les essuyait avec son mouchoir. Quand il les remit, ses yeux parurent grossis.

– Thé, répéta-t-il en gagnant le couloir.

Elle sortit derrière lui.

– Habitez-vous ici depuis longtemps ? demanda-t-elle.

– Depuis le décès d'Anne. Il y avait de trop nombreux souvenirs dans la maison.

– Ça fait donc trente ans.

– Presque. J'en ai pour une minute, ajouta-t-il en entrant dans la cuisine.

– Très bien.

Elle reprit la direction du séjour. Pendant l'été 1972, sa femme était morte… Elle passa devant une porte ouverte : la salle à manger. La table occupait presque tout l'espace. Un puzzle terminé dessus… non, pas tout à fait terminé : il manquait une pièce. Une vue aérienne d'Édimbourg. La table était très banale. Elle entra, en examina le plateau ciré, les pieds robustes, sans ornementation. Utilitaire, pensa-t-elle. Le puzzle avait sûrement exigé des heures de travail… des jours. Elle s'accroupit, chercha la pièce manquante. La trouva, presque complètement cachée derrière un pied. Quand elle tendit la main pour la ramasser, elle s'aperçut que la table comportait un joli petit secret. Au milieu, entre les deux parties du plateau, il y avait un élément central dans lequel on avait inséré un petit coffre. Elle avait vu ce type de conception, mais pas sur des modèles datant du XIXe siècle. Elle se demanda si Devlin avait été abusé et avait acheté un meuble datant d'une période nettement postérieure à Lovell… Elle se glissa dessous, afin d'ouvrir le coffre. La porte était dure et elle faillit renoncer, mais elle finit par céder, dévoila le contenu.

Lime, équerre et ciseaux à bois.

Petite scie et clous.

Des outils de menuisier.

Quand elle leva la tête, Devlin se tenait dans l'encadrement de la porte.

– Ah, la pièce manquante…, dit-il simplement.

Ellen Wylie avait entendu parler de l'enterrement, de l'arrivée imprévue de Ranald Marr, de l'accolade échangée avec John Balfour. On racontait, au West End, que Marr avait été interrogé puis relâché.

– Manip, avait commenté Shug Davidson. Quelqu'un, quelque part, tire les ficelles.

Il ne l'avait pas regardée, quand il avait dit ça, mais il n'avait pas eu besoin de le faire. Il savait… et elle savait. *Tirer les ficelles*, n'était-ce pas ce qu'elle croyait faire quand elle avait rencontré Steve Holly ? Mais, bizarrement, il était devenu le marionnettiste et elle s'était retrouvée marionnette. Le discours de Carswell lui avait fait l'effet d'un coup de poignard, qui n'avait pas seulement entamé la peau mais propagé la souffrance dans tout son corps. Quand ils avaient tous été convoqués dans le bureau, elle avait presque espéré que son silence la dénoncerait. Mais Rebus était intervenu, avait tout pris sur lui, et jamais elle ne s'était sentie aussi mal.

Shug Davidson savait… et même si Shug était un collègue et un pote, c'était aussi un ami de Rebus. Ils se connaissaient depuis une éternité. Désormais, chaque fois qu'il disait quelque chose, elle l'analysait, y cherchait un sens caché. Elle ne pouvait se concentrer et le poste de police où elle était affectée, qui lui faisait naguère l'effet d'un refuge, était devenu inhospitalier, étranger.

C'était pour cette raison qu'elle était allée à St Leonard's, où le bureau du CID était pratiquement désert. Une housse à costume, suspendue à une patère, lui permit de déduire qu'un collègue au moins était allé à l'enterrement, était rentré et avait remis ses vêtements de travail. Elle supposa que c'était Rebus, mais ne put s'en assurer. Il y avait un sac en plastique près du bureau, un des cercueils à l'intérieur. Tout ce travail et aucun résultat tangible. Les rapports d'autopsie étaient sur le bureau, où ils attendaient que quelqu'un exécute les instructions posées dessus. Elle prit la note, s'assit dans le fauteuil de Rebus. Sans réfléchir, elle dénoua la ficelle qui entourait les rapports. Puis elle ouvrit le premier et se mit à lire.

Elle l'avait déjà fait, bien entendu ; ou, plutôt, le Pr Devlin l'avait fait tandis qu'elle notait, assise près de lui, ce qu'il y trouvait. Un travail fastidieux, et pourtant elle se rendit compte qu'il lui avait plu… l'idée que quelque chose était peut-être caché dans ces pages, l'impression de travailler à la frontière des choses, sur une enquête qui n'en était pas vraiment une ; et Rebus, aussi acharné que les autres, concentré et mordant son stylo, le front plissé ou s'étirant soudain parce que sa nuque était crispée. On disait qu'il aimait travailler seul, pourtant il n'avait pas hésité à déléguer, à partager la tâche avec elle. Elle l'avait accusé d'avoir pitié d'elle, mais elle ne le croyait pas vraiment. Il aimait se sacrifier, mais il en tirait quelque chose… et les autres aussi.

Parcourant les pages, elle comprit enfin pourquoi elle était venue : elle voulait s'excuser de telle façon qu'il comprenne… Puis elle leva la tête et debout à quatre mètres d'elle, il la regardait.

– Depuis combien de temps êtes-vous ici ? demanda-t-elle, lâchant deux pages.

– Qu'est-ce que vous faites ?

– Rien. (Elle reprit les feuilles.) Je… je ne sais pas, peut-être un dernier coup d'œil avant de tout renvoyer aux archives. Comment s'est passé l'enterrement ?

– Un enterrement est un enterrement, peu importe qui on met en terre.

– J'ai appris pour Marr.

Il hocha la tête, entra dans la pièce.

– Qu'est-ce qu'il y a ? demanda-t-elle.

– J'espérais que Siobhan serait ici.

Il gagna son bureau, espérant trouver un indice… quelque chose, n'importe quoi.

– Je voulais vous voir, dit Ellen Wylie.

– Ah ? fit-il en tournant le dos au bureau de Siobhan. Pourquoi ?

– Peut-être pour vous remercier.

Ils se regardèrent dans les yeux, communiquèrent en silence.

– Ne vous en faites pas, Ellen, dit enfin Rebus. Et je suis sérieux.

– Mais je vous ai attiré des ennuis.

– Non. Je me suis attiré des ennuis et j'ai peut-être aggravé votre situation. Si je m'étais tu, je crois que vous auriez parlé.

– Peut-être, admit-elle. Mais j'aurais pu parler de toute façon.

– Je ne vous ai pas facilité les choses, ce dont je m'excuse.

Elle fut obligée de réprimer un sourire.

– Vous recommencez, vous inversez les rôles. En fait, c'est moi qui devrais m'excuser.

– Vous avez raison, je ne peux pas m'en empêcher.

Il n'y avait rien sur le bureau de Siobhan ni dans les tiroirs.

– Qu'est-ce qu'on fait maintenant ? reprit-elle. On s'explique avec la superintendante Templer ?

Il hocha la tête.

– Si c'est ce que vous voulez. Bien entendu, vous pouvez simplement garder ça pour vous.

– Et vous laisser prendre les coups ?

– Qu'est-ce qui vous prouve que ça ne me plaît pas ?

Le téléphone sonna et il décrocha brutalement.

– Allô ? (Son visage se détendit.) Non, il est absent en ce moment. Puis-je prendre un… (Il raccrocha, conclut :) C'était pour Silvers ; pas de message.

– Vous attendez un appel ?

Il passa la main sur sa repousse de barbe.

– Siobhan est partie en balade.

– Dans quel sens ?

Il expliqua. Alors qu'il venait de terminer, un autre téléphone se mit à sonner. Il se leva et décrocha. Message. Il prit un stylo et un morceau de papier, se mit à écrire.

– Oui… oui, dit-il. Je le mettrai sur son bureau. Mais je ne vous promets pas qu'il le verra.

Pendant qu'il était au téléphone, Ellen Wylie se remit à feuilleter les rapports d'autopsie. Quand il raccrocha, il la vit se pencher sur l'un d'entre eux, comme pour tenter de déchiffrer quelque chose.

– Ce vieux « Hi-Ho » est très demandé aujourd'hui, dit-il en posant le message sur le bureau de Silvers. Qu'est-ce qu'il y a ?

Elle montra le bas de la page.

– Pouvez-vous lire cette signature ?

– Laquelle ?

Il y en avait deux, sous le dernier paragraphe du rapport. Date à côté des signatures : lundi 26 avril 1982… Hazel Gibbs, la « victime » de Glasgow. Elle était décédée le vendredi soir…

« Légiste détaché » était indiqué, à la machine à écrire, dessous. L'autre signature, sous laquelle on lisait « Légiste en chef, ville de Glasgow », n'était guère plus claire.

– Je ne vois pas, dit Rebus, penché sur le gribouillis. Les noms devraient être indiqués sur la page de garde.

– Le problème, dit Wylie, est qu'il n'y a pas de page de garde.

Elle revint plusieurs pages en arrière afin de le confirmer. Rebus contourna le bureau, s'immobilisa près d'Ellen et se pencha.

– Les pages sont peut-être mal classées, suggéra-t-il.

– Peut-être, admit-elle en vérifiant, mais je ne crois pas.

– La page de garde manquait-elle quand les documents sont arrivés ?

– Je ne sais pas. Le Pr Devlin n'a rien dit.

– Je crois que le légiste en chef de Glasgow, à cette époque, était Ewan Stewart.

Wylie revint aux signatures.

– Oui, dit-elle, ça semble être ça. Mais c'est l'autre qui m'intéresse.

– Pourquoi ?

– Ça vient peut-être de moi, mais si on plisse plus ou moins les paupières et qu'on regarde attentivement, on peut lire Donald Devlin ?

– Quoi ?

Rebus regarda, battit des paupières, regarda une nouvelle fois.

– Devlin était à Édimbourg à cette époque.

Mais il se figea, prit véritablement conscience de la présence du mot *détaché*.

– Avez-vous lu le rapport ? demanda-t-il.

– C'était le boulot de Devlin ; je jouais plus ou moins le rôle de sa secrétaire, vous vous souvenez ?

Rebus posa une main sur sa nuque, en massa les muscles noués.

– Je ne pige pas, dit-il. Pourquoi Devlin n'a-t-il pas dit… ?

Il décrocha le téléphone, appuya sur 9, puis composa un numéro local.

– Le Pr Gates, s'il vous plaît. C'est urgent. Inspecteur Rebus à l'appareil.

Silence tandis que la secrétaire passait la communication.

– Sandy ? Oui, je sais que je dis toujours que c'est

urgent mais, cette fois, je ne déforme pas vraiment la vérité. Nous croyons avoir établi que Donald Devlin a participé à une autopsie à Glasgow en avril 1982. Est-ce possible ?… Oui, Sandy, 82. Oui, en avril.

Il hocha la tête, regarda Wylie dans les yeux, répéta ce qu'on lui disait :

– Crise à Glasgow… manque de personnel… votre première occasion de prendre la direction des opérations ici… Est-ce que vous êtes en train de me dire que Devlin était à Glasgow en avril 1982 ? Merci, je vous expliquerai plus tard.

Il raccrocha brutalement, confirma :

– Devlin y était.

– Je ne comprends pas, dit Wylie. Pourquoi n'en a-t-il pas parlé ?

Rebus fouillait l'autre rapport, celui de Nairn. Non, Devlin n'avait pas participé à l'autopsie. Néanmoins…

– Il ne voulait pas qu'on soit au courant, dit-il enfin, répondant à la question de Wylie. C'est peut-être pour cette raison qu'il a fait disparaître la page de garde.

– Mais pourquoi ?

Rebus réfléchissait… à la façon dont Devlin était revenu dans la salle de l'Ox, impatient de voir les rapports regagner les archives… au cercueil de Glasgow, en balsa, plus grossier que les autres, ce qu'on fait quand on ne dispose pas de son fournisseur habituel, de ses outils habituels… à l'intérêt que portait Devlin au Dr Kennet Lovell et aux cercueils d'Arthur's Seat…

Jean !

– J'ai un mauvais pressentiment, dit Ellen Wylie.

– J'ai toujours fait confiance à l'intuition féminine…

Mais c'était exactement ce qu'il n'avait pas fait : depuis le début, les femmes étaient mal à l'aise en présence de Devlin.

– Votre voiture ou la mienne ? demanda-t-il.

Jean se redressait. Donald Devlin se tenait toujours dans l'encadrement de la porte, ses yeux bleus aussi glacés que la mer du Nord, ses pupilles se réduisant à des points noirs minuscules.

– Vos outils, monsieur ? devina-t-elle.

– Ce ne sont pas ceux de Kennet Lovell, ma chère, n'est-ce pas ?

Jean avala sa salive.

– Je crois qu'il serait préférable que je parte.

– Je crois que je ne vais pas pouvoir vous laisser faire.

– Pourquoi ?

– Parce que je pense que vous savez.

– Que je sais quoi ?

Elle regarda autour d'elle, ne vit rien d'utilisable…

– Vous savez que j'ai placé ces cercueils là où on les a trouvés, déclara le vieillard. Je le lis dans vos yeux. Inutile de feindre.

– Vous avez placé le premier juste après le décès de votre épouse, n'est-ce pas ? Vous avez tué cette malheureuse à Dunfermline.

Il leva un doigt.

– Faux ! J'ai simplement lu un article sur sa disparition et je suis allé déposer là-bas un souvenir, un *memento mori*. Il y en a eu d'autres ensuite, Dieu sait ce qui leur est arrivé… Le chagrin, voyez-vous, a mis du temps à se transformer, poursuivit-il en entrant dans la pièce, et le sourire tremblait sur ses lèvres mouillées luisantes. La vie d'Anne a été emportée… après des mois et des mois de souffrance. Cela m'a semblé très injuste : pas de mobile, pas de coupable… Tous ces corps sur lesquels j'avais travaillé… tous ceux qui ont suivi la mort d'Anne… finalement j'ai eu envie qu'une partie de la souffrance s'en aille avec eux.

Il passa les mains sur le bord de la table et reprit :

– Je n'aurais pas dû faire allusion à Kennet Lovell…

Un bon historien serait naturellement incapable de résister au désir de chercher la confirmation de ma théorie, découvrirait des parallèles troublants entre le passé et le présent, n'est-ce pas, madame Burchill ? Et c'est vous… vous seule qui avez établi le lien… tous ces cercueils sur une si longue période…

Jean avait fait tout son possible pour contrôler sa respiration. Elle se sentit enfin assez forte pour renoncer à prendre appui sur la table. Elle en lâcha le bord.

– Je ne comprends pas, dit-elle. Vous collaboriez à l'enquête…

– Je l'entravais, plutôt. Et qui aurait pu résister à cette occasion ? Après tout, j'enquêtais sur moi-même, regardais les autres faire la même chose…

– Vous avez tué Philippa Balfour ?

Le dégoût crispa le visage de Devlin.

– Absolument pas.

– Mais vous avez déposé le cercueil ?…

– En aucun cas ! dit-il sèchement.

– Donc il s'est écoulé cinq ans depuis votre dernier… Depuis que vous avez fait quelque chose pour la dernière fois.

Il avait fait un pas dans sa direction. Elle crut entendre de la musique, comprit soudain que c'était lui. Il fredonnait un air.

– Vous connaissez ? demanda-t-il.

Il y avait des points blancs aux coins de ses lèvres.

– *Swing Low, Sweet Chariot.* L'organiste l'a joué à l'enterrement d'Anne. (Il baissa légèrement la tête, sourit.) Dites-moi, madame Burchill, que fait-on quand le chariot ne descend pas assez bas ?

Elle se baissa, plongea la main dans le coffre dans l'intention de s'emparer d'un ciseau à bois. Soudain, il la saisit par les cheveux, voulut l'obliger à se redresser. Elle hurla, sa main cherchant toujours une arme à tâtons.

Elle toucha un manche en bois. Elle eut l'impression d'avoir la tête en feu. Quand elle perdit l'équilibre et tomba, elle plongea le ciseau à bois dans la cheville de Devlin. Il ne sursauta même pas. Elle frappa à nouveau mais, maintenant, il la traînait en direction de la porte. Elle se redressa partiellement, ajouta son élan au sien. Ils heurtèrent l'encadrement de la porte, basculèrent dans le couloir. Elle avait laissé échapper le ciseau à bois. Elle était à quatre pattes quand le premier coup arriva, fit apparaître des points brillants dans son champ visuel. Le motif de la moquette parut constitué de points d'interrogation.

Elle se dit que ce qui lui arrivait était totalement ridicule… Elle comprit qu'il fallait qu'elle se remette debout, qu'elle se défende. C'était un vieillard… Elle reçut un nouveau coup et se tassa sur elle-même. Elle vit le ciseau à bois… la porte de l'appartement n'était qu'à quatre mètres… Devlin la tenait par les jambes maintenant, la tirait en direction du séjour… ses mains serraient ses chevilles comme dans un étau. Mon Dieu, pensa-t-elle, mon Dieu, mon Dieu… Elle agita les mains, dans l'espoir de pouvoir s'accrocher ou saisir un objet susceptible de… Elle hurla une nouvelle fois. Le sang rugissait dans ses oreilles ; elle n'était pas absolument certaine de crier. Une des bretelles de Devlin s'était détachée et le pan de sa chemise était sorti de la ceinture de son pantalon.

Pas comme ça… pas comme ça…

John ne le lui pardonnerait pas…

Les environs de Canonmills et d'Inverleith étaient un secteur facile : pas de cités, plein d'opulence discrète. La voiture de patrouille veillait à toujours s'arrêter devant les portes du jardin botanique, juste en face d'Inverleith Park. Arboretum Place était une voie très large et peu fréquentée, où les policiers prenaient leur pause au milieu de leur tournée. L'agent Anthony Thompson fournissait toujours la Thermos de thé tandis que son équipier, Kenny Milland, se chargeait des biscuits au chocolat – des Jacob's Orange Club ou, comme ce jour-là, des Tunnock's Caramel Wafer.

– Magique, dit Thompson. Pourtant ses dents lui indiquaient le contraire : une douleur sourde émanait d'une de ses molaires chaque fois qu'elle entrait en contact avec du sucre. Thompson, qui n'était pas allé chez le dentiste depuis la Coupe du monde de 1994, envisageait la visite suivante sans enthousiasme.

Milland sucrait son thé, pas Thompson. C'était pour cette raison que Milland apportait toujours des petits sachets et une cuiller. Les sachets provenaient d'une chaîne de restaurants de hamburgers où travaillait le fils aîné de Milland. Pas un bon boulot, mais il avait ses avantages, et Jason pouvait espérer une promotion significative.

Thompson aimait les films policiers américains, de *Dirty Harry* à *Seven*, et quand ils s'arrêtaient, à l'heure de la pause, il imaginait parfois qu'il était garé devant une boutique de doughnuts, dans une chaleur étouffante et sous un soleil aveuglant, alors que la radio était sur le point de transmettre un message. Ils poseraient leur café et démarreraient dans un hurlement de pneus, se lanceraient à la poursuite de pilleurs de banque ou de tueurs venant d'abattre des membres d'une bande rivale…

Mais il était peu probable que cela se produise à Édimbourg. Deux fusillades dans un pub, quelques enfants voleurs de voitures, dont le fils d'un ami, et un cadavre dans une benne à ordures, tels étaient les temps forts des dix années que Thompson avait passées dans la police. Aussi, quand la radio transmit les signalements d'une voiture et d'une automobiliste, Anthony Thompson n'en revint-il pas.

– Kenny, ça ne serait pas celle-là ?

Milland se tourna vers la vitre, regarda la voiture garée près de la leur.

– Je ne sais pas, Tony. Je n'écoutais pas vraiment.

Il mordit une nouvelle fois dans son biscuit. Mais Thompson avait pris le micro, demandait qu'on répète le numéro d'immatriculation. Il ouvrit sa portière, contourna la voiture de patrouille, regarda l'avant du véhicule voisin.

– On est garés à côté, dit-il à son équipier.

Puis il reprit le micro.

Le message fut transmis à Gill Templer, qui envoya une douzaine de policiers travaillant sur l'affaire Balfour dans le quartier, puis s'entretint avec l'agent Thompson.

– À votre avis, Thompson, elle est dans le jardin botanique ou à Inverleith Park ?

– C'est un rendez-vous ?

– C'est ce qu'on croit.

– Le parc n'est qu'une grande étendue plate et il est facile d'y repérer quelqu'un. Il y a toutes sortes de recoins, dans le jardin botanique, où on peut s'asseoir et bavarder.

– Donc, d'après vous, le jardin botanique ?

– Mais il ne va pas tarder à fermer… alors peut-être pas.

Gill Templer soupira.

– Vous m'êtes vraiment très utile.

– Le jardin botanique est grand, madame. Pourquoi ne pas y envoyer des hommes, et aussi du personnel administratif pour les aider ? Pendant ce temps, mon équipier et moi, on s'occupera du parc.

Gill réfléchit. Il ne fallait pas faire fuir Quizmaster…

ni Siobhan Clarke. Elle voulait qu'ils soient tous les deux conduits à Gayfield Square. Les policiers qui étaient en route passeraient, de loin, pour des civils ; pas des agents en tenue.

– Non, dit-elle, ça ira. On commencera par le jardin botanique. Ne bougez pas, au cas où elle viendrait reprendre sa voiture…

Dans le véhicule de patrouille, Milland eut un haussement d'épaules résigné.

– Tu ne peux pas dire que tu n'as pas essayé, Tony.

Il finit son biscuit et froissa l'emballage.

Thompson garda le silence. Son heure de gloire lui était passée sous le nez.

– Ça veut dire qu'on est coincés ici ? demanda son équipier, qui tendit ensuite sa tasse. Il reste du thé ?…

Il n'y avait pas de thé, au café Du Thé. Seulement des infusions : cassis et ginseng, pour être précis. Siobhan trouvait le goût plutôt agréable, mais fut tentée d'ajouter une goutte de lait pour en atténuer l'âpreté. Une infusion et une petite part de tarte à la carotte. Elle avait acheté la première édition du journal du soir chez le marchand de journaux d'à côté. Il y avait, en page trois, une photo du cercueil de Flip sortant de l'église sur les épaules des porteurs. Des clichés plus petits des parents et de deux célébrités que Siobhan n'avait pas remarquées sur le moment.

Tout ceci après avoir traversé le jardin botanique à pied. Elle n'avait pas eu l'intention d'en parcourir toute la longueur, mais s'était retrouvée à l'entrée est, près d'Inverleith Row. Boutiques et cafés à droite, près de Canonmills. Toujours en avance… Elle avait envisagé d'aller chercher sa voiture, mais décidé de la laisser à l'endroit où elle était. Elle ne savait pas s'il était possible de stationner là où elle allait. Puis elle se souvint que son téléphone se trouvait sous le siège du passager. Mais il était trop tard : si elle traversait à nouveau le jardin botanique, puis revenait ici, à pied ou en voiture, elle serait en retard. Et elle n'était pas certaine que Quizmaster serait patient.

Une fois sa décision prise, elle laissa le journal sur la table du café et reprit la direction du jardin botanique mais passa devant l'entrée sans s'arrêter, resta sur Inverlieth Row. Juste avant le stade de rugby de Goldenacre, elle tourna à droite, la rue se transformant en chemin. La nuit tombait vite quand elle tourna à un carrefour et se dirigea vers l'entrée du cimetière de Warriston.

Personne ne répondit à l'Interphone de Donald Devlin, Rebus appuya sur les autres boutons au hasard jusqu'au moment où quelqu'un réagit. Rebus se présenta et put entrer dans l'immeuble, Ellen Wylie derrière lui. En réalité, elle le doubla dans l'escalier et arriva la première à la porte de Devlin, donna des coups de poing et des coups de pied contre le battant, appuya sur la sonnette, fit claquer le volet de la boîte aux lettres.

– Peu encourageant, reconnut-elle.

Rebus, qui avait repris son souffle, s'accroupit devant la boîte aux lettres et poussa le volet.

– Monsieur Devlin ? appela-t-il. C'est John Rebus. Il faut que je vous parle.

À l'étage inférieur, une porte s'ouvrit et un visage se leva vers eux.

– C'est bon, affirma Wylie au voisin inquiet. Nous sommes policiers.

– Chut, cracha Rebus.

Il posa l'oreille contre l'ouverture de la boîte aux lettres.

– Qu'est-ce qu'il y a ? souffla Wylie.

– J'entends quelque chose…

On aurait dit un miaulement grave de chat.

– Devlin n'avait pas d'animal de compagnie, hein ?

– Pas à ma connaissance.

Rebus regarda à nouveau par l'ouverture de la boîte aux lettres. Le couloir était vide. La porte du séjour se trouvait à l'extrémité opposée, entrouverte. Les rideaux semblaient tirés, de sorte qu'il ne voyait pas l'intérieur de la pièce. Puis ses yeux se dilatèrent.

– Nom de Dieu ! dit-il en se redressant.

Il recula, frappa le battant du pied, recommença. Le bois gémit, mais ne céda pas. Il y donna un coup d'épaule. En vain.

– Qu'est-ce qu'il y a ? demanda Wylie.

– Il y a quelqu'un à l'intérieur.

Il était sur le point de se jeter une nouvelle fois contre la porte quand Wylie l'en empêcha.

– Ensemble, dit-elle.

C'est ce qu'ils firent. Ils comptèrent jusqu'à trois et se précipitèrent ensemble contre le battant. Le chambranle craqua. Le deuxième assaut le brisa et la porte pivota vers l'intérieur. Wylie, emportée par son élan, tomba à quatre pattes. Quand elle leva la tête, elle vit ce que Rebus avait vu. Presque au niveau du sol, une main tenait la porte du salon et tentait de l'ouvrir. Rebus se précipita, entra dans le séjour. C'était Jean, meurtrie et tabassée, le visage couvert de sang et de mucus, les cheveux collés par la sueur et le sang. Un œil était enflé et complètement fermé. Des gouttes de salive rose jaillissaient de sa bouche quand elle respirait.

– Nom de Dieu, dit Rebus, qui se laissa tomber à genoux devant elle, son regard prenant la mesure des dégâts visibles.

Il ne fallait pas qu'il la touche, parce qu'elle avait peut-être des fractures. Il ne fallait pas prendre le risque d'aggraver son état.

Wylie était aussi dans la pièce maintenant, et regardait le spectacle. On aurait dit que la moitié du contenu de l'appartement était répandue sur le plancher, une traînée de sang à l'endroit où Jean Burchill avait rampé jusqu'à la porte.

– Appelez une ambulance, dit Rebus d'une voix tremblante. Puis : Jean, qu'est-ce qu'il t'a fait ?

Et il vit son œil intact s'emplir de larmes.

Wylie téléphona. Pendant la communication, elle eut l'impression d'entendre du bruit dans le couloir : le voisin inquiet cédant à la curiosité, peut-être. Elle y passa la tête, mais ne vit rien. Elle donna l'adresse, répéta qu'il s'agissait d'une urgence, puis raccrocha. L'oreille de Rebus était tout près du visage de Jean. Wylie comprit qu'elle tentait de dire quelque chose. Ses lèvres étaient enflées et ses dents paraissaient déchaussées.

Rebus leva la tête, les yeux dilatés.

– Elle demande si on l'a arrêté.

Wylie comprit immédiatement, courut jusqu'à la fenêtre et tira les rideaux. Donald Devlin traversait la rue en boitant, sa main gauche ensanglantée serrée contre la poitrine.

– Salaud ! cria Wylie, en se dirigeant vers la porte.

– Non ! rugit Rebus, qui se leva. Il est à moi.

Et il descendit l'escalier quatre à quatre, comprit que Devlin s'était sans doute caché dans une des autres pièces. Avait attendu qu'ils soient occupés au salon et était sorti en catimini. Ils l'avaient dérangé. Rebus s'efforça de ne pas imaginer ce que serait devenu le visage de Jean s'ils ne l'avaient pas fait…

Quand il arriva sur le trottoir, Devlin avait disparu, mais Rebus n'aurait pas pu espérer de piste plus nette que celle des gouttes de sang. Il le vit traverser Howe Street en direction de St Stephen Street. Rebus gagna du terrain jusqu'au moment où, le trottoir étant inégal, il se tordit une cheville. Devlin avait soixante-dix ans, mais cela n'avait guère d'importance, il aurait la force et la détermination d'un possédé. Rebus avait déjà vu cela à l'occasion de poursuites. Le désespoir et l'adrénaline constituaient un mélange terrifiant...

Néanmoins, les gouttes de sang lui indiquaient le chemin. Rebus avait ralenti, tentait de ne pas faire peser tout son poids sur sa cheville tordue, avait la tête pleine d'images de Jean. Il composa un numéro sur son mobile, se trompa et recommença. Quand on décrocha, il demanda de l'aide.

– Je reste en ligne, dit-il.

Ainsi, il pourrait avertir si Devlin prenait un taxi ou un bus.

Il voyait Devlin maintenant, mais celui-ci prit Kerr Street au carrefour. Quand Rebus y arriva à son tour, il l'avait à nouveau perdu de vue. Deanhaugh Street et Raeburn Place, où la circulation des piétons et des voitures était dense, se trouvaient droit devant lui : l'heure du retour chez soi. En raison de la foule, la piste était plus difficile à suivre. Rebus traversa la chaussée au feu, se trouva sur le pont qui franchit la Water of Leith... Devlin pouvait avoir pris plusieurs directions, et la piste semblait s'arrêter. Avait-il gagné Saunders Street ou bien était-il revenu sur ses pas par Hamilton Place ? Posant un bras sur le parapet afin de soulager sa cheville, Rebus regarda, par hasard, la rivière paresseuse qui coulait en bas.

Et il vit Devlin sur le sentier, se dirigeant vers l'aval, vers Leith.

Rebus donna sa position par téléphone. À cet instant, Devlin leva la tête et le vit. Le vieillard accéléra le pas, mais ralentit soudain. Il s'immobilisa, les passants qui se trouvaient sur le sentier s'écartant pour l'éviter. Une personne parut vouloir l'aider, mais il refusa d'un signe de la tête. Il pivota sur lui-même et regarda Rebus, qui gagnait l'extrémité du pont, prenait l'escalier. Devlin n'avait pas bougé. Rebus donna une nouvelle fois sa position, puis mit le téléphone dans sa poche, parce qu'il fallait que ses deux mains soient libres.

Tandis qu'il se dirigeait vers Devlin, il constata que son visage était griffé et comprit que Jean s'était très bien défendue. Devlin examinait sa main ensanglantée quand Rebus s'immobilisa à deux mètres de lui.

– La morsure de l'être humain peut parfois empoisonner, vous savez, dit Devlin. Mais au moins, avec Mme Burchill, je n'ai pas de raison de redouter l'hépatite ou le sida. Une idée m'a traversé l'esprit quand je vous ai vu sur le pont. Je me suis soudain dit : ils n'ont rien contre moi.

– Comment ça ?

– Pas de preuves.

– On peut toujours commencer par une tentative de meurtre.

Rebus glissa une main dans sa poche et en sortit le téléphone.

– Qui allez-vous appeler ? demanda Devlin.

– Vous ne voulez pas une ambulance ?

Rebus leva le téléphone et avança d'un pas.

– Quelques agrafes, c'est tout, dit Devlin, les yeux à nouveau fixés sur la plaie.

La sueur coulait sur son front et sur ses joues. Son souffle était précipité, sifflant.

– Vous n'êtes plus assez en forme pour jouer les tueurs en série, hein, professeur ?

– Plus depuis longtemps, admit-il.

– Betty-Anne Jesperson est-elle la dernière ?

– Je ne suis pour rien dans la mort de la petite Philippa, si c'est ce que vous demandez.

– Quelqu'un vous a volé votre idée ?

– De toute façon elle ne m'appartenait pas vraiment.

– Y en a-t-il d'autres ?

– D'autres ?

– Des victimes dont nous ignorons tout.

Le sourire de Devlin rouvrit quelques-unes des plaies de son visage.

– Quatre ne suffisent pas ?

– C'est à vous de me le dire.

– Ça m'a semblé... satisfaisant. Pas de structure, voyez-vous. Deux corps qu'on n'a jamais retrouvés.

– Seulement les cercueils.

– Qui n'auraient peut-être jamais été liés...

Rebus hocha la tête, garda le silence.

– Est-ce que c'est à cause de l'autopsie ? demanda finalement Devlin. Je savais qu'il y avait un risque.

– Si vous nous aviez dit dès le départ que vous aviez participé à celle de Glasgow, nous ne nous serions aperçus de rien.

– Mais, à ce moment, je ne savais pas ce que vous pourriez trouver. D'autres liens, je veux dire. Et quand j'ai compris que vous ne découvririez rien, il était trop tard. Je pouvais difficilement dire : « Oh, à propos, j'ai participé à cette autopsie », en tout cas pas après avoir étudié le rapport...

Il passa les doigts sur les plaies de son visage, s'aperçut qu'elles saignaient. Rebus approcha un peu le téléphone.

– Cette ambulance ? proposa-t-il.

Devlin secoua la tête.

– Le moment venu.

Une femme d'un certain âge voulut passer près d'eux, ses yeux se dilatant d'horreur quand elle vit Devlin.

– Je suis tombé dans l'escalier, dit-il, rassurant. Les secours arrivent.

Elle accéléra le pas et s'éloigna.

– Je crois que ce que j'ai dit est plus que suffisant, n'est-ce pas, inspecteur Rebus ?

– Ce n'est pas à moi de décider.

– J'espère que le sergent Wylie n'aura pas d'ennuis.

– Pour quelle raison ?

– Parce qu'elle n'a pas été assez attentive pendant que j'étudiais les rapports.

– Je ne crois pas que ce soit elle qui risque des ennuis en ce moment.

– Indices non confirmés, n'est-ce pas ce à quoi nous sommes confrontés, inspecteur ? La parole d'une femme contre la mienne. Je suis sûr que je peux trouver une explication plausible à la bagarre qui m'a opposé à Mme Burchill.

Il examina sa main, continua :

– On pourrait presque dire que je suis la victime. Et soyons francs, qu'avez-vous d'autre ? Deux noyades, deux disparitions, pas de preuves.

– Enfin, corrigea Rebus en levant le téléphone, pas de preuves hormis ceci. J'étais en ligne quand je l'ai sorti de ma poche, avec le centre des transmissions de Leith.

Il porta le téléphone à l'oreille. Jetant un coup d'œil par-dessus l'épaule, il constata que des agents en tenue descendaient l'escalier du pont.

– Vous avez entendu ? demanda-t-il dans l'appareil, puis il se tourna vers Devlin et sourit. Nous enregistrons tous les appels, voyez-vous.

Le visage de Devlin se figea, ses épaules s'affaissèrent. Il pivota sur les talons, prêt à fuir. Mais Rebus tendit le bras, lui saisit l'épaule. Devlin tenta de se dégager. Un de ses pieds glissa sur le chemin et il perdit l'équilibre, son poids entraînant Rebus. Les deux hommes tombèrent lourdement dans la Water of Leith. Elle n'était pas profonde et l'épaule de Rebus heurta violemment une pierre. Lorsqu'il voulut se lever, ses pieds s'enfoncèrent dans la vase. Il serrait toujours l'épaule de Devlin et quand la tête chauve du vieillard apparut à la surface, elle avait perdu ses lunettes et Rebus vit le monstre qui avait tabassé Jean. Il saisit le cou du professeur de sa main libre et le poussa à nouveau sous l'eau. Des mains se tendirent, frappèrent la surface, battirent l'air. Des doigts griffèrent le bras de Rebus, se cramponnèrent au revers de sa veste.

Jamais il ne s'était senti aussi calme. L'eau l'entourait, glacée mais, aussi, étrangement apaisante. Des gens, sur le pont, regardaient, les policiers pataugeaient dans l'eau et un pâle soleil couleur de citron pâle, au-dessus d'un nuage d'orage, assistait au spectacle. L'eau semblait le purifier. Il ne sentait plus sa cheville tordue, ne sentait plus grand-chose. Jean se rétablirait et lui aussi. Il quitterait Arden Street, trouverait un autre logement, un endroit que personne ne connaîtrait… peut-être près de l'eau.

On lui saisit le bras et on le tordit : un des agents en tenue.

– Lâchez-le !

La voix, forte, rompit le charme. Rebus desserra son étreinte et Donald Devlin réapparut, crachota et hoqueta, du vomi dilué coulant sur son menton…

On installait Jean Burchill dans l'ambulance quand le mobile de Rebus se mit à sonner. Un des infirmiers en blouse verte expliquait qu'il était impossible d'exclure la possibilité d'un traumatisme des cervicales ; c'était pour cette raison qu'on l'avait attachée sur la civière et qu'on avait placé des supports de part et d'autre de son cou et de sa tête.

Rebus fixait Jean, tentait d'assimiler ce qu'on venait de lui dire.

– Vous ne devriez pas répondre ? demanda l'infirmier.
– Quoi ?
– Votre téléphone.
Rebus porta l'appareil à son oreille. Quand il s'était battu avec Devlin, l'appareil était tombé sur le chemin. Il était rayé et écaillé mais fonctionnait toujours.
– Allô ?
– Inspecteur Rebus ?
– Oui.
– Eric Bain à l'appareil.
– Oui ?
– Du nouveau ?
– Beaucoup, oui.
Tandis que la civière glissait dans l'ambulance, Rebus regarda ses vêtements trempés.
– Des nouvelles de Siobhan ? demanda-t-il.
– C'est pour cette raison que j'appelle.
– Qu'est-ce qui s'est passé ?
– Il ne s'est rien passé. Mais je ne parviens pas à la joindre. On croit qu'elle est au jardin botanique. Une demi-douzaine d'hommes la recherchent.
– Alors ?
– Alors il y a du nouveau sur Quizmaster.
– Et il faut absolument que vous le disiez à quelqu'un ?
– Je suppose, oui.
– Je ne suis pas certain d'être la personne qu'il vous faut, Bain. Je suis un peu occupé, en ce moment.
– Ah.
Rebus était maintenant dans l'ambulance, assis près de la civière. Les yeux de Jean étaient fermés mais, quand il lui prit la main, elle lui rendit la pression qu'il exerça.
– Pardon ? fit-il, parce qu'il n'avait pas entendu Bain.

– À qui faut-il que je le dise ? répéta Bain.

– Je ne sais pas, soupira Rebus. Bon, expliquez-moi de quoi il s'agit.

– D'après la Special Branch, dit Bain d'une voix précipitée, une des adresses e-mail utilisées par Quizmaster correspond au compte de Philippa Balfour.

Rebus ne comprit pas : Bain voulait-il dire que Philippa Balfour était Quizmaster ?...

– Je pense que c'est logique, poursuivait Bain. À cause du compte de Claire Benzie.

– Je ne vous suis pas.

Les paupières de Jean frémirent. Une accentuation soudaine de la douleur, supposa Rebus. Il relâcha son étreinte sur sa main.

– Si Benzie a effectivement prêté son portable à Philippa Balfour, on a deux ordinateurs au même endroit, utilisés tous les deux par Quizmaster.

– Oui ?

– Et si Mlle Balfour ne peut pas être soupçonnée...

– Il reste quelqu'un qui pouvait accéder aux deux ?

Silence pendant quelques instants, puis Bain :

– Je crois que ça repose la question du petit ami, pas vous ?

– Je ne sais pas.

Rebus avait du mal à se concentrer. Il passa la main sur son front, s'aperçut qu'il était trempé de sueur.

– On pourrait lui demander...

– Siobhan avait rendez-vous avec Quizmaster, dit Rebus. Elle est au jardin botanique, c'est ça ?

– Oui.

– Comment le sait-on ?

– Sa voiture est garée devant.

Rebus réfléchit une seconde : Siobhan savait sûrement qu'on la cherchait. Elle avait intentionnellement laissé sa voiture dans un endroit où elle était très visible...

– Et si elle n'y était pas ? dit-il. Si elle le retrouvait ailleurs ?

– Comment savoir ?

– Peut-être chez Costello. Écoutez, Bain, je ne peux pas m'occuper de ça… pas en ce moment.

Il regarda Jean. Elle ouvrit les yeux. Ses lèvres mimèrent quelque chose.

– Ne quittez pas, Bain, dit Rebus, qui se pencha vers elle.

– Ça va…, dit-elle d'une voix pâteuse.

Elle lui disait que tout irait bien, qu'il devait maintenant aller au secours de Siobhan. Rebus tourna la tête et son regard rencontra celui d'Ellen Wylie qui, debout sur la chaussée, attendait qu'on ferme les portes de l'ambulance. Elle hocha la tête, indiquant ainsi qu'elle resterait en compagnie de Jean.

– Bain ? dit-il dans le mobile. Je vous retrouve devant chez Costello.

Quand Rebus arriva, Bain avait gravi l'escalier en colimaçon et se tenait devant la porte de l'appartement de Costello.

– Je crois qu'il n'est pas chez lui, dit Bain qui, accroupi, regardait par la fente de la boîte aux lettres.

Un frisson parcourut l'échine de Rebus, au souvenir de ce qu'il avait vu quand il avait regardé à l'intérieur de l'appartement de Devlin. Bain se redressa.

– Pas trace de… Merde, mon vieux, qu'est-ce qui vous est arrivé ?

– Leçon de natation. Je n'ai pas eu le temps de me changer. Ensemble ? demanda-t-il en indiquant la porte.

Bain le dévisagea.

– Ce n'est pas illégal ?

– Pour Siobhan, répondit simplement Rebus.

Ils enfoncèrent la porte après avoir compté jusqu'à trois.

À l'intérieur, Bain savait ce qu'il cherchait : un ordinateur. Il en trouva deux dans la chambre, deux portables.

– Celui de Claire Benzie, supposa Rebus, et le sien ou celui de quelqu'un d'autre.

L'économiseur d'écran d'un des ordinateurs fonctionnait. Bain accéda au serveur Internet de Costello et ouvrit le dossier des archives.

– Pas le temps d'essayer de trouver le mot de passe, dit-il davantage pour lui-même que pour Rebus. Donc on ne peut lire que les vieux messages.

Mais aucun n'émanait de Siobhan ni ne lui avait été adressé.

– Apparemment il efface au fur et à mesure, constata Bain.

– Ou bien on est à côté de la plaque.

Rebus jeta un regard circulaire dans la pièce : lit non fait, livres éparpillés par terre. Notes destinées à un essai, sur le bureau, près du PC. Tiroirs de la commode ouverts sur des chaussettes, des caleçons et des T-shirts, mais pas le tiroir du haut. Rebus s'en approcha en boitant, l'ouvrit lentement. Plans et guides, dont un sur Arthur's Seat. Une carte postale représentant Rosslyn Chapel et un autre guide.

– Sur la plaque, constata-t-il simplement.

Bain se redressa et le rejoignit.

– Tout ce dont Quizmaster avait besoin.

Bain tendit la main vers l'intérieur du tiroir, mais Rebus donna une tape dessus.

– On ne touche pas.

Il tenta d'ouvrir davantage le tiroir. Quelque chose le coinçait. Il sortit un stylo de la poche et délogea l'objet : un plan des rues d'Édimbourg.

– Ouvert à la page du jardin botanique, dit Bain, qui parut soulagé : si Costello s'y trouvait, on l'avait sûrement déjà arrêté.

Mais Rebus doutait encore. Il examina le reste de la page. Puis il se tourna vers le lit de Costello. Des cartes postales représentant des tombes... une petite photo encadrée de Costello en compagnie de Flip Balfour, une tombe dans le cadre. Ils s'étaient rencontrés à l'occasion d'un dîner... petit déjeuner le lendemain matin, puis une promenade au cimetière de Warriston. C'était ce que Costello lui avait raconté. Le cimetière de Warriston se trouvait près du jardin botanique. Sur la même page du plan des rues.

– Je sais où il est, souffla Rebus. Je sais où elle le retrouve. Venez.

Il se précipita hors de la pièce en sortant son mobile de sa poche. Les policiers qui se trouvaient au jardin botanique pourraient gagner le cimetière de Warriston en deux minutes...

– Bonjour David.

Il ne s'était pas changé depuis l'enterrement, portait encore ses lunettes de soleil. Il sourit quand elle se dirigea vers lui. Il était assis sur le mur, les jambes pendantes. Il sauta et fut soudain debout devant elle.

– Vous avez deviné, dit-il.

– Plus ou moins.

Il jeta un coup d'œil sur sa montre.

– Vous êtes en avance.

– Pas autant que vous.

– Il a fallu que je fasse une reconnaissance, que je voie si vous mentiez.

– J'ai dit que je viendrais seule.

– Et vous êtes seule.

Il regarda une nouvelle fois autour de lui.

– Des tas de possibilités de fuite, dit Siobhan, étonnée d'être aussi calme. C'est pour ça que vous avez choisi cet endroit ?

– C'est ici que j'ai compris que j'aimais Flip.

– Et vous l'aimiez tant que vous avez fini par la tuer ?

Le visage de Costello se figea.

– Je ne savais pas que ça arriverait.

– Non ?

Il secoua la tête.

– Jusqu'au moment où j'ai serré son cou entre mes mains… même à ce moment-là, je ne suis pas sûr que je savais.

Elle prit une profonde inspiration.

– Mais vous l'avez tout de même fait.

– Je suppose, oui. C'est ce que vous vouliez savoir, n'est-ce pas ?

– Je voulais rencontrer Quizmaster.

Il écarta les bras.

– À vos ordres.

– Je veux aussi savoir pourquoi.

– Pourquoi ?… Combien de raisons voulez-vous ? Ses amis stupides ? Ses prétentions ? La façon dont elle me narguait et provoquait des disputes, cherchait à nous amener à rompre simplement pour me voir revenir en rampant ?

– Vous auriez pu la quitter.

– Mais je l'aimais.

Il rit, comme s'il reconnaissait qu'il avait été ridicule.

– Je le lui disais sans arrêt, reprit-il, et vous savez ce qu'elle me répondait ?

– Non.

– Que je n'étais pas le seul.

– Ranald Marr ?

– Ce vieux bouc. Déjà quand elle était encore au lycée. Et ça a continué, même pendant qu'on était ensemble. Vous trouvez que ça fait assez de motivations, Siobhan ?

– Vous avez passé votre colère contre Marr en mutilant un de ses soldats de plomb, mais Flip… Flip, il fallait la tuer ?

Elle se sentait calme, presque engourdie.

– Ça ne me semble pas juste, conclut-elle.

– Vous ne pouvez pas comprendre.

Elle le dévisagea.

– Mais je crois que je comprends, David. Vous êtes lâche, tout bêtement. Vous dites que vous ne saviez pas que vous alliez tuer Flip, ce soir-là… C'est un mensonge. Vous aviez tout préparé… Ensuite, vous étiez Monsieur Calme, vous bavardiez avec ses amis inquiets un peu plus d'une heure après l'avoir tuée. Vous saviez exactement ce que vous faisiez, David. Vous étiez Quizmaster.

Elle s'interrompit. Il regardait droit devant lui, assimilait ce qu'elle disait.

– Il y a une chose que je ne comprends pas, repritelle, vous avez envoyé un message à Flip après sa mort ?

Il sourit.

– Ce jour-là, chez elle, pendant que Rebus me surveillait et que vous travailliez sur l'ordinateur… il m'a dit quelque chose, il m'a dit que j'étais le seul suspect.

– Vous avez pensé que vous alliez nous envoyer sur une fausse piste ?

– Il n'y aurait normalement eu que ce message… mais, comme vous avez répondu, je n'ai pas pu résister. J'étais aussi obsédé que vous, Siobhan. Le jeu nous a eus tous les deux.

Ses yeux brillaient. Il exultait.

– C'est pas incroyable ?

Il semblait espérer une réponse, alors elle acquiesça.

– Vous envisagez de me tuer, David ?

Il secoua la tête avec brusquerie, irrité par cette déduction.

– Vous connaissez la réponse à cette question, sinon vous ne seriez pas venue, cracha-t-il, et il gagna une tombe, s'appuya contre sa partie verticale. Tout ça ne serait peut-être pas arrivé, dit-il, sans le professeur.

Siobhan crut qu'elle avait mal entendu.

– Lequel ?

– Donald Devlin. Quand je l'ai rencontré après, il a compris que c'était moi. C'est pour cette raison qu'il a raconté que quelqu'un traînait devant l'immeuble. Il essayait de me protéger.

– Pourquoi, David ?

Prononcer son nom faisait un effet bizarre. Elle avait envie de l'appeler Quizmaster.

– À cause de tout ce dont on parlait… commettre un meurtre, ne pas se faire prendre.

– Monsieur Devlin ?

Il la fixa.

– Oh, oui, il a tué, lui aussi, vous savez. Ce vieux crétin me l'a pratiquement dit, m'a mis au défi d'être comme lui… peut-être s'est-il révélé trop bon professeur, hein ? On avait de longues conversations dans l'escalier. Il voulait tout connaître de moi, ma jeunesse, l'époque de ma fureur. Je suis allé chez lui un jour. Il m'a montré des articles de journaux… des gens qui avaient disparu, ou qui s'étaient noyés. Il y en avait même un sur un étudiant allemand…

– C'est ce qui vous a donné l'idée ?

– Peut-être, fit-il en haussant les épaules. Qui sait d'où viennent les idées ? Je l'ai aidée, vous savez ? Ça l'impressionnait beaucoup, toutes ces énigmes… elle s'arrachait les cheveux jusqu'au moment où j'arrivais… (Il rit.) Flip ne savait pas vraiment bien se servir des ordinateurs. Je l'ai surnommée Flipside et je lui ai envoyé la première énigme.

– Vous êtes allé chez elle et vous lui avez dit que vous aviez résolu le Bord de l'enfer…

Costello acquiesça, il se souvint.

– Elle a refusé que j'aille avec elle jusqu'au moment où j'ai promis de la laisser seule ensuite… Elle m'avait une nouvelle fois fichu dehors – définitivement cette fois, elle avait empilé mes vêtements sur une chaise – et après le Bord de l'enfer, elle allait boire un verre avec ses crétins d'amis…

Il ferma les yeux, le visage crispé, puis les ouvrit, battit des paupières, se tourna vers Siobhan.

– Quand on en est là, il est difficile de revenir en arrière…

Il haussa les épaules.

– L'Étranglement n'existait pas ?

Il secoua lentement la tête.

– Cette énigme n'était destinée qu'à vous, Siobhan…

– Je ne comprends pas pourquoi vous retourniez toujours auprès d'elle, David, ni ce que le jeu pouvait prouver, de votre point de vue, mais je suis sûre d'une chose : vous ne l'avez jamais aimée. Vous vouliez la contrôler, voilà tout.

Cela lui parut vrai et elle hocha la tête. Il la regarda droit dans les yeux.

– Il y a des gens qui aiment être contrôlés, Siobhan. Pas vous ?

Elle réfléchit pendant quelques instants… ou s'efforça de réfléchir. Ouvrit la bouche pour parler, mais un bruit l'interrompit. Elle tourna vivement la tête : deux hommes approchaient. Et deux autres, cinquante mètres derrière eux. Lentement, Costello se tourna à nouveau vers Siobhan.

– Vous me décevez.

Elle secoua la tête.

– Je n'y suis pour rien.

Il s'éloigna précipitamment de la tombe, gagna le mur, sauta et s'accrocha au sommet, ses pieds cherchant des points d'appui. Les policiers couraient maintenant, et l'un d'entre eux cria :

– Attrapez-le !

Mais Siobhan, paralysée, ne pouvait que regarder. Quizmaster... elle lui avait donné sa parole... Un de ses pieds avait trouvé un point d'appui étroit, poussait...

Siobhan se précipita jusqu'au mur, saisit l'autre jambe à deux mains et tira. Il tenta de se dégager en lui donnant des coups, mais elle tint bon, une main tendue en direction de sa veste dans l'espoir de l'obliger à lâcher prise. Puis ils basculèrent en arrière et lui seul cria. Ses lunettes de soleil parurent passer près de Siobhan au ralenti. Elle les regardait quand elle toucha le sol. Il atterrit violemment sur elle, lui coupant le souffle. Elle eut mal quand sa tête heurta l'herbe. Costello, debout, courait, mais deux policiers l'arrêtèrent, le jetèrent à terre. Il parvint à tourner la tête afin de regarder Siobhan, alors qu'ils étaient à deux mètres l'un de l'autre. La haine déformait son visage et il cracha dans sa direction. La salive l'atteignit au menton et y resta suspendue. Elle n'eut pas la force de l'essuyer...

Jean dormait, et le médecin affirma à Rebus qu'elle se rétablirait : des entailles et des bleus, « rien que le temps ne puisse guérir ».

– J'en doute, répondit Rebus au médecin.

Ellen Wylie était près du lit. Rebus la rejoignit et s'immobilisa devant elle.

– Je vous remercie, dit-il.

– De quoi ?

– D'abord de m'avoir aidé à défoncer la porte de Devlin. Je n'y serais pas arrivé seul.

Elle répondit d'un haussement d'épaules.

– Comment va votre cheville ? demanda-t-elle.

– Elle enfle gentiment, merci.

– Une ou deux semaines de congé de maladie, dit-elle.

– Peut-être plus, si j'ai avalé de l'eau de la Water of Leith.

– Il paraît que Devlin en a bu quelques gorgées. Vous avez préparé quelque chose ?

Il sourit.

– Vous proposez de dire un ou deux mensonges dans mon intérêt ?

– Il vous suffit de demander.

Il hocha la tête.

– Le problème est qu'une douzaine de témoins pourraient nous contredire.

– Mais le feront-ils ?

– On verra, hein ? fit Rebus.

En boitillant, il gagna la salle de soins, où l'on s'occupait de Siobhan, qui avait une plaie au cuir chevelu. Eric Bain s'y trouvait. La conversation s'interrompit à l'arrivée de Rebus.

– Eric m'expliquait comment tu as deviné où j'étais, dit Siobhan.

Rebus hocha la tête.

– Et comment êtes-vous entrés chez Costello ?

Les lèvres de Rebus s'arrondirent.

– Monsieur Gros-Bras, poursuivit-elle, enfonçant la porte d'un suspect sans ordre de mission et sans l'ombre d'un mandat.

– Théoriquement, dit Rebus, j'étais suspendu. De ce fait, je ne pouvais pas être en service.

– C'est pire. Eric, il va falloir que tu le couvres.

– La porte était ouverte à notre arrivée, récita Bain. Sûrement un cambriolage avorté…

Siobhan hocha la tête et lui sourit. Puis elle prit la main de Bain et la serra.

Devlin était sous surveillance policière dans une chambre du Western General. Il s'était presque noyé dans la rivière et était désormais, d'après les médecins, dans le coma.

– Espérons qu'il n'en sortira pas, avait dit Carswell, le directeur adjoint. Ça permettra d'économiser les frais d'un procès.

Carswell n'avait pas adressé un mot à Rebus. Gill avait dit qu'il n'y avait pas de raison de s'inquiéter :

– Il fait comme si tu n'étais pas là parce qu'il déteste s'excuser.

Rebus hocha la tête.

– Je viens de voir un médecin, lui annonça-t-il.

Elle le fixa.

– Et alors ?

– Est-ce que ça peut compter comme ma visite de contrôle ?…

David Costello était en détention à Gayfield Square. Rebus se garda bien d'y aller. Il savait qu'on ouvrirait des bouteilles de whisky et des boîtes de bière, que Costello, dans la pièce où on l'interrogerait, entendrait le bruit de la fête. Il pensa au jour où il avait demandé à Donald Devlin si, d'après lui, son jeune voisin était capable de tuer : *Pas assez cérébral pour David.* Cela n'avait pas empêché Costello de trouver une méthode, et Devlin l'avait protégé… le vieillard protégeant le jeune homme.

Rentré chez lui, Rebus fit le tour de son appartement. Il s'aperçut qu'il représentait le seul élément fixe de sa vie. Les affaires sur lesquelles il avait travaillé, les monstres qu'il avait rencontrés… il faisait la paix avec eux ici, assis dans son fauteuil, face à sa fenêtre. Il leur trouvait une place dans le bestiaire de son esprit, et ils y restaient.

S'il renonçait à cet appartement, que lui resterait-il ? Plus de centre paisible dans son univers, plus de cage pour ses démons…

Demain, il appellerait la notaire et lui dirait qu'il ne déménagerait pas.

Demain.

Mais, ce soir, il fallait peupler de nouvelles cages…

14

C'était un dimanche après-midi de soleil vif et bas, d'ombres incroyablement longues et inclinées dans une géométrie mouvante. Les arbres courbaient sous le vent, les nuages bougeaient comme des machines bien huilées. Falls, jumelée avec Angoisse… Rebus passa devant le panneau, regarda brièvement Jean, silencieuse sur le siège du passager. Elle avait été silencieuse pendant toute la semaine ; mettait longtemps à décrocher le téléphone ou à venir ouvrir la porte. Les propos du médecin : *Rien que le temps ne puisse guérir…*

Il lui avait donné le choix, mais elle avait décidé de l'accompagner. Ils se garèrent près d'une BMW rutilante. Il y avait des traces d'eau savonneuse dans le caniveau. Rebus tira le frein à main et se tourna vers Jean.

– J'en ai pour une minute. Tu veux attendre ici ?

Elle réfléchit, puis acquiesça. Il prit le cercueil sur la banquette arrière. Il était enveloppé dans du papier journal, une première page de Steve Holly. Il descendit de voiture, laissant la portière ouverte. Frappa à la porte de la maison.

Bev Dodds ouvrit. Elle avait un sourire figé et portait un tablier bordé de dentelle.

– Désolé, ce n'est pas un touriste, dit Rebus, et le sourire disparut. Le commerce du thé et des gâteaux marche du tonnerre ?

– Que puis-je faire pour vous ?

Il leva le paquet.

– J'ai pensé que vous auriez envie de récupérer ça. C'est à vous, après tout.

Elle déplia le papier journal.

– Ah, merci, dit-elle.

– C'est vraiment à vous, n'est-ce pas ?

Elle refusa de le regarder.

– Quand on trouve quelque chose, c'est à soi, je suppose…

Mais il secoua la tête.

– Je veux dire que vous l'avez fabriqué, madame Dodds. Votre nouvelle enseigne… Voulez-vous me dire qui l'a exécutée ? Je suis prêt à parier que vous l'avez faite vous-même. Joli morceau de bois… Je présume que vous avez des ciseaux et ce genre de truc.

– Qu'est-ce que vous voulez ?

Sa voix était devenue glaciale.

– Quand j'ai amené Jean Burchill ici – elle est dans la voiture et elle va bien, à propos, merci d'avoir demandé de ses nouvelles –, quand je l'ai amenée ici, vous avez dit que vous alliez souvent au musée.

– Oui ?

Elle regardait par-dessus l'épaule de Rebus, mais baissa la tête quand Jean se tourna vers elle.

– Pourtant vous n'aviez jamais vu les cercueils d'Arthur's Seat, dit Rebus qui plissa ostensiblement le front. J'aurais dû comprendre tout de suite.

Il la dévisagea, mais elle garda le silence. Il vit son cou rougir, la regarda tourner et retourner le cercueil entre ses doigts.

– Enfin, conclut-il, il vous a permis d'élargir votre clientèle, hein ? Mais je vais vous dire une chose…

Les yeux de Bev Dodds étaient liquides ; elle les leva et soutint son regard.

– Quoi ? demanda-t-elle d'une voix altérée.

Il braqua un doigt sur elle.

– Vous avez de la chance que je ne vous aie pas démasquée plus tôt. J'aurais peut-être averti Donald Devlin. Et vous seriez dans le même état que Jean, ou pire.

Il pivota sur lui-même, reprit la direction de la voiture. Sur le trajet, il décrocha l'enseigne et la jeta dans le caniveau. Bev Dodds le fixait toujours, debout dans l'encadrement de la porte, quand il lança le moteur. Deux promeneurs approchaient sur le trottoir. Rebus savait exactement où ils allaient et pourquoi. Il veilla à tourner énergiquement le volant, de façon que les roues avant et arrière passent sur l'enseigne.

Sur le chemin d'Édimbourg, Jean demanda s'ils allaient à Portobello. Il acquiesça et lui demanda si cela ne l'ennuyait pas.

– Au contraire, répondit-elle. J'ai besoin que quelqu'un m'aide à sortir le miroir de la chambre. Seulement jusqu'au moment où les bleus auront disparu, souffla-t-elle.

Il la regarda.

– Tu sais de quoi j'ai besoin, Jean ?

Ce fut à son tour de le regarder.

– De quoi ?

Il secoua lentement la tête.

– J'espérais que tu pourrais me le dire…